O Testamento

Nora Roberts

Romances

A Pousada do Fim do Rio
O Testamento
Traições Legítimas
Três Destinos
Lua de Sangue
Doce Vingança
Segredos
O Amuleto
Santuário
Resgatado pelo Amor
A Villa
Tesouro Secreto
Pecados Sagrados
Virtude Indecente
Bellíssima
Mentiras Genuínas
Riquezas Ocultas
Escândalos Privados
Ilusões Honestas
A Testemunha
A Casa da Praia
A Mentira
O Colecionador
A Obsessão

Trilogia do Sonho

Um Sonho de Amor
Um Sonho de Vida
Um Sonho de Esperança

Trilogia do Coração

Diamantes do Sol
Lágrimas da Lua
Coração do Mar

Trilogia da Magia

Dançando no Ar
Entre o Céu e a Terra
Enfrentando o Fogo

Trilogia da Gratidão

Arrebatado pelo Mar
Movido pela Maré
Protegido pelo Porto

Trilogia da Fraternidade

Laços de Fogo
Laços de Gelo
Laços de Pecado

Trilogia do Círculo

A Cruz de Morrigan
O Baile dos Deuses
O Vale do Silêncio

Trilogia das Flores

Dália Azul
Rosa Negra
Lírio Vermelho

Nora ROBERTS

O Testamento

13ª edição

Tradução
Renée Eve Levié

Rio de Janeiro | 2017

Copyright © by Nora Roberts, 1996.
Proibida a exportação para Portugal, Angola e Moçambique.

Título original: *Montana Sky*

Texto revisado segundo o novo
Acordo Ortográfico da Língua Portuguesa

2017
Impresso no Brasil
Printed in Brazil

CIP-BRASIL. CATALOGAÇÃO NA PUBLICAÇÃO
SINDICATO NACIONAL DOS EDITORES DE LIVROS, RJ

Roberts, Nora, 1950-
R549t   O testamento / Nora Roberts; tradução Renée Eve Levié. – 13. ed. rev. –
Rio de Janeiro: Bertrand Brasil, 2017.
462 p.; 23 cm.

Tradução de: Montana sky
ISBN 978-85-286-2244-7

1. Romance americano. I. Levié, Renée Eve. II. Título.

17-42597
CDD: 813
CDU: 821.111(73)-3

Todos os direitos reservados pela:
EDITORA BERTRAND BRASIL LTDA.
Rua Argentina, 171 – 2º andar – São Cristóvão
20921-380 – Rio de Janeiro – RJ
Tel.: (21) 2585-2000 – Fax: (21) 2585-2084

Não é permitida a reprodução total ou parcial desta obra, por
quaisquer meios, sem a prévia autorização por escrito da Editora.

Atendimento e venda direta ao leitor:
mdireto@record.com.br ou (21) 2585-2002

Para minha família.

Dos dois lados emerge o mundo
Tal e qual um coração profundo;
Sobre ele, espalha-se o céu,
Que vai distante, alcança a alma ao léu.
O coração empurra o mar e a terra
Para qualquer lado que a distância erra;
Embora a alma o céu possa rasgar,
Para que a face de Deus venha a brilhar.
A oeste e a leste o coração
Sufoca sob a distância da separação;
E, sobre aquele cuja alma é plana,
Cairão os céus, pois a Deus não engana.

Edna St. Vincent Millay

Parte Um

Outono

Um ano belo e mortal.

A. E. Housman

Capítulo 1

♦ ♦ ♦ ♦

O FATO DE JACK MERCY estar morto não o tornava menos filho da puta. Ter morrido havia uma semana não anulava os 68 anos de uma vida inteira de maldades. As pessoas reunidas em volta de sua cova ficariam felizes em confirmar isso.

O fato é que, estando no funeral ou não, Bethanne Mosebly sussurrou esses pensamentos no ouvido do marido, enquanto os dois estavam parados no meio do alto capim do cemitério. A presença de Bethanne devia-se, apenas, à afeição que sentia pela jovem Willa, e não parou de encher o marido com essa informação durante toda a viagem, desde que partiram de Ennis.

Bob Mosebly, que ouvia a tagarelice da esposa havia 46 anos, apenas grunhiu e se desligou da voz estrondosa do pastor e da dela.

Não que Bob tivesse boas lembranças de Jack. Odiara o desgraçado tanto quanto cada alma viva em Montana.

"Mas um morto é um morto", pensou Bob. E as pessoas tinham vindo aos montes para assistir ao canalha ir direto para o inferno.

Aquele recanto tranquilo da fazenda Mercy, situada à sombra das Big Belt Mountains, próxima às margens do rio Missouri, estava apinhado de fazendeiros, vaqueiros, comerciantes e políticos. Era ali, sob o capim tremulante, onde o gado pastava nas colinas e os cavalos galopavam nas pastagens ensolaradas, que enterravam todas as gerações dos Mercys.

Jack era o mais novo. Ele mesmo encomendara o reluzente caixão de carvalho feito sob medida, ostentando o brasão da fazenda — duas letras M entrelaçadas e gravadas em ouro. Agora, deitado no caixão forrado de cetim branco, calçado com as melhores botas de pele de cobra e com seu chapéu Stetson favorito, o mais antigo que tinha, Jack segurava um chicote entre as mãos.

Jurara que morreria da mesma forma que vivera. No mesmo estilo debochado.

Corria o boato de que Willa, seguindo as instruções do pai, já encomendara a lápide para a sepultura. Era de mármore branco — nada de granito comum para Jackson Mercy —, com as seguintes palavras gravadas, que ele mesmo escrevera:

Aqui jaz Jack Mercy, Que viveu e morreu como bem quis.
E quem não gostou que vá para o inferno.

O monumento seria erguido tão logo o solo fosse assentado, juntando-se aos outros que, inclinados, pontuavam o solo repleto de pedras. Iam de Jebidiah Mercy, bisavô de Jack que escalara as montanhas e tomara posse das terras, até a última das três esposas dele — a única que morreu antes que Jack conseguisse o divórcio.

Não era interessante, considerou Bob, que cada uma das mulheres de Jack Mercy dera à luz uma filha, embora o homem quisesse um varão? Bob gostava de pensar nisso como se fosse Deus zombando de um homem que pisoteara diversas pessoas para obter o que queria em todos os campos da vida.

Lembrava-se muito bem de cada esposa do falecido, mesmo que nenhuma tenha durado muito tempo. Todas eram muito bonitas, e as filhas também não eram feias. No instante em que ouviu o boato de que as duas mais velhas viriam de avião para o enterro, Bethanne deixara os vizinhos em polvorosa. Nenhuma das duas pusera os pés nas terras dos Mercys desde antes de aprenderem a andar.

Nem teriam sido bem-vindas.

A única que ficou foi Willa. Jack não pôde fazer muito a respeito dela, já que a mãe morrera pouco antes do desmame da criança. Sem parentes com quem deixar a menina, o falecido a entregou para Bess, a governanta, que a criou da melhor forma possível.

Cada uma delas tinha um pouco de Jack, observou, examinando-as por debaixo da aba do chapéu. O cabelo escuro, o queixo bem-marcado. Dava para perceber que eram irmãs, não havia a menor dúvida, apesar de nunca terem se encontrado. Só o tempo diria como as duas se entenderiam, e também se

Willa carregava em si uma parte do pai grande o suficiente para administrar a fazenda de 10 mil hectares.

Willa pensava na fazenda e no trabalho que a aguardava. A manhã estava clara e radiante, e as montanhas tinham uma cor tão límpida e bela que os olhos chegavam a doer. Apesar de o vale e as montanhas estarem pincelados com capricho por causa do outono, havia um vento do sudeste, quente e forte, mas seco. Era o início de um outubro calorento, que permitia a todos saírem de camisa, embora o clima pudesse mudar no dia seguinte. Nas terras altas a neve já caíra e, como dava para ver, salpicara os cumes negros e cinzentos e revestira a floresta com toques claros. O gado precisava ser recolhido, as cercas, examinadas, consertadas e outra vez examinadas. O trigo para o inverno precisava ser plantado.

Agora era responsabilidade dela. Tudo aquilo. "Jack Mercy não representava mais a fazenda da família", recordou-se Willa. Aquilo, agora, era função dela.

Ouviu o padre falar sobre vida eterna, perdão e boas-vindas ao céu. Pensou que Jack Mercy teria cuspido nas boas-vindas de qualquer um, em qualquer lugar que não fosse seu. Montana fora sua, todas aquelas vastas terras, com montanhas e pradarias, águias e lobos.

O pai seria tão infeliz no céu quanto no inferno.

Willa manteve a expressão calma enquanto baixaram o caixão para a mais nova sepultura. Sua pele era de um leve tom dourado, um legado do sol e do sangue indígena dos Blackfoots, que herdara da mãe. Os olhos, quase tão negros quanto o cabelo, que, pela pressa do enterro, ela prendera em uma trança, não se afastaram do caixão que levava o corpo do pai. A jovem não colocara chapéu, e o sol ardente fazia seus olhos queimarem. Mas não deixou que lacrimejassem.

Tinha uma expressão orgulhosa, as maçãs salientes, a boca grande e arrogante, os olhos negros e exóticos, as pálpebras pesadas, os cílios grossos. Aos 8 anos, quebrara o nariz caindo de um cavalo *Mustang* rebelde e selvagem. Gostava de imaginar que o leve desvio para a esquerda no septo acrescentava personalidade ao rosto. E isso significava muito mais do que beleza para Willa Mercy. Sabia que os homens não respeitavam a beleza. Apenas a usavam.

Continuou parada, quase imóvel, o vento soprando os fios de cabelo da trança, incitando-os a dançar. Ela tinha altura mediana, e o corpo esbelto e forte estava enfiado em um vestido mal-ajambrado. Também usava sapatos pretos de salto alto que tirara da caixa pela primeira vez naquela manhã. Era uma mulher de 24 anos com a mente voltada para o trabalho, que sentia uma dor raivosa e dilacerante em seu coração.

Apesar de tudo, amara Jack Mercy. E não dissera nada, não dirigira uma única palavra às duas outras mulheres, aquelas estranhas que compartilhavam seu sangue e tinham vindo para acompanhar o enterro do pai.

Por um momento, só por um momento, deixou o olhar vagar e se deter no túmulo de Mary Wolfchild Mercy. A mãe, de quem não se lembrava, estava enterrada sob um montículo de flores do campo que brilhavam como joias sob o sol de outono. É obra de Adam, pensou, olhando para o meio-irmão. Mais do que qualquer outra pessoa, ele sabia que em seu coração escorriam as lágrimas que ela nunca se permitiria libertar pelos olhos.

Quando Adam segurou sua mão, Willa entrelaçou os dedos nos dele. Em sua mente e em seu coração, ele era tudo o que lhe restava como família.

— Jack viveu a vida como bem quis — murmurou Adam. A voz era tranquila, serena. Se estivessem sozinhos, Willa teria se virado e descansado a cabeça no ombro do irmão, em busca de um pouco de consolo.

— É, viveu. E agora acabou.

Adam olhou para as duas mulheres, as filhas de Jack Mercy, e concluiu que tudo aquilo era apenas o início de algo diferente.

— Willa, você precisa falar com elas.

— Vão dormir na minha casa e comer da minha comida. — A jovem olhou para o túmulo do pai. — É o suficiente.

— Elas são sangue do seu sangue.

— Não, Adam, você é. Elas não significam nada para mim — retrucou, afastando-se e se preparando para receber as condolências de todos.

Os vizinhos trouxeram comida para o velório. Não havia como evitar aquela tradição secular, assim como Willa não podia impedir que Bess cozinhasse por três dias seguidos para preparar o que a governanta chamava de "jantar dos consternados". Na opinião de Willa, não passava de um monte de bobagens. Ali não havia consternação, e sim, sem dúvida, curiosidade. Muitos dos que lotavam a casa da fazenda já haviam estado ali como convidados. Mas muitos outros, muitos mesmo, nunca tinham entrado na casa. A morte de Jack fora como um convite e eles estavam adorando.

A casa era pura ostentação, bem ao estilo Jack Mercy. Outrora, fora apenas uma cabana de toras e lama, mas desde então se passaram cem anos. Atualmente, o lugar consistia em uma estrutura em pedra e madeira, bem grande e espaçosa, com janelas cintilantes. Tapetes de todas as partes do mundo estavam espalhados pelo assoalho de pinho lustrado ou de lajotas enceradas. Jack Mercy fora um colecionador. Após tomar posse da fazenda, passara cinco anos transformando a confortável construção em seu recanto particular.

"Os ricos nadam em riqueza", costumava dizer.

E ele nadou. Colecionou quadros e esculturas, anexou quartos para exibir as obras de arte. A entrada era um átrio monumental. O chão estava coberto de lajotas em tons de safira e rubi, com um padrão que repetia o brasão da fazenda. A escada de carvalho polido, que dava para o segundo andar, brilhava como um espelho, e o balaústre ao pé da escada ostentava a escultura de um lobo uivando.

Era ali que as pessoas se aglomeravam. Muitas delas, equilibrando pratos nas mãos, arregalavam os olhos para o alto do balaústre. Outras estavam apinhadas na enorme sala de estar com piso polido e um amplo sofá curvo de couro bege. Um quadro em tamanho real de Jack Mercy montando um garanhão preto estava pendurado acima da lareira de pedras de rio lisas, ocupando a parede inteira. O homem estava com a cabeça empertigada, o chapéu inclinado para trás e o chicote em uma das mãos. Muitos sentiam que aqueles olhos azuis os amaldiçoavam enquanto, ali, sentados, eles bebiam o uísque do dono, brindando a sua morte.

Para Lily Mercy, a segunda filha gerada e desprezada por Jack, aquilo era um terror. A casa, as pessoas, o barulho. O quarto que a governanta preparara para ela um dia antes da chegada era lindo. O lugar era muito tranquilo, ponderou, aproximando-se do parapeito da varanda lateral. Uma bela cama dourada de madeira contrastava com o papel de parede de seda.

A solidão.

Naquele instante, olhando as montanhas ao longe, ela a desejou muito, muito mesmo. Que montanhas, pensou. Tão altas, tão selvagens. Nem um pouco parecidas com as colinas pequenas e belas de onde morava, na Virgínia. E que céu imenso, de um azul infinito e trêmulo, encobrindo mais terras do que seria possível imaginar.

As imensas pradarias tremulantes, o vento, que nunca parecia cessar. E as cores das montanhas e planícies com seus tons de dourado, vermelho, escarlate e bronze explodindo com o outono.

O vale pelo qual a fazenda se estendia era uma região pujante de força e beleza. Ainda ao amanhecer, pela janela, vira cervos bebendo em um cintilante riacho prateado. Ouvira sons de cavalos, vozes de homens, o canto de um galo e o que imaginou e desejou que fosse o grito de uma águia.

Perguntou-se, caso tivesse coragem de caminhar pela floresta que se elevava em zigue-zague dos sopés das montanhas, se veria os alces, os veados-vermelhos e as raposas, sobre os quais lera com tanta avidez na viagem de avião a caminho dali.

Imaginou se teria permissão de ficar ao menos mais um dia — e pensou aonde iria ou o que faria caso pedissem para ela ir embora.

Não podia voltar para o Leste, pelo menos por enquanto. Constrangida, passou a mão pela mancha amarelada que tentara disfarçar com maquiagem e óculos escuros. Jesse a encontrara. Fora muito cuidadosa, mas ele a encontrara, e as ordens judiciais de nada serviram para impedir as agressões. Nunca serviam. Nem o divórcio, nem todas as mudanças e correrias haviam conseguido deter o ex-marido.

Mas talvez ali, pensou, a milhares de quilômetros dele, naquele lugar imenso, pudesse recomeçar. Sem medo.

Para Lily, a carta do advogado comunicando a morte de Jack Mercy e pedindo para que fosse até Montana fora uma dádiva divina. Apesar de estar tudo pago, a jovem trocou a passagem de primeira classe por dinheiro e fez outras reservas em voos que cruzavam o país, utilizando três nomes diferentes. Em seu desespero, precisava acreditar que Jesse Cooke não a encontraria lá.

Estava tão cansada de fugir, de sentir medo.

Imaginava se poderia ir para Billings ou Helena, a capital do estado, e procurar emprego. Qualquer emprego. Possuía algumas aptidões. Formara-se como professora e sabia tocar piano. Talvez conseguisse encontrar um pequeno apartamento, ou mesmo um quarto, até se ajeitar.

Pensou que poderia viver ali, olhando para o espaço infinito, assustador e glorioso. Talvez até pertencesse àquele lugar.

Levou um susto quando a mão de alguém tocou seu braço e quase não conseguiu abafar um grito, o coração batendo forte no peito, como se ela fosse um passarinho assustado.

Não é Jesse, lembrou, sentindo-se tola. O homem ao seu lado era moreno, Jesse era louro. O homem tinha a pele bronzeada, cabelos compridos até a altura dos ombros e olhos bondosos e escuros, muito escuros, um rosto tão belo como uma pintura.

Mas Jesse também era bonito. E ela sabia até que ponto a beleza podia ser cruel.

— Desculpe. — A voz de Adam soava apaziguadora, como se estivesse se desculpando por ter assustado um cachorrinho ou um potro doente. — Não quis assustá-la. Trouxe chá gelado. — Quando pegou a mão de Lily e a apertou ao redor do copo, notou que tremia. — O dia está quente e seco.

— Obrigada. Não o ouvi chegar. — Devido a um hábito inconsciente, Lily deu um passo para trás e abriu espaço entre eles. Espaço para poder fugir. — Eu só estava... olhando. É tão bonito aqui.

— É, sim.

Ela bebeu um gole do chá, molhou a garganta seca e fez um esforço para manter a calma e ser educada. As pessoas faziam menos perguntas quando ela se mostrava calma.

— Você mora aqui perto? — perguntou.

— Muito perto. — Sorrindo, Adam se aproximou do parapeito da janela e apontou para a esquerda. Ele gostara do som da voz daquela mulher, do sotaque sulista, lento e acolhedor. — Naquela casa pequena e branca, ao lado da cocheira.

— Sei qual é, já a vi. Ela tem um jardim, venezianas azuis e um cachorrinho preto que dorme no quintal. — Lily pensou que a casa parecia aconchegante, bem mais do que aquele casarão imponente.

— O nome do cachorro é Feijão. — Adam sorriu outra vez. — Ele adora feijão requentado. Sou Adam Wolfchild, irmão de Willa.

— Ah... — Por um instante, Lily encarou a mão estendida, depois decidiu apertá-la. Agora conseguia perceber os traços semelhantes: as maçãs do rosto altas e bem-delineadas, os olhos. — Não sabia que Willa tinha um... Isso nos torna...

— Não. — A mão de Lily pareceu se afrouxar, então Adam soltou-a devagar. — Vocês duas dividem o mesmo pai. Willa e eu, a mesma mãe.

— Sei. — Lily sentiu-se envergonhada ao perceber que quase não pensara no homem que fora enterrado há pouco. — Vocês dois eram próximos, você e... seu padrasto?

— Ninguém era próximo dele — respondeu Adam, com simplicidade e sem amargura. — Você não se sente à vontade aqui. — Ele tinha notado como ela permanecera distante dos grupos de pessoas, fugindo de contato físico, como se o toque acidental de algum ombro pudesse machucá-la. Também percebera em seu rosto as marcas de violência que ela tentava camuflar.

— Não conheço ninguém.

"Está magoada", pensou Adam.

Ele sempre se compadecia por pessoas magoadas. Ela era encantadora e estava machucada. Vestia-se com simplicidade, apenas um conjunto preto e sapatos de salto alto. Era apenas uns 2 centímetros mais baixa do que o seu 1,72 metro, além de magra demais para a altura. O cabelo ruivo caía em ondas suaves e lembrava as asas de um anjo. Adam não conseguia ver os olhos da jovem por trás dos óculos escuros, mas ficou se perguntando de que cor seriam e o que mais conseguiria ler neles.

A mulher herdara o queixo do pai, mas tinha a boca suave e pequena como a de um bebê. Quando ela esboçou um sorriso, uma covinha se insinuou de leve em um dos cantos da boca. A pele era lisa, muito branca — um contraste com as marcas deixadas sobre ela.

"Ela está com medo e se sentindo sozinha", pensou. Levaria algum tempo para o coração de Willa aceitar aquela mulher, sua irmã.

— Preciso examinar um cavalo.

— Ah... — O desapontamento pegou Lily de surpresa. Queria ficar sozinha. Sentia-se melhor quando estava sozinha. — Por favor, não se prenda por minha causa.

— Quer me acompanhar? Gostaria de conhecer alguns dos animais?

— Os cavalos? Eu... — "Não seja covarde", disse a si mesma, "ele não vai machucar você." — Sim, gostaria, se não for atrapalhar.

— Não vai.

Adam, sabendo que a mulher recuaria, não ofereceu o braço. Desceu as escadas à frente dela e atravessou a estrada de terra batida.

Várias pessoas viram os dois saindo e, como de costume, as pessoas desandaram a comentar. Afinal, Lily era uma das filhas de Jack Mercy, mesmo que, como havia sido debatido, o homem falasse pouquíssimo dela. Algo que, na verdade, nunca fora problema para Willa. Willa era uma jovem ousada, que dizia o que queria e quando queria.

Quanto à terceira... bem, era um caso totalmente diferente. Era arrogante, desfilando naquela roupa elegante e tratando as pessoas com desprezo. Todos perceberam como ela ficara parada ao lado da cova, fria como gelo. Mas era muito bonita, parecia uma obra de arte, disso não se tinham dúvidas. Jack gerara filhas lindíssimas, e a mais velha, frígida, tinha os olhos do pai. Duros, penetrantes e muito azuis.

Era óbvio que a mulher se julgava superior, com aqueles modos da Califórnia e sapatos caros, mas muitos ainda se lembravam da mãe, uma corista de Las Vegas, com a gargalhada estridente e espalhafatosa e uma linguagem vulgar. Os que lembraram concordaram que preferiam a mãe à filha.

Tess Mercy pouco se incomodava com aquilo. Ficaria naquele fim de mundo apenas até a leitura do testamento. Pegaria sua parte, que era bem menor do que o velho desgraçado lhe devia, e logo ficaria livre daquela poeira que cobria seus sapatos italianos Ferragamo.

— Estarei de volta, no máximo, até segunda-feira.

Tess segurava o telefone, caminhando com movimentos rápidos e bruscos, sua ansiedade soltando faíscas ao seu redor. Desejando alguns momentos de privacidade, fechara as portas do que supunha ser uma sala de leitura. Precisava se concentrar muito para ignorar as cabeças de animais empalhadas que ornavam as paredes.

— O roteiro está pronto. — Ela deu um leve sorriso e enroscou os dedos na mecha lisa de cabelo castanho que pendia sobre o rosto. — Mas é claro que é brilhante, e segunda-feira estará em suas mãos. Não discuta comigo, Ira — avisou ao agente —, consigo o roteiro e você fecha o negócio para mim. Minha conta bancária está quase zerada.

Mudou o telefone de posição, apertou os lábios e encheu o copo com o conhaque que estava em uma garrafa de cristal. Ainda ouvia as promessas e apelos de Hollywood quando notou Lily e Adam passando pela janela.

"Interessante", pensou, tomando um gole. "A Ratinha e o Nobre Selvagem."

Antes de viajar para Montana, Tess fizera uma investigação rápida. Sabia que Adam Wolfchild era filho da terceira e última mulher de Jack Mercy. Tinha 8 anos quando a mãe se casara com o padrasto. Wolfchild era um índio Blackfoot, mas a mãe era descendente de italianos. O homem passara 25 anos na fazenda Mercy, e tudo o que conseguira fora uma casa minúscula e um emprego de cavalariço.

Tess queria mais.

Quanto a Lily, a filha mais velha só descobrira que era divorciada, sem filhos e que se mudava com frequência. Devia ser porque o marido a usava como saco de pancadas, concluiu, obrigando-se a reprimir a pena que sentiu por impulso. Não podia se permitir criar laços emocionais. Viera para tratar de negócios, mais nada.

A mãe de Lily fora fotógrafa, e viera para Montana registrar o verdadeiro Oeste. Foi então que fotografou Jack Mercy. "O que não lhe serviu de grande coisa", refletiu Tess.

Depois vinha Willa. A mais velha estreitou a boca em uma linha indecifrável ao pensar na mais nova. A que permanecera na fazenda, aquela que o velho desgraçado mantivera consigo.

"Bem, agora ela é a dona do lugar", pensou Tess, dando de ombros. E Tess não tinha problemas com aquilo. Sem dúvida alguma a mulher merecia. Mas ela não iria embora dali sem levar boa parte do dinheiro.

Olhando pela janela, pôde ver as pradarias ao longe, desertas como a lua, estendendo-se no horizonte infinito. Sentiu um arrepio e deu as costas para a paisagem. Deus, como desejava estar na Rodeo Drive!

— Segunda-feira, Ira — repetiu, ríspida, irritada com a voz que não parava de falar. — No seu escritório, meio-dia em ponto. Depois você me leva para almoçar. — Com essas palavras, ela desligou o telefone.

"No máximo três dias", prometeu a si mesma, então, erguendo o copo de conhaque, brindou à cabeça do alce. Logo, logo daria o fora de Dodge e voltaria à civilização.

— WILL, ACHO QUE não preciso lembrar a você que há convidados lá embaixo. — Parada com as mãos apoiadas nos quadris magros, Bess Pringle falava no mesmo tom de voz que usava desde que Willa tinha 10 anos.

A mulher vestiu a calça jeans às pressas. Bess não acreditava nessas coisas como privacidade, e mal bateu na porta antes de entrar. Willa respondeu como se ainda tivesse 10 anos.

— Então não me lembre.

Ela se sentou para calçar as botas.

— Grosseria é tão ruim quanto palavrão.

— Trabalhar também, mas ainda assim precisa ser feito.

— Você tem empregados suficientes para cuidar disso por um dia. Não vai querer sair hoje. É inconveniente.

O que era ou não conveniente constituía o valor dos códigos morais e sociais de Bess. Era uma mulher magérrima, só pele e ossos, embora fosse capaz de devorar uma montanha de bolinhos igual a um camponês faminto e tivesse a mesma paixão por doces que uma menina de 8 anos. Estava com 58 — mudara a data da certidão de nascimento para prová-lo —, usava o cabelo em uma cor vermelha flamejante, que pintava escondido, preso em um coque que parecia dizer "não se atreva a ser insolente comigo".

A voz era áspera, mas o rosto, de beleza surpreendente, era tão liso como o de uma jovem. Tinha olhos verde-escuros, nariz de pugilista irlandês e mãos pequenas, rápidas e hábeis. Como seu humor.

Com as mãos ainda na cintura, Bess andou até Willa e olhou para baixo.

— Trate de ir lá embaixo e cuidar dos seus convidados.

— Tenho uma fazenda para administrar. — Willa se levantou. Pouco importava se, de botas, ficava 5 centímetros mais alta que Bess. O equilíbrio do poder sempre oscilara entre as duas. — E eles não são meus convidados. Não fui eu quem os chamei.

— Vieram prestar as últimas homenagens. Como convém.

— Vieram bisbilhotar e xeretar a casa. E já é hora de irem embora.

— Alguns talvez já tenham ido. — Bess balançou a cabeça brevemente. — Mas há muitos que ainda estão aqui por sua causa.

— Não quero saber deles. — Willa se afastou e ficou olhando para fora, apertando a aba do chapéu entre as mãos. A janela dava para as montanhas, para o cinturão escuro de árvores e cumes, que continham todo o mistério e a beleza do mundo. — Não preciso deles. Fico sufocada com toda essa gente à minha volta.

Bess hesitou antes de colocar uma das mãos sobre o ombro de Willa. Jack Mercy não queria que a filha crescesse e se tornasse medrosa. Nada de paparicos, mimos ou colo. Ele deixara aquilo bem claro quando Willa ainda usava fraldas. Então Bess a paparicara, mimara e segurara no colo apenas nas ocasiões em que tinha certeza de que não seria pega em flagrante e enxotada como uma das mulheres de Jack.

— Querida, você tem o direito de ficar de luto.

— Ele está morto e enterrado. Se eu me sentir mal nada vai mudar. — Ergueu uma das mãos e a apoiou sobre a que se encontrava em seu ombro. — Bess, ele nem me disse que estava doente. Nem me deu essas poucas e últimas semanas para cuidar ou me despedir dele.

— Era um homem orgulhoso — respondeu a governanta, embora pensasse "que canalha, que canalha egoísta". — Foi melhor morrer logo do que ficar sofrendo com o câncer. Ele teria odiado, e seria mais difícil para você.

— Seja como for, acabou. — Willa alisou a aba circular e larga do chapéu, colocando-o na cabeça. — Há animais e pessoas que dependem de mim. Os empregados precisam saber agora mesmo que estou no comando da fazenda, e que este lugar continua sendo administrado por um Mercy.

— Faça como quiser. — Em se tratando dos assuntos da fazenda, Bess aprendera com a experiência, ao longo dos anos, que ser conveniente não era o bastante. — Mas esteja de volta na hora do jantar. Você vai sentar à mesa e comer algo decente.

— Mande as pessoas embora e farei isso.

Willa saiu pelo lado esquerdo da escadaria, que descia em espiral pela ala oeste da casa e lhe permitiria passar despercebida até o quarto dos fundos, onde ficavam guardados os itens para os dias chuvosos. Mesmo de lá era possível ouvir o burburinho das conversas nos outros aposentos, bem como risadas ocasionais. Sentindo-se chateada com os ruídos, bateu a porta ao sair, parando de supetão ao ver dois homens que fumavam e conversavam na varanda lateral.

Fixou o olhar no mais velho e na garrafa de cerveja em sua mão.

— Está se divertindo, Ham?

O sarcasmo de Willa nunca atingia Hamilton Dawson. Ele a colocara em cima do primeiro pônei e enfaixara sua cabeça quando ela levou o primeiro tombo. Ensinara a jovem a usar o laço, atirar com a espingarda e curtir a pele de um veado. Portanto, o homem apenas colocou o cigarro na boca, o rosto coberto por uma barba grisalha, tragou-o e depois soprou um anel de fumaça.

— É. — Ele soprou outro anel de fumaça. — É uma bela tarde.

— Preciso que você verifique a cerca noroeste, ao longo da divisa.

— Isso já foi feito. — A resposta veio plácida, e o homem continuou encostado no corrimão.

Ele era baixo e atarracado, com pernas tão curvadas quanto um ossinho da sorte.

Como o capataz da fazenda, tinha certeza de que sabia o que precisava ser feito tanto quanto Willa.

— Enviei uma equipe para fazer o conserto. Mandei Brewster e Pickles para as terras altas. Perdemos algumas cabeças de gado por lá. Parece que é um puma. — Outra tragada, outro anel de fumaça. — Brewster vai cuidar disso. Ele gosta de atirar em coisas.

— Quero falar com ele quando voltar.

— Pode deixar. — O homem se afastou do corrimão e ajeitou o chapéu. — É hora do desmame.

— É, eu sei.

Ham sabia disso, e assentiu mais uma vez.

— Vou verificar a equipe da cerca. Lamento pelo seu pai, Will.

Ela sentiu que aquelas simples palavras, misturadas aos assuntos da fazenda, eram mais pessoais e sinceras do que os quilômetros de flores enviados por estranhos.

— Depois vou cavalgar até lá.

Ham acenou para ela e para o homem ao seu lado, então caminhou com as pernas curvadas até um cavalo.

— Como está se sentindo, Will?

Frustrada, sem saber o que fazer naquele momento, ela deu de ombros.

— Gostaria que já fosse amanhã. Amanhã será mais fácil, não é mesmo, Nate?

Nathan Torrence não quis responder com uma negativa, então tomou mais um gole de cerveja. Estava ali para ajudá-la como amigo, como fazendeiro e amigo, como vizinho. Por outro lado, era advogado de Jack Mercy e podia prever que, em pouco tempo, a arrogância daquela jovem seria destruída e ela ficaria arrasada.

— Vamos dar uma volta. — Ele colocou a garrafa no parapeito e pegou o braço de Willa. — Preciso esticar as pernas.

E pernas não lhe faltavam. Nathan Torrence era alto. Aos 17 anos atingira 1,90 metro e não parara de crescer. Agora, aos 33, desengonçado de tão magro, estava com 1,97 metro. O cabelo louro-claro exibia cachos sob o chapéu, os olhos eram azuis como o céu de Montana, e o rosto, belamente esculpido pelo vento e pelo sol. As mãos e os pés eram grandes, braços longos, assim como as pernas. No entanto, Nathan era um homem de surpreendente graciosidade.

Parecia um caubói, até caminhava como um. No que dizia respeito a assuntos familiares, como cavalos e a poesia de Keats, seu coração era mole como um travesseiro de penas. Contudo, nos assuntos de lei e justiça, a mente era inflexível como granito.

Sentia um afeto antigo e profundo por Willa Mercy. Mas detestava não ter outra escolha a não ser a de fazê-la passar por uma situação tão difícil.

— Nunca perdi alguém próximo — começou. — Não sei como você deve estar se sentindo.

Willa continuou andando e passou pela cozinha da casa, pelo alojamento dos empregados e pelo galinheiro, onde as aves começavam a chocar os ovos.

— Ele nunca permitiu que qualquer pessoa se aproximasse muito. Nem sei dizer como me sinto.

— A fazenda... — Era um terreno delicado, e Nate avançou com cautela. — É muita coisa para administrar.

— Temos bons empregados, bom gado e uma boa terra. — Era fácil sorrir para Nate, sempre fora. — E bons amigos.

— Pode contar comigo a qualquer hora, Will. Comigo ou com qualquer pessoa do condado.

— Eu sei. — Ela desviou o olhar para os estábulos, os currais, os prédios anexos, as casas e, ainda mais longe, para o horizonte, onde a terra prosseguia em direção ao céu.

— Esse lugar é administrado pelos Mercys há mais de cem anos. Jack criou o gado, plantou as novas sementes e amansou os cavalos. Eu sei o que precisa ser feito e como fazer. Na verdade, nada vai mudar.

"Tudo vai mudar", pensou Nate. E o mundo de que ela falava estava prestes a dar uma grande guinada, por obra e graça do coração de pedra de um defunto. Era melhor fazer aquilo logo, de maneira direta, antes que Willa saísse a cavalo ou com a charrete.

— É melhor tratarmos da leitura do testamento — decidiu Nate.

Capítulo 2

◆ ◆ ◆ ◆

O ESCRITÓRIO DE Jack Mercy ficava no segundo andar e era do tamanho de um salão de baile. As paredes, forradas de pinho amarelo extraído daquela mesma terra, envernizadas e brilhantes, difundiam uma luz dourada no aposento. As janelas enormes davam para a fazenda, a terra e o céu. Jack costumava afirmar que, daquelas janelas sem cortinas, mas arrematadas com ornamentos, enxergava tudo o que um homem precisava ver.

Uma coleção de tapetes estava espalhada pelo assoalho. As cadeiras eram revestidas de couro com ricas tonalidades de azul-esverdeado e marrom que ele próprio escolhera.

Os troféus de caça estavam nas paredes: cabeças de alces, carneiros selvagens, ursos e gamos. Em um canto, havia um enorme urso agachado, pronto para o ataque, com os dentes à mostra e os olhos pretos de vidro cheios de raiva.

Algumas de suas armas favoritas estavam em um armário com portas de vidro trancadas. O rifle Henry e o revólver Colt Peacemaker do bisavô, a espingarda de caça Browning, com a qual matara o urso, a Mossberg .500, que chamava de "pulverizador de pombos", e o Magnum calibre .44, a arma preferida para caça com revólver.

Era um ambiente masculino, com odores masculinos de couro e madeira e o cheiro do fumo dos charutos cubanos que Jack apreciava.

A escrivaninha, feita sob medida, mais parecia uma imensidão de madeira muito bem-polida, acompanhada de um labirinto de gavetas, todas com maçanetas de latão polido. Sentado diante dela, Nate remexia em papéis, esperando, sem pressa, que todos se acomodassem.

Tess achou-o tão deslocado quanto cerveja em uma reunião da igreja. "O advogado caubói", pensou, fazendo um rápido trejeito com a boca; usava sua melhor roupa. Não que ele não fosse atraente, com aquela aparência rudimentar e campestre. Um Jimmy Stewart mais jovem, todo pernas e braços, com uma sexualidade suave. Só que homens altos, desengonçados, usando botas e roupas de gabardina não eram seu tipo.

Tudo o que queria era acabar logo com aquilo e voltar para Los Angeles. Olhou para o urso que parecia rosnar, a cabeça felpuda da cabra montês, as armas que usaram para caçá-los. Que lugar! E que gente.

Além do advogado caubói, havia a governanta magricela com cabelo tingido. A mulher estava sentada em uma cadeira de espaldar alto, os joelhos ossudos bem juntos e cobertos com modéstia por uma saia preta horrorosa. Depois vinha o Nobre Selvagem, com um rosto tão bonito que chegava a doer o coração, os olhos enigmáticos. Ele tinha um leve odor de cavalos que parecia impregnado ao corpo.

Continuando a inspeção, Tess observou Lily, a irmã ansiosa, as mãos apertadas com força e a cabeça baixa, em uma vã tentativa de esconder os hematomas. Adorável e frágil como um pássaro perdido entre abutres.

Quando sentiu o coração se agitar, se virou com determinação para Willa.

"A vaqueira Mercy", pensou, fungando. A mulher era mal-humorada, calada e devia ser uma imbecil. Pelo menos tinha uma aparência melhor de calça jeans e blusa de flanela do que naquele vestido bufante que usara no enterro. Na verdade, pensou Tess, a irmã era uma figura e tanto sentada naquela enorme cadeira de couro, a bota apoiada sobre o joelho e o rosto estranho e exótico duro como pedra.

E, como até agora não vira sequer uma lágrima escorrer daqueles olhos escuros, concluiu que Willa amara Jack Mercy tanto quanto ela.

"Serão apenas negócios", reiterou, tamborilando os dedos com impaciência no braço da cadeira. "Vamos logo com isso."

Naquele mesmo instante, os olhos de Nate cruzaram com os seus. Durante um momento de desconforto, percebeu que o homem lia seus pensamentos com clareza. E a desaprovação que sentia em relação a tudo que ela pensava dele era tão evidente como o céu que se esparramava pela janela.

"Ache o que quiser de mim", pensou, e manteve um olhar frio voltado para ele. "Basta que me entregue o dinheiro."

— Podemos fazer a leitura de duas maneiras — começou Nate. — Começar pelo de praxe, lendo o testamento de Jack, palavra por palavra, e depois explicar o que todo o palavreado jurídico significa. Ou começar pelo significado, os termos e as opções. — Olhou direto para Willa. Era com quem mais se importava. — Vocês decidem.

— Faça do modo mais fácil, Nate.

— Muito bem. Bess, para você ele deixou mil dólares para cada ano que trabalhou na fazenda. O que representa um total de 34 mil dólares.

— Trinta e quatro mil! — exclamou Bess, arregalando os olhos. — Puxa, Nate, o que vou fazer com todo esse dinheiro?

Ele sorriu.

— Ora essa, Bess, gastar. Se preferir investir uma parte, posso ajudá-la.

— Meu Deus! — Espantada, a mulher olhou para Willa, para as mãos e, outra vez, para Nate. — Meu Deus!

Tess calculou que, se a governanta herdara 34 mil, ela receberia o dobro. E sabia *exatamente* o que fazer com todo aquele dinheiro.

— Adam, conforme um acordo realizado entre seu pai e sua mãe quando casaram, você pode escolher entre receber a quantia bruta de 20 mil dólares ou ficar com 2 por cento do lucro da fazenda Mercy, como preferir. Posso informar que a porcentagem sobre o lucro vale mais do que o dinheiro, mas a decisão é sua.

— É pouco — soou a voz de Willa. Lily deu um pulo, e Tess ergueu uma sobrancelha. — É injusto. Dois por cento? Adam trabalha na fazenda desde os 8 anos. Ele...

— Willa. — Sentado atrás dela, Adam colocou a mão sobre o ombro da meia-irmã. — É bastante justo.

— Não é *nada* justo! — Cheia de raiva pela injustiça cometida contra o irmão, Willa empurrou a mão dele para longe. — Temos uma das melhores criações de cavalos do estado de Montana. Isto é fruto do trabalho de Adam. Os cavalos e a casa onde ele mora deviam pertencer a ele. Adam deveria receber terra e dinheiro para cultivá-la.

— Willa. — Paciente, Adam recolocou a mão sobre o ombro da irmã e a manteve ali. — Foi isso que nossa mãe quis. Foi o que ele me deixou.

Ela cedeu, porque sentia olhos estranhos observando-os. E porque consertaria aquele erro. Pediria a Nate que preparasse os documentos antes do final do dia. Mais calma, desculpou-se e apoiou as mãos nos braços largos da cadeira.

— Continue, Nate.

— A fazenda e tudo o que há nela — recomeçou o advogado —, o gado, os equipamentos, os veículos, os direitos madeireiros... — Ele fez uma pausa e se preparou para a tarefa ingrata de destruir as esperanças. — Os negócios da fazenda continuarão como de costume, as despesas serão descontadas, os salários, pagos, os lucros, depositados ou reinvestidos. Você, Will, será administradora sob a supervisão do testamenteiro durante o período de um ano.

— Um momento — interrompeu Willa, erguendo a mão. — Jack escreveu no testamento que você vai supervisionar a administração da fazenda por um ano?

— Sob certas condições — acrescentou Nate, já pedindo desculpas com os olhos. — Se as condições forem satisfeitas durante o período de um ano, a começar, no mais tardar, 14 dias após a leitura do testamento, a fazenda e tudo o que há nela serão de propriedade e interesse únicos dos beneficiários.

— Que condições? — perguntou Willa. — Que beneficiários? O que diabo está acontecendo, Nate?

— Ele deixou para cada uma das filhas um terço da fazenda. — O homem viu o rosto de Willa empalidecer e, amaldiçoando Jack Mercy, prosseguiu: — Para receber a herança, as três precisarão viver na fazenda sem deixar a propriedade por mais de uma semana durante o período de um ano. No final desse período, satisfeitas as condições, cada beneficiária receberá sua parte. Durante dez anos, e a menos que para uma das outras beneficiárias, essa parte não poderá ser vendida ou transferida para terceiros.

— Um momento — interrompeu Tess, apoiando o copo de conhaque ao lado da cadeira. — Você está dizendo que eu tenho um terço de uma fazenda de gado no meio do nada, no estado de Montana, e que, para recebê-lo, preciso me mudar para cá? Viver aqui? Abrir mão de um ano da minha vida? Nem pensar. — Tess se levantou, desdobrando as pernas com graça. — Não quero a sua fazenda, moça — disse para Willa. — Pode ficar com todos os hectares e todas as vacas empoeiradas. Isso não vai funcionar. Quero a minha parte em dinheiro para poder sumir daqui.

— Com licença, senhorita Tess — interveio Nate, avaliando-a por trás da escrivaninha. "Completamente louca", pensou, "mas lúcida bastante para não deixar a loucura transparecer." — Isso vai ter que funcionar. Os termos e desejos de Jack Mercy foram muito bem-pensados e colocados. Se discordar deles, a fazenda será doada, em sua totalidade, à Conservação da Natureza.

— Doada? — Chocada, Willa apertou as têmporas com os dedos. A dor, a raiva e uma sensação terrível de ameaça cresciam, tomando conta de seu peito. Precisava dominar as emoções e pensar. Entendia a cláusula dos dez anos. Servia para que a terra fosse avaliada ao preço de mercado, não de imóvel. Jack detestava o governo e não tinha a menor vontade de entregar a ele um centavo sequer a mais do que o necessário. Mas ameaçar tirar tudo para dar ao tipo de organização que costumava chamar de "abraça-árvores" e "beija-baleias" não fazia sentido.

— Se não fizermos isso — prosseguiu, lutando para manter-se calma — a fazenda pode simplesmente ser doada? Doada assim, sem mais nem menos? Pelo que está escrito, se eu e aquelas duas não concordarmos com isso a terra que é dos Mercys há mais de cem anos será doada por inteiro?

Já detestando o papel que cumpria, Nate respirou fundo.

— Lamento, Willa. Não havia como discutir com ele. Jack quis que fosse assim. Se qualquer uma das três for embora, a condição perderá a validade e a fazenda será confiscada. E cada uma receberá 100 dólares. Ponto final.

— Cem dólares? — O absurdo penetrou o coração de Tess, que caiu sentada na cadeira, dando uma risada. — Aquele filho da puta.

— Cale a boca. — A voz de Willa estalou como um chicote, e ela se levantou. — Cale essa boca. Podemos contestar o testamento, Nate? Vale a pena contestar o testamento?

— Na minha opinião de advogado, não. Isso não apenas levaria anos, mas também custaria muito caro. E é bem provável que vocês percam.

— Vou ficar. — Lily esforçou-se para controlar a respiração. Uma casa, segurança, estabilidade. Estava tudo ali, ao alcance das mãos, como um presente. — Desculpem. — A mulher se levantou quando Willa se aproximou. — Isso não é justo, não é correto. Não sei por que ele fez isso, mas vou ficar. Quando o ano acabar, venderei a minha parte para você pelo preço que considerar justo. É uma linda fazenda — acrescentou, tentando sorrir, enquanto Willa continuava a encará-la. — Todos sabem que já é sua. Afinal, será apenas um ano.

— Isso é muito simpático de sua parte — intrometeu-se Tess. — Mas vocês estão malucas se acham que vou ficar aqui por um ano. Amanhã de manhã volto para Los Angeles.

Com os pensamentos em turbilhão, Willa encarou a mulher, pensativa. É fato que gostaria que as duas fossem embora, mas desejava muito mais a fazenda.

— Nate, o que aconteceria se uma de nós morresse de repente?

— Muito engraçado. — Tess pegou outra vez o copo de conhaque. — Isso faz parte do humor de Montana?

— No caso da morte de uma das beneficiárias, dentro desse período de um ano de transição, as condições devem ser mantidas, e cada uma das remanescentes receberá metade da fazenda Mercy.

— Então você vai me matar durante o sono? Vai me enterrar na pradaria? — Tess estalou os dedos, dispensando a ideia. — Você não pode me ameaçar para ficar aqui, vivendo desse jeito.

"Talvez não", pensou Willa. Mas o dinheiro falava mais alto para este tipo de gente.

— Não quero você por aqui. Não quero nenhuma das duas, mas farei o que for preciso para manter a fazenda. Nate, talvez seja do interesse da senhorita Hollywood saber quanto valem seus hectares poeirentos.

— Em um valor aproximado do mercado atual, contando apenas a terra e os imóveis, sem incluir os animais... entre 18 e 20 milhões de dólares.

O conhaque caiu do copo quando Tess ergueu as mãos, assustada.

— Meu Deus!

Aquilo provocou um suspiro de Bess e uma careta de Willa.

— Bem que eu tinha a impressão de que essa linguagem você entenderia — murmurou Willa. — Quando foi a última vez que recebeu 6 milhões em um ano... maninha?

— Posso beber um pouco d'água? — conseguiu perguntar Lily, atraindo a atenção da mais jovem.

— Sente-se antes que caia no chão. — Willa deu um empurrãozinho de leve para que ela sentasse e começou a andar pela sala. — Nate, quero que você leia o documento, palavra por palavra. Quero entender tudo direitinho. — Ela foi até o armário laqueado onde ficavam as bebidas e fez algo que nunca ousara quando o pai ainda estava vivo: abriu uma garrafa de uísque e serviu-se de um copo.

Bebeu com tranquilidade, deixando o fogo líquido escorrer devagar pela garganta, acompanhando as palavras do advogado. Forçou-se a não pensar em todos os anos que lutara pelo amor do pai, ou pelo menos por respeito e confiança.

No fim, o pai a deixara resolver o problema com as filhas que nunca conhecera. Porque, afinal, nenhuma delas fora importante de verdade para ele.

Sentiu as orelhas tinirem quando ouviu Nate murmurar um nome.

— Um momento. Espere um momento. Você disse Ben McKinnon?

Nate ajeitou-se na cadeira e pigarreou. Torcera para que o nome passasse despercebido, pelo menos naquele momento. Willa sofrera bastantes choques para um dia.

— Eu e Ben fomos designados por seu pai para supervisionar a administração e o progresso da fazenda durante o ano.

— Aquele ladrão miserável vai me vigiar durante um ano?

— Will, pare de xingar dentro de casa — reclamou Bess.

— Eu xingo até essa casa desmoronar, se me der vontade. Por que diabo ele escolheu Ben?

— Depois de Mercy, seu pai considerava a fazenda Three Rocks a melhor de todas. Queria alguém que entendesse do negócio.

Nate se lembrou de Jack Mercy comentando que Ben McKinnon podia ser tão perverso quanto uma cobra. E que o homem não mudaria por causa de uma mulher.

— Nenhum de nós vai vigiá-la — tranquilizou-a Nate. — Temos nossas próprias fazendas para cuidar. É apenas um detalhe sem importância.

— Uma grande besteira. — Mas Willa não parou aí. — Ben já sabe? Por que não veio ao enterro?

— Foi tratar de um assunto em Bozeman. Volta hoje à noite ou amanhã. Mas, sim, ele já sabe.

— Deve ter se divertido bastante, não é mesmo?

O homem quase engasgara de tanto rir, lembrou Nate, mantendo o olhar sério.

— Isso não é brincadeira, Will. É um negócio, e é apenas temporário. Tudo o que você precisa fazer é aguentar durante as quatro estações de um ano. — Os lábios se curvaram. — É tudo o que todos nós precisamos.

— Eu aguento. Mas se aquelas duas vão aguentar, só Deus sabe. — Ela examinou as irmãs e balançou a cabeça. — Por que está tremendo? — perguntou a Lily. — Você não vai enfrentar o esquadrão da morte, vai ganhar milhões de dólares. Beba isso, pelo amor de Deus! — Então colocou o copo de uísque na mão da irmã.

— Pare de implicar com ela. — Irritada, Tess enfiou-se entre as duas, instintivamente, para proteger Lily.

— Não estou implicando. Saia do meu caminho.

— Vou ficar no seu caminho durante a droga do ano inteiro. Trate de se acostumar.

— Então é melhor você se acostumar com as coisas por aqui. Você vai ficar, mas não vai passar o tempo sentada sobre essa sua bundinha fofa, terá que trabalhar.

Quando ouviu "bundinha fofa", Tess respirou fundo. Esforçara-se e passara fome para perder peso na época da faculdade, e estava muito orgulhosa do resultado.

— Lembre-se de uma coisa, sua tábua de passar ferro, sua cadela de pernas tortas: se eu cair fora, quem perde é você. E, se pensa que vou acatar as ordens de uma vaqueira de cara feia, é muito mais idiota do que parece.

— Você fará exatamente o que eu mandar — repreendeu Willa. — Ou então, em vez de uma bela cama confortável nesta casa, vai ter que viver em uma tenda nas montanhas pelo próximo ano.

— Eu tenho os mesmos direitos que você sob este teto. Talvez até mais, já que Jack casou com a minha mãe primeiro.

— O que só a torna mais velha — retrucou Willa, e teve o prazer de observar a punhalada atingir o alvo. — E sua mãe era uma corista que gostava de cerveja, com mais seios do que cérebro.

Qualquer coisa que Tess pudesse ter dito ou feito em resposta foi interrompido pelo choro de Lily.

— Satisfeita? — perguntou Tess, dando um safanão em Willa.

— Chega. — Cansado do bate-boca, Adam silenciou as duas com o olhar. — Vocês deviam se envergonhar. — O homem se debruçou sobre Lily, murmurou algumas palavras e ajudou-a a se levantar. — Você precisa de um pouco de ar fresco — disse, de forma simpática. — E de comida. Vai se sentir melhor.

— Leve-a para dar uma volta — ordenou Bess, erguendo-se da cadeira sem jeito. Sua cabeça ressoava como se alguém estivesse martelando dentro dela. — Vou preparar o jantar. Estou com muita vergonha de vocês duas — disse para Tess e Willa. — Conheci suas mães. Elas esperariam mais de vocês. — Com um resmungo e muita dignidade, ela se virou para o advogado: — Nate, você está convidado para o jantar. Tem comida de sobra.

— Obrigado, Bess, mas... — Ele queria dar o fora dali enquanto ainda estava vivo. — Preciso ir para casa. — Juntou os papéis, atento às duas mulheres que permaneciam no aposento, lançando olhares mal-humorados uma para a outra. — Vou deixar três cópias de todos os documentos para vocês. Caso tenham alguma dúvida, sabem onde me encontrar. Se não tiver notícias das três, voltarei em alguns dias para checar... para checar as coisas. — E calou-se. Pegou o chapéu e a pasta e abandonou a arena.

Willa, mais controlada, respirou fundo.

— Dei meu suor e meu sangue por esta fazenda desde o dia em que nasci. Vocês não ligam a mínima para este lugar, e eu não dou a mínima para vocês. Mas não vou perder o que é meu. As duas podem achar que isso me deixa em uma situação difícil, mas sei que não vão abrir mão de uma quantia tão grande, algo que nunca viram ou sequer esperavam ver algum dia. Portanto, estamos em pé de igualdade.

Tess assentiu, sentou no braço da cadeira e cruzou as pernas.

— Bom, então vamos definir as condições de convivência para o próximo ano. Você acha que é fácil abandonar minha casa, meus amigos e meu estilo de vida durante um ano? Não é. — Sentimental, Tess lembrou-se logo do apartamento, do clube, de Rodeo Drive. Depois continuou, com mais firmeza: — Mas não, também não vou abandonar o que é meu.

— É seu uma ova.

Tess apenas inclinou a cabeça.

— Quer a gente goste ou não, e duvido que alguma de nós aceite, sou tão filha dele quanto vocês. Não cresci aqui porque ele mandou minha mãe embora. Isso é um fato, e, depois de passar apenas um dia aqui, já começo a me sentir grata por isso. Mas vou aguentar por um ano.

Pensativa, Willa pegou o copo de uísque que Lily deixara intocado. A ambição e a cobiça eram excelentes incentivos. Claro que a mulher aguentaria.

— E depois?

— Você pode comprar a minha parte. — A possibilidade de ter todo aquele dinheiro a deixava tonta. — Ou, se não puder, pode mandar os cheques com os meus dividendos para Los Angeles. Que é para onde irei, no primeiro dia depois que expirar a cláusula.

Willa tomou outro gole de uísque e lembrou-se que dali por diante precisaria de autocontrole.

— Você sabe montar?

— Montar o quê?

Bufando, Willa bebeu um gole.

— Faz sentido. Provavelmente, também não sabe a diferença entre um peru e uma galinha.

— Mas claro que eu sei reconhecer um peru quando vejo um — respondeu Tess, com a voz esganiçada, surpresa ao ouvir a risada de Willa.

— Aqui as pessoas trabalham. Esta é a nossa realidade. E eu já tenho trabalho de sobra com os empregados e o gado sem precisar me preocupar com vocês. Portanto, as duas receberão ordens de Bess.

— Você espera que eu obedeça às ordens de uma governanta?

Uma faísca brilhou nos olhos de Willa.

— Você acatará as ordens da mulher que vai alimentá-la, cuidar das suas roupas e limpar a casa onde você vai morar. E a primeira vez que tratá-la como empregada, será a última. Juro. Você não está mais em Hollywood, nem em Los Angeles, irmãzinha. Aqui todo mundo puxa a própria carroça.

— Acontece que tenho uma carreira.

— Sei, escrevendo roteiros de filmes. — Era bem provável que existisse algum trabalho menos inútil, mas Willa não conseguiu se lembrar de nenhum. — Olhe, o dia tem 24 horas. Você vai perceber isso bem depressa. — Sentindo-se cansada, ela caminhou até a janela atrás da escrivaninha. — O que diabo vou fazer com aquele passarinho perdido?

— Ela parece mais uma flor amassada.

Surpresa com o tom de compaixão, Willa olhou para a irmã mais velha e deu de ombros.

— Ela contou alguma coisa sobre os hematomas?

— Conversei com ela tanto quanto você. — Tess lutou para afastar o sentimento de culpa. Não se envolva, lembrou-se. — Não é bem uma reunião de família.

— Bem, ela vai contar para Adam. Mais cedo ou mais tarde, todos contam para ele o que os machuca. Pelo menos por enquanto deixaremos Lily, a magoada, sob os cuidados dele.

— Ótimo. Vou amanhã de manhã para Los Angeles. Vou fazer as malas.

— Um dos homens a levará até o aeroporto.

Dispensando Tess, Willa voltou a olhar pela janela.

— Faça um favor a si mesma, senhorita Hollywood, compre umas roupas íntimas compridas. Vai precisar.

WILLA SAIU a cavalo ao entardecer. O sol brilhava no horizonte por trás dos picos ao leste, colorindo o céu de um vermelho forte e maduro. Precisava pensar, se acalmar. Sob seu corpo, a égua *Appaloosa* corcoveou e mordeu o freio.

— Tudo bem, Moon, vamos gastar as energias. — Com um puxão nas rédeas, Will mudou de direção e deixou a égua escolher a velocidade. Passaram como um raio pelas luzes, os prédios e o burburinho da fazenda e seguiram na direção do rio que serpenteava na planície.

Acompanhando as margens, cavalgaram no escuro, indo para leste, onde brilhavam as primeiras estrelas. O único som era o chapinhar dos cascos na água. O gado pastava, e os gaviões noturnos voavam em círculos. Quando chegaram ao topo de uma colina, Willa viu as silhuetas e sombras que se estendiam por quilômetros e mais quilômetros, as árvores ao longe, o movimento do capim nas campinas, a linha infinita de uma cerca. O brilho das luzes distantes e suaves de uma fazenda vizinha sob a noite límpida.

As terras dos McKinnons.

A égua balançou a cabeça com força e resfolegou quando Willa puxou o freio.

— Ainda não gastamos toda a energia, não é mesmo?

Não, a raiva ainda fervilhava dentro dela, tal como a energia na égua. Willa desejou que a fúria amarga e dilacerante desaparecesse junto com a dor que borbulhava em seu peito. Aquilo de nada ajudaria a suportar o próximo ano. "Não ajudaria a suportar sequer a próxima hora", pensou, estreitando os olhos com força.

Prometeu a si mesma que não derramaria lágrimas. Nem por Jack Mercy, nem por ela, a filha caçula.

Respirou fundo, inalando o cheiro do capim, da noite e do cavalo. O que precisava era de controle, algo calculado e inflexível. Encontraria uma maneira de lidar com aquelas irmãs que lhe impuseram, manteria as duas na linha e na fazenda, custasse o que custasse, e faria com que aguentassem o ano inteiro.

Também encontraria um meio de lidar com os supervisores escolhidos. Enquanto Moon seguia a passo lento, decidiu que Nate era um problema irritante, mas não grande demais. O homem faria apenas o que considerava ser seu dever jurídico. O que, na opinião de Willa, significava que não iria interferir nos assuntos cotidianos da fazenda e que desempenharia seu papel sem se ater a minúcias.

Quase sentia pena dele. Já o conhecia há bastante tempo, e bem o suficiente para pensar, mesmo que por um instante, que Nate gostava da situação na qual fora colocado. O homem era justo e honesto e gostava de cuidar dos próprios assuntos.

Mas havia Ben McKinnon, lembrou Willa, e a raiva amarga voltou a ferver. Era outro caso. Não tinha dúvidas de que o homem adoraria cada minuto, que se intrometeria em cada oportunidade possível e que ela seria obrigada a suportá-lo. Mas, pensou, com um sorriso feroz, não o aceitaria de bom grado e não facilitaria a vida dele.

Ah, ela sabia o que Jack Mercy queria, e era isso que fazia seu sangue ferver. Podia sentir a raiva borbulhar até a pele, quase evaporando pelos poros no ar frio da noite, enquanto olhava para as luzes e as silhuetas na fazenda Three Rocks.

Durante gerações, as terras dos Mercys e dos McKinnons progrediram lado a lado. Alguns dias depois do tratado entre os Sioux e o general Custer, dois homens que caçavam nas montanhas se associaram e levaram as fortunas para o Texas, onde compraram gado barato e o conduziram para o norte de Montana. Mas a sociedade se desfez, e cada um tomou posse das próprias terras e do próprio gado e construiu uma casa.

Assim surgiram as fazendas Mercy e Three Rocks, cada uma se expandindo, prosperando, lutando e sobrevivendo.

Jack Mercy cobiçara intensamente as terras dos McKinnons. Uma terra que não podia ser comprada, trocada ou burlada. Mas podia ser incorporada, pensou Willa. Se fosse possível juntar as terras dos Mercys com as dos McKinnons, a união resultaria em uma das maiores fazendas do Leste, se não a mais importante.

Bastava vender a filha. "E para que mais servia uma fêmea?", perguntou-se Willa. Troque-a como faria com uma bela novilha roliça. Deixe-a na frente do touro tantas vezes quantas forem necessárias, e a natureza cuidará do resto.

Já que não tinha um filho, Jack fez o que lhe pareceu melhor: colocou a filha diante de Ben McKinnon. "E todos saberiam", refletiu Willa, obrigando-se a afrouxar as mãos que seguravam as rédeas. Como não conseguiu fechar o negócio em vida, mexia os pauzinhos do túmulo.

E se a filha que ficara ao lado dele durante toda a vida, que trabalhara, suara e sangrara naquela terra, não fosse isca suficiente, bem... então, havia mais duas.

— Que o diabo o carregue, pai. — Com as mãos trêmulas, ajeitou o chapéu na cabeça. — A fazenda é minha e continuará sendo minha. Maldito seja, se pensa que vou abrir as pernas para Ben McKinnon ou qualquer outro.

Viu o brilho de faróis e sussurrou no ouvido da égua, para acalmá-la. Não conseguiu distinguir o veículo, mas notou para que lado se dirigia. Um leve sorriso cobriu seu rosto quando percebeu que os faróis viravam na direção da casa de Three Rocks.

— Voltando de Bozeman, não é? — Instintivamente, ela se endireitou na sela e ergueu o queixo. O silêncio do lugar permitiu que ouvisse a batida da porta do veículo e os latidos dos cães. Imaginou se ele olharia para a colina. Se o fizesse, veria a sombra escura de um cavaleiro e de seu cavalo. E saberia quem o observava dos limites da fazenda.

— Veremos o que vai acontecer, McKinnon — sussurrou. — Veremos quem irá administrar Mercy quando tudo isso acabar.

Um coiote uivou para a lua crescente que subia no céu. Ela sorriu de novo. Havia todos os tipos de coiotes. A beleza do canto não importava. Continuavam sendo abutres, devoradores de carniça.

E ela não permitiria nenhum devorador de carniça nas suas terras.

Deu a volta e cavalgou para casa em meio à escuridão.

Capítulo 3

◆ ◆ ◆ ◆

— Aquele filho da mãe. — Debruçado sobre a sela, Ben sacudia a cabeça para Nate. Os olhos verde-escuros brilhavam debaixo da proteção da aba larga do chapéu. — Lamento não ter ido ao enterro. Meu pessoal contou que foi um acontecimento social daqueles.

— E como foi. — Nate deu um tapa distraído nos flancos do cavalo preto. Conseguira alcançar Ben dez minutos antes que o amigo partisse para as terras altas.

Na opinião de Nate, Three Rocks era uma das extensões de terra mais belas de Montana. A própria casa era um modelo de eficiência e estética. Não era um palácio como a dos Mercys, mas uma construção simpática com acabamento em madeira e fundação de arenito. Formas de telhado variadas aumentavam o encanto, com muitas varandas e sacadas para sentar e contemplar as montanhas.

Os McKinnons administravam um lugar caprichoso e atarefado, mas sem tumulto.

Ouviu os protestos dos bovinos vindos de um dos currais. As novilhas, separadas das mães para o desmame, não estavam muito satisfeitas. Os machos ficariam ainda mais tristes, lembrou, quando fossem castrados e tirassem seus chifres.

Aquela era uma das razões por que preferia cuidar de cavalos.

— Sei que precisa trabalhar — continuou Nate —, não quero prendê-lo aqui, mas pensei em passar para contar em que pé estamos.

— Sei. — Ben, de fato, estava pensando no trabalho. Novembro estava quase chegando, e havia pouco tempo até a chegada do inverno. Naquele instante, o sol brilhava sobre Three Rocks. Os cavalos mordiscavam o pasto vizinho, e os homens tratavam dos afazeres com roupas leves. Mas as cercas móveis precisavam ser examinadas e os grãos, colhidos. O gado, que não ficaria nos estábulos durante o inverno, precisava ser separado e despachado.

Mas seu olhar percorreu as pastagens e os picadeiros, seguindo até a colina e as terras dos Mercys. Podia imaginar que, na manhã seguinte, Willa Mercy teria outras preocupações além do trabalho.

— Não tem nada a ver com os seus talentos de advogado, Nate, mas aquela papagaiada jurídica não vai valer, vai?

— Os termos do testamento são bem claros e precisos.

— Ainda assim, você é um advogado de merda.

Conheciam-se há tempo suficiente para Nate não se sentir ofendido.

— Ela pode contestar o testamento, mas será um caminho íngreme e difícil.

Ben olhou outra vez para sudeste, pensou em Willa Mercy e balançou a cabeça. Ficava tão confortável na sela como em uma cadeira de balanço. Depois de passar trinta anos na fazenda, aquilo era muito natural para ele. Embora fosse menos alto do que Nate, tinha 1,80 metro e seu corpo era forte e musculoso. O cabelo dourado das horas que passava ao sol era bem comprido, alcançando o colarinho da camisa de cambraia. O olhar era muito aguçado e às vezes tão calculista como o de uma águia, e o rosto possuía uma beleza gasta, esculpida pelas intempéries de um homem que se sente bem ao ar livre. Uma cicatriz horizontal desfigurava o queixo, lembrança da juventude e de um erro ao brincar de lançar facas no chão com o irmão.

Ben passou a mão pela cicatriz com um gesto distraído e familiar. A princípio achara engraçado quando Nate contou sobre o testamento. Agora que sua função entraria em vigor, já não achava a mesma coisa.

— E como ela está lidando com isso?

— Com dificuldade.

— Merda. Lamento muito. Ela amava aquele velho desgraçado, só Deus sabe por quê. — Tirou o chapéu, passou a mão pelo cabelo e o colocou de volta. — Ela deve estar muito irritada por eu ter sido escolhido!

Nate sorriu.

— Bem, ela está, mas acredito que sentiria o mesmo se fosse qualquer outra pessoa.

Não, refletiu Ben, não seria bem o mesmo. Imaginava se Willa sabia que o pai certa vez oferecera 1.500 hectares de terras baixas de primeiríssima qualidade para que casasse com a filha. Parecia um daqueles malditos reis tentando unir os reinos.

Mercy teria dado as terras, pensou, estreitando os olhos contra o sol. Ele teria dado tudo de graça, mas não soltaria as rédeas.

— Willa não precisa de nenhum de nós para administrar Mercy — comentou Ben. — Mas vou cumprir as exigências do testamento. E que diabo... — O sorriso espalhou-se no rosto de forma lenta e arrogante, mudando os contornos. — Vai ser divertido vê-la teimando comigo a cada cinco minutos. Que tal as outras duas?

— São diferentes. — Pensativo, Nate encostou-se no para-lama do Range Rover. — Lily, a do meio, se assusta com facilidade. Parece que vai sair correndo ao menor gesto. E está com o rosto muito machucado.

— Sofreu um acidente?

— Para mim parece que esbarrou nos punhos de alguém. Ela tem um ex-marido. E uma liminar contra ele. O homem foi preso algumas vezes por lesões corporais.

— Que miserável. — Se havia algo pior do que um homem que maltratava um cavalo, era um que maltratava uma mulher.

— Ela aceitou ficar sem nem pestanejar — prosseguiu Nate e, tranquilo e metódico, começou a enrolar um cigarro. — Só posso concluir que encontrou um bom lugar para se esconder. A mais velha é uma espertinha. É de Los Angeles, usa roupas italianas e um relógio de ouro. — O homem recolocou a bolsa de tabaco Drum no bolso e acendeu um fósforo. — Ela escreve roteiros de filmes e parece muito indignada com a ideia de ficar presa neste lugar selvagem por um ano inteiro. Mas quer o dinheiro que esse cárcere lhe renderá. Foi para a Califórnia fazer as malas.

— Ela e Will vão se entender tão bem como duas gatas ariscas.

— As duas já se arranharam. — Nate soltou a fumaça, pensativo. — Confesso que foi divertido de ver. Adam as acalmou.

— Ele deve ser o único que consegue acalmar Willa. — O couro deu um estalo quando Ben se acomodou na sela. Spook começava a ficar inquieto, demonstrando seu desejo de ir embora com sacolejos rápidos de cabeça. — Vou falar com ela. Preciso examinar a equipe que mandamos para as terras altas. Parece que teremos tempestades. Minha mãe fez café lá em casa.

— Obrigado, mas preciso voltar. Também tenho trabalho a fazer. Vejo você em um ou dois dias.

— Está bem. — Ben chamou o cachorro e observou o amigo, que subia no Range Rover. — Nate... não permitiremos que ela perca a fazenda.

O advogado ajustou o chapéu e procurou as chaves.

— Não, Ben. Não permitiremos.

ERA UMA BOA cavalgada pelo vale até o sopé das encostas. Ben seguia a passos lentos, observando a terra. O gado estava gordo. Algumas cabeças de Angus tinham ido para o abate, e as carnes foram preparadas e empacotadas para o inverno. As outras seriam levadas de pasto em pasto, para aguentar mais um ano.

Cerca de cinco anos atrás, desde que seus pais haviam começado aos poucos a passar a direção da fazenda para os três filhos, selecionar e vender o gado eram sua responsabilidade.

O capim, ainda alto e verde, brilhava contra o fundo pincelado de árvores. Ouviu um ronco no céu e olhou para cima sorrindo. Era o irmão Zack, fazendo um voo de inspeção. Ben tirou o chapéu e acenou. Charlie, o *border collie* de pelos longos, começou a latir, correndo em círculos. O pequeno avião fez uma leve inclinação em saudação.

Ben ainda não conseguia pensar no irmão caçula como marido e pai. Mas ali estava ele. Bastou olhar para Shelly Peterson, e Zack caiu de quatro. Menos de dois anos depois, Ben virou tio. E isso, ponderou Ben, o fazia sentir-se muito velho. Parecia que havia trinta anos de diferença entre ele e Zack, e não três.

Ajeitou o chapéu e guiou o cavalo morro acima, entre os pinheiros amarelos. O ar ficou fresco e esfriou. Havia sinais de cervos e, em outra ocasião, teria cedido à vontade de seguir os rastros e levar carne de veado fresca para a mãe. Esperançoso, Charlie farejava o chão, voltando-se de vez em quando, como se pedisse permissão para perseguir a caça. Mas Ben não estava com vontade de caçar.

Podia sentir cheiro de neve. Ainda estava muito abaixo do limite, mas podia sentir o cheiro pairando no ar. Vira bandos de gansos canadenses voando para o sul. O inverno chegaria cedo e seria muito duro. Até os murmúrios da água do rio descendo pela montanha pareciam gelados.

Quando a floresta ficou mais densa e o solo, mais inclinado, Ben passou a acompanhar o curso do rio. Para ele, a floresta era tão familiar quanto o quintal de casa. Lá estava o pinheiro morto, ao redor de onde Zack e ele escavaram à procura de um tesouro enterrado. E lá, naquela pequena clareira, matara o primeiro cervo, acompanhado do pai. Naquele rio, pescar trutas era tão fácil quanto colher frutos em um arbusto.

Gravara o nome da amada naquelas pedras. Com o passar dos anos, as palavras tinham desbotado e desaparecido. E a bela Susie Boline fugira para Helena com um guitarrista, partindo seu coração, quando Ben tinha 18 anos.

Ainda sentia o peito apertado quando lembrava, embora preferisse cruzar o inferno a admitir que era um homem sentimental. Passou pelas pedras e lembranças e continuou avançando pela trilha de terra batida, por entre árvores de cores tão vivas que pareciam mulheres em um baile de sábado à noite.

À medida que o ar rareava e ficava gelado, e o cheiro, mais forte, Ben começou a assobiar. A estadia em Bozeman fora produtiva, mas estava ansioso por aquele momento. O espaço, a solidão, a terra. Apesar de admitir que trouxera o saco de dormir apenas por precaução, já estava planejando acampar durante uma noite. Talvez duas.

Poderia caçar um coelho para o jantar, assar alguns peixes, passar a noite com a equipe. Ou, talvez, acampar longe deles. Os homens levariam o gado para as terras baixas. Tanta neve no ar podia indicar uma nevasca prematura, um desastre para o gado que pastava no alto das montanhas. Considerou, porém, que não havia pressa.

Parou por um instante para admirar uma bonita campina salpicada de vacas, limitada por um rio turbulento. Apreciou a ondulação das flores silvestres outonais e o chamado dos pássaros.

Não conseguia compreender como uma pessoa poderia preferir as ruas engarrafadas da cidade, os prédios apinhados de gente e os problemas que decorriam disso.

O estampido de uma arma assustou o cavalo e apagou seus pensamentos sonhadores. Apesar de ser um território onde a detonação de uma bala costumava indicar uma caçada, Ben estreitou os olhos. Quando ouviu o segundo disparo, voltou a montaria na direção do barulho e a esporeou para que galopasse.

A primeira coisa que viu foi o cavalo de Willa. A égua *Appaloosa* tremia, e as rédeas estavam jogadas sobre um galho. Ben sentiu o estômago embrulhar quando percebeu o cheiro forte e adocicado de sangue. Depois notou a mulher segurando com firmeza a espingarda e, a apenas 20 metros, um urso caído no chão. O cachorro se aproximou rosnando e parou, tremendo, ao comando severo do dono.

Ben esperou que Willa olhasse para ele por cima do ombro e saltou do cavalo. Notou o rosto pálido e os olhos escuros.

— Está mesmo morto?

— Está. — Ela engoliu em seco. Detestava matar e detestava ver sangue. A visão de uma galinha sendo depenada para o jantar lhe provocava ânsia de vômito. — Não tive escolha. Ele me atacou.

Ben balançou a cabeça, tirou a espingarda do coldre e se aproximou.

— O filho da mãe é enorme. — Ele não queria nem pensar no que teria acontecido se ela tivesse errado a mira, no que um urso daquele tamanho seria capaz de fazer à Willa e sua égua. — É uma fêmea — observou, mantendo a voz em um tom suave. — Os filhotes devem estar nas redondezas.

Willa enfiou a arma no coldre.

— Já pensei nisso.

— Quer que limpe a carcaça para você?

— Sei como limpar um animal.

Ben assentiu e pegou a faca.

— Vou ajudar mesmo assim. É uma ursa enorme. Willa, lamento pelo seu pai.

A mulher pegou a própria faca, uma Bowie afiadíssima, quase igual à de Ben.

— Você o odiava.

— E você não? Então me desculpe. — Ele começou a trabalhar na ursa, contornando o sangue e os coágulos quando podia, passando a faca por dentro deles quando não podia evitar. — Nate passou na fazenda hoje de manhã.

— Claro que passou.

O sangue fumegava no ar gelado. Charlie mordiscava as entranhas com delicadeza, abanando o rabo. Ben a encarou por cima da carcaça.

— Se quiser ficar chateada comigo, fique à vontade. Não fui eu quem redigiu a droga do testamento, mas farei o que for preciso. A primeira pergunta é: o que você está fazendo aqui sozinha?

— Suponho que o mesmo que você. Meus homens estão nas terras altas e precisam levar o gado para baixo. Posso administrar meus negócios tão bem quanto você, Ben.

Ele ficou calado, torcendo para que ela continuasse. Sempre fora fascinado pela voz de Willa. Era rouca, dava a impressão de que a mulher ainda estava com sono. Ben sempre achou que era um desperdício aquela voz tão sensual em uma mulher tão obstinada.

— Bom, teremos um ano para descobrir, não é mesmo? — Como Willa não reagiu, ele passou a língua pelos dentes. — Você vai empalhar a cabeça?

— Não. Os homens é que precisam de troféus para onde apontar o dedo e contar vantagem. Eu não sou assim.

Ben sorriu.

— Gostamos deles, é verdade. E você daria um belo troféu. É muito bonita, Willa. Acho que é a primeira vez que digo isso para uma mulher enquanto estou coberto pelas entranhas de uma ursa.

Willa reconheceu seu modo estranho de ser galanteador e se recusou a ser seduzida. Nos dois últimos anos, a recusa em deixar-se seduzir por Ben McKinnon adquirira proporções consideráveis.

— Não preciso da sua ajuda, nem com a ursa, nem com a fazenda.

— Mas você a tem, e nos dois casos. Podemos nos comportar de forma pacífica ou como adversários. — Distraído, ele deu um tapinha em Charlie quando o cachorro se sentou ao seu lado. — Para mim, tanto faz.

Observou as olheiras dela. Pareciam marcas de impressões digitais sobre a pele dourada. E a boca, que sempre achara particularmente atraente, estava apertada em uma linha estreita. Ben gostava que ela fosse ríspida e achou que sabia como provocá-la.

— Suas irmãs são tão bonitas quanto você? — A mulher não respondeu, e seus lábios se contraíram ainda mais. — Aposto que são mais gentis. Vou dar uma passada lá para verificar. Will, por que não me convida para jantar? Assim nos sentamos e discutimos os planos para a fazenda. — Os olhos dela faiscaram, e Ben abriu um largo sorriso. — Sabia que ia funcionar. Meu Deus, você tem um rosto e tanto, e nada fica melhor nele que esse seu gênio intratável.

Willa não queria ouvir que era bonita, se é que era isso que ele estava dizendo. Aquilo sempre fazia seu estômago revirar.

— Por que não poupa o fôlego e tenta levantar essa carcaça para deixar escorrer o sangue?

Balançando-se, Ben a observou.

— Podemos acabar logo com essa história. Casamos e pronto.

Apesar de estar segurando a faca ensanguentada, Willa respirou três vezes bem devagar. Aquilo era provocação, e ela sabia que nada o agradava mais do que vê-la gritar, vociferar e espernear. Então inclinou a cabeça para o lado e respondeu em um tom de voz tão gélido quanto a água do rio:

— A possibilidade de isso acontecer é a mesma de essa ursa, ou do que resta dela, ficar de pé nas patas traseiras e morder sua bunda.

Ambos se levantaram ao mesmo tempo, e Ben envolveu o pulso dela com os dedos, ignorando o rápido puxão de contrariedade.

— Não a desejo mais do que você a mim. Só pensei que seria mais fácil para todos se resolvêssemos isso. A vida é longa, Willa — continuou, com um pouco mais de gentileza. — Um ano passa rápido.

— Às vezes, até um dia é demais. Me solta, Ben. — Willa ergueu o olhar devagar. — Um homem que hesita em dar ouvidos a uma mulher com uma faca nas mãos merece o que pode lhe acontecer.

Ben poderia ter arrancado a faca das mãos dela com um só movimento, mas decidiu não reagir.

— Você a enfiaria em mim? — Saber que aquilo era verdade o deixou ao mesmo tempo animado e irritado. Como sempre, Willa provocava as duas sensações. — Ponha isso em sua cabeça: não quero o que é seu. E tanto quanto você, não pretendo ser trocado por mais terras e gado. — Ao ouvir aquelas palavras, ela empalideceu, enquanto Ben balançava a cabeça. — Sabemos em que pé estamos, Will. Pode ser que uma das suas irmãs me agrade, mas, por enquanto, isso são só negócios.

A humilhação era tão evidente quanto o sangue em suas mãos.

— Seu filho da mãe.

Ben soltou a mão dela e, por precaução, prendeu a que segurava a faca.

— Eu também amo você, minha querida. Agora vou pendurar a ursa. Vá se limpar.

— Eu atirei nela, eu posso...

— Uma mulher que hesita em dar ouvidos a um homem com uma faca nas mãos merece o que pode lhe acontecer. — Ele deu outro sorriso, devagar e com calma. — Por que não tratamos desse assunto de uma maneira agradável para nós dois?

— Não posso. — Toda a paixão e frustração que se agitavam dentro dela culminaram naquelas duas palavras. — Sabe que não posso. Como se sentiria se estivesse no meu lugar?

— Mas não estou — respondeu ele, com simplicidade. — Vá lavar esse sangue. Ainda temos muito chão pela frente.

Ben a soltou e se agachou outra vez, sabendo que ela continuava ali parada, lutando para não perder o controle. Só relaxou quando ela se afastou com passos lentos na direção do rio; o cachorro permanecia alegre ao seu lado. Soltou um longo suspiro e olhou para as presas expostas da ursa.

— Ela prefere uma mordida sua a uma palavra gentil minha — murmurou. — Pro inferno essas mulheres.

Quando terminou o trabalho repulsivo, admitiu que mentira. Ele a desejava. O incrível era que, quanto menos tentava desejá-la, mais forte se tornava o desejo.

Quase uma hora se passou antes que Willa voltasse a falar. Tinham colocado os casacos de pele de carneiro por causa do frio e do vento, e os cavalos se arrastavam por quase 30 centímetros de neve enquanto Charlie abria a trilha, muito feliz.

— Pode ficar com metade da carne da ursa. É justo — ofereceu Willa.

— Fico agradecido.

— Ficar agradecido é o problema, não é mesmo? Nenhum de nós quer se sentir grato.

Ele a compreendia, refletiu, e mais do que ela gostaria.

— Às vezes é preciso engolir o que não dá para cuspir.

— E às vezes a gente se engasga. — Uma das feridas em seu coração se abriu. — Jack não deixou quase nada para Adam.

Ben estudou o rosto da mulher.

— Seu pai era um homem muito rígido. — "E Adam Wolfchild não compartilhava do mesmo sangue que o homem", pensou. Na cabeça de Jack, era isso que importava.

— Adam deveria ter recebido mais. — "Receberá mais", prometeu a si mesma.

— Concordo com você. Mas, se conheço alguém capaz de tomar conta de si mesmo e conseguir o dinheiro de que precisa, esse alguém é o seu irmão.

"Ele é tudo que sobrou." Willa quase falou aquilo em voz alta, antes que pudesse se conter, antes de se lembrar que seria um erro abrir qualquer parte do seu coração para Ben.

— Como vai o Zack? Vi o avião dele hoje de manhã.

— Está examinando as cercas. Parece feliz, já que anda por aí sorrindo feito bobo dia e noite. Ele e Shelly estão loucos pela criança. — "Todos estavam", pensou Ben, mas não mencionaria o fato de que ele não conseguia ficar longe da sobrinha.

— É uma bela garotinha. Ainda é difícil acreditar que Zack McKinnon é uma pessoa dedicada à vida familiar.

— Shelly sabe quando apertar as rédeas. — Incapaz de resistir, Ben sorriu para ela. — Você não continua apaixonada pelo meu irmão caçula, não é, Will?

Ela achou engraçado, mudou de posição e sorriu com doçura.

Quando eram adolescentes, houve um breve momento em que ela e Zack trocaram olhares apaixonados.

— Sempre que penso nele, meu coração dispara. Uma mulher que foi beijada por Zack McKinnon nunca mais será a mesma.

— Querida... — Ben estendeu a mão e balançou a trança dela nas costas. — É porque você nunca foi beijada por mim.

— Prefiro beijar um gambá com dois rabos.

Rindo, ele se aproximou com o cavalo, até seus joelhos se tocarem.

— Zack não me deixa mentir, ensinei a ele tudo o que sabe.

— Pode ser, mas acho que consigo sobreviver sem os rapazes McKinnons. — Willa ergueu um dos ombros e inclinou um pouco a cabeça. — Fumaça — avisou, aliviada com o sinal de pessoas à frente e o fim da cavalgada com ele. — A equipe deve ter chegado na cabana. É hora do jantar.

Se fosse outra mulher, qualquer outra, Ben teria se debruçado e a puxado para um beijo até ela ficar sem fôlego. Apenas por princípio. Mas, como era Willa, acomodou-se na sela e manteve as mãos onde estavam.

— Seria bom comer alguma coisa. Preciso juntar o gado e descer os animais. Vem mais neve por aí.

Ela apenas resmungou em resposta. Também sentia o cheiro da neve. Mas havia algo mais no ar. Primeiro pensou que ainda estivesse sensível por causa da ursa e do sangue nas mãos, mas o cheiro permanecia, parecia ficar mais forte.

— Tem alguma coisa morta — sussurrou.

— Como?

— Tem alguma coisa morta. — Endireitou-se na sela e examinou as encostas e as árvores. A paisagem envolvia um silêncio mortal. — Não consegue sentir o cheiro?

— Não. — Mas não tinha dúvidas de que ela sentia. Deu meia-volta com o cavalo, e ela o acompanhou. Charlie foi na frente, atraído pelo faro. — Aí está o índio que há em você. Um dos empregados deve ter caçado alguma coisa para o jantar.

Fazia sentido. Embora tivessem trazido mantimentos e sempre abastecessem a cabana, era difícil resistir à carne de caça fresca. O que não explicava o frio no estômago ou o arrepio pelo corpo.

Ouviram o grito de uma águia no céu, um eco selvagem que batia no âmago da alma, seguido do silêncio absoluto das montanhas. O reflexo do sol na neve era ofuscante. Seguindo o instinto, Willa saiu da trilha, conduzindo o cavalo pelo solo rachado e desigual.

— Não temos muito tempo para desvios — lembrou Ben.

— Então vá na frente.

Soltando um palavrão, Ben se virou na sela para ver se a espingarda estava ao alcance. Ali também havia ursos. E pumas. Lembrou-se do acampamento, a apenas dez minutos dali, e no café quente, marrom, fervendo no fogão.

Foi quando viu. Podia não ter um olfato tão apurado quanto o de Willa, mas os olhos eram aguçados. O sangue espirrara, formando poças na neve, esparramando-se sobre a rocha. O couro do touro negro estava coberto de sangue. O cachorro parou de rodear o animal dilacerado e correu de volta para os cavalos.

— Porra! — Ben se espantou. — Que carnificina!

— Lobos? — Para Willa, o problema era mais do que o valor do gado no mercado. Aquilo era um desperdício cruel.

Ben começava a concordar quando parou de repente. Os lobos não matavam e depois abandonavam a carne. Nenhum predador fazia aquilo, a não ser o homem.

Willa estava ofegante quando chegou mais perto para examinar o estrago. O pescoço fora cortado e o ventre, estripado. Trêmulo, Charlie tentou se esconder, enfiando-se entre as suas pernas.

— Foi esquartejado. Mutilado.

Ela se agachou, lembrando-se da ursa. Naquele caso, não haveria outra escolha senão matar, e o trabalho de limpeza fora eficaz, considerando os instrumentos à disposição. Mas aquele touro, aquilo... era selvagem, feroz e totalmente sem propósito.

— Foi bem perto da cabana. O sangue está congelado. Deve ter acontecido há horas, antes do amanhecer.

— É um dos seus — informou Ben depois de verificar a marca.

— Não importa de quem seja. Importa o porquê. — Mas ainda assim ela conferiu o número na placa presa à orelha do animal. A morte precisava ser registrada. Levantou-se e olhou para a espiral de fumaça que saía da cabana. — Já perdeu algum gado dessa maneira?

— Não. — Ben se levantou e ficou de pé a seu lado. — E você?

— Até agora, não. Não consigo acreditar que tenha sido um dos meus homens. — Willa suspirou. — Ou um dos seus. Deve haver outra pessoa acampando por aqui.

— Talvez. — Ben olhou para o chão, a testa franzida. Agora estavam ombro a ombro, unidos pelo sangue que se espalhava aos seus pés. Willa não se afastou quando ele alisou sua trança ou colocou a mão sobre o seu braço amigavelmente. — Tivemos mais neve, mais vento. O chão está muito pisado, mas parece que alguns rastros seguem para o norte. Vou chamar alguns dos meus homens e dar uma olhada.

— O touro é meu.

Ben ergueu os olhos.

— Não importa de quem seja — explicou. — Precisamos reunir as duas manadas, descer para o vale e relatar o ocorrido. Espero poder contar com você.

Willa abriu a boca, e então a fechou. Ben tinha razão. Ela não sabia quase nada de rastreamento, mas sabia organizar e reunir uma manada. Assentindo, ela se voltou para o cavalo.

— Vou falar com os meus homens.

— Will — ele colocou a mão sobre a dela, pele na pele, antes que ela pudesse montar —, cuide-se.

Ela montou na sela.

— São meus homens — afirmou, partindo na direção da fumaça.

Quando Willa entrou na cabana, os homens se preparavam para comer a refeição do meio-dia. Pickles estava parado junto ao pequeno fogão, as pernas robustas separadas e a barriga avantajada pendendo por cima da larga fivela do cinto. O homem estava ficando careca depressa, apesar de mal ter completado 40 anos, e compensava a perda dos cabelos com um bigode ruivo que ficava maior a cada ano. Ganhara o apelido por causa do humor, tão azedo quanto a paixão obsessiva por pepinos em conserva.

Ao ver Willa, ele rosnou um cumprimento, resmungou alguma coisa e virou-se para o presunto que preparava na frigideira.

Jim Brewster estava sentado com as pernas apoiadas na mesa, se deliciando com um cigarro. Tinha mais ou menos 30 anos e um rosto muito bonito, com duas covinhas alegres nas bochechas, além do cabelo castanho ondulado e comprido, que ia até a nuca. Deu um sorriso radiante para Willa, e os olhos azuis cintilaram ao piscar para ela, atrevidos.

— Pickles, temos companhia para o almoço.

Pickles soltou um rosnado azedo, arrotou e virou o presunto na frigideira.

— Isto aqui mal dá para dois. Levanta essa bunda preguiçosa daí e vai abrir umas latas de feijão.

— Vai nevar. — Willa pendurou o casaco no gancho da parede e aproximou-se do rádio.

— Em uma semana, no máximo.

Willa virou a cabeça e fitou os olhos castanhos e mal-humorados de Pickles.

— Acho que vai ser mais cedo. Vamos começar a reunir a manada hoje mesmo. — Ela sustentou o olhar e esperou. Ambos sabiam que aquele homem odiava receber ordens de uma mulher.

— O gado é seu — resmungou Pickles, colocando o presunto em um prato.

— É. E um deles foi esquartejado a 50 metros ao leste.

— Esquartejado? — Jim, entregando uma lata de feijão aberta a Pickles, parou de repente, espantado. — Um puma?

— Não, a não ser que os felinos de hoje em dia tenham o hábito de usar facas. O pescoço foi cortado, depois, o animal foi esquartejado e deixado para trás.

— Não acredito! — Pickles estreitou os olhos e deu um passo à frente. — Isso é besteira. Já perdemos algumas cabeças de gado por causa de pumas. Ontem mesmo, Jim e eu seguimos o rastro de um. Ele deve ter dado a volta e atacado outra vaca, e ponto final.

— Sei a diferença entre marcas de garras e de facas. — Ela inclinou a cabeça. — Vá lá olhar. É só seguir em linha reta uns 50 metros para o leste.

— Vou mesmo. — Marchando e batendo com força as botas no chão, Pickles foi pegar o casaco, resmungando sobre as mulheres, como sempre.

— Tem certeza de que não foi um felino? — perguntou Jim, quando a porta se fechou com força.

— Tenho. Sirva um café para mim, por favor. Vou entrar em contato com a fazenda pelo rádio. Preciso avisar a Ham que estamos voltando.

— Os homens de McKinnon estão aqui em cima, mas...

— Não. — Ela balançou a cabeça e puxou uma cadeira. — Nenhum vaqueiro faria algo do tipo.

Willa ligou para a fazenda, ouviu o barulho da estática e esperou. O café e o crepitar do fogo ajudaram a aliviar o pior do frio enquanto tomava as providências para a descida. Estava na segunda xícara quando terminou a transmissão das informações para a fazenda McKinnon.

Pickles voltou e bateu a porta com força.

— Seu escroto, filho da puta.

Aceitando aquelas palavras como as únicas desculpas que receberia, Willa aproximou-se do fogão e se serviu.

— Cavalguei com Ben McKinnon até aqui. Ele foi rastrear algumas pegadas. Vamos ajudar a descer o gado dele com o nosso. Alguém viu pessoas nas proximidades? Alguém acampando, caçadores, os babacas da Costa Oeste?

— Ontem, quando estávamos procurando o puma, cruzei com um acampamento. — Jim sentou-se outra vez, segurando o prato na mão. — Mas fazia muito frio. Faz um frio danado há uns dois ou três dias.

— Eles abandonaram as malditas latas de cerveja vazias. — Pickles comia em pé. — Como se estivessem no próprio quintal. Devíamos ter dado uns tiros neles.

— Tem certeza de que o touro não levou um tiro? — Jim olhou para Pickles, aguardando a confirmação, e Willa tentou não ficar ressentida. — Sabe como são alguns dos rapazes da cidade... atiram em qualquer coisa que se mexa.

— Não foi um tiro. Nenhum turista fez aquilo. — Pickles enfiou um punhado de feijão na boca. — Foram esses malditos jovens de hoje. Adolescentes de merda, todos loucos e drogados.

— Talvez. Se foram, Ben não terá dificuldade para encontrá-los. — Mas não acreditava que tivesse sido coisa de jovens. Tinha a impressão de que era preciso ser bem mais velho para dar vazão àquele tipo de raiva.

Jim mexeu o feijão morno no prato.

— Olha, soubemos do que aconteceu. — Pigarreou. — Falamos com Ham pelo rádio ontem à noite, e ele achou que devia, você sabe, nos contar em que pé estão as coisas.

Willa empurrou o prato e se levantou.

— Então vou dizer a vocês exatamente em que pé estão as coisas. — A voz saiu muito fria e calma. — A fazenda Mercy continua igual. O velho está enterrado e, a partir de agora, quem vai administrá-la sou eu. Vocês receberão ordens minhas.

Jim trocou um olhar rápido com Pickles e coçou o rosto.

— Não quis dizer nada de mais, Will. Só estávamos imaginando como você vai fazer com aquelas duas irmãs na fazenda.

— Elas também receberão ordens minhas. — Will tirou o casaco do gancho. — Se acabaram de comer, vamos embora.

— Malditas sejam as mulheres — resmungou Pickles, assim que a porta se fechou, e ela não podia mais ouvi-lo. — Não conheço uma que não seja uma vaca mandona.

— Isso é porque você não conhece muitas. — Jim foi buscar o casaco. — E essa é a chefe.

— Por enquanto.

— Ela é a chefe hoje. — Jim colocou o casaco e calçou as luvas. — E hoje é o que vale.

Capítulo 4

◆ ◆ ◆ ◆

TESS PREPAROU-SE para negociar com a mãe — sempre considerava seus contatos com Louella como reuniões de negócios — tomando uma dose extraforte de analgésico. Já que acabaria com uma dor de cabeça, era melhor se prevenir.

Escolheu o final da manhã porque sabia que era a única parte do dia em que a encontraria em casa, no condomínio em Bel Air. Ao meio-dia, a mãe ia ao cabeleireiro, à manicure, fazia um tratamento de pele ou algumas compras. Por volta das 16 horas, estaria no clube — o clube de Louella — brincando com o barman ou divertindo as garçonetes com histórias da sua vida e dos amores na época em que era uma corista em Las Vegas.

Tess fazia o impossível para não ir à casa da mãe. Nem o condomínio conseguia fazê-la sentir-se mais feliz.

Era uma construção pequena e adorável, no estilo espanhol da Califórnia, com acabamento em estuque, um teto de telhas e um jardim gracioso. Poderia, e deveria, ser uma casa apenas para o proprietário se exibir. Mas, Louella Mercy, como Tess comentara tantas vezes, era capaz de transformar o Palácio de Buckingham em uma palhoça.

Quando chegou, às 11 horas em ponto, tentou ignorar o que a mãe chamava alegremente de "arte na relva": o sorriso largo e estúpido do jóquei enfiado na grama, os leões de gesso sentados, a lua azul, redonda e brilhante, no pedestal de concreto, e a fonte com a moça de rosto sereno que derramava água dentro da boca de uma carpa assustada.

As flores cresciam em profusão, formando uma mistura de cores selvagens e discordantes que quase feria os olhos. O conjunto não tinha equilíbrio, objetivo, trama ou planejamento. Qualquer vegetal que agradasse o olhar de Louella era plantado em qualquer lugar, ao sabor dos seus caprichos. E, refletiu Tess, caprichos eram o que não faltava.

A aquisição mais recente estava entre beijos-de-frade escarlates e alaranjados: era um torso sem cabeça da deusa Nike. Tess balançou a cabeça e tocou a campainha, que soava os primeiros acordes de "The Stripper".

Louella abriu a porta e envolveu a filha com sedas pregueadas, um perfume forte e o aroma adocicado de cosméticos baratos. A mãe só atravessava a porta do quarto se estivesse completamente maquiada.

Era uma mulher alta, com físico generoso e pernas muito longas que ela ainda conseguia flexionar até tocarem os ombros. A cor natural do cabelo fora esquecida há muito tempo. Fazia anos que o usava louro, de uma tonalidade tão atrevida quanto sua risada, e o mantinha no estilo arrepiado e laqueado que os evangelistas da televisão apreciavam. Apesar de usar base, pó compacto e blush aos montes, o rosto era marcante, com ossos bem-delineados e lábios grossos com um batom vermelho reluzente. Os olhos eram azul-claros, da mesma cor da sombra que adornava as pálpebras, e, logo acima, as sobrancelhas bem-feitas eram desenhadas em forma de parênteses finos e escuros.

Como sempre, Tess se sentia invadida por ondas conflitantes de amor e perplexidade.

— Mãe. — Os lábios curvaram-se quando ela retribuiu o abraço, e os olhos reviraram quando os adorados Lulus da Pomerânia, animados com a companhia, começaram a latir de forma estridente.

— Voltou do Oeste Selvagem, é? — O sotaque texano ressoou como as cordas de um banjo. A mulher beijou o rosto de Tess e esfregou a mancha de batom com um dedo molhado de saliva. — Vamos, conte-me tudo. Espero que tenham enterrado aquele velho desgraçado com estilo.

— Foi... interessante.

— Aposto que foi. Queridinha, vamos tomar um café. É a manhã de folga de Carmine, então teremos que nos virar.

— Deixe que eu faço. — Ela preferia fazer o café a encarar o empregado musculoso da mãe. Tess não se permitia sequer imaginar quais seriam os outros serviços que o homem propiciava a Louella.

Atravessou a sala de estar decorada em tons de dourado e escarlate e entrou na cozinha branca, ofuscante como a neve. Como sempre, não havia sequer uma migalha fora do lugar. Independentemente do que Carmine tivesse como obrigações cotidianas, era sempre muito organizado.

— Tem um bolo em algum lugar. Estou com uma fome daquelas. — Os cachorros corriam em volta dos pés dela enquanto vasculhava os armários e a geladeira. Não demorou para o caos se instaurar.

Os lábios de Tess tremeram de novo. O caos seguia a mãe com tanta fidelidade como os ganidos de Mimi e Maurice.

— Encontrou os parentes por lá?

— Se está querendo dizer minhas meio-irmãs... encontrei. — Ela lançou um olhar angustiado para o bolo que a mãe encontrara. Louella cortava fatias grandes com uma faca de carne. Cerca de 10 bilhões de calorias estavam sendo transferidas para um prato decorado com rosas gigantescas.

— Bem, e como foi? — Com a mesma mão generosa, ela cortou um pedaço para os cachorros e colocou o prato de porcelana no chão. Os animais comeram o bolo e rosnaram um para o outro.

— A filha da esposa número 2 é calada e nervosa.

— É a que tem um ex-marido que adora bater nela. — A mãe estalou a língua e deslizou os largos quadris pelo banco atrás do balcão. — Pobre coitada. Uma das minhas meninas teve um caso parecido. O marido preferia bater nela até cair no chão do que piscar um olho. Conseguimos salvá-la depois de algum tempo. Está morando em Seattle. De vez em quando manda um cartão-postal.

Tess fazia pequenos ruídos que manifestavam seu interesse. As "meninas" eram qualquer uma das moças que trabalhassem para ela, desde as garçonetes às copeiras, das coristas às ajudantes de cozinha. Louella adotava todas, emprestava-lhes dinheiro, dava conselhos. Tess sempre acreditara que, por um lado, Louella era um clube e, por outro, uma espécie de lar para as mulheres que dançavam sem blusa.

— E a outra? — perguntou Louella, atacando o bolo. — Aquela que é meio indígena.

— Ah, aquela é uma verdadeira vaqueira. Dura como couro, sai montando pelas redondezas e usa umas botas imundas. Acredito que seja até capaz de derrubar um touro pelo rabo. Literalmente. — Divertindo-se com a ideia, Tess serviu o café. — Ela não tentou disfarçar que não quer nenhuma de nós por lá. — Dando de ombros, sentou-se e começou a beliscar o bolo. — Tem um meio-irmão.

— É, eu sabia. Conheci Mary Wolfchild... pelo menos a vi por lá. Era linda, e aquele filhote dela... Ah, que rosto maravilhoso. Um rosto de anjo.

— Agora está crescido e ainda tem um rosto de anjo. Vive na fazenda, é cavalariço ou algo assim.

— O pai era domador de cavalos, se bem me lembro. — Louella enfiou a mão na túnica escarlate e encontrou um maço de cigarros Virginia Slims. — E Bess? — Ela soltou a fumaça com uma gargalhada alta. — Deus, que mulher! Eu precisava ficar atenta a tudo que falava perto dela. Era admirável... administrava a casa como ninguém e não aceitava desaforos de Jack.

— Pelo que pude perceber, continua administrando a casa.

— E que casa! Que fazenda. — Os lábios brilhantes e vermelhos de Louella curvaram-se com a lembrança. — E que terra! Apesar de não achar ruim não ter ficado mais de um inverno. A droga da neve ia até o pescoço.

— Por que se casou com ele? — Quando Louella arqueou uma das sobrancelhas, Tess mexeu-se na cadeira, desconfortável. — Sei que nunca perguntei isso antes, mas estou perguntando agora. Gostaria de saber o motivo.

— Uma pergunta simples com uma resposta simples. — Louella derramou uma avalanche de açúcar no café. — Foi o canalha mais sexy que encontrei em toda a vida. Aqueles olhos, o modo como olhava através de você. O jeito como virava a cabeça e sorria como se soubesse exatamente o que faria no instante seguinte, como se quisesse carregar você junto.

Lembrava-se de tudo nitidamente. O cheiro de suor e uísque, as luzes que ofuscavam os olhos. O trejeito do andar de Jack quando entrou no clube, e ela, no palco, vestindo pouco mais do que plumas e um enfeite na cabeça que pesava uns 10 quilos. O modo como a observava, dando baforadas com um charuto enorme.

Sem entender exatamente por quê, alimentara esperanças de que ele a estivesse esperando depois do último espetáculo. Seguira-o sem hesitar quando o homem foi de cassino em cassino, bebendo e jogando, o chapéu Stetson sempre na cabeça.

Em menos de 48 horas viu-se parada de pé ao seu lado, em uma daquelas capelas construídas aos montes, com música enlatada e flores de plástico. E uma aliança de ouro no dedo.

Não se surpreendia com o fato de a aliança não ter ficado no dedo nem por dois anos.

— O problema era que não nos conhecíamos. Éramos só suspiros fogosos e febre de jogo. — Louella apagou o cigarro no prato vazio e continuou filosofando. — Não fui feita para viver na droga de uma fazenda de gado em Montana. Talvez, se tivesse tentado... quem sabe? Eu o amava.

Tess engoliu o bolo antes que engasgasse.

— Você o amava?

— Durante um tempo. — Louella deu de ombros com um distanciamento que só os anos permitem. — Uma mulher só conseguiria amar Jack por muito tempo se não estivesse no seu juízo perfeito. Mas, por um tempo, eu o amei. E você é fruto desse amor. Junto a 100 mil dólares. Não teria a minha filha nem o meu clube se Jack Mercy não tivesse me encontrado naquela noite e se interessado por mim. Portanto, devo muito a ele.

— Você deve ao homem que expulsou você e a filha da vida dele? Que abandonou você com míseros 100 mil dólares?

— Há trinta anos, dava para fazer muito mais com 100 mil do que hoje. — Louella aprendera a ser mãe e uma mulher de negócios a partir do zero. E orgulhava-se de ambas as coisas. — Hoje, até acho que fiz um bom negócio.

— A fazenda Mercy vale 20 milhões de dólares. Você ainda acha que fez um bom negócio?

Louella apertou os lábios.

— A fazenda era dele, queridinha. Eu só o visitava de vez em quando.

— Tempo bastante para engravidar e ser expulsa.

— Eu queria o bebê.

— Mãe... — Ouvindo aquelas palavras, grande parte da raiva de Tess desapareceu, mas a injustiça ainda queimava em seu coração. — Você tinha direito a mais. Eu tinha direito a mais.

— Talvez sim, talvez não, mas, na época, esse foi o trato. — Louella acendeu outro cigarro e decidiu chegar atrasada para a "sessão da tarde" no salão de beleza. Havia mais coisas, pensou. — E a vida continua, Tess. Jack acabou tendo três filhas e agora está morto. Quer me contar o que deixou para você?

— O que ele me deixou foi um problemaço. — Tess pegou o cigarro da mão de Louella e permitiu-se uma rápida tragada. Não aprovava o hábito de fumar. Quem, com bom senso, aprovaria? Mas era isso ou as milhares de calorias que continuavam no prato. — Recebi um terço da fazenda.

— Um terço da... Meu Deus! Tess, querida, isso é uma fortuna! — Deu um pulo. Podia medir 1,70 metro e pesar generosos 85 quilos, mas fora treinada para corista e sabia como se mover depressa quando era necessário. E, naquele instante, era puro movimento quando deu a volta no balcão para enlaçar a filha em um abraço entusiasmado. — O que é que estamos fazendo aqui, bebendo café? Vamos abrir um champanhe. Carmine tem um guardado em algum lugar.

— Espere mãe, espere. — Enquanto Louella atacava a geladeira de novo, Tess puxava-a pela roupa. — Não é tão simples assim.

— Minha filha, a milionária. A baronesa do gado. — Louella puxou a rolha e a bebida transbordou. — Fantástico!

— Preciso morar lá por um ano. — Tess expirou com força, e Louella cobriu o gargalo da garrafa alegremente com a boca e aspirou as borbulhas. — Eu e as outras duas precisamos morar lá durante um ano, juntas. Ou não receberemos nem um tostão.

Louella lambeu o champanhe dos lábios.

— Você tem que morar em Montana durante um ano? Na fazenda? — A voz começou a tremer. — Com as vacas? Você? Com as vacas?

— É a exigência. Como eu disse, eu e as outras duas. Juntas.

Com uma das mãos segurando a garrafa e a outra apoiada no balcão, Louella desatou a rir. Riu tanto e por tanto tempo que as lágrimas escorreram pelo rosto, levando junto o rímel e a base cor de marfim.

— Meu Deus, o filho da mãe sempre conseguiu me fazer rir.

— Estou feliz por você achar isso tão engraçado. — A voz de Tess estalou, gélida. — Enquanto estiver morrendo de rir todas as noites com essa história, eu estarei lá naquele fim de mundo olhando a grama crescer.

Louella serviu o champanhe com elegância nas xícaras de café.

— Queridinha, você sempre pode cuspir na cara dele e continuar como está.

— E abrir mão de vários milhões em propriedades? Eu, não.

Louella sabia que não. Ficou séria e observou a filha, um mistério que havia gerado. Tão bonita, refletiu, tão fria, tão segura de si.

— Não, você não faria isso. É parecida demais com seu pai para fazer algo do tipo. Tess, você vai cumprir a pena de um ano.

Pensou se a filha acabaria com algo mais do que um terço de uma fazenda de gado. Será que o ano que passaria no interior a amaciaria, ou afiaria suas arestas?

Pegou as duas xícaras e entregou uma para Tess.

— Quando volta para lá?

— Logo de manhã — respondeu, com um suspiro alto e demorado. — Preciso comprar a droga de um par de botas — murmurou. Em seguida, deu um pequeno sorriso e brindou: — Ora, é apenas um ano.

Enquanto Tess bebia champanhe na cozinha da mãe, Lily, parada perto de um pasto, olhava os cavalos. Nunca vira coisa mais bela do que o vento soprando nas crinas das criaturas e, ao fundo, as montanhas azuis e brancas.

Pela primeira vez em meses dormira sem acordar durante a noite, sem remédios ou pesadelos, embalada apenas pelo silêncio.

Agora havia silêncio. Ouvia o ronronar de máquinas a distância. Era só um zumbido no ar. De manhã, ouvira Willa conversando com alguém sobre a colheita de grãos, mas não quis se intrometer. Ficaria ali sozinha com os cavalos, sem incomodar, sem ninguém que a incomodasse.

Durante três dias ninguém se preocupou com ela. Todos a ignoravam quando caminhava pela casa ou saía para conhecer a fazenda.

Os homens a cumprimentavam com um aceno de chapéu quando passava, e ela imaginava os comentários e murmúrios. Mas não se importava.

O ar tinha um sabor adocicado. Parecia que, de qualquer ponto onde estivesse, dava para ver algo belo — a água de um riacho borbulhando por cima das pedras, um pássaro na floresta, os cervos saltitando pela estrada.

Para ela, um ano assim seria o paraíso.

Segurando um balde, Adam parou para observá-la. Sabia que ela vinha ali todos os dias. Ele a via sair da casa, do celeiro, dos currais e dirigir-se para os pastos. Costumava ficar parada na cerca, quieta, quase imóvel.

Muito solitária.

Achando que ela queria ficar sozinha, esperou. A cura, muitas vezes, era um tratamento solitário. Por outro lado, também acreditava que ela precisava de um amigo. Então aproximou-se, atento para não fazer muito barulho e não assustá-la. Quando ela se virou, o sorriso veio lento e hesitante, mas apareceu.

— Desculpe. Estou atrapalhando?

— Você não atrapalha ninguém.

Como já conseguia relaxar na companhia daquele homem, Lily olhou para os cavalos.

— Adoro ficar olhando para eles.

— Você pode vê-los mais de perto. — Adam não precisava do balde com grãos para os cavalos se aproximarem da cerca. Qualquer um viria a um chamado seu, nem precisava ser em voz alta. Entregou o balde para Lily. — É só balançá-lo.

Ela o fez, então viu, maravilhada, vários pares de orelhas se empinarem. Alguns cavalos se aproximaram trotando e se aglomeraram na cerca. Sem pensar, ela enfiou a mão nos grãos e alimentou uma bela égua castanha.

— Você já lidou com cavalos antes.

Ao ouvir o comentário de Adam, ela retirou a mão.

— Desculpe. Eu deveria ter pedido sua permissão antes de alimentá-la.

— Não faz mal. — O homem lamentou ter espantado o sorriso daquele rosto, aquele lampejo de luz que passara por seus olhos cinza-azulados, parecidos com as águas de um lago encoberto pelas sombras do entardecer. — Venha cá, Molly.

Ao ouvir o nome, a égua castanha trotou graciosamente ao longo da cerca até o portão. Adam conduziu-a para o curral e passou os arreios por cima de sua cabeça.

Constrangida, Lily limpou o pó dos grãos na calça jeans e deu um passo hesitante para a frente.

— O nome dela é Molly?

— É. — Ele continuou olhando para a égua, esperando que Lily se acalmasse.

— É bonita.

— É um bom cavalo de montaria. Tem boa índole. A marcha é um pouco dura, mas ela faz o que pode. Não é mesmo, garota? Você sabe montar à moda do Oeste, Lily?

— Eu... o quê?

— Já deve ter aprendido a cavalgar à inglesa. — Sem forçar o momento, Adam jogou uma manta em cima do lombo de Molly. — Se preferir, Nate tem alguns arreios ingleses. Podemos pegar uma sela emprestada com ele.

Como sempre, quando começava a ficar nervosa, apertava as mãos.

— Não estou entendendo.

— Você quer montar, não quer? — Colocou uma das antigas selas de Willa sobre o lombo da égua. — Poderíamos cavalgar um pouco pelas montanhas. Quem sabe até conseguimos encontrar alguns alces.

Lily sentiu-se dividida entre a vontade e o medo.

— Não monto há... já faz muito tempo.

— Garanto que não se esqueceu de como é. — Adam avaliou o comprimento de suas pernas e ajustou os estribos. — Quando conhecer os caminhos, poderá ir sozinha. — Virou-se e percebeu que ela continuava olhando para trás, na direção da casa da fazenda. Como se calculasse a distância. — Não precisa ter medo de mim.

Ela acreditava nele. Mas era isso que temia... era tão fácil acreditar nele... Quantas vezes acreditara em Jesse?

Mas lembrou-se de que aquilo estava acabado. Acabado. Sua vida poderia ter um novo começo, se permitisse.

— Gostaria de ir, mas por pouco tempo, se tiver certeza de que não há problema.

— Por que haveria? — Adam foi em sua direção e parou instintivamente antes que ela se intimidasse outra vez. — Não precisa se preocupar com Willa. Ela tem um coração bom e generoso. Só está magoada.

— Eu sei que ela está magoada. E tem todo direito de se sentir assim.

Incapaz de resistir, Lily colocou uma das mãos do lado da cabeça de Molly e a acariciou.

— Ainda mais desde que encontraram aquele pobre touro. Não entendo como uma pessoa pôde fazer algo assim. Ela está muito chateada. E tão ocupada. Tem sempre algo para fazer e eu, bem, eu só estou aqui.

— Você quer algo para fazer?

O cavalo entre os dois tornava o sorriso fácil.

— Desde que não me mandem castrar o gado. Eu os ouvi fazendo isso hoje de manhã. — Sentiu um arrepio e depois conseguiu rir de si mesma. — Saí de casa antes que Bess preparasse o café. Acho que acabaria vomitando.

— É só uma das coisas com as quais você acaba se acostumando.

— Acho difícil. — Lily soltou a respiração e nem percebeu que a mão estava próxima à de Adam, sobre a cabeça de Molly. — Willa faz tudo com naturalidade. É tão segura e confiante. Eu a invejo por ser assim. Ela sabe exatamente quem é. Para ela, não passo de um aborrecimento. Por isso, não tive coragem de falar com ela, perguntar se posso ser útil em algo.

— Você não precisa ter medo de Willa. — Adam tocou nas pontas dos dedos dela e continuou a acariciar a égua quando Lily afastou a mão para longe. — Mas pode perguntar a mim. Uma ajuda até que viria a calhar... com os cavalos — acrescentou. Ela continuava olhando para ele.

— Você quer que eu o ajude com os cavalos?

— É muito trabalho, ainda mais no inverno. — Consciente que plantara uma semente, deu um passo para trás. — Pense a respeito.

Colocou as mãos em concha e sorriu.

— Vou ajudá-la a montar. Dê uma volta no curral para se acostumar com Molly enquanto eu encilho meu cavalo.

O nó na garganta estava tão apertado que Lily precisou engolir em seco para desfazê-lo.

— Você nem me conhece...

— Imagino que nós também vamos nos conhecer. — Adam ficou parado com as mãos em concha, os olhos pacientes. — Você só vai colocar o pé nas minhas mãos, não a vida.

Sentindo-se tola, Lily segurou no cepilho da sela e ele a empurrou para cima. Depois, fitando-o com ar solene através do rosto machucado, disse:

— Adam, minha vida está uma confusão.

Ele só assentiu enquanto ajeitava os estribos.

— Então, você precisa começar a arrumá-la. — Adam deixou a mão descansar por um instante no tornozelo dela, para que a mulher se acostumasse com seu toque. — Mas, hoje, tudo o que precisa é de uma cavalgada pelas montanhas.

*U*MA VAGABUNDA, deixando aquele mestiço tocar em seu corpo. Aquela puritana resmungona pensava que podia se livrar de Jesse Cooke, que podia fugir correndo sem que ele a alcançasse. E até botou a polícia atrás dele. Mas não demoraria para ela pagar.

Jesse olhava pelo binóculo e sentia as pequenas bolhas de raiva explodindo nas veias. Imaginava se o mestiço domador de cavalos já se deitara com ela. Ora, o desgraçado também pagaria. Lily era mulher de Jesse Cooke, e logo ele trataria de lembrá-la disso.

Aquela mulherzinha pensou que era esperta fugindo para Montana. Mas, no dia em que Jesse Cooke não conseguisse ser mais astuto do que uma mulher, o sol não se ergueria no Leste.

Sabia que não daria um passo sem falar primeiro com a velha e querida mãe. Então, se posicionara na frente da bela casa, na Virgínia. E todas as manhãs vasculhava a caixa do correio atrás de uma carta de Lily.

A persistência foi recompensada. A carta chegou, conforme o esperado. No quarto do hotel, Jesse abriu o envelope depressa. Ah, não, Jesse Cooke não era nenhum idiota. Leu, descobriu para onde ela ia e o que fora fazer.

Receberia uma herança, pensou com amargura. E deixaria o próprio marido fora da fatia do bolo. "Não mesmo", decidiu Jesse.

Partiu para Montana assim que devolveu o envelope, colado de novo, à caixa do correio. Chegara dois dias antes da esposa imbecil. Para um homem tão esperto como Jesse Cooke, era tempo suficiente para sondar o terreno e conseguir um emprego na fazenda Three Rocks.

"Uma merda de emprego, esse de mecânico." Bem, entendia um bocado de motores, e alguma das máquinas sempre precisava de ajuste. Quando estava desocupado, mandavam-no examinar as cercas dia e noite.

Mas até que era útil, até demais, como agora. Um homem que ia examinar as cercas dirigindo um jipe podia fazer um pequeno desvio para verificar o que mais precisava ser consertado.

E ele constatou muita coisa.

Passou o dedo pelo bigode que deixara crescer e tingira da mesma cor que o cabelo castanho-claro. Era apenas uma precaução, um disfarce temporário, caso Lily o descrevesse para outras pessoas. Se o fizesse, estariam à procura de um homem imberbe e louro. "A filha da mãe é medrosa como uma corça", pensou, ressentido pela necessidade de ser forçado a abandonar o corte sério, à escovinha, dos Fuzileiros Navais.

Mas, no fim, tudo valeria a pena. Quando tivesse Lily de volta, quando lembrasse a ela quem era o chefe. Então, ela saberia quem mandava ali.

Mas, até aquele dia feliz chegar, teria que ficar pelas redondezas. Observando.

— Divirta-se, sua puta — sussurrou, franzindo os olhos por trás das grossas lentes do binóculo. Ele via Lily montada ao lado de Adam. — Sua hora está chegando.

Quando Willa voltou para casa, boa parte da claridade já desaparecera do céu. Descornar e castrar o gado era um trabalho sujo, triste e tedioso. Sabia que estava exaurindo suas forças, mas não pararia. Queria ser vista pelos homens em todos os lugares, em cada função. Uma mudança de administradores, mesmo em condições ideais, era uma transição difícil. E as condições atuais estavam longe de ser boas.

Por essa razão, foi direto ao local ao saber que uma manada de alces causara um estrago ao passar por uma das cercas. E porque comandara a equipe para afugentar os animais e fazer o conserto.

Agora que o trabalho do dia terminara, e os empregados se preparavam para jantar e para um carteado no alojamento, tudo o que desejava era um banho quente e um prato de comida.

Estava na metade da escadaria, a caminho do banho, quando ouviu uma batida à porta. Ciente de que Bess devia estar na cozinha, voltou correndo para atender.

Cumprimentou Ben com uma careta.

— O que você quer?

— Uma cervejinha gelada até que cairia bem.

— Aqui não é um bar. — Mas afastou-se da porta e dirigiu-se para a pequena geladeira que ficava na sala de estar. — Beba rápido. Eu ainda não jantei.

— Nem eu. — Ele pegou a garrafa que ela estendia. — Mas parece que não vou ser convidado.

— Não estou a fim de companhia.

— Não me lembro de alguma vez que você estivesse a fim de companhia. — O homem levou a garrafa à boca e deu um grande gole. — Não vejo você desde aquele dia nas terras altas. Achei que devia informar que não encontrei nada. O rastro sumiu bem debaixo do meu nariz. Quem esteve lá em cima conhece muito bem o caminho pelas trilhas.

Ela também pegou uma cerveja e, como os pés doíam, sentou-se ao seu lado no sofá.

— Pickles acha que foi coisa de jovens. Jovens drogados e doidos.

— E você?

— Discordei. — Ela deu de ombros. — Mas, no momento, parece a melhor explicação.

— Talvez. Não vai ser de muita ajuda voltar para lá. Descemos o gado. A sua irmã voltou de Los Angeles?

Willa parou de mover a cabeça para alongar a nuca e franziu a testa.

— Você está muito interessado nos assuntos dos Mercys, McKinnon.

— Agora faz parte do meu trabalho. — Ele gostava de lembrá-la disso, assim como gostava de observá-la, com o cabelo escapando da trança e as botas perto das suas. — Ela deu notícias?

— Volta amanhã. E já chega de saciar a sua curiosidade, você pode...

— Vai me apresentar a ela? — Por prazer, estendeu a mão e tocou aquele cabelo. — Talvez eu me apaixone por ela e a mantenha ocupada e fora do seu caminho por um bom tempo.

Ela empurrou a mão dele, que a colocou de volta.

— As mulheres sempre se ajoelham aos seus pés?

— Todas, menos você, minha querida. E isso só porque ainda não encontrei seu ponto fraco, algo capaz de tirá-la do sério...

Ben passou um dedo pelo rosto de Willa e observou os olhos dela se estreitarem.

— ... mas estou trabalhando nisso. E a outra?

— A outra o quê?

Willa queria deslizar alguns centímetros para longe dele, mas sabia que acabaria parecendo uma tola.

— Sua outra irmã.

— Está por aí. Em algum lugar.

Ele sorriu lentamente.

— Você está ficando nervosa por minha causa. Não é interessante?

— Seu ego precisa ser podado de novo.

Willa começou a se levantar. Ben colocou uma das mãos no ombro dela.

— Ora, ora — murmurou, sentindo-a tremer sob a mão. — Parece que não andei prestando muita atenção. Venha cá.

Ela se concentrou para manter a respiração equilibrada e, muito devagar, modificou a posição da mão que segurava a garrafa de cerveja. "Ah, ele é tão arrogante e convencido. Tem certeza de que vou me derreter toda se apertar o botão certo."

— Você quer que eu vá até aí — ronronou, observando os olhos dele se arregalarem, um pouco surpresos com o tom de voz caloroso. — E, se eu for, o que vai acontecer?

Ele teria se sentido idiota caso ainda restasse um pingo de sangue na cabeça para pensar. Mas tudo o que sentia naquele instante era o desencadear crescente do desejo provocado por aquela voz rouca.

— Eu responderia que já é hora de você descobrir.

Enroscou os dedos na blusa dela, fechou-os com força e puxou-a contra o peito. Se o olhar não tivesse sido desviado para a boca, teria percebido o que estava prestes a acontecer. De repente, quando estava a 2 centímetros daqueles lábios, ficou ensopado com a cerveja que ela jogara em sua cabeça.

— Você é um grande imbecil, Ben.

Satisfeita, Willa se debruçou e colocou a garrafa vazia na mesa.

— Você acha que eu teria sobrevivido a vida inteira em uma fazenda, rodeada de homens animados, sem perceber um gesto como o seu a 1 quilômetro de distância?

Ele passou a mão devagar pelo cabelo molhado.

— Acho que não. Ainda assim...

Ben moveu-se depressa. Quando Willa se viu sob ele, lembrou que até uma cobra chocalha antes de atacar. Agora só conseguia sentir nojo de si mesma por estar naquele sofá, sendo pressionada por um jovem musculoso com olhos injetados.

— Esse você não percebeu.

Ben prendeu seus pulsos, erguendo seus braços acima da cabeça. O rosto de Willa estava vermelho, mas ele achou que não era só de raiva. Ela não estava tremendo de raiva, não era isso que provocava aquele súbito olhar atento.

— Está com medo de que eu a beije, Willa? Está com medo de gostar?

O coração dela batia tão depressa que parecia prestes a explodir. Os lábios formigavam, como se seu corpo estivesse sedento por ação.

— Quando eu quiser a sua boca na minha, aviso.

Ele apenas sorriu e aproximou-se mais do rosto dela.

— Por que não diz que não quer? Vamos, diga.

A voz dela ficou mais rouca, e ele a mordiscou de leve no queixo.

— Diz que não quer que eu sinta o seu gosto. Só uma vez.

Ela não podia. Seria mentira, embora fosse justamente isso o que a preocupava. A palavra simplesmente não saía pela garganta ressequida. Escolheu a outra opção e, com força, deu uma joelhada bem depressa. Teve o prazer de vê-lo empalidecer antes de cair por cima dela.

— Saia de cima de mim! Saia, seu maldito imbecil! Está me esmagando!

Desesperada com a falta de ar, arqueou o corpo e deu um pinote, enquanto Ben soltava um gemido. Willa só conseguiu respirar depois que agarrou a cabeça dele e a puxou para trás, segurando uma mecha de cabelo.

Rolaram do sofá e caíram no chão. Ela viu estrelas quando bateu com o cotovelo na quina da mesa. Dor e fúria provocaram seu ataque. Um objeto se quebrou enquanto lutavam, rolando e xingando pelo chão.

Ben tentava se defender, mas estava claro que Willa queria sangue. O que se confirmou quando ela deu uma mordida em seu braço, logo abaixo do ombro. Com a certeza de que aquela mulher acabaria arrancando um pedaço dele, Ben deu um grito e conseguiu segurar o queixo dela, apertando-o. Com a pressão, os dentes afrouxaram.

Eles rolaram, chutando as botas, procurando apoio, enfiando os cotovelos um no outro, usando as mãos para agarrar. Willa só percebeu que ria quando ele conseguiu prendê-la. Continuou rindo, incapaz de parar para respirar, enquanto Ben olhava para ela.

— Você acha que isso é engraçado?

Ela a observou com os olhos semicerrados, depois afastou o cabelo dos olhos com um sopro. Pensando bem, estava grato por ela não ter conseguido arrancar uma mecha de cabelo da sua cabeça.

— Você me mordeu.

— Eu sei. — A voz dela ficou aguda, e Willa passou a língua pelos dentes. — Acho que estou com um pedaço da sua camisa na boca. Pode me soltar, Ben.

— Para você me morder de novo e tentar chutar o meu saco? — Como continuava dolorido, Ben estreitou os olhos e fez uma careta. — Você luta como uma leoa.

— E daí? Funciona.

O humor estava mudando de novo. Ele podia sentir aquela transição, gradual, mas intensa, de raiva para desejo, de insulto para interesse. Continuavam na mesma posição de quando haviam terminado a briga: os seios dela apertavam-se agradavelmente contra o seu peito, as pernas abertas cercavam as dele.

— É, funciona. E você, como fêmea, parece combinar com a situação.

Ela percebeu a mudança no olhar e hesitou entre o pânico e o desejo.

— Não.

A boca de Ben estava apenas a alguns centímetros da dela, deixando-a outra vez sem fôlego.

— Por que não? Não vai machucar ninguém.

— Não quero a sua boca na minha.

Ele ergueu uma sobrancelha e sorriu.

— Mentirosa.

Ela estremeceu.

— Eu sei.

Quando a boca dele estava a apenas um sopro de distância, ela ouviu os primeiros gritos.

Capítulo 5

••••

Ben rolou para o lado e se levantou. Willa, correndo atrás dele, pôde admirar a velocidade com que o homem era capaz de se mover. Os gritos ainda ecoavam quando ele abriu a porta da frente com um safanão.

— Minha nossa! — exclamou baixinho, passando por cima da enorme poça de sangue na varanda para abraçar Lily. — Está tudo bem, querida. — Automaticamente, posicionou-se para impedir a visão de Lily e, afagando as costas dela, olhou para Willa.

O choque estava lá, mas não se assemelhava em nada ao horror que se espelhava, opaco e assustado, nos olhos da mulher que segurava nos braços. "Esta aqui é frágil", pensou, enquanto Willa sempre será forte.

— Leve-a para dentro — ordenou para Willa.

Mas ela balançava a cabeça e olhava para o chão, para aquela sujeira caótica e ensanguentada aos seus pés.

— Deve ser um dos gatos do celeiro. — "Ou tinha sido", pensou, horrorizada, antes que alguém o decapitasse, abrisse a barriga e o deixasse na sua porta como um presente macabro.

— Leve-a para dentro, Will — repetiu Ben.

Os gritos atraíram outras pessoas, que vieram correndo. Adam foi o primeiro a chegar à varanda. A primeira coisa que viu foi Lily chorando nos braços de Ben. O aperto rápido que sentiu no peito tinha quase tanto a ver com o que viu espalhado na varanda.

Instintivamente, Adam se aproximou de Lily, colocou a mão em seu braço e acalmou-a, quando ela se sobressaltou.

— Lily, está tudo bem.

— Adam, eu vi... — A náusea formou uma tempestade em seu estômago.

— Eu sei. Vá para dentro. Olhe para mim — sussurrou, e com cuidado separou-a de Ben, acompanhando-a na direção da porta. — Willa vai com você.

— Olhe, eu preciso... — começou Willa.

— Cuide de sua irmã, Will — interrompeu Adam, pegando a mão dela e colocando-a com firmeza sobre a de Lily.

Willa perdeu a batalha quando sentiu a mão da irmã tremer sob a sua. Disse um palavrão baixinho e a puxou.

— Vamos. Você precisa se sentar.

— Eu vi...

— É, eu sei o que viu. Esqueça. — Willa fechou a porta com um som definitivo, deixando o cadáver sem cabeça na varanda, para ser esclarecido pelos homens.

— Nossa, Adam, isso aí é um gato? — Jim Brewster esfregou a mão na boca. — Alguém andou aprontando.

Adam olhou para trás e examinou cada homem, um por um: Jim, com o rosto pálido e o pomo de adão subindo e descendo. Ham, com os lábios apertados. Pickles, com a espingarda no ombro. E também Billy Vincent, com olhos ávidos e que ainda nem completara 18 anos, e Wood Brook, acariciando a barba negra e sedosa.

Wood foi o primeiro a falar, a voz calma:

— E onde está a cabeça? Não a vejo. — Chegou mais perto. Wood supervisionava o plantio, a cultura e colheita dos grãos. Nell, sua esposa, cozinhava para os empregados da fazenda. Ele cheirava a desodorante Old Spice e balas de hortelã. Adam o considerava um homem equilibrado, tão sólido quanto o rochedo de Gibraltar.

— Quem quer que tenha feito isso, deve gostar de troféus. — As palavras de Adam silenciaram os murmúrios. Apenas Bill continuou falando sem parar.

— Meu bom Deus, vocês já viram algo parecido? Não é que espalharam as entranhas até o inferno? Quem faria uma coisa dessas a um gato estúpido? O que vocês acham...?

— Fecha essa matraca, Billy, seu imbecil. — A ordem irada partiu de Ham. Ele suspirou e tirou um maço de cigarros do bolso. — Vão embora, terminem de jantar, todos vocês. Não adianta ficarem aí parados como um bando de velhotas assistindo a um desfile de moda.

— Perdi o apetite — murmurou Jim, e se afastou com os outros.

— Que é uma sujeira danada, isso é — comentou Ham. — Acho que poderia ter sido obra de uma criança. Os filhos do Wood são um pouco selvagens, mas não são maus. Se querem mesmo saber, é preciso muita maldade para fazer uma coisa dessas. Mas vou ter uma conversa com eles.

— Ham, não me leve a mal, mas você sabe onde os homens estavam há uma hora?

Ham examinou Ben através da cortina de fumaça do cigarro.

— Estavam aqui e ali, lavando-se para o jantar e coisas do tipo. Não fiquei de olho neles, se é isso que está perguntando. Os homens que trabalham aqui não saem por aí estripando gatos por diversão.

Ben concordou com a cabeça. Ambos sabiam que não havia por que fazer mais perguntas.

— Deve ter acontecido há mais ou menos uma hora. Já faz algum tempo que estou aqui, e quando cheguei não havia nada.

Ham inalou mais fumaça e balançou a cabeça.

— Vou ter uma palavrinha com os meninos do Wood. — Lançou um último olhar para aquela coisa esparramada na varanda. — Que sujeirada — repetiu, e foi embora.

— Adam, esse é o segundo animal esquartejado em uma semana.

Adam agachou e tocou o pelo ensanguentado com a ponta do dedo.

— O nome dele era Mike. Estava velho, quase cego de um olho e devia ter morrido dormindo.

— Lamento. — Ben entendia a afeição, e até a intimidade pelos animais, então colocou uma das mãos no ombro de Adam. — Parece que você está com um problema e tanto aqui.

— É. Não foram os meninos do Wood. Eles não são maus. E também não estavam lá na montanha esquartejando o touro.

— Não, claro que não. Você conhece bem seus homens?

Adam ergueu os olhos. Qualquer que fosse a dor que o homem sentia, o olhar era direto e duro.

— Os homens não são meu território. Os cavalos, sim. — Ainda estava quente, percebeu, quando alisou o pelo úmido. Estava esfriando rápido, mas ainda estava quente.

— Conheço-os o suficiente. Todos, menos Billy, estão aqui há anos, e Billy veio para cá no verão passado. Você deveria perguntar a Willa, ela sabe mais sobre eles do que eu.

Adam olhou outra vez para o chão, entristecendo-se por causa de um velho gato, meio cego, que ainda gostava de caçar.

— Lily não deveria ter visto isso.

— Não, não deveria.

Ben suspirou e imaginou que por pouco ela não vira quem tinha feito aquilo.

— Eu ajudo a enterrá-lo.

Na casa, Willa andava pela sala de estar. Diabo, como devia cuidar daquela mulher? E por que Adam lhe dera uma tarefa tão inútil? Lily só conseguia ficar encolhida em um dos cantos do sofá, tremendo.

Trouxera um uísque para a irmã, não trouxera? E, na falta de coisa melhor, até acariciara brevemente a cabeça dela. Já tinha problemas, e, pelo amor de Deus, não precisava de uma habitante da Costa Leste de estômago fraco para lhe criar mais um.

— Desculpe. — Desde que entraram, foi a primeira palavra que Lily conseguiu dizer. A mulher respirou fundo e tentou outra vez. — Desculpe-me. Não deveria ter gritado daquela maneira. Eu nunca vi algo... eu estava com Adam, ajudando com os cavalos e depois eu... eu só...

— Anda, beba logo essa droga de uísque! — ordenou Willa, com aspereza, arrependendo-se logo em seguida, ao perceber que Lily se encolhia e, obediente, levava o copo à boca. Aborrecida consigo mesma, Willa esfregou as mãos no rosto. — Qualquer pessoa que tivesse visto aquela cena gritaria. Não estou zangada com você.

Lily detestava uísque, a ardência, o cheiro. Jesse preferia gim. À medida que o nível da garrafa descia, o mau humor aumentava. Cada vez mais. Ela fingiu que bebia.

— Aquilo era um gato? Achei que fosse. — Lily mordeu o lábio com força para manter a voz tranquila. — Era seu?

— Os gatos pertencem a Adam. E os cachorros. E os cavalos. Mas aquilo foi para mim. Não o largaram na varanda de Adam. Foi para mim.

— Como... como o touro.

Willa parou de andar e olhou para trás.

— É. Como o touro.

— Um bule de chá quentinho! — anunciou Bess, entrando depressa com uma bandeja. No instante em que a colocou na mesa, começou a se preocupar.

— Will, no que estava pensando dando uísque para a pobre menina? Só vai embrulhar o estômago, ora. — Bess tirou o copo da mão de Lily com gentileza e o colocou de lado. — Beba um pouco de chá, minha querida, e descanse. Você passou por um choque. Will, pare de andar, sente-se.

— Cuide dela. Eu vou lá fora.

Apesar de servir o chá com mão firme, Bess lançou um olhar severo na direção de Willa, após a moça cruzar a porta.

— Essa menina nunca escuta o que eu digo.

— Ela está preocupada.

— Todos estamos.

Lily ergueu a xícara com as duas mãos e logo no primeiro gole sentiu o calor da bebida espalhar-se pelo corpo.

— Ela se preocupa mais que os outros. É a fazenda dela.

Bess inclinou a cabeça.

— É sua também.

— Não. — Lily bebeu outro gole e aos poucos foi se acalmando. — Sempre será dela.

O gato sumira, mas ainda havia poças de sangue no piso de madeira. Willa voltou para dentro e pegou um balde com água, sabão e uma escova. Sabia que Bess faria aquilo, mas não era algo que pediria a outra pessoa.

Agachou-se na claridade da luz da varanda e lavou os sinais da violência. A morte acontecia. Ela acreditava que a aceitava e entendia. O gado era criado pela carne e as galinhas que paravam de pôr ovos acabavam na panela. Os cervos e alces eram caçados e servidos à mesa.

Assim eram as coisas.

As pessoas viviam e morriam.

A própria violência não lhe era estranha. A violência de atirar em uma criatura viva, depois esfolar a caça com as próprias mãos. O pai insistira e mandara que aprendesse a caçar, que acompanhasse a queda de um cervo, esvaindo-se em sangue no chão. Ela acabou se acostumando.

Mas essa crueldade, esse desperdício, essa violência largada na porta, não faziam parte do ciclo. Limpou tudo, gota por gota. Ainda com o balde cheio de água ensanguentada ao lado, Willa agachou-se, apoiando-se nos calcanhares, e olhou para o céu.

Viu uma estrela cadente cortar o espaço com o rastro luminoso e desaparecer para sempre na escuridão.

Uma coruja piou em algum ponto da vizinhança, e ela soube que a presa correria para um esconderijo. Hoje à noite haveria morte na floresta, nas montanhas, no capim. Não havia como negar.

Não deveria sentir vontade de chorar.

Ouviu passos e se recompôs depressa. Estava se levantando quando Ben e Adam se aproximaram pela lateral da casa.

— Will, eu teria feito isso. — Adam pegou o balde. — Não precisava.

— Já terminei. — Estendeu o braço e tocou o rosto do irmão. — Adam, lamento por Mike.

— Ele gostava de tomar sol em cima da pedra atrás do celeiro. Nós o enterramos lá. — Adam olhou para a janela. — E Lily?

— Bess está com ela. Nossa velha governanta será melhor para ela do que eu.

— Vou jogar isso fora e depois vou vê-la.

— Está bem. — Mas Willa manteve a mão sobre a face de Adam um pouco mais e murmurou algo na língua da mãe deles.

Ele sorriu, não tanto pelas palavras reconfortantes, mas pela linguagem. Ela a utilizava apenas em algumas ocasiões, e só quando era muito importante. Adam afastou-se e deixou-a com Ben.

— Willa, você está com um problema.

— Um não, vários.

— Aquilo aconteceu enquanto estávamos lá dentro. — Lutando, lembrou, como duas crianças imbecis. — Ham vai ter uma conversa com os filhos do Wood.

— Com Joe e Pete? — Willa resmungou e se balançou nos calcanhares, buscando conforto. — Nem pensar, Ben. Aqueles garotos gostam de ficar correndo soltos por aí e brigam sempre que podem, mas jamais torturariam um velho gato.

Ele passou a mão na cicatriz.

— Então você viu?

— Tenho olhos, não tenho? — Willa respirou fundo quando sentiu o estômago revirar outra vez. — Ele foi cortado em pedacinhos e havia queimaduras no pelo, provavelmente de pontas de cigarro. Não foram os meninos do Wood. Adam deu a eles dois gatinhos na primavera passada. Eles mimam aqueles bichanos como se fossem bebês.

— Adam brigou com alguém ultimamente?

— Aquilo não foi por causa de Adam. Foi para mim.

— Está bem. — Ben encarava a situação da mesma maneira, e assentiu com a cabeça. Estava preocupado. — Você brigou com alguém ultimamente?

— Além de você?

Ele sorriu, e subiu um degrau até ficarem cara a cara.

— Você briga comigo desde que nos conhecemos. Isso não conta. Estou falando sério, Willa. — Ben pegou a mão dela e entrelaçou os dedos com os seus. — Você consegue se lembrar de alguém que gostaria de machucar você?

Espantada com o aperto dos dedos, Willa olhou para as mãos unidas.

— Não. Pickles e Wood podem estar um pouco desconfortáveis no momento, porque estou comandando a fazenda. Especialmente Pickles. Porque sou mulher. Pessoalmente, eles não têm nada contra mim.

— Pickles estava nas terras altas — comentou Ben. — Ele seria capaz de fazer algo assim para atingir você? Para assustar uma mulher?

Sarcástica, Willa deixou o orgulho se manifestar:

— Pareço assustada?

— Eu me sentiria melhor se estivesse. — Ben deu de ombros. — Ele faria isso?

— Há algumas horas, eu diria que não. Agora, não tenho certeza.

Willa percebeu que o pior era isso. Não saber em quem confiar ou quanto confiar.

— Não acredito. Ele é temperamental, gosta de reclamar e costuma ficar zangado, mas não posso imaginá-lo matando sem motivo.

— Eu diria que deve haver um motivo. É isso que precisamos descobrir.

Willa inclinou a cabeça.

— Nós?

— Nossas terras são vizinhas, Will. E até o ano que vem você está sob minha responsabilidade. — Ben apertou ainda mais os dedos quando ela tentou puxar a mão. — Isso é um fato, e acho que vamos ter que nos habituar a ele. Pretendo ficar de olho em você e na sua gente.

— Se você ficar com o olho perto demais, ele vai acabar roxo.

— Vou arriscar.

Porém, por precaução, segurou a outra mão dela e prendeu as duas ao lado do corpo.

— Tenho o pressentimento de que o próximo ano será interessante. Sob todos os aspectos. Não luto com você há... uns vinte anos. Seu corpo ficou bem bonito.

Sabendo que era mais frágil e mais fraca que ele, Willa não se moveu.

— Ben, você tem um jeito de dizer as coisas... parece poesia. Você devia ouvir como o meu coração está batendo.

— Querida, eu bem que gostaria, mas você só tentaria me jogar no chão.

Willa sorriu e se sentiu melhor.

— Não, Ben, eu *derrubaria* você. Agora vá embora. Estou cansada e quero jantar.

— Estou indo. — "Mas não ainda", pensou Ben. Deslizou as mãos para os punhos dela e ficou intrigado quando sentiu o latejar do pulso. Não teria conseguido perceber aquilo com os olhos, tão escuros e frios. Não dava para descobrir muita coisa dando apenas uma rápida olhada em Willa Mercy. — Não vai me dar um beijo de boa-noite?

— Eu só estragaria você para todas aquelas mulheres com quem gosta de brincar.

— Eu até arriscaria. — Ben preferiu se afastar. Não era o momento, nem o lugar. No entanto, ficou com a sensação de que não demoraria para encontrar os dois. — Eu volto.

— Eu sei. — Willa enfiou as mãos nos bolsos enquanto ele subia na picape. Seu pulso ainda latejava enquanto repetia: — Eu sei.

Willa esperou até as luzes traseiras da picape desaparecerem na estrada de chão batido. Depois olhou por cima do ombro, para a casa, para as luzes. Ansiava por um banho quente, um prato de comida fumegante e uma longa noite de sono. Mas tudo aquilo teria que esperar. Era a proprietária da fazenda Mercy e precisava ter uma conversa com seus homens.

Como administradora, Willa tentava ficar longe do alojamento. Acreditava que os homens tinham direito à privacidade e que o prédio de madeira com cadeiras de balanço na varanda era o lar deles. Ali dormiam, comiam e liam livros, se algum deles gostasse de ler. Jogavam cartas, discutiam o jogo, viam televisão e reclamavam do patrão.

Nell preparava a comida na cabana que compartilhava com Wood e os filhos. Depois levava as refeições no carrinho de mão até lá. Não servia os homens, e a cada semana um deles se encarregava da limpeza. Assim podiam comer à vontade. Empoeirados do trabalho ou de cuecas. Podiam mentir sobre as mulheres ou o tamanho de seus pênis.

Ali, afinal, era a casa deles.

Portanto, Willa bateu à porta e esperou que a convidassem para entrar. Todos, menos Wood, que jantava com a família, estavam lá. Os homens estavam sentados ao redor da mesa. Ham, na cabeceira, acabara de comer e empurrara a cadeira para trás. Billy e Jim mastigavam frango e nhoque como lobos disputando a comida. Pickles bochechou com a cerveja e resmungou.

— Desculpem interromper o jantar.

— Estamos quase terminando — disse Ham. — Billy, tire os pratos. Vocês vão explodir se comerem mais. Quer um café, Will?

— Aceito. — Ela caminhou até o fogão e serviu-se de uma xícara de café. Sabia que o assunto era delicado e que precisava ir direto ao ponto, mas com tato. — Não consigo imaginar quem cortaria aquele velho gato em pedacinhos. — Bebeu um gole e esperou. — Alguém tem alguma ideia?

— Eu dei uma checada nos garotos do Wood. — Ham levantou-se e serviu-se de café. — Nell disse que eles ficaram em casa a maior parte da tarde. Os dois têm canivetes e Nell mandou que os apanhassem e os mostrassem para mim. Estavam limpos. — Fez uma careta enquanto bebia. — Pete, o mais novo, desatou a chorar quando soube o que aconteceu ao velho Mike. Que menino alto, o Pete. Dá para esquecer que tem só 8 anos.

— Eu ouvi falar de crianças que fazem coisas parecidas. — Pickles olhava mal-humorado para a cerveja. — Quando crescem, transformam-se em serial killers.

Willa nem olhou para ele. Se havia uma pessoa capaz de encontrar um jeito para piorar a situação, esse alguém era Pickles.

— Não acho que os meninos do Wood estejam treinando para ser um John Wayne Gacy.

— Poderia ser McKinnon. — Com a esperança de ser notado por Willa, Billy batia os pratos na pia. Ele sempre esperava que ela o notasse, a paixão que sentia por ela era tão grande quanto Montana. — Ele esteve aqui. — Billy jogou a cabeça para trás para afastar o cabelo cor de palha dos olhos, esfregando com mais força do que o necessário para flexionar os músculos dos braços. — E os homens dele estavam lá nas montanhas quando o touro foi esquartejado.

— Você devia pensar duas vezes antes de abrir essa boca, imbecil. — Ham fez a declaração com frieza. Para ele, qualquer um com menos de 30 anos era um imbecil em potencial. E Billy, com grande imaginação e um olhar ávido, possuía mais potencial do que a maioria. — McKinnon não é homem de esquartejar a droga de um gato.

— Mas ele esteve aqui — repetiu Billy com teimosia, olhando de soslaio para Willa, para ver se ela estava ouvindo.

— Esteve sim — concordou ela. — E estava comigo dentro de casa. Abri a porta para ele e, naquela hora, a varanda estava vazia.

— Nada disso acontecia quando o velho estava na fazenda. — Pickles tomou outro gole de cerveja e dardejou um olhar para Willa.

— Ora, Pickles. — Incomodado, Jim mudou de posição e a cadeira rangeu. — Você não pode culpar Will por isso.

— Só estou dizendo a verdade.

— Tem razão. — Willa concordou, tranquila. — Nada parecido acontecia enquanto o velho estava por perto. Mas, agora que ele está morto, sou eu quem manda aqui. E quando descobrir quem fez aquilo, vou cuidar disso pessoalmente. — Ela colocou a xícara na mesa. — Gostaria que todos refletissem sobre o que aconteceu, se lembram de alguma coisa ou se viram algo ou alguém. Se lembrarem, sabem onde me encontrar.

Quando a porta se fechou atrás dela, Ham deu um pontapé na cadeira de Pickles e quase a derrubou.

— Por que você é tão idiota? Aquela moça tem feito o melhor que pode.

— É uma mulher, não é? — E isso, para Pickles, era o que bastava. -— Não se pode confiar nas mulheres, e, com certeza, é impossível contar com elas. Quem garante que a pessoa que foi capaz de estraçalhar um touro e um gato não fará o mesmo com um homem, na próxima vez? — Ele tomou outro gole de cerveja, deixando a ideia se enraizar. — Você vai pedir a ela para tomar conta de você? Eu é que não vou.

Billy sacudiu a água de um prato. Os olhos imensos estavam tomados por uma animação brilhante.

— Você acha que alguém faria aquilo com um de nós? Tentar passar a faca na gente?

— Ora, cale a boca. — Ham bateu com a xícara na mesa. — Pickles só está querendo nos provocar, está com o rabo entre as pernas porque é uma mulher que está dando as ordens por aqui. Matar um touro e um velho gato pulguento não é igual a matar um homem.

— Ham tem razão. — Mas Jim teve que ficar quieto, depois de notar que perdera o interesse pelo resto dos nhoques no prato. — Talvez não seja muito pedir para ficarmos atentos por um tempo. Agora temos mais duas mulheres na fazenda. — Ele empurrou o prato e se levantou. — Talvez devêssemos vigiá-las.

— Eu cuido de Willa — disse Billy, na mesma hora, o que lhe valeu um tapa na orelha, cortesia de Ham.

— Você trabalhará como sempre. Não vou ter um bando de frouxos atacando sombras por causa de um gato. — Serviu-se de mais café e segurou a xícara. — Pickles, se não tem algo inteligente a dizer, cale essa boca. E isso vale para vocês dois também. — Parou um momento, lançou um olhar penetrante para cada um deles e, satisfeito, balançou a cabeça. — Eu vou assistir *Jeopardy*.

— Vou dizer uma coisa — resmungou Pickles. — Vou manter minha espingarda por perto e uma faca enfiada na bota. Se notar qualquer um agindo de maneira estranha por essas bandas, vou dar um jeito. E, de mim, cuido eu. — Pickles pegou a cerveja e saiu.

Jim passou direto pelo bule de café, pegou uma cerveja e observou o rosto pálido de Billy. "Pobre garoto, esse, com certeza, vai ter pesadelos."

— Ele está falando da boca para fora, Billy. Você sabe como ele é.

— É, sei, mas... — Billy passou a mão na boca. Lembrou que era apenas um gato. Apenas um gato velho e sarnento. — É, eu sei como ele é.

WILLA TEVE PESADELOS. Acordou banhada de suor gelado, o coração pulando no peito e um grito preso na garganta. Desvencilhou-se dos lençóis e tentou respirar. Sozinha, trêmula, sentou-se no meio da cama. A luz do luar penetrava pelas vidraças das janelas, e uma brisa leve fazia as venezianas baterem.

Não conseguia se lembrar direito do que a perseguia no sono. Sangue, medo, pânico. As facas. Um gato sem cabeça correndo atrás dela. Tentou achar graça, apoiou a cabeça nos joelhos dobrados junto ao peito e forçou-se a rir de si mesma. O riso saiu perigosamente parecido com choro.

Quando se levantou da cama, as pernas ameaçaram bambear, e ela se obrigou a caminhar até o banheiro; acendeu a luz, abaixou a cabeça e deixou a água gelada da pia escorrer pelas mãos em concha. Sentiu-se melhor depois de lavar o suor pegajoso. Ergueu a cabeça e observou-se no espelho.

Ainda era o mesmo rosto. Continuava igual. Na verdade, nada mudara. Apenas passara por uma noite infernal. Será que não tinha o direito de se sentir um pouquinho abalada com tudo o que estava acontecendo? A preocupação pesava em seus ombros como chumbo, e ela precisava carregá-la sozinha. Não havia como passá-la adiante, dividir o fardo.

As irmãs eram suas, a fazenda, também, assim como a maldição que caiu sobre ela. E cuidaria de tudo.

E se havia uma mudança dentro dela, alguma coisa irritante, cuidaria disso também. Não tinha tempo nem temperamento para ficar brincando de acasalar com Ben McKinnon.

Ora, ele só estava tentando desestabilizá-la. Afastou o cabelo do rosto molhado e encheu um copo com água. Ele nunca se interessara por ela. Se agora demonstrava interesse, era porque não tinha mais o que fazer. Era bem do seu feitio. Quase sorriu enquanto a água descia por sua garganta.

Pensou que, afinal, poderia beijá-lo. Só para acabar com aquela história. Como uma espécie de teste. Depois, dormiria melhor. Talvez assim o afastasse dos seus sonhos e pesadelos. E, quando parasse de imaginar, de pensar no que tanto a perturbava, seria capaz de se concentrar por inteiro na fazenda.

Olhou para a cama e sentiu um arrepio. Precisava dormir, mas não queria ver outra vez o sangue, os cadáveres mutilados. Então, não veria.

Respirou profundamente antes de deitar. Desejaria que as coisas ruins desaparecessem, pensaria em outra coisa. Na primavera, ainda tão distante. Nas flores das campinas e nas brisas quentes que desciam flutuando das montanhas.

Mas quando sonhou, foram sonhos de sangue, morte e terror.

Capítulo 6

••••

*D*O DIÁRIO DE Tess Mercy:

Depois de passar dois dias na fazenda decidi que detesto Montana, detesto as vacas, os cavalos, os vaqueiros e, principalmente, as galinhas. Bess Pringle, essa déspota magricela que dirige a casa onde sou mantida prisioneira, mandou que eu cuidasse do galinheiro. Soube dessa nova mudança de carreira ontem à noite, depois do jantar. Um jantar, posso acrescentar, que consistiu de um enorme pedaço de urso. Parece que Danielle Boone escalou as montanhas e matou um urso negro. Estava uma delícia.

Bem, estava muito bom até saber o que eu estava comendo. Apesar do que os outros disseram, garanto que o gosto de urso não se parece nem um pouco com o de galinha. Apesar de tudo o que eu poderia falar da Bess — e seria muita coisa, considerando o jeito como ela me olha —, a mulher sabe cozinhar. Eu preciso me cuidar ou volto à fase gorducha da época da minha juventude.

Aconteceram algumas coisas interessantes em Pinheiros de Ponderosa enquanto eu estava no mundo real. Parece que alguém esquartejou um touro lá no que chamam de terras altas. Quando eu disse que, a meu ver, era exatamente isso que se fazia com o gado, Annie Oakley me fulminou com o olhar, esperando que eu murchasse. Devo admitir que ela lança uns olhares excelentes. Se não fosse tão moralista e sabe-tudo eu até gostaria dela.

Mas estou divagando.

O esquartejamento do touro foi uma espécie de mutilação e causou preocupação a todos. Na noite anterior ao meu retorno, um dos gatos do celeiro foi decapitado e largado na varanda da frente. Foi a pobre Lily quem o encontrou.

Não sei se devo ficar preocupada e considerar o ocorrido como um acontecimento incomum por aqui, ou fazer de conta que é e verificar todas as noites se minha porta está trancada. Mas a rainha do rodeio parece preocupada. Em outras circunstâncias, isso me causaria um leve prazer de satisfação. Ela realmente me irrita. Mas do jeito que as coisas estão, e imaginando — ou tentando não imaginar — os longos meses que tenho pela frente, não consigo me sentir confortável.

Lily passa a maior parte do tempo com Adam e os cavalos. As marcas estão sumindo, mas seu nervosismo está bem vivo e à mostra. Acho que ela não tem a menor ideia de que o Nobre Selvagem está se apaixonando por ela. É bem divertido observar. Não posso deixar de gostar de Lily, é tão inofensiva e está tão perdida! Afinal, como se costuma dizer, nós duas estamos no mesmo barco.

Ham é outro personagem que faz parte do elenco. É perfeito, vem direto da Central de Distribuição de Atores. O vaqueiro grisalho de pernas tortas com o olhar luminoso e as mãos calejadas. Ele sempre me cumprimenta com o chapéu e é bastante taciturno.

Depois há Pickles. Não faço a menor ideia se o homem tem outro nome. É um tipo azedo e mal-humorado, parece uma corda inchada enfiada em botas de bicos finos e, exceto por um bigode enorme e ruivo, é quase careca. Franze a testa, mas já o vi trabalhando com o gado, e ele parece conhecer o ofício.

Também tem a família Brook. Nell, a esposa, cozinha para os empregados e tem um rosto doce e afetuoso. Ela e Bess costumam se encontrar para fofocar e fazer as tarefas da fazenda, das quais não quero nem tomar conhecimento. O marido dela é o Wood, uma abreviação de Woodrow, como descobri. Tem uma barba preta linda, um sorriso muito simpático e boas maneiras. Ele me chama de madame e sugeriu, muito educadamente, que eu devia conseguir um bom chapéu para não queimar o rosto quando sair ao sol. Eles têm dois filhos, acho que com 10 e 8 anos, que adoram correr, gritar e bater um no outro. São muito bonitos. Eu os vi brincando de quem cospe mais longe atrás de uma das casas. Pareciam bem talentosos.

Jim Brewster parece um daqueles bons homens à moda antiga. É alto e magro, do tipo autoritário. Parece muito atraente e sedutor naquela calça jeans com um volume no bolso de trás que, tenho certeza, deve ser algo nojento como fumo de mascar. Ele me deu alguns sorrisos pretensiosos e piscou algumas vezes. Até agora consegui resistir.

Billy é o mais jovem. Quase não aparenta ter idade para dirigir e lança olhares apaixonados para a nossa vaqueira favorita. Fala muito, e qualquer pessoa que esteja perto para ouvi-lo manda-o calar a boca. Ele não liga e raramente presta atenção ao que dizem. Meus sentimentos por ele são quase maternais.

> *Desde que voltei não vi o advogado vaqueiro, e ainda preciso conhecer o infame Ben McKinnon da fazenda Three Rocks, que, pelo que dizem, é uma maldição na existência de Willa. Tenho certeza que só por isso já vou adorá-lo. Preciso encontrar um meio de amansar Bess para conseguir saber tudo sobre os McKinnons, mas, por enquanto, tenho um encontro marcado no galinheiro.*
> *Vou tentar encará-lo como uma aventura.*

Tess não se importava de acordar cedo. Em geral, costumava levantar por volta das 6 horas. Fazia uma hora de ginástica, às vezes tinha um compromisso de negócios no café da manhã, depois se debruçava sobre o trabalho até as 14 horas. Em seguida, dava um mergulho na piscina ou ia para outro compromisso e, quem sabe, fazia algumas compras. Talvez tivesse um encontro com um homem, talvez não. Sua vida lhe pertencia, e tudo corria exatamente como desejava.

Mas levantar cedo para cuidar de um monte de galinhas tinha um sabor inteiramente diferente.

O galinheiro era grande e parecia limpo. Para o olhar destreinado de Tess, as cinquenta galinhas da fazenda dos Mercys pareciam uma legião de predadoras de mau agouro que zumbiam e soltavam faíscas pelos olhos.

Espalhou a ração como Bess ensinara, trocou a água e, depois de lavar as mãos, enfrentou a primeira galinha.

— Eu tenho que pegar ovos, e parece que você está sentada em cima de um, então, se me dá licença... — Mantendo os olhos fixos na galinha, esticou a mão com muito cuidado. Na mesma hora ficou evidente quem mandava ali. Quando o bico da ave beliscou sua pele, Tess deu um grito e pulou para trás. — Olhe aqui, queridinha, eu recebi ordens.

Foi uma briga feia. As penas voaram, os ânimos foram pelos ares.

O galinheiro explodiu em gritos e cacarejos, e as galinhas vizinhas entraram na briga. Tess conseguiu colocar a mão em um belo ovo ainda quente, arrancou-o do ninho e afastou-se, arfando, com o rosto corado.

— Que bela técnica.

Ao ouvir a voz, Tess soltou o ovo, que se estatelou no chão.

— Mas que droga! Depois de todo o trabalho que tive.

— Eu assustei você. — A agitação no galinheiro chamara a atenção de Nate. Em vez de ir para o encontro com Willa, fizera um desvio e esbarrara na jovem, que estava vestida com uma calça jeans da moda e usava botas novas e reluzentes, pelejando com as galinhas. Ele só podia constatar que era uma imagem e tanto. — Preparando o café da manhã?

— Mais ou menos. — Tess afastou o cabelo do rosto. — E você, está procurando o quê?

— Tenho uns negócios para tratar com Will. A sua mão está sangrando.

— Eu sei. — Mal-humorada, Tess chupou as feridas nas costas da mão. — Aquela selvagem imbecil me atacou.

— Você não está fazendo direito. — Nate ofereceu o lenço que usava no pescoço para que ela enfaixasse a mão e chegou perto da galinha mais próxima. Ele conseguia parecer elegante apesar de ter que se agachar e curvar para não bater a cabeça no teto, observou Tess. — É só se aproximar com naturalidade. Ser rápida, mas não repentina. — Nate fez uma demonstração: deslizou uma das mãos para baixo da galinha e puxou-a de volta com um ovo. Nem uma pena se moveu.

— É o meu primeiro dia. — Tess fez uma careta e ergueu o balde. — Gosto de encontrar as minhas galinhas na seção de congelados, empacotadas em papel filme. — Nate prosseguiu a coleta de ovos com Tess o seguindo. — Presumo que você cria galinhas.

— Criava. Atualmente não me interessam.

— Cria gado?

— Não.

Ela ergueu a sobrancelha.

— Carneiros? Não é arriscado? Vi todos os filmes de faroeste, as lutas pelos pastos.

— Também não crio carneiros. — Ele depositou um ovo no balde. — Só cavalos. Cavalos para lidar com o gado. A senhorita monta?

— Não. — Dando de ombros, ela jogou o cabelo para trás. — Apesar de terem me dito que é melhor aprender. Além do mais, eu teria uma ocupação por aqui.

— Adam poderia lhe ensinar. Ou eu.

— Está falando sério? — Tess piscou e abriu um sorriso. — E por que faria isso, senhor Torrence?

— Política de boa vizinhança. — O cheiro dela era muito bom, pensou Nate. Um pouco misteriosa, um pouco perigosa. Colocou outro ovo dentro do balde. — Meu nome é Nate.

— Tudo bem. — A voz de Tess mudara para um ronronar caloroso e, sob as pestanas grossas e espevitadas, os olhos brilhavam espertos. — Nós somos vizinhos, Nate?

— De certa forma. Minha fazenda fica a leste daqui. Para alguém que andou lutando com as galinhas, você está cheirando bem, senhorita Tess.

— Chame-me apenas de Tess. Você está flertando comigo, Nate?

— Só estou retribuindo o flerte. — O sorriso era aconchegante e lento. — É o que estava fazendo, não é mesmo?

— De certa forma. É o hábito.

— Bem, se quer um conselho...

— E os advogados têm um monte deles — interrompeu Tess.

— Temos. Meu conselho seria para sossegar o facho. Os rapazes daqui não estão habituados a mulheres com tanto estilo como você.

— Ah! — Ela não tinha certeza se era um elogio ou um insulto, mas resolveu dar a ele o benefício da dúvida. — E você está habituado a mulheres com estilo?

— Não posso responder que sim. — Os olhos azuis de Nate fitaram-na de forma longa e pensativa. — Mas reconheço uma delas quando a vejo. Você vai acabar os deixando malucos, e em uma semana vão estar se matando.

Bem, aquilo *era* um elogio.

— E isso animaria as coisas por aqui?

— Soube que as coisas já estão bastante animadas.

— Touros e gatos mortos. — Tess fez uma careta. — Um negócio feio. Ainda bem que eu não estava aqui.

— Mas agora está. Parece que terminamos — acrescentou.

Tess olhou para o balde.

— Já chega. Nossa, que ovos imundos — disse, com um pouco de nojo.

— Eles serão lavados. — Nate tomou o balde das mãos dela e começou a sair. — Já está se acostumando?

— Tanto quanto posso. Não é o meu *milieu*, o meu habitat natural.

— O pessoal do seu... como é mesmo o nome?... *milieu* vem aqui o tempo todo. Mas não para ficar. — Nate se agachou de modo automático para não bater com a cabeça na porta baixa do galinheiro. — Aqueles hollywoodianos chegam a galope, compram as terras e constroem casas que custam verdadeiras fortunas. Acham que vão criar búfalos, salvar os *Mustangs* ou Deus sabe o quê.

— Você não gosta do pessoal da Califórnia?

— Montana não é lugar para gente da Califórnia. É uma regra. Eles voltam para os restaurantes e boates rapidinho. — Ele se virou para olhá-la. — É o que você fará quando o ano acabar.

— Pode acreditar que sim. Você pode ficar com as suas terras sem-fim. Eu fico com Beverly Hills.

— E o ar poluído, os desmoronamentos, os terremotos.

Tess sorriu.

— Pare, por favor, estou ficando com saudades de casa. — Calculou que conhecia o tipo. Nascido e crescido em Montana, um raciocínio lento e meticuloso, que gostava de cerveja gelada e de mulheres modestas. O tipo que daria um beijo no cavalo no final de qualquer filme de faroeste de segunda categoria.

Mas que ele era uma graça, isso era.

— Por que escolheu a advocacia, Nate? Alguém andou processando os cavalos?

— Não recentemente. — Ele continuou andando e encurtou o passo para ficar ao lado de Tess. — Fiquei interessado no sistema. E ajuda a manter a fazenda produtiva. Formar um rebanho e uma reputação sólida demora e custa caro.

— Então você frequentou as aulas de direito para complementar a renda na fazenda. Onde? Universidade de Montana? — Fez uma careta presunçosa e divertida. — Há uma universidade em Montana, não há?

— Ouvi dizer que sim. — Nate reconheceu o sarcasmo e baixou os olhos para encará-la. — Não, eu estudei em Yale.

— Hã... — Tess parou de repente, e quando se recuperou, Nate já estava bem longe. Correu para alcançá-lo. — Yale? Você estudou em Yale e voltou para cá para brincar de advogado vaqueiro para um bando de caubóis e empregados da fazenda?

— Eu não brinco com a lei. — Ele fez uma saudação com o chapéu e seguiu até um curral que ficava ao lado do celeiro.

— Yale — repetiu Tess, e balançou a cabeça. Fascinada, passou para a outra mão o balde que Nate lhe entregara e saiu correndo atrás dele. — Oi, Nate, escute...

Parou. O curral estava muito movimentado. *Dois* homens e Willa estavam fazendo algo com um dos touros. Alguma coisa de que o touro parecia não gostar. Tess se perguntou se o marcavam com ferro em brasa e decidiu que gostaria de ver como se fazia aquele truquezinho. E também queria conversar mais com Nate, que estava indo para lá.

Tess levantou o balde, caminhou até o portão e entrou. Ninguém olhou para ela. Todos estavam concentrados no trabalho, e o bezerro detinha a atenção de todos. Apertando os lábios, aproximou-se e debruçou-se por cima do ombro de Willa para saber o que estava acontecendo.

Quando Tess viu Jim Brewster castrar o touro com rapidez, capricho e eficiência, seus olhos reviraram e ela desmaiou, quase sem ruído. Foi o barulho do balde caindo no chão e os ovos quebrando que fizeram com que Willa olhasse para trás.

— Meu Deus, olhem só para isso.

— Ela desmaiou de verdade, Will — informou Jim, o que lhe valeu um olhar de simpatia.

— Estou vendo. Cuide do touro. — Willa se endireitou, mas Nate já erguia Tess nos braços. — Parece que está com as mãos cheias.

— Ela não é nem um pouco pesada. — Nate sorriu. — O corpo da sua irmã é uma graça, Will.

— Você pode apreciar essa gracinha enquanto a leva para casa. Droga. — Willa pegou o balde. — Ela quebrou quase todos os ovos. Bess vai ter um ataque. — Olhou aborrecida para Jim e Pickles. — Continuem. Preciso cuidar dela primeiro — disse, como se não tivesse outra coisa a fazer a não ser ficar procurando sais de banho para a moça desmiolada da cidade.

— Não seja tão dura com ela, Will — disse Nate, carregando Tess pela estrada na direção da casa. Ele fez um trejeito com a boca. — Ela está fora do seu *milieu*.

— Adoraria se ela voltasse para lá e caísse fora do meu espaço. Essa aqui desmaia e a outra fica andando por aí nas pontas dos pés, sem olhar para mim. Parece até que eu vou dar um tiro no meio da testa dela.

— Você é uma mulher assustadora, Will. — Nate olhou para Tess, que começava a se mexer em seus braços. — Parece que está acordando.

— Pode colocá-la em qualquer lugar — sugeriu Willa, abrindo a porta da casa. — Vou pegar um copo d'água.

Não podia deixar de admitir que Tess era um fardo interessante. Não era daqueles tipos esqueléticos e magros como os postes da Califórnia, mas uma mulher macia, com curvas onde o peso se distribuía nos lugares certos. Tess gemeu e os cílios tremularam quando ele a carregou até o sofá. Os olhos azuis, inexpressivos, fitaram Nate.

— O que... — Foi tudo o que conseguiu dizer.

— Calma, querida. Foi só uma vertigem, nada sério.

— Uma vertigem? — Demorou um pouco até o cérebro assimilar a palavra e o significado. — Eu desmaiei? Isso é ridículo!

— E o fez com muita elegância. — Despencara para o chão como um tronco de árvore, lembrou-se Nate, mas achou que Tess não apreciaria a comparação. — Não machucou a cabeça, machucou?

— Minha cabeça? — Ainda tonta, ergueu a mão. — Parece que não. Eu...
— E então lembrou-se. — Oh, Deus, a vaca. O que estavam fazendo com a vaca? Está rindo do quê?

— Não era uma vaca. Estou tentando imaginar o que deve ter sido ver pela primeira vez um touro ser transformado em boi. Acredito que não se costuma ver esse tipo de coisa em Beverly Hills.

— Guardamos todo o gado nas casas de hóspedes.

Ele assentiu, como se houvesse entendido.

— Muito bem, parece que está melhor.

Realmente estava. O suficiente para perceber que se encontrava nos braços de Nate, como um bebê.

— Por que está me carregando?

— Bem, não pareceu ser uma política de boa vizinhança arrastar você pelos cabelos. Sua cor está voltando.

— Você ainda está com ela no colo? — perguntou Willa, voltando com o copo d'água.

— Eu gosto assim. Ela tem um cheiro gostoso.

O exagero na entonação da voz fez Willa rir e balançar a cabeça.

— Pare de brincar com ela, Nate, solte-a. Preciso ir trabalhar.

— Will, não posso ficar com ela? Não tem mulher lá na fazenda. Fica meio solitário.

— Vocês dois são muito engraçadinhos. — Lutando para readquirir um pouco de dignidade, Tess afastou o cabelo dos olhos. — Solte-me, seu gigante idiota.

— Sim, senhora. — Nate largou-a em cima do sofá de couro de uma altura considerável. Tess ricocheteou, fez uma careta e se levantou.

— Tome. — Pouco simpática, Willa empurrou o copo d'água para a mão de Tess. — E fique longe dos currais.

— Pode ter certeza que ficarei. — Furiosa consigo mesma porque ainda tremia, Tess bebeu. — O que vocês estavam fazendo lá é cruel e revoltante, uma barbárie. Se mutilar um animal indefeso não é ilegal, deveria ser. — Cerrou os dentes quando viu Nate sorrindo para ela. — E pare de ficar rindo de mim, seu idiota. Acho que você não gostaria que cortassem seus testículos com tesouras de podar.

Ele sentiu uma contração entre as pernas e pigarreou.

— Não senhora, posso afirmar que não gostaria.

— Não castramos os homens aqui, não sem antes acabarmos com eles — retrucou Willa, seca. — Olhe, senhorita Hollywood, desmamar e castrar o gado faz parte da vida na fazenda. O que você pensa que aconteceria se deixássemos os touros com os seus apetrechos? Trepariam com tudo que vissem pela frente.

— Orgias bovinas todas as noites — intrometeu-se Nate, calando-se imediatamente sob os olhares fulminantes das duas mulheres.

— Não preciso explicar os fatos da vida para você — prosseguiu Willa. — Trate de se recuperar e ficar longe do curral pelos próximos dias. Bess vai arranjar um trabalho na casa para você.

— Que alegria.

— Não vejo para que mais você serve. Nem consegue pegar ovos sem quebrar todos. — Quando Tess sibilou na sua direção, Willa se virou para Nate. — Queria falar comigo?

— É, queria. — Ele não esperara que fosse tão divertido. — Primeiro, queria ver se você estava bem. Soube dos problemas que teve por aqui.

— Estou bem. — Willa tirou o copo da mão de Tess e bebeu o resto de água. — Parece que não há muito a se fazer a respeito. Os homens estão um pouco assustados e de sobreaviso. — Colocou o copo sobre a mesa e empurrou o chapéu para trás. — Sabe se algo parecido já aconteceu a outra pessoa?

— Não. — Era com isso que se preocupava. — Não sei como posso ajudar, mas se houver algo que eu possa fazer, é só pedir.

— Obrigada. — Willa pegou a mão dele e a apertou, um gesto que fez Tess morder os lábios, pensativa. — Conseguiu resolver o outro assunto?

O testamento, lembrou Nate, que nomeava Adam um dos herdeiros. E os documentos que transferiam a casa onde Adam morava para o nome dele, assim como o dinheiro e a metade da parte de Willa na fazenda, quando o ano acabasse.

— Consegui, e vou entregar a primeira minuta até o final da semana.

— Obrigada. — Ela soltou a mão dele e ajeitou o chapéu. — Você pode ficar conversando com ela. Se tiver tempo sobrando. — Willa deu um sorriso maldoso para Tess. — Preciso castrar mais alguns touros.

Willa saiu, Tess dobrou os braços sobre o peito e tentou se acalmar.

— Eu poderia odiá-la. Não custaria nada.

— É que você não a conhece.

— Eu sei que é fria, mal-educada, antipática e que está nadando em poder. Para mim é mais do que suficiente. — Não, percebeu ao se levantar, não conseguiria se acalmar. — Não fiz nada para ela reagir dessa maneira. Não pedi para ficar presa aqui e decerto não pedi para ser parente dessa bruxa metida a besta.

— Ela também não. — Nate sentou-se no braço da cadeira e começou a enrolar um cigarro de forma metódica. Não tinha muito tempo, pois precisava tratar de outros assuntos. — Queria fazer uma pergunta para você: como se sentiria se soubesse que, de repente, poderiam tomar sua casa? Sua casa, sua vida, tudo aquilo que sempre amou?

Com um olhar tranquilo, ele acendeu um fósforo e o levou até a ponta do cigarro.

— Para mantê-los, dependeria de estranhos e, mesmo se aguentasse, acabaria apenas com uma fatia do bolo. Grande parte pertenceria a esses estranhos. A essas pessoas desconhecidas com quem nunca teve oportunidade de conviver, e que morariam na sua casa com os mesmos direitos que você. Sem nada que possa fazer a respeito. Além disso, a responsabilidade seria toda sua, pois os estranhos não têm a menor ideia de como tomar conta de uma fazenda. Cabe a você manter tudo funcionando. Quanto a eles, tudo o que lhes resta é aguardar e, se esperarem, receberão tanto quanto você, mesmo que tenha sido você quem trabalhou, suou e se preocupou.

Tess abriu e fechou a boca, sem conseguir dizer nada. Posto daquela maneira simples, o contexto parecia diferente.

— Não é culpa minha — respondeu, calma.

— Não, não é. Nem dela. — Nate se virou e examinou o quadro de Jack Mercy em cima da lareira. — E você não precisou viver com ele.

— Como era... — Tess parou de falar e se amaldiçoou. Não queria perguntar. Não queria saber.

— Como ele era? — Nate expeliu a fumaça. — Vou lhe dizer. Durão, interesseiro e egoísta. Nunca conheci alguém tão capaz de administrar uma fazenda. Mas não soube criar a filha. — A lembrança e a ideia o encheram de raiva. A voz ficou mais penetrante. — Nunca deu afeto ou, que eu saiba, disse uma única palavra de elogio, não importava o quanto ela se dedicasse. Para Jack, Willa nunca foi boa o suficiente, nem rápida ou inteligente.

Ele não a faria se sentir culpada, Tess disse a si mesma. Nate não a faria sentir culpa ou simpatia.

— Ela poderia ter ido embora.

— Sim, poderia. Mas amava este lugar. E amava Jack. Você não precisa ficar de luto por causa do seu pai, Tess. Você o perdeu há anos. Mas Willa está sofrendo. Não importa se ele não merece esse sofrimento. Ele não a desejou mais do que a você ou Lily, mas ela não teve a sorte de ter uma mãe.

Muito bem, a culpa ia funcionar... um pouco.

— Lamento por isso. Mas não tem nada a ver comigo.

Ele deu uma longa tragada no cigarro, apagou-o com cuidado e se levantou.

— Tem tudo a ver. — Ele a analisou e, de repente, o olhar tornou-se frio e distante, com aquele jeito desconfortável dos advogados. — Se não entende isso, é porque possui muito de Jack Mercy. Estou indo. — Ele tocou a aba do chapéu e saiu.

Tess ainda ficou muito tempo olhando para o quadro do pai.

A QUILÔMETROS DE DISTÂNCIA, nas terras de Three Rocks, Jesse Cooke assobiava e trocava peças e velas de um velho caminhão Ford. Sentia-se bem, pensando na conversa que ouvira no café da manhã sobre as mutilações dos animais na fazenda Mercy. O que era gratificante e tão perfeito era o fato de ter sido Lily quem esbarrara com o gato sem cabeça.

Queria ter estado lá para presenciar a cena.

Mas Legs Monroe soubera direto de Wood Brook, lá na fazenda Mercy, que a baixinha da cidade com o olho roxo gritara sem parar até não aguentar mais.

Ah, era demais.

Jesse assobiou uma canção caipira sobre mulheres choronas que soluçavam por causa de homens e sobre homens sem colhões que choramingavam por causa das mulheres. Mas estava se acostumando. No alojamento, cada um dos companheiros era fã desse tipo de música, não ouviam outra coisa. Ele aguentaria. Na verdade, Jesse começava a achar que pertencia a Montana.

Era uma terra para homens machões. Homens que sabiam se cuidar. Depois de dar uma boa lição em Lily, eles se estabeleceriam ali mesmo, e ela seria rica.

Só de pensar naquilo, Jesse começou a estalar a boca e a sapatear ao som da própria música. Imagine só, a imbecil da Lily herdando um terço de uma das melhores fazendas de Montana. Que valia uma fortuna! Bastava esperar um ano.

Jesse tirou a cabeça de baixo do capô e olhou em volta. As montanhas, as terras, o céu — tudo era inflexível. Inflexível e forte como ele. Portanto, seu lugar era ali, e Lily aprenderia que o dela era ao lado do marido. O divórcio não significava nada para Jesse Cooke. A mulher lhe pertencia, e se tivesse que usar os punhos de tempos em tempos para que ela se lembrasse disso, bem, era um direito seu.

Bastava ser paciente. Passou uma das mãos lambuzadas de óleo no rosto e admitiu que essa era a parte mais difícil. Lily fugiria caso descobrisse que ele estava por perto. E não permitiria que ela escapasse antes do final do ano.

O que não significava que não ficaria de olho nela. Ficaria sim, com certeza ficaria. Vigiaria aquela magricela — era sua esposa, afinal!

Não seria muito difícil fazer amizade com alguns daqueles empregados imbecis da fazenda Mercy. Tomaria algumas cervejas com eles, jogaria cartas e arrancaria algumas informações. Poderia ir até a fazenda vizinha à vontade, desde que Lily não o visse.

E o dia em que Jesse Cooke, ex-fuzileiro naval, permitisse que uma mulher fosse mais esperta que ele, ele comeria biscoitinhos com sabor de cereja no inferno.

Enfiou-se de novo debaixo do capô para continuar o trabalho. E recapitulou os planos para a próxima visita à fazenda Mercy.

Capítulo 7

◆ ◆ ◆ ◆

Sarah McKinnon fazia panquecas na chapa do fogão e desfrutava a presença do filho mais velho, tomando café sentado à mesa da sua cozinha. Hoje em dia era comum ele preparar o café em seus aposentos em cima da garagem.

Sentia falta dele.

Na verdade, sentia falta dos dois filhos brigando e discutindo ao seu lado. Deus era testemunha de quantas vezes achara que acabaria louca por causa deles, que nunca mais teria um instante de paz.

Agora que os dois estavam crescidos e ela tinha a paz desejada, surpreendia-se ansiando pelo barulho, o trabalho que davam e as brincadeiras de ambos.

Ansiara por ter mais filhos. Desejara ardentemente uma filha para paparicar, naquela casa onde só havia homens. Mas ela e Stu não tiveram sorte. Acabara por se conformar com os dois meninos bonitos e saudáveis, e ponto final.

Tinha uma nora que adorava e uma neta para mimar. E ainda viriam outros. Isso se conseguisse colocar Ben no caminho da mulher certa.

O rapaz era muito exigente, refletiu, olhando-o de soslaio enquanto ele lia o jornal com ar sério. Estava com 30 anos e era um solteirão, embora não por falta de oportunidades. Só Deus sabia quantas mulheres haviam entrado e saído de sua vida... e de sua cama também, mas não queria pensar nisso.

Acontece que Ben nunca tropeçara por uma mulher, e Sarah achava melhor assim. Antes de cair de amores era preciso tropeçar, e paixão era coisa séria. Se um homem escolhia com cuidado, acabava escolhendo bem.

Que droga, ela ansiava por aqueles netos.

Segurando um prato cheio de panquecas, parou um instante na janela da cozinha. A oeste, o sol despontava no horizonte, e ela viu como florescia e iluminava as nuvens baixas deitadas no horizonte, tornando-se rubras.

No alojamento, os homens estariam de pé, tomando o café da manhã. Logo ouviria os passos do marido batendo no assoalho no andar de cima. Era sempre a primeira a se levantar, reservando para si aqueles momentos aconchegantes na parte central da casa. Depois, o marido descia, recém-barbeado, o cabelo molhado e cheirando a sabão. Dava-lhe um grande beijo de bom-dia, acompanhado de um tapinha no traseiro, e bebia a primeira xícara de café, como se a vida dependesse disso.

Ela o amava por ser previsível.

Amava a terra por causa dessa mesma vulnerabilidade.

E amava o filho, esse homem que, sem dúvida, saíra dela, e que parecia tanto com ela quanto com o pai.

Colocou o prato na mesa e passou a mão no cabelo espesso de Ben. Lembrou-se, com uma nitidez clara e repentina, do primeiro corte de cabelo no barbeiro, quando ele tinha 7 anos.

Como ficara orgulhoso. E como ela, tola, chorara ao ver os cachos dourados caindo no chão.

— No que está pensando, rapaz?

— Hum? — Ben guardou o jornal. Uma das regras da casa era não ler à mesa depois que a comida chegasse. — Nada importante, querida. E você? Está pensando em quê?

Sarah sentou-se e segurou a xícara de café com as duas mãos.

— Eu conheço você, Benjamin McKinnon. O motor está rodando.

— Principalmente nos assuntos da fazenda. — Olhou para a comida e fez uma pausa. As panquecas eram tão leves que pareciam flutuar sobre o prato, e o bacon, torradíssimo, chegava a estalar.

— Ninguém cozinha como a minha mãe — comentou, sorrindo para ela.

— Ninguém come como o meu Ben. — Sarah recostou-se na cadeira e aguardou.

Ben calou-se e, sentindo os odores, saboreou a comida. Lá fora a luz brilhava, entrando pela janela à medida que a manhã se abria. Ben deliciava-se com a presença da mãe. Sabia que podia contar com ela tanto quanto com o amanhecer. Sarah McKinnon, com os belos olhos verdes e o cabelo louro. A pele branca como o leite era um desafio para o sol. Tinha algumas rugas, percebeu Ben, mas eram suaves e tão naturais que mal se notavam. E ela sempre mantinha aquele sorriso caloroso e confiante.

Observava a mulher, muito magra, vestida com calça jeans e uma blusa quadriculada. Mas conhecia a força dela. Não a força física, que lhe era notória, mas a força férrea que havia dentro da mãe, aquela que realmente contava. Nunca vacilava. Em toda a sua existência, nunca dissera "não" a um desafio ou a um amigo.

Se não conseguisse encontrar uma mulher tão forte, tão boa e tão generosa quanto ela, continuaria solteiro.

Essa ideia teria balançado o coração de Sarah.

— Estava pensando em Willa Mercy.

Movidas por um fio de esperança, as sobrancelhas de Sarah se ergueram.

— É mesmo?

— Não do jeito que você está pensando, mãe. — Na verdade, era sim. E muito. — Ela está passando por um momento difícil.

A luz alegre nos olhos de Sarah se apagou.

— Lamento por isso. É uma boa moça, não merece sofrer. Pensei em ir a cavalo até lá, fazer uma visita. Mas sei que deve estar muito ocupada no momento. — Os lábios de Sarah se curvaram. — Estou morrendo de curiosidade de ver as outras. Não tive oportunidade de conhecê-las no enterro.

— Acho que Will gostaria que você a visitasse. — Ben serviu-se de mais panquecas e esperou o momento adequado. — Aqui está tudo sob controle. Acho que poderia passar umas horas extras lá na fazenda Mercy. Will não vai gostar, mas a presença de outro homem, mesmo que por pouco tempo, talvez acalmasse um pouco as coisas.

— Se você não implicasse tanto com ela, poderiam se entender melhor.

— Talvez. — Ele deu de ombros. — Não sei até que ponto ela trabalhou na administração, antes de o velho morrer. Sei que é capaz de dar conta do recado, mas, com a morte de Jack, a fazenda está com um homem a menos. Não ouvi ninguém dizer se pretendem contratar mais um empregado.

— Ouvi dizer que ela quer contratar uma pessoa formada em zootecnia. — Era assim que os boatos corriam de fazenda em fazenda: especulações pelas linhas telefônicas. — Um rapaz jovem, simpático e com experiência. Não que Ham não conheça o trabalho, mas está ficando velho.

— Ela não faria isso. Vai precisar mostrar o que sabe, e é muito afeiçoada a Ham. Eu posso ajudar. Apesar do meu diploma universitário não a impressionar. Pensei em passar por lá daqui a pouco, para ver se ela concorda.

— É muita bondade sua, Ben.

— Não estou fazendo por bondade. — Ben sorriu por cima da xícara, o mesmo sorriso de quando era menino. — Assim, vou poder implicar mais com ela.

Satisfeita, Sarah riu e se levantou para pegar o bule de café.

Ouvira os passos do marido no assoalho acima.

— Ótimo, vá afastar da sua mente os maus pensamentos.

Uma distração até que cairia bem. Os filhos de Wood tinham fugido para o pasto dos touros para brincar de toureiro com o avental vermelho que a mãe usava no Natal. Ambos escaparam com vida, embora um deles tivesse torcido o tornozelo. Ela os salvara, empurrando Pete, estonteado e com o rosto banhado pelas lágrimas por cima da cerca e deixando para trás um touro irado soltando fumaça pelas ventas.

Nem o sermão que deu nos dois peraltas cabisbaixos, nem o susto provocado pelo incidente lhe propiciaram algum prazer. Acabou tornando-se cúmplice dos dois ao guardar o avental vermelho e concordar que o lavaria antes que Nell percebesse.

O que lhe valeu a admiração eterna e sem limites dos pequenos infratores. E, pelo menos era o que esperava, incutira nos dois um medo tão grande que eles nunca mais sentiriam vontade de gritar *"toro"* para um Angus preto e bufante.

Um dos tratores perdera uma biela, e ela mandou Billy à cidade buscar as peças. Os alces haviam derrubado outra vez uma parte da cerca no lado norte, e precisavam reunir o gado que estava solto.

Bess estava de cama e com gripe, Tess quebrara grande parte dos ovos pela terceira vez na semana e Lily, a Ratinha, estava temporariamente encarregada da cozinha.

Como se não bastasse, os homens estavam intoleráveis.

— Quando um homem joga pôquer e tem um golpe de sorte, segue em frente e dá aos outros jogadores uma oportunidade para equilibrar o jogo. — Pickles ajustou os chifres da novilha irritada no brete de contenção e arrancou-os ao som da melodia de Tammy Wynette, que tinha como fundo musical os mugidos de protesto do pobre animal.

— Se você não sabe perder — gritou Jim, em resposta —, não pode jogar.

— Um cara tem o direito de receber seu dinheiro de volta.

— E um homem tem o direito de ir embora quando sentir vontade. Não é assim, Will?

Ela medicou a novilha e aplicou a injeção com rapidez e eficiência. O dia estava mais fresco, o outono se aproximava rapidamente. Todavia, o casaco com que saíra de casa estava pendurado em um corrimão, a blusa ensopada de suor.

— Eu não vou me meter nessas suas brigas bobas.

Pickles fez uma careta, contraindo das sobrancelhas até o bigode.

— Só Jim e aquele espertinho de Three Rocks levaram duzentos.

— J. C. não é nenhum espertinho no carteado. — Querendo chatear Pickles mais do que outra coisa, Jim correu em defesa do amigo. — Ele só jogou melhor do que você. Não se pode enganar um cego quando está montado em um cavalo a galope. E, se você está irritado, é só porque ele consertou a máquina do Ham, que está ronronando como um gatinho.

Por ter ouvido a verdade, o queixo de Pickles projetou-se para a frente como uma lança.

— Não preciso que nenhum filho da mãe de Three Rocks venha aqui, conserte as nossas máquinas e tome o meu dinheiro no jogo. Eu teria consertado o motor na primeira oportunidade.

— Faz uma semana que você diz a mesma coisa.

— Mas teria! — gritou Pickles, rangendo os dentes. — Não preciso de outra pessoa para cuidar das coisas. Não preciso de ninguém para mudar as coisas. Em maio faz 18 anos que trabalho nesta fazenda. Não preciso de um zé-ninguém recém-chegado para me dar ordens.

— Quem é que você está chamando de zé-ninguém? — Com um olhar furioso, Jim ficou de pé com um salto e encostou o rosto no de Pickles. — E aí, velho, quer brigar comigo? Vamos, vem.

— Chega. — Apesar de os punhos já estarem erguidos, Willa se colocou entre os dois. — Eu disse chega. — Usando as duas mãos, empurrou os homens até conseguir separá-los. Lançou um olhar para eles, desafiando-os a darem o primeiro soco. — O que estou vendo aqui são dois imbecis que não têm o bom senso de manter as cabeças frias quando estão cheios de trabalho até o pescoço.

— Eu faço o meu trabalho. — Pickles ficou sério e lançou olhares raivosos para Willa. — Não preciso dele ou de você para me dizer quais são as minhas obrigações.

— Pois muito bem — revidou Willa. — Eu não preciso que você comece uma briga quando estamos ocupados até os cabelos com o gado. Vá esfriar a cabeça. Quando estiver mais calmo, monte no cavalo e vá inspecionar a equipe lá na cerca.

— Ham não precisa que ninguém inspecione o trabalho dele, e o que tenho que fazer está bem aqui.

Willa aproximou-se de Pickles e o encarou.

— Eu disse para ir esfriar a cabeça. E, depois, para montar na sela e inspecionar as cercas. Faça isso, e faça agora, ou pode pegar suas coisas e seu último pagamento.

Pickles ficou vermelho de raiva pela humilhação de receber ordens de uma mulher com a metade de sua idade.

— Você acha que pode me demitir?

— Eu sei que posso, e você também sabe. — Ela virou a cabeça para o portão. — E agora mexa-se. Está me atrapalhando.

Eles se encararam durante ruidosos dez segundos. Depois Pickles se afastou, cuspiu no chão e saiu pelo portão. Jim, parado ao lado de Willa, soltou o ar por entre os dentes.

— Não vá perdê-lo, Willa. Ele tem um gênio difícil, mas é um excelente vaqueiro.

— Ele não vai a lugar algum. — Se estivesse sozinha, teria apertado a barriga com a mão, para conter o nervoso. Em vez disso, agachou-se e preparou a próxima injeção. — Assim que passar a raiva, ele vai ficar bem. Não bateria em você, Jim. Gosta de você tanto como de qualquer outro.

Jim sorriu e trouxe outra novilha até a prensa.

— O que não quer dizer muita coisa.

— Acho que não. — Ela retribuiu o sorriso. — Que cara mais chato. Quanto foi que você ganhou, ontem à noite?

— Uns 70 dólares. Estou de olho em um belo par de botas de pele de cobra.

— Brewster, você é tão distinto.

— Gosto de me arrumar para as damas. — Ele piscou para ela, e tudo voltou ao normal. — Talvez você aceite dançar comigo algum dia, Will.

Aquilo era uma antiga brincadeira entre os dois e serviu para acabar com a tensão. Willa Mercy não dançava.

— E, talvez, hoje à noite, você perca os seus 70 dólares para ele. — Ela enxugou o suor da testa e manteve a voz despreocupada.

— Quem é esse cara de Three Rocks?

— J. C. É um sujeito legal.

— Ele contou alguma novidade de lá?

— Algumas. — Enquanto trabalhava, Jim lembrou-se que J. C. estava mais interessado no que se passava na fazenda Mercy. — Disse que a namorada de John Conner rompeu com ele, aí John se embebedou até cair e desmaiou no banheiro.

Agora tudo ficara mais fácil, entrara outra vez na rotina. A velha fofoca, os nomes conhecidos.

— Sissy rompe com John de duas em duas semanas, e ele fica de porre a cada vez.

— É só para você saber que nada mudou.

Sorriram um para o outro, ambos agachados em meio a sangue e esterco, a brisa fresca espalhando o fedor por todo o lugar.

— Aposto 20 dólares como ele vai comprar um presente e vão fazer as pazes na segunda-feira.

— Nada de apostas. Não sou nova por aqui.

Trabalharam juntos por mais uns vinte minutos, trocando resmungos e sinais com a mão. Quando pararam por tempo suficiente para molhar as gargantas ressequidas, Jim mudou de conversa.

— Will, Pickles não quis provocar você. Ele sente falta do velho, é só isso. Sentia uma tremenda admiração por ele.

— Eu sei. — Ela ignorou a dor no coração e semicerrou os olhos. A linha de poeira rolando pela estrada assinalava a volta de Billy. Pensou em ir atrás de Pickles, fazer as pazes e entregar a ele o trator para consertar. — Pode ir jantar, Jim.

— Minhas palavras favoritas.

Ela trouxera a própria comida e, sentada no Land Rover, comeu os sanduíches de rosbife enquanto dirigia pela estrada de terra com marcas de pneus e pegadas de cascos. A trilha atravessava as pastagens, seguia pelas colinas, depois subia e dava para um panorama de cores outonais de tirar o fôlego.

O outono já estava terminando, e as folhas eram arrancadas das árvores. Dava para escutar o chamado insistente e áspero da cotovia pela janela aberta ao vento. O som conhecido devia acalmá-la. Desejava que a acalmasse, não entendia por que não o fazia.

Com os olhos atentos, Willa examinava a cerca enquanto passava por ela, satisfeita por encontrá-la ainda em bom estado. O gado pastava, preguiçoso, e, de vez em quando, uma vaca, obviamente desinteressada pela picape e pela motorista, erguia a cabeça.

O céu escurecia a leste e jogava sombras e uma luz fantasmagórica nos cumes. Willa previu que antes do anoitecer nevaria nas montanhas e choveria no vale. Deus sabia como precisavam da chuva, mas tinha pouca esperança de que fosse do tipo lento e sereno, daquela que encharcava a terra, para que ela a absorvesse.

Decerto, cairia em pingos grandes e intermitentes, que açoitariam as colheitas e ricocheteariam no solo como tiros de revólver.

Desde já ansiava por ouvi-la socando o telhado com punhos raivosos, sozinha com seus pensamentos por algumas horas, debaixo do som violento. Imaginou-se olhando pela janela do quarto para uma cortina de chuva forte cobrindo a tudo e a todos.

Talvez fosse a proximidade da tempestade que a deixava tão inquieta, irritadiça, pensou, quando percebeu que era a quarta vez que olhava pelo retrovisor. Talvez estivesse apenas chateada por encontrar apenas indícios do conserto da cerca, mas não as pessoas da equipe.

Não viu nenhum jipe, som de martelo ou homem caminhando ao longo da cerca. Nada a não ser a estrada, a terra e as montanhas erguendo-se na direção de um céu mesclado de nuvens.

Sentiu-se muito só. O que, para ela, não fazia sentido. Gostava de ficar sozinha naquelas terras. Naquele exato momento, ansiava pela solidão, sem ninguém ao redor fazendo perguntas, exigindo respostas ou com uma lista de queixas.

Mas o nervosismo não dava trégua. Por hábito, esticou o braço para trás e passou os dedos pela coronha da espingarda, presa a um suporte para armas. Depois parou a picape e saltou, decidida, para olhar em volta à procura de sinais de vida.

ERA ARRISCADO. Sabia que era arriscado, mas começara a gostar e não conseguia mais parar. Achou que escolhera o momento certo. Uma tempestade estava se formando, e a equipe da cerca já terminara aquele trecho. Pelos seus cálculos, já estariam de volta ao pátio da fazenda, preparando-se para jantar.

Não tinha muito tempo, mas sabia como aproveitá-lo. Escolhera um touro jovem, gordo e lustroso, e que daria muito dinheiro no mercado.

Escolhera o lugar com muito cuidado. Quando tivesse terminado, poderia cavalgar depressa e logo estaria de volta ao lugar de onde viera, ou em algum ponto distante da fazenda Mercy. Uma das extremidades da estrada terminava nas montanhas íngremes e rochosas cobertas de árvores.

Ninguém viria por aquele lado.

Quando o fez pela primeira vez, o estômago se embrulhou com o primeiro jorro de sangue. Nunca cortara algo tão vivo e grande. Mas depois... bem, depois ficou tão... interessante. Enfiar a faca em um ser tão pesado e vivo, sentir sua pulsação, enfraquecendo aos poucos até parar, como a corda de um relógio que acaba... era muito excitante.

Observar a vida se esvaindo.

O sangue quente latejava. Pelo menos começava latejando, depois só empoçava, formando um estranho lago vermelho.

O touro não se defendeu. Ele o atraiu com grãos de cereais, amarrou-o com uma corda e levou. Queria matá-lo bem no meio da estrada que dava na fazenda. Mais cedo ou mais tarde, alguém passaria por ali e, vejam só, que surpresa! Os abutres, atraídos pelo odor da morte, sobrevoariam a carcaça.

Os lobos, atraídos pelo mesmo odor, talvez se aproximassem.

Nunca poderia imaginar quanto o cheiro da morte era sedutor. Até provocá-la.

Sorriu para o touro que comia do balde cheio de grãos e passou uma das mãos no couro negro e áspero. Ajeitou a capa de chuva de plástico, cobriu-se bem e, com um movimento rápido, passou a lâmina de aço pela garganta do animal — estava ficando bom naquilo. Então, riu de contentamento quando o sangue começou a jorrar.

— Vá embora, bichinho — cantarolou, quando o animal caiu no chão, estrebuchando, e então ficou imóvel.

Foi aí que começou o trabalho divertido.

*P*ICKLES ESTAVA em um excelente momento de mau humor. Enquanto dirigia ao longo da cerca, tinha vários diálogos imaginários. Com Jim, com Willa. Depois ensaiou as palavras que usaria quando se queixasse a Ham sobre como Willa o enfrentara, ameaçando demiti-lo.

Como se ela pudesse.

Jack Mercy o contratara e, no que lhe dizia respeito, ninguém, a não ser Jack Mercy, podia demiti-lo. Como Jack estava morto — que sua alma descanse em paz —, ninguém podia mexer uma palha.

Ele podia simplesmente ir embora. Tinha algumas economias rendendo juros em um banco em Bozeman. Poderia comprar sua própria fazenda, começar devagar e com calma, e transformá-la em uma bela propriedade.

Queria só ver o que aquela mulherzinha mandona faria sem ele. Não aguentaria o inverno, refletiu com despeito, muito menos um ano inteiro.

Quem sabe ele não compraria um pedaço de terra lá no Norte, para criar cabeças de gado Hereford. Só de pirraça, levaria Billy junto. E deixando-se levar pela fantasia, acrescentou que a fazenda seria só de gado. Nada de galinhas ou grãos, nada de porcos ou cavalos, exceto aqueles que precisaria como instrumento de trabalho. Esse negócio de diversificar era exatamente isso: uma bela droga. Na sua opinião, era a única coisa errada que Jack Mercy fizera em toda a vida.

Deixar aquele garoto indígena criar cavalos em uma terra que era para gado. Não que tivesse algo contra Adam Wolfchild. O homem cuidava dos próprios afazeres, ficava na dele e treinava uns belos cavalos de montaria. Era uma questão de princípios. A moça teria as coisas do jeito que queria, ela e o índio administrariam a fazenda juntos.

Na opinião de Pickles, levariam o lugar à falência.

O lugar das mulheres, para ele, era na cozinha, não lá fora, mandando nos homens. Mandá-lo embora uma ova, pensou, fungando, e virou na bifurcação à esquerda para ver se Ham e Wood tinham terminado o serviço.

"Vem tempestade por aí", pensava, distraído, quando percebeu uma picape parada na estrada, o que o fez sorrir.

Se o veículo estava enguiçado, sua caixa de ferramentas estava pronta. Mostraria a qualquer um no sudeste de Montana que sabia mais sobre motores do que qualquer outro em um raio de 100 quilômetros.

Parou o carro, enfiou os polegares nos bolsos da frente da calça jeans e caminhou até o outro veículo.

— Qual é o problema? — perguntou, mas parou de repente.

O touro estava cortado e aberto de ponta a ponta, e havia tanto sangue que era possível banhar-se nele. Quando chegou mais perto, as narinas tremeram por causa do fedor, e ele mal olhou para o homem ajoelhado ao lado do animal.

— Mais um? Meu Deus, mas que merda, o que está acontecendo aqui? — Pickles aproximou-se. — É sangue fresco — começou a dizer, quando viu a faca e o sangue escorrendo da lâmina... e os olhos do homem que a empunhava. — Meu Deus, você? Por que fez isso?

— Porque posso. — Pickles percebeu que o homem o reconheceu e notou o olhar de relance para a picape. — Porque gosto — continuou, em voz baixa. Com algum pesar, ergueu a faca para o alto e enfiou-a na barriga macia de Pickles. — É a primeira vez que mato um homem — comentou, e, com a mão firme e segura, puxou a faca para cima. — Que interessante.

— Que interessante —, repetiu, observando, primeiro, o olhar de choque de Pickles, depois, o de dor e, logo em seguida, apenas o vazio. Continuou a puxar a faca para o alto, na direção do coração, acompanhando a queda do corpo e sentando-se sobre ele.

Esqueceu todo o fascínio pelo touro. Compreendeu que aquela caça era muito mais importante. Homens tinham cérebro, concluiu, arrancando a faca com um som úmido e forte. Touros não passavam de seres estúpidos. E um gato, embora esperto, era só uma coisinha de nada.

Afastou-se um pouco, tentou avaliar o momento, o novo passo, o que havia de especial. O que as pessoas comentariam pelas redondezas por muito tempo.

Em seguida, sorriu. Gargalhou até levar a mão ensanguentada à boca. Sabia exatamente como deixar sua marca.

Girou a faca na mão e começou a trabalhar, animado.

WILLA VIU o cavaleiro galopando no pasto e parou a picape. Reconheceu Spook, o corcel negro de Ben, e Charlie, o cachorro, que corria ao lado do cavalo como uma sombra. Embora não fosse bem-vinda, a primeira reação foi de alívio. Mas algo estranho pairava no ar, e ela teria ficado agradecida mesmo se fosse o diabo em pessoa se aproximando.

Ben e o corcel negro eram mesmo uma visão impressionante. De repente, com um movimento descontraído dos músculos, cavalo e cavaleiro passaram voando por cima da cerca.

— Errou a estrada, McKinnon?

— Não. — Ben parou o cavalo ao lado da picape. Charlie, com um gesto alegre de boas-vindas, levantou uma das patas traseiras e urinou no pneu da frente da picape de Willa. — Consertou aquela cerca? — Sorriu quando ela olhou para onde ele apontava. — Zack passou lá por cima hoje de manhã e viu que uma delas estava derrubada no chão. Este ano os cervos estão causando um aborrecimento e tanto.

— Sempre estão. Espero que Ham tenha resolvido o problema. Estava indo lá para ver.

Ben desmontou e se debruçou na janela.

— Aquilo é um sanduíche?

Ela olhou para a metade do lanche.

— É. E daí?

— Vai comer?

Willa suspirou, pegou o pão e entregou a ele.

— Você veio atrás de mim por causa de um sanduíche?

— É só uma das vantagens. Vou mandar algumas cabeças para a engorda no Colorado e pensei que você talvez quisesse ficar com umas cem. — Ben cortou uma ponta do sanduíche e atirou-a amistosamente para o cão.

Willa observou o animal engolir o pão com carne e sorriu. Um sorriso que, por comparação, não estava tão distante do sorriso arrogante e satisfeito do dono.

— Você vai querer pechinchar o preço aqui?

— Pensei em fazê-lo de maneira mais simpática. Poderíamos tomar um drinque mais tarde. — Ele esticou a mão pela janela para brincar com o cabelo dela que se soltara da trança. — Ainda não conheço sua irmã mais velha.

Willa engrenou a marcha da picape.

— Espertinho, ela não é seu tipo. Se quiser, pode passar por lá. — A jovem o observou mastigar o último pedaço do sanduíche. — *Depois* do jantar.

— Quer que traga a minha própria garrafa, também?

Ela apenas sorriu e pisou de leve no acelerador. Depois de pensar por alguns minutos, Ben montou no cavalo e seguiu Willa em um trote. Os dois sabiam que ela iria devagar para que ele pudesse acompanhá-la.

— Adam vai estar lá? — Ele levantou a voz para que ela pudesse ouvi-lo por cima do barulho do motor. — Estou interessado em dois novos pôneis de montaria.

— Pergunte a ele. Ben, estou muito ocupada para encontros sociais. — Para irritá-lo, Willa acelerou, deixando-o com o rosto todo empoeirado. Ficou desapontada quando, ao dobrar na bifurcação à esquerda, o homem seguiu na direção oposta.

Willa desejou ter brigado com ele por qualquer motivo que o tivesse enraivecido para que ele a segurasse nos braços outra vez. Vinha pensando muito sobre a maneira como ele a agarrara.

Não costumava pensar muito em homens, não desse jeito. Mas era bem divertido pensar em Ben dessa forma. Mesmo se não tivesse a intenção de fazer algo a respeito.

A menos que mudasse de ideia.

Riu. Poderia até mudar de ideia, só para ver como seria. Sentia que Ben poderia mostrar com clareza, e de um modo muito mais completo, o que um homem era capaz de fazer com uma mulher.

Talvez o provocasse bastante para que ele a beijasse, naquela noite. A menos que ele passasse a se interessar por Tess, a peituda com perfume francês extravagante. Ao pensar nisso, acelerou. Apenas para frear de repente ao ver a caminhonete de Pickles na curva da estrada.

— Ora, veja só, eu o encontrei. — E agora, pensou, teria que acalmá-lo. Desceu do veículo, olhou para a linha da cerca e para os dois lados do pasto. Nenhum sinal dele, nem por que abandonara o carro na estrada.

— Deve ter ido curtir o mau humor em outro lugar — resmungou, voltando para a picape para tocar a buzina.

Foi quando viu Pickles — ele e o touro estendidos lado a lado, boiando em um rio de sangue. Não entendeu como não sentira o aroma, com o ar impregnado com o cheiro de sangue. O fedor a invadiu, explodiu em seu peito, e ela caminhou para o lado da estrada, trôpega, onde vomitou o jantar.

O estômago continuava dolorido e enjoado enquanto cambaleava até o carro e buzinava. Apoiou a cabeça na janela e, respirando com dificuldade, manteve a mão pressionada.

Virou a cabeça e tentou cuspir o gosto de vômito da boca, depois esfregou as mãos no rosto suado. A vista ficou embaçada, e Willa mordeu o lábio com força. Mas não conseguiu voltar para a estrada e olhar outra vez. Desistindo, abraçou o próprio corpo e abaixou a cabeça. Não a levantou nem mesmo ao ouvir o barulho dos cascos do cavalo e os latidos de Charlie.

— O que houve? — Ben desmontou com a espingarda pendurada no ombro. — Willa.

O pulo de um gato selvagem não teria surpreendido Ben tanto quanto o rosto que se virou e se enterrou em seu peito.

— Ben. Ah, meu Deus! — Os braços de Willa o envolveram e abraçaram com força. — Ah, meu Deus!

— Tudo bem, querida. Está tudo bem.

— Não. — Apertou os olhos com força. — Não. Na frente da picape. Da outra picape. Tem... meu Deus, o sangue.

— Está bem, meu amor. Sente-se aí. Vou dar uma olhada. — Com o rosto sério, Ben a fez sentar-se no estribo do veículo e franziu a testa quando ela apoiou a cabeça entre as pernas e começou a tremer. — Não se mexa, Will.

Pela expressão no rosto dela e os latidos do cachorro, Ben achou que devia ser outro touro, ou um dos cães da fazenda. Estava furioso antes mesmo de chegar perto da picape abandonada. Até notar que era mais, muito mais, que um touro.

— Meu Deus!

Não teria reconhecido o homem, não depois do que fizeram com ele. Mas reconheceu o anel, as botas e o chapéu ensopado de sangue ao lado do corpo. Seu estômago deu um nó de enjoo e fúria. Dominou os dois sentimentos ao mandar Charlie ficar quieto.

Quem tinha feito aquilo não era apenas louco, era um assassino perverso.

Virou-se depressa ao ouvir um ruído atrás de si, e abriu um dos braços para bloquear a passagem de Willa.

— Não. — Ordenou, com a voz rude e o braço firme. — Não há nada que você possa fazer, nem precisa ver outra vez.

— Já estou bem. — Ela colocou uma das mãos sobre a dele e se aproximou. — Era meu funcionário, vou vê-lo. — Willa esfregou os olhos. — Eles o escalpelaram, Ben. Pelo amor de Deus! Pelo amor do bom Deus! Eles o cortaram em pedacinhos e o escalpelaram.

— Chega. — As mãos já não estavam tão suaves quando ele a virou e forçou a cabeça dela até seus olhos se encontrarem. — Chega, Willa. Volte para o carro e chame a polícia pelo rádio.

Ela assentiu, mas, ao permanecer no mesmo lugar, foi abraçada por Ben, que apertou sua cabeça contra o peito.

— Espere um instante — murmurou ele. — Me abrace.

— Eu o mandei para cá, Ben. — Ela não só o abraçou como praticamente tentou se enfiar dentro dele. — Ele me aborreceu e mandei que viesse para cá ou arrumasse as coisas e pegasse o último pagamento. Eu o mandei para cá.

— Pare com isso. — Alarmado com o tom da voz a cada palavra, ele enfiou o rosto no cabelo de Willa. — Você sabe que a culpa não foi sua.

— Ele era meu funcionário — repetiu ela, afastando-se com um arrepio. — Cubra-o, Ben. Por favor. Ele precisa ser coberto.

— Eu cuido disso. — Ben alisou o rosto dela, desejando que pudesse devolver a cor àquelas bochechas. — Fique na picape, Will.

Esperou que ela chegasse ao carro, depois pegou a lona suja de graxa da traseira da caminhonete de Pickles. Teria que servir.

Capítulo 8

◆ ◆ ◆ ◆

Da janela da cozinha, Lily podia ver a floresta e as montanhas que se elevavam em direção ao céu. A noite caía mais rápida à medida que outubro abria espaço para novembro. Dali também podia ver o sol descer na direção dos picos. Apenas duas semanas haviam se passado desde que chegara a Montana, mas já sabia que, assim que o sol desaparecesse atrás daquelas montanhas sombrias, a noite desceria veloz e a temperatura cairia.

A escuridão ainda a assustava.

Ansiava pelo amanhecer. Esperava pelo dia. Havia tanto o que fazer, podia passar horas trabalhando. Sentia-se grata por ser outra vez útil, ser parte de algo. Naquele pouco tempo, passara a depender da visão daquele céu amplo e vasto, da altura das montanhas, do mar de chão. Afeiçoara-se ao barulho dos cavalos, do gado e dos homens. E, também, aos seus cheiros.

Adorava o próprio quarto, a privacidade, o ar encantador e a casa espaçosa e de madeira encerada. A biblioteca estava repleta de livros para ler todas as noites, se quisesse, ou podia ouvir música, ou assistir à televisão baixinho.

Ninguém se importaria com o que fizesse, à noite. Ninguém mais criticaria seus pequenos enganos ou levantaria a mão para bater nela.

Esperava que não.

Adam era tão paciente! Tão gentil e maternal com os cavalos. E com ela também, admitiu. Quando guiava suas mãos pela perna de um cavalo, para ensiná-la a procurar torções, não as apertava. Mostrou-lhe como usar uma escova, tratar um casco partido e misturar os suplementos necessários na ração para uma égua prenhe. Quando a surpreendeu dando uma maçã às escondidas para um potro, não a repreendeu, apenas sorriu.

Considerava as horas que passavam trabalhando juntos as melhores da sua vida. Esse mundo novo que se abria para ela a enchia de esperança para o futuro.

Mas, agora, tudo poderia acabar.

Um homem estava morto.

Sentiu um arrepio só de pensar que era obrigada a admitir que um assassino se esgueirava furtivamente em seu mundo novo e brilhante. Com um golpe de crueldade, a vida de um homem chegara ao fim, e ela perdera mais uma vez o controle sobre os acontecimentos futuros.

Sentia vergonha por estar pensando mais em si e no que seria de sua vida do que no homem assassinado. Era verdade que não o conhecia. Com a esperteza de uma presa, Lily evitara os homens da fazenda Mercy sem dificuldades. Mas compartilhava do mundo dele, era egoísmo não pensar nele primeiro.

— Meu Deus, que confusão.

Lily se assustou com a entrada de Tess na cozinha, e a mão que segurava o pano de prato, do qual se esquecera, se contraiu.

— Tem café. Está fresco. Eles estão... todos ainda estão aí?

— Will ainda está conversando com os policiais, se é isso que está perguntando. — Tess se aproximou do fogão e franziu o nariz para o bule de café. — Não me aproximei deles, por isso não sei bem o que está acontecendo. — Ela foi até a despensa, abrindo e depois fechando a porta com força. — Será que há algo mais forte do que café por aqui?

Lily torceu o pano de prato.

— Parece que tem vinho, mas acho que não devemos incomodar Willa com perguntas.

Tess revirou os olhos e abriu a porta da geladeira.

— Essa garrafa de vinho Chardonnay, embora de qualidade um pouco inferior, vem a calhar. E é tanto dela quanto nossa. — Pegou a garrafa e perguntou: — Onde está o saca-rolhas?

— Vi um em algum lugar. — Lily se esforçou para soltar o pano de prato. Esfregara o balcão duas vezes. Abriu uma gaveta e tirou o saca-rolhas, entregando-o a Tess. — Eu, hã, fiz sopa. — Ela apontou para a panela em cima do fogão. — Bess ainda está com febre, mas conseguiu comer um pouco. Acho... espero que já se sinta melhor amanhã.

— Hum. — Tess encheu dois copos com vinho e serviu. — Sente-se, Lily. Acho que precisamos conversar.

— Talvez eu devesse levar um pouco de café para eles.

— Sente-se. Por favor. — Tess deslizou pelo banco de madeira da mesa de canto onde era servido o café da manhã e esperou.

— Está bem. — Lily sentou-se do outro lado da mesa e cruzou as mãos no colo.

Tess empurrou um copo de vinho na sua direção e levantou o seu.

— Suponho que, eventualmente, precisaremos trocar ideias sobre as nossas vidas, mas agora não me parece o momento adequado. — Ela tirou do bolso o único cigarro do maço de emergência e rodopiou-o entre os dedos antes de pegar os fósforos. — A situação está muito feia.

— Está. — Sem pensar, Lily se levantou e foi buscar um cinzeiro, que colocou na mesa. — Aquele pobre homem. Nem sei qual deles foi, mas...

— Era aquele que estava ficando careca, com um bigode enorme e uma barriga maior ainda — informou Tess, acendendo o cigarro.

— Ah! — Agora que conseguia se lembrar do rosto, Lily sentiu a vergonha aumentar. — Sim, sei quem é. Morreu esfaqueado, não foi?

— Acho que foi pior, mas não estou a par de todos os detalhes, exceto que foi Will quem o encontrou em uma dessas estradas que cruzam a fazenda de ponta a ponta.

— Deve ter sido horrível para ela.

— E foi. — Tess fez uma careta e segurou o copo de vinho. Podia não gostar muito da meia-irmã caçula, mas não desejaria a experiência para ninguém. — Ela vai aguentar. As pessoas são duronas nessas redondezas. Bem... — Bebeu um gole e avaliou que a qualidade do vinho era melhor do que o esperado. — E você? Fica ou vai embora?

Mais por necessidade de ter algo com que ocupar as mãos do que pela vontade de beber o vinho, Lily pegou o copo.

— Para dizer a verdade, não tenho para onde ir. Imagino que você vai voltar para a Califórnia.

— Tenho pensado nisso. — Tess recostou-se e examinou a mulher sentada à sua frente. "Ela mantém os olhos baixos e as mãos ocupadas." Tinha certeza que a tímida Lily já reservara um voo para qualquer lugar. — Eu encaro a coisa da seguinte maneira: pessoas são assassinadas todos os dias em Los Angeles. Crianças são espancadas por causa de alguns rabiscos desenhados no lugar errado. Cada vez que você pisca o olho, vê brigas por causa de drogas.

Tiroteios, facadas, assaltos, brigas. — Tess sorriu. — Mas, meu Deus, como eu amo aquela cidade.

Percebendo a expressão horrorizada no rosto de Lily, a mulher jogou a cabeça para trás e deu uma risada.

— Desculpe — conseguiu dizer, depois de apertar a mão contra o peito por um instante. — Quero dizer que, por pior que possa parecer, é apenas um assassinato. Em comparação ao resto, até que não é tão grave assim, e, decerto, não basta para impedir que eu tome posse do que me pertence.

Lily bebeu outro gole e fez um esforço para entender.

— Você vai ficar. Vai ficar.

— É, vou ficar. Tudo continua na mesma.

— Eu pensei... — De olhos fechados, deixou o alívio invadi-la e se misturar à vergonha. — Estava certa de que você não ficaria e de que, por isso, eu teria que ir embora. — Abriu os olhos, eram de um azul suave e despreocupado. — É horrível. O pobre homem está morto e tudo o que consegui pensar é em como isso me afetava.

— Nada mais honesto. Você não o conhecia, Lily. — Como algo na irmã a comovia, Tess pegou a mão dela. — Não fique arrasada por causa disso. Todas nós temos muita coisa em jogo por aqui. Temos direito de pensar no que é nosso.

Lily olhou para as mãos entrelaçadas. As de Tess eram tão bonitas, pensou, os anéis cintilavam e os dedos transmitiam uma força e confiança invejáveis. Ergueu os olhos.

— Não fiz nada para merecer *este* lugar. Nem você.

Tess apenas balançou a cabeça, soltou a mão da irmã e ergueu o copo.

— Não fiz nada para merecer ser ignorada durante toda a vida. Nem você.

Willa entrou na cozinha e parou quando viu as duas sentadas à mesa. O rosto ainda estava pálido, os movimentos, bruscos. Depois de ter respondido a todas as perguntas e repetido várias vezes como descobrira o corpo, sentia-se mais do que feliz com a partida da polícia.

— Ora, que aconchegante. — Enfiou as mãos nos bolsos e aproximou-se da mesa. Os dedos ainda estavam trêmulos. — Pensei que estavam fazendo as malas, não sentadas aí conversando.

— Estávamos falando sobre isso. — Quando Will pegou seu copo com vinho e bebeu, Tess ergueu uma sobrancelha, mas não teceu comentários. — Não vamos a lugar algum.

— É mesmo? — O vinho pareceu uma boa ideia, e Willa foi até o armário pegar outro copo. Depois ficou ali parada, incapaz de se mover, quase sem poder pensar.

Ainda não conseguira pensar no significado de perder a fazenda. Um pensamento rondava sua cabeça, aquela certeza de que as duas mulheres que lhe tinham sido impostas iriam embora correndo. E, com elas, sua existência. Mas só agora, quando soube que ficariam, a ideia de perder tudo se transformou em realidade. Uma dura realidade.

Sem aguentar mais, ela apoiou a cabeça na porta do armário e fechou os olhos.

Pickles. Meu Deus, será que passaria o resto da vida lembrando do que fizeram com ele, do que havia sobrado dele? E todo aquele sangue cozinhando ao sol. Os olhos fitando os seus, congelados pelo horror.

Mas a fazenda, por enquanto, estava salva.

— Ah, meu Deus, meu Deus!

Não percebeu que dissera aquilo em voz alta até sentir a mão hesitante de Lily em seu ombro. Willa se encolheu com o toque e se endireitou depressa.

— Fiz uma sopa. — Lily sentiu-se tola, mas não pensou em outra coisa para dizer. — Você precisa comer.

— Acho que não vou conseguir engolir nada no momento. — Temendo que o reconforto excessivo acabasse deixando-a descontrolada, Willa deu um passo para trás. Voltou para a mesa e, sob o olhar fascinado de Tess, encheu o copo até a borda.

— Muito bem — murmurou Tess, admirada com Willa, que bebia o vinho como água. — Ótimo. Quantas vezes você é capaz de repetir isso e continuar de pé?

— Vamos descobrir. — A mulher se virou quando a porta da cozinha abriu e, ao ver Ben entrar, respirou profundamente.

Não queria se censurar por ter se apoiado nele, caído em seus braços, deixado que ele fizesse o trabalho sujo enquanto ficava sentada, enjoada demais para fazer qualquer coisa direito. Mas era duro de engolir.

— Senhoras. — Imitando o gesto anterior de Willa, Ben pegou o copo da mão dela e bebeu. — Um brinde para um fim de dia terrível.

— Um brinde — respondeu Tess, examinando o homem. Um vaqueiro culto. E de dar água na boca. — Sou Tess. Você deve ser Ben McKinnon.

— Muito prazer. É uma pena conhecê-la em circunstâncias tão desagradáveis. — Ele então colocou a mão no queixo de Will, fazendo-a se virar para ele. — Vá se deitar.

— Preciso falar com os homens.

— Não, não precisa. O que você precisa é descansar e se desligar de tudo por algum tempo.

— Não vou enfiar a cabeça debaixo das cobertas só porque...

— Não há nada que você possa fazer. — Ela estava tremendo. Ben podia sentir com que força ela lutava contra os tremores, que a percorriam até as pontas dos dedos. — Você não está se sentindo bem, está cansada e acabou de viver mais uma experiência terrível. Adam vai acompanhar os policiais até o alojamento, para falarem com os homens, e não há nada lá para você. Precisa tentar dormir um pouco.

— Meus homens estão...

— Se você ficar doente, quem vai comandá-los amanhã e depois de amanhã? — Ele inclinou a cabeça quando Willa ficou calada. — Agora, Will, ou você sobe e se enfia na cama, ou eu mesmo a carrego lá para cima. De um jeito ou de outro, você vai para a cama. Agora mesmo.

As lágrimas ardiam nos olhos, formando uma onda quente na garganta. Orgulhosa demais para chorar na frente dele, Willa empurrou a mão de Ben, deu a volta e saiu.

— Estou impressionada — murmurou Tess, depois que a porta da cozinha bateu. — Nunca acreditei que alguém conseguisse mandar nela.

— Ela teria resistido, mas sabia que não ia aguentar. Will não se deixa abater. — Olhou para o copo de vinho e desejou ter sido menos autoritário e mais carinhoso. — Não conheço muitas pessoas capazes de passar pelo que Willa passou hoje sem sofrer uma crise nervosa.

— Não é melhor alguém ficar com ela? — intrometeu-se Lily, na mesma hora apertando os dedos contra a boca. — Eu poderia subir junto, mas não sei se ela gostaria.

— Não, é melhor deixá-la sozinha. — Ben sorriu agradecido.

— Esse não foi bem um fim de semana de turismo para nenhuma de vocês, mas sejam bem-vindas a Montana.

— Adoro o lugar. — No instante em que as palavras escapuliram de sua boca, Lily enrubesceu e se levantou, e Tess sorriu. — Quer comer alguma coisa? Fiz uma sopa, e tem um monte de coisas para preparar sanduíches.

— Meu anjo, se esse cheiro é o da sopa, aceito um prato.

— Que bom. Tess?

— Claro, por que não? — Como Lily parecia ansiosa em servi-los, Tess continuou sentada, tamborilando os dedos na mesa. — A polícia acha que o culpado é alguém da fazenda?

Ben sentou-se ao seu lado.

— Acho que vão concentrar as investigações por aqui, pelo menos no início. O público não tem acesso à fazenda, o que não significa que alguém de fora não possa encontrar o caminho. E esse alguém poderia chegar a cavalo ou de jipe. — Ben mexeu os ombros e passou a mão nos cabelos. — Passar de Three Rocks para as terras dos Mercys é bem fácil. Ora, eu estava lá.

Ele ergueu uma sobrancelha ao notar o olhar atento de Tess.

— É claro que posso afirmar não ser o culpado, mas você não me conhece. Também é possível chegar lá passando pela fazenda Rocking R ou pela propriedade de Nate, ou, ainda, pelas terras altas.

— Bem... — Tess serviu-se de mais vinho — Isso certamente coloca alguns limites, não é?

— Vou dizer uma coisa: qualquer pessoa que conheça as montanhas e as terras dessa região poderia se esconder durante meses e ir aonde bem quisesse. E seria muito difícil encontrá-la.

— Obrigada por aliviar nossas preocupações. — Tess olhou de relance para a irmã, que colocava os pratos fumegantes na mesa. — Não é mesmo, Lily?

— Eu prefiro saber. — Ela se sentou na ponta do banco ao lado de Tess e entrelaçou as mãos outra vez. — Se soubermos, podemos nos prevenir.

— Exatamente. Eu diria que seria bom, por enquanto, nenhuma das duas sair sozinha nem se afastar muito da casa.

— Não gosto muito de passear. — Embora o estômago recusasse, Tess tomou uma colherada da sopa. — E Lily costuma ficar com Adam. — Olhou para Ben. — Suspeitam dele?

— Não sei de quem a polícia desconfia, mas posso garantir que as chances de Adam Wolfchild escalpelar e estripar um homem são as mesmas de crescer nas costas dele um par de asas para voar até Idaho. — Tess deixou a colher cair em cima da mesa e olhou para ele. Ben teria batido em si mesmo, se isso consertasse a situação. — Desculpe. Pensei que conheciam os detalhes.

— Não. — Em vez de tomar a sopa, Tess pegou o copo. — Não sabíamos.

— Ela viu? — Lily apertava as mãos no colo. — Foi ela quem o encontrou?

— E vai viver o resto da vida com o que viu. — Os dois viveriam, pois era uma imagem que jamais apagariam da memória. — Não quero assustá-las, só peço que tomem cuidado.

— Pode deixar — prometeu Tess. — E quanto a ela? — Tess apontou para o teto com o dedo. — Você não vai conseguir mantê-la perto da casa sem algemá-la.

— Adam vai vigiá-la. E eu também. — Para aliviar a tensão, Ben tomou mais sopa. — Não vai ser tão difícil ficar aqui, se essa é a comida que vão servir.

As duas mulheres se assustaram quando a porta da frente se abriu. Adam entrou, acompanhado do ar fresco da noite.

— Os policiais não precisam mais de mim, por enquanto.

— Junte-se a nós — convidou Tess. — Hoje temos sopa e vinho no cardápio do jantar.

Adam a encarou com seriedade antes de examinar Lily.

— Acho que prefiro café. Não, fique onde está — pediu, quando Lily começou a se levantar. — Eu me sirvo. Só vim saber como está Willa.

— Ben a mandou subir para deitar. — Nervosa e aliviada, Lily não pôde impedir que as palavras escapassem. — Ela estava precisando de um descanso. Vou servir um pouco de sopa para você. Tem bastante, e você precisa comer.

— Eu mesmo me sirvo. Sente-se, por favor.

— O pão. Esqueci o pão. Eu preciso...

— Você precisa ficar sentada — disse Adam, baixinho, enquanto se servia. — E tente relaxar. — Ele encheu dois pratos e os levou para a mesa. — Você também precisa comer. Eu mesmo vou buscar o pão.

Desconcertada, Lily olhou para Adam, que se movia com destreza pela cozinha. Homem algum em sua vida jamais pegara em um prato, a não ser para pedir para repetir. Olhou de relance para o rosto de Ben, certa de que veria uma expressão de ironia, mas o homem continuava comendo com toda tranquilidade.

— Adam, quer que eu fique aqui durante um dia ou dois, para dar uma ajuda?

— Não, mas obrigado mesmo assim. Vamos dar um passo de cada vez. — Adam sentou-se na frente de Lily e a encarou. — Você está bem?

Ela assentiu, pegou a colher e tentou comer.

— Pickles não tinha família por aqui — continuou Adam. — Mas parece que tem uma irmã lá em Wyoming. Vamos tentar encontrá-la, se é que ainda está por lá, mas seria bom tratarmos logo dos preparativos para o enterro, quando liberarem o corpo.

— Nate pode fazer isso. — Ben cortou um pedaço do pão. — Willa vai falar com ele, se você der a sugestão.

— Está bem, farei isso. Se não fosse por você, ela não teria sobrevivido ao que aconteceu. Quero que saiba disso.

— Eu estava ali por acaso. — Ben ainda ficava abalado ao lembrar-se de como Willa quase se arrastara para os seus braços. E de como se aconchegara nele quando conseguiu alcançá-lo. — Quando passar o choque, ela provavelmente vai se lamentar por eu ter estado lá.

— Engano seu. Ela será tão grata a você quanto eu. — Adam virou a palma da mão para cima e mostrou a cicatriz longa e fina entre as linhas do coração e da cabeça. — Irmão.

A boca de Ben se contraiu quando ele olhou para a marca parecida em sua mão. Lembrou-se dos dois, ainda garotos, em pé na beira do rio, à sombra de um desfiladeiro, misturando solenemente o sangue, em irmandade.

— Ah, é hora do ritual masculino. — Muito comovida, Tess cutucou Lily para poder se levantar do banco. — É a minha deixa para largá-los aqui com o vinho do Porto e os charutos, enquanto subo e me ocupo com algo divertido, como pintar as unhas dos pés.

Ben, simpatizando com ela, sorriu.

— E aposto que são muito bonitas.

— Querido, você me impressiona. — Decidir que gostava dele era fácil. E nem era tão difícil dar o próximo passo e confiar naquele homem. — Acho que vou fazer coro a Adam e dizer que estou agradecida por você ter estado lá. Boa noite.

— Eu também vou. — Lily estendeu a mão para o prato de Tess, ainda com sopa pela metade.

— Fique — pediu Adam, colocando uma das mãos sobre a dela. — **Você não comeu nada.**

— Vocês querem conversar. Eu levo o prato para cima.

— Não fuja por minha causa. — Percebendo o que se passava entre aqueles dois, Ben se levantou. — Preciso ir para casa. Obrigado pelo jantar, Lily. — Ele ergueu a mão para tocar o rosto dela e, notando o recuo instintivo de defesa, baixou-a devagar, como se o momento não tivesse acontecido. — Coma enquanto ainda está quente — aconselhou. — Passo aqui amanhã, Adam.

— Boa noite, Ben. — Adam manteve a mão sobre a de Lily e, com um puxão, obrigou-a a sentar-se outra vez. Depois pegou a outra mão da mulher, entrelaçou os dedos nos dela e esperou Lily erguer os olhos. — Não tenha medo. Não deixarei que nada aconteça a você.

— Eu estou sempre com medo.

As mãos de Lily apertaram as dele, que achou que podia correr o risco e continuou apertando-as.

— Você veio para um lugar estranho, onde só há gente estranha ao seu redor. E ficou. Isso exige coragem.

— Eu só vim me esconder. Você não me conhece, Adam.

— Posso conhecer, se você deixar. — Ele soltou uma das mãos, ergueu-a e passou o polegar pelo hematoma quase imperceptível sob o olho dela. Muito desconfiada, Lily permaneceu imóvel enquanto o polegar deslizava para as marcas em seu queixo. — Eu quero conhecê-la, Lily, quando estiver pronta.

— Por quê?

Os olhos dele brilharam em um sorriso e mexeram com seu coração.

— Porque você entende de cavalos e dá restos de comida às escondidas para os meus cachorros. — Um sorriso surgiu quando ela ruborizou. — E porque faz uma sopa ótima. Agora coma — completou, soltando a mão dela —, antes que esfrie.

Observando-o, ela pegou a colher e comeu.

No andar de cima, com um livro que escolhera na biblioteca e uma garrafa de água mineral que pegara no bar, Tess se encaminhava para o quarto. Esperando que a leitura lhe proporcionasse um sono tranquilo e sem sonhos, decidira ler até desmaiar de sono.

Tinha uma imaginação poderosa demais, pensou. Aliás, era esse o motivo por que começava a fazer sucesso como roteirista de cinema.

E a razão pela qual os detalhes que Ben contara iriam se movimentar em sua cabeça até formarem um amontoado de visões horripilantes.

Esperava que o grosso romance, cuja capa prometia muitas aventuras e paixões, conduzisse sua mente a outras veredas.

Quando passou pela porta do quarto de Willa, ouviu o som de um choro convulsivo e triste. Hesitou e desejou com todas as forças ter lembrado de subir pela outra escada. Desejou também que os soluços não tocassem algum ponto sensível em seu âmago. Sabia que, quando uma mulher forte chorava, as lágrimas brotavam dos recantos mais obscuros e profundos do coração.

Pensou em bater à porta, mas desistiu, apenas encostou a palma da mão na madeira. Talvez, caso se conhecessem melhor ou fossem duas pessoas estranhas, tivesse entrado. Se não houvesse fantasmas entre elas, velhos ressentimentos, teria aberto a porta e oferecido... ajuda.

Mas sabia que não seria bem-vinda. Ali não haveria reconforto de mulher para mulher, muito menos de irmã para irmã. Percebeu que lamentava, e lamentava muito, mas seguiu para o quarto. Entrou, fechou a porta e a trancou bem devagar.

Mas já não acreditava que teria sonhos tranquilos.

NA ESCURIDÃO DA NOITE, o vento soprava, ameaçador, e a chuva caía forte e impiedosa. Deitado, ele sorria. Relembrar cada instante da matança, segundo por segundo, proporcionava-lhe uma estranha excitação.

Era como se acontecesse com outra pessoa. Alguém com uma visão tão cristalina e emoções tão firmes que dava para duvidar se era realmente humano.

Não sabia que aquilo existia nele.

Não sabia que gostaria tanto.

Coitado do velho Pickles. Para não soltar uma gargalhada, apertou as duas mãos sobre a boca. Não tinha nada contra o velho babaca, mas ele chegara na hora errada, e a primeira pancada é que mata a cobra.

A primeira pancada é que mata a cobra, repetiu, bufando, entre as mãos. Era o que a sua velha e querida mãe sempre dizia. Mesmo quando estava bêbada, a ponto de cair, seu prazer era desfiar esses adágios.

A primeira pancada é que mata a cobra, tornou a dizer. Um passo dado a tempo vale por nove. Quem cedo deita e cedo se levanta, doença, pobreza e velhice espanta. Os laços de sangue são os mais fortes. Mais calmo, soltou a respiração e colocou as mãos sobre o estômago.

Lembrou-se de como a faca deslizara para dentro da barriga de Pickles, atravessando todas as camadas de gordura. Deu palmadinhas na própria barriga. Parecia que estava esfaqueando um travesseiro. E aquele som de sucção, igual ao que fazia uma mulher quando recebia um chupão bem forte no pescoço, desses que deixavam marca.

Mas o melhor, o melhor de tudo, foi quando escalpelara o pouco cabelo de Pickles. Não que fosse um grande troféu, pois o cabelo era fino e desgrenhado, mas a maneira como a faca o separara do crânio é que fora tão fascinante.

E o sangue.

Nossa, como ele sangrou.

Desejou ter demorado mais, executado uma pequena dança da vitória. Mas isso ficaria para a próxima vez...

Abafou outra gargalhada. Claro que haveria uma outra vez. O gado e os animais de estimação não o interessavam mais. Os humanos eram um desafio muito maior. Teria que esperar e ser cuidadoso. Se matasse outro humano muito depressa, estragaria a antecipação.

Queria escolher a próxima vítima, e não poderia ser qualquer pessoa.

Quem sabe... uma mulher. Poderia levá-la para o mato, onde escondera os troféus. Poderia cortar as roupas dela em tirinhas, enquanto ela imploraria para ele não machucá-la. Poderia estuprá-la até não aguentar mais.

Sentiu o tesão aumentar, acariciou preguiçosamente o pênis e continuou planejando. Fazer aquilo com calma decerto acrescentaria emoção. Observar a presa, ver os olhos se esbugalharem de medo enquanto explicava com detalhes minuciosos o que pretendia fazer.

Devia ser muito melhor quando sabiam o que a esperava.

Mas precisava praticar. Uma mulher seria o próximo passo, e ele ainda não se aperfeiçoara.

Sem pressa, decidiu sonhadoramente, e começou a se masturbar. Não havia pressa alguma.

Parte Dois

Inverno

*Os que conhecem os invernos daquelas terras
sabem como são gélidos e violentos...*

WILLIAM BRADFORD

Capítulo 9

◆ ◆ ◆ ◆

NEM MESMO UM assassinato parava o trabalho. Embora nervosos, os homens acatavam as ordens. Com um empregado a menos, Willa se esforçava para suprir a lacuna. Percorria as cercas, saía para os campos para examinar a colheita, lidava sozinha com a descorna e, de noite, debruçava-se sobre os livros de registros.

O tempo mudou, e rápido. O frio da noite era o prenúncio do inverno, e os pastos já amanheciam cobertos de geada. A parte do gado que não podia permanecer nos estábulos durante o inverno precisava ser levada para Ennis, onde ficavam os postos de engorda da família Mercy, ou para o abate no Colorado.

Quando não estava cavalgando ou dirigindo, Willa andava de avião com Jim. Pensara em tirar brevê de piloto, mas não demorou a descobrir que voar não era seu forte. Detestava o barulho do motor, e as quedas bruscas e curvas repentinas a deixavam enjoada.

O pai dela adorava sobrevoar as terras com o pequeno Cessna. Na primeira vez que voou com ele, Willa quase morreu de enjoo. Foi a primeira e última vez que ele a levou junto.

Agora só havia Jim como piloto licenciado, e ele tinha uma tendência a vangloriar-se do fato; ela ponderou se não devia reconsiderar a decisão. Uma organização como a fazenda Mercy precisava de um piloto de reserva e, se estivesse no comando do avião, talvez não ficasse tonta nem enjoada.

— Daqui de cima parece uma pintura. — Jim sorriu e inclinou as asas da aeronave, fazendo Willa sentir o café da manhã subir pela garganta. — Parece que outra cerca foi derrubada. — Alegremente, o homem baixou de altitude para ver mais de perto.

Willa trincou os dentes e anotou a posição mentalmente. Fez um esforço para examinar o gado e realizar uma rápida contagem das cabeças.

— Precisamos trocar as vacas de pasto antes que comam todo o capim — resmungou, entre os dentes, quando o avião fez uma curva em ângulo agudo.
— Será que você não sabe dirigir essa coisa em linha reta?

— Desculpe. — Jim se conteve para não rir, mas, quando viu a expressão em seu rosto, equilibrou o avião com delicadeza. Willa estava quase verde.
— Will, você não devia andar de avião, pelo menos não antes de tomar um daqueles remédios contra enjoo.

— Mas eu tomei aquela porcaria. — Willa se concentrou em respirar, desejando poder apreciar a beleza das terras, dos pastos verdes cintilando com a geada, das colinas cobertas de árvores, dos picos nevados.

— Quer que eu desça?

— Eu aguento. Vamos até o fim.

Quando olhou outra vez para baixo, viu a estrada onde encontrara o corpo. A polícia já retirara o cadáver de Pickles e levara a carcaça do touro mutilado. Tinham vasculhado a área procurando e juntando provas. A chuva lavara grande parte do sangue.

Mesmo assim dava para ver algumas manchas mais escuras na terra, lugares onde o sangue se infiltrara em maior quantidade. Willa não conseguia desviar o olhar e, mesmo quando o pasto ficou para trás, continuou vendo a estrada e as manchas escuras.

Jim mantinha os olhos voltados para o horizonte.

— A polícia passou lá ontem à noite.

— Eu sei.

— Não encontraram nada. Já faz quase uma semana, Will. Eles não têm nenhuma pista.

A voz raivosa clareou a visão de Willa e ajudou-a a desviar o olhar.

— Não é como nos filmes da televisão, Jim. Às vezes, não pegam o bandido.

— Fico lembrando daquela noite antes do ocorrido, quando ganhei o dinheiro dele. Queria ter perdido, Will. Sei que não significa grande coisa, mas preferia ter perdido.

Ela se inclinou e deu um aperto rápido no ombro do amigo.

— E eu gostaria de não ter brigado com ele. Também não significa muita coisa, mas gostaria de não ter brigado.

— Aquele pudim de banha implicante. É isso que ele era. Um pudim de banha implicante. — A voz de Jim ficou embargada e ele pigarreou. — Eu... soubemos que você talvez o enterre no cemitério dos Mercys.

— Nate não conseguiu localizar a irmã, ou qualquer outro conhecido. Vamos enterrá-lo no cemitério dos Mercys. Como diria Bess: é apropriado.

— É. E é bondade a sua, Will, enterrá-lo junto àqueles que são da família.

— O homem pigarreou outra vez. — Os rapazes e eu estivemos conversando. Pensamos em carregar o caixão e pagar pela lápide. — Ele corou quando percebeu que Willa o encarava. — Foi ideia de Ham, mas todos nós concordamos. Se você também concordar, é claro.

— Então assim será. — Ela virou a cabeça e olhou pela janela. — Vamos descer, Jim. Já vi o bastante por hoje.

Quando Willa chegou ao pátio da fazenda, viu os jipes de Nate e de Ben. De propósito, parou diante da casinha branca de Adam. Precisava de um tempo antes que pudesse encarar qualquer um. O estômago e as pernas ainda estavam instáveis. Uma dor de cabeça latejava em sua testa, por causa do zumbido incessante do avião.

Saltou da picape, atravessou o portão da cerca e agachou-se um instante para acariciar Feijão. O cão era gordo como uma salsicha, tinha as orelhas caídas e as patas peludas e grossas. Feliz por vê-la, rolou no chão e ofereceu a barriga gorducha para uma coçadinha.

— Seu velho gordo. Vai ficar deitado aí dormindo o dia todo? — Concordando, Feijão abanou o rabo, fazendo-a sorrir. — Você tem um traseiro largo como um celeiro.

O som da voz atraiu Xereta, o sabujo malhado, que saiu correndo de trás da casa. Ele se aproximou com passos curtos, as orelhas em pé, o rabo abanando como uma bandeira ao vento, e enfiou o focinho debaixo do braço de Willa.

— Andou aprontando de novo, não é, Xereta? Ou acha que não sei que anda de olho nas minhas galinhas?

Xereta olhou para ela e, ao tentar lamber suas mãos e o rosto, pisou no companheiro. Os dois começaram a se engalfinhar e a pular. Willa se levantou. Sentia-se melhor. Talvez fosse só pelo fato de estar no quintal de Adam, onde as flores do outono ainda floresciam, por pura teimosia, e os cachorros não tinham nada melhor para fazer do que brincar.

— Você acabou de brincar com esses cachorros inúteis?

Olhou por cima do ombro. Ham, com um cigarro pendurado na boca, estava parado do outro lado da cerca. O casaco estava abotoado, e ele usava luvas de couro. Willa notou que, ultimamente, ele andava mais friorento.

— Parece que sim.

— E acabou de voar naquela armadilha mortal?

Ela passou a língua pelos dentes e caminhou na sua direção. Durante seus 65 anos de existência, Ham nunca colocara os pés em um avião. E se sentia orgulhoso disso.

— Acho que sim. Ham, precisamos trocar o gado de pasto. Parece que derrubaram outra cerca. Quero aquelas vacas transferidas do pasto Sul ainda hoje.

— Vou mandar Billy. Só que vai levar o dobro do tempo que levaria para qualquer um com meio cérebro. Jim pode cuidar da cerca. Wood está cheio de trabalho lá nos campos, e eu tenho o embarque para a engorda.

— Será que esse é o seu modo pouco sutil de me informar que estamos com poucos empregados?

— Eu queria falar com você sobre isso. — Ham esperou que ela desse a volta pelo portão e deu uma tragada no cigarro. — Seria bom ter mais um homem, dois seria melhor ainda. Mas acho que você deveria esperar pelo menos até a primavera para empregar alguém.

Ham jogou a guimba para longe e acompanhou sua trajetória pelo ar. Atrás deles, no portão, Feijão e Xereta choramingavam, pedindo mais atenção.

— Pickles era um pé no saco. O homem implicava quando o sol brilhava ou se uma nuvem passava na frente dele. Como gostava de reclamar. Mas era um bom vaqueiro e um mecânico razoável.

— Jim me contou que vocês pretendem pagar pela lápide.

— Parece justo. Trabalhei com aquele infeliz implicante durante quase trinta anos. — Ham continuou olhando para longe. Percebera, pela expressão em seu rosto, o que Willa sentia. — Você não ajuda ninguém se culpando pelo que aconteceu.

— Eu o mandei para lá — insistiu Willa.

— Isso é bobagem, e você sabe. Pode ser uma mulher temperamental e orgulhosa, mas não é imbecil.

Ela quase sorriu.

— Não consigo esquecer, Ham. Simplesmente não consigo.

Ele sabia e entendia o que ela queria dizer, já que a conhecia tão bem. Podia compreendê-la.

— O jeito como você o encontrou vai persegui-la por muito tempo. Não há muito que possa fazer, exceto dar tempo ao tempo. — Ham a encarou outra vez, ajeitando o chapéu horrível para se proteger do sol. — Nem trabalhar até cair dura vai fazer isso passar logo.

— Estamos com dois homens a menos — começou ela, mas Ham negou com a cabeça.

— Will, você está dormindo pouco e comendo menos ainda. — A boca se curvou de leve sob a barba grisalha. — Com Bess outra vez de pé, sou informado de muita coisa que acontece na casa. Aquela mulher é capaz de enlouquecer um surdo. E mesmo que não enchesse meus ouvidos a cada oportunidade, tenho olhos.

— São muitas preocupações.

— Eu sei. — O tom de voz ficou mais rouco, o que era seu modo de ser afetuoso. — Só estou dizendo que não precisa estar presente em cada palmo da fazenda. Estou aqui muito antes de você nascer e, se não confia em mim e no meu trabalho, terá que procurar três novos homens na primavera.

— Você sabe que confio em você, não é... — Ela parou e respirou. — Isso é golpe baixo, Ham.

Satisfeito, ele fez que sim com a cabeça. Sim, conhecia-a muito bem. Ele a entendia.

E a amava.

— Se isso vai fazer você parar e refletir, ótimo. Podemos passar o inverno deixando as coisas como estão. O filho mais velho do Wood está indo muito bem. Daqui a pouco vai fazer 12 anos e poderá trabalhar. O mais novo é um fazendeiro de mão cheia. — Ainda espantado, Ham pegou outro cigarro que enrolara de manhã. — Ele prefere juntar o feno do que cavalgar, como diz Wood. Conseguiremos passar o inverno com o que temos.

— Está bem. Mais alguma coisa?

Mais uma vez, Jim foi com calma. Mas já que conseguira a atenção de Willa, considerou que poderia ir até o fim.

— As suas irmãs. Você poderia dizer àquela do cabelo curto para comprar uma calça jeans que não seja exatamente uma segunda pele. Cada vez que ela passa, o queixo daquele tonto do Billy vai até o chão. Ele vai acabar se machucando.

Era a primeira risada que Willa dava há dias.

— E você nem olha, não é mesmo, Ham?

— Eu olho bastante. — Ele soprou a fumaça do cigarro. — Mas tenho idade suficiente para não me machucar. A outra até que monta direitinho. — Jim franziu os olhos e apontou com o cigarro. — Confira você mesma.

Willa olhou para a estrada e viu alguns cavaleiros seguindo para oeste. Adam, sem chapéu e montado no cavalo favorito, estava ladeado por duas outras pessoas, também a cavalo. Willa admitiu que Lily manejava bem a égua ruana, movimentando-se em sincronia com ela. Tess, por outro lado, sacolejava em cima de uma bonita égua castanha. Os calcanhares estavam mais para cima do que para baixo, o traseiro pulava em cima do couro da sela em toques rápidos e secos, o que devia doer. A mulher estava agarrada ao cepilho da sela como se sua vida dependesse disso.

— Nossa, ela vai ficar toda dolorida hoje à noite. — Achando divertido, Willa encostou-se no portão. — Há quanto tempo isso vem acontecendo?

— Há poucos dias. Parece que ela resolveu aprender a montar e pediu a Adam para ensiná-la. — Ham balançou a cabeça quando Tess quase caiu da sela. — Nem sei se ele é capaz de fazer algo por ela. Você poderia encilhar Moon e ir atrás deles.

— Eles não precisam de mim.

— Não foi o que eu quis dizer. Uma bela e longa cavalgada lhe faria bem, Will. Isso sempre fez bem a você.

— Talvez. — Ela imaginou um belo e longo galope com o vento no rosto para clarear as ideias. — Talvez mais tarde. — Willa continuou observando os três cavaleiros e invejou o companheirismo espontâneo deles. — Talvez mais tarde — repetiu, e voltou para a picape.

𝒲ILLA NÃO SE surpreendeu ao encontrar Nate e Ben na cozinha saboreando o churrasco de Bess. Para evitar uma briga com Bess porque não estava comendo como devia, Willa pegou um prato e puxou uma cadeira.

— Já era hora de voltar — ralhou Bess, um pouco desapontada por não ter poder para fazê-la comer, e mudou de assunto. — Já passa da hora do jantar.

— A comida ainda está quente — respondeu Will, esforçando-se para engolir a primeira garfada. — Além do mais, você está ocupada alimentando metade do país e não deve ter sentido minha falta.

— Seus modos são piores do que os de um camponês. — Bess colocou uma xícara de café perto de Willa e fungou. — Tenho mais o que fazer do que ficar aqui parada tentando lhe ensinar boas maneiras. — Aborrecida, a mulher deu as costas e enxugou as mãos em um pano de prato.

— Faz meia hora que ela está esperando por você. — Nate empurrou o prato vazio e pegou a xícara de café. — Ela está preocupada.

— Não precisa.

— Ela não vai parar de se preocupar enquanto você não parar de cavalgar por aí sozinha.

Willa lançou um olhar para Ben.

— Então, vai ter que se acostumar. Passe o sal.

Ben pegou o saleiro e bateu-o com força na mesa à frente dela. Nate, sentado na outra ponta da mesa, passou a mão na nuca.

— Estou feliz que tenha voltado, Will. Trouxe uns documentos para você.

— Ótimo. Vou vê-los depois. — Ela salpicou sal sobre a carne. — Isso explica por que está aqui. — Olhou com ar de indagação para Ben.

— Precisei tratar de uns assuntos com Adam. Cavalos. E fiquei porque sou o supervisor. E também pela boca-livre.

— Eu pedi a Ben que ficasse — intrometeu-se Nate, antes que Willa pudesse começar a rosnar. — Falei com a polícia hoje de manhã. O corpo será liberado amanhã. — Esperou um momento, até ela concordar e aceitar o fato. — Alguns dos documentos sobre os quais quero lhe falar tratam das disposições para o enterro. Há também alguns assuntos sobre dinheiro. Pickles tinha uma pequena caderneta de poupança e uma conta-corrente. Juntas somam uns 35 mil dólares. Ele estava devendo quase isso pela caminhonete.

— O dinheiro é o que menos importa — respondeu Willa, sabendo que agora não conseguiria comer nem mesmo uma migalha do que estava no prato. — Eu agradeceria se você cuidasse dos detalhes e debitasse as despesas na conta da fazenda. Faça-me esse favor, Nate.

— Está bem. — Nate tirou um bloco da pasta e fez algumas anotações. — Os objetos pessoais. Não há família, nem herdeiros, e ele nunca fez testamento.

— De qualquer forma, não haveria grande coisa. — Uma tristeza densa e pesada a invadiu. — Quanto às roupas, a sela e as ferramentas, prefiro deixar que os homens resolvam o que desejam fazer com elas, se você concordar.

— Acho que é assim que tem que ser. Eu cuido da parte legal. — Ele tocou a mão de Willa com os dedos e deixou-a ali um pouco. — Se lembrar de alguma coisa ou tiver qualquer dúvida, é só telefonar.

— Obrigada.

— De nada. — Ele se levantou. — Se não se importa, vou pegar um cavalo emprestado e ir atrás de Adam para... ah...

— Você precisa ser mais rápido, se quer inventar uma mentira para não dizer que vai atrás do cheiro de uma fêmea — implicou Ben.

Nate deu um sorriso maroto e pegou o chapéu pendurado no gancho da porta da cozinha.

— Agradeça a Bess pelo jantar. Estarei por aí.

Willa franziu a testa quando Nate fechou a porta.

— Ir atrás do cheiro de uma fêmea?

— Aquela sua irmã mais velha usa um perfume danado de bom.

Willa resmungou, pegou o prato e levou-o para o balcão ao lado da pia.

— A senhorita Hollywood? Nate tem mais juízo do que isso.

— O perfume certo pode acabar fazendo com que qualquer homem perca o juízo. Ei, você não acabou de jantar.

— Perdi o apetite. — Curiosa, Willa se encostou no balcão. — É isso que acende seu pavio, Ben? Um perfume exótico?

— Mal não faz. — Ben recostou-se na cadeira. — É claro que o cheiro de sabão e couro no tipo certo de pele também pode ter o mesmo efeito. Mulher é algo poderoso e misterioso. — Ele ergueu a xícara de café até os lábios e olhou para Willa. — Mas me parece que é algo que você desconhece.

— Em uma fazenda, o cheiro não importa.

— É o que você pensa. Cada vez que se aproxima de Billy, mesmo de longe, ele fica vesgo.

Ela sorriu um pouco, porque era pura verdade.

— Ele tem 18 anos e o vigor da juventude. É só mencionar a palavra "seio" perto dele para que seu sangue ferva e atinja o meio das coxas. Mas isso vai passar.

— Não se ele tiver sorte.

Sentindo-se mais calma, Willa cruzou as pernas, ainda de pé.

— Não sei como vocês, homens, aguentam. Com o ego, a personalidade e essa ideia de romance que vocês têm, tudo pendurado entre as pernas.

— Realmente é um calvário. Não quer sentar e terminar o café?

— Preciso trabalhar.

— É o que você repete o tempo todo nos últimos dias, quando me aproximo. — Ben pegou a xícara de Willa, levantou-se e entregou-a a ela. — Willa, se continuar trabalhando sem comer, vai acabar parecendo uma assombração. — Ele segurou o queixo dela com uma das mãos e a encarou longa e profundamente. — E sua cara até que não é tão feia assim.

— Mas ultimamente você tem colocado bastante as mãos nela. — Ela balançou a cabeça e tentou ficar calma quando os dedos não a soltaram. — Qual é o seu problema, McKinnon?

— Nenhum. — Para testar os dois, Ben passou o indicador pela boca de Willa. Tinha um formato que dava vontade de morder, mesmo com os dentes à mostra. — Você é que parece ter um. Estive observando como fica assustada quando estou por perto. Antes você era malvada.

— Talvez você não perceba a diferença.

— Ora, claro que percebo. — Ben mudou de posição e prendeu-a com delicadeza entre o balcão e seu corpo. — Sabe o que eu acho, Will?

Os ombros de Ben eram largos, e as pernas, compridas. Nos últimos tempos, ela estava muito atenta ao tamanho e à forma daquele corpo.

— Não me interessa o que você acha.

Como era um homem cauteloso e tinha boa memória, Ben se apertou ainda mais de encontro a Willa, para bloquear a excelente pontaria do joelho.

— Vou dizer mesmo assim. — Afastou a mão do queixo dela e tocou o cabelo que, naquela manhã, Willa deixara solto. — Agora que estou bem perto de você posso sentir seu cheiro. Você está cheirando a sabão e couro.

— Se chegar mais perto, vai acabar me atravessando.

— E também tem todo esse cabelo longo, liso. Fino como uma agulha e macio como seda. — Mantendo os olhos fixos nos dela, levantou o seu queixo. — Seu coração está batendo forte. E há esse pequeno latejar aqui no pescoço. — Acariciou-o com a mão livre e sentiu o pulsar nos dedos. — Bate tão forte que é um milagre não escapar da pele e pular na minha mão.

Willa não podia dizer com certeza que não acabaria acontecendo, caso Ben não lhe desse espaço para respirar.

— Ben, você está me irritando — disse, usando todas as forças para manter a voz neutra.

— Estou seduzindo você, Willa — murmurou Ben, quase ronronando as palavras melosas. O sorriso aflorou, lento e poderoso, quando ele a sentiu estremecer. — É disso que está com medo. Que eu seja capaz de seduzi-la, que vou seduzir, e que você não vai poder fazer nada para me impedir.

— Afaste-se de mim. — Nem a voz, nem as mãos que apoiou no peito dele estavam muito firmes.

— Não. — Ben voltou a mexer no cabelo dela. — Dessa vez, não.

— Há pouco tempo você mesmo disse que me desejava tão pouco quanto eu o desejo. — "O que está acontecendo comigo?", perguntou-se, entrando em pânico. Sentia arrepios e tremores, essas ondas longas e transparentes de desejo. — Não faz sentido você ficar brincando comigo só para me irritar.

— Eu me enganei. O que eu deveria ter dito é que eu a desejo tanto quanto você me deseja. Na ocasião, estava chateado. Mas você só está com medo.

— Você não me mete medo. — O que acontecia dentro dela era assustador. Mas não por causa de Ben, garantiu a si mesma.

— Então prove. — Os olhos, muito verdes e tão próximos, estavam iluminados pelo desafio. — Aqui. Agora.

— Como quiser. — Aceitando o desafio, embora temendo não conseguir ir até o fim, ela agarrou o cabelo dele e puxou a boca contra a sua.

Willa notou que era a boca dos McKinnons. Cheia e firme como a de Zack. Mas a semelhança parava aí. Nenhum dos beijos românticos que trocara com Zack, há tantos anos, podia ser comparado àquela explosão, àquele choque dos lábios hábeis que devoravam os seus. Ou à maneira impaciente e fogosa de usar a língua e os dentes para centralizar e focar cada pensamento, cada sensação, cada desejo naquele ponto preciso onde as bocas se tocavam.

A quina do balcão machucava as costas de Willa. Os dedos enroscados no cabelo de Ben se fecharam em um punho duro e tenso. O gosto másculo de Ben percorreu todo seu corpo, destruindo suas defesas. Ele não dera uma chance sequer para ela se defender.

Nem tinha essa intenção.

Ben sentiu o corpo de Willa enrigecer tentando resistir ao ataque. Tentou imaginar se sua batalha se assemelhava à dele. Esperara calor ou frieza. Ela continha ambos. Esperara resistência, pois ela era tudo, menos fraca. Esperara encontrar prazer, pois a boca de Willa parecia ter sido feita para dar e receber prazer.

Não esperara encontrar tudo ao mesmo tempo, aquela raiva que era tudo ao mesmo tempo, que desabava em cima dele com punhos nus e o deixava cambaleante.

— Droga. — Ele afastou a boca e fitou os olhos de Willa, enormes, escuros e chocados. — Que tudo vá para o inferno!

Levou a boca outra vez à dela, com sofreguidão.

Willa soltou um gemido engasgado na garganta, um som que ele podia sentir quando cobriu seu pescoço com a mão e apertou-o de leve. Queria sentir o gosto dela, ali, justo ali, onde o pulsar latejava e o gemido ressoava, mas, mesmo querendo, não conseguia matar a sede daquela boca. Ela o agarrou com força e esfregou-se nele, mexendo os quadris.

Ben colocou uma das mãos sobre o seio dela, muito firme através do tecido. Aos poucos, foi puxando a camisa de dentro da calça jeans e enfiando a mão por baixo dela para tocar na pele.

O toque da mão áspera e forte, cheia de calosidades, em seu corpo relaxou os músculos das coxas, e a tensão aumentou tanto que chegava a doer. O polegar de Ben roçou os bicos dos seios, enviando uma saraivada de bolas de fogo ao longo do sistema nervoso já sobrecarregado.

Ela se desmanchou por inteiro, e teria deslizado dos braços dele como um vapor se Ben não tivesse mudado a posição do abraço. Aquela entrega repentina e total o excitou mais do que todas as faíscas e labaredas.

— Precisamos acabar com isso. — Ele cobriu seu seio com a mão, os dedos roçando-o e acariciando-o enquanto esperava seus olhos se abrirem para encontrar os dele. — Apesar de ser uma tentação continuar o que estamos fazendo, se Bess entrar por aquela porta vai ficar indignada ao nos encontrar encerando o chão do jeito que estou imaginando.

— Afaste-se. — Willa tentou se desvencilhar. — Não consigo respirar, afaste-se.

— Eu também estou com dificuldade. Vamos deixar para respirar mais tarde. — Ele abaixou a cabeça e mordiscou o queixo de Willa. — Venha comigo para casa, Will, quero fazer amor com você.

— Não. — Ela conseguiu se soltar, tropeçou até a mesa e firmou as palmas das mãos para se equilibrar. Precisava pensar, e rápido. Mas só conseguia sentir. — Fique longe de mim — rosnou. — Fique longe de mim, preciso respirar.

Ao ouvir o verdadeiro tom de pânico na voz dela, Ben encostou-se no balcão.

— Está bem, respire. Não vai mudar nada. — Ele estendeu a mão para pegar a xícara de café para ela, mas, quando viu que as mãos da moça tremiam, deixou-a onde estava. — Eu também não sei se estou muito satisfeito com o que está acontecendo.

— Ótimo. Muito bom. — Mais confiante, Willa se endireitou e olhou para ele. — Você acha que só porque convenceu uma dúzia de mulheres a se deitarem com você pode entrar aqui e fazer o mesmo comigo? Uma escolha fácil, não é mesmo? Ainda mais eu, que nunca fiz isso antes.

— Pelas minhas contas, as mulheres não passam de dez — retrucou Ben, sem refletir. — E não precisei... — Boquiaberto e de olhos arregalados, ele parou. — Você nunca fez o quê, exatamente?

— Você sabe perfeitamente bem *o quê, exatamente*.

— Nunca? — Ele enfiou as mãos nos bolsos. — Nunca mesmo?

Willa ficou apenas olhando, esperando que ele risse. O que lhe daria a desculpa perfeita para matá-lo.

— Mas pensei que você e Zack... — Ele parou outra vez, percebendo que, dadas as circunstâncias, o assunto não seria agradável.

— Ele disse a você que eu fiz? — inquiriu Willa, os olhos se estreitando em lâminas finas, pronta para dar o bote.

— Não, ele nunca... Não. — Totalmente constrangido, ele tirou devagar uma das mãos dos bolsos e passou-a no cabelo. — Eu imaginei, só isso. Imaginei que você... em algum ou outro momento... que droga, Willa, afinal você é uma mulher adulta. Claro que pensei que você tivesse...

— Tivesse transado com um cara qualquer?

— Não, não é bem assim. — "Alguém me ajude", pensou. "Estou cansado de cavar esse buraco com minhas próprias mãos." — Você é uma mulher bonita — começou, mas, consciente de que poderia ter se expressado melhor, fez uma careta. E teria mudado a frase, se a língua não estivesse tão enrolada.

— Eu só presumi que você tivesse alguma experiência.

— Bem, não tenho. — A raiva estava suficientemente tranquila para dar espaço a faíscas de constrangimento. — E se eu quiser mudar essa condição, quem vai decidir com quem e quando sou eu.

— Sem dúvida. Não teria insistido se soubesse... — Ele não conseguia afastar os olhos dela, parada ali, toda ruborizada e desarrumada, com a boca sensual inchada por causa da sua. — Ou talvez tivesse insistido, mas de outra maneira. Penso em você desse jeito há algum tempo.

A desconfiança brilhou nos olhos de Willa.

— Por quê?

— Não sei. É sempre assim. Agora que toquei em você, confesso que vou pensar mais ainda. Você é bem gostosinha, Willa. — O humor voltou e curvou os lábios de Ben. — Para uma amadora, até que fez um belo trabalho quando retribuiu meu beijo.

— Você não é o primeiro homem que beijo, nem será o último.

— O que não significa que você não possa praticar comigo... quando sentir vontade. — Ele pegou o chapéu e o casaco pendurados perto da porta. Se qualquer um dos dois percebeu que haviam se afastado, ninguém fez qualquer comentário. — Para que servem os amigos?

— Não tenho nenhum problema para controlar meus desejos.

— Não diga — respondeu Ben emocionado, enquanto colocava o chapéu. — Mas tenho a impressão de que terei uma trabalheira danada para controlar o meu.

Ele abriu a porta e a olhou por um longo tempo uma última vez.

— Você tem uma boca do capeta, Willa. Uma boca do capeta.

Ele fechou a porta e vestiu a jaqueta. Enquanto dava a volta na casa para pegar a picape, soltou o ar com força. Pensara que boliná-la um pouco na cozinha os afastaria dos problemas que pairavam sobre a fazenda Mercy. Acabara provocando muitos outros.

Ben esfregou a barriga com a mão, sabendo que os nós que se retorciam lá dentro não desapareceriam tão cedo. Willa o pegara de jeito. E o fato de nem ao menos imaginar o que poderiam fazer um ao outro no escuro só tornava tudo mais aterrador.

E excitante.

Ben sempre escolhera mulheres que conheciam os truques e entendiam os prazeres, as regras e as responsabilidades. Mulheres que não esperavam mais do que um momento bom e saudável do qual ninguém sairia ferido nem se sentiria constrangido.

Sentado ao volante, ligou a chave na ignição e olhou para trás, para a casa. Não seria simples com Willa, principalmente por ser o primeiro.

Foi embora da fazenda sem uma única pista de como lidar com a situação. Sua única certeza era de que ela teria que aceitá-lo como o homem que mudaria o estado atual das coisas.

Quando passou pelo alojamento, olhou outra vez para a casa, lembrando-se de tudo por que aquela mulher passara nas últimas semanas. O suficiente, pensou, para deixar qualquer um arrasado.

Qualquer um, menos Willa.

Ele soltou um longo suspiro e foi para as suas terras. Estaria ali, à disposição, gostasse ela ou não. E seria cauteloso naquele assunto específico. Até tentaria ser gentil.

Mas estaria ali.

Capítulo 10

◆ ◆ ◆ ◆

A NEVE COMEÇOU a cair cedo, violenta e rápida. Cobriu os pastos e fez as cercas móveis rangerem. Os homens trabalhavam dia e noite para que o gado — estúpido demais para cavar a neve em busca de capim — fosse alimentado e cuidado.

Novembro se mostrou uma barreira frágil contra o inverno, e antes que o mês terminasse todo o vale estava coberto de neve.

Grupos de esquiadores foram para Big Sky e outras estações de esqui, para deslizar pelas encostas e beber conhaque perto das lareiras acesas. Tess pensou em se juntar a eles por um ou dois dias. Não que esquiasse com frequência, mas o conhaque era tentador. De qualquer maneira, haveria pessoas, conversas e, talvez, namoros, era a civilização.

Talvez valesse a pena amarrar um par de tábuas aos pés e escorregar pela montanha aos trancos.

Mantinha contato ininterrupto com Ira, o agente, usando-o como uma ponte para a vida, mais que como representante do trabalho. Além de estar escrevendo um novo roteiro, ela anotava a vida cotidiana em detalhes no diário.

Não que considerasse a rotina da fazenda como grande parte de sua vida.

Continuava encarregada do galinheiro e, na realidade, estava bastante satisfeita, agora que aprendera a fazer o trabalho, pois conseguia pegar ovos nos ninhos sem levar sequer uma bicada.

Passou por um mau momento, péssimo, aliás, quando, certo dia, andando por trás do galinheiro, esbarrou com Bess, que, rápida e eficiente, torcia o pescoço de uma das galináceas sem piedade.

Na hora se ouviram muitos gritos... mas não das galinhas, duas das quais estavam no chão bem mortas, enquanto as mulheres berravam por cima dos cadáveres.

Aprendeu como era errado dar nomes às amigas bicudas e penugentas e, naquela noite, não quis jantar (era galinha ensopada).

Todo final de tarde, nadava na piscina interna cuja parede de vidro dava para o lado sul. Concluiu que não podia criticar o fato de poder olhar para a neve enquanto relaxava no lago particular observando o vapor d'água se espalhar à sua volta.

Todas as manhãs, quando levantava, olhava de esguelha da janela para a paisagem coberta de neve e sonhava com palmeiras e almoços no Morton.

Cavalgava por pura teimosia. Era verdade que não desmontava mais choramingando e com os músculos reclamando de dor. Desenvolvera certa afeição por Mazie, a égua que Adam reservara para ela. Mesmo assim, cavalgar no vento e no frio não era sua ideia de diversão.

— Deus. Meu Deus! — Tess saiu da casa encurvada, enfiada em um grosso casaco de lã, desejando ter colocado dois pares de roupa térmica por baixo. — É o mesmo que respirar cacos de vidro. Como é que alguém aguenta?

— Adam diz que assim a gente dá mais valor à primavera.

Para evitar o vento, Lily enrolou a echarpe no pescoço com mais firmeza. Ela apreciava o inverno — o curso majestoso e poderoso, o modo como a neve congelava os cumes, cujos relevos nítidos contrapunham-se à abóbada diáfana do céu. O belíssimo cinturão escuro das árvores, agarrado às encostas em aclive sob o drapeado de neve, e o prateado das rochas e dos cumes com suas sombras e contrastes, como as dobras de um cobertor.

— É tão bonito ver estes quilômetros e quilômetros de branco. E os pinheiros. O céu está tão azul que chega a ferir os olhos. — Sorriu para Tess. — Não se parece nem um pouco com a neve da cidade.

— Não tenho muita experiência com neve, mas posso afirmar que isso não pode ser comparado a nada. — Tess flexionou os dedos dentro das luvas enquanto caminhavam para o estábulo.

Pelo menos a fazenda era fácil de ser percorrida, pensou Tess. A neve nas trilhas que seguiam dos picadeiros e dos currais fora raspada, e a das estradas também, tudo por um jipe com uma lâmina de aço adaptada. Fora o jovem Billy quem o fizera, lembrou-se Tess. Ele parecia estar se divertindo à beça.

Observou a respiração que saía em vapor diante do rosto e sentiu vontade de recomeçar as reclamações. Mas era lindo, congelante e lindo. O azul do céu estava tão cristalino e vítreo que ela tinha a impressão que racharia a qualquer momento, e as montanhas que apontavam para a abóbada celeste estavam tão perfeitamente desenhadas no ar puro que pareciam uma pintura. A luz do sol dançava e soltava faíscas reluzentes nos campos nevados, e o vento fazia a neve e as centelhas flutuarem no ar com sopros transparentes.

As palmeiras, as praias quentes e os Mai Tais pareciam estar a mil anos de distância.

— O que ela está aprontando hoje? — perguntou Tess colocando os óculos de sol.

— Willa? Saiu cedo na caminhonete.

A boca de Tess se estreitou.

— Sozinha?

— Ela costuma sair sozinha.

— Está procurando encrenca — murmurou, enfiando as mãos nos bolsos. — Ela se considera invencível. Se a pessoa, seja lá quem for, que matou aquele homem ainda estiver por perto...

— Você não acredita nisso, acredita? — Alarmada, Lily esquadrinhou os campos como se um louco pudesse surgir de repente por detrás de um dos montes e as atacar. — A polícia ainda não descobriu nada. Achei que podia ser alguém que estivesse acampado nas montanhas. Com esse tempo, já deve ter ido embora. E já se passaram semanas... desde as mortes.

— Claro, você tem razão. — Apesar de não estar nem um pouco convencida, Tess não via razão para que Lily ficasse com os nervos ainda mais à flor da pele. — Ninguém vai acampar com esse frio, ao menos não algum maníaco itinerante. Acho que só estou um pouco irritada com ela. — Tess franziu os olhos para a caminhonete que seguia na direção da fazenda pela estrada Leste. — Falando no diabo...

— Talvez se você... — Lily parou e balançou a cabeça.

— Vamos, continue. Talvez se eu o quê?

— Talvez se você não tentasse irritá-la também.

— Ora, não é tão difícil. — Tess fez um trejeito com a boca. — Aliás, não custa nada. — Ela mudou de assunto quando a caminhonete parou. — E, então, foi inspecionar as invernadas? — perguntou, enquanto Willa baixava o vidro da janela.

— Ainda está aqui? Pensei que tivesse ido para Big Sky, para ficar mergulhada em uma *jacuzzi* e correr atrás dos homens.

— Ainda não resolvi se vou.

Willa virou-se para Lily.

— Se você pretende sair com Adam, vá logo. E não demore muito, vai nevar. — Ela examinou o céu depressa, observando as nuvens que indicavam neve se amontoando em grossas camadas. — Diga a ele que vi um bando de alces grandes a noroeste. A mais ou menos 2 quilômetros daqui. Talvez você goste de vê-los.

— Gostaria, sim. — Lily apalpou a bolsa. — Trouxe a máquina fotográfica. Quer vir conosco? Bess mandou bastante café.

— Não, estou ocupada. Nate vai passar em casa mais tarde.

— É mesmo? — Erguendo uma das sobrancelhas, Tess se esforçou para manter a expressão neutra. — A que horas?

Willa engatou a primeira marcha.

— Mais tarde — repetiu, afastando-se em direção à casa.

Sabia perfeitamente que Tess estava de olho em Nate, e não pretendia encorajá-la. No que lhe dizia respeito, Nate não tinha assuntos com uma piranha esperta de Hollywood.

Bem, talvez ele também estivesse de olho nela, mas isso era só porque os homens sempre ficam tontos quando estão perto de mulheres bonitas e peitudas. Willa pegou a garrafa térmica no banco ao lado e saltou da picape. Com uma pontinha de inveja, não pôde deixar de admitir que Tess era mesmo bonita. Confiante e rápida nas respostas. Muito segura de si e do controle que tinha sobre a própria feminilidade. E do poder sobre os homens.

Willa se perguntou como seria se tivesse tido uma mãe para ensinar as coisas, se se pareceria mais com Tess. Caso tivesse sido educada em um outro ambiente, com mulheres despreocupadas rindo de penteados e roupas, perfumes e cores de batons, talvez fosse igual à irmã.

Não que desejasse aquilo, garantiu a si mesma, entrando na casa e tirando as luvas. Não estava interessada em todas aquelas tolices e agitações, mas começava a acreditar que eram justamente aquelas coisas que podiam acrescentar algo à confiança de uma mulher, quando estava perto dos homens.

Não se sentia tão confiante como gostaria. Pelo menos, não quando estava perto de um homem em especial.

Tirou o casaco e o chapéu e levou a garrafa térmica para o escritório no primeiro andar. Ainda não mudara a decoração do lugar. Continuava sendo o domínio de Jack Mercy, com os troféus de cabeças empalhadas e as garrafas de cristal para uísque. E entrar, caminhar até a escrivaninha do pai e sentar-se à sua mesa sempre lhe dava náuseas.

"Seria dor?", perguntou-se. "Ou medo?" Já não tinha mais certeza. Contudo, o escritório provocava uma enxurrada de lembranças e emoções desagradáveis e tristes.

Enquanto o pai estivera vivo, ela raramente entrara naquele aposento. Quando mandava chamá-la e ordenava que se sentasse do outro lado da mesa, era para criticá-la ou para alterar suas tarefas.

Ainda podia vê-lo sentado naquele exato lugar onde ela estava, com um charuto entre os dedos e, se fosse à tarde, depois de mais um dia de trabalho, com um copo de uísque pousado em um descanso.

"Garota", era como ele a chamava. Raramente a chamava pelo nome.

"Garota, dessa vez você se ferrou de verdade."

"Garota, é melhor começar a pegar pesado por aqui."

"Garota, é melhor arrumar um marido e começar a ter filhos. Senão vai se transformar numa inútil."

"Será que algum dia houve um pingo de bondade naquele escritório?", ela se perguntava, esfregando as mãos com força nas têmporas. Tentou se lembrar, por um momento, de alguma ocasião em que o encontrara sentado diante da mesa com um sorriso. De uma única vez em que ele tivesse dito que sentia orgulho de algo que ela fizera. Por qualquer motivo.

Mas não. Sorrisos e palavras bondosas não eram do feitio de Jack Mercy.

Tentou imaginar o que ele diria agora, se entrasse ali e a visse, sabendo o que tinha acontecido nas suas terras, a um dos seus homens, enquanto ela estava no comando.

"Você se ferrou, garota."

Apoiou a cabeça entre as mãos por um instante, desejando ter uma resposta para a pergunta. Sabia que não provocara nada que pudesse ser a causa de um assassinato tão selvagem. Mas, em seu coração, a responsabilidade pesava muito.

— Está feito e acabado — murmurou.

Abriu uma das gavetas e tirou os livros de registros. Queria examinar tudo, todos os detalhes cuidadosos do número de cabeças, os pesos. As rotações das pastagens, os grãos e os aditivos. Verificaria se todos os dados estavam corretos antes da chegada de Nate e a conferência da contabilidade.

Abafou o ressentimento que sentia dele ou de qualquer outra pessoa que tinha poderes sobre Mercy e começou a trabalhar.

A QUASE 3 QUILÔMETROS da casa da fazenda, Lily, muito feliz, tirava fotos dos enormes alces. Ela os achava divertidos naqueles mantos de inverno e com o olhar entediado. As fotos, provavelmente, sairiam desfocadas — sabia que não herdara o talento da mãe —, mas a deixariam satisfeita.

— Desculpe. — Ela largou a câmera, pendurada na alça em volta do pescoço. — Estou demorando muito. É que acabei me distraindo.

— Ainda temos um pouco de tempo. — Após uma breve olhada para as nuvens, Adam mudou de posição na sela e se virou para Tess. — Você está montando bem. Até que enfim aprendeu.

— Foi autodefesa — explicou Tess, com uma pontada de orgulho. — Nunca mais quero sentir aquelas dores dos primeiros dias. Além disso, preciso de exercícios.

— Não, acho que você está começando a gostar de andar a cavalo.

— Está bem, estou. Mas se esfriar mais do que agora, vou deixar de gostar até a primavera.

— Vai ficar ainda mais frio. Mas o seu sangue estará mais grosso. E a mente, mais forte. — Adam se inclinou para a frente e afagou o pescoço do cavalo. — E você vai ficar viciada. Sentirá falta de cada dia que deixar de montar.

— Sinto falta é de cada dia que não consigo dar uma volta pelo Sunset Boulevard. E estou sobrevivendo.

Adam deu risada.

— Quando voltar para Sunset Boulevard, vai se lembrar deste céu e destas montanhas. E aí vai voltar para cá.

Intrigada, Tess abaixou os óculos de sol e olhou para ele por cima das lentes.

— O que é isso? Misticismo indígena ou previsão do destino?

— Nada disso. É curso de psicologia por correspondência. Lily, me empresta a máquina? Quero tirar uma foto de vocês duas.

— Claro. Você não se importa, não é? — perguntou ela a Tess.

— Eu nunca digo não a uma câmera. — Ainda em cima da égua, ela deu a volta em Adam, julgando cavalgar de forma excelente. Então se aproximou do lado direito de Lily. — Está bem assim?

— Está. — Adam ergueu a máquina e colocou as duas em foco. — Uma foto de duas lindas mulheres. — Ele clicou duas vezes. — Quando virem as imagens, vão perceber como são parecidas. O formato do rosto, o tom da pele, até a forma como se sentam na sela.

Tess endireitou a postura automaticamente. Achava que sentia uma leve afeição por Lily, mas ainda estava longe de estar preparada para ser uma boa irmã.

— Me dê a câmera, Adam. Vou tirar uma foto dos dois. A Magnólia da Virgínia e o Nobre Selvagem. — Assim que as palavras escapuliram, ela fez uma careta. — Desculpem. Tenho essa tendência de ver as pessoas como personagens. Não quis ofendê-los.

— Tudo bem. — Adam entregou-lhe a câmera. Gostava dela, do modo como ia atrás do que queria e dizia o que pensava. No entanto, duvidava de que Tess gostaria de descobrir que aquelas também eram as duas qualidades que ele mais apreciava em Willa. — E como é que você se vê?

— Como a Cabeça de Vento. É por isso que meus roteiros vendem. Sorriam.

— Eu gosto dos seus filmes — afirmou Lily, quando Tess baixou a câmera. — São animados e bem divertidos.

— E feitos para um público pouco exigente. Não há nada de errado nisso. — Ela devolveu a máquina para Lily. — Quando se escreve para as massas, a gente simplifica e não pensa muito.

— Você está se dando pouco crédito, e também ao seu público. — Adam desviou os olhos para as árvores, analisando-as.

— Talvez não, mas... — Tess parou de falar ao perceber um movimento. — Tem alguma coisa atrás das árvores. Algo se mexeu.

— Eu sei. Está contra o vento. Não consigo sentir o cheiro. — Sem fazer grande alarde, Adam colocou a mão na coronha da espingarda.

— Os ursos hibernam nesta época do ano, não é? — Tess umedeceu os lábios e tentou não pensar em um homem com uma faca. — Então, não pode ser um urso.

— Às vezes, eles acordam. Por que vocês duas não vão para casa? Vou dar uma olhada por aí.

— Você não pode ir sozinho. — Instintivamente, Lily debruçou-se e segurou as rédeas do cavalo de Adam. O movimento repentino sobressaltou o animal, que escoiceou a neve. — Não pode. Pode ser qualquer coisa. Pode ser...

— Nada — completou ele, tranquilo, e acalmou o cavalo. Alguns flocos de neve rodopiaram no ar, caindo no chão gelado. — Mas é melhor dar uma olhada.

— Lily tem razão. — Trêmula, Tess mantinha o olhar na fileira de árvores. — Além do mais, está começando a nevar. Vamos embora. Agora.

— Não posso. — Adam fixou os olhos castanhos e tranquilos nos de Lily. — Não deve ser nada. — Sabia que não era bem assim, pelo jeito como o cavalo começara a tremer sob ele, mas manteve a voz tranquila. — Mas um homem foi assassinado a menos de dois quilômetros daqui. Tenho que verificar. Voltem agora, eu as alcançarei depois. Vocês conhecem o caminho.

— Conhecemos, mas...

— Por favor, façam isso por mim. Estarei logo atrás de vocês.

Sabendo que era inútil argumentar, Lily fez o cavalo dar a volta.

— Fiquem juntas — disse para Tess, e cavalgou na direção das árvores.

— Ele vai ficar bem — disse Tess, tentando tranquilizar a irmã, ao ver o queixo dela tremer. — Ora, Lily, deve ser só um esquilo. — "É movimento demais para um esquilo", pensou Tess. — Talvez um alce, ou algo parecido. Depois vamos implicar com ele por nos ter salvado de um alce maroto.

— E se não for nenhum desses animais? — O tom de voz sulista e calmo de Lily saiu como vidro quebrado. — E se a polícia e todos os outros estiverem errados e o assassino ainda estiver por aqui? — Ela parou o cavalo. — Não podemos deixar Adam sozinho.

— Ele é que está armado — começou Tess.

— Não posso deixá-lo sozinho. — A voz saiu como um grasnado, com a perspectiva de desafiar uma ordem, mas ainda assim Lily começou a fazer o caminho de volta.

— Ei, não... Mas que droga! Isso daria uma cena e tanto para um roteiro — resmungou, seguindo a irmã, fazendo o cavalo trotar. — Sabe que, se ele atirar em nós por engano, vamos nos lamentar pelo resto da vida.

Lily apenas sacudiu a cabeça e, saindo da estrada, foi em direção às montanhas, seguindo as pegadas de Adam.

— Você sabe voltar se tiver que sair correndo?

— Eu acho que sim, mas... Meu Deus, isso é loucura. Vamos...

Um tiro cortou o ar e ecoou como um trovão. Antes que Tess pudesse fazer qualquer outra coisa, exceto se agarrar ao cavalo assustado, Lily já galopava para as árvores.

NATE NÃO VEIO DESACOMPANHADO. Ben o seguiu de jipe com a cunhada e a sobrinha. Shelly entrou na casa tagarelando e começou a despir o bebê na mesma hora.

— Sei que deveria ter telefonado, mas quando Ben disse que vinha para cá, agarrei Abigail e pulei na picape. Estávamos loucas para ter companhia. Sei que está ocupada, mas Abby e eu podemos fazer uma visitinha a Bess enquanto vocês dois conversam. Espero que não se importe.

— Claro que não. É ótimo ver você.

Era sempre bom encontrar Shelly, que tinha fala alegre e sorriso franco. Willa sempre a considerara ideal para Zack. Formavam o casal perfeito, feitos um para o outro, divertidos e cheios de energia.

Depois de deixar o bebê esperneando, feliz, no sofá, Shelly tirou o chapéu e, passando a mão na cabeça, soltou o cabelo louro da cor do sol. O corte curto e atrevido caía no rosto maroto de feições delicadas, e os olhos eram do mesmo tom de cinza do nevoeiro das montanhas.

— Bom, eu não deixei muita escolha para Ben, mas juro que vou ficar fora do caminho até vocês acabarem a conversa.

— Não seja tola. Não brinco com o bebê há semanas. Ela está tão crescida. Não é mesmo, amorzinho? — Satisfazendo a vontade, Willa pegou a criança e a ergueu nos braços. — Os olhos estão ficando mais verdes.

— Ela vai ter os olhos dos McKinnons — concordou Shelly. — Era de se pensar que a gratidão a faria parecer um pouco comigo, porque fui eu quem a carregou durante nove meses, mas ela me sai com a cara do pai.

— Não sei não, mas acho que as orelhas são da mãe. — Willa aproximou Abby do rosto e beijou-a na ponta do nariz.

— Acha mesmo? — Shelly se endireitou na mesma hora. — Sabia que ela já dorme a noite inteira, sem acordar? E só tem cinco meses. Depois de todas aquelas histórias horrorosas que ouvi sobre dentes e engatinhar pelo chão, pensei que... — Shelly ergueu as duas mãos para o alto, tentando ordenar a si mesma que parasse. — Desculpe, prometi que não atrapalharia. Zack diz que sou capaz de fazer uma árvore gritar com o meu falatório.

— Zack ganha de você longe — intrometeu-se Ben. — Estou surpreso que Abby não tenha nascido já falando, com pais como vocês. — Ele estendeu a mão para beliscar a bochecha da sobrinha e sorriu para Willa. — É uma belezura, não é mesmo?

— E tem um temperamento doce, o que prova que não é uma McKinnon por inteiro. — Um pouco contrariada, Willa devolveu o bebê para a mãe. — Bess está na cozinha, Shelly. Sei que vai adorar ver vocês duas.

— Will, tomara que você tenha um tempinho para nos fazer uma visita, quando tudo terminar. — A mulher colocou uma das mãos sobre o braço de Willa. — Sarah também queria vir, mas está muito ocupada. Sempre lembramos de você.

— Não vou demorar. Talvez você consiga convencer Bess a cortar um pedaço da torta que está preparando para o jantar. — Então, virando-se para Nate, disse: — Está tudo lá no escritório. — E começou a subir a escada.

— Will, você entende que é apenas uma formalidade — desculpou-se Nate. — É só para que não haja dúvidas de que não deixamos de cumprir os termos do testamento.

— Eu entendo, não há problema algum. — As costas dela estavam rígidas enquanto o conduzia para o escritório.

— Não vi suas irmãs desde que cheguei.

— Estão passeando a cavalo com Adam — informou Willa, dando a volta na mesa. — Não vão demorar. O sangue da senhorita Hollywood é muito ralo para aguentar esse frio por mais de uma hora.

Nate sentou-se e esticou as pernas.

— Então, parece que vocês duas ainda estão se dando muito bem.

— Cada uma fica na sua. — Willa lhe entregou um dos livros de registro.

— E está dando certo.

— O inverno vai ser longo. — Ben sentou-se em um dos lados da mesa. — Vocês deveriam fazer as pazes, ou, então, atirar de vez uma na outra e acabar com essa história.

— A segunda parte seria bastante injusta. Ela não sabe a diferença entre uma Winchester e uma escavadeira.

— Preciso dar umas aulas a ela — comentou Nate, examinando os dados. — No geral, tudo em ordem por aqui?

— Tudo bem. — Incapaz de ficar sentada, Willa afastou a cadeira da mesa. — Soube que os homens estão certos de que o assassino de Pickles foi embora há muito tempo. A polícia não conseguiu evidências que provassem o contrário. Nenhum sinal, arma ou motivo.

— Você acredita nisso? — perguntou Ben.

Ela o encarou.

— Acredito. Preciso acreditar. Já se passaram três semanas.

— Mas isso não significa que você não deve ficar de sobreaviso — disse Ben, baixinho, e ela inclinou a cabeça.

— Claro que vou ficar de sobreaviso. Em todas as áreas.

— Tudo parece em ordem. — Nate passou o livro de registros para Ben. — Apesar de tudo, foi um bom ano para você.

— Espero que o próximo seja ainda melhor. — Willa fez uma pausa. Não pigarreou, embora sentisse vontade. — Na primavera, vou começar a plantar capim nativo. Era algo em que meu pai e eu discordávamos, mas acredito que haja uma razão para o crescimento das plantas nativas nesta área, de forma que vamos voltar a plantá-las.

Curioso, Ben a olhou de relance. Era a primeira vez que ouvia Willa mencionar mudanças em Mercy.

— Fizemos isso em Three Rocks há mais de cinco anos e obtivemos bons resultados.

Ela olhou outra vez para Ben.

— Eu sei. E já que vamos replantar, também alternaremos o gado com maior frequência. Ficará no máximo três semanas em cada pasto. — Enquanto andava de um lado para outro, Willa não percebeu que Ben largara o livro para observá-la. — Ao contrário do meu pai, minha preocupação não é criar o maior gado. Mas o melhor. Nos últimos anos, tivemos muitos problemas na hora do parto, porque as novilhas eram muito grandes. No início, talvez mude a margem do lucro, mas meus projetos são a longo prazo.

Ela desenroscou a tampa da garrafa térmica que deixara sobre a mesa e se serviu, embora o café já estivesse morno.

— Conversei com Wood sobre as terras produtivas. Ele tinha algumas ideias que desagradavam meu pai. Mas acredito que vale a pena experimentá-las. Temos pouco mais de 24 mil metros quadrados com trigo plantado, e vou entregar o controle dessa parte a ele. Se não der certo, paciência, a fazenda Mercy é capaz de suportar algumas experiências por um ou dois anos. Wood quer construir um silo. Fermentaremos nossa própria alfafa.

Willa deu de ombros. Sabia o que certas pessoas diriam das mudanças, do seu interesse nas safras e nos silos e dos planos para pedir a Adam que aumentasse a criação de cavalos. Diriam que estava esquecendo o gado, esquecendo que, por gerações, a fazenda Mercy nunca diversificara.

Mas não esquecia nada. Pensava no futuro.

Willa colocou a xícara na mesa.

— Algum de vocês, como supervisores, tem algum problema com os planos?

— Eu, não — respondeu Nate. — Mas não sou vaqueiro. Acho que vou descer e ver se consigo comer um pedaço de torta enquanto vocês discutem este assunto.

— Então? — perguntou Willa, ao ficar sozinha com Ben.

— Então — repetiu ele, pegando a xícara da mulher. — Puxa, Will, o café está frio! — Ben o engoliu com uma careta.

— Não pedi sua opinião sobre o café.

Ele continuou sentado ao lado da mesa, nivelando os olhos aos dela.

— De onde vieram todas essas ideias?

— Eu tenho um cérebro, sabia? E também tenho opinião.

— É verdade. Mas nunca ouvi você mencionar sequer a menor intenção de modificar uma folha de capim que fosse por aqui. É curioso.

— Não fazia sentido falar a respeito. Meu pai não estava interessado no que eu pensava ou dizia. Além disso — acrescentou, enfiando as mãos nos bolsos —, andei estudando. Talvez não tenha frequentado uma faculdade, como você, mas não sou burra.

— Nunca pensei que fosse. E nunca soube que você queria ir para a faculdade.

— Pouco importa. — Willa suspirou, aproximou-se da janela e olhou para o céu. Uma tempestade estava vindo, constatou. Aquelas bonitas manchas brancas eram apenas o começo. — O importante é o hoje, o amanhã, o próximo ano. O inverno é época de planejar. Época de preparar as coisas. Estou começando a planejar, só isso. — Ela se empertigou quando as mãos de Ben seguraram seus ombros.

— Calma. Não vou atacar você. — Ele a fez se virar, para que ficassem frente a frente. — Se minha opinião vale alguma coisa, acho que você tem toda razão.

Valia sim, o que para ela era uma surpresa.

— Espero que esteja certo. Recebi recados dos abutres.

Ben deu um leve sorriso.

— Dos corretores?

— Os filhos da mãe atacaram de uma vez só. Ofereceram mundos e fundos para que eu vendesse as terras, para poder desmembrá-las e construir estações de esqui ou aquelas porcarias de fazendas chiques para os caubóis de Hollywood. — Se Willa tivesse presas, estariam reluzindo. — Enquanto eu estiver nas terras dos Mercys, eles nunca colocarão os dedos gordos em um único acre.

Sem pensar, Ben começou a massagear os ombros de Willa.

— Você os mandou embora com um sermão, não foi, querida?

— Um deles telefonou na semana passada. Pediu que eu o chamasse de Arnie. Eu disse a ele que, se colocasse o pé na minha propriedade, acabaria virando lanche para os coiotes, esfolado e empalado. — Ela fez um trejeito com o canto da boca. — Acho que não virá.

— É assim que se faz.

— É. Quanto às minhas duas... — Willa deu as costas para ele e voltou a olhar para a neve, as montanhas e a terra. — Acho que elas ainda não entenderam a quantidade de dinheiro que está em jogo, o quanto aqueles imbecis pagariam para colocar as mãos em uma fazenda como esta. Hollywood não vai demorar a perceber. E... São duas contra mim, Ben.

— De acordo com o testamento, a terra não pode ser vendida por dez anos.

— Eu sei o que está escrito no testamento. Mas as coisas mudam. Com dinheiro e pressão suficientes, podem mudar ainda mais depressa. — "E dez anos não são nada", refletiu Willa, "se pensarmos na duração de uma vida." Sua meta principal não era transformar Mercy em *uma* das melhores fazendas, e sim na *melhor*. — Não vou poder comprar as partes delas no final do ano. Fiz os cálculos de todas as maneiras possíveis e imagináveis, e simplesmente não dá. Dinheiro não falta, sem dúvida, mas a maior parte está aplicada nas terras e nos animais. Quando o ano terminar, elas serão donas de dois terços, e eu, de um.

— Não adianta se preocupar com o que não pode ser mudado, ou com o que pode ou não pode acontecer. — Ele passou a mão nos cabelos de Willa uma vez, depois outra. — Talvez você precise se distrair um pouco.

Ben fez Willa se virar para ele e balançou a cabeça.

— Não se assuste. Andei pensando muito nisso, desde a primeira vez que aconteceu. — Ele roçou os lábios na boca de Willa, em uma carícia provocante. — Está vendo só? Não doeu nada.

Willa sentia os lábios latejarem, mas não dava para dizer que era de dor.

— Não quero começar tudo outra vez. Há coisas demais acontecendo para pensarmos em distrações.

— Querida. — Ben se inclinou, brincando outra vez com seus lábios. — É justamente agora que as distrações são mais necessárias. E aposto que isso fará nós dois nos sentirmos muito melhor.

Os olhos de Ben permaneceram abertos, fixos nos dela, enquanto ele a puxava mais para perto, abaixava a cabeça e roçava os lábios nos dela.

— Para mim, já está funcionando — murmurou Ben, para, em seguida, rápido como um raio, aprofundar o beijo.

A comoção, o fogo e o desejo se fundiram em um só, flutuando na mente de Willa e por todo o corpo. Quando as sensações a dominaram, ela esqueceu as preocupações, o cansaço e o medo. Era fácil se aproximar dele, apertar-se de encontro ao corpo másculo e deixar o restante do mundo de lado.

E muito mais difícil, mais do que ela podia prever, era afastar-se e lembrar.

— Talvez eu também estivesse pensando nisso. — Willa ergueu a mão para manter a distância entre os dois. — Mas ainda não terminei de pensar a respeito.

— Desde que eu seja o primeiro a saber, quando isso acontecer. — Ele enrolou uma mecha do cabelo de Willa no dedo e depois o soltou. — É melhor descermos, antes que eu dê coisas demais para você pensar a respeito.

Os cavaleiros, vindo velozes na direção da casa, chamaram sua atenção. Com uma das mãos no ombro de Willa, ele se aproximou da janela.

— É Adam com suas irmãs.

Willa os viu, mas percebeu algo mais.

— Tem alguma coisa errada. Aconteceu alguma coisa.

Ben viu Adam ajudar Lily a desmontar sem soltá-la dos braços.

— Aconteceu mesmo — concordou. — Vamos.

Estavam na metade da escadaria quando a porta da frente se abriu. Tess foi a primeira a entrar. As bochechas estavam coradas por causa do frio, mas os olhos estavam arregalados e os lábios, brancos.

— Foi uma corça. Só uma corça. A mãe do Bambi — conseguiu dizer, e uma lágrima escorreu por seu rosto enquanto Nate chegava ao saguão, vindo da cozinha. — Meu Deus, por que alguém faria aquilo à mãe do Bambi?

— Shhh. — Nate abraçou Tess pelos ombros. — Venha se sentar, querida.

— Lily, vamos com Tess.

Mas ela balançou a cabeça e manteve a mão firmemente presa na de Adam.

— Não, estou bem. De verdade. Vou preparar um chá. Nos sentiremos melhor se tomarmos um chá. Com licença.

— Adam. — Willa acompanhou com o olhar enquanto Lily saía correndo para a cozinha. — O que diabo aconteceu? Você atirou em uma corça?

— Eu não, mas alguém atirou. — Revoltado, Adam tirou o casaco e o jogou sobre o corrimão da escada. — Largaram a pobrezinha lá, toda retalhada. Não foi pelo prazer da caça nem pelo troféu, apenas pelo prazer de matar. Os lobos já estavam devorando a carcaça. — Ele passou as mãos pelo rosto. — Atirei para afugentá-los e tentar ver melhor, mas Lily e Tess chegaram. Tive que trazê-las de volta.

— Vou pegar o casaco.

Antes que Willa pudesse se virar, Adam a segurou.

— Não adianta. Agora não deve ter sobrado muita coisa, e o que vi é suficiente. Ela levou um único tiro na cabeça. Depois foi estripada, cortada em pedaços e largada. Cortaram o rabo. Parece que isso foi o bastante para um troféu, dessa vez.

— Então, foi igual aos outros.

— Igual.

— Dá para seguir as pegadas? — perguntou Ben.

— Não parou de cair neve desde que aconteceu, há pelo menos um dia. E vai cair mais. Talvez, se eu tivesse seguido o rastro quando vi, com um pouco de sorte... — Adam deu de ombros, um gesto tanto de frustração como de aceitação. — Mas eu não podia ir e deixar as duas voltarem sozinhas.

— De qualquer forma, é melhor darmos uma olhada. — Ben já tinha pegado o chapéu. — Willa, peça a Nate que leve Shelly para casa.

— Vou com você.

— Não vai adiantar nada, e você sabe disso. — Ben a segurou pelos ombros. — Não adianta.

— Eu vou mesmo assim. Vou pegar o casaco.

Capítulo 11

◆ ◆ ◆ ◆

A NEVE, SELVAGEM e traiçoeira, caía em camadas brancas. Ao anoitecer, a única coisa que dava para ver através das janelas era a queda intermitente de flocos grossos formando uma parede entre o vidro e o resto do mundo.

Lily não parava de olhar para a neve, tentando enxergar através dela. Enquanto isso, o calor da lenha incandescente na lareira aquecia suas costas, e a preocupação a perturbava levemente.

— Faça o favor de se sentar! — mandou Tess, detestando o tom de voz agressivo. — Não há nada que você possa fazer.

— Eles partiram há muito tempo.

Tess sabia há quanto tempo eles estavam fora. Há exatos 98 minutos.

— Vou repetir: não há nada que você possa fazer.

— Você deveria tomar outra xícara de chá. Esta aí já está fria.

Quando Lily se virou para pegar a bandeja, Tess bloqueou o caminho.

— Quer *parar*? Parar de me servir, de servir todo mundo. Você não é empregada desta casa. Sente-se logo, pelo amor de Deus!

Tess estremeceu, cobriu os olhos com as mãos e respirou fundo.

— Desculpe — sussurrou para Lily, que permanecia parada no mesmo lugar, com o olhar inexpressivo. — Eu não devia ter gritado com você. É que nunca vi algo parecido. Nunca.

— Está tudo bem. — A empatia da irmã mais nova aliviou a tensão nos dedos da mais velha. — Foi horrível. Eu sei. Horrível.

As duas se sentaram, uma em cada ponta do longo sofá, e ficaram caladas por exatos 30 segundos, enquanto o vento açoitava e golpeava as janelas com violência. Tess percebeu que estava prendendo uma risada doentia.

— Que vá tudo para o inferno! — exclamou, soltando o ar, e repetiu: — Para o inferno! Lily, onde é que viemos parar?

— Não sei. — O vento deu um gemido demoníaco ao passar pela chaminé. — Está com medo?

— Claro que estou com medo. Você não está?

Pensativa, com o olhar sóbrio e firme, Lily estreitou os lábios. Levantou um dos dedos e passou a ponta no lábio inferior. Quando o medo se apoderava dela, aquele lábio começava a tremer.

— Acho que não. Não entendo, realmente não entendo, mas não estou com medo, não da forma como seria esperado. Só lamento, estou triste. E preocupada — acrescentou, com o olhar voltado para a janela, imaginando os três cavaleiros — Adam, Willa e Ben — perdidos no centro de uma espiral branca.

— Eles estão bem. São daqui.

Tess, com os nervos à flor da pele, levantou-se e começou a andar. O estalido agudo de uma labareda na lareira a assustou. Ela soltou um palavrão.

— Os três sabem o que estão fazendo. — "Se não soubessem", pensou, "quem diabo saberia?" — Talvez seja por isso que estou com tanto medo. Não sei mais o que fazer. E eu sempre sei, essa é uma das minhas melhores características. Ter um objetivo, preparar o plano, tomar as providências. Mas, desta vez, não sei o que estou fazendo.

Tess se virou e olhou para a irmã, pensativa.

— Mas você sabe, Lily. Sabe o que fazer com as bandejas de chá e a sopa fumegante, sabe o que é preciso para acender a lareira.

Lily balançou a cabeça e afastou o olhar das janelas.

— Não são coisas importantes.

— Talvez sejam — retrucou Tess, em voz baixa, e se empertigou ao notar o brilho das luzes através da cortina de neve. — Alguém está vindo.

Mais uma vez, não sabia o que fazer. Deveria correr? Talvez se esconder? Tess avançou com determinação até o saguão para abrir a porta principal. Logo depois, entrou Nate, coberto de neve.

— Volte para dentro — mandou, tirando-a do caminho e fechando a porta. — Os outros já chegaram?

— Não. Lily e eu... — Tess gesticulou para o salão. — O que você está fazendo aqui?

— É uma tempestade violenta — explicou Ben. — Levei Shelly e o bebê para casa, sem problemas, mas quase não consegui voltar. — Nate tirou o chapéu e sacudiu a neve. — Já se passaram duas horas. Vou esperar mais um pouco, então, vou atrás deles.

— Você vai sair de novo? No meio da tempestade? — Tess nunca passara por uma nevasca, mas tinha certeza de que era o que estava acontecendo. E nevascas matam. — Você enlouqueceu?

Nate se limitou a dar um leve tapinha no ombro dela. Era evidente que sua mente estava em outro lugar.

— Será que tem café quente? Queria tomar uma xícara. E quero levar uma garrafa térmica.

— Você não vai sair com esse tempo. — Embora soubesse que o gesto era uma tolice, posicionou-se entre Nate e a porta. — Ninguém vai sair com esse tempo.

O advogado sorriu e deslizou um dedo pelo rosto de Tess. Não considerava a atitude uma tolice, mas uma gentileza.

— Você está preocupada comigo?

Ela estava mais aterrorizada do que qualquer coisa, mas pensaria nisso depois.

— Congelamento, hipotermia. Morte. — As palavras estalavam como se fossem ramos enregelados. — Eu me preocuparia com qualquer pessoa que não tivesse o bom senso de ficar em casa com um tempo desses.

— Três dos meus amigos estão lá fora. — A voz de Nate era calma, e o objetivo que transparecia por trás dela, inabalável. — Um café ajudaria, Tess. Forte e bem quente. — Antes que ela pudesse abrir a boca, Nate ergueu uma das mãos e inclinou a cabeça. — Ouça. Devem ser eles.

— Não ouvi nada.

— Eles voltaram — disse Nate, simplesmente, então recolocou o chapéu e saiu ao encontro dos outros.

NATE ESTAVA CERTO, e Tess concluiu que ele possuía ouvidos de gato. Quando os três entraram, um vento carregado de neve uivou do lado de fora. Reunidos no salão, bebendo o café que Bess providenciara em poucos minutos, eles se aqueceram.

— Há neve demais para ver alguma coisa. — Ben afundou em uma poltrona e Adam sentou-se de pernas cruzadas diante da lareira. — Conseguimos chegar lá, mas o local já estava coberto por uma boa camada de neve. Não havia condição de seguir a trilha.

— Mas vocês viram — insistiu Tess, sentada em cima do braço do sofá —, viram o que havia lá.

— Sim. — Dando uma olhada de relance para Adam, Willa mexeu os ombros. Não via motivos para acrescentar que os lobos haviam voltado. — Amanhã de manhã vou falar com os homens. Agora eles estão muito ocupados.

— Ocupados, agora? — repetiu Tess.

— Estão reunindo o gado, procurando abrigo. Preciso encontrar Ham.

— Espere aí. — Certa de que era a única pessoa lúcida naquela casa, Tess levantou uma das mãos. — Você vai sair de novo com essa tempestade? Por causa das vacas?

— Elas podem morrer — retrucou Willa, com rispidez.

Enquanto Tess assistia atônita, todos, menos ela e Lily, recolocaram os casacos e chapéus e saíram. Tess balançou a cabeça e pegou a garrafa de conhaque.

— Por causa das vacas — resmungou. — Por causa de um bando de vacas estúpidas.

— Quando voltarem, estarão famintos. — Dessa vez, Lily não olhou pela janela nem parou para ouvir o motor de um jipe. — Vou ajudar Bess a preparar o jantar.

Poderia ficar irritada ou se resignar, pensou Tess. Decidiu que a resignação seria mais suave para os nervos.

— Não vou ficar aqui sozinha. — Ela pegou o copo de conhaque e foi atrás de Lily. — Tem tempestades iguais a essas, lá no Leste?

Distraída, Lily negou com a cabeça.

— Costuma nevar na Virgínia, mas nunca vi coisa parecida. Chega tão rápido, e com tanto vento. Não consigo me imaginar lá fora, trabalhando. Nate deve passar a noite aqui, você não acha? Vou perguntar a Bess se tem um quarto pronto para ele.

Lily empurrou a porta da cozinha e deparou com Bess ao lado do fogão, cuidando de uma panela enorme e fumegante, que exalava um delicioso aroma.

— Ensopado — anunciou a governanta, provando um pouco com uma colher de pau. — Tem o suficiente para um exército. Ainda precisa cozinhar por uma ou duas horas.

— Os três saíram de novo. — Sem pensar, Lily foi até a despensa para pegar um avental no gancho. Tess ergueu uma sobrancelha ao notar a familiaridade com que Lily executava o gesto. "Já virou rotina", refletiu.

— Eu já imaginava — respondeu Bess. — Vou preparar um ponche de maçã. — A mulher olhou para Tess e fungou ao notar o copo de conhaque.

— Você está tentando encontrar algo útil para fazer?

— Não exatamente.

— As caixas de lenha estão quase vazias — informou Bess, tirando uma cesta com maçãs da despensa. — Os homens estão sem tempo para trazer mais.

Tess girou o conhaque no copo.

— Você quer que eu vá pegar lenha lá fora?

— Garota, a luz pode acabar. E você também quer que o seu traseiro fique tão quentinho quanto os nossos.

— A luz. — A ideia de ficar sem luz, prisioneira do frio e da escuridão, a noite toda, fez Tess empalidecer.

— Temos um gerador. — Bess deu de ombros e começou a descascar as maçãs depressa. — Mas não podemos gastar energia para esquentar os quartos quando temos lenha de sobra. Se quiser dormir no quentinho, vá buscar madeira. Lily, vá ajudá-la. Essa menina precisa mais de ajuda do que eu. Tem uma corda que vai da porta até a pilha de lenha. É só seguir até o fim e trazer as achas nos braços. Não dá para empurrar o carrinho de mão na neve, e não vale a pena limpar o caminho com a pá enquanto a neve continuar caindo. Vistam roupas quentes e levem uma lanterna.

— Está bem. — Lily olhou para a expressão emburrada de Tess. — Eu posso trazer a lenha. Por que é que você não fica aqui e carrega as toras para os quartos?

A oferta era tentadora. Muito. Mesmo da cozinha, dava para ouvir o uivo gélido do vento que ameaçava as janelas. Mas, ao notar a expressão irônica de Bess, largou o copo de conhaque na mesa.

— Vamos nós duas.

— Não com essas luvas chiques de madame — avisou Bess, enquanto saíam. — Pegue umas luvas grossas no quarto dos fundos, quando estiver pronta para sair.

— Carregar madeira — resmungou Tess, a caminho do armário do saguão. — Deve haver lenha suficiente para uma semana. Ela só quer me provocar.

— Ela não nos pediria para sair se não fosse necessário.

Tess colocou o casaco e deu de ombros.

— Não pediria a você — concordou, acomodando-se no primeiro degrau da escada para colocar as botas. — Vocês parecem se dar muito bem.

— Eu acho que ela é uma pessoa formidável. — Lily enrolou o cachecol de lã duas vezes no pescoço e abotoou o casaco por cima. — Tem sido boa para mim. E seria boa para você também se...

Tess enfiou um gorro de esqui e balançou a cabeça.

— Não, não me poupe. Se eu o quê?

— Bem, é só que você é um pouco agressiva. Grossa.

— Ora, talvez eu não me comportasse assim se ela não estivesse sempre atrás de um serviço idiota para me dar e depois reclamasse que não cumpro as ordens. Vou congelar porque vou buscar essa droga de lenha, e ela vai dizer que não empilhei a madeira direito. Espere só para ver.

Ressentida, Tess cruzou o saguão e atravessou a cozinha em silêncio até o quarto dos fundos, para procurar um par de luvas de trabalho.

— Está pronta? — Lily pegou uma lanterna e se preparou para seguir a irmã mais velha.

No instante em que Tess abriu a porta, o vento cortante e a neve gelada esbofetearam os rostos das duas. Estarrecidas, elas se entreolharam. Lily foi a primeira a sair e encarar o vento feroz.

Ambas seguravam a corda-guia e se arrastavam contra o vento brutal que as empurrava um passo para trás a cada três que davam para a frente. As botas afundavam na neve até o joelho, e a lanterna balançava para cima e para baixo na escuridão. Por pouco não tropeçaram na pilha de madeira coberta por uma lona.

Tess segurou a lanterna com firmeza e estendeu os braços para que a irmã pudesse empilhar as achas. Com as pernas afastadas para dar mais equilíbrio e a ponta do nariz congelada, ela trincou os dentes.

— O inferno não tem nada a ver com fogo. O inferno é o inverno de Montana — gritou.

Lily deu um pequeno sorriso e começou a empilhar as achas de madeira nos braços da irmã.

— Quando estivermos lá dentro, no calor da lareira acesa, e olharmos para fora, acharemos isso muito lindo.

— Lindo uma ova — murmurou Tess enquanto refaziam o caminho de volta a duras penas. — Você não está com vontade de se deitar em uma cama quentinha?

Lily olhou para a cozinha convidativa, depois, para a tempestade forte.

— E como.

— Pois é — suspirou Tess, dando de ombros. — Eu também. E lá vamos nós para o buraco outra vez.

Elas repetiram o trajeto três vezes, e Tess começou a pegar prática. Até o instante em que escorregou e se esborrachou de cara em um monte de neve de quase um metro de altura. A lanterna afundou como uma marmota na terra esburacada.

— Você está bem? Machucou alguma coisa? — Lily se debruçou e, na pressa de ajudar Tess, perdeu o equilíbrio e se estatelou com força em cima do mesmo monte de neve. Ficou onde estava, ofegante, afundada até a cintura, enquanto Tess se virava, cuspindo neve.

— Merda, merda, merda. — Tess, que estava com dificuldades para se levantar, estreitou os olhos ao ouvir as risadinhas de Lily. — O que há de tão engraçado? Seremos soterradas a qualquer momento, e só vão nos encontrar no degelo da primavera. — Ela sentiu o riso escapando ao notar Lily sentada como uma rainha do gelo em miniatura em cima de um enorme trono de neve. — E você parece uma tonta.

— Você também. — Lily apertou uma das luvas cobertas de neve contra o peito, arfando. — E está com uma barba.

Resignada, Tess limpou a neve do queixo e a jogou no rosto da irmã. Foi a gota d'água. Apesar de o vento escoicear como uma mula, as duas fizeram bolas disformes de neve e as lançaram uma na outra. Soltando gritinhos, arrastaram-se de joelhos e, arfando, atiraram várias bolas de neve e desviaram de outras tantas. Não estavam muito longe uma da outra, por isso a mira não era problema. A velocidade é que importava. Com neve explodindo no rosto e escorregando pela gola do casaco, Tess admitiu que Lily era boa. A aparência podia ser delicada, mas o braço atirava objetos com firmeza.

Só havia uma maneira de igualar a diferença.

Tess pulou em cima de Lily, e as duas rolaram pelo chão. Rindo à toa, com os corpos cobertos de neve, elas deitaram de costas para recuperar o fôlego. Os flocos de neve congelados, enormes e pesados, arredondados nas beiradas, caíam sem parar.

— Quando eu era criança, costumávamos fazer anjos de neve — comentou Lily, esfregando os braços e as pernas na neve, fazendo uma demonstração preguiçosa. — Certa vez, nevou tanto que não fomos à escola por dois dias. Construímos um forte e um exército, com a neve. Minha mãe fotografou tudo.

Tess olhou para o alto e tentou ver o céu escuro através da cortina de neve.

— Na primeira e última vez que esquiei, cheguei à conclusão de que eu e a neve não tínhamos nada em comum. — Ela imitou os movimentos de Lily. — Mas acho que, afinal, não é tão ruim assim.

— É lindo — afirmou Lily, e deu risada. — Estou virando picolé.

— Você está convidada para uma enorme xícara de café com conhaque.

— Aceito. — Sempre sorrindo, Lily se sentou. De repente, o coração deu um pulo na garganta e ela sufocou seu grito. A sua mão agarrou a de Tess quando uma sombra se mexeu e se materializou na forma de um homem. O estranho se aproximou.

— Vocês duas caíram?

A mente de Tess estava disparada, e os ouvidos latejavam. Lembrou-se de que estavam sozinhas, quase em pânico, e também muito longe da casa para que um grito atravessasse o vento e fosse ouvido. A imagem da corça esquartejada passou por sua mente, quase fazendo-a desfalecer.

Lembrou-se da lanterna, e os olhos foram depressa para a direita e para a esquerda. O homem tinha uma, mas o facho era tão forte que ela só conseguia enxergar a silhueta dele. Quis correr, tinha que correr e arrastar Lily junto, mas parecia incapaz de se mexer.

— Vocês não deveriam estar aqui no escuro — disse o homem, se aproximando.

Então ela se mexeu, e os instintos de defesa e sobrevivência se soltaram. Juntou as forças, segurou uma acha de madeira e preparou-se para atacar.

— Não se aproxime — gritou e, apesar das mãos trêmulas, a ordem saiu forte e firme. — Levante-se, Lily. Levanta, porra!

— Ei, não quis assustar vocês. — E jogou o facho de luz sobre a neve. — Senhorita Tess, sou eu, Wood. Billy e eu acabamos de chegar, e minha mulher achou que vocês precisavam de ajuda.

A voz era calma, sem ameaças — "parecia até um pouco divertida", pensou Tess. Mas elas estavam sozinhas, praticamente indefesas, e ele não apenas era forte, mas o rosto continuava no escuro. "Não confie em ninguém", lembrou Tess, agarrando a acha com mais firmeza.

— Estamos bem. Lily, volte para dentro e diga a Bess que Wood está aqui. Vamos — sibilou, e Lily finalmente se mexeu.

— Não precisa incomodar Bess. — Wood apontou a lanterna para a pilha de lenha, deslizando o facho de luz sobre o caminho pisoteado que dava para a casa. — Minha mulher está preparando o jantar, mas posso carregar algumas achas para vocês. A luz vai acabar logo.

Tess, sozinha com Wood, rezou para que Lily tivesse chegado em casa e alertado Bess. O medo tomava conta de seu corpo. Deu um passo para trás, depois mais dois.

— Já le-levamos algumas para dentro — gaguejou.

— Com uma tempestade dessas, nunca é demais. — Ele estendeu a lanterna para ela. Tess, pensando ser uma faca, deu um salto para trás. — Segure isso — disse o homem, gentilmente. — Vou pegar a madeira.

Pronta para sair correndo, Tess esticou a mão e pegou a lanterna. Wood caminhava curvado na direção da pilha quando Lily chegou correndo.

— Bess preparou café. — A voz oscilava como um arquejo. — Pediu para avisar que tem bastante, se Wood quiser tomar uma xícara.

— Ora, veja só, eu agradeço. — Ele continuou a empilhar com habilidade as achas na dobra de um dos braços. — Mas vou tomar em casa. Minha mulher está esperando por mim. É melhor vocês entrarem, e usem a lanterna. Eu conheço o caminho de casa.

— É, vamos entrar, sim. Vamos, Tess. — Tremendo, Lily puxou o braço da irmã. — Obrigada, Wood.

— Não há de quê — murmurou o homem, sacudindo a cabeça, enquanto elas retomavam a trilha. — Mulheres...

— Eu estava com tanto medo — conseguiu dizer Lily. No instante em que pisaram no quarto dos fundos, ela abraçou Tess. — Você foi tão corajosa.

— Não fui corajosa. Estava morrendo de medo. — Enquanto se dava conta do que acontecera, ela agarrou Lily e começou a tremer violentamente. — Como pudemos esquecer? Como é que ficamos lá fora brincando como duas imbecis, depois de tudo o que aconteceu? Meu Deus, poderia ter sido qualquer um. Por que demorei tanto a lembrar? — Tess se afastou e fitou os olhos de Lily. — Poderia ter sido qualquer um.

— Não poderia ser Adam. — Lily tirou as luvas e esfregou as mãos geladas. — Ele não conseguiria machucar ninguém, ou qualquer animal que fosse. E estava com a gente hoje quando... quando a encontramos.

Tess não conseguiu responder. De que adiantava especular que Adam poderia ter saído antes do amanhecer, fazer o que havia sido feito e, depois, levá-las até lá para verem o que ele queria que vissem?

— Não sei, Lily. Simplesmente não sei. Mas, se vamos passar o inverno aqui, é melhor começarmos a pensar em alguma coisa para nos proteger. — Tirou o boné e o casaco. — Não consigo imaginar Adam matando a corça. Ou Ben, ou Nate. Aliás, não consigo imaginar ninguém matando um animal daquele jeito, e aí é que está o problema: precisamos começar a imaginar.

— Estamos seguras aqui. — Lily se virou de costas e pendurou o casaco com cuidado. — Estamos seguras. Já faz muito tempo que não me sinto tão segura, e não vou permitir que nada estrague essa sensação.

— Lily. — Tess colocou uma das mãos no ombro da irmã. — Permanecer em segurança é estar alerta o tempo todo. Significa tomar cuidado. Nós duas estamos aqui porque queremos algo — continuou, quando Lily se virou para ela. — E queremos tanto isso que é o suficiente para nos arriscarmos a ficar. Na minha opinião, precisamos cuidar uma da outra. E precisamos *confiar* uma na outra. Se eu perceber algo estranho, aviso. E você fará o mesmo. Qualquer coisa que pareça estranha, qualquer pessoa que aja de maneira estranha. Concorda?

— Concordo, pode deixar que aviso a você. E a Willa. — Lily balançou a cabeça antes que a irmã pudesse protestar. — Ela merece, Tess. Ela tem tanto em jogo quanto nós. Até mais.

Exatamente, pensou Tess, e depois deu de ombros.

— Muito bem, como queira. Pelo menos por enquanto. Agora, eu quero aquele café.

$\mathcal{E}$LAS TOMARAM CAFÉ. E esperaram. Comeram ensopado. E esperaram.

O vento uivava nas janelas, o fogo estalava na lareira e o relógio de piso ressoava as horas.

Passava da meia-noite quando Willa entrou, sozinha.

Tess parou de caminhar pelo salão e a observou. O rosto exausto estava branco como uma folha de papel, os olhos escuros e exóticos machucados de cansaço. Ela seguiu direto até a lareira acesa, deixando um rastro de neve e água nos tapetes e no assoalho brilhante por onde passou.

— Onde estão os outros? — perguntou Tess.

— Tiveram que voltar. Têm suas próprias preocupações.

Com um aceno da cabeça, Tess caminhou até a garrafa de uísque e serviu-se de uma dose generosa. Teria preferido que Ben e Nate estivessem ali com elas, mas estava começando a aprender que Montana era povoada de pequenos desapontamentos. Passou o copo para Willa.

— As vacas estão abrigadas para a noite?

Sem se preocupar em responder, Willa bebeu metade do uísque e estremeceu.

— Vou preparar um banho para você.

Com a mente exausta demais para se concentrar, Willa piscou para Lily.

— O quê?

— Vou preparar um banho quente para você. Está exausta e morta de frio. E deve estar morrendo de fome também. Tem ensopado no fogão. Tess, prepare um prato para Willa.

A mulher tinha apenas um resquício de energia para achar tudo aquilo engraçado. Com um sorriso espantado, acompanhou com o olhar enquanto Lily saía do aposento.

— Ela vai preparar um banho para mim. É isso?

— A nossa residente doméstica é uma especialista. Seja como for, você precisa tomar um. Está fedendo.

Willa resmungou e fez uma careta.

— Parece que estou mesmo. — Como o primeiro efeito do uísque fora deixá-la tonta, afastou o copo. — Estou cansada demais para comer.

— Você precisa comer alguma coisa. Pode comer na banheira.

— Na banheira? Comer na banheira?

— Ora essa, por que não?

Willa lançou para Tess um olhar divertido.

— Ora essa, por que não? — repetiu, concordando, e subiu cambaleando para o primeiro andar, para tirar a roupa.

A banheira que Lily preparara fumegava e espumava. Nua, Willa olhou para a água por uns dez segundos. Um banho de espuma. Ela não conseguia se lembrar da última vez que tomara um banho de espuma. A enorme banheira escarlate fora uma das extravagâncias do pai, e ela raramente a usava. Só quando ele não estava.

Agora, ele não estava, lembrou-se. Estava ausente, morto.

Entrou na banheira e assobiou baixinho quando a água quente tocou a pele gelada. Com um enorme suspiro, deslizou para dentro da água até ficar só com o queixo do lado de fora.

Esqueceu a neve, o vento, a escuridão violenta, a batalha brutal para reunir o rebanho. Haviam perdido algumas reses, e perderiam outras. Era inevitável. A nevasca chegara rápido, violenta demais para que tivessem tempo de tomar precauções. Mas haviam feito o possível.

Os músculos gemiam de felicidade, e ela inclinou a cabeça para trás, fechando os olhos. "Não consigo pensar", percebeu, enquanto a mente ligava e desligava. Precisava pensar. O que fazer? Na manhã seguinte, cada movimento, tarefa e decisão seriam executados por instinto. Porém, sabia o que fazer nesse caso. Não sua primeira nevasca, nem seria a última.

Mas e quanto ao assassinato e ao esquartejamento?

O que fazer?

— Se você dormir, vai acabar se afogando — disse Tess, da soleira da porta.

Willa fechou a cara e se sentou. Não que fosse particularmente modesta. A cara feia era por causa da intromissão, embora ela incluísse o aroma celestial do ensopado.

— Já experimentou bater na porta?

— Você a deixou aberta, campeã. — Divertindo-se com o papel de serviçal, Tess apoiou a bandeja na banheira. — Preciso falar com você.

Willa só suspirou. Ergueu-se mais um pouco para poder comer e, antes de mergulhar no ensopado, disse para a irmã:

— Então fale.

Tess sentou-se na borda da banheira. Que banheiro, constatou. Tão elegante que parecia saído dos sonhos de uma estrela de cinema, com ladrilhos cor de rubi, safira e branco e uma floresta de samambaias em vasos de latão e cobre. O chuveiro era cercado de vidro transparente, e deixava à mostra meia dúzia de duchas, colocadas em ângulos e alturas variadas. E a banheira em que Willa se reclinava era tão grande que daria para fazer uma pequena e deliciosa orgia.

Tess mergulhou um dedo nas bolhas e as cheirou.

— Violetas. Devem ser de Lily.

— Você veio conversar comigo sobre banhos de espuma? — reclamou Willa, acomodando-se ainda mais para poder saborear o ensopado.

— O papo de adolescente fica para depois. — Ela olhou para Lily, que entrava, os olhos educados fixos alguns centímetros acima da cabeça de Willa.

— Trouxe o roupão, para quando terminar. Vou pendurá-lo atrás da porta.

— Entre, sente-se — convidou Willa, com um aceno. — Tess quer conversar. — Como Lily hesitava, Willa revirou os olhos. — Todas nós temos seios, Lily.

— Aliás, quase não dá para notar os seus — acrescentou Tess, com um sorriso irônico. — Sente-se — repetiu. — Foi você mesma quem pediu para que ela ficasse a par de tudo.

— Tudo o quê? — perguntou Willa, de boca cheia.

— Digamos que Lily e eu estamos um pouco nervosas. Não é mesmo, Lily?

Corando, a irmã do meio baixou a tampa da privada e se sentou.

— É verdade.

Apesar da água quente, a pele de Willa gelou.

— Vocês estão planejando cair fora?

— Não somos covardes. — Tess inclinou a cabeça. — Ou idiotas. Nós três temos o mesmo interesse em chegar vivas até o fim do ano. E acho que todas temos o mesmo interesse em chegar inteiras. Alguém, provavelmente alguém desta fazenda, é um... digamos, um aficionado no manuseio de facas afiadas. Como vamos lidar com isso?

A boca de Willa exibia uma expressão grave.

— Conheço meus empregados.

— Mas nós, não — lembrou Tess. — Talvez devêssemos começar com uma descrição de cada um. Conte-nos sobre eles. Pode ser muito interessante, mas não podemos ficar juntas 24 horas por dia, nos próximos nove ou dez meses.

— Tem razão.

A aprovação despreocupada de Willa deixou Tess boquiaberta.

— Ora, ora, eu preciso marcar este dia na minha agenda. Willa Mercy concordando comigo.

— Continuo achando você insuportável. — Raspando o prato, Willa prosseguiu: — Mas concordo. Precisamos nos ajudar, nos unir, se quisermos sobreviver ao que está acontecendo. Até que a polícia ou que a gente descubra quem assassinou Pickles, é melhor que nenhuma das duas fique vagando por aí sozinha.

— Sei me defender. Tive aulas.

A notícia fez Willa resmungar.

— Posso derrubar você no chão — disparou Tess. — Em dez segundos, você estaria deitada de costas, vendo estrelas. Mas isso não importa. — Ela ansiava por um cigarro, e prometeu satisfazer essa necessidade em poucos minutos. — Francamente, Lily e eu não podemos ficar andando por aí grudadas como duas irmãs siamesas.

— Eu fico com Adam e os cavalos a maior parte do dia.

Willa assentiu, concordando com Lily, e deslizou mais para dentro d'água.

— Você pode contar com Adam. E com Bess. E com Ham.

— Por que Ham? — perguntou Tess.

— Ele me criou — respondeu Willa, sem maiores detalhes. — De qualquer forma, com o tempo que está fazendo, vocês não poderão ir longe por uns dias.

— E você? — perguntou Lily.

— Deixe que eu tomo conta de mim. — Willa mergulhou, prendeu a respiração debaixo d'água e voltou à superfície sentindo-se quase humana outra vez. — Não tive o benefício dos cursos de defesa pessoal de Hollywood, mas conheço os homens e a terra. Se qualquer uma de vocês começar a ficar nervosa, pode montar em um cavalo e trabalhar comigo. Agora, a menos que uma das duas queira esfregar as minhas costas, eu gostaria de um pouco de privacidade.

Tess se levantou e, como se fosse a coisa mais normal do mundo, pegou a bandeja.

— Confiança é de pouca serventia contra uma faca.

— Mas uma Winchester, não. — Satisfeita com a resposta, Willa estendeu a mão para pegar o sabonete.

$\mathcal{D}$ORMIU MAL. A exaustão, apesar de muito poderosa, não conseguia dominar os pesadelos. Tentando dormir, Willa se mexeu e virou enquanto as imagens de sangue e facadas rondavam sua mente.

Quando a tênue luz de inverno atravessou a muralha de neve que continuava a cair, ela tremeu e desejou que houvesse algo, ou alguém, a que pudesse se agarrar. Mesmo que por alguns instantes.

$\mathcal{U}$MA OUTRA PESSOA acordou sob aquela mesma luz rala, com as mesmas imagens passando como um rio em sua cabeça.

Mas aquilo o fazia sorrir.

Capítulo 12

••••

*D*O DIÁRIO DE Tess:

Estou começando a gostar da neve. Ou estou enlouquecendo aos poucos. Toda manhã, quando olho pela janela do quarto, lá está ela, branca e luminosa. Quilômetros de neve. Não posso dizer que gosto do frio. Ou da droga do vento. Mas a neve, ainda mais quando estou em casa e olho para fora, tem um certo atrativo. Ou talvez eu esteja me sentindo em segurança outra vez.

Falta uma semana para o Natal, e não aconteceu nada que interrompesse a rotina. Nada de homens assassinados ou animais selvagens esquartejados. Só o silêncio fantasmagórico dos dias soterrados sob a neve. Afinal de contas, talvez os policiais estivessem certos, e quem quer que tenha matado aquele pobre fulano careca fora um viajante psicótico de passagem. Só nos resta esperar que tenha sido isso mesmo.

Lily está tomada pelo espírito festivo. Que mulher doce e engraçada. Parece uma criança na época do Natal. Fica carregando sacolas para o quarto, embrulhando presentes e preparando biscoitos com Bess. Biscoitos ótimos, por sinal. O que significa que fui obrigada a aumentar o tempo de minha ginástica matinal em 15 minutos.

Só para constar: fomos a Billings fazer as compras de Natal. O presente para Lily foi bem fácil: encontrei um belo broche em forma de cavalo empinado, muito delicado e feminino. Achei que devia dar algo para Bess, a cara de limão azedo, e escolhi um livro de cozinha. Lily o aprovou, então acho que não há perigo. A vaqueira é outro problema. Ainda não consegui entendê-la direito.

Será que é destemida ou apenas estúpida?

Sai todos os dias, quase sempre sozinha. Trabalha até não aguentar mais, depois passa todas as tardes no velho alojamento para conversar com os homens da fazenda. Quando está em casa, muitas vezes fica com o nariz enfiado nos livros de contabilidade e nos relatórios dos animais.

Temo estar começando a admirá-la, e não sei se gosto disso. Acabei comprando um suéter de caxemira para ela. Não sei por quê. Ela só usa roupa de flanela. Mas o flamejante suéter vermelho é muito macio e feminino. Ela provavelmente vai usá-lo para castrar os bois, por cima da roupa térmica. Que o diabo a carregue.

Como sinto uma atração surpreendentemente fraterna por Adam, comprei para ele uma linda aquarela das montanhas, bem pequena. Lembrou-me dele.

Depois de muito hesitar, decidi dar lembrancinhas para Ben e Nate, já que eles passam tanto tempo aqui. Para Ben escolhi o filme Rio Vermelho, uma espécie de brincadeira que espero que ela aceite numa boa.

Fiz uma sondagem sutil e soube que Nate tem uma queda por poesia. Vai ganhar um volume de Keats. Veremos.

Com tantas compras, cheiros da cozinha e decorações natalinas, eu também acabei entrando no espírito do feriado. Mandei uma tonelada de presentes para mamãe. Para ela, o que vale é a quantidade, não a qualidade, e sei que ficará feliz rasgando os papéis de embrulho coloridos e brilhantes durante horas.

O pior é que sinto falta dela.

Apesar de todo o astral de Papai Noel, estou impaciente. Deve ser porque estou fechada dentro de casa há muito tempo. Uso essas horas extras — a noite cai antes das 17 horas e o inverno toma o dia todo — para brincar com a ideia de escrever um livro. Só para me divertir, só para passar o tempo durante essas noites tão incrivelmente longas.

E por falar de noites longas... Já que tudo parece ter se acalmado, vou pegar um dos carros — digo, picapes — para ir à casa de Nate entregar o presente. Ham me ensinou como chegar lá no — como diria — pedaço de chão de Nate, acho. Há semanas que espero um convite dele para visitá-lo, para que tome uma atitude. Parece que cabe a mim colocar o motor em funcionamento.

Como não consigo decidir até que ponto preciso ser sutil para levá-lo para a cama, vou deixar as coisas seguirem naturalmente. Do jeito que aquele caipira é devagar, a primavera vai chegar antes que eu consiga transar com ele.

Pro inferno isso também.

— Está indo a algum lugar? — perguntou Willa, quando viu Tess descendo a escada.

— Estou, sim. — Inclinando a cabeça, examinou o costumeiro uniforme de flanela e brim da irmã. — E você?

— Acabei de chegar. Algumas pessoas não têm tempo para ficar uma hora se arrumando na frente do espelho. — Willa franziu a testa. — Você está de vestido.

— Eu? — Fingindo surpresa, Tess olhou para a roupa justa e simples de lã azul, que terminava no meio das coxas. — Veja só! Como será que isso foi acontecer? — Com um riso abafado, ela desceu os últimos degraus e foi até o armário pegar o casaco. — Preciso entregar um presente de Natal. Lembra do Natal, não é? Mesmo com todo o trabalho, você deve ter ouvido falar a respeito.

— Ouvi um boato. — Vestido sensual, sapatos de salto alto, perfume convidativo, observou Willa franzindo os olhos. — Para quem é o presente?

— Nate. — Tess rodopiou o casaco pelas costas e o vestiu. — Espero que ele tenha vinho.

— Eu devia ter imaginado — resmungou Willa. — Vai se estabacar, se andar até a picape com esses furadores de gelo.

— Meu equilíbrio é perfeito. — Tess deu um aceno despreocupado e deslizou para fora. — Não espere por mim, mana.

— Sei. Bom equilíbrio — repetiu Willa, observando Tess abrir caminho graciosamente até a picape. — Espero que Nate também tenha um bom equilíbrio.

Ela entrou, foi até a sala e deitou no sofá. Ficou olhando por algum tempo para a árvore alta e com decoração elaborada, emoldurada pela janela da frente, então enfiou o rosto nas almofadas de couro.

O Natal sempre fora uma época triste, para ela. A mãe morrera em dezembro. Não se lembrava, mas sabia, o que sempre anuviava o feriado. Bess tentara compensá-la, só Deus sabe quanto, com decorações e biscoitinhos, presentes tolos e canções natalinas. Mas nunca tivera uma família reunida ao redor do piano ou da árvore, abrindo os presentes nas manhãs de Natal.

Ela e Adam sempre trocavam os presentes na véspera. Depois de o pai ter se embebedado até cair e começado a roncar na cama.

Sob a árvore havia presentes com seu nome. Era obra de Bess, que durante anos escrevera o nome de Jack nos embrulhos. Willa parou de abri-los quando completou 16 anos. Afinal, eram uma mentira, e depois de algumas tentativas Bess desistira da farsa.

A manhã de Natal significava ressacas e mau humor e, certa vez, quando teve coragem suficiente para reclamar, recebeu uma violenta bofetada.

Havia muito não ansiava mais pelos dias de festa.

Estava cansada, muito cansada. O inverno chegara cedo demais, com muita violência. Tinham perdido mais gado do que o esperado, e Wood estava preocupado porque o trigo para o inverno não fora armazenado a tempo. O preço da cabeça de gado no mercado caíra muito — não a ponto de criar pânico, mas o suficiente para ficarem preocupados.

Além disso, sempre esperava encontrar algo ou alguém esquartejado na soleira da porta.

Como não tinha ninguém com quem conversar, refletiu, guardava as preocupações para si. Não queria que Lily e Tess se sentissem aterrorizadas a cada minuto, mas tampouco conseguia relaxar e ignorar o que acontecera. Fez um trato com Adam e Ham para que vigiassem as duas quando elas saíssem de casa.

Agora, Tess saíra na picape, e Willa não fizera nada para impedir.

Ligue para Nate, disse a si mesma. Levante-se e ligue para Nate, para informar que ela deve estar chegando. Ele vai cuidar dela. Mas continuou imóvel, pois simplesmente não conseguia jogar as pernas para o lado e sentar. Sentar e encarar aquela árvore brilhante, tristemente alegre, com os belos presentes no assoalho.

— Se vai dormir, é melhor ir deitar.

Reconheceu a voz de Ben e ficou resignada.

— Não estou dormindo. Só estou descansando um pouco. Vá embora.

— Pois não parece. E eu não vou embora. — Ele se sentou no meio do sofá e se acomodou. — Suas forças estão começando a se esgotar, Will. — Ben estendeu a mão e puxou o rosto dela, que estava enfiado no encosto do sofá. As lágrimas o fizeram afastar a mão, como se queimassem. — E está chorando.

— Não estou. — Envergonhada, ela enfiou o rosto outra vez no couro do sofá. — Só estou cansada. É só. — Então, a voz ficou mais alta, e ela gritou: — Me deixe em paz. Me deixe em paz. Estou muito cansada.

— Meu amor, encoste em mim. — Apesar da pouca experiência com mulheres chorando, achou que conseguiria lidar com aquela. Como se fosse uma criança, ele a levantou e colocou no colo com facilidade. — O que está acontecendo?

— Nada. Eu só... Tudo, tudo está acontecendo... — conseguiu responder, e apoiou a cabeça no ombro dele. — Não sei o que há de errado comigo. Não estou chorando.

— Está bem. — Ben fingiu acreditar que ela não estava chorando e abraçou-a com mais força. — Vamos ficar assim um pouco, sentados. Para uma mulher esquelética, você até que é um fardo confortável.

— Detesto o Natal.

— Não, não detesta. — Ben pressionou os lábios na cabeça de Willa. — Só está exausta. Sabe o que você deveria fazer, Will? Você e suas irmãs deveriam tirar uns dias de folga e ir a um daqueles spas chiques. Cubram-se de mimos e massagens, tomem uns banhos de lama.

Ela resmungou e se sentiu melhor.

— Sei. Eu, Tess e Lily trocando fofocas na lama. Faz realmente o meu estilo.

— Melhor ainda, poderíamos ir juntos. Pegaríamos um quarto com uma daquelas banheiras enormes, cheias de espuma, uma cama em forma de coração e um espelho no teto. Assim, enquanto fazemos amor, dá para acompanhar o que está acontecendo. Aí você aprende mais rápido.

A ideia tinha certo fascínio perturbador e decadente, mas ela deu de ombros.

— Não estou com pressa.

— Eu é que estou começando a ficar — sussurrou ele, levantando a cabeça de Willa. — Já faz algum tempo que não faço isso — murmurou, então, cobriu a boca da mulher com a sua.

A jovem fazendeira não ofereceu qualquer resistência ou protesto, não quando era exatamente o que estava precisando. O calor, a mão firme, a boca experiente. Passou os braços pelo pescoço de Ben, virou-se para ele e deixou todas as preocupações, dúvidas e lembranças ruins para trás.

Era reconfortante e, independentemente de qualquer coisa, era alguém que a ouviria e talvez até se importasse. Mergulhou naquilo, naquele "querer tanto que fosse assim" e no desejo por ele.

Ben sentiu o desejo, que mantivera com cuidado sob controle, puxar as rédeas. O carinho inesperado, a aceitação excitante e surpreendente, as pequenas labaredas de calor, aqueles indícios da paixão que fervilhava sob a inocência.

A mistura esteve bem perto de romper as rédeas tensas.

Ele recuou, e Willa reclamou. Lutando para suavizar o instinto com bom senso, mudou a mulher de posição e ajeitou a cabeça dela na curva do ombro.

— Vamos ficar só sentados um pouco.

Debaixo da mão dela o coração de Ben batia acelerado. O seu latejava muito, e chegava a dar dor de cabeça.

— Você me deixa abalada. Não sei por quê, mas é você quem me deixa assim, Ben. Não consigo entender.

— Puxa, agora me sinto muito melhor. — Com um suspiro, ele descansou a cabeça na dela. — Até que não é tão ruim assim.

— Não, acho que não é. — Ficou sentada no colo de Ben até as emoções se acalmarem. Olhou para as luzes piscando na árvore e para a neve que caía por trás da janela. — Tess foi à casa de Nate — disse, finalmente.

Ele interpretou o tom de voz familiar.

— Está preocupada por causa disso?

— Nate sabe cuidar de si mesmo. Acho. — Ela fez um movimento inquieto, desistiu, e os olhos se fecharam devagar.

— Está preocupada com Tess.

— Talvez. Um pouco. Sim. Há semanas que não acontece nada, mas... — Willa expirou com força. — Não posso vigiá-la cada minuto do dia e da noite.

— Não, não pode.

— Ela acha que conhece todas as respostas. É a Moça da Cidade Grande, com os cursos de defesa pessoal e roupas chiques. Droga! Está tão perdida lá fora como um rato em um quarto cheio de gatos famintos. E se a picape quebrar ou sair da estrada? — Ela inspirou profundamente e disse o que mais a preocupava. — E se seja lá quem tenha matado Pickles ainda estiver por aí, rondando?

— Como você acabou de dizer, há semanas que não acontece nada. É provável que o assassino já tenha ido embora há muito tempo.

— Se você acredita nisso, por que vem aqui quase todos os dias usando qualquer desculpa esfarrapada para fazer uma visita?

— Nem tão esfarrapada — sussurrou Ben e deu de ombros. — Por você.

— Ele nem se preocupou em se aborrecer quando ela fechou a cara. — Por você — repetiu. — E pela fazenda. Sim, eu me preocupo. — Ergueu a cabeça de Willa outra vez e deu um beijo rápido e forte. — Sabe o que mais? Vou passar pela casa de Nate para ver se Tess chegou.

— Ninguém está pedindo para você cuidar dos meus problemas.

— Não, ninguém está pedindo isso. — Ben a ergueu nos braços, colocou-a ao seu lado e levantou-se. — Um dia, você vai acabar me pedindo alguma coisa, Willa. Você não vai aguentar e vai acabar pedindo. Enquanto isso, vou fazer as coisas do meu modo. Vá se deitar. Você está precisando de uma boa noite de sono. Eu cuido da sua irmã.

Ela franziu o rosto quando Ben saiu e ficou imaginando o que aconteceria quando ela pedisse.

$\mathcal{T}$ESS CHEGARA. Achava que fora uma bela aventura, dirigir pela neve fina que caía na escuridão profunda do campo. Ligara o rádio bem alto e por algum pequeno milagre encontrara uma estação só de rock. Lamentou-se com Rod Stewart enquanto se aproximava das luzes da fazenda de Nate.

Era bonitinha como uma gravura: a estrada de terra bem-aplainada, coberta de uma chuva branca e fresca, as construções arrumadinhas, os retângulos das cercas, as sombras altas das árvores.

As luzes dos faróis chamaram a atenção dos cavalos e três saíram trotando da cocheira até o curral, para vê-la passar.

Até os cavalos eram bonitos como pinturas, com rabos esvoaçantes e cascos de bailarinos. Um deles se aproximou da cerca, e ela diminuiu a velocidade para observar as linhas simétricas e a pelugem reluzente.

Continuou e entrou na curva suave da estrada que levava à casa principal, que também era bonita e simples. Uma construção despretensiosa, semelhante a um caixote de dois andares, com uma grande varanda coberta, venezianas brancas que contrastavam com a madeira escura, chaminés duplas de onde a fumaça saía para o céu enevoado. Simples, sem pretensões ou adornos rebuscados. Igual ao homem que morava nela.

Estava sorrindo ao pegar a bolsa e o presente, então desceu da picape. Quando viu o lince, mal conseguiu abafar um grito.

Deu três passos cambaleantes para trás e bateu com força no carro. Os olhos do lince fitavam os seus. Estava pendurado sobre o corrimão da varanda, morto. Era um cadáver, mas a fizera passar por um péssimo momento.

As presas e as garras mortalmente afiadas davam a ideia clara do que poderia acontecer a uma mulher muito distraída se esbarrasse com uma dessas criaturas vivas. Não estava mutilado, e a ausência de sangue acalmou seu coração palpitante. Espantada, Tess percebeu que a carcaça estava apenas pendurada no corrimão. Sentiu um arrepio, deu uma volta enorme pelo animal e subiu os degraus até a porta.

"Que tipo de gente", perguntou-se, "pendura a carcaça de um bicho daqueles na entrada da porta da frente... e depois lê Keats?"

Deu um riso nervoso e olhou para o presente que segurava na mão.

Meu Deus, que país!

Estava prestes a erguer a mão para bater na porta quando ela se abriu. Pela forma como se sentia, agradeceu aos céus não ter gritado de susto.

A mulher baixa e morena examinou-a com o rosto sério. Era quase tão larga quanto alta, e estava enrolada em um grosso casaco preto e em vários cachecóis. O cabelo escuro fora enfiado debaixo de outro cachecol, mas Tess notou que era salpicado de cinza.

— Senhorita — cumprimentou a mulher, com voz fluida e maravilhosa —, o que deseja?

Tess ficou fascinada com a voz liquefeita e sensual que brotava daquele rosto minúsculo e enrugado, e imediatamente começou a criar um personagem. Sentiu o sorriso se iluminar e aumentar.

— Olá, sou Tess Mercy.

Ao ouvir o nome Mercy, a mulher abriu a porta e recuou, convidando-a a entrar.

— Pois não, senhorita Mercy.

— Queria falar com Nate, se ele não estiver ocupado.

— Ele está no escritório. Fica no fim do corredor. Vou mostrar para a senhorita.

— Não precisa, você está de saída. — Tess não queria que sua chegada fosse anunciada. — Eu posso encontrá-lo sozinha. Senhora...

— Maria Cruz. — A mulher piscou ao notar a mão estendida de Tess, mas depois apertou-a com energia. — O senhor Nate vai ficar contente.

"Será?", perguntou-se Tess, sem parar de sorrir.

— Vim trazer um presentinho para ele — explicou, erguendo o livro embrulhado em papel de presente. — É uma surpresa.

— É muita generosidade sua. É a terceira porta à esquerda. — A sombra de um sorriso passou pela boca da mulher, informando a Tess que a razão subjacente da visita estava mais do que evidente. Pelo menos para a outra. — Boa noite, senhorita Mercy.

— Boa noite, senhora Cruz. — Tess deu uma risadinha ao fechar a porta e ficou sozinha no saguão silencioso.

Tapetes alegres com padrões geométricos estavam estendidos nos assoalhos de tábuas de madeira escura. As paredes eram de cor marfim. Lindos arranjos de flores desidratadas estavam dispostos em tachos de latão — com certeza, um toque da senhora Cruz, presumiu Tess, enquanto caminhava.

Na sala de estar um fogo ardia agradavelmente e queimava no chão de pedra debaixo do aparador da lareira. Sobre ele havia candelabros de estanho e uma interessante coleção de pesos de papel. A mobília era grande, os sofás e as poltronas bem-acolchoados, tudo muito masculino. As cores escuras contrastavam com as paredes claras e os tapetes alegres.

Uma mistura interessante, observou Tess. Simples, máscula e, no entanto, harmoniosa.

Ao aproximar-se da porta aberta do escritório, ouviu os sons baixos de um concerto de Mozart.

E lá estava ele, todo Jimmy Stewart, desconjuntado e sensual, sentado diante de uma grande mesa de carvalho em uma cadeira de couro de espaldar alto. Em cima da mesa, a luz da lâmpada incidia em um leve ângulo sobre as mãos, enquanto Nate anotava algo em um bloco de papel. Estava com a testa franzida, a gravata solta e todo aquele cabelo espesso e dourado desalinhado. Pelas próprias mãos, notou Tess, ao vê-lo passar os dedos pelo cabelo.

"Ora, ora, olha só como o meu coração faz tum-tum." Divertida, ela o observou por mais um minuto, satisfeita de poder admirá-lo sem ser percebida enquanto ele trabalhava.

O aposento estava cheio de livros, havia uma xícara de café ao lado do cotovelo de Nate e a música maravilhosa murmurava ao fundo.

"Nate, você já era", decidiu ela, arrumando o cabelo com um movimento rápido.

— Olá, advogado Torrence, boa noite. — Muito consciente da sua pose na soleira da porta, Tess abriu um sorriso lento quando a cabeça dele se levantou de repente, e os olhos, esquecendo os negócios, ficaram surpresos e se fixaram nela.

— Ora, olá, senhorita Mercy. — Nate sentiu a tensão crescer quando notou que o cabelo e os ombros do casaco de Tess estavam salpicados de neve. A tensão aumentou mais ao ver aquele sorriso misterioso, mas recostou-se na cadeira como se estivesse muito à vontade. — Que surpresa agradável.

— Tomara que seja mesmo. Espero não estar interrompendo algo muito importante.

— Nada disso. — As anotações haviam desaparecido da sua mente por completo.

— A senhora Cruz me deixou entrar. — Ela olhou para a mesa e lembrou-se do lince. Ia incorporar os costumes dos felinos e brincar com a presa antes de atacar e matar. — A sua governanta.

— A minha governanta. — Nate estava estupefato. Não sabia se devia levantar, oferecer uma bebida ou ficar onde estava. Por que diabo ela o olhava como se já estivesse lambendo os lábios depois de ter comido os restos de seu corpo? — Maria e o marido, Miguel, tomam conta das coisas por aqui. É uma visita social, Tess, ou você precisa de um advogado?

— Social, por enquanto. Apenas social. — Ela tirou o casaco e viu os olhos dele brilharem. Sim, o vestido era mesmo um sucesso. — Para ser sincera, precisava sair de casa. — Pendurou o casaco sobre o espaldar de uma cadeira e acomodou um dos lados do quadril sobre o canto da mesa, permitindo que a saia escorregasse de leve por cima da coxa. — Estava sofrendo com a falta de liberdade.

— Acontece. — Não esquecera as pernas de Tess, mas já passara algum tempo desde que as vira dentro de outra roupa que não fossem jeans ou calças grossas e compridas de lã. Agora, vendo-as enfiadas naquela meia-calça sedosa, à mostra até bem acima do joelho, sentiu a garganta seca. — Quer um drinque?

— Adoraria. — As pernas se dobraram bem devagar. Mais um escorregão sedoso. — O que tem aí?

— Ah... — Nate não conseguia se lembrar e sentiu-se um idiota.

"Está cada vez melhor", decidiu Tess, e desceu da mesa.

— Vou olhar, está bem? — Ela caminhou até as garrafas de cristal que estavam sobre uma cômoda e pescou um vermute. — Quer também?

— Claro, obrigado. — Ele empurrou a xícara de café de lado. A cafeína decerto não o ajudaria a chegar até o fim. — Há dois dias que não consigo ir até a fazenda. Como estão as coisas?

— Quietas. — Ela encheu dois copos e os trouxe para a mesa. Entregou um a Nate, então sentou-se de novo em cima da mesa, bem ao lado dele. — Mas festivas. — Tess se debruçou apenas um pouco, então encostou o copo no de Nate. — Boas festas. Aliás... — Bebeu um golinho. — Essa é uma das razões por eu ter vindo. — Tess esticou o braço e pegou o pacote que colocara sobre a mesa. — Feliz Natal, Nate.

— Um presente? Para mim? — Ele franziu os olhos, encarando o pacote, admirado.

— É só um presentinho. Você tem sido um bom amigo e conselheiro. — Sorriu ao mencionar a palavra. — Quer abrir agora ou prefere esperar até a manhã do Natal? — Tess passou a língua no lábio superior e o sangue de Nate desceu todo do cérebro para o meio das coxas. — Posso voltar aqui.

— Adoro presentes — respondeu Nate, tirando o papel. Quando viu o livro, hesitou entre uma ligeira confusão e uma emoção carinhosa. — E também adoro Keats — sussurrou.

— Foi o que me contaram. Pensei que, quando o lesse, você se lembraria de mim.

O homem ergueu os olhos para ela.

— Não preciso de auxílio visual para me lembrar de você.

— É mesmo? — Tess aproximou-se mais um pouco e se debruçou para segurar a gravata desfeita. — E no que está pensando agora?

— Estou pensando que, neste momento, você está tentando me seduzir.

— Você é bem rápido e muito esperto. — Rindo, ela escorregou para o colo de Nate. — E está certíssimo. — Com um rápido puxão na gravata, a boca do advogado foi para a sua.

Assim como a casa e o homem, o desejo era simples e sem rodeios. As mãos de Nate cobriram seus seios voluptuosos e quentes. E, quando ela mudou de posição para montá-lo, as mãos deslizaram e seguraram suas nádegas.

Antes que ele pudesse respirar, Tess já tirara a gravata dele e começara a se ocupar com a camisa.

— Se ficasse mais uma semana sem suas mãos em cima de mim, teria começado a gritar. — Ela fincou os dentes na base do pescoço de Nate. — E prefiro gritar com suas mãos sobre mim.

Ele continuava sem poder respirar, mas as mãos estavam muito ocupadas puxando aquela saia curta e apertada para cima dos quadris, encontrando a pele firme, nua e gostosa, bem acima da bainha rendada das meias.

— Não podemos... não aqui. — Sem saber onde tocar primeiro, Nate recolocou as mãos nos seios dela. — Vamos para o quarto — conseguiu dizer, sugando sua boca. — Eu carrego você.

— Aqui. — Tess jogou a cabeça para trás, e os lábios de Nate deslizaram por seu pescoço. Ela possuía uma boca maravilhosa. Nate tinha certeza de que seria assim. — Bem aqui, agora. — À beira de uma explosão, Tess puxou o cinto dele. — Logo. A primeira vez tem que ser bem rápida. As sutilezas ficam para depois.

Ele não discutiu. Estava duro como aço, morrendo de vontade, desesperado. Lutou com o zíper nas costas do vestido de Tess, que tentava abrir o fecho das suas calças.

— Estou sem... Caramba, que corpo. — Ele puxou o vestido para baixo até soltar aqueles seios estupendos e cheios que transbordavam por cima do sutiã preto meia-taça. Começou mordiscando o tecido, depois o puxou para baixo com os dentes, até tocar a pele.

Foi um choque elétrico. Tess sempre se considerara sexualmente ativa. Mas, quando a boca inquieta a jogou no abismo sem ao menos preveni-la, sentiu o corpo se dobrar e a mente entrar em desvario.

— Nossa. Ah, meu Deus! — Ela deixou a cabeça cair para trás e absorveu aquele primeiro e delicioso orgasmo. — Mais. Agora.

Ela explodiu em cima dele — louca e voluptuosamente —, o que o deixou estonteado. Com as mãos ocupadas com aquele corpo, Nate beijou-a apaixonadamente e tentou pensar.

— Precisamos subir, Tess. Não costumo fazer sexo em cima da mesa. Não estou preparado para isso.

— Tudo bem. — A mulher apoiou a testa na dele e respirou fundo três vezes. Minha nossa, estava tremendo como uma jovem estudante. — Mas eu estou. — Estendeu a mão para trás, tateou a superfície da mesa e derrubou um monte de coisas no chão. Nate, vendo o seio empinado, começou a lambê-lo. Ofegante, Tess jurou que era capaz de sentir os olhos ficando vesgos enquanto pegava a bolsa às suas costas. Abriu-a e, virando-a de cabeça para baixo, esparramou uma fileira de preservativos.

Nate piscou. Contou-os depressa e somou pelo menos uma dúzia. Pigarreou.

— Não sei se devo sentir medo ou me sentir lisonjeado.

Ela riu. Sentada, seminua e animadíssima, Tess soltou uma grande risada rouca.

— Considere isto um desafio.

— Combinado. — Mas quando ele estendeu a mão para pegá-los, Tess os colocou fora do seu alcance com uma expressão maliciosa.

— Ah, não. Eu quero fazer isso.

Com os olhos fixos nos dele, separou um dos envelopes e o rasgou. Mozart continuou tocando com graça e dignidade enquanto ela tirava o pênis dele de dentro da calça, soltava um arquejo animal de antecipação e, devagar e sinuosamente, colocava o preservativo.

Nate sentiu os pulmões se contraírem. Os dedos apertaram os braços da cadeira. As mãos de Tess eram experientes, suaves como as pétalas de uma rosa. De repente, como se fosse um adolescente virgem, sentiu-se apavorado com a possibilidade de não dar conta do recado.

— Cacete, você sabe o que faz.

Tess sorriu e mudou de posição.

— Desde a primeira vez que o vi só consigo pensar nisso.

Nate a agarrou pelos quadris quando Tess se ergueu por cima dele e a prendeu ali, ambos tremendo.

— É mesmo? Então somos dois.

Ela apertou os ombros de Nate e cravou as unhas.

— Por que esperamos tanto tempo?

— Não sei. — Devagar, olhos nos olhos, ele se abaixou, enfiou-se nela e a preencheu. Tess estremeceu uma vez, deu um gemido baixo e longo, vindo do fundo da garganta, e não moveu um único músculo. Seus olhos se fecharam e abriram.

— Sim — disse, e sorriu.

— Sim. — Nate agarrou os quadris dela, que o cavalgou depressa, com força e perfeição.

Mais tarde, enquanto ela relaxava em seus braços, Nate conseguiu alcançar o telefone. Tess gemeu um pouco quando ele a mudou de posição e começou a ligar para alguém.

— Will? É Nate. Tess está aqui... É. Vai passar a noite aqui. — Ele virou a cabeça, mordiscou o ombro desnudo da mulher e percebeu que nem conseguira tirar o vestido todo. Ainda temos muito tempo, pensou, e voltou a atenção para a voz de Willa. — Não, ela está bem. Está ótima. Estará de volta amanhã cedo. Até logo.

— Que gentil — murmurou Tess.

Já soltara alguns botões da camisa dele e agora podia se deliciar com a pele nua e lisa do peito másculo com as pontas dos dedos preguiçosos.

— Ela ficaria preocupada. — Nate soltou o vestido enrolado na cintura e o puxou por cima da cabeça de Tess. Agora ela só usava meias rendadas, sapatos sensuais de salto alto e um sorriso insolente e satisfeito. O sorriso era a única coisa que ele não queria ver desaparecer. — Como se sente?

— Maravilhosa. — Ela jogou o cabelo para trás e entrelaçou as mãos atrás do pescoço dele. — E você?

Ele deslizou as mãos sob as nádegas dela e se levantou, erguendo-a junto, com um só movimento.

— Sortudo — respondeu, deitando-a sobre a mesa. Demorou para jogar fora o bloco de papel que estava entre a cabeça e o ombro dela. — E vou ficar ainda mais.

Surpresa e interessada, Tess deu um sorriso largo.

— Minha nossa, já está na hora da segunda rodada?

— Aguente firme, querida. — Ele deslizou as mãos para cima e por cima dela, e ficou satisfeito ao notar que Tess tremia. — Aguente firme.

Não demorou muito para que ela passasse a levar o aviso a sério.

Capítulo 13

••••

A TEMPERATURA SUBIU na véspera do Ano-Novo. Era um dos padrões imprevisíveis do clima causado pelo El Niño, e que só Deus entendia. Com isso, vieram céus azuis e límpidos, sol e calor. Apesar de significar lama e poças — e gelo, quando o vento errático voltasse a soprar —, era um momento a ser saboreado.

Willa, em um casaco leve de brim, percorria as cercas e assobiava enquanto fazia os consertos. Os picos das montanhas estavam cobertos de neve e a brancura entrelaçava-se profundamente em dobras e ondas. O Chinook, vento quente e seco, derretera a neve em alguns pontos do solo e do capim, mas os montes que se formaram ao longo das estradas da fazenda continuavam mais altos que um caminhão. Os choupos tinham perdido as densas folhagens e estavam nus e escuros com a umidade, e os pinheiros despontavam, com um verde vivo.

Willa achava que a felicidade simples de Lily influenciava seu humor. O humor festivo da mulher continuava à toda, e apenas um verdadeiro estraga-prazeres seria capaz de resistir a ele.

Só assim, perguntou-se Willa, para concordar com o pedido tímido para dar uma festa na véspera do Ano-Novo. Todas aquelas pessoas na casa, ter que se vestir para a ocasião, ficar conversando. Com tudo o que tinha para pensar, deveria se sentir horrorizada.

Mas, pelo menos para si mesma, podia admitir que estava ansiosa.

Naquele instante, Lily, Bess e Nell estavam reunidas na cozinha, tratando da festa. A casa fora tão esfregada de ponta a ponta que brilhava, e Willa tinha que estar de banho tomado e vestida às 20 horas em ponto. E faria isso, por Lily.

De alguma maneira, com o passar dos meses, acabara se afeiçoando àquela estranha que, na verdade, era sua irmã.

"E quem não gostaria dela?", perguntou-se, montando em Moon e continuando o caminho. Lily era doce, boa e paciente. E vulnerável. As tentativas de manter distância entre as duas não haviam adiantado, tinham se aproximado cada vez mais, e agora Willa não conseguia imaginar a fazenda Mercy sem o toque da irmã.

Lily gostava de colher galhos secos e enfiá-los dentro de garrafas velhas. De alguma maneira, conseguia dar a elas um ar alegre e encantador. Catava as velhas tigelas dos armários, enchia-as de frutas ou jogava pinhas dentro de cestos de palha. Colhia escondida as plantas da cabana e da piscina e as espalhava pelos quartos.

Como ninguém reclamava, acabara procurando mais, e desencavou candelabros dos armários, nos quais colocou velas perfumadas que acendia ao cair da tarde. Assim, a casa começava a cheirar a baunilha, canela e sabe-se lá mais o quê.

Mas era agradável. Era aconchegante, concluiu Willa.

Qualquer pessoa percebia logo de cara que Adam estava apaixonado por Lily. Ainda um pouco temeroso da vulnerabilidade que a envolvia, refletiu Willa, mas estava apaixonado. Poderia dar certo, supôs, com carinho e o passar do tempo. Duvidava que Lily tivesse consciência da profundidade dos sentimentos de Adam. Pelo que pudera observar, a irmã pensava que o rapaz estava sendo apenas bondoso.

Willa desmontou e começou a consertar outro trecho de arame arrebentado.

E também havia Tess. Willa não podia afirmar que morria de amores pela senhorita Hollywood, mas agora sentia menos rancor. No geral, a irmã mais velha não atrapalhava, pois ficava trancada horas a fio no quarto com seus escritos, dando telefonemas para o agente. Claro que cumpria as tarefas que eram designadas a ela. Não com grande alegria, nem as fazia sempre bem, mas fazia.

Willa sabia muito bem o que estava acontecendo entre Tess e Nate. Mas preferia não pensar a respeito. Chegara à conclusão de que aquele namorico nunca daria certo. No instante em que o prazo terminasse, Tess pegaria um avião para Los Angeles e esqueceria Nate para sempre.

Willa só esperava que o amigo estivesse preparado.

"E quanto a você, Will?", perguntou-se. Encostando-se em um dos postes da cerca, olhou para as montanhas e por um momento desejou montar em Moon e ir embora, subindo, subindo até perder-se no meio da neve, das árvores e do céu. Perder-se no silêncio. Na paz total, na melodia das águas que descongelavam e abriam caminho pelo gelo e por cima das pedras, no sopro do vento em meio aos pinheiros e naquele perfume glorioso que era a respiração da terra.

Sem nenhuma responsabilidade, apenas por um dia. Ninguém para dar ordens, nem uma cerca para examinar, nada de gado para alimentar. Um único dia para não fazer nada, só olhar para o céu e sonhar.

"Mas sonhar com o quê?", pensou, e balançou a cabeça. Sonharia com todo aquele amor, desejo, sexo e ar eletrizante que havia ao seu redor? Será que se permitiria uma pequena fantasia, tal como deixar que Ben mostrasse a ela o que um homem faz com uma mulher? O que poderia fazer com ela?

Ou será que sonharia com sangue e morte, fracasso e culpa? Se cavalgasse por aquelas montanhas, será que encontraria um animal ou outra pessoa esquartejada apenas porque ficara desatenta?

Não podia arriscar.

Voltou para Moon, apoiou a mão na espingarda, suspirou e montou.

Viu o cavaleiro galopando na sua direção e desejou que fosse Ben com Charlie correndo ao lado. Sentiu vergonha quando ficou desapontada, embora só por um instante, ao perceber que era Adam.

"Como meu irmão é bonito", pensou. "E forte."

— Não tenho visto você cavalgando sozinho ultimamente — gritou para Adam.

Com um largo sorriso, o homem parou o cavalo.

— Nossa, que dia! — Ele respirou profundamente e levantou o rosto para o céu. — Lily está ocupada com os preparativos da festa e conseguiu convencer Tess a ajudá-la.

— E aí você resolveu ficar comigo. — Willa observou o rosto de Adam e riu da expressão de espanto e culpa. — Só estou brincando, Adam. Mesmo sabendo que não é trabalho nenhum para você, obrigada por ficar de olho nelas.

— Lily já esqueceu o que houve. Esqueceu tudo. — Ele deu meia-volta com o cavalo para emparelhá-lo com o de Willa. — Acho que era assim que lidava com seu casamento. Não sei se é saudável, mas parece tranquilizá-la.

— Ela se sente feliz aqui. Você a faz feliz.

Adam sabia que Willa entendia seus sentimentos mais profundos. Sempre entendia.

— Ainda vai demorar um pouco para que se sinta em segurança. Para que entenda que posso gostar dela sem machucá-la.

— Ela contou a você alguma coisa a respeito do ex-marido?

— Um pouco. — Impaciente, Adam deu de ombros. Queria saber mais, queria tudo. E a espera era difícil. — Lily dava aulas quando o conheceu, e os dois se casaram logo depois. Foi um erro. É tudo o que me contou. Mas, por dentro, ainda sente medo. Ela se assusta ao meu menor movimento, ou quando me viro rápido demais. É de partir o coração.

"Sem dúvida", pensou Willa. Os feridos sempre partiam o coração de Adam.

— Dá para perceber o quanto ela mudou durante o pouco tempo que está aqui. Com você. Ela sorri mais. Fala mais.

Adam inclinou a cabeça para o lado.

— Você gosta dela.

— Bastante.

Ele sorriu.

— E de Tess?

— *Gostar* não é a palavra que eu usaria — respondeu Willa, seca. — Estou tentando *tolerar*.

— Tess é uma mulher de fibra, inteligente, sabe o que quer. É mais parecida com você do que com Lily.

— Por favor, não me ofenda.

— Mas é verdade. Ela encara os fatos, faz com que trabalhem a seu favor. Não herdou o seu senso de dever, e talvez o coração não seja tão mole, mas tem sentimentos e senso de responsabilidade. Gosto muito dela.

Willa franziu a testa e olhou para ele.

— É mesmo?

— É. Quando eu estava ensinando Tess a montar, caiu do cavalo várias vezes. Ela se levantava, limpava a calça jeans e voltava para a sela. — Adam lembrou-se da expressão no rosto da mulher, que refletia a de Willa quando tentava resolver um novo problema. — Isso requer coragem e determinação. E orgulho. Ela faz Lily rir. E me faz rir. E vou contar algo que Tess não sabe.

— Segredos? — Willa esboçou um sorriso, aproximou o cavalo do de Adam e baixou a voz, apesar de não haver ninguém por perto a quilômetros de distância. O sol se punha do lado Leste dos picos das montanhas e suavizava a luz da tarde. — Conte-me tudo, não me esconda nada.

— Ela está começando a gostar dos cavalos. Talvez não saiba ou não queira admitir, mas eu percebi. O jeito como toca neles, como fala com eles, como dá açúcar escondido quando pensa que não estou vendo.

Willa fez um muxoxo com a boca.

— A estação dos potros está chegando. Vamos ver se ela vai gostar dos partos.

— Acho que ela vai se dar muito bem. Ela admira você.

— Que nada!

— Você ainda não consegue aceitar isso, mas eu, sim. — Adam franziu as sobrancelhas e calculou a distância até a casa. — Aposto uma corrida com você até o celeiro.

— Eu topo. — Com um grito, ela esporeou Moon e disparou em linha reta.

WILLA ENTROU na casa com o rosto afogueado e um brilho no olhar. Ninguém ganhava de Adam a cavalo, mas chegara perto. Muito perto, o que a deixou mais animada, mas o ânimo despencou imediatamente ao ver Tess descendo as escadas.

— Ah, até que enfim. Já para cima, Annie Oakley. Está na hora da festa, e essa sua água-de-colônia de suor não serve para essa noite.

— Ainda faltam duas horas.

— O que é bem pouco para transformar você em algo que se assemelhe remotamente a uma mulher. Já para o chuveiro!

Willa ia fazer exatamente isso, mas ficou na defensiva.

— Preciso examinar uns documentos.

— Ah, não. — Lily chegou por trás dela agitando as mãos. — Já são 18 horas.

— E daí? Não preciso causar boa impressão a ninguém.

— E também não precisa ofender ninguém. — Tess deu um suspiro, segurou o braço de Willa e começou a puxá-la escada acima.

— Ei, me solte!

— Vamos, Lily. Preciso de ajuda.

Mordendo o lábio, Lily segurou o outro braço de Willa.

— Vai ser bom ver outras pessoas, sério. Você tem trabalhado tanto. Tess e eu queremos que se divirta.

— Então tirem as mãos de cima de mim, mas que droga. — Ela afastou Lily com facilidade, mas Tess segurou-a com mais firmeza e puxou Willa para o quarto. — Mais um pouco e quem vai dar um jeito em você sou eu, se não... — Willa parou de falar e olhou para o vestido espalhado na cama.

— O que diabo é isso?

— Dei uma olhada no seu armário, e como não havia nada parecido com uma roupa de festa...

— Espere aí. — Willa se soltou com um puxão e deu meia-volta. — Você mexeu nas minhas roupas?

— Não vi nada de mais lá que pudesse ser considerado propriedade sua. Na verdade, tive a impressão de ter entrado em um depósito de trapos, mas Bess garantiu que era mesmo o seu armário.

Apesar de as palmas das mãos estarem suadas, Lily enfiou-se entre as duas.

— Modificamos um dos vestidos de Tess para você.

— Dela? — Willa olhou para Tess de cima a baixo com desdém. — Você teria que cortar a metade da roupa para que me servisse.

— Tem razão — revidou Tess. — E tudo no busto. Mas Bess é ótima costureira. Pode até ser que mesmo com essas pernas de palito e esse busto de tábua de passar roupa você acabe atraente com o vestido.

— Tess! — Lily sibilou a palavra e empurrou a irmã mais velha para o lado. — É uma cor linda, não acha? As cores fortes dariam um ar mais dramático ao seu rosto, mas esse tom de azul lhe cai bem. É muita generosidade de Tess permitir que o vestido fosse ajustado para você.

— Eu nunca gostei dele mesmo — comentou Tess, indiferente. — É um desses pequenos erros da moda.

Lily fechou os olhos e rezou, pedindo paz.

— Will, eu sei que estou dando uma trabalheira danada com essa festa. Sou grata a você por ter permitido que eu ocupasse praticamente a casa inteira nesses últimos dias. Sei o quanto é inconveniente.

Derrotada, Willa passou uma das mãos no cabelo.

— Não sei qual das duas é melhor para me pegar de jeito, mas que seja. Agora saiam, as duas. Não preciso de ajuda para tomar uma chuveirada e colocar um vestido ridículo de segunda mão.

Sentindo-se vitoriosa, Tess pegou o braço de Lily e empurrou-a na direção da porta.

— Lave o cabelo, campeã.

— Vá para o inferno! — exclamou Willa, e fechou a porta com um pontapé.

Sentia-se uma idiota. Uma idiota que, sem dúvida, acabaria congelada naquele minúsculo vestido antes que a noite terminasse. Parada diante do espelho, tentou puxar a bainha para baixo. Essa ação teve o efeito de descê-lo alguns milímetros, o que, logicamente, fez o decote mergulhar até o umbigo de forma indecente.

Coçou a cabeça e ponderou: seios ou bunda? Qual dos dois deveria ficar mais coberto?

O vestido tinha mangas, o que era bom. Mas elas começavam no meio dos ombros e, por mais que ela se esforçasse, não conseguia fazê-las se aproximarem do pescoço. Seja qual fosse o material do vestido, era fino, macio e grudava no corpo como uma segunda pele.

Calçou relutante os sapatos de salto alto, recebendo uma rápida aula de física. À medida que ficava mais alta, a bainha também subia.

— Ora, deixa pra lá.

Já que as coisas estavam assim, aproximou-se do espelho e decidiu que podia ir até o fim e passar os poucos cosméticos que colecionara ao longo dos anos. Afinal, era véspera de Ano-Novo.

A cor do vestido era bonita. Parecia azul-royal. Apesar dos esforços com o decote em V, apertado e grande, tinha pouco busto, mas os ombros até que não eram tão feios. Nem as pernas se assemelhavam a palitos, que droga! Eram, decerto, compridas, mas musculosas, e a meia-calça de tom escuro que conseguira enfiar escondiam alguns dos novos hematomas que descobrira depois do banho.

Não quis arrumar o cabelo. Como não tinha jeito para cachos ou penteados rebuscados, deixou-o liso e solto nas costas. Ao menos aqueceria a parte de trás que o decote deixava à mostra.

Lembrou-se dos brincos só por serem um presente de Natal de Adam, e colocou os pingentes de belas estrelas.

Agora, se conseguisse ficar em pé durante toda a noite — sentar com aquele vestido não era uma boa opção —, ficaria bem.

— Ah, como você está linda — foram as primeiras palavras que saíram da boca de Lily, quando Willa desceu. — Maravilhosa! — enfatizou ela, valsando até o pé da escada dentro de um vestido esvoaçante e branco como a neve. — Tess, venha ver. Willa está incrível.

Quando Tess saiu do quarto, em um vestido preto clássico, o comentário resumiu-se a um grunhido.

— Não está mal — disse, embora estivesse intimamente animada com o resultado. Deu uma volta na irmã, tamborilando os dedos na gargantilha de pérolas. — Um pouco de maquiagem e estará perfeita.

— Estou maquiada.

— Meu Deus, a mulher tem os olhos de uma deusa e não sabe usá-los. Vamos lá.

— Não vou voltar para cima e lambuzar minha cara com porcarias — protestou Willa, enquanto era arrastada de volta ao primeiro andar.

— Queridinha, pelo preço que eu pago, são porcarias de primeira. Aguente aí, Lily.

— Está bem. Mas não demorem. — Lily as acompanhou com o olhar brilhante e as faces coradas pelo calor fraterno.

Desejou que as duas também conseguissem perceber como era bom estarem juntas. Implicando exatamente como imaginara que irmãs implicam. Compartilhando as roupas, a maquiagem e vestindo-se juntas para uma festa.

Sentia-se muito grata por ser parte daquilo tudo. Cedendo à animação, começou a rodopiar, mas parou de repente ao ver Adam no saguão.

— Não ouvi você entrar.

— Vim pelos fundos. — Ele poderia ficar olhando-a sem parar, contemplando aquela fada de cabelos castanhos e vestido branco esvoaçante. — Lily, você está linda.

— Obrigada.

Sentia-se quase linda. Mas ele estava fantástico e tão perfeito em cada detalhe que ela mal podia acreditar que era de verdade. Nos últimos meses, sentira vontade de tocá-lo um milhão de vezes. Não só com a mão ou um roçar de ombros, mas tocar nele. Contudo, uma parte sua não tinha certeza se ele se divertiria ou se ofenderia, então, não queria arriscar.

— Estou contente que esteja aqui — falou bem depressa. — Tess levou Willa de volta ao quarto para uns retoques de última hora, e as pessoas não vão demorar a chegar. Não sou muito boa no papel de anfitriã. Nunca sei o que dizer.

Ela recuou enquanto Adam se aproximava, e parou. A cabeça desviou-se quando os dedos dele deslizaram por sua bochecha.

— Vai dar tudo certo. Eles também não vão saber o que dizer quando a virem. Eu não sei.

— Eu... — Ah, ela decerto pareceria uma tola com aquela vontade de se jogar nos braços dele e ser abraçada. Só um abraço. — Preciso ajudar Bess. Na cozinha.

— Ela tem tudo sob controle. — Adam manteve o olhar fixo no dela e com movimentos lentos pegou sua mão. — Por que não escolhemos algumas músicas? Talvez possamos dançar um pouco antes de as pessoas chegarem.

— Não danço há muito tempo.

— Esta noite você vai dançar — prometeu Adam, conduzindo-a para o salão.

Mal haviam começado a escolher as primeiras músicas e arrumar os discos na vitrola quando faróis brilharam pela janela.

— Prometa que dançará comigo a primeira música depois da meia-noite — pediu Adam, segurando sua mão outra vez.

— Prometo. Estou nervosa — admitiu, com um breve sorriso. — Não se afaste, está bem?

— Não enquanto você precisar de mim. — Ele olhou para Tess e Willa, que desciam as escadas trocando farpas. Por ser esperado e permitido, Adam deu um assobio do fundo da sala. Tess piscou para ele. Willa fez uma careta.

— Vou tomar um drinque assim que puder. — Sibilando entre os dentes, Willa dirigiu-se para a porta para receber os primeiros convidados.

EM UMA HORA a casa estava cheia de pessoas, vozes, e da fragrância de vários perfumes. Aparentemente, ninguém se sentia cansado demais para ir de festa em festa, nem farto demais para outra taça de champanhe, ou reprimido demais para falar sobre política ou religião. Ou sobre os vizinhos e os amigos.

Willa lembrou o porquê de não fazer a menor questão da vida social quando Bethanne Mosebly se aproximou furtivamente querendo saber todos os detalhes do assassinato.

— Nós ficamos chocados quando soubemos o que aconteceu com John Barker. — Bethanne sorvia o champanhe entre as frases com tamanho fervor que Willa sentiu-se tentada a oferecer um canudo. — Deve ter sido um choque horrível para você.

Apesar de não associar imediatamente John Barker e Pickles como a mesma pessoa, o olhar guloso e animado de Bethanne deu a dica.

— Não gostaria que a experiência se repetisse. Com licença, eu vou...

Antes que pudesse continuar, a mão de Bethanne a agarrou pelo braço.

— Dizem que ele foi retalhado em pedacinhos. — Ela brindou o fato com mais um gole de champanhe, e a boca de passarinho ficou úmida e brilhante. — Cortado em fatias. — Os dedos longos e afilados beliscaram Willa com mais força. — E escalpelado.

O que a enojou não foi a imagem explodindo em sua mente, mas a exultação. Embora soubesse que Bethanne não possuía outra maldade senão a de uma afeição extremada por fofocas e conversa fiada, Willa conteve um arrepio.

— Bethanne, ele está morto, foi assassinado de maneira brutal. Foi uma pena eu não estar com a filmadora para mostrá-lo no noticiário.

O interesse ávido de Bethanne mostrou-se impermeável ao nojo e ao sarcasmo. A mulher se aproximando mais, e Willa sentiu um bafo indesejado de determinação, obsessão e vinho.

— Dizem que qualquer pessoa poderia ter feito aquilo. Ora, você poderia ser assassinada na própria cama, qualquer noite dessas. Bom, quando estávamos vindo para cá, eu ia dizendo ao Bob que isso não me sai da cabeça.

Willa forçou um sorriso.

— Dormirei mais tranquila sabendo que está tão preocupada. O champanhe acabou, Bethanne. O bar é naquela direção.

Willa se esquivou e continuou andando. Precisava de ar fresco. Como é que alguém conseguia respirar com tantas pessoas roubando o oxigênio? Abriu uma passagem até o saguão e só parou quando alcançou a porta da entrada. Abriu-a com um empurrão e deu de cara com Ben.

Ele a olhou espantado, e ela se atrapalhou toda. Recuperando-se antes dele, afastou-o para um lado e, a passos largos, foi se encostar no corrimão da varanda. O ar frio fazia a respiração sair em nuvens de vapor e arrepiava a pele. Mas a temperatura fresca parecia ter sido feita sob encomenda, era exatamente daquilo que estava precisando.

Quando sentiu as mãos de Ben em seus ombros, rangeu os dentes.

— A festa é lá dentro.

— Eu queria ter certeza de que você não era uma alucinação.

Não, refletiu Ben, ela era muito real. A pele fria e nua tremia um pouco sob suas mãos. Os olhos grandes de gazela pareciam ainda mais escuros e maiores. O azul do vestido ousado brilhava à luz das estrelas e aderia com intimidade a cada curva e ângulo do corpo antes de terminar — como aquilo era excitante! — na parte superior das coxas longas e firmes.

— Meu Deus, Will, você parece tão apetitosa que me dá vontade de comê-la com três mordidas. E vai acabar congelando se ficar parada aqui fora.

O casaco estava desabotoado. Ele deu um passo à frente e a envolveu com o tecido, apreciando o prazer adicional de ter aquele corpinho junto ao seu.

— Me larga. — Ela se mexeu, mas Ben a mantinha com os braços presos e o corpo subjugado. — Mas que droga, eu vim aqui para ficar cinco minutos sozinha.

— Ora, deveria ter vestido um casaco. — Satisfeito com a situação, ele a cheirou, mais como um cachorro do que como um namorado, e a ouviu abafar uma risada. — Cheiro bom.

— Foi aquela imbecil da Tess que espirrou esse negócio em mim. — Começava, porém, a relaxar com o calor. — Pintou a minha cara.

— Você fica bem pintada. — Ben sorriu quando ela ergueu o rosto e o olhou com pena.

— Afinal, o que há de errado com os homens, para adorarem essa espécie de coisa? O que há de tão apaixonante na aparência, quando ela é fruto de potes e tubos?

— Somos fracos, Will. Fracos, tolos e fáceis. Quer namorar? — Ele deu um latido em seu pescoço e a fez rir.

— Pare com isso, McKinnon. Seu tolo. — Com os braços apoiados confortavelmente em volta da cintura de Ben, esquecera por que estava tão mal-

-humorada. — Está atrasado. Seus pais já chegaram, Zack e Shelly também. Achei que não viria.

— Fiquei preso. — Antes que pudesse se esquivar, Ben a beijou, aprofundando o beijo quando ela esqueceu de protestar. — Sentiu minha falta?

— Não.

— Mentirosa.

— E daí? — Como o sorriso dele demonstrava enorme satisfação, Willa olhou por cima do ombro para a multidão através da janela iluminada. — Odeio festas. Todos ficam parados por aí, só falando. A troco de quê?

— Interação social e cultural. É uma oportunidade para se vestir bem, beber de graça e bisbilhotar os outros. Tenho planos de comer você com os olhos quando voltarmos para dentro. A menos que prefira ir até o estábulo e deixar que eu tire esse vestido lindo.

Mais intrigada do que desejaria com a ideia, ela arqueou uma das sobrancelhas.

— Tenho outra escolha?

— Poderíamos usar minha picape, mas seria menos aconchegante.

— Por que será que os homens só pensam em sexo, dia e noite?

— Porque pensar é o que mais nos aproxima de fazer. Você está usando alguma coisa debaixo disso?

— Claro que estou. Tive que passar óleo no corpo para conseguir enfiá-lo.

Ben fez uma careta e tentou não gemer.

— Eu mereço. Vamos entrar, ficar em pé parados e tagarelar.

Ben abriu a porta e a empurrou para dentro. Sentindo-se muito em casa, tirou o casaco e o jogou por cima do balaústre. Ao contrário de Willa, adorava festas, barulho, agitação, odores. Profundamente concentradas nas conversas, algumas pessoas estavam sentadas nos degraus da escada com pratos de comida nas mãos. Outras se aglomeravam no saguão ou se atropelavam pelas portas abertas dos outros aposentos. A maioria o cumprimentou ou trocou algumas palavras, enquanto Ben mantinha uma das mãos firme no braço de Willa para impedir que ela escapasse.

Sabia que escapar era o que ela tinha em mente, mas antes precisava provar uma coisa. Provaria a Willa e a todos — inclusive a alguns dos vaqueiros superproduzidos que estavam de olho nela. O final de um ano velho e o começo de um novo ano, com todos os seus mistérios e possibilidades, parecia o momento ideal.

— Se você me soltar por um instante — sussurrou Willa ao seu ouvido —, eu poderia...

— Eu sei o que você poderia. Não vou soltar você. É melhor ir se acostumando.

— O que você quer dizer com isso? — Foi tudo o que conseguiu resmungar, enquanto era arrastada para o salão.

Os convidados haviam se afastado e aberto espaço para o baile. Ben pegou uma cerveja no caminho e observou seus pais com prazer enquanto faziam uma dança complexa.

— Dá para perceber o tipo de pessoas que dançam juntas dessa maneira — comentou.

Willa olhou para ele.

— Como assim?

— Eles se conhecem por fora e por dentro. E gostam do que veem. Olhe só para eles. — Ben assentiu para Nate e Tess, que estavam ondulando, pois não se podia chamar aquilo de dança, e sorrindo um para o outro, alheios à multidão. — Ainda não se conhecem, não completamente, mas estão adorando se descobrir.

— Ela só o está usando para sexo.

— E ele parece achar isso muito divertido, não acha? — Ben riu e colocou a cerveja em uma das mesas. — Vamos.

Willa recuou, horrorizada, e tentou fincar os pés com sapatos de salto alto, tão estranhos, mas Ben a puxou para a pista de dança.

— Não posso. Não quero. Não sei dançar.

— Então vai aprender. — Ben apertou sua cintura firmemente com uma das mãos, colocando a dela em cima de seu ombro. Ela a retirou.

— Eu não danço. Todos sabem que não danço.

Ben recolocou a mão dela no mesmo lugar.

— Às vezes, embora o caminho seja longo, uma pessoa é capaz de seguir quem conhece a trilha.

Ele a girou de tal forma que, ou ela o seguia, ou caía sentada no chão. Willa sentia-se terrivelmente desajeitada e muito envergonhada por ser o centro das atenções. A postura era tão rígida quanto a de um cabo de vassoura.

— Relaxe — sussurrou Ben em seu ouvido. — Não dói. Olhe para Lily. Está tão linda com aquele rosto corado e o cabelo todo desalinhado que parece uma pintura. Brewster está se divertindo como nunca ensinando-a a dançar.

— Ela parece feliz.

— E está. Jim Brewster vai estar caindo de amores por ela antes de a música terminar. Depois vai tirar outra mulher para dançar e cair de amores por ela também. — Como estava refletindo sobre o que acabara de dizer e esquecera de se manter afastada, Ben a puxou para mais perto de si. — A beleza da dança é isso: tocar uma mulher, sentir seus trejeitos, seu perfume.

— E passar para a próxima.

— Às vezes, sim, outras vezes, não. Olhe para mim por um instante, Will.

Ela o olhou, viu o lampejo naqueles olhos e mal teve tempo de piscar quando sentiu o toque da boca na sua. Ele a beijou devagar e profundamente, em um contraste extraordinário com os passos rápidos da dança. Estonteado, o coração de Willa rodopiou, quase despencou, e começou a bater com tanta força que ela pensou que ia explodir.

Quando Ben ergueu a cabeça, Willa viu que estava dançando junto.

— Por que fez isso?

A resposta era simples, e ele falou com sinceridade:

— Para que todos os homens que estão olhando para você saibam que a partir de agora você tem a minha marca. — Ben não se desapontou com a reação de Willa. Os olhos, enormes por causa do beijo, logo se estreitaram, furiosos. Acompanhando as emoções, a pele ficou vermelha. No instante em que ela ia começar a reclamar, Ben cobriu a boca da mulher com a sua. — E você pode se acostumar com isso também — disse. Só então se afastou. — Vou buscar uma bebida para você.

Ben não sabia se, quando voltasse com o drinque, ela tentaria jogá-lo na sua cara.

Willa estava pensando em estraçalhar o rosto de Ben, camada por camada, quando Shelly se aproximou dela bastante admirada.

— Você e Ben. Quem diria! Aquele homem consegue guardar segredos até de Deus. — Falando sem parar, Shelly levou Willa para um canto. — Quando foi que começou? O que está havendo entre vocês dois?

— Não começou. Nada começou. — A raiva fervilhava perigosamente. Willa podia senti-la percorrendo seu corpo em ebulição, debaixo da pele. — Aquele miserável. Colocando a marca dele em mim. E disse que estava colocando a marca em mim.

— Disse? — Shelly, uma romântica incorrigível, deu palmadinhas no peito. — Nossa! Zack nunca me disse nada parecido.

— É por isso que continua respirando.

— Está brincando? Eu adoro isso. — Shelly explodiu de rir quando Willa ficou boquiaberta. — Eu me derreto toda quando Zack flexiona os músculos.

Willa mudou de posição e lançou um olhar severo para Shelly.

— Quanto você bebeu?

— Não estou bêbada nem estou brincando. Às vezes, ele me levanta e me joga por cima do ombro. Agora que o bebê está aí, não é mais tão espontâneo, mas, ah, como funciona.

— Talvez funcione para você. Não gosto de homens mandões.

— Eu sei. Foi horrível como todos ficaram parados em volta enquanto você tentava se soltar de Ben — concordou Shelly, com voz zombeteira. Mergulhou um dedo no vinho e o lambeu. — Qualquer pessoa podia ver como você odiou ser beijada até ficar sem fôlego.

Willa procurou uma resposta inteligente e sarcástica.

— Cale a boca, Shelly. — Foi o melhor que conseguiu dizer, antes de se afastar.

— A VAQUEIRA ARRANJOU sarna para se coçar — comentou Tess.

— Ben gosta de irritá-la.

Tess ergueu uma sobrancelha.

— Acho que ele gosta de fazer mais que isso.

— Parece. E falando em mais que isso... — Nate se debruçou e sussurrou uma sugestão no ouvido de Tess, fazendo seu coração dar um salto.

— Advogado Torrence, o senhor tem um jeito com as palavras...

— A gente pode fugir, ir para a minha casa e festejar o novo ano de uma forma mais... particular. Ninguém sentiria nossa falta.

— Hum. — Tess se virou para que os seios se aninhassem no peito dele.

— É muito longe. Lá em cima. Meu quarto. Cinco minutos.

Os olhos de Nate se arregalaram.

— Com toda essa gente em volta?

— E uma fechadura boa e sólida na porta. No alto da escada, é só dobrar à esquerda, depois, a primeira à direita, e é a terceira porta à direita. — Tess roçou as pontas dos dedos no queixo de Nate. — Estarei esperando.

— Tess, acho...

Mas ela já se afastara, lançando um olhar ardente por cima do ombro. Nate podia jurar que ouvia seu cérebro torrando. Começou a segui-la, parou, e tentou ter bom senso.

Ora, que vá tudo para o inferno! Desde que ela entrara rebolando pela porta do escritório, pensando em sexo, ele deixara o bom senso de lado. Tampouco importava se estava caindo de amores por ela, enquanto Tess não estivesse nem aí para ele. Os dois combinavam. Para ele, aquilo bastava, tivesse ela consciência disso ou não.

Esperando ser discreto, agarrou uma garrafa de champanhe e dois copos. E chegou ao pé da escada.

— Vai para uma festa particular? — perguntou Ben, e deu um risinho quando viu o pescoço de Nate ficar vermelho. — Dê a Tess um beijo de feliz Ano-Novo por mim.

— Vá pegar sua própria mulher.

— É o que pretendo fazer.

Não se apressou em procurá-la e laçá-la de novo. Seu objetivo era tê-la firmemente presa nos braços quando desse a meia-noite. Quando encontrou Willa, deu bastante corda e, ao começar a contagem regressiva, puxou-a para junto de si com determinação.

— Nem pense em começar de novo com aquilo.

— Só falta um minuto — respondeu Ben, calmo. — Para mim, esse último minuto entre os dois anos é atemporal.

Quando ela franziu a testa, Ben soube que capturara sua atenção e a abraçou.

— Não é agora, não é antes. Não é nada. Se estivéssemos sozinhos, eu poderia fazer com você o que bem quisesse durante esses 60 segundos. Mas não seria real. Então, vou esperar até que seja. Me abrace. Ainda não vale. Ainda não, só mais alguns segundos.

Ela só conseguia ouvir a voz dele e nada mais, nem o barulho, os risos, ou mesmo a animação da contagem regressiva. Como em um sonho, ergueu os braços e os enroscou no pescoço de Ben.

— Diz que me quer — murmurou ele. — Não vale. Ainda não.

— Eu quero você. Mas eu não...

— Sem desculpas. Não importa. — Ben escorregou uma das mãos para o alto das costas nuas e a enfiou entre os cabelos de Willa. — Me beije. Ainda não é de verdade, ainda não. Me dá um beijo, Willa. Só uma vez, me beije.

Ela inclinou a cabeça e, com os olhos abertos e a mente totalmente desligada, encaixou a boca na dele. Ben estremeceu. Estavam tão quentes, tão receptivos, tão inesperadamente carinhosos que Willa tremeu. O tempo deixou de existir para ela.

Os gritos de alegria ecoaram em algum ponto no fundo da sua mente. Na pressa de trocar votos de feliz Ano-Novo, as pessoas esbarravam nela. À medida que os segundos saíam do velho ano e passavam para o novo, o coração de Willa também lastimava.

— É real. — O tom de voz era tanto uma acusação quanto uma afirmação, quando ela se afastou. Os olhos brilhavam por causa da realidade recém-adquirida e do medo de seus sentimentos. — É mesmo.

— É sim. — Ben se surpreendeu quando ela pegou a mão dele e a levou aos lábios. — A partir de agora, é. — Ele enlaçou a cintura de Willa e a manteve junto de si. — Olhe só, querida. — Ele a mudou de posição só um pouco. — É uma bela vista.

Embora ainda estivesse perplexa, Willa precisou admitir o que via: Adam estava com as mãos no rosto de Lily, que segurava os pulsos dele.

Observou como os olhos dos dois se encontravam e se fitavam. Era incrível como os lábios de Lily tremiam um pouco, e com que gentileza ele os tocava com os seus. Como permaneciam paralisados naquele quase suspiro de beijo.

— Ele está apaixonado por ela — sussurrou Willa, as emoções dando cambalhotas. "É demais para sentir", reconheceu com a mão apertada no estômago. "É demais para pensar, para imaginar." — O que está acontecendo? Eu queria entender o que está acontecendo. Alguma coisa está mudando. Nada mais será tão simples.

— Eles podem fazer a felicidade um do outro. É simples.

— Não. — Willa balançou a cabeça. — Não, não vai ser simples. Você não está sentindo? Há algo... — Sentiu um arrepio percorrer o corpo, porque conseguia sentir a mudança. Era fria, violenta, e estava próxima. — Ben, alguma coisa...

Foi quando a gritaria começou.

Capítulo 14

♦ ♦ ♦ ♦

Havia pouco sangue. A polícia concluíra que ela fora assassinada em outro lugar e depois levada para a fazenda. Ninguém a reconheceu. O rosto estava sem marcas, exceto por um hematoma embaixo do olho direito.

E não tinha mais cabelo.

A pele estava levemente azulada. Willa notou isso ao correr para fora e deparar com Billy, que tentava acalmar Mary Anne Walker. Ela tropeçara no corpo. A mulher estava nua, e os cortes abertos na pele pareciam os traços de um desenho geométrico.

Na pele azul pálida havia pouquíssimo sangue, e esse pouco coagulara.

Mary Anne vomitou bem ali, nos degraus da entrada da frente. Billy fez o mesmo logo depois, regurgitando os goles de cerveja que bebera na caminhonete enquanto estava ocupado tirando a calcinha de Mary Anne.

Willa levou os dois para dentro e mandou as pessoas que se aglomeravam na varanda, olhando e falando ao mesmo tempo, que também entrassem. Depois pensaria na mulher, com a pele azulada, morta ao pé da escada.

Pensaria nisso depois.

— Bess chamou a polícia. — Adam colocou uma das mãos no braço de Willa, esperando que ela erguesse os olhos para encontrar os seus. As vozes em volta estavam altas demais e muito amedrontadas. — Preciso ir lá fora com Ben, ficar com... com a mulher até a polícia chegar. Você consegue manter o controle por aqui?

— Consigo. — Willa se sentiu aliviada ao ver Nate descer a escada correndo. — Consigo sim, vá. Lá fora — informou para Nate, segurando a mão dele. — Por favor, fique lá fora com Ben e Adam. Tem... tem outro.

Willa se virou e olhou para o salão. Stu McKinnon desligara o som e, com voz calma, tentava acalmar os convidados. Willa o deixou encarregado dessa parte, mas continuou parada no mesmo lugar, os olhos voltados para o retrato do pai sobre a lareira. Os olhos azuis e frios a fitavam de volta. Quase podia sentir como zombavam dela, como a culpavam.

Descalça, o zíper do vestido meio aberto, Tess desceu em disparada pela escada no mesmo instante em que Lily chegava correndo.

— O que aconteceu? Alguém estava aos berros.

— Outro assassinato. — Lily agarrou a mão de Tess com força. — Eu não vi. Adam não me deixou sair, mas é uma mulher. Parece que ninguém a conhece. Ela só apareceu ali. Bem ali, na frente da casa.

— Ah, meu Deus! — Tess colocou a outra mão na boca e se obrigou a manter o controle. — Feliz Ano-Novo, o cacete! Muito bem. — Respirou fundo. — Vamos tratar de uma coisa de cada vez.

Instintivamente, as duas se aproximaram, ficando uma de cada lado de Willa. Nenhuma tinha plena consciência de que estavam de mãos dadas.

— Eu não a conhecia — conseguiu dizer Lily. — Eu nem a conhecia.

— Não pense mais nisso. — Tess apertou a mão da irmã com mais força. — Não pense mais nisso. Vamos só esperar passar esse momento.

Horas depois, quando começava a amanhecer, Willa sentiu a mão de alguém em seu ombro. Adormecera na frente da lareira da sala de estar, só Deus sabe como. Quando Ben quis levantá-la, fez menção de se desvencilhar e se soltar.

— Vou levar você para cima. Você vai para a cama.

— Não. — Willa se levantou. A cabeça tinha uma leveza estranha, e o corpo estava anestesiado, mas o coração continuava batendo.

— Não. Não posso. — Confusa, olhou para a sala. Os restos da festa estavam ali: copos, pratos, comida estragando, cinzeiros transbordando. — Onde...

— Todos foram embora. O último policial saiu há dez minutos.

— Eles disseram que queriam falar comigo outra vez.

"Queria me levar outra vez para a biblioteca", pensou, "me interrogar outra vez. Me conduzir mais uma vez pelas etapas. E mais uma." Todas levavam àquele instante em que correra para fora e vira dois adolescentes aterrorizados e uma mulher de pele azul-claro, morta.

— O quê? — Pressionou a mão contra a cabeça. A voz de Ben parecia um zumbido em sua testa.

— Eu disse que pedi aos policiais para falarem com você mais tarde.

— Ah. Tem café? Sobrou café?

Ben dera uma boa olhada em Willa, enquanto ela estava enroscada na poltrona, o rosto lívido em um contraste brutal com as olheiras. Naquele momento, ela estava de pé, mas ele sabia que era apenas por causa da força de vontade. O que era fácil de resolver. Ergueu-a nos braços.

— Você vai para a cama. Agora.

— Não posso. Tenho... coisas para fazer. — Sabia que tinha uma dúzia de coisas para fazer, mas não conseguia se lembrar nem ao menos de uma. — Onde... minhas irmãs...?

As sobrancelhas de Ben se ergueram enquanto a carregava escada acima. Percebeu que ela estava abalada demais para notar que era a primeira vez que chamava Lily e Tess de irmãs.

— Tess subiu faz uma hora. Lily está com Adam. Ham pode tratar do que precisa ser feito hoje. Vá dormir, Willa. É tudo o que você tem para fazer.

— Fizeram tantas perguntas. — Ela não protestou, nem podia, quando Ben a deitou na cama. — Todos fazendo perguntas. A polícia levando as pessoas para a biblioteca, uma depois da outra.

Então olhou para ele, para os seus olhos. Como estão verdes e frios, notou. Frios, sérios e indecifráveis.

— Ben, eu não a conhecia.

— Não. — Ben tirou os sapatos dela, hesitou um pouco, cerrou os dentes e virou-a de costas para abrir o zíper do vestido. — A polícia vai examinar os relatórios de pessoas desaparecidas e verificar as impressões digitais.

— Quase não havia sangue — murmurou, quieta como uma criança, enquanto ele puxava o vestido. — Não como as outras vezes. Ela parecia irreal, nem parecia um ser humano. Você acha que o assassino a conhecia? Que a conhecia bem quando fez aquilo com ela?

— Não sei, minha querida. — Com muito carinho, como se fosse uma criança, ele a enfiou debaixo dos cobertores. — Agora esqueça. — Sentou-se na beirada da cama e afagou o cabelo dela. — Esqueça e durma.

— Ele está me acusando. — A voz rouca, bêbada de sono.

— Quem?

— O meu pai. Ele sempre me culpou. — Suspirou. — E sempre me culpará.

Quando Ben se levantou e se virou, Nate estava parado junto à porta.

— Dormiu?

— Por ora. — Ben colocou o vestido em cima da cadeira. — Se a conheço bem, não dormirá por muito tempo.

— Convenci Tess a tomar um calmante. — Nate deu um sorriso fraco. — Não foi preciso falar muito. — Ele fez um gesto, indicando o corredor. Juntos foram para o escritório de Willa e fecharam a porta. — Ainda é cedo — comentou Nate —, mas vou beber um uísque.

— Detesto vê-lo beber sozinho. Três dedos — avisou, enquanto Nate o servia. — Acho que ela não era daqui.

— Não? — Nate pensara a mesma coisa, mas queria a opinião de Ben. — Por quê?

— Algumas evidências — começou o outro. Tomou um gole e soltou o ar entre os dentes, quando a bebida desceu queimando. — As unhas das mãos e dos pés estavam pintadas com um esmalte púrpura cintilante. Tinha tatuagens nas nádegas e em um dos ombros. Parece que usava três brincos em cada orelha. Para mim, isso é sinal de cidade grande.

— Não parecia ter mais que 16 anos. Para mim, isso indica que fugiu de casa. — Nate bebeu um gole grande do uísque.

— Pobre criança. Talvez estivesse pedindo carona na estrada ou se prostituindo nas ruas de Billings ou Ennis. Seja onde for que o desgraçado a tenha encontrado, passou um bom tempo com ela.

A informação despertou a atenção de Ben.

— É mesmo?

— Consegui algumas informações com os policiais. Os pulsos e tornozelos tinham lesões. Foi amarrada. Não puderam confirmar, não antes de receberem os resultados das análises, mas estão quase certos de que foi estuprada e estava morta há pelo menos 24 horas antes de ser largada aqui. Portanto, chegaram à conclusão de que ela foi mantida presa em algum lugar.

Tomado por frustração e asco, Ben fez uma pausa.

— Por que aqui? Por que largá-la aqui?

— Alguém cismou com a fazenda Mercy.

— Ou com alguém da fazenda — completou Ben, percebendo pelo olhar de Nate que o advogado também concordava. — Tudo começou depois da morte do velho, depois que Tess e Lily chegaram. Talvez devêssemos prestar mais atenção nelas e em quem poderia querer feri-las.

— Assim que Tess acordar, vou ter uma conversa com ela. Sabemos da existência de um ex-marido no passado de Lily. Que gostava de bater nela.

Ben assentiu e, distraído, esfregou a cicatriz no queixo.

— É uma bela distância passar de abusar da esposa para retalhar estranhos.

— Talvez nem tanto. Eu me sentiria melhor se soubesse quem é esse ex-marido e o que anda fazendo.

— Vamos dar o nome dele à polícia e contratar um detetive.

— Concordo com você. Sabe como ele se chama?

— Não, mas Adam deve saber. — Ben bebeu o resto do uísque e colocou o copo na mesa. — É melhor começarmos logo.

𝓔NCONTRARAM ADAM nos estábulos, examinando uma égua prenha.

— Não vai demorar para parir — informou Adam, levantando-se. — Em um ou dois dias. — Fez um último afago, saiu da baia do parto e fechou a porta. — E Will?

— Está dormindo — respondeu Ben. — Por enquanto.

Adam assentiu e caminhou pelo corredor de concreto até o cocho onde ficavam os cereais.

— Lily deitou no meu sofá. Ela quis ajudar com a ração da manhã, mas acabou adormecendo enquanto eu trocava de roupa. Estou contente que ela não tenha visto a moça. Nem ela nem Tess. — Os movimentos dele, em geral sutis, estavam bruscos pela tensão e pelo cansaço. — Lamento por Will.

— Ela vai superar tudo isso. — Ben caminhou até uma cesta de feno e a encheu. — O que você sabe sobre o ex-marido de Lily?

— Pouco. — Adam continuava trabalhando, pouco surpreso com a ajuda e a pergunta. — Chama-se Jesse Cooke. Conheceram-se quando ela dava aulas e se casaram alguns meses depois. Ela o largou cerca de um ano mais tarde. A primeira separação. Insisti para saber mais, porém ela não me contou mais nada.

— Ela sabe onde ele está? — Sem se preocupar com o melhor terno, Nate encheu um dos cochos até a borda.

— Lily acha que ele está no Leste. É no que ela quer acreditar.

Pelos minutos seguintes, os homens trabalharam em silêncio: três homens habituados à rotina, aos cheiros e ao trabalho. Os estábulos estavam iluminados pelo sol da manhã que penetrava pela porta aberta do curral, e as mariposas de feno dançavam alegremente em meio a cada facho oblíquo de luz. Os cavalos se remexiam nas baias frescas, ruminando as rações e soprando uma saudação ocasional pelas narinas.

Um galo cantou no galinheiro, e logo se ouviu o som das botas, no chão de terra batida, dos homens que cuidavam das tarefas no pátio da fazenda. Naquela manhã, nenhum rádio tocava música *country*, nem o silêncio do inverno era interrompido pelas vozes dos homens na labuta. Se alguém lançava olhares para a casa-grande, a varanda e o espaço à frente, não comentava.

Um motor foi ligado, uma caminhonete saiu. E o silêncio voltou, como um convidado remanescente de uma festa que deu errado.

— A partir de agora, talvez seja necessário pressioná-la um pouco — preveniu Ben, depois de um momento. — É algo que não podemos ignorar. Não depois do que aconteceu.

— Já pensei nisso. Mas antes quero que ela descanse. — O cabo da pá para os cereais estalou quando Adam flexionou as mãos com rapidez. — Droga, ela deveria estar em segurança, aqui.

A raiva que raramente demonstrava surgiu, tão feroz e imensa que sufocou as palavras. Queria esmurrar tudo e todos, mas nada havia para esmurrar, pelo menos não agora.

— Era uma criança. Como alguém pode fazer algo assim a uma criança? — Ficou de frente para Ben e Nate, os punhos fechados, os olhos escuros ardendo de raiva. — Será que a pessoa estava perto daqui? Será que estava lá fora, espiando pelas janelas? Ou dentro da casa conosco? Será que o filho da mãe a tocou, dançou com ela? Será que, quando ela saiu para respirar um pouco de ar fresco, ele não estava lá?

Adam olhou para as próprias mãos, espalmou-as e as analisou.

— Eu mesmo poderia matá-lo, seria fácil. — Voltou o olhar para os dois homens. — Seria tão fácil!

— Adam. — Comparada à sua raiva violenta, a voz de Lily era apenas um fiapo tranquilo e amedrontado. Os braços estavam cruzados sobre o peito e os dedos enfiados com força nos ombros. Ela se aproximou. — Quero falar com você. — Escutara o suficiente, vira o suficiente, para saber que o momento chegara. — Sozinho, por favor. — Olhou para Ben e Nate. — Desculpem, mas preciso falar com Adam a sós.

— Leve-a para dentro — sugeriu Nate. — Ben e eu podemos terminar isto aqui. Leve-a para dentro — repetiu. — Está muito frio.

— Você não deveria ter vindo. — Adam caminhou na direção de Lily, tomando cuidado para não tocá-la. — Vamos entrar, tomar um café.

— Fiz café antes de sair. — Percebeu que ficara a pouca distância dele e se sentiu envergonhada. — Já deve estar pronto.

Ele a acompanhou até a saída, dando a volta na cerca do curral até a entrada dos fundos da casa. Por hábito, limpou as botas antes de entrar.

A cozinha tinha um aroma agradável de café fresco, mas a claridade, rala e sombria, o fez ligar o interruptor e inundar o ambiente com a luz artificial e forte.

— Sente-se — começou Lily. — Vou pegar o café.

— Não. — Ele ficou parado na frente dela quando Lily estendeu o braço para a porta do armário da cozinha. Continuava sem tocá-la. — Sente-se você.

— Você está zangado. — Lily detestou a voz trêmula, detestou o fato de a raiva de um homem, mesmo a daquele homem, deixar seus joelhos tão trêmulos. — Desculpe-me.

— Desculpá-la por quê? — As palavras escaparam de sua boca antes que pudesse impedi-las. Mesmo quando Lily recuou um passo, ele não conseguiu bloqueá-las. — Por que, droga, você tem que me pedir desculpas?

— Por tudo que não contei a você.

— Você não me deve explicações. — Adam abriu a porta do armário com força, fazendo-a bater contra a parede. Pelo canto do olho viu o movimento brusco da reação de Lily. — Não tenha medo de mim. — Ele normalizou a respiração e manteve os olhos nas xícaras arrumadas nas prateleiras. — Não faça isso, Lily. Eu cortaria as mãos antes de usá-las em você do jeito como está pensando.

— Eu sei. — As lágrimas afloraram e foram brutalmente reprimidas com um piscar de olhos. — Eu sei disso, dentro do meu coração, eu sei. Mas não sai da minha cabeça, Adam. E eu devo a você, sim. — Ela deu a volta na mesa da cozinha, que tinha uma tigela simples de maçãs vermelhas lustrosas no centro. — Devo a você mais do que explicações. Você tem sido meu amigo. Minha âncora. Você tem sido tudo o que eu precisava, desde que cheguei aqui.

— Não se paga a amizade de uma pessoa — respondeu Adam, cansado.

— Você me desejou. — A respiração de Lily parou por um momento quando Adam se virou devagar, para olhá-la. — Pensei que fosse apenas... apenas o de sempre. — Ansiosa, ela passou as mãos no cabelo e por cima da calça jeans que vestira naquela manhã, antes de sair de casa. — Mas você nunca me tocou daquele jeito, ou me pressionou, ou fez me sentir obrigada. Você não imagina o que significa ser obrigada a se entregar a alguém só para ser deixada em paz. Como é degradante. Tenho muito para contar a você. — Como não conseguia encará-lo, desviou o rosto. — Vou começar com Jesse. Posso preparar o café da manhã?

Adam segurava uma xícara vazia enquanto a olhava.

— O quê?

— Vai ser mais fácil para mim se eu me ocupar com alguma coisa enquanto falo. Acho que não vou conseguir, se ficar sentada.

Já que ela preferia assim, ele guardou a xícara, caminhou até a mesa e sentou.

— Na geladeira tem bacon. E ovos.

Ela suspirou de forma longa e irregular.

— Ótimo. — Primeiro trouxe o café e serviu uma xícara. O olhar sempre evitando o dele. — Eu já contei um pouco — começou, indo até a geladeira. — Foi na época que eu dava aulas. Nunca fui muito inteligente nem tão criativa como minha mãe. Ela é fantástica, Adam. Muito forte e cheia de vida. Só soube o quanto ele a tinha ferido quando completei 12 anos. Meu pai. Certa vez, ouvi uma conversa dela com uma amiga, e ela chorava. Tinha acabado de conhecer meu padrasto, e só ali percebi que ela estava com medo do que sentia por ele. Contou à amiga que preferia ficar sozinha, que não queria mais se sentir vulnerável na presença de um homem, e como o meu pai a rejeitara e o quanto estivera apaixonada por ele. Ele a rejeitara, ela disse, porque não lhe dera um filho homem.

Adam permaneceu calado. Lily arrumou o bacon na frigideira e começou a fritá-lo.

— Ela estava sozinha e com medo por minha causa.

— Você sabe que isso não é verdade, Lily. Foi por causa de Jack Mercy.

— Meu coração sabe que é. — Lily deu um pequeno sorriso. — É a minha cabeça de novo. Seja como for, eu nunca esqueci. Dois anos depois, ela se casou com o meu padrasto. E são muito felizes. É um homem maravilhoso. Foi severo comigo. Nunca áspero, mas rígido e um pouco distante. Ele queria minha mãe, e eu vim no pacote. Sempre desejou o melhor para mim, me deu tudo o que estava ao seu alcance, mas nunca o tipo de afeição natural que poderia ter existido entre pai e filha. E eu acho que era tarde demais para começarmos.

— Mas você ansiava por aquela afeição natural.

— Ah, vorazmente. — Ela bateu os ovos na tigela. — Só mais tarde, com terapia e acompanhamento clínico, é que passei a entender muita coisa. É tão fácil entender, agora. Nunca tive um relacionamento terno e amoroso com uma figura masculina. Na escola, era muito tímida com os meninos, tímida demais. Namorei pouco e levava meus estudos muito a sério.

O sorriso estava um pouco mais natural quando Lily ralou o queijo por cima dos ovos.

— Terrivelmente a sério. Como não conseguia enxergar as coisas do ponto de vista da minha mãe, mergulhei nos fatos e nos números. Como levava jeito com as crianças, o ensino pareceu ser o rumo natural. Quando conheci Jesse, eu tinha 22 anos e ensinava no ensino fundamental. Foi em uma confeitaria perto do meu apartamento. Meu primeiro apartamento, minha primeira vez por conta própria. Ele era charmoso, bonito e parecia muito interessado em mim. Fiquei deslumbrada.

Com movimentos automáticos, ela salpicou endro sobre os ovos batidos e uma pitada de pimenta moída na hora.

— Acho que ele me escolheu. Era uma experiência nova para mim. Fomos ao cinema naquela mesma noite. Ele me telefonava todos os dias depois da escola. Chegava com flores e presentinhos. Era mecânico, e consertou meu automóvel até ficar novo em folha.

— Então você se apaixonou por ele — finalizou Adam.

— Ah, sim, eu estava cega, completamente apaixonada. Nunca fui além do superficial com Jesse, não sabia que devia ter ido. Só mais tarde é que descobri as mentiras que ele me contava. Sobre a família, o passado, o trabalho. Mais tarde, soube que a mãe dele estava em um asilo. Ela bebia, usava drogas e batera muito nele quando criança. Ele também bebia e usava drogas, o que só vim a descobrir depois que nos casamos. A primeira vez que ele me deu uma surra...

Ela parou e pigarreou. O silêncio se encheu com o chiado da gordura, quando tirou o bacon da frigideira.

— ... aconteceu mais ou menos um mês depois de nos casarmos. Era o aniversário de uma de minhas amigas da escola, e íamos a um daqueles clubes. Um daqueles lugares onde os homens dançam e as mulheres enfiam o dinheiro em suas cuecas. Uma bobagem. Jesse parecia pensar a mesma coisa, até o momento em que eu estava me arrumando para sair. De repente, começou a implicar com o meu vestido, o cabelo, a maquiagem. Certa de que ele só estava mexendo comigo, comecei a rir. De repente, ele agarrou minha bolsa, esvaziou-a e rasgou minha carteira de motorista. Fiquei tão chocada, com tanta raiva, que a arranquei das mãos dele. Foi aí que Jesse começou a me bater, a gritar e a dizer palavrões. Arrancou minhas roupas e me estuprou.

Com as mãos espantosamente firmes, Lily colocou os ovos na frigideira.

— Depois, ficou chorando como um bebê. Soluços grandes, dilacerantes. — Soltou um pouco de ar, porque era muito fácil relembrar, ver tudo outra vez. — Jesse era fuzileiro naval e sentia muito orgulho disso, da sua disciplina e força. Você não pode imaginar o que significou ver alguém que eu considerava tão forte chorar assim. Foi um choque devastador e, de certa maneira, poderoso.

Força, pensou Adam, não tinha nada a ver com uniformes ou bíceps. Esperava que ela tivesse aprendido bem a lição.

— Implorou-me que o perdoasse. Disse que ficara louco de ciúmes só com a ideia de outros homens estarem perto de mim. Contou que a mãe dele abandonara seu pai quando ele ainda era criança. Que ela fugira com outro homem. Antes, dissera que o pai estava morto. As duas histórias eram mentirosas, mas acreditei nele e o perdoei.

Não era fácil ser honesta, honesta até o fim, mas ela precisava ser.

— Eu o perdoei, Adam, porque, naquele momento, eu me sentia forte na frente dele. E se ele perdera o controle a tal ponto, era porque me amava. Faz parte da armadilha, do ciclo. Por oito semanas, ele não me bateu.

Devagar e com muita concentração, ela mexeu os ovos.

— Não importa mais o que havia acontecido. Era um padrão que eu não só recusava enfrentar, mas pelo qual era tão responsável quanto ele. Começou a beber, perdeu o emprego e me batia. Meu Deus, esqueci a torrada — emendou Lily com naturalidade, e foi até a embalagem do pão.

— Lily...

Ela balançou a cabeça em negativa.

— Deixei que ele me convencesse de que a culpa era minha. A cada vez, a culpa era sempre minha. Ou eu não era bastante inteligente, ou não era sensual o suficiente, ou quieta, ou extrovertida. Dependia da situação. Isso durou um ano. Nas duas vezes que me levou para o hospital, menti e disse que tinha levado um tombo. Até o dia em que me olhei no espelho e vi o que os meus amigos vinham notando todos aqueles meses, o que haviam percebido quando tentavam conversar comigo a respeito, querendo me ajudar. Os hematomas, o olhar assustado, os ossos protuberantes no rosto porque não conseguia engordar.

Lily voltou para os ovos e mexeu-os de leve.

— Fui embora. Não lembro exatamente como foi. Sei que não levei nada e que fui para a casa de minha mãe. Lembro do medo, porque ele dissera que nunca permitiria que eu o abandonasse. Que, se o fizesse, iria atrás de mim. Mas eu sabia que acabaria me matando se ficasse mais um dia. Já até tinha imaginado como me mataria: tomaria remédios, porque sou uma covarde.

Lily arrumou os ovos, a torrada e o bacon em um prato e levou-o para a mesa.

— Ele veio atrás de mim — continuou e, pela primeira vez, olhou para Adam. — Um dia estava me esperando na saída e me arrastou até o carro. Gritando sem parar, começou a apertar meu pescoço. Quando arrancou com o automóvel, eu estava quase inconsciente. Ele estava mais calmo e, como sempre, começou com as explicações. Disse que eu estava errada e que precisava aprender a me comportar como uma esposa. Eu nunca fiquei tão aterrorizada. Quando ele se acalmava, eu ficava ainda mais amedrontada, pensando no que ele seria capaz de... fazer comigo.

Lily se acalmou, pois o medo poderia renascer, voltar a qualquer momento e começar a mordiscar sua coragem fragilizada.

— Quando reduziu a marcha por causa do trânsito, pulei do carro, mas não caí. Sempre achei que foi um milagre. Fui até a polícia e consegui uma liminar. Comecei a me mudar de um lugar para outro. Ele sempre me encontrava. Na última vez, antes de vir para cá, me encontrou outra vez, e acho que teria me matado, mas um vizinho ouviu os gritos e bateu à porta, quase arrombando-a. Jesse fugiu.

Lily se sentou e cruzou as mãos sobre a mesa.

— Eu também fugi. Achei que ele não conseguiria me encontrar aqui. Quase não tenho contato com minha mãe, com medo que ele acabe me descobrindo por intermédio dela. Hoje de manhã, antes de vir para os estábulos, falei com ela. Ela nunca mais soube dele. — Inspirou profundamente. — Eu sei que você, Ben e Nate vão contar tudo à polícia. Estou pronta para responder a qualquer pergunta. Mas, que eu saiba, ele jamais feriu outra pessoa além de mim. E só usa as mãos. Acredito que teria me procurado, se soubesse onde estou.

— Ele nunca mais vai machucar você. — Adam afastou o prato para poder segurar as mãos de Lily. — Não importa quais sejam as respostas, Lily, ele nunca mais tocará em você. Eu juro.

— Se for ele... — Lily apertou os olhos com força. — Se for ele, Adam, a responsabilidade é minha. Eu sou responsável pela morte de duas pessoas.

— Não, não é.

— Se for ele — prosseguiu Lily, mantendo a calma —, preciso enfrentar esse fato e viver com ele. Eu me escondi aqui, Adam, usei você, Will e esse lugar para afastar todo o mal. Não funcionou. — Ela suspirou e girou as mãos sob as dele. — Preciso enfrentá-lo. Isso eu também aprendi com a terapia. Não sou uma pessoa corajosa, não tenho aquela coragem inata, como Tess e Will. O que eu tenho foi adquirido, exercitado. Estava com medo de contar tudo a você, e agora gostaria de ter feito isso desde o começo. Teria facilitado o restante.

— Sabe de mais alguma coisa?

— Não sobre Jesse, e não sobre as coisas horríveis, mas é difícil.

— Você pode me contar qualquer coisa.

— Depois de tudo o que aconteceu ontem à noite, minha mente sempre volta atrás e recapitula aquele momento. — Nervosa, ela riu e soltou as mãos de Adam. — Por favor, coma. Está esfriando.

— Lily. — Confuso, ele pressionou os dedos nos olhos e, obediente, aproximou o prato e levantou o garfo. — Que momento?

— Acontece que eu pensei, como já disse antes, que você me desejava do mesmo jeito de sempre. Não conseguia imaginar que fosse outra coisa, exceto, bem, aquela reação primitiva dos homens. Feromônios. — Adam se engasgou e ela o encarou com atenção. — Era o que parecia — continuou, na defensiva. — Até ontem à noite, você nunca disse ou fez qualquer coisa para demonstrar o contrário. Foi naquele instante, porém, quando segurou o meu rosto entre as mãos e me olhou. Quando me beijou, tudo, menos você, desapareceu. Depois, tudo deu errado, mas, naquele instante, só naquele instante, foi maravilhoso.

Ela se levantou depressa e correu para o fogão.

— Sei que era véspera de Ano-Novo. As pessoas se beijam à meia-noite, o que não significa...

— Lily, eu amo você.

As palavras a atravessaram como um fio de esperança. Ela as agarrou, aprisionou-as e se virou. Adam estava em pé, a um passo dela, a luz tênue do sol de inverno brilhando no cabelo e os olhos totalmente voltados em sua direção.

— Eu me apaixonei por você no instante em que a vi. Tenho esperado por você toda a minha vida. Só por você. — Adam estendeu a mão. — Só por você.

A felicidade irrompeu pela esperança como um gêiser quente e borbulhante no meio da lagoa plácida.

— Na verdade, é muito simples. — Ela segurou a mão de Adam. — Quando é certo, é tão simples. — Então se aconchegou nos braços dele. — Só quero ficar com você.

— Estamos em casa, aqui. — Adam enfiou o rosto nos cabelos dela. — Fique comigo.

— Sim. — Ela colocou os lábios no pescoço de Adam, sentindo pela primeira vez o gosto intenso da pele dele. — Eu tenho desejado que você me toque. Adam, me toque.

Como na primeira vez, ele envolveu o rosto dela com as mãos. Como na primeira vez, beijou-a. Mas, dessa vez, os braços de Lily o circundaram, e sua reação foi suave, doce e tímida. Quando a afastou, não precisou perguntar nada, e conduziu-a para o quarto com a cama arrumada e as cortinas simples na janela.

Tocou o cabelo de Lily e afastou-se para lhe dar espaço para decidir.

— Não é cedo demais?

Ela sentiu o desejo fazê-la tremer por dentro.

— Não, é perfeito. Você é perfeito.

Adam foi fechar as cortinas para que o sol dourado latejasse por trás deles no pequeno quarto e transformasse a manhã em um entardecer. Lily deu o primeiro passo, e foi mais fácil do que poderia imaginar. Com o rosto corado, sentou-se em um dos lados da cama e tirou as botas. Adam se sentou ao seu lado, também tirou as botas, então beijou-a suavemente.

— Você está com medo?

Para ela, era espantoso não sentir medo. Sim, estava nervosa, mas não havia sinal de medo. Conhecia muito bem o sabor do medo verdadeiro e o gosto amargo que deixava na boca. Balançou a cabeça, levantou-se e tocou os botões da blusa.

— Só não quero que você fique desapontado.

— A mulher que eu amo vai se deitar comigo. Como eu poderia ficar desapontado?

Observando-o, atenta a qualquer reação, Lily deslizou a blusa pelos ombros. Parou e a segurou na frente dos seios. Ela se lembraria disso, de cada momento. De cada palavra, cada movimento e cada respiração.

Adam levantou-se e caminhou até ela. Primeiro, colocou as mãos em seus ombros e acariciou com suavidade as curvas, sem desviar os olhos. Gentilmente, tirou a blusa e deixou-a cair. Baixou o olhar e as mãos, roçando com delicadeza os mamilos.

Lily fechou os olhos para sentir os dedos de Adam percorrerem-na, mergulharem e desenharem arabescos em sua pele. Depois, os abriu devagar e desabotoou os botões da camisa dele, afastando o tecido de flanela, e olhou para as mãos brancas que deslizavam sobre a pele lisa do peito cor de cobre de seu amado.

— Eu quero sentir você junto ao meu corpo — murmurou Adam, abrindo seu sutiã, abaixando as alças e deixando-o escorregar para o chão. Puxou-a para si e a abraçou. Um tremor o percorreu como um lago plácido perturbado por um dedo indolente. — Não vou machucar você, Lily.

— Não. — Disso ela teve certeza quando Adam baixou os lábios para saborear a pele de seus ombros e pescoço. Ali não haveria dor, nem mesmo por vergonha. Ali havia confiança, e o desejo seria generoso.

Não se assustou quando os dedos de Adam puxaram o fecho da calça jeans. Estremeceu, mas não de medo, quando ele fez o tecido escorregar por seus quadris, sussurrando palavras doces enquanto a ajudava a se livrar das roupas.

Quando Adam tirou a calça, o coração de Lily deu um salto, mas foi de prazer, espanto e pura expectativa.

Como ele era bonito! A pele se esticava sobre os músculos firmes, o cabelo sedoso e brilhante batia nos ombros fortes. Ele a desejava, queria ser seu. Lily pensou que era um milagre extraordinário e magnífico.

— Adam — disse, suspirando, quando se deitaram na cama. — Adam Wolfchild. — Com o peso sólido e confortável do corpo dele a pressionando no colchão, ela apertou os braços com força em volta de seu pescoço e o puxou para que suas bocas se tocassem. — Você me ama?

— Eu te amo. E sempre amarei.

𝓔NQUANTO O CASAL celebrava a vida no quarto coberto de sombras, outra pessoa celebrava a morte, à luz do dia. Na floresta profunda, sozinho e exultante, ele examinava os troféus arrumados com muito cuidado dentro de uma caixa de metal. Os troféus da matança, lembrou, afagando o longo cabelo louro de uma moça que pegara o caminho errado.

Chamava-se Traci, dissera, quando ele lhe ofereceu uma carona. Traci com i. Afirmou que tinha 18 anos, mas ele percebeu que era mentira. O rosto ainda era arredondado, com feições de adolescente, mas o corpo, como viu depois, quando a levou para as montanhas e a desnudou, era de uma mulher.

Fora tão fácil! Uma moça parada ao lado da estrada com o polegar erguido. Tinha uma mochila púrpura jogada nos ombros e a calça jeans justa cobria as pernas curtas. Mas, fora a cabeleira dourada e brilhante — oxigenada, é claro —, reluzindo como o desenho de labaredas solares, que atraíra sua atenção. As unhas estavam pintadas da cor da mochila, só que de um púrpura forte e esquisito.

Depois viu que as unhas dos pés estavam da mesma cor.

Deixara-a falar um pouco, lembrou-se, acariciando o cabelo. "Estou dando o fora de Dodge", dissera ela, rindo. Era de onde vinha, de Dodge City, Kansas.

"Você não está mais no Kansas", respondeu, e quase se dobrou em dois de tanto rir do próprio humor.

Ele permitira que falasse mais um pouco, relembrou, e ela contara que estava a caminho do Canadá para conhecer um pouco do mundo. Tinha tirado um pacote de chicletes da mochila e oferecido um. Depois, ele encontrou quatro baseados muito bem-enrolados, mas, desses, ela oferecera? Não, senhor, claro que não.

Um soco rápido no queixo a deixou desacordada, o branco dos olhos revirados à mostra. Ele a levou para um lugar tranquilo e isolado nas montanhas, onde poderia fazer tudo o que quisesse.

E gostava de fazer muitas coisas.

Primeiro, a estuprou. Um homem tinha prioridades. Amarrou-a bem, para que não o arranhasse com aquelas unhas púrpuras. Ela gritou até ficar rouca, contorceu-se e agitou-se naquele catre estreito, enquanto ele fazia coisas com ela, usava coisas nela.

Fumou um dos baseados e recomeçou.

Ela implorava, pedia para soltá-la. Depois, implorou e pediu mais, quando percebeu que ele ia abandoná-la ali amarrada e nua.

Mas um homem tinha responsabilidades, e ele não podia ficar. Quando voltou, 24 horas depois, podia jurar, pelo jeito como começou a chorar, que ela estava feliz em vê-lo. Então recomeçou, e quando a mandou dizer o quanto estava gostando, ela disse que estava gostando muito — disse tudo o que ele queria ouvir.

Foi quando viu a faca.

Ele levou mais de uma hora para limpar o sangue, mas valeu a pena. Valeu muito a pena. E a melhor parte, a melhor parte de tudo, fora a ideia de largar as sobras de Traci com i, de Dodge City, Kansas, bem na frente da porta da fazenda Mercy.

Ah, aquilo fora bom demais.

Com ternura, beijou o cabelo ensanguentado e o guardou com cuidado na caixa.

Agora todos estavam andando por aí amedrontados, refletiu, enquanto recolocava a caixa dentro do buraco e arrumava a pilha de pedras. Com medo dele.

Quando se levantou e ergueu o rosto para o sol frio de inverno, tinha certeza de que era o homem mais poderoso de Montana.

Capítulo 15

♦ ♦ ♦ ♦

Se qualquer pessoa dissesse que Tess passaria uma noite gelada de janeiro dentro de uma baia de cavalos, ajoelhada no meio de sangue e fluidos de parto e que adoraria cada segundo, ela teria dado a essa pessoa o nome do psiquiatra do seu agente.

Mas foi exatamente o que aconteceu. Por duas noites seguidas. Ela não só acompanhara o nascimento de dois potrinhos, como tivera uma pequena participação no parto. O que a deixara muito animada.

— Nada melhor para afastar os problemas da mente, não é mesmo? — Tess estava parada um pouco atrás, com Adam e Lily, enquanto o filhote batalhava para ficar de pé nas quatro patas pela primeira vez.

— Você leva jeito com os cavalos, Tess — garantiu Adam.

— Não é nada disso, mas pelo menos eles não me deixam enlouquecer. Todos estão muito assustados. Ontem, quando saí do galinheiro, dei de cara com Billy. Não sei qual de nós dois pulou mais alto.

— Já se passaram dez dias. — Lily esfregou as mãos para esquentá-las. — Parece que nem aconteceu de verdade. Will conversou com a polícia várias vezes, mas continuam sem novidades.

— Olhe. — Adam abraçou-a pelos ombros, aproximando-a mais de si quando o potrinho começou a mamar. — Isso é de verdade.

— E a dor nas minhas costas também. — Tess colocou a mão onde doía. Era uma boa desculpa para deixá-los a sós. Um banho quente e algumas horas de sono, e ela estaria pronta para uma visitinha a Nate. — Vou para casa.

— Você ajudou muito, Tess. Obrigado.

Com um sorriso largo, Tess pegou o chapéu e o colocou na cabeça.

— Meu Deus! Se meus amigos me vissem agora. — Ela riu da ideia enquanto saía dos estábulos para o vento frio da manhã.

O que diriam no seu salão de beleza favorito se entrasse lá desse jeito, com não se sabe o que debaixo das unhas, a calça jeans e a camisa de flanela sujos de placenta e o cabelo... bem, não dava nem para imaginar... e sem vestígio de maquiagem.

Imaginou William, o estilista, caindo de costas e desmaiando sobre o tapete cor-de-rosa.

Ora, quando voltasse para Los Angeles, toda essa experiência serviria para uma conversa fascinante na hora dos drinques. Imaginou que estaria em Beverly Hills, em uma daquelas festas depois da entrega do prêmio Tony, regalando a anfitriã com narrativas de como apanhar estrume com uma pá, catar ovos, castrar bois — essa parte ela ia embelezar — e cavalgar pelas montanhas.

Era tudo bem diferente das fazendas empetecadas e requintadas frequentadas por algumas das pessoas da sociedade de Hollywood. Em seguida, acrescentaria que também havia um psicopata à solta.

Tess sentiu um arrepio e apertou o casaco mais contra o corpo. Era melhor esquecer, sugeriu a si mesma. Não ajudava em nada ficar pensando naquilo.

Viu Willa parada no segundo degrau da escada da varanda, olhando para as montanhas. "Parece petrificada", pensou Tess, como a filha do rei Midas depois de ser tocada pelo pai. Tess percebeu que a irmã não tinha a menor consciência do quadro que apresentava. De todas as mulheres que conhecia, ela era a única que não tinha uma noção concreta de seu poder de mulher. Para Willa, existia apenas o trabalho, a terra, os animais e os empregados.

Tess elaborava mentalmente um comentário sarcástico, até chegar perto e ver o rosto da irmã. Parecia arrasado. O chapéu estava pendurado nas costas, retas como uma flecha, por cima daquela cascata de cabelo preto solto, o queixo apontava para o alto. Deveria aparentar confiança, até arrogância. Mas os olhos opacos pareciam assombrados com o que poderia ser culpa ou dor.

— O que houve?

A única reação de Willa foi piscar os olhos. Não mexeu a cabeça, nem movimentou os pés.

— A polícia acabou de sair daqui.

— Agora?

— Faz pouco tempo. — Tinha perdido a noção do tempo e não saberia informar há quantas horas estivera parada ali no frio.

— Parece que você precisa sentar. — Tess subiu primeiro um degrau, depois, outro. — Vamos entrar.

— Descobriram quem era a moça. — Willa continuava imóvel, mas os olhos se moveram até parar em um ponto no início da escada. — Chamava-se Traci Mannerly. Tinha 16 anos. Morava em Dodge City com os pais e dois irmãos caçulas. Fugiu de casa há seis semanas, pela segunda vez.

Tess fechou os olhos. Não queria saber o nome, não queria saber dos detalhes. Era mais fácil passar o dia sem eles.

— Vamos entrar.

— A polícia disse que, quando foi encontrada aqui na porta da fazenda, estava morta há pelo menos 12 horas. Foi amarrada pelos pulsos e tornozelos. Havia marcas das cordas e das lesões nos pontos onde ela tentou se soltar.

— Chega.

— Foi violentada. Os policiais disseram que ela foi estuprada e sodomizada várias vezes. Estava... estava grávida de dois meses. Estava grávida, tinha 16 anos e era do Kansas.

— Agora chega — repetiu Tess. As lágrimas escorriam quando ela abraçou Willa.

Quase sem se darem conta, elas ficaram ali, no degrau da escada, chorando e se abraçando com força. Uma águia lançou um grito agudo no céu. As nuvens, ameaçando neve, amontoavam-se para bloquear o sol. Continuaram paradas, tomadas por um medo e uma dor que só as mulheres entendem.

— O que vamos fazer? — sussurrou Tess, com voz trêmula. — Meu Deus, o que vamos fazer?

— Não sei. Simplesmente não sei. — Willa não se afastou de Tess. Mesmo percebendo que se abraçavam com firmeza em meio ao vento que começara a soprar, continuou imóvel. — Eu posso administrar este lugar. Mesmo com tudo o que está acontecendo, eu posso. Mas não sei se vou aguentar ficar me lembrando da garota.

— Não adianta pensar nela. Podemos pensar no motivo por que ele a trouxe para cá. Podemos pensar nisso. Mas não nela. E podemos pensar em nós. — Tess se afastou um pouco e enxugou as lágrimas com as mãos. — É melhor começarmos a pensar em nós. Acho que Lily e eu precisamos de umas aulas para aprender a usar um revólver.

Willa a fitou por um instante e viu mais do que a fachada brilhante de Hollywood.

— Eu ensino. — Inspirou profundamente e colocou o chapéu no lugar. — Começaremos imediatamente.

— *É* preocupante — comentou Ham na hora do almoço, enquanto comia *chili* com carne e feijão.

Jim serviu-se de uma segunda porção e piscou para Billy.

— O quê, Ham?

A resposta demorou, e ouviu-se o som de um tiro.

— Uma mulher com um revólver — respondeu Ham, com voz lenta e seca.

— Mais preocupante ainda são três mulheres com três revólveres.

— Para dizer a verdade... — Jim mergulhou um biscoito na tigela e deu uma boa mordida. — Tess fica um bocado sensual com uma espingarda no ombro.

Ham o olhou com ar de pena.

— Cara, o trabalho não é suficiente para mantê-lo ocupado?

— Nenhuma quantidade de trabalho deve ser suficiente para impedir que um homem olhe para uma mulher bonita. Certo, Billy?

— Certo.

Desde a noite da festa de Ano-Novo que Billy não pensava muito em mulheres. A transa com Mary Anne na caminhonete fora ótima, mas a experiência terrível de terem encontrado o corpo juntos lançara uma sombra sobre o acontecimento.

— Ainda assim, é assustador — continuou Billy, com a boca cheia. — Já faz mais de uma semana que estão treinando e ainda não vi Tess acertar um só tiro. Precisamos ser cuidadosos quando sairmos durante o tiroteio.

— Vou dizer a vocês o que eu acho. — Jim deu um tapa no peito e arrotou. — Eu acho que elas precisam é de um homem que lhes mostre como se faz. Eu tenho uns minutos sobrando.

— Ninguém precisa mostrar a Will o que fazer com um revólver. — A voz de Ham continha traços de um orgulho repentino. Afinal, ele ensinara Will a atirar. — Ela pode atirar melhor do que você ou qualquer um em Montana, e com um olho fechado. Por que não deixa aquelas mulheres em paz?

— Não vou tocar nelas. — Jim vestiu o casaco. — A não ser que apareça uma oportunidade.

Saiu e viu Jesse saltando de uma picape.

— Olá, J. C. — Com um sorriso aberto, Jim estendeu a mão. — Faz algumas semanas que não o vejo.

— Andei ocupado. — Jesse sabia que corria risco, um risco enorme, aparecendo na fazenda Mercy à luz do dia. Ele vinha, sempre que podia, à noite, nas sombras. O bastante para saber que a vagabunda da sua mulher estava abrindo as pernas para Wolfchild.

Mas isso podia esperar.

— Estava em Ennis pegando umas peças. Havia uma encomenda para vocês. — Jogou o pacote para Jim e alisou o bigode com o dedo. Começava a gostar da forma que estava tomando. — Trouxe para você.

— Obrigado. — Jim colocou o pacote sobre o parapeito da cerca. — Parece que está na hora de jogarmos um poquerzinho.

— Eu topo. Por que é que você e os homens não passam hoje à noite em Three Rocks? — Deu um sorriso cheio de charme. — Mando vocês de volta com a carteira mais leve.

— Acho que vou fazer isso. — Ele olhou na direção dos tiros e riu entre os dentes. — Temos três mulheres praticando tiro ao alvo. Eu ia justamente dar umas dicas para elas.

— Mulheres deveriam ficar longe das armas. — Jesse tirou um maço de cigarros do bolso, bateu nele, e ofereceu um a Jim.

— Elas estão apavoradas. Você deve ter ouvido sobre o que aconteceu aqui.

— Claro que ouvi. — Jesse soprou a fumaça e calculou se poderia arriscar dar uma espiada em Lily durante o dia. — Negócio brabo. Uma garota, não foi? Do Nebraska?

— Parece que do Kansas. Fugiu de casa. Morreu feio.

— Garotas deviam ficar em casa, onde é o lugar delas. — Franzindo os olhos, Jesse olhou para a brasa do cigarro. — Aprendendo a ser donas de casa. Hoje em dia, as mulheres querem ser homens. — Dessa vez o sorriso foi um pouquinho maldoso. — Claro que isso não deve incomodar você, considerando que o seu patrão é uma mulher.

As costas de Jim se aprumaram, mas ele concordou com a cabeça, sem discutir.

— No geral, não posso afirmar que isso me incomoda. Will sabe o que faz.

— Pode ser. Pelo que me disseram, quando o outono chegar, você vai ter três patroas.

— Não sei, não. — A antecipação agradável de se mostrar na frente das mulheres sumiu. Pegou o pacote. — Obrigado pela entrega.

— Foi um prazer. — Jesse se virou na direção da caminhonete. — Passe lá hoje à noite, mas traga dinheiro! Sinto que hoje é o meu dia de sorte.

— Tudo bem. — Chateado, Jim ajustou o chapéu e observou o carro ir embora. — Babaca — sussurrou, e voltou para o alojamento.

No ALVO IMPROVISADO bem atrás do celeiro, Lily sentiu um tremor no corpo.

— Está com frio? — perguntou Tess.

— Não, foi só um arrepio. — Mas ela se viu olhando por cima do ombro para a luz do sol que cintilava no metal da caminhonete que partia. — Parece que um espírito passou por aqui — murmurou.

— Bem, isso é animador. — Voltando à sua pose, Tess apontou a mira do minúsculo revólver Smith & Wesson Ladysmith que Willa chamava de "pistola de bolso" na direção de uma lata e atirou. Errou por mais de um metro. — Droga.

— Você pode sempre dar com o revólver na cabeça dele. — Willa se posicionou outra vez por trás dela e firmou o braço da irmã. — Concentre-se.

— Eu estava concentrada. A bala é que é muito pequena. Se eu tivesse um revólver maior, como o seu...

— Você cairia sentada em cima do próprio traseiro cada vez que atirasse. Vai usar esse revólver até aprender. Anda, até Lily acerta o alvo cinco vezes em dez.

— Acontece que eu ainda não encontrei o ritmo. — Ela atirou e franziu o rosto. — Foi mais perto. Eu sei que foi mais perto.

— Eu sei, nesse ritmo você vai acertar na parede lateral do celeiro daqui a um ano. — Willa sacou o Colt de ação simples do Exército, pendurado bem baixo no quadril. O .45 era uma senhora arma, pesada e grosseira, mas era sua preferida. Dando um pequeno espetáculo, acertou seis tiros nas seis latas.

— Annie Oakley, a pistoleira. — Tess resmungou e odiou a onda de admiração e inveja que sentia. — Como é que você fez aquilo?

— Concentração, mão firme e boa pontaria. — Recolocou o revólver no coldre com um sorriso. — Talvez você precise de algo mais. Você odeia alguém?

— Além de você?

Willa apenas ergueu uma sobrancelha.

— Quem foi o primeiro cara que largou você e partiu seu coração?

— Ninguém me larga, campeã. — Tess fez uma careta com a boca. — Joey Columbo, no sexto ano. Primeiro, o imbecil me seduziu, depois, me enganou com a minha melhor amiga.

— Imagine o rosto dele naquela lata que está em cima da cerca e acerte bem no meio dos olhos.

Tess ficou séria, ajeitou-se e apontou. O dedo tremeu no gatilho. Rindo, baixou a arma.

— Puxa, não posso atirar em um menino de 10 anos.

— Ele agora está bem crescidinho, mora em Bel Air e ainda morre de rir ao lembrar daquela gorducha idiota que ele abandonou no ensino fundamental.

— Desgraçado! — Agora os dentes ficaram à mostra quando ela atirou. — Tirei uma lasca! — gritou Tess, ensaiando uns passos de dança enquanto Willa tirava a arma de sua mão com muito cuidado, antes que ela atirasse no próprio pé. — A lata se mexeu.

— Deve ter sido o vento.

— Que nada. Matei Joey Columbo!

— Ele só ficou ferido.

— Ele está deitado no chão vendo a vida passar diante de seus olhos.

— Você está começando a gostar demais disso — comentou Lily. — Quanto a mim, vou fazer de conta que estou em um daqueles quiosques do parque de diversões tentando ganhar um urso de pelúcia dos bem grandes. — As maçãs do rosto dela ficaram vermelhas quando as duas irmãs se voltaram e a fitaram. — Bem, comigo funciona.

— Qual é a cor? — perguntou Willa. — Qual é a cor do ursinho? — repetiu.

— Rosa. — O olhar de Lily se desviou para a esquerda, quando percebeu a risadinha dissimulada de Tess. — Gosto de ursos cor-de-rosa. Já ganhei uma dúzia deles enquanto você atirava no vento.

— Ah, agora ela está ficando malvadinha. Deveríamos ter um concurso. Você não, sua assassina — disse Tess, empurrando Willa um pouco para o lado. — Só eu e a mana apaixonada por ursinhos. — Ela se aproximou de Lily. — Vamos ver se você consegue suportar a pressão, maninha.

— Nesse caso, sugiro que recarreguem as armas. — Willa se debruçou para pegar a caixa de balas. — Já gastaram toda a munição.

— Qual é o prêmio para a vencedora? — Recarregando com muito cuidado, Tess se agachou. — Isto é, além da satisfação. Precisamos de um prêmio. Funciono melhor quando os objetivos são claros e definidos.

— A que perder terá que lavar a roupa durante uma semana — decidiu Willa. — Bess pode ter um descanso.

— Ah! — Lily se levantou. — Eu teria todo o prazer de...

— Cale a boca, Lily. — Willa sacudiu a cabeça e olhou para Tess. — Concorda?

— A roupa de todas. As íntimas também?

— Inclusive suas calcinhas francesas rendadas.

— À mão. Nada de colocar roupa de seda na máquina. — Satisfeita com o negócio, Tess recuou. — Você primeiro — disse para Lily.

— Doze tiros cada uma, em duas rodadas de seis. Quando estiver pronta, Lily — declarou Willa.

— Muito bem. — Lily respirou fundo e reviu mentalmente tudo o que aprendera com Willa sobre pose e respiração. Demorara mais de dois dias para não fechar os olhos quando apertava o gatilho, e estava orgulhosa do progresso. Atirou devagar e com firmeza, e viu quatro latas voarem pelos ares.

— Quatro em seis. Nada mau. Senhoras, abaixem as armas — ordenou Willa, e foi reposicionar os alvos.

— Eu consigo — disse Tess, aprumando as costas. — Eu consigo acertar todas. Todas são a cara sardenta daquele desgraçado do Joey Columbo. Aposto como ele já está se divorciando pela segunda vez. Aquele panaca de duas caras viciado em suco em pó sabor cereja.

Espantou as duas irmãs, inclusive a si mesma, ao derrubar três latas do parapeito.

— Acertei a outra também. Ouvi quando fez *ping*.

— E fez mesmo — concordou Lily, com generosidade. — Estamos empatadas.

— Recarregar. — Achando tudo muito divertido, Willa se aproximou para dar o sinal. Ao se virar, viu Nate se aproximando e ergueu o braço em saudação.

— Cessar fogo! — ordenou ele, parando de repente com as mãos esticadas para o alto, ao ver Lily e Tess se voltarem para olhar. — Estou desarmado.

— Que tal uma maçã em cima da cabeça? — Piscando, Tess se aproximou e o beijou.

— Nem mesmo para você, Olho de Lince.

— Estamos no meio de um concurso de tiro — informou Willa. — Lily, é a sua vez. Estou vendo um urso cor-de-rosa gigantesco no seu futuro. — Rindo, colocou as mãos nos quadris. — Você deveria ter visto — disse para Nate, e depois deu uns gritos quando Lily acertou cinco das seis latas. — Pode inscrevê-la no Show do Oeste Selvagem. Quero ver você ganhar essa, Hollywood.

— Eu consigo.

Mas as palmas das mãos de Tess estavam suadas. Sentiu o cheiro de cavalo e da água-de-colônia de Nate e mexeu os ombros tensos.

Apontou, apertou o gatilho e errou os seis tiros.

— Eu me distraí — justificou-se, quando Willa aplaudiu, gritou e levantou a mão de Lily para o alto. — Você me distraiu — reclamou com Nate.

— Querida, você é um espanto. Não é qualquer um que consegue acertar o vento seis vezes seguidas. — Por precaução, ele pegou o revólver da mão de Tess e a beijou apaixonadamente, para consolá-la.

Willa deu um sorriso pretensioso.

— Lavadeira, não se esqueça de separar a roupa branca. E recolha os cartuchos vazios do chão.

Lily chegou mais perto enquanto juntavam os cartuchos.

— Eu te ajudo — sussurrou.

— Ajuda nada. Aposta é aposta — respondeu Tess, inclinando a cabeça. — Mas na próxima vez vai ser na queda de braço.

— Estou indo para Ennis buscar umas mercadorias — informou Nate, balançando-se e tentando, de forma bastante óbvia, não olhar para o tecido esticado sobre as nádegas de Tess que se debruçava para pegar os cartuchos vazios do chão. — Passei para ver se precisam de alguma coisa.

"Sei", pensou Willa, vendo como os olhos de Nate não paravam de olhar Tess.

— Obrigada, mas Bess esteve lá há poucos dias e comprou o que faltava. Tess se endireitou.

— Quer companhia na viagem?

— Seria bom.

Os olhos não se desviaram dos de Nate mesmo quando colocou um monte de cartuchos vazios na mão de Willa.

— Vou pegar minha bolsa. — Enfiou o braço no dele e lançou um olhar maroto por cima do ombro. — Diga a Bess que não estarei de volta para o jantar.

— Desde que esteja de volta para o dia de lavar a roupa — gritou Willa. "Não há dúvida, ela o agarrou pelas bolas", concluiu em pensamento.

— Acho que os dois combinam muito — comentou Lily. — Ele é bonito e fácil de lidar. E sempre sorri quando a vê.

— Isso é porque sabe que a calça vai acabar nos tornozelos. — comentou Willa, rindo do olhar desaprovador de Lily. — Bom para eles. Só não entendo essa história de sexo, é só isso.

— Você tem medo de sexo?

Considerando a fonte, a pergunta foi tão inesperada que Willa ficou boquiaberta.

— O quê?

— Eu tinha. Antes de Jesse. Depois com Jesse. — Automaticamente, Lily começou a arrumar e empilhar outra vez as latas no alvo. — Acho que é natural antes, entende. Quando não pode saber como será, se vai fazer alguma coisa errada ou bancar a boba.

— A coisa toda é bem simples. O que poderia dar errado?

— Muitas coisas. Eu errei em muitas coisas. Achava que tinha errado. Mas não senti medo com Adam. Não quando percebi que ele gostava de mim. Não senti nem um pouco de medo com Adam.

— Quem sentiria?

Um sorriso delineou-se na boca de Lily, e depois ela ficou séria.

— Você não disse nada sobre... eu sei que você sabe que eu... estou com ele. — Ela soltou a respiração e observou como Willa se transformava em uma nuvem e desaparecia no ar gelado. — Estou dormindo com ele.

— É mesmo? Eu tinha certeza de que ele esperava por você todas as noites na porta lateral e a trazia de volta ao amanhecer porque estavam participando de um torneio secreto de canastra. Quer dizer que está transando? Estou meio chocada.

O sorriso voltou.

— Bem que Adam falou que não conseguiríamos enganar ninguém.

— E para quê?

— Ele... ele me pediu para morar com ele, mas não tinha certeza do que você acharia disso. É seu irmão.

— Você o faz feliz.

— Eu quero fazê-lo feliz. — Lily hesitou, mas depois tirou uma corrente da blusa, embora mantivesse os dedos fechados em volta do objeto. — Ele quer... ele me deu isto.

Willa se aproximou e olhou para o objeto na mão estendida de Lily. Era um anel simples, feito com o ouro das minas Black Hills e ornado com uma sequência de diamantes.

— Era da minha mãe — sussurrou Willa, com um nó na garganta. — O pai de Adam deu de presente a ela quando se casaram. — Willa ergueu o olhar para Lily. — Adam pediu você em casamento?

— Pediu. — Ele o fizera de forma tão bonita, recordou-se, com palavras singelas e promessas tranquilas. — Não consegui responder na hora. Não me pareceu correto. Eu causei uma confusão antes... — Lily parou, disse um palavrão e se corrigiu: — Antes, eu estava metida em uma confusão dos diabos. E só estou aqui há alguns meses. Achei que devia falar com você primeiro.

— Não tenho nada com isso. Não mesmo — insistiu Willa, quando Lily começou a protestar. — É entre você e Adam, e mais ninguém. Eu só me sinto abençoada e imensamente feliz. Tire a corrente, coloque o anel no dedo e vá atrás dele. Não, não chore. — Willa se debruçou e beijou o rosto da irmã. — Ele vai pensar que tem algo errado.

— Eu o amo. — Lily tirou a corrente pela cabeça e soltou a aliança. — Eu o amo com todas as minhas forças. Cabe — conseguiu dizer quando colocou o anel. — Ele avisou que caberia.

— Cabe — concordou Willa — perfeitamente. Vá, e conte para ele. Eu termino de arrumar aqui.

Enquanto sacolejavam pela estrada lateral, Tess se espreguiçava voluptuosamente.

— Você parece bem satisfeita para uma pessoa que acabou de perder uma aposta.

— Eu me sinto satisfeita. Não sei por quê. — Baixou os braços e olhou a paisagem, as montanhas cobertas de neve e a longa extensão de terra. — Que porcaria de vida. Um assassino louco ainda está à solta e não faço as unhas há dois meses. E estou realmente animada com a perspectiva de ir para uma aldeota onde o diabo perdeu as botas olhar as vitrines. Que Deus me ajude.

— Você gosta das suas irmãs. — Nate deu de ombros para o olhar intrigado de Tess. — Vocês foram em frente e se uniram, apesar de tudo. Eu observei as três lá atrás e, acredite, Tess, o que vi foi uma união.

— É só porque temos um objetivo em comum, mais nada. Queremos a nossa herança e nos proteger.

— Conversa fiada.

Tess fechou a cara e cruzou os braços sobre o peito.

— Nate, assim você vai acabar estragando o meu bom humor.

— O que eu vi foram as irmãs Mercys. Trabalho em equipe, afeição.

— As irmãs Mercys. — Tess deu uma grande risada e apertou os lábios. Até que soava bem, pensou. — Talvez Will não seja tão chata como imaginei. Mas é porque ela está se adaptando.

— E você, não?

— E eu preciso disso? Não há nada de errado comigo — respondeu, esfregando um dedo na coxa de Nate. — Há?

— Além de ser uma mulher convencida, geniosa e cabeça-dura, não há absolutamente nada errado. — Nate assobiou quando os dedos dela deslizaram mais para cima, encontraram seu ponto fraco e o beliscaram.

— E você adora. — Inspirada, ela tirou o casaco.

— Está com calor? — perguntou Nate, estendendo a mão para ajustar a calefação.

— Vou ficar — prometeu Tess, e puxou o suéter pela cabeça.

— O que você está fazendo? — A surpresa quase fez com que ele saísse da estrada. — Vista isso de novo.

— Nada disso. Encoste. — Ela soltou o gancho da frente do sutiã para que os seios pulassem em todo o esplendor.

— É uma estrada pública. É pleno dia.

Tess estendeu a mão, abaixou o zíper da calça dele e encontrou o pênis ereto e pronto.

— O que significa isso, exatamente?

— Você está louca! Alguém pode chegar e... meu Deus, meu Deus, Tess — conseguiu balbuciar, mas ela já passava a cabeça sob seu braço e colocava o membro na boca. — Vai acabar matando a gente.

— Encoste — repetiu, mas o tom de provocação desaparecera e fora substituído por um desejo rouco e profundo à medida que ela desabotoava furiosamente a camisa de Nate. — Ah, meu Deus, eu quero você dentro de mim. Todinho dentro de mim. Duro, rápido. Agora.

A picape balançou e as rodas derraparam, mas Nate conseguiu encostar na lateral da estrada sem capotar. Freou bruscamente e lutou para se desvencilhar do cinto de segurança. Com um movimento repentino, deitou-a de costas, toda espremida no assento, enquanto tentava desabotoar a calça dela.

— Vamos acabar presos — ofegou.

— Vou correr o risco. Seja rápido.

— Nós... Ah, meu Deus! — Ela estava nua por baixo da calça. — Você devia estar congelando. — Ao mesmo tempo que falava, baixou o jeans dela até os joelhos. — Por que não está usando roupa térmica?

— Devo ser paranormal. — Nesse exato momento ela estava apenas desesperada, então, curvou-se para cima. O gemido brotou do fundo da garganta, juntando-se com o de Nate, quando ele a penetrou.

Depois, só se ouviram gritos sufocados, gemidos e arquejos. As janelas embaçaram, o assento fez barulho e eles gozaram quase ao mesmo tempo, em menos de 12 movimentos.

— Meu Deus! — Se houvesse espaço, teria se deixado cair em cima dela. — Devo estar louco.

Tess abriu os olhos e começou a rir. As costelas começaram a doer antes que pudesse se controlar.

— Nate, um advogado respeitável, um dos membros mais considerados da sociedade, como é que você vai explicar as marcas das minhas botas no teto?

Nate olhou para cima, estudou-as e suspirou.

— Da mesma forma como vou explicar que minha camisa perdeu todos os botões.

— Eu compro uma nova para você. — Tess se sentou, procurou o sutiã e o colocou. Balançou depressa o cabelo e deslizou para pegar o suéter. — Vamos às compras.

Capítulo 16

• • • •

— Tem um minuto, Will?

Willa ergueu os olhos dos papéis espalhados sobre a mesa e afastou a mente dos números. Nossa, como as sementes de capim estavam caras, mas, se estavam considerando replantar, queria começar imediatamente. Quando fechou o livro de registros, os pesos dos bezerros recém-nascidos e dos desmamados dominavam sua mente.

— Claro. Desculpe, Ham. Algum problema?

— Não exatamente.

Sempre segurando o chapéu entre as mãos, Ham se acomodou em uma das cadeiras. O inverno fora duro para os ossos, mas a idade é que era implacável com o corpo. A cada golpe de vento, os anos pesavam cada vez mais.

— Passei no pasto de engorda, como você pediu. Parece tudo em ordem. Encontrei Beau Radley, da fazenda High Springs, lembra-se dele?

— Sim, eu me lembro de Beau. — Willa se levantou e colocou outra tora de madeira no fogo da lareira. Conhecia os ossos de Ham tão bem quanto ele. — Puxa, Ham, ele deve estar com uns 80 anos.

— Completa 83 na primavera que vem, foi o que me respondeu, quando me deixou falar. — Ham colocou o chapéu no colo e tamborilou os dedos na cadeira.

Era estranho sentar-se ali, onde estivera tantas vezes, e ver Willa atrás da mesa, com uma xícara de café do lado, em vez do velho Jack, com um copo de uísque na mão.

Meu Deus, como o homem bebia!

Willa lutou contra a impaciência. Quando tinha um assunto para tratar, Ham tomava o seu tempo e o dos outros. Quantas vezes pensara que conversar com ele era o mesmo que observar o movimento de uma geleira.

— Beau Radley, Ham?

— Isso. Sabia que o caçula se mudou para Scottsdale, no Arizona? Deve ter sido há mais ou menos 20, 25 anos — Beau Junior, que estaria, pelas suas estimativas, com quase 60 anos.

— E daí?

— Bem, a mulher de Beau é Heddy Radley. Você sabe, aquela que faz aquelas melancias condimentadas que sempre ganham o primeiro lugar na feira do condado. Parece que está bem ruim da artrite.

— Lamento ouvir isso. — Se o tempo melhorasse logo, pensou Willa, deixando a mente divagar, perguntaria a Lily se ela não gostaria de cultivar uma horta. Uma horta de verdade.

— O inverno tem sido duro — comentou Ham. — Parece que não acaba nunca.

— Eu sei. Estou pensando em construir outro celeiro.

— Não é má ideia — comentou Ham, indiferente. Em seguida, tirou o tabaco e começou a preparar um cigarro meticulosamente. — Beau está vendendo tudo e vai se mudar para a casa do filho, em Scottsdale.

— É mesmo? — Willa ficou atenta de novo. As terras de High Springs davam pastos excelentes.

— Done foi o intermediário que fechou o negócio entre ele e um daqueles empreiteiros. — Ham colocou a língua no papel do cigarro, cuspiu de leve e lambeu. Willa não saberia dizer se a cuspida era um comentário sobre os empreiteiros ou por causa de uma ponta de fumo na boca. — Vai desmembrar a terra, criar umas porcarias de búfalos e construir uma fazenda que vai ser um centro turístico.

— Já fecharam o negócio?

— Ele disse que sim, e que pagaram três vezes mais do que a fazenda vale para criar gado. Esses malditos chacais da cidade.

— Bem, então não há nada a fazer. Nós nunca pagaríamos tanto. — Ela soltou a respiração, esfregou o rosto com as mãos e baixou-as quando mudou de assunto. — E o equipamento, o gado, os cavalos?

— Era aonde eu ia chegar.

Ham soprou a fumaça do cigarro e observou-a subir para o teto. Willa viu cidades sendo construídas, cidades sendo derrubadas, estrelas novas se formando.

— Ele tem uma ceifadeira nova. Mal passou por três estações. Wood gostaria de ficar com ela. Não considero o plantel grande coisa, mas Beau é um bom vaqueiro. — Fez uma pausa, deu mais algumas tragadas. — Eu disse a ele que achava que você pagaria 250 por cabeça do gado que está no campo de engorda. Beau não pareceu insultado com o preço.

— Quantas?

— Umas duzentas, carne Hereford da boa.

— Está bem. Pode fechar o negócio.

— Muito bem. Tem mais. — Ham bateu o cigarro, acomodou-se melhor no assento. O fogo estava quente, a cadeira, macia. — Beau tem dois ajudantes. Um deles é um estudante diplomado em Bozeman que contratou no ano passado. Um desses caras é formado em zootecnia. Beau diz que ele tem umas ideias avançadinhas, mas que é inteligente e rápido como um chicote. Sabe mais do que qualquer pessoa sobre cruzamentos e implantes de embriões. O outro é Ned Tucker, conheço-o há uns dez anos. Bom vaqueiro, trabalhador de fibra.

— Contrate-os — afirmou Willa, durante a pausa seguinte. — Pelo mesmo salário que recebiam em High Springs.

— Disse ao Beau que seria assim. Ele gostou da ideia. Ele gosta do Ned. Quer que tenha um bom lugar para ficar. — Começou a se levantar, mas voltou a se sentar. — Tenho outro assunto a tratar.

Willa franziu a testa.

— Então diga.

— Talvez você esteja achando que não dou mais conta do meu trabalho. O choque, imediato e direto, espelhou-se no rosto de Willa.

— E por que eu acharia uma coisa dessas? Por que você pensaria isso?

— Tenho a impressão de que está fazendo não só o seu trabalho como também metade do meu, um pouco de cada. Quando não está enfiada aqui verificando a papelada, está lá fora examinando as cercas, os pastos, as máquinas e tratando das vacas.

— Agora *eu* é que estou encarregada aqui, e você sabe perfeitamente que eu não conseguiria administrar esse lugar sem você.

— Talvez. — Agora a mudança de assunto chamara toda a atenção de Willa. — Talvez eu esteja me perguntando o que diabo você está querendo provar para um homem que está morto.

Willa abriu a boca e depois fechou-a, perplexa.

— Não sei do que você está falando.

— Sabe, sim. — A raiva apressou as palavras, e ele se levantou. — Você acha que não percebo, que eu não sei? Você acha que alguém que deu umas boas surras em você quando necessário e cuidou dos seus machucados não sabe o que se passa em sua cabeça? Preste atenção, moça, porque você já está bem grandinha e forte para que eu a coloque de bruços sobre os meus joelhos, como costumava fazer. Você pode se acabar de trabalhar até a hora do Juízo Final, mas isso não significará nada para Jack Mercy.

— A fazenda agora me pertence — respondeu Willa, sem levantar a voz. — Pelo menos, um terço dela.

Satisfeito por ouvir o eco rancoroso no tom da voz, Ham concordou com a cabeça.

— É, e ele te deu uma bofetada aí também, assim como fez durante toda a vida. Não fez o que devia ter feito por você, não fez o que era correto. Talvez eu respeite mais aquelas duas moças que hoje estão aqui, mas isso não vem ao caso. Ele fez o que fez a você porque podia, ponto final. E acabou trazendo supervisores estranhos à fazenda.

Com a raiva que fervilhava, ela tomou consciência de algo que passara despercebido.

— Deveria ter sido você — afirmou, tranquila. — Sinto muito, Ham. Isso nunca me passou pela cabeça. Você deveria ter sido o supervisor da fazenda durante esse ano. Eu deveria ter pensado nisso antes, e ter percebido que seria um insulto para você.

Era um insulto sim, mas com insultos — pelo menos alguns — ele conseguia viver.

— Não estou pedindo a você para pensar nisso. Nem me sinto particularmente insultado. Jack era assim.

— Era — confirmou Willa, com um suspiro. — Ele era assim.

— Não tenho nada contra Ben e Nate. São homens bons. Justos. E, a menos que eu fosse um desmiolado, as intenções de Jack eram evidentes quando trouxe Ben para cá. Para perto de você. Mas não quero falar nisso. — Fez um gesto com a mão quando ela fechou a cara. — Já está na hora de alguém dizer a você que não tem que provar nada para Jack Mercy. — Balançou a cabeça depressa. — Então eu digo.

— Não posso ignorar. Ele era meu pai.

— A gente bombeia o esperma de um touro e o enfia em uma vaca, mas isso não transforma o touro em um pai.

Espantada, Willa se levantou.

— É a primeira vez que ouço você falar dele dessa maneira. Eu achava que vocês eram amigos.

— Eu o respeitava como vaqueiro. Nunca afirmei que o respeitava como homem.

— Então, por que ficou aqui todos esses anos?

Ham olhou-a, balançou a cabeça devagar de um lado para outro.

— Essa é uma pergunta idiota.

"Por minha causa", refletiu Willa, sentindo-se humilde e tola ao mesmo tempo. Incapaz de encará-lo, virou-se de costas e olhou para a janela.

— Você me ensinou a montar.

— Alguém tinha que fazer isso. — A voz de Ham engasgou, e ele pigarreou. — Antes que quebrasse o pescoço montando quando ninguém estava olhando.

— Quando caí e quebrei o braço, com 8 anos, você e Bess me levaram para o hospital.

— Aquela mulher estava muito nervosa para dirigir. Acabaria batendo com a caminhonete. — Pouco à vontade, Ham se mexeu na cadeira e tamborilou os dedos tacanhos.

Se sua mulher tivesse sobrevivido aos dois primeiros anos de casamento, poderia ter lhe dado filhos. Tinha parado de pensar na esposa e na falta dos filhos porque tivera Willa para cuidar.

— Mas não quero falar nisso. Estou falando do presente. Você tem que diminuir um pouco o ritmo.

— Há tanta coisa acontecendo, Ham. Fico vendo sempre aquela moça e Pickles na minha frente. Quando paro de pensar, eu os vejo.

— Não há nada que você possa fazer para mudar o que aconteceu, há? E você não fez nada para que acontecesse. Esse desgraçado está fazendo o que faz porque se acha o senhor de tudo.

Era parecido demais com o que ele dissera sobre seu pai — o que a fez se arrepiar.

— Não quero outra morte nas minhas mãos, Ham. Acho que não aguentaria.

— Mas que droga, por que é que você não me escuta? — O grito furioso fez Willa se virar e olhar para ele. — Não está nas suas mãos, e você está sendo uma grande tola, se pensa assim. O que aconteceu, aconteceu. Pronto. E a fazenda não precisa que você fique se preocupando com cada metro 24 horas por dia. Já está na hora de você se cuidar, por um tempo.

O queixo de Willa caiu. Ham só gritava quando algo ultrapassava os limites de sua paciência. E não conseguia lembrar de alguma vez ele falar sobre sexo.

— O que quer dizer com isso?

— Quando foi a última vez que você colocou um vestido e foi dançar? — perguntou, com o rosto corado. — Sem contar o Ano-Novo, que você usou aquilo lá, que deixou os rapazes babando.

Ela riu e, intrigada, deslizou, sentada na mesa.

— Foi mesmo?

— Se eu fosse seu pai teria mandado você subir e colocar um vestido decente com um bom puxão de orelhas. — Envergonhado com o desabafo, ele enfiou o chapéu na cabeça. — Mas isso também já passou. O que quero dizer é o seguinte: por que você não pega aquele rapaz dos McKinnons e vai jantar com ele em um restaurante, ou vai ao cinema ou algo assim, em vez de passar cada minuto do dia com um par de botas enlameadas? É isso que quero dizer.

— Você, com certeza, teve um monte de coisas para dizer hoje à tarde. — O que significava, refletiu Willa, que ele passara um tempo acumulando os assuntos. — E o que o faz pensar que eu estaria interessada em jantar fora com Ben McKinnon?

— Até um cego seria capaz de perceber o jeito como vocês estavam grudados fazendo de conta que dançavam. — Ham decidiu não mencionar o fato que, na semana anterior, durante o jogo de pôquer em Three Rocks, Ben o bombardeara com perguntas sobre Willa. Uma conversa ao redor de uma mesa de pôquer era tão sagrada quanto uma confissão na igreja. — É tudo o que tenho a dizer sobre o assunto.

— Tem certeza? — perguntou Willa, melosa. — Nenhum comentário sobre a minha dieta, minha higiene, meus talentos sociais?

"Ah, que espertinha", pensou Ham, contendo o sorriso.

— Você não come o suficiente para rechear um coelho, mas a higiene é satisfatória. E dá para perceber que não possui nenhum talento social. — Ficou satisfeito por provocar um novo muxoxo dela. — Tenho que trabalhar. — Começou a sair, mas parou. — Sabe que Stu McKinnon não está nada bem?

— O senhor McKinnon está doente? O que há de errado com ele?

— É só uma gripe, mas não está nada bem. Bess preparou uma torta de batata-doce. Seria uma gentileza se você a levasse para ele. O velho tem uma queda por tortas de batata-doce e por você. Seja uma boa vizinha.

— E poderia aproveitar a ocasião para polir minha falta de talento social. — Willa olhou para os papéis na mesa, imaginando o trabalho que teria pela frente. Depois olhou para o homem que lhe ensinara tudo o que valia a pena saber. — Está bem, Ham. Vou dar um pulo lá e fazer uma visita.

— Você é uma boa moça, Will — respondeu ele, e saiu devagar.

$\mathcal{H}$AM DERA MUITAS coisas para ela pensar a respeito na estrada para a fazenda dos McKinnons. Dois novos homens, outras duzentas cabeças de gado. E na insistente necessidade de provar que tinha valor para um homem que nunca se importara com ela.

E, talvez, na falta de sensibilidade em relação a um homem que, este sim, sempre se importara e sempre estivera a seu lado.

Será que, nos últimos meses, invadira o território de Ham? Provavelmente. Isso ao menos poderia ser consertado. Mas, por mais plausível e sensível que fosse, o que ele dissera sobre os assassinatos não conseguia apagar a ideia de que ela era a responsável.

Nem o medo.

Sentiu um calafrio e aumentou a calefação. A estrada estava quase sem neve, e era fácil dirigir por ela. A neve estava amontoada nas laterais, e era como dirigir no meio de um túnel branco cujos cumes apontavam para o céu azul.

A noroeste, uma avalanche soterrara três esquiadores. Alguns caçadores acampados nas terras altas ficaram presos por causa de uma tempestade de neve e tinham sido resgatados de helicóptero com queimaduras de gelo. Uma das fazendas vizinhas havia perdido algumas reses desgarradas para um lince, que as atacara em busca de alimento. E dois andarilhos que passeavam pelo Bitterroots National Park haviam se perdido.

E em algum lugar, apesar da natureza brutal do inverno, havia um assassino.

Na área de esqui de Big Sky, os negócios ultrapassavam os recordes. Os caçadores mais afortunados comentavam que a caça era tão abundante esse ano que quase nem precisavam usar armas. Os potros já começavam a nascer e o gado engordava nos pastos dos campos e dos vales.

Mas, independentemente da vida e da prosperidade, a morte rondava a região.

A irmã, Lily, estava animada por causa do amor e dos planos de casamento para a primavera. Tess conseguira convencer Nate a passarem um fim de semana em um dos centros turísticos frequentados pelo pessoal de Hollywood. E Ham, por sua vez, queria que ela colocasse sapatilhas para dançar.

Mas Willa estava aterrorizada.

Teve que pisar no pedal do freio com força para não atropelar um cervo com galhada de oito pontas. Conseguiu desviar, derrapou e acabou atravessada na estrada, enquanto o animal erguia a cabeça e observava a neve com olhos indiferentes.

— Ah, você é mesmo uma belezura, não é? — Ela riu de si mesma e descansou a cabeça no volante, deixando o coração voltar devagar ao estado normal. Mas levou um susto quando alguém bateu na janela da picape.

Não reconheceu o rosto. Um rosto bonito, de uma beleza angelical, contornado por um cabelo louro-claro sob um chapéu marrom. Quando a boca, acentuada por um bigode lustroso, ergueu-se nos cantos com um sorriso, Willa deslizou a mão para baixo do assento para pegar a Ruger .38.

— Você está bem? — perguntou o estranho, quando ela abaixou um pouco a janela. — Eu estava atrás de você e vi a derrapagem. Bateu com a cabeça? Está machucada?

— Não. Estou bem. Só levei um susto. Deveria prestar mais atenção.

— Muito grande, não é? — Jesse virou a cabeça para observar o cervo que se afastava, altivo como um rei, e saltava sobre um montículo de neve. — Pena que não trouxe minha espingarda. Uma galhada daquelas ficaria muito bem pendurada na parede de uma cabana. — Olhou outra vez para ela, divertindo-se com a expressão amedrontada e desconfiada. — Tem certeza de que está bem, senhorita Mercy?

— Tenho. — Willa deslizou os dedos para mais perto da arma. — Eu conheço o senhor?

— Acho que não. Tenho visto a senhorita aqui e ali. Meu nome é J. C. e trabalho na fazenda Three Rocks há três meses.

Willa relaxou um pouco, mas não abaixou mais a janela.

— Ah, o campeão de pôquer.

Ele deu um grande sorriso, uma arma tão potente quanto a Ruger.

— Ah, já tenho uma reputação, não é? Confesso que é um grande prazer tirar o seu dinheiro, isto é, indiretamente, por intermédio dos rapazes. Ainda está um pouco pálida.

Imaginou como seria tocar na pele dela. Lembrou-se que era meio indígena, o que dava para perceber. Nunca conquistara uma mestiça. E será que, se transasse com a irmã, não daria um jeito definitivo em Lily?

— É melhor esperar um pouco para dirigir, até ficar mais calma. Se os seus reflexos não fossem bons, eu estaria desenterrando a senhorita de baixo de um monte de neve.

— Eu estou bem, não se preocupe. — Os olhos eram lindos demais, constatou Willa. Frios, mas lindos. Não deveriam provocar essa sensação defensiva em seu corpo. — Por coincidência, estou indo para Three Rocks — prosseguiu, decidida a melhorar os talentos sociais. — Soube que o senhor McKinnon está meio adoentado.

— É uma gripe. Ele ficou bem derrubado nesses últimos dias, mas está se sentindo um pouco melhor. A senhorita também teve problemas, lá na fazenda.

— Foi. — Willa recuou, por instinto. — É melhor voltar para a caminhonete. Está frio demais para ficar parado aí.

— Tem razão, o vento chega a machucar. Como uma mulher saudável. — J. C. piscou e deu um passo para trás. — Vou segui-la até a fazenda. E não se esqueça de dizer ao velho Jim que, quando quiser, estou pronto para uma partidinha.

— Eu direi. Obrigada por parar.

— O prazer foi meu. — Rindo baixinho, ele a cumprimentou com o chapéu. — Senhorita.

Quando voltou para a caminhonete, começou a rir alto. Então aquela era a meia-irmã mestiça de Lily. Podia apostar que não seria uma presa fácil para um homem. Talvez fosse interessante descobrir. Cantarolou por todo o percurso até Three Rocks e, quando Willa virou para a casa principal, buzinou alegremente e gesticulou para que seguisse.

Shelly abriu a porta segurando o bebê no ombro.

— Will! Que surpresa! Você trouxe uma torta! — Os olhos imensos ficaram apenas um pouco gulosos. — Entre! Vou pegar um garfo!

— É para o seu sogro. — Willa manteve a torta fora do alcance de Shelly. — Como ele está?

— Melhor. Está deixando Sarah louca. É por isso que estou aqui, e não em casa. Dando uma ajudinha. Tire o casaco e vamos para a cozinha. — Ela deu uns tapinhas nas costas do bebê, que gorgolejava. — Will, para falar a verdade, eu fico apavorada quando tenho que ficar em casa sozinha. Sei que é bobagem, mas tenho a impressão de que alguém está me observando. Observando a casa, espiando pelas janelas. Esta semana mandei Zack verificar as fechaduras três vezes. Nós nunca trancamos as portas antes.

— Eu sei. A mesma coisa acontece lá na fazenda.

— Você não soube mais nada da polícia?

— Não, nada de positivo.

— Não vamos falar nisso agora. — Shelly abaixou a voz quando se aproximaram da cozinha. — Não adianta deixar Sarah aflita. Olhem só quem eu encontrei! — anunciou, passando pela porta.

— Willa! — Sarah largou as batatas que estava descascando para o ensopado e enxugou as mãos. — Que bom ver você! Sente-se. Tem café.

— Torta. — Willa nunca sabia exatamente como reagir à afeição espontânea, mas sorriu quando Sarah a beijou no rosto. — É para o adoentado. Torta de batata-doce da Bess.

— Quem sabe ela não o mantém ocupado e fora do meu caminho? Não deixe de dizer a Bess o quanto apreciei o gesto. Agora sente-se, coma um pedaço de bolo com café e converse com a gente. Shelly e eu já estamos quase sem assunto. Sou capaz de jurar que o inverno está ficando mais longo e mais rigoroso a cada ano.

— Beau Radley está vendendo tudo e vai se mudar para o Arizona.

— Não diga. — Sarah se lançava em uma fofoca como um camundongo faminto em cima de um pedaço de queijo. — Eu não sabia.

— Vendeu para uns empreiteiros. Vão construir um centro turístico. Uma fazenda-modelo muito chique. Vão criar búfalos.

— Nossa. — Sarah deu um assobio enquanto servia o café para as visitas. — Stu vai ter uma meia dúzia de ataques, quando souber.

— Souber o quê? — Stu entrou na cozinha vestido com um roupão gasto e confortável e o cabelo branco solto. — Temos companhia e ninguém me avisou? — Piscou para Willa e deu um leve tapinha em sua cabeça. — E torta? Temos torta, e você me deixa mofando na cama?

— Você não vai ficar nela o suficiente para mofar. Bem, sente-se. Vamos comer a torta em vez do bolo, com café.

Stu puxou uma cadeira e olhou para a nora.

— E aí, já posso segurar o bebê?

— Não. — Ela deu uma volta com Abby. — Não enquanto não se livrar desses germes. Pode olhar, mas nada de tocar.

— Estou sendo atacado por mulheres — informou ele, para Willa. — Só espirrei umas duas vezes quando, de repente, me vi amarrado em cima de uma cama e obrigado a engolir uns remédios.

— Ele ficou com febre de 38ºC. — Sarah deu um estalo com a língua e colocou um pedaço da torta diante do marido. — Coma e pare de reclamar. Os bebês, quando estão doentes, dão menos trabalho que qualquer homem crescido que eu conheço. Nem sei mais quantas vezes subi e desci aquelas escadas nos últimos três dias. — Mal acabou de falar e já segurava o queixo de Stu para examinar seu rosto. — A cor está melhor — murmurou, sem tirar a mão. — Pode comer a torta e receber a visita, mas depois vai voltar para a cama e tirar uma soneca.

— Está vendo só? — Stu gesticulou com o garfo. — Ela adora quando não me sinto bem, porque pode ficar me dando ordens. — O semblante se iluminou quando a porta se abriu e Zack entrou. — Agora as coisas vão ficar um pouco mais equilibradas. Entre, rapaz, mas não pense que vou ceder um pedaço da minha torta.

— Torta de quê? Oi, Will. — Zack McKinnon era um homem muito magro, por pouco não era esquelético. Herdara da mãe o cabelo ondulado e do pai, o queixo quadrado. Os olhos eram verdes como os de Ben, embora mais sonhadores. Gostava de passar os dias com a cabeça nas nuvens. Assim que tirou o casaco e o chapéu, deu um beijo na esposa e pegou a filha no colo.

— Limpou os pés? — perguntou a mãe.

— Sim, senhora. É de batata-doce?

— A torta é minha! — gritou Stu, e quando a porta abriu outra vez, puxou a torta para junto do corpo em sinal de posse.

Ben entrou.

— A égua malhada parece que está quase... — Ben viu Willa e abriu um sorriso. — Olá, Will.

— Ela trouxe uma torta — disse Zack, olhando para a iguaria com avidez. — O pai não quer dividir.

— Torta de quê? — Ben se sentou na cadeira ao lado de Willa e começou a brincar com o cabelo dela.

— Do tipo que o seu pai gosta — respondeu Willa, e afastou a mão de Ben.

— Aí, garota! — Stu deu mais uma garfada e pareceu transtornado quando sua esposa cortou mais duas fatias. — Pensei que eu é que estava doente.

— Vai acabar ficando mais, se comer isso tudo sozinho. Zack, dê o bebê para Shelly e sirva o café. Ben, pare de mexer com Willa, deixe a moça comer em paz.

— Como essa mulher reclama — resmungou Stu, alegrando-se quando Willa piscou e passou sua fatia de torta para o prato dele.

— Stuart McKinnon, que vergonha! — Sarah colocou as mãos nos quadris enquanto o marido atacava a segunda fatia.

— Ela me deu, não deu? E como vão aquelas suas irmãs bonitas, Will?

— Estão bem. A... — Nem Lily, nem Adam haviam pedido segredo. De qualquer maneira, Willa imaginava que as línguas já haviam começado a comentar. — Adam e Lily estão noivos. Vão se casar em junho.

— Um casamento. — Shelly saltitou, feliz como um bebê. — Ah, que maravilha!

— Adam vai casar. — Sarah soltou um suspiro e os olhos lacrimejaram de emoção. — Ora, eu me lembro de quando ele e Ben iam até o riacho com varas de pescar. — Resmungou e enxugou os olhos. — Vamos ajudá-la com o chá de panela, Willa.

— Chá de panela?

— O chá de panela da noiva — explicou Shelly, toda animada. — Mal posso esperar. Vão morar naquela linda casinha dele, não vão? Que tipo de vestido será que ela gostaria? Preciso falar com ela sobre aquela loja maravilhosa em Billings, onde comprei o meu. E lá também tem lindos vestidos para madrinhas. Espero que ela escolha umas cores alegres para você.

Willa colocou a xícara na mesa antes que se engasgasse.

— Para mim?

— Tenho certeza de que você e Tess serão as madrinhas. As duas ficam bem com cores fortes. Azul-marinho, rosa-escuro.

— Rosa?

Vendo o olhar desesperado, Ben reclamou:

— Assim você vai matar a Willa de susto, Shelly. Não se preocupe, Will. Eu cuido de você. Vou ser o padrinho. — Brindou para Willa com a xícara de café. — Falei com Adam hoje de manhã. Você antecipou a novidade.

Com o prato tinindo de limpo, Zack respirou fundo.

— É melhor deixar que eu fale com ele. Ainda tenho as cicatrizes do nosso casamento. — Ao ver como os olhos de Shelly se estreitavam, ele sorriu. — Ben, você se lembra dos ternos de janotas que tivemos que usar? Pensei que morreria sufocado antes de dizer "sim". — Shelly deu um tapa na nuca do marido, fazendo-o se inclinar sobre a xícara de café. — Claro que eu senti um nó na garganta quando ergui o olhar e tive aquela visão no corredor vindo na minha direção. É a coisa mais bonita que qualquer homem pode ver na vida.

— Essa foi boa, filho — comentou Stu. — Eu até gosto de casamentos, mesmo que sua mãe e eu tenhamos escolhido o caminho mais fácil e fugido juntos.

— Mas foi só porque o meu pai queria atirar em você. Will, diga a Lily para nos avisar se precisar de ajuda para qualquer coisa. Só pensar em um casamento é o suficiente para fazer a primavera chegar mais rápido.

— Direi. Tenho certeza de que ela ficará agradecida. Agora preciso voltar.

— Ora, fique mais um pouco. — Shelly estendeu a mão para segurar a de Willa. — Você acabou de chegar. Posso pedir ao Zack que dê um pulo em casa para pegar a minha coleção de revistas *Noivas* e o álbum de fotos, para dar a Lily algumas ideias.

— Garanto que ela prefere vir até aqui e vê-las com você. — A ideia de um casamento estava começando a deixar Willa nervosa. — Se pudesse, eu ficaria, mas já está escurecendo.

— Ela tem razão — murmurou Sarah, lançando um olhar inquieto para o lado de fora da casa. — Não é um bom momento para uma mulher ficar sozinha na estrada à noite. Ben...

— Eu vou com ela. — Ignorando os protestos de Willa, Ben se levantou e foi buscar o chapéu e o casaco. — Um dos homens pode me trazer de volta, ou então pego um dos jipes emprestado.

— Eu ficaria mais tranquila — intrometeu-se Sarah, antes que Willa pudesse recusar outra vez. — É uma vergonha o que está acontecendo por aqui. Ficaremos mais tranquilos sabendo que Ben está com você.

— Então está bem.

Depois das despedidas, os McKinnons os acompanharam até a porta. Will subiu na picape e se sentou ao volante, dizendo:

— McKinnon, você é um homem de sorte.

— Por quê?

Willa balançou a cabeça e não respondeu até se afastarem da casa.

— Você não faz ideia, não pode entender como tem sorte, porque para você é assim e pronto. É como tem sido e sempre será.

Espantado, Ben mudou de posição para olhá-la de perfil.

— Do que está falando?

— Da família. Da sua família. Eu estava sentada lá na cozinha. Já sentei ali antes, mas não lembro de ter percebido isso nas outras vezes. Hoje, compreendi. A leveza e a afeição, as histórias e os laços que os unem. Você não pode saber como é não ter nada disso. E é um privilégio só seu.

Era verdade, e ele não se lembrava de ter pensado nisso alguma vez.

— Você agora tem irmãs, Willa. Há laços fortes nisso, e são bastante óbvios.

— Talvez haja o princípio de alguma coisa, mas não existe história. Não há lembranças. Já ouvi você começar a contar uma história e Zack terminá-la. Ouvi sua mãe rir de uma bobagem que os dois fizeram quando crianças. Eu nunca ouvi o riso da minha mãe. Não estou sendo sentimental — acrescentou, mais que depressa. — Foi apenas algo que me chamou a atenção hoje, quando, sentada ali, vi você com a sua família. É assim que deve ser, não é mesmo?

— É, eu diria que sim.

— Ele roubou isso de nós. Só agora começo a perceber o quanto ele roubou, não só de mim, mas de nós três.

Willa fez um desvio quando eles chegaram nos limites das terras dos Mercys. Engatou a primeira marcha de tração e entrou em uma estrada coberta de buracos abertos pelo inverno. Ben não perguntou para onde iam, mas já imaginava.

A neve cobrira os túmulos, as lápides, o capim selvagem e as flores delicadas. Para Willa, a visão parecia um cartão-postal: tudo estava tão perfeito, tão intocado. Só a lápide de Jack Mercy, mais alta e branca que todas as outras, despontava da neve na direção do céu que escurecia.

— Quer que eu a acompanhe?

— Não, prefiro ir sozinha. Por favor, espere aqui. Não vou demorar.

— Não tenha pressa — murmurou em resposta, quando Willa saiu da picape.

Ela afundou até os joelhos na neve, abrindo caminho com dificuldade. Fazia frio, muito frio, e o vento ricocheteava o ar, fazendo flocos de neve rodopiarem pelo chão. Conseguiu ver alguns cervos e um pequeno rebanho de gazelas no topo de uma montanha. Pareciam sentinelas tomando conta dos mortos.

A lápide fora gravada como ele mandara, gravada do jeito como vivera toda a vida. Pensando apenas em si próprio. E que importância tinha, perguntou-se, se estava tão morto quanto a mãe, que diziam ter sido uma pessoa boa e gentil?

Ela era fruto dos dois, refletiu, do bom e do cruel. Todavia, não saberia dizer no que essa mistura a transformava. Egoísta em alguns níveis, generosa em outros. Ou pelo menos era o que esperava. Orgulhosa e cheia de dúvidas sobre si mesma. Impaciente, mas não sem compaixão.

Nem boa, nem cruel, concluiu. O que, afinal, não era tão ruim assim.

Parada sob o vento impiedoso, no silêncio mais impiedoso ainda, tudo o que ela conseguia entender era que amava os dois. A mãe, a quem nunca conhecera, e o pai, em quem nunca tocara.

— Eu queria que você se orgulhasse de mim — disse em voz alta, olhando para o túmulo do pai. — Mesmo que não me amasse, que pelo menos ficasse... satisfeito comigo. Mas isso nunca aconteceu. Ham tinha razão, hoje. Você me esbofeteou por toda a vida. Não foram só bofetadas físicas, não havia muita força por detrás dessas, porque você não estava nem ligando. Mas as bofetadas emocionais, essas sim. Você me surrou emocionalmente tantas vezes que perdi a conta. E eu sempre voltava, com a cabeça baixa, como um cão que levou um pontapé, para começar tudo outra vez. Acho que vim até aqui para dizer que, para mim, acabou. Ou, pelo menos, que vou tentar fazer com que seja assim.

Ela ia tentar, e muito.

— Pensou que podia nos jogar uma contra a outra. Percebo isso, agora. Parece que não vamos dar esse prazer a você. Vamos ficar com a fazenda, seu filho da mãe egoísta. E acho que também vamos ficar juntas. Vamos fazer tudo dar certo. Para chatear você. Pode ser que não sejamos uma grande família nesse momento, mas ainda não paramos de tentar.

Voltou para a picape da mesma forma que veio.

Ben, que não desgrudara os olhos dela, agradeceu a ausência de lágrimas. Mesmo assim, não esperava um sorriso, mesmo que fosse o sorriso amargo que ela mantivera nos lábios durante o caminho de volta.

— Você está bem?

— Estou ótima. — Willa inspirou profundamente e sentiu-se aliviada quando soltou o ar. — Estou muito bem. Beau Radley está vendendo tudo — comentou, manobrando a picape. — Vou comprar algumas das máquinas, umas duzentas cabeças do gado que estão no campo de engorda e contratar dois dos empregados.

A mudança brusca de assunto o deixou um pouco confuso, mas ele concordou com a cabeça devagar.

— Muito bem.

— Não contei a você para receber sua aprovação, mas sim para que tome conhecimento como supervisor. — Ela virou em um atalho que dava na fazenda. O vento intenso, que abaixaria a temperatura até ficar insuportável, açoitava os vidros da picape com golpes rápidos.

— Até amanhã, a atualização do relatório mensal estará terminada, então você poderá examiná-lo.

Atento à armadilha, Ben coçou a orelha.

— Ótimo.

— Negócios são assim. — O sorriso relaxou um pouco quando ela viu as luzes da fazenda a distância. — Falando de nós, por que você fica sempre tentando tirar minha calça e nunca me convida para jantar ou ir ao cinema?

De queixo caído, Ben precisou da mão para fechar a boca outra vez.

— Como é?

— Você fica me farejando, passando as mãos em mim quando deixo, sempre me pede para ir para a cama com você, mas nunca me convidou para sair.

— Você quer que eu a leve para jantar fora? — Nunca pensara nisso. Se fosse outra mulher, sim. Mas era Willa. — E ao cinema?

— Você tem vergonha de alguém nos ver juntos, em público? — Ela parou a picape outra vez, deixou o motor ligado, e virou-se para o homem ao lado. O rosto de Ben estava imerso na sombra, mas havia bastante luz para que ela percebesse a expressão de espanto nos olhos dele. — Eu sirvo para ficarmos rolando no estábulo, mas não sou boa o bastante para você vestir uma camisa limpa e me levar para jantar?

— De onde você tirou essa ideia maluca? Primeiro, não rolei com você no estábulo, porque você não está preparada, e, segundo, jamais poderia imaginar que estaria interessada em ir a um restaurante jantar comigo... como um encontro de namorados — finalizou, exausto.

Talvez o poder de uma mulher fosse mais forte do que imaginava, refletiu Willa. Bastava uma simples insinuação para um homem como Ben McKinnon abocanhar o anzol como uma truta.

— Bem, parece que imaginou errado.

Era um truque, pensou ele, enquanto Willa voltava a dirigir. Em algum ponto, havia uma armadilha que se fecharia com um estalo sobre seu tornozelo, bem no instante em que desse o passo errado. Ela estacionou na frente da casa, desligou o motor, e Ben a examinou com atenção, pronto para ler os sinais.

— Pode voltar nessa picape — disse, despreocupada. — Amanhã mando alguém buscá-la. Obrigada pela companhia.

Mas que droga! Ele quase conseguiu ouvir o estalo da mola quando pisou com o dedão na armadilha.

— Sábado à noite. Seis horas. Jantar e cinema.

Os músculos da barriga de Willa tremeram com o riso, mas ela continuou séria e concordou com a cabeça.

— Ótimo. Até lá. — Ela saiu da picape e bateu a porta com força.

Capítulo 17

••••

O INVERNO IMPREGNAVA as costas de Montana como uma crosta. As temperaturas permaneciam brutais e, quando subiam a um grau tolerável, a neve despencava do céu em camadas congeladas. Por duas vezes, as estradas da fazenda Mercy ficaram bloqueadas por montes de neve de quase 30 metros de altura, brancos e cintilantes, empilhados por um impiedoso vento.

Apesar do mau tempo, as vacas entraram em trabalho de parto. No celeiro, Willa suava a camisa para puxar os bezerros para fora. Uma futura mãe deu um mugido sofrido quando ela enfiou a mão em sua vagina e segurou com firmeza o bezerrinho, que, ainda dentro da placenta, era teimoso e escorregadio. Willa o agarrou, e quando a próxima contração apertou suas mãos com força, soltou o ar com um assobio. Sabia que, antes de terminar, os braços estariam cobertos até o cotovelo de hematomas.

Esperou que a contração passasse, calculou a força necessária para o puxão e tirou a primeira metade do animal.

— Olha o próximo chegando! — gritou, o sangue e o líquido amniótico escorrendo pelos braços. — Vamos lá, queridinha, vamos. — Como um mergulhador indo para o fundo do mar, Willa respirou rápido para encher os pulmões e, junto a próxima contração, deu outro puxão forte. O bezerro saiu como uma rolha de champanhe.

As botas estavam pegajosas e a calça de veludo grosso, manchada. As costas pareciam que iam arrebentar de tanta dor.

— Billy, prepare as injeções. Fique de olho nelas.

Se tudo corresse a contento, a própria mãe limparia o recém-nascido. Caso contrário, a tarefa caberia a Billy. Por garantia, ela treinara com uma seringa e uma laranja com muito cuidado durante as últimas semanas, até ter certeza de que era capaz de injetar a medicação necessária nos recém--nascidos.

— Vou tratar do outro — avisou, limpando a testa suada com o braço.
— Ham?
— Estou indo. — Ham observou Jim com olhos de águia quando ele tirou outro bezerro.

Era um momento sempre preocupante, mesmo com a assistência dos seres humanos, pois um bezerro poderia ser grande demais ou estar de cabeça para baixo, o que tornava o parto de alto risco para o recém-nascido e para a mãe. Willa ainda se lembrava da primeira vez que perdera a batalha — o sangue, a dor, a impotência. Poderiam ter chamado o veterinário, se tivessem descoberto a tempo. Mas, de fevereiro a março, a estação do parto dos bezerros, a tarefa geralmente pertencia aos vaqueiros.

Eram os esteroides e hormônios de crescimento, pensou, examinando a próxima vaca em trabalho de parto. O preço da arroba seduzira os fazendeiros para produzirem bezerros maiores, transformando aquilo que seria um processo natural em um processo artificial, o que exigia mãos e músculos humanos.

Decidiu, por fim, diminuir o tratamento. Respirou fundo e mergulhou as mãos doloridas dentro da vaca. Depois veriam o que fazer. Se, a longo prazo, a tentativa de um retorno a um tratamento mais natural para o gado fracassasse, ela seria a única responsável.

— Senhoras e senhores, o café está na mesa. — A entrada de Tess foi arruinada quando sua face empalideceu e ela teve ânsias de vômito. O ar do celeiro era uma mistura de suor, sangue e palha imunda. Visões de um matadouro surgiram em sua mente quando, de modo veloz, deu meia-volta, saiu e aspirou o ar gélido. — Deus, Deus, meu Deus! — Nenhuma boa ação acaba impune, pensou, e esperou que a tonteira passasse.

Bess sabia, não havia dúvida de que sabia exatamente aonde ela ia se meter quando pediu que Tess levasse as garrafas térmicas de café até o celeiro. Sentiu um arrepio e tratou de voltar para dentro.

Mais um pequeno ato que também merecia castigo, decidiu. Mais tarde.

— Café — repetiu, vendo, fascinada, apesar de tudo, como Willa puxava para fora da vagina de uma vaca uma parte de um bezerro. — Como é que você consegue fazer isso?

— Com a força dos meus braços e mãos — respondeu Willa, sem pensar.
— Ande, sirva uma xícara para mim. — Ela levantou as sobrancelhas e lançou um olhar para a irmã. — Minhas mãos estão ocupadas.

— Estou vendo. — Tess enrugou o nariz quando o bezerro escorregou para fora. "Não é uma visão bonita", pensou. Algum tempo atrás teria dito a mesma coisa sobre qualquer parto. Mas os cavalos... eles a encantavam, e Tess sentia-se humilde ao ver uma égua dar à luz um potrinho.

Mas aqui, pensou, o negócio era feio, nojento e quase tão indiferente quanto uma produção em série. Puxar para fora, limpar. Talvez fosse porque seu destino era acabar como churrasco em um prato, concluiu. Depois balançou a cabeça e entregou uma xícara de café para Billy. Ou talvez apenas não gostasse de vacas.

Na sua opinião, eram grandes demais, rústicas demais e desinteressantes demais.

— Esse café veio a calhar — comentou Jim, com um brilho nos olhos. — Poderíamos trocar de lugar por um tempo. Não é tão difícil quanto parece.

— Fica para outra ocasião, obrigada. — Ela retribuiu o sorriso, entregando ao homem uma xícara com o café quente, para que ele fizesse uma pausa. Já não se sentia mais insultada por ser considerada uma caloura ignorante. Na verdade, naquele instante, Tess considerava a situação uma vantagem e tanto.

— Por que as vacas não conseguem expelir os bezerros sozinhas? — perguntou a Jim.

— Porque eles são muito grandes. — Agradecido, ele bebeu o café, que, mesmo queimando a língua, era bem-vindo.

— Ora, as éguas têm potros bem grandes e, na maioria das vezes, quando estão no estábulo do parto, só ficamos ali parados e olhando.

— São muito grandes — repetiu Jim. — Com os hormônios de crescimento, as vacas não conseguem expelir os bezerros sozinhas. Então, nós os puxamos para fora.

— Mas e quando não há ninguém por perto para... puxar?

— Azar. — Jim entregou a xícara vazia para ela.

Tess nem queria pensar no que ficara grudado na borda.

— Azar — repetiu ela.

Por ser impossível para Tess pensar nisso, deixou as garrafas térmicas e as xícaras de lado e saiu outra vez.

— Sua irmã é legal, Will.

Willa deu um meio sorriso para Jim e parou um instante para tomar o café.

— Tess não é nada mal.

— Ela quase vomitou quando entrou. Achei que ia voltar correndo para casa, mas não.

— Talvez ela pudesse dar uma mãozinha aqui — sugeriu Billy, dando um grande sorriso. — Não consigo imaginá-la enfiando as mãos na vagina da vaca, mas bem que poderia dar umas espetadas com a agulha.

Willa deu de ombros.

— Acho que é melhor deixá-la brincando com as galinhas. Pelo menos por enquanto. — O que importava era o presente, decidiu, observando um bezerro recém-nascido mamar pela primeira vez.

— *E*LA ESTAVA enfiada dentro da vaca até o pescoço. — Tess estremeceu olhando para o copo de conhaque. A noite caíra, fria e límpida. Havia um fogo aceso na lareira e Nate tinha vindo jantar. A combinação lhe dava coragem suficiente para narrar a experiência. — Enfiada dentro da vaca, puxando outra vaca para fora.

— Eu achei fascinante. — Lily saboreava uma xícara de chá, aproveitando o calor da mão de Adam sobre a sua. — Eu teria ficado mais, mas estava atrapalhando.

— Poderia ter ficado. — Willa bebia uma mistura de café com conhaque. — A gente teria dado algo para você fazer.

— Está falando sério? — Apesar do gemido de Tess diante do entusiasmo simples da irmã, Lily apenas sorriu. — Eu adoraria ajudar, amanhã.

— Você não é forte o bastante para puxar um animal, mas pode dar a medicação. Quanto a você — continuou Willa, dando um olhar longo e pensativo para Tess —, que é uma mulher grande e musculosa, aposto como conseguiria tirar um bezerro sem perder o fôlego.

— Ela só perderia o almoço — intrometeu-se Nate, e todos, menos Tess, riram.

— Eu aguentaria. — A mais velha das três ajeitou os cabelos graciosamente, e os anéis brilharam nos belos dedos com unhas pintadas. — Se quisesses.

— Aposto 20 dólares como vai desistir antes de enfiar as mãos até os pulsos.

"Cacete. Estou em um beco sem saída", pensou.

— Por 50, eu topo.

— Combinado. Amanhã. E a fazenda Mercy acrescenta outros 10 para cada bezerro que você tirar.

— Dez? — resmungou Tess. — Grande coisa.

— Se tirar muitos bezerros, poderá pagar a próxima ida ao cabeleireiro em Billings.

Tess ajeitou outra vez os cabelos. Já estava quase na época de cortá-los de novo.

— Então, estamos combinadas. E acho que você também vai pagar por um tratamento facial. — Ela ergueu uma sobrancelha. — Você deveria fazer um. E colocar cera de parafina nas mãos. A não ser, é claro, que prefira que a sua pele se pareça com couro.

— Não posso ficar perdendo tempo sentada em um salão idiota.

Tess girou o conhaque no copo.

— Covarde. — E prosseguiu, antes que Willa conseguisse esboçar uma reação. — Eu garanto que vou tirar tantos bezerros quanto você e, se conseguir isso, a fazenda Mercy financia um tratamento completo para as três: para você, para mim e para Lily. Você gostaria disso, não é, Lily?

Sem saber com qual das duas concordar, Lily gaguejou:

— B-bem, eu...

— Poderíamos aproveitar para fazer umas compras para o casamento. Dar uma olhada em algumas das lojas que Shelly indicou.

— Ah! — A ideia animou Lily, que lançou um olhar sonhador para Adam. — Seria ótimo.

— Sua cachorra — sussurrou Willa para Tess, mas sem rancor. — Está apostado. Mas, se perder, você volta para a lavanderia.

— Xiii. — Nate se afastou sorrateiramente e ficou olhando atentamente o conhaque, quando Tess grunhiu para ele.

— Enquanto isso, preciso terminar de anotar os dados dos nascimentos de hoje. — Willa se levantou e se espreguiçou. Depois congelou. Aquilo na janela tinha sido uma sombra? Ou um rosto? Deixou cair os braços devagar e lutou para manter a expressão normal. — Se eu fosse você, não ficaria acordada até muito tarde — aconselhou, saindo da sala. — Vai precisar de todas as suas forças amanhã.

— Vou adorar ouvir você gritando quando arrancarem seus pelos da virilha com cera — gritou Tess atrás dela, e teve a satisfação de ver a cabeça de Willa voltar-se depressa, o rosto tomado por puro horror. — Adoro ter a última palavra — murmurou.

— Com licença um instante. — Adam se levantou e foi atrás de Willa. Encontrou-a na biblioteca carregando uma espingarda.

— O que foi?

"Sabia que não conseguia manter uma expressão neutra", pensou, fechando o tambor.

— Tive a impressão de ter visto algo lá fora.

— E ia sair sozinha. — Enquanto falava, Adam pegou outra arma e a carregou.

— Não adianta assustar os outros. Pode ter sido imaginação.

— Você não tem uma imaginação muito sensível.

Willa concordou com a cabeça e decidiu que era difícil sentir-se insultada com a verdade.

— Bem, não faz mal dar uma olhada ao redor. Vamos pelos fundos.

No quarto dos fundos, vestiram as roupas de neve. Apesar de ela querer sair primeiro, Adam se antecipou e empurrou a irmã com delicadeza para o lado.

*A*LGUÉM OS ESTAVA OBSERVANDO. O frio era cortante, mas Jesse, parado nas sombras, espreitava, a mão ansiosa flexionada sobre a arma. Ansiava por usá-la contra o homem, matá-lo, deixá-lo se esvaindo em sangue.

Pegar a mulher, arrastá-la para longe, usá-la até não aguentar mais. Depois a mataria, é claro. E teria outra escolha?

Perguntou-se se teria coragem de arriscar fazer aquilo ali, naquele momento. Os dois estavam armados, e ele contara quantas pessoas havia na casa. Contara com precisão. Viu Lily rindo e se aconchegando àquele mestiço.

Talvez fosse melhor esperar... esperar, aguardar o momento exato. Viria com o tempo.

Viria se eles fossem até o celeiro. Sabia o que encontrariam lá. Já tinha passado por lá.

— *V*AMOS DAR A VOLTA pelas janelas da frente. — Se Willa não podia ser a primeira, pelo menos seguiriam lado a lado. — Foi apenas um vislumbre, logo depois que me levantei para sair da sala. Pareceu um rosto, como se alguém estivesse nos observando, mas estava escuro demais para ter certeza. E desapareceu bem depressa.

Adam assentiu. Conhecia Willa muito bem e não acreditava que sombras conseguissem assustá-la. As pegadas na neve ao longo do caminho já eram esperadas. Com toda a atividade no celeiro nos últimos dias, a neve do gramado não podia permanecer inalterada. E com o degelo e o recongelamento a superfície quebradiça afundava e estalava sob as botas.

Examinando o solo, Willa comentou:

— Não acredito muito nisso, mas poderia ter sido um dos homens. Só que eles teriam batido à porta.

— Também não sei por que pisariam nos canteiros para espiar pela janela. — Adam apontou para as pegadas próximas à casa, estavam entre as moitas das sempre-vivas, cujas flores nasceriam no fim da primavera.

— Então vi mesmo alguma coisa.

— Nunca tive dúvidas. — Dali, Adam podia enxergar perfeitamente pela janela as luzes do salão da frente. Viu Lily rir, tomar um gole de chá, levantar-se e oferecer mais conhaque para Nate.

— Alguém estava nos observando. Ou a um de nós.

Willa afastou o olhar das luzes da janela para a escuridão.

— Um de nós?

— O ex-marido de Lily... Jesse Cooke. Ele não está na Virgínia.

Instintivamente, Willa olhou outra vez para a janela e segurou melhor a espingarda.

— Como é que você sabe?

— Nate verificou para mim. Ele não aparece no trabalho nem paga o aluguel desde outubro.

— Você acha que ele a seguiu? Como saberia onde encontrá-la?

— Não sei. — Adam deu um passo para trás e se afastou da casa. — É pura especulação. Portanto, acho melhor não falar com ela a respeito.

— Não vou contar nada a ela. Mas acho que deveríamos contar a Tess. Dessa forma, alguém sempre pode ficar de olho nele. E em Lily. Sabe como ele é?

— Não, mas vou ver o que posso descobrir.

— Está bem. Enquanto isso, vamos dar mais uma olhada por aí. Eu vou por esse lado e...

— Vamos ficar juntos, Will. — Adam colocou uma das mãos no braço dela. — Duas pessoas morreram. Talvez seja a reação de um marido zangado que quer se vingar da mulher. Ou talvez seja outra coisa. Vamos ficar juntos.

Avançaram em silêncio ao redor da casa, contra o vento. Lá em cima o céu estava límpido como um cristal, as estrelas pareciam lascas de diamante rodopiando e a lua crescente jogava uma luminosidade azul pálida sobre a neve a seus pés. Os vultos ameaçadores dos choupos pareciam arrepiar-se debaixo das capas de gelo.

Willa ouviu o mugido do gado no silêncio gelado. "Que som triste", pensou, enquanto a respiração saía em fumaça de vapor à sua frente, para ser levada pelo vento. Estranho... esse som sempre a reconfortara.

Agora, tornara-se sinistro.

— É muito tarde para o gado estar tão agitado. — Willa olhou na direção do celeiro e para o curral que ficava mais atrás. — Talvez algumas vacas estejam em trabalho de parto. É melhor darmos uma olhada.

Inquieto, Adam lembrou-se dos seus cavalos que estavam sozinhos nos estábulos. Não era fácil deixá-los, para acompanhar Willa e o gado.

— Você escutou? — Willa parou e apurou os ouvidos. — Escutou? — repetiu em um sussurro.

— Não. — Mas Adam mudou de posição para que ficassem de costas um para o outro e se protegessem. — Não ouvi nada.

— Parou. Parecia alguém assobiando "Sweet Betsy from Pike". — Afastou a ideia e tentou rir de si mesma. — É só o vento e o medo. Droga, deve estar fazendo -10°C, com esse vento gelado. Se alguém estivesse aqui fora assobiando músicas tinha que ser um...

— ... louco? — completou Adam, tentando enxergar na escuridão.

— Exatamente. — Willa arrepiou-se dentro do casaco de lã de carneiro. — Vamos.

Ela pretendia ir direto ao celeiro, mas um rebanho denso de gado lá no final do curral chamou sua atenção. — Algo está errado — disse para si mesma. — Há algo errado ali.

Foi até o portão e o abriu com um empurrão.

Não acreditou no que viu, achando que seus olhos tivessem se enganado por causa do jogo de luz na neve. Mas o cheiro... ela conhecia muito bem aquele cheiro de morte.

— Meu Deus, Adam. — Cobriu a boca com a mão e engoliu a ânsia de vômito que se avolumara na garganta.

— Oh, meu Deus!

Os bezerros tinham sido esquartejados. À primeira vista, era impossível saber quantos, mas Willa sabia que ajudara alguns deles a nascer há poucas horas. Agora, em vez de ficarem perto das mães em busca de calor, estavam esparramados sobre a neve com as barrigas e as gargantas cortadas.

O sangue forte e vermelho brilhava no chão, formando uma lagoa horrenda que já congelava com o frio.

Considerava uma fraqueza, mas deu as costas à carnificina, abaixou a espingarda e encostou-se na cerca até se acalmar.

— Por quê? Em nome de Deus, por que alguém faria algo assim?

— Não sei. — Adam acariciou as costas da irmã sem parar de olhar para o terrível cenário. Contou oito bezerros mutilados. — Você precisa voltar para casa. Eu cuido disso aqui.

— Não, eu faço isso. Eu consigo. — Willa passou a mão enluvada pela boca. — O chão está duro demais para enterrá-los. Vamos incinerá-los. Precisamos tirá-los daqui, afastá-los dos outros bezerros e das fêmeas, e incinerá-los.

— Nate e eu podemos cuidar disso. — Adam tentou não suspirar ao notar a expressão de teimosia de Willa. — Tudo bem, nós todos vamos. Mas quero que você entre por alguns instantes. Will, preciso ver os cavalos. Se...

— Meu Deus! — A infelicidade diminuiu ao temer pelo irmão e pelo que poderia acontecer a ele. — Nem me lembrei. Vamos. Depressa.

Ela não voltou para casa, mas quase correu até o estábulo. Um medo feroz a invadiu, medo de que, quando abrisse a porta, fosse sentir de novo aquele cheiro horrível da morte.

Chegaram ao mesmo tempo e abriram a porta do estábulo com força. Ela já estava preparada para se lamentar, para se enraivecer. Mas só encontraram os cheiros de palha, dos cavalos e de couro.

Não obstante e por um acordo tácito, verificaram cada baia e em seguida o curral que ficava nos fundos. Quando foram embora, deixaram as luzes acesas.

Em seguida, Adam foi em casa verificar os cachorros. Ele passara a trancá-los dentro de casa logo depois do incidente com o gato. Os animais o saudaram com alegria, abanando os rabos. Com um misto de divertimento e preocupação, Adam desconfiou de que teriam saudado também um louco armado com o mesmo entusiasmo amigo.

— Podemos ligar para casa e pedir a Nate que nos encontre no celeiro. Você vai precisar do Ham também.

Willa debruçou-se para acariciar o ansioso Feijão.

— Todos. Eu quero todos lá. Quero saber o que estamos enfrentando. — O olhar ficou ainda mais grave. — E eu quero saber o que cada um estava fazendo nas últimas duas horas.

Embora a tarefa não fosse árdua, fisicamente, era dolorosa. Arrastaram os recém-nascidos esquartejados até formar uma pilha no chão coberto de neve. Havia muita gente para ajudar, e ninguém falava.

Em certo momento, Willa surpreendeu Billy enxugando uma lágrima furtiva. Não o culpava. Ela mesma teria chorado, se adiantasse alguma coisa.

Quando terminaram, tirou a lata de gasolina das mãos de Ham.

— Eu faço — afirmou, em tom triste. — Cabe a mim fazer isso.

— Will... — Ham ia protestar, mas desistiu, assentindo antes de mandar os homens se afastarem.

— Como é que ela aguenta? — sussurrou Lily, tremendo ao lado de Tess, atrás da cerca do curral. — Como é que ela aguenta?

— Porque precisa. — Tess sentiu um arrepio quando Willa jogou a gasolina sobre a pilha de cadáveres. — Nós todos precisamos — acrescentou, passando um braço pelos ombros da irmã. — Quer entrar?

"Mais do que qualquer coisa neste mundo", pensou Lily, mas negou com a cabeça.

— Não, vamos ficar até terminar. Até ela terminar.

Willa ajeitou o lenço que amarrara em volta do nariz e da boca e pegou a caixa de fósforos de Ham. Precisou de três tentativas para que um fósforo se acendesse entre as suas mãos em concha, por causa dos golpes de vento que a açoitavam.

As labaredas cresceram, altas e rápidas, espalhando calor. Em poucos segundos, pôde-se sentir o cheiro forte e enjoativo de carne assada. A fumaça rolou na direção de Willa, provocando lágrimas e fazendo-a tossir. Precisou dar um passo para trás, depois mais dois, até conseguir se recuperar.

— Vou chamar Ben — disse Nate, aproximando-se dela.

Willa fitou as chamas.

— Para quê?

— Ele precisa ser informado. Você não está sozinha nisso, Willa.

Mas ela sentia-se só e impotente.

— Está bem. Obrigada pela ajuda, Nate.

— Vou passar a noite aqui.

Ela concordou com a cabeça.

— Acho que não preciso pedir a Bess para arrumar um dos quartos de hóspedes, não é?

— Não. Vou fazer um dos turnos da guarda e dormirei no quarto de Tess.

— Pegue a arma que quiser. — Dando as costas para ele, ela se aproximou de Ham. — Ham, quero uma vigilância de 24 horas. Dois homens por turno. Nate vai ficar, assim seremos seis esta noite. Quero Wood em casa com a família. Eles não podem ficar sozinhos. Billy e eu faremos o primeiro turno e você e Jim nos substituirão à meia-noite. Nate e Adam ficam com o turno das 4 horas da manhã.

— Vou cuidar disso.

— Amanhã quero que você descubra quando podemos contratar aqueles dois empregados de High Springs, eu os quero aqui o mais rápido possível. Preciso de mais homens. Se for necessário, ofereça um bônus em dinheiro, mas traga-os aqui.

— Vou tratar para que estejam aqui ainda esta semana. — Em uma rara demonstração de afeto em público, Ham apertou seu braço. — Vou avisar Bess para fazer café, muito café. E você tome cuidado, Willa. Preste bastante atenção.

— Ninguém mais vai matar nenhum animal meu. — Com expressão determinada, Willa se virou e observou as duas mulheres abraçadas na cerca do curral. — Ham, por favor, faça-as entrar. E diga para que fiquem em casa.

— Pode deixar.

— E mande Billy pegar uma espingarda.

Ela se virou outra vez e ficou olhando para as chamas que subiam para a escuridão do céu de inverno.

Parte Três

Primavera

Uma pequena loucura na primavera...

EMILY DICKINSON

Capítulo 18

• • • •

$\mathcal{B}$EN EXAMINOU os trabalhos na fazenda Mercy, as constantes atividades no celeiro, tão parecidas com aquelas que deixara para trás em Three Rocks, a neve revolta e empilhada nos currais, a fumaça cinza das chaminés.

Exceto por um círculo enegrecido que ficava bem afastado da parte principal, não havia sinais da matança recente.

A não ser que observasse os homens bem de perto — os rostos tristonhos, os olhares assustados. Ben notava as mesmas expressões nos rostos e nos olhos dos seus empregados. Como Willa, ordenara uma vigilância de 24 horas.

Pouco havia a fazer para ajudá-la, e a frustração estreitava sua boca, ao gesticular para que ela se afastasse do grupo.

— Não tenho muito tempo para jogar conversa fora. — O tom de voz era enérgico. Os olhos de Willa estavam cansados, mas não amedrontados. A mulher que flertara com ele para marcar um encontro, que rira com ele enquanto tomavam um copo de vinho sentados à mesa coberta com uma toalha branca, que compartilhara o saco de pipoca no cinema, desaparecera. Queria convidá-la *outra vez*, só por uma noite, mas pensou melhor.

— Você contratou os dois homens de High Springs?

— Chegaram ontem à noite. — Dando as costas para ele, Willa observou Matt Bodine, o mais jovem dos dois, a quem já haviam apelidado de "Universitário". O cabelo ruivo estava coberto por um chapéu Stetson cinza-claro. Tinha o rosto de um garoto que tentava envelhecer com um fio reto de cabelo vermelho em cima do lábio superior. Realmente não ajudava muito, pensou Willa.

Apesar de serem quase da mesma idade, Matt parecia ofensivamente jovem e mais da idade de Billy do que da sua. Mas era inteligente, de compleição atlética e repleto de ideias novas.

Depois havia Ned Tucker, o caubói magro e taciturno de idade indeterminada. O rosto marcado pelas adversidades do tempo, do sol e do vento. Os olhos eram de um azul insípido e assustador. Mastigava os tocos dos charutos, falava pouco e trabalhava como um burro de carga.

— Ambos são bons trabalhadores — comentou, após uma pausa.

— Conheço bem Tucker — começou Ben, depois perguntou-se se conhecia qualquer pessoa bem. — Tem um jeito incrível com o laço, vence o festival todos os anos. Bodine é novo. — Ben mudou de posição para que o olhar e o tom da voz refletissem o que estava pensando. — Novo demais.

— Mas eu preciso de ajuda. Se for um deles que anda se metendo comigo, prefiro que esteja por perto. Fica mais fácil pegá-lo. — Willa soltou um pouco de ar. Deveriam estar conversando sobre o tempo e o nascimento dos bezerros, não sobre assassinatos. — Perdemos oito bezerros. Não vou perder mais nenhum.

— Willa. — Ben colocou a mão sobre o braço dela, antes que a mulher se afastasse. — Não sei o que fazer para ajudar.

— Nada. — Lamentando a rispidez na resposta, Willa enfiou as mãos nos bolsos e suavizou a voz. — Ninguém pode fazer nada. Só temos que deixar esse momento passar, pois as coisas têm estado calmas nos últimos dois dias. Talvez ele tenha terminado, talvez tenha se mudado.

Não era no que acreditava, mas era melhor fazer de conta.

— Como suas irmãs estão encarando toda essa situação?

— Melhor do que eu esperava. — Sorriu, e a tensão nos lábios suavizou. — Tess ajudou no parto dos bezerros. Depois dos dois primeiros e muita gritaria, até que se saiu bem.

— Eu teria pagado para ver.

Por um momento, a boca de Willa abriu-se em um sorriso.

— Valeria a pena ver para crer, principalmente quando a calça jeans se rasgou ao meio.

— Está brincando! E você fotografou?

— Queria ter me lembrado. Ela xingou à beça, e os homens... Bem, não posso negar que eles apreciaram o espetáculo. Conseguimos uma calça de veludo de Wood. — Willa olhou para Tess, que se aproximava, com a calça, o chapéu emprestado e um dos casacos que Adam deixara por ali. — A calça fica bem melhor nela do que aquele jeans colante que estava usando.

— Depende do ponto de vista — respondeu Ben.

— Bom dia, fazendeiro McKinnon.
— Bom dia, fazendeira Mercy.

Tess sorriu para ele e ajustou o chapéu em um ângulo elegante.

— Lily está preparando alguns litros de café — informou. — Depois vem ajudar a enfiar umas agulhas nos traseiros das vacas.

— Você vai ajudar no parto de outros bezerros?

Tess olhou primeiro para Ben, depois para Willa. Pelas expressões em seus rostos, deduziu que sua reputação a tinha precedido.

— Pensei em trabalhar mais um dia, já que vou passar o fim de semana no spa em Big Sky.

O sorriso sumiu do rosto de Willa.

— Do que você está falando?

— Da nossa pequena aposta. — "Peguei você", pensou Tess, sorrindo amavelmente. — Outro dia puxei dois bezerros a mais do que você. Ham fez as contas para mim.

— Que aposta? — quis saber Ben, mas foi ignorado quando Willa quase encostou o rosto no de Tess.

— Está querendo pegar o touro pelos chifres?

— Touro não, bezerros. É claro que alguns talvez fossem touros, mas você vai dar um jeito neles em alguns meses, e nisso não vou meter a mão. A fazenda Mercy nos deve um fim de semana em Big Sky. Já fiz as reservas. Saímos daqui na sexta-feira de manhã cedo.

— Vamos uma ova. Não vou abandonar a fazenda por dois dias para tomar um banho de lama imbecil.

— Furona.

Os olhos de Willa se aguçaram perigosamente, e Ben pigarreou e se moveu sem chamar atenção, até ficar fora de alcance — pelo menos assim esperava.

— Não tem nada a ver com furar ou não. Depois do que houve aqui, eu nem me lembrava mais dessa aposta idiota. Precisei ligar para as pessoas, a polícia esteve aqui. Só pude trabalhar no parto algumas horas por dia.

— Mas eu trabalhei. E ganhei. — Tess se aproximou até as pontas das botas das duas se tocarem. — E nós vamos. Se você tentar desistir, vou fazer questão de que todas as pessoas em um raio de dois quilômetros fiquem sabendo que a sua palavra não vale nem um centavo.

— Minha palavra é lei, e qualquer um que disser o contrário é um mentiroso.

— Senhoras, por favor...

A cabeça de Willa se voltou para trás e o olhar incendiou Ben.

— Cai fora, McKinnon.

— Estou indo — sussurrou Ben, erguendo as mãos e recuando. — Estou caindo fora agora mesmo.

— Se você quer viajar quando estamos atolados até o pescoço nessa confusão — prosseguiu Willa, dando um forte cutucão no ombro de Tess —, então vá. Eu tenho uma fazenda para administrar.

— Você vai sim. — Tess a cutucou de volta. — Porque o combinado foi esse. Porque você perdeu a aposta e Lily está contando com esse passeio. Porque já é hora de você começar a pensar nas pessoas daqui com o mesmo respeito que tem por aquelas drogas daquelas vacas. Eu trabalhei até me acabar para ganhar. Estou presa nesta fazenda onde Judas perdeu as botas há quase seis meses porque um filho da mãe egoísta quer brincar de jogos do além-túmulo.

— Mais seis meses e você pode ir embora. — Willa não entendeu por que apenas aquela ideia a deixou irritada.

— É isso aí — respondeu Tess. — No instante em que minha sentença terminar, eu vou embora. Mas, enquanto isso, tenho jogado o jogo e obedecido às regras. E você, meu Deus, também vai obedecê-las. Nós vamos para aquele spa nem que eu tenha que bater em você até você desmaiar, nem que eu tenha que amarrá-la e jogá-la dentro da caminhonete.

— É picape. — Willa ergueu o queixo, como se estivesse convidando a irmã a lhe dar um soco. — É uma picape, senhorita Hollywood, e você não conseguiria bater nem em um cachorro manco e cego.

— Vá à merda com suas picapes. — E em um acesso de raiva Tess empurrou-a com força. — E vá à merda você também.

E aí foi a explosão. A raiva transbordou a todo vapor antes de Willa poder se controlar. O punho estava fechado e em pleno movimento antes que pudesse segurá-lo. O soco jogou a cabeça de Tess para trás, deixou uma marca feia e vermelha do lado do queixo e a lançou de bunda no solo lamacento.

No instante em que Ben, com um palavrão, deu um passo à frente, Willa já se desculpava.

— Desculpe. Não deveria ter feito isso. Eu...

O ar dos pulmões saiu em um sopro só quando Tess levantou-se, deu um pulo e atacou-a de corpo inteiro. Ambas caíram no chão em uma confusão de braços, pernas e gritinhos histéricos.

Ben levou cinco segundos para chegar à conclusão de que preferia ficar fora da briga e salvar a própria pele.

As duas mulheres lutaram em cima da neve empilhada e voltaram para o chão enlameado, grunhindo e socando. Ben esperava que uma puxasse o cabelo da outra, e não ficou desapontado. Jogou o chapéu para trás da cabeça e levantou a mão quando os homens saíram do celeiro para ver o que estava acontecendo de tão animador.

— Ora, macacos me mordam — comentou Ham, cansado. — E o que foi, finalmente, o estopim?

— Algo sobre uma aposta, um banho de lama, uma picape.

Ham pegou um cigarro, e os homens formaram um círculo informal.

— Will está em desvantagem, mas é feroz.

Ham fez uma careta quando um punho enganchou em um olho.

— Ensinei a ela a fazer melhor do que isso — comentou, balançando a cabeça. — Will deveria ter percebido o soco.

— Você acha que elas vão começar a se arranhar? — indagou Billy. — Nossa!

— Sou da opinião de que elas atacarão qualquer pessoa que se meter no meio da briga. — Ben enfiou as mãos nos bolsos. — Tess tem unhas bem compridas. Não as quero perto do meu rosto.

— Acho que Will ganha — comentou Jim, enquanto as duas mulheres rolavam perigosamente perto de suas botas. — Aposto 10 dólares nela.

Ben considerou a oferta, então balançou a cabeça.

— Há coisas nas quais é melhor não apostar.

Com a fúria, Tess esquecera de todos os cursos de defesa pessoal e dos dois anos de treinamento de karatê, e essa mesma fúria a fazia lutar como uma menina em uma briga no recreio da escola. O halo vermelho na frente dos olhos escurecia cada vez que Willa acertava um soco. Ali não havia roupas acolchoadas, regras ou um professor controlando o tempo.

O rosto foi enfiado na neve molhada e lamacenta, que ela cuspiu com um palavrão.

Willa viu as estrelas explodirem em cores inimagináveis quando Tess puxou seus cabelos. Lágrimas de dor e ódio arderam em seus olhos enquanto se contorcia e tentava não perder o equilíbrio. Ouviu alguma coisa rasgando, e rezou para que fosse o tecido, e não o cabelo sendo arrancado pelas raízes.

Só o orgulho a impedia de usar os dentes.

Lamentou o orgulho quando foi lançada de cabeça na neve.

Tess lembrou-se do treinamento e decidiu combiná-lo com a inspiração: sentou-se em cima da irmã.

— Desista — gritou, batalhando para ficar em cima de Willa, que se contorcia, furiosa. — Sou mais pesada que você.

— Tire... esse... seu... traseiro... gordo... de... cima... de... mim! — Com muito esforço, conseguiu empurrar Tess para trás. Em seguida, arrastou-se para longe, virou-se e tentou sentar-se.

Os homens mantinham um silêncio respeitoso enquanto as mulheres ofegantes engoliam ar e se encaravam. Willa ficou ligeiramente satisfeita quando, enxugando o sangue que escorria pelo queixo, viu a elegante e sofisticada irmã com o cabelo desgrenhado e emplastrado sobre os olhos, a boca inchada e sangrando e a roupa imunda.

Agora que tinha tempo para respirar, Tess começou a sentir o corpo. Tudo doía, cada osso, cada músculo, cada célula. Cerrou os dentes e manteve os olhos no rosto de Willa.

— Parece que empatamos.

Por maior que fosse o alívio, Willa concordou devagar com a cabeça e olhou de relance para os homens fascinados e sorridentes. Viu dinheiro mudando de mãos e xingou baixinho.

— Seus caubóis inúteis, será que pago a vocês para ficarem aí parados coçando o saco?

— Não, senhora. — Considerando que era seguro, Jim deu um passo à frente. Quando começou a estender a mão percebeu, pelo brilho no olhar de Willa, que fora prematuro. — Rapazes, parece que o recreio acabou.

Ham assentiu, e os homens voltaram para o celeiro. Em poucos segundos, ouviam-se risos e conversas.

— Vocês já terminaram? — perguntou Ham.

Encolhendo-se um pouco ao som da voz dele, Willa esfregou a sujeira no joelho e assentiu.

— Ótimo. — Ham jogou fora o cigarro e o apagou com o salto da bota. — Da próxima vez que quiserem brigar como gatas, tratem de fazê-lo em um lugar onde não distraiam os homens. Ben... — Despediu-se, tocando com o dedo a aba do chapéu.

Ben, que era um homem sábio, conteve o sorriso enquanto Ham ia embora.

— Senhoras — disse, em um tom sóbrio e apropriado para a ocasião —, posso ajudar?

— Posso me levantar sozinha. — Willa não conseguiu abafar um gemido quando tentou ficar de pé. Estava molhada, gelada e imunda, tinha a camisa rasgada e o olho esquerdo latejava como um dente cariado.

Falando em dentes, passou a língua por eles e ficou aliviada por encontrar todos nos devidos lugares.

— Eu aceito ajuda — disse Tess e, como uma princesa em um baile, estendeu a mão e permitiu que Ben a puxasse do monte de neve enlameada. Só de pensar no que veria no espelho sentiu vontade de começar a tremer, mas conseguiu manter um leve sorriso. — Obrigada. — Em seguida, acrescentou para Willa, com o mesmo sorriso: — Eu diria que o assunto está encerrado de uma vez por todas. Sexta-feira de manhã. E enfie um vestido decente na mala para o jantar.

Furiosa demais para responder e reconhecendo o perigo se dissesse uma única palavra, Willa deu meia-volta e seguiu para o celeiro. Os risos silenciaram no ato.

— Ela vai — comentou Ben, tranquilo, tirando um lenço colorido do bolso e limpando o sangue no canto da boca de Tess suavemente. — Você feriu o orgulho e a honestidade dela. Willa suporta tudo, menos isso.

— Ai! — Tess fechou os olhos por um momento, depois tocou de leve o galo que crescia na testa. — Foi mais caro do que eu esperava. Essa é a minha primeira briga de verdade desde o ensino médio, quando Annmarie Bristol me chamou de peso-pesado. Dei uma boa surra nela, depois segui uma dieta e fiz exercícios.

— E deu certo. — Ben se abaixou e apanhou o chapéu amassado de Tess. — Funcionou.

— Sim. — Tess colocou o chapéu no cabelo sujo e molhado. — Estou em plena forma. Nunca imaginei que ela seria tão difícil de derrubar.

— Ela é magra, mas durona.

— Eu sei — murmurou Tess com cuidado, por causa do lábio inchado. — E precisa se afastar daqui. Mais do que eu, mais do que Lily.

— Acho que você tem razão.

— Nem sei quando ela dorme. De manhã, acorda antes de todo mundo. E passa a metade da noite no escritório ou aqui fora. — Deu de ombros. — E eu com isso?

— Acho que você sabe a resposta.

— Talvez. — Olhou para ele outra vez e ergueu uma sobrancelha. — Vou dizer do que mais ela precisa. Will precisa de um bom sexo, daqueles que fazem a gente suar e não pensar em mais nada. O que está esperando?

Não era algo sobre o que ele gostaria de conversar. Mas, mesmo quando o decoro o levava a se calar, o instinto o conduzia em outra direção.

Olhou para o celeiro, pegou o braço de Tess e a afastou dali.

— Sabe, Tess, sua irmã... ela nunca... ela nunca — repetiu e calou-se.

— Nunca o quê? — O olhar impaciente e pesaroso de Ben foi a dica. Tess parou. — Ela nunca transou? Minha nossa! — Respirando com força, ela organizou os pensamentos. — Bom, aí a história é outra. — Apesar do lábio que latejava, ela beijou de leve a bochecha dele. — Ben McKinnon, você é um homem paciente e atencioso. Acho isso muito simpático e gentil.

— Caramba. — Ele remexeu os pés. — Pode ser que ela talvez nunca tenha tido alguém com quem conversar sobre o assunto, alguém que explicasse as coisas.

Tess percebeu na mesma hora aonde ele queria chegar e negou com a cabeça.

— Ah, não, nada disso. Nem pensar.

— Só pensei que, talvez, você sabe, como são irmãs...

— Sei, Will e eu somos assim. — Em tom de sarcasmo, Tess esfregou os dois dedos indicadores das mãos. — E como é que você acha que ela vai reagir se eu resolver lhe dar um curso de emergência do tipo "como-ter-relações-sexuais"?

— É, você tem razão.

"E você é um rapaz frustrado e cheio de desejo", pensou Tess, dando um tapinha no rosto de Ben.

— Continue dando em cima dela, rapaz. Talvez eu pense em alguma coisa. Vou ficar de molho dentro de uma *jacuzzi* por uns dois dias. — Tess foi mancando para casa, a mão apertando as nádegas doloridas.

— *P*UXA VIDA! — foi tudo o que Lily conseguiu dizer, aliás quase as únicas palavras que ela conseguira dizer durante toda a viagem até o Spa e resort Mountain King.

Ela nunca vira algo igual.

A sede principal se estendia por muitos quilômetros. Era toda de madeira, vidraças e trilhas cobertas por pedregulhos que surgiam em meio a pinheiros cobertos de neve e piscinas aquecidas de onde o vapor subia em nevoeiros oníricos.

Segurou com força a alça da bolsa enquanto faziam o check-in, a cabeça rodopiando de espanto, os olhos passeando pelo saguão elegante com lareira dupla, o pátio coberto e as plantas verdejantes. O coração começou a bater mais depressa quando pensou na despesa, pois, com certeza, um lugar tão bonito, de uma suntuosidade tão discreta, devia cobrar os olhos da cara por uma noite.

Mas Tess cumprimentara o recepcionista com um sorriso amigável, chamando-o pelo nome, e conversara tranquilamente sobre o quanto ela e o companheiro haviam apreciado a estadia, pouco tempo antes.

Notou que ele só faltou começar a babar, chamando em seguida um carregador para cuidar das malas e levá-las para o chalé particular, aninhado no topo de uma montanha e protegido por pinheiros.

O chalé a deixara muda.

Na sala de estar havia uma enorme parede de vidro que dava para as montanhas e ao mesmo tempo oferecia uma visão tentadora da banheira particular de água quente, magistralmente embutida na rocha.

O fogo estava aceso na lareira de pedra, e nos vasos de cerâmica havia explosões de flores frescas ainda banhadas com gotas de orvalho. Na sala de estar, poltronas redondas tinham a cor acentuada pelas almofadas em tons de joias preciosas na frente de um centro de lazer completo, com uma televisão com tela de cinema, equipamentos de vídeo e som estéreo.

Uma encantadora sala de jantar com móveis de madeira escura estava convenientemente disposta perto de uma cozinha pequena e jeitosa.

— Caramba! — exclamou Lily, agora baixinho, enquanto o carregador mostrava o caminho para o quarto, com portas de vidro que davam para um terraço de pedra. Havia duas camas de casal arrumadas com mantas e travesseiros espessos, e, atrás de tudo, o banheiro (que ela só conseguiu ver de relance), com uma enorme bancada de mármore bege, uma banheira gigantesca com jatos de água e um boxe de vidro com o chuveiro. E, sem dúvida, um bidê.

Um bidê. Imagine só.

Ela mal conseguia pensar enquanto Tess dava instruções ao carregador.

— Estas malas ficam aqui, obrigada. Essas você pode levar... — Tess lançou um olhar sério para Willa — ... para o outro quarto. Lily, você não se importa de dividir o quarto comigo?

— O quê? Não, é claro que não, eu...

— Ótimo. Pode ir arrumando suas coisas. Nosso primeiro tratamento é em uma hora.

— Tratamento? Mas o que...

— Não se preocupe — acalmou-a Tess, indo atrás do carregador. — Eu já cuidei de tudo. Você vai adorar.

Lily só conseguiu afundar em um dos lados da cama, perguntando-se se não tinha ido parar no sonho de outra pessoa por acaso.

— Queridinha, o que aconteceu com o seu olho?

A especialista, terapeuta, consultora, seja lá como era chamada, examinou o hematoma de Willa por um longo tempo e com compaixão. Willa não deu de ombros. Era difícil dar de ombros quando se estava completamente nua sobre uma mesa acolchoada em um quarto pequeno e escuro.

— Não estava olhando para onde ia.

— Hum. Bem, vamos ver o que uma das nossas consultoras de pele pode fazer a respeito. Relaxe — mandou, e começou a embrulhar Willa em algo quente e úmido. — É a sua primeira visita ao Spa Mountain King?

— É. — "E a última", prometeu a si mesma.

A claustrofobia veio rápida e de forma inesperada à medida que as bandagens eram presas nos braços, bem junto ao corpo. Willa sentiu o coração bater forte, a respiração ficar mais curta e começou a querer se desvencilhar.

— Não, não, relaxe, respire devagar e com calma. — Um cobertor quente e pesado foi colocado sobre as bandagens. — Na primeira vez, muitas clientes reagem à bandagem de ervas. Vai passar, se você parar de pensar nelas e relaxar. Agora, essas bolas de algodão estão umedecidas com nossa solução de Eye-Lax. Vai ajudar um pouco a diminuir o inchaço e as olheiras. Você tem dormido muito pouco.

Que beleza. Como se não bastasse, ela agora não só estava presa, como cega. Willa se perguntou se seria a primeira cliente a se soltar da camisa de força encharcada de ervas e sair correndo nua, aos gritos, do Centro de Tratamento para Senhoras.

Já que não queria receber o título, obrigou-se a relaxar e parar de pensar. Era o que merecia por ter ficado de boca fechada, por pura teimosia, na viagem.

Percebeu, então, o som de uma melodia. Ou, talvez, não fosse realmente uma melodia, mas o som de água caindo sobre água e o chilrear de pássaros. Inspirou devagar e com calma, e lembrou-se que só faltavam 48 horas de tortura.

Em menos de cinco minutos caiu em um sono profundo.

Acordou meio tonta vinte minutos depois, com os sussurros da consultora.

— Hein? O quê? O que foi?

— Nós estamos expelindo todas as toxinas do seu organismo. — A consultora removeu com eficiência as camadas de bandagens com ervas. — Eu quero que beba muita água, somente água, durante as próximas horas. Em dez minutos você terá um tratamento de esfoliação. Então relaxe. Eu vou ajudá-la a colocar o roupão e os chinelos.

Ainda meio adormecida, Willa permitiu que a envolvessem com o roupão e enfiou os pés nos chinelos de plástico fornecidos pelo spa.

— O que é esfoliação?

— Você vai adorar — garantiu a consultora.

Willa estava mais uma vez nua em uma mesa e outra mulher em um avental rosa pálido a tocava. Willa deu um grito quando sentiu a primeira esfregada da áspera esponja vegetal embebida com um fino creme arenoso.

— Esfreguei com muita força? Desculpe.

— Não, só me pegou de surpresa.

— Sua pele vai ficar parecendo seda.

Sentiu-se enrubescer quando a mulher esfregou suas nádegas, então fechou os olhos.

— Que negócio é esse que você está passando em mim?

— Ah, é o nosso esfoliativo especial, Skin-Nu. Todos os nossos produtos são à base de ervas e estão à venda no salão. Que pele maravilhosa a sua, tem uma cor... mas onde conseguiu todos esses hematomas?

— Tirando bezerros das barrigas das vacas.

— Tirando... ah, você trabalha em uma fazenda. Deve ser interessante. É um empreendimento familiar?

Willa desistiu e deixou que ela tirasse as camadas de sua pele.

— Atualmente, é.

Na vez seguinte em que Tess viu Willa, a irmã mais nova estava outra vez deitada, agora de costas, e mais uma vez nua, a não ser pela lama quente e espessa que era espalhada devagar sobre seu corpo. Tess enfiou a cabeça pela porta, deu uma olhada e explodiu em um riso profundo e borbulhante.

— Senhorita Hollywood, você vai me pagar por isso! — "Meu Deus, essa mulher estava passando lama quente nos seus seios. Nos seios!"

— Errado. Mercy já está pagando. E você nunca esteve mais bonita.

— Desculpe, senhora — disse a nova consultora. — O quarto é particular.

— Tudo bem, somos irmãs. — Parecendo muito confortável com o roupão branco e os chinelos de plástico, Tess recostou-se no umbral da porta. — Tenho uma limpeza de pele daqui a cinco minutos. Só passei para ver como você estava.

— Não saí da horizontal desde que cheguei.

— Você realmente deveria experimentar a sauna a vapor, se arranjar algum tempo entre os tratamentos. Qual é o próximo?

— Não faço a menor ideia.

— Acho que a senhorita Mercy também está marcada para uma limpeza de pele. É o biotratamento de uma hora.

— Ah! Esse é uma delícia — lembrou Tess. — Bem, divirta-se. Lily está fazendo o tratamento de pele de corpo inteiro no quarto ao lado. Neste instante, deve estar gemendo de prazer. Até já.

— A senhora veio acompanhada das suas irmãs? — perguntou a consultora, depois que Tess fechou a porta.

— É o que parece.

A consultora sorriu e passou lama no rosto de Willa.

— Não é bom?

Willa desistiu e fechou os olhos.

— É o que parece.

*J*Á PASSAVA das 18 horas quando Willa voltou para a suíte, quase se arrastando, com as pernas tão bambas e fracas que pareciam não conseguir suportar peso algum. Poderia ter começado a gemer, e detestou admitir que também sentira prazer. O corpo parecia tão leve, tão paparicado, tão relaxado que a mente não tinha outra opção a não ser acompanhá-lo.

Talvez os 15 minutos na sauna a vapor com um monte de outras mulheres peladas, depois de uma hora inteira de massagem, tivessem sido demais. Mas ela não conseguia pensar em mais nada.

— Ah, você chegou. — Tess estava tirando a rolha de uma garrafa de champanhe quando ela entrou. — Lily e eu decidimos não esperar por você.

— Você está com uma aparência fantástica. — Ainda de roupão, Lily levantou-se do sofá e entrelaçou as mãos. — Chega a brilhar.

— Não estou conseguindo nem me mexer mais. Acho que aquele cara, o cara da massagem, Derrick, acho que ele deu um jeito em mim.

— Um homem? — Lily arregalou os olhos e correu para Willa para ajudá-la a caminhar até o sofá. — Para uma massagem de corpo inteiro?

— Não era para ser?

— Eu tive uma massagista, então pensei... — Lily parou de falar quando Tess lhe entregou uma taça.

— Pedi uma mulher para você, Lily. Achei que se sentiria mais à vontade. — Entregou outra para Willa. — E pedi um homem para Willa, porque achei que ela deveria começar a se acostumar com a sensação das mãos de um homem sobre o corpo, mesmo que em um ambiente altamente profissional

— Se não tivesse medo de cair, caso eu tentasse me levantar, eu lhe daria um soco.

— Amorzinho, você deveria me agradecer. — Segurando uma taça de champanhe, Tess se acomodou no braço do sofá. — Conte, não foi ótimo?

Willa tomou um gole do champanhe. Tinha bebido água em quantidade suficiente para afundar um navio, e a mudança para aquelas bolhinhas animadas era uma glória.

— Talvez. — Ela tomou outro gole e deixou a cabeça cair para trás. — Ele se parecia com o Harrison Ford e massageou os meus pés. Nossa! E bem acima das minhas omoplatas tinha um ponto... — Ela se arrepiou. — E usou os polegares. Tinha polegares incríveis.

— Você sabe o que se diz dos polegares de um homem. — Com um sorriso travesso, Tess ergueu a taça e brindou, quando Willa se permitiu abrir um dos olhos. — Os polegares... de Ben são... enormes.

— Já não basta ficar de olho em Nate?

— Ir para a cama com Nate me basta. Mas sou uma escritora. E os escritores são detalhistas.

— Os polegares de Adam são maravilhosos. — No instante em que se ouviu dizendo aquelas palavras, Lily engasgou e ficou vermelha como um tomate. — Isto é, as mãos são boas. Ou melhor, o que eu quero dizer é que elas são muito... compridas. — Deu uma risadinha dissimulada e desistiu. — Posso beber mais um pouco?

— Claro que pode. — Tess se levantou com um salto e pegou a garrafa. — Mais uns dois copos e talvez você nos conte tudo sobre os longos e maravilhosos polegares de Adam.

— Ah, eu não poderia.

— Tem outra garrafa.

— Para de mexer com ela — interrompeu Willa, a voz nem um pouco irritada. — Não é qualquer pessoa que gosta de contar vantagens sobre suas atividades na cama.

— Eu gostaria de contar, sim — disse Lily, enrubescendo outra vez. — Eu gostaria de contar vantagem para todos e me pavonear, porque, para mim, nunca foi assim. Eu imaginei que poderia ser assim, mas nunca imaginei que eu seria desse jeito. — Apesar de Lily não estar acostumada a beber, tomou a segunda taça de champanhe em grandes goles. — E Adam é tão bonito! Quer dizer, de rosto e de coração, vocês sabem, mas o corpo... Nossa!

Ela apertou uma das mãos contra o peito e estendeu a taça, que Tess encheu gentilmente.

— É como se fosse esculpido em âmbar. Ele é perfeito, e eu me derreto e tremo toda por dentro só de olhá-lo. E é tão gentil quando me toca! E depois não é, e não me importo, porque eu o quero e ele me quer, e tudo enlouquece, e eu me sinto tão forte, capaz de fazer amor com ele durante horas, dias. Para sempre. Às vezes eu tenho três ou quatro orgasmos antes de terminarmos, mas com Jesse eu nem chegava a ter um, e aí...

Ela parou, piscou, e engasgou.

— Eu disse mesmo isso?

Tess inspirou devagar e com dificuldade, então bebeu um longo gole.

— Você tem certeza de que não quer continuar? Mais alguns minutos e quem vai ter um orgasmo sou eu.

— Oh... — Rápida, Lily colocou a taça na mesa e apertou o rosto enrubescido com as mãos. — Nunca contei essas coisas para ninguém. Não quis aborrecer vocês duas.

— Que nada. — Willa tremeu quando se debruçou para dar uma palmadinha no braço de Lily. — Acho ótimo para você e para Adam.

— Antes, eu não conseguia falar sobre essas coisas com ninguém. — A voz de Lily saiu entrecortada, e as lágrimas correram. — Nem poderia, a não ser com vocês duas.

— Vamos, Lily, não...

— Não. — Lily interrompeu a preocupação de Tess balançando a cabeça negativamente. — Tudo está mudado para mim. Começou assim que conheci vocês. Eu comecei a mudar. Mesmo com todas as coisas horríveis que aconteceram, estou muito feliz. Encontrei Adam e vocês duas. E amo muito todos vocês. Amo demais. Desculpem — terminou, levantou-se e saiu correndo para o banheiro.

Emocionada e confusa, Willa permaneceu sentada, ouvindo o barulho da água que corria na pia do banheiro.

— Não seria melhor se uma de nós fosse lá?

— Não. — Tess, que também estava com os olhos úmidos, encheu a taça de Willa outra vez e deixou-se cair no sofá, sentada, ao lado da irmã. — Vamos esperar um pouco. — Pensativa, escolheu uma suculenta maçã Granny Smith da cesta de frutas sobre a mesa, uma oferta de boas-vindas do spa. — Sabe, ela tem razão. Por pior que estejam as coisas, há outras, muito boas, para equilibrar a balança.

— Acho que sim. — Willa olhou primeiro para a taça, depois para Tess. — Acho que estou contente por ter conhecido você. Não preciso gostar de você — acrescentou, antes que as palavras ficassem muito melosas. — Mas estou contente que a gente tenha se conhecido.

Tess sorriu e encostou a taça na de Willa.

— Brindemos a isso.

Capítulo 19

• • • •

— E PARA QUÊ? — perguntou Willa, franzindo a testa para as unhas dos pés que estavam sendo pintadas com uma cor chamada Papoula Rosada. — Ninguém, exceto eu, pode vê-las, e não presto muita atenção nas unhas dos meus pés.

— O que está bem evidente — contestou Tess, encantada com o esmalte Vermelho Devastador. — Antes que Marla fizesse sua mágica, duas unhas pareciam ter sido atacadas por um cortador de grama.

— E daí?

Willa detestou a ideia de estar gostando de verdade de todo o tratamento, inclusive do mais recente e favorito: a massagem dos pés. Ela se virou e olhou para o banco acolchoado da pedicure, onde Lily observava, feliz, as unhas parcialmente pintadas.

— Você realmente acha que Adam vai gostar desse... como é mesmo o nome? — perguntou Willa, inclinando a cabeça para ler o rótulo do vidro de esmalte. — Calypso Coral?

— Ele faz eu me sentir muito bonita. — Lily deu um sorriso e admirou as unhas prontas da mão, que brilhavam com o esmalte da mesma cor. — Bonita e adulta. — Olhou para Tess. — A finalidade é essa, certo?

— Pronto. — Como se fosse uma das alunas que, após uma longa aula, finalmente havia entendido a equação, Tess bateu palmas com cuidado para não borrar as unhas. — Finalmente alguém com um pouco de bom senso. Uma mulher esperta não se veste nem se produz para um homem. Antes de qualquer coisa, ela faz isso para si mesma. Depois, para as outras mulheres, que são os únicos espécimes humanos que realmente percebem os detalhes. Em seguida e por último, para os homens, que, se ela for sortuda, percebem algo no geral.

Divertindo-se com as duas, Tess ergueu as sobrancelhas e empostou a voz em um tom mais grave:

— Hunf! Parecer bom. Cheirar bom. Mim quer trepar.

Foi premiada pela atuação com uma risadinha de Willa.

— Você não considera os homens grande coisa, não é mesmo, Hollywood?

— *Au contraire*, cabeça de vento, tenho muita consideração pelos homens e acho que a maioria deles é uma mudança interessante na rotina. É só olhar para Nate, por exemplo.

— Parece que você já olhou.

— Verdade. — O sorriso tinha uma satisfação felina. — Nathan Torrence começou como um enigma. O fazendeiro de fala mansa de Montana, diplomado em direito pela Universidade de Yale e que gosta de Keats, de tabaco Drum e dos irmãos Marx. Ora, uma combinação dessas é tanto um desafio quanto uma oportunidade.

Terminando um pé, levantou-se e começou a se gabar:

— Gosto de desafios e nunca perco uma oportunidade. Pinto as unhas dos pés porque fazem eu me sentir bem. Se Nate fica animado com elas, considero apenas um prêmio extra

— Elas fazem eu me sentir exótica — intrometeu-se Lily —, como... como é o nome daquela mulher de sarongue? Aquela dos filmes antigos em preto e branco?

— Dorothy Lamour. Agora, o Adam, esse é um tipo de homem totalmente diferente.

— É mesmo? — Já que tinham mudado para seu assunto favorito, Lily ficou de ouvidos atentos. — Como assim?

— Não a encoraje, Lily. Ela está dando uma de especialista.

— Em se tratando de homens, não preciso dar uma de especialista, campeã. Adam — continuou Tess, apontando com o dedo — é sério, forte e, ao mesmo tempo, vagamente misterioso. Deve ser o homem mais bonito que já vi em toda a minha curta porém distinta carreira de caça aos homens, com essa espécie de... a única palavra que me ocorre é "bondade"... brilhando naqueles olhos lindos de morrer.

— Os olhos... — repetiu Lily, com um suspiro que fez com que Willa revirasse os olhos.

— Mas — Tess ressaltou o que ia dizer balançando o dedo —, ao contrário do que costuma acontecer com gente bondosa, isso não o torna um chato, porque há nele também essa paixão em efervescência e controlada. E quanto a você, Lily, mesmo se raspasse a cabeça e pintasse a cara de Calypso Coral, ele ainda assim adoraria você.

— Ele me ama — afirmou Lily, com um sorriso bobo.

— Ama, sim. Ele acha que você é a mulher mais linda do planeta, e se você acordasse um dia depois que uma bruxa má a tivesse enfeitiçado e transformado em uma velha horrenda, ainda assim ele continuaria pensando que é a mulher mais linda do mundo. Ele vê além da aparência, gosta dela, mas vê além dela, vê tudo o que você é por dentro. Por isso eu acho que você é a mulher mais sortuda do mundo.

— Até que não foi uma percepção tão ruim — comentou Willa —, para uma roteirista de Hollywood.

— Ah, não terminei ainda. Precisamos completar o trio. — Encantada consigo mesma, Tess se recostou. — Ben McKinnon.

— Nem comece — ordenou Willa.

— É óbvio que você está a fim dele. Vamos esperar um instante até secar — avisou às manicures, pegando o copo de água mineral com gás. — Seria preciso que uma mulher estivesse morta há duas semanas para que a pressão não fosse às alturas na presença de Ben McKinnon.

— E sua pressão tem subido muito?

Satisfeita com a reação, Tess ergueu o ombro preguiçosamente.

— Eu já estou envolvida com outro. Se não estivesse... De qualquer forma, não estou morta há duas semanas.

— Tem jeito para tudo.

— Espere, não se levante nem ande, vai borrar tudo. — Tess colocou uma das mãos no braço de Willa, para segurá-la. — Voltando ao Ben... a sexualidade dele está bem ali, chega sempre bem na frente dele. Ele é bruto e masculino, com uma sexualidade nua, ardente e sem apelação. É só ver como monta a cavalo e saberá que vai cavalgar uma mulher com o mesmo poder. Também é inteligente, leal e honesto, e fica lindo e maravilhoso de calça jeans. Como pesquisadora desses assuntos, devo dizer que Ben McKinnon tem a melhor bunda de costa a costa. Não é uma distração tão ruim assim para o cotidiano — completou, então tomou outro gole de água.

— Não consigo entender por que você fica olhando para a bunda dele, se já tem o seu — murmurou Willa.

— Porque é uma bunda linda, e porque eu enxergo muitíssimo bem. — Tess umedeceu a boca. — É claro que uma mulher precisaria ser muito corajosa, muito valente e muito esperta para andar ao lado dele, seja em força ou estilo.

"Pronto, Ben", refletiu, enquanto Willa, sentada ao seu lado, fechava a cara. "O desafio foi lançado. É o máximo que posso fazer por você."

*A*PENAS QUANDO ESTAVA de volta à fazenda, desarrumando as malas, Willa se deu conta de que durante as 24 horas da sua estadia no spa não pensara nem um pouco na fazenda, nos problemas, nem nas responsabilidades. Por um instante sentiu-se culpada por ter sido tão fácil deixar tudo para trás e mergulhar no prazer e na paparicação.

Considerou que era como entrar em uma realidade alternativa e, com uma careta, jogou as belas caixas douradas na cama. O que explicaria por que quase não discutira quando Tess e Lily haviam insistido para que comprasse os cremes, as loções, os perfumes e os xampus.

Meu Deus, centenas de dólares de besteiras que provavelmente nem se lembraria de usar.

Decidiu que daria todas para Bess, junto com os sabonetes sofisticados e a espuma para banho que comprara para ela.

"De qualquer forma", pensou, colocando a calça jeans, "era ótimo voltar a vestir roupas simples." E era ainda melhor ter sido informada por Adam de que não houvera o menor problema durante o fim de semana. Embora a vigília permanecesse a toda, os homens começavam a relaxar. A época do parto dos bezerros estava chegando ao fim, e o calendário insistia em mostrar que a primavera batia à porta.

O que nem dava para perceber, concluiu, arrastando a blusa no chão com os dedos, enquanto caminhava até a janela. O ar trazido pelo vento do Canadá era tão doloroso quanto uma mulher velha sofrendo de gota. Sentiu-se grata por não ver o menor sinal de neve no céu. Ainda assim, Willa conhecia as manhãs e as manias do mês de março... e de abril. A realidade da primavera era tão inatingível quanto a Lua.

E ela ansiava pela primavera.

O que também a surpreendia. Em geral, sentia-se bem em qualquer estação. O inverno certamente significava trabalho, mas também oferecia, e até exigia, períodos de descanso — para a terra e para as pessoas que trabalhavam nela.

A primavera podia ser uma época de renascimento e alegria, mas era também o tempo de lama, de seca ou de uma chuva intermitente e insuportável, de músculos doloridos, campos para serem semeados, de gado a ser separado e conduzido para os campos de pastagem.

Mas ansiava por ela, ansiava para ver nem que fosse um único botão florescer: a flor da genciana triunfando da lama, um loureiro surgindo milagrosamente na floresta cada vez mais densa, a aquilégia brincando no cume de uma montanha.

Espantada consigo mesma, balançou a cabeça e se afastou da janela. Desde quando começara a sonhar com flores?

A culpa era de Tess. Toda aquela conversa sobre romance, sexo e homens. Depois daquilo, era um salto natural para a primavera, a estação das flores — e do acasalamento.

Deu uma risadinha e olhou para as caixas douradas amontoadas sobre a modesta colcha, em cima da cama. E aquelas não eram apenas dispendiosas iscas de acasalamento?

Ao ouvir passos, começou a juntar as caixas e chamou:

— Bess? Você pode me dar um instante? Tenho umas coisas aqui para você. Não sei por que eu...

Parou de falar quando Ben, e não Bess, entrou no quarto.

— O que você está fazendo aqui? Não costuma bater na porta?

— Bati. Bess abriu para mim. — Ele ergueu as sobrancelhas, e os olhos se iluminaram de admiração. — Ora, veja só, Willa, olhe só para você.

Estava grata por ter pelo menos vestido a calça, além de muito consciente de que não usava outra coisa a não ser a camiseta justa de seda. Os bicos dos seios endureceram traiçoeiramente, e ela pegou depressa a camisa de flanela que deixara de lado.

— Acabei de voltar — reclamou, enfiando os braços nas mangas — e você já está no meu pé. Não tenho tempo para conversas ou relatórios. Já perdi um fim de semana inteiro.

— Parece que você não perdeu nada. — Ben ficou compreensivelmente desapontado quando ela abotoou a camisa quadriculada, mas ao mesmo tempo intrigado pelo jeito funcional como os dedos executavam a tarefa. Com o passar do tempo, ele gostaria de vê-los fazendo o contrário.

— Você está ótima. — Ben se aproximou. — Descansada. Bonita. — Ele levou uma das mãos até os cachos enrolados que se derramavam sobre os ombros. — Sexy. Passei por maus momentos, quando Nate me contou a respeito do lugar para onde você ia. Imaginei que fosse voltar com o rosto todo empetecado e o cabelo esquisito, como uma daquelas modelos de Nova York tentando parecer um garoto adolescente. Por que é que você acha que fazem isso?

— Não sei.

— Como é que eles conseguem arrumar o cabelo nesse monte de saca-rolhas?

— Você entrega àquele pessoal bastante dinheiro e eles fazem qualquer coisa. — Um pouco encabulada, Willa jogou os cachos para trás. — Ben, o que você quer parado aí, falando de tratamentos de beleza?

— Hein? — Era uma loucura, pensou, brincando de novo com o cabelo dela. Todos aqueles cachos soltos e tão suaves como penugem de ganso. — Eu gosto. Isso me dá ideias.

Willa estava tendo as mesmas ideias, então desviou estrategicamente para fora do alcance dele.

— São apenas cachos.

— Gosto dele cacheado. — O sorriso de Ben se abriu enquanto ele a encostava na parede. — Também gosto dele liso, solto nas costas ou quando você faz uma trança.

Conhecia as dimensões do quarto o suficiente para julgar que, se desse mais dois passos, estaria imprensada contra a parede. Então parou com firmeza.

— O que acha que está fazendo?

— A memória está tão ruim assim? — Ele a segurou, satisfeito porque Willa tinha parado de recuar. — Não achei que em poucos dias você fosse capaz de esquecer onde paramos. Não se mexa, Willa — disse, com paciência, quando ela ergueu os braços para afastá-lo. — Só vou beijar você.

— E se eu não quiser?

— Aí você diz: "Tire as mãos de cima de mim, Ben McKinnon."

— Tire...

Antes que pudesse continuar, ele a impediu. A boca estava faminta, nem um pouco paciente, como a voz. Os braços que a prendiam apertaram possessivamente, roubando-lhe o ar, fazendo com que ela entreabrisse os lábios para respirar...

E a boca foi invadida pela língua rápida e experiente.

"É como ser engolida", pensou Willa, vagamente. Era como ser devorada viva por um desejo que incitava o desejo. Os corações batendo. Era o dele, percebeu, e o seu também. Batendo desenfreadamente, e com uma rapidez perigosa. E se perguntou, caso continuassem naquele ritmo e com aquela velocidade, quanto tempo demoraria para que um se lançasse nos braços do outro.

— Senti sua falta — falou Ben, tão baixinho quanto sua boca tentava sentir o gosto da garganta dela. Willa até acreditou ter imaginado.

Ele sentira sua falta? Seria verdade?

Os lábios recomeçaram a percorrê-la pelo pescoço, depois atrás da orelha, causando sensações que a estonteavam e a abrandavam por dentro.

— Você tem um cheiro maravilhoso — murmurou ele.

Ben dissera que ela estava bonita, lembrou-se, os joelhos trêmulos. Que cheirava bem. Então isso queria dizer que percebia algo no geral. E o que viria a seguir era... Lembrou-se da observação levemente cínica de Tess e engoliu em seco.

— Tudo bem. — Ele ainda a segurava, mas com menos força, e a mão acariciava suas costas, tentando acalmá-la. Ben percebeu que ela tremia, então praguejou mentalmente. Ela é inocente, ela é inocente, repetiu como um mantra até a respiração começar a se normalizar.

Ele só desejara alguns toques de provocação, não uma enxurrada de gestos semiloucos. Mas, admitiu, os dias, as semanas — até os anos — de frustração e desejo fervilhavam e ameaçavam explodir.

O que queria fazer, o que imaginara fazer com ela naquele quarto, naquela cama, não era o que um homem civilizado deveria fazer para iniciar uma virgem.

— Desculpe. — Ele se afastou e observou o rosto de Willa. Medo, confusão e desejo estavam estampados nos olhos. Teria preferido não ver o medo. —

Não quis assustar você, Will. Por um instante, perdi a cabeça. — Para aliviar a tensão, brincou com um cacho de cabelo dela.

— Deve ser o penteado.

Ele estava se desculpando, percebeu Willa, ainda bastante aturdida. E havia algo mais naqueles olhos. Não podia ser ternura, não vindo dele, mas tinha certeza que era uma emoção mais suave do que o desejo. Talvez, pensou, sorrindo um pouco, talvez fosse afeição.

— Não se preocupe. Acho que também perdi a cabeça por um momento. Deve ter sido o jeito como você estava me engolindo como se eu fosse uma garrafa de uísque de primeira qualidade.

— Você parece exercer o mesmo efeito — sussurrou ele.

— É mesmo?

Com aquela reação de espanto, o sangue de Ben recomeçou a ferver.

— Não brinque comigo. Eu realmente vim para lhe contar que Adam e eu vamos sair a cavalo para dar uma olhada nas terras altas. Zack disse que a neve fechou o desfiladeiro Norte. E ele acha que alguns caçadores podem estar usando a cabana.

— Por quê?

— Durante um dos voos ele viu marcas de pés e outros sinais. — Ben deu de ombros. — Não é a primeira vez que o desfiladeiro fecha. Adam e eu pensamos em dar um pulo até lá e ver o que está acontecendo.

— Vou com vocês. Estarei pronta em 15 minutos.

— Já é tarde. Pode ser que a gente não volte esta noite. Podemos entrar em contato com você pelo rádio da cabana.

— Eu vou. Peça a Adam para selar Moon para mim, enquanto arrumo as coisas.

ERA BOM MONTAR, pensou Willa. Era bom estar em cima de uma sela e ao ar livre, que esfriava à medida que subiam as montanhas. Moon cavalgava na neve sem dificuldade, aparentemente também contente em sair. A respiração se enevoava, e os arreios tilintavam.

O sol refletia a luz brilhante na neve virgem, soltando faíscas nas árvores cobertas de branco. A primavera chegaria tarde por ali, nas terras altas, mas apenas por um precioso e curto espaço de tempo.

Um falcão deu um grito no silêncio, e ela viu sinais de cervos, de alguns outros animais e de predadores que caçavam nas montanhas. Quanto mais alto subia, maior era a animação por estar ali de volta.

— Você parece bem satisfeita consigo mesma. — Ben, emparelhado à esquerda, segurava as rédeas com leveza e observava o rosto dela. — O que fizeram com você naquele spa chique?

— Todo tipo de coisas. Coisas maravilhosas. — Willa virou a cabeça e deu um sorriso matreiro. — Passaram cera em mim. No corpo todo.

— Sério? — Ele sentiu um pulsar agradável entre as pernas. — No corpo *todo*?

— Exatamente. Me esfregaram, me untaram, me enceraram e me lustraram. Foi ótimo. Alguém já passou óleo de coco no seu corpo, Ben?

O pulsar aumentou consideravelmente.

— Isso é uma oferta, Willa?

— Só estou lhe contando. E, no final do dia, aquele cara passava...

— Cara? — Ben deu um pulo na sela. O tom agudo da voz dele fez Charlie voltar correndo da missão de reconhecimento. — Que cara?

— O massagista.

— Você deixou um homem massagear seu corpo...?

— Claro. — Satisfeita com a reação, Willa se virou para Adam. O brilho no olhar do irmão confirmou que este sabia exatamente qual era o jogo. — Lily passou por algo chamado aromaterapia. Lembrou-me muito o que o povo da nossa mãe vem fazendo há séculos. Usando as ervas e as essências para relaxar a mente e o corpo. Agora deram a isso um nome pomposo e cobram os olhos da cara pelo tratamento.

— Homens brancos — respondeu Adam, com um sorriso irônico. — Sempre querendo lucrar com a natureza.

— Pensei a mesma coisa. Na verdade, perguntei à massagista de Lily por que ela achava...

— Ela? — interrompeu-a Ben. — A massagista de Lily era mulher?

— Era. Bem, aí perguntei a ela por que achava que seu povo inventara todos aqueles tratamentos, se os índios usavam lama, ervas e óleos quando os homens brancos ainda estavam a quilômetros de distância das Montanhas Rochosas.

— Mas por que a massagista de Lily era mulher e a sua, não?

Willa olhou para Ben.

— Lily é tímida. De qualquer forma, alguns dos tratamentos pareciam muito básicos. Os óleos e os cremes não eram muito diferentes daqueles que nossa avó teria preparado na sua cabana.

— Eles os colocam em vidros bonitos e dizem que são invenção deles — acrescentou Adam.

Ben sabia quando alguém estava querendo enganá-lo, então remexeu-se na sela.

— Também usaram gordura de urso em você?

Willa mordeu a boca para não rir.

— Olhe, eu bem que sugeri. Você deveria dizer a Shelly para passar um fim de semana lá, assim que o bebê desmamar. Diga a ela para pedir o Derrick. Ele é fantástico.

Adam cobriu a boca com a mão, tossiu, deu sinal para o cavalo e tomou a dianteira, com Charlie seguindo atrás dele.

— Então você deixou que esse cara, esse tal de Derrick, visse você nua?

— Ele é um profissional. — Willa afastou o cabelo encaracolado, nem um pouco envergonhada. — Estou pensando em fazer massagens regularmente. São muito... relaxantes.

— Aposto que são. — Ben se debruçou e colocou a mão no braço dela, diminuindo o passo das montarias. — Só tenho uma pergunta.

— Qual?

— Você está querendo me enlouquecer?

— Talvez.

Ben assentiu.

— Está dizendo isso só porque está se sentindo em segurança, já que Adam está ali na frente.

O sorriso desapareceu.

— Talvez.

— É bom repensar. — Ben se moveu com rapidez, inclinou-se para a frente e puxou-a para si, beijando-a apaixonadamente. Quando deixou que ela se soltasse com um puxão e controlasse o cavalo irrequieto, sorria. — Vou comprar um pouco desse óleo de coco, e aí vamos ver como é que você fica, com ele.

O coração de Willa disparou, mas logo se acalmou.

— Talvez — repetiu. E esporeou Moon para um trote.

O tiro explodiu e ecoou, um som agudo e chocante. Muito próximo, foi tudo o que Willa conseguiu pensar, antes que o cavalo de Adam empinasse, quase atirando-o fora da sela.

— Idiotas — disse entre os dentes. — Malditos idiotas da cidade grande, devem estar...

— Abaixe-se. — Ben só faltou empurrá-la da sela antes de jogar o cavalo para o outro lado, como escudo. Soltou a espingarda em um movimento muito rápido e afundou na neve até os joelhos.

— Proteja-se nas árvores e fique abaixada.

Então ela viu o sangue que manchava a manga do casaco de Adam. E, quando viu, correu para o irmão em campo aberto. Ben disse um palavrão e se jogou em cima dela, usando o corpo para protegê-la enquanto outro tiro explodia.

Ela lutou muito, corcoveou e arranhou a neve. O terror era uma nuvem vermelha e ardente.

— Adam... atiraram nele. Solte-me.

— Fique abaixada. — O rosto de Ben estava muito perto do dela, e a voz era fria e calma enquanto ele a segurava por trás, pelo queixo. Aguardando a ordem de avançar e tremendo, Charlie latia sem parar. Só se acalmou quando Ben deu uma ordem seca para que não saísse do lugar.

Ainda protegendo Willa, Ben moveu os olhos quando Adam veio se arrastando de bruços na sua direção.

— Foi feio?

— Não sei. — Assim como uma melodia violenta e fogosa, a dor ia do antebraço até o ombro. — Acho que pegou mais no casaco. Will, ele acertou você?

— Não, mas você está sangrando.

— Não é nada. Ele errou a pontaria.

Willa fechou os olhos um instante, tentando se acalmar.

— Foi de propósito. Não foi um caçador imbecil.

— Deve ter sido uma espingarda de longo alcance — comentou Ben, baixinho, levantando a cabeça o suficiente para examinar as árvores e as montanhas. Alisou as costas trêmulas do cachorro com uma das mãos, para acalmá-lo. — Não estou vendo nada. Pela direção do tiro, acho que ele está enfiado ali naquele barranco, lá em cima, entre as pedras.

— Com muita cobertura. — Willa se forçou a respirar devagar: inspirando, expirando. — Não vamos alcançá-lo.

Só ela, refletiu Ben, para pensar primeiro em atacar. Saiu de cima de Willa e segurou melhor a espingarda.

— Estamos quase chegando na cabana. Você e Willa corram para lá e fiquem entre as árvores. Eu vou tentar atraí-lo para esse lado.

— Nada disso. Não vou deixar você aqui. — Willa começou a se levantar, mas Ben puxou-a para baixo. Quando seu olhar e o de Adam se cruzaram, eles concordaram tacitamente em cuidar do assunto.

— Adam está sangrando — disse Ben, baixinho. — Precisa de cuidados. Você precisa levá-lo para a cabana, Will. Eu estarei logo atrás.

— Se for necessário, podemos nos defender lá na cabana. — Bloqueando a dor, Adam examinou mentalmente os detalhes. — Ben, podemos dar cobertura a você, lá de cima. Quando ouvir os tiros, venha ao nosso encontro.

Ben balançou a cabeça afirmativamente.

— Quando chegar àquelas pedras onde costumávamos brincar de forte, atiro. Isso dará tempo para vocês chegarem à cabana. Quando estiverem lá, você dá um tiro para que eu saiba que chegaram.

Willa percebeu que chegara o momento de escolher entre os dois homens. O sangue que maculava a neve não permitia outra opção.

— Não faça nada estúpido. — Ela pegou o rosto de Ben com as mãos e o beijou, determinada. — Não gosto de heróis. — Mantendo-se agachada, ela agarrou as rédeas do cavalo. — Consegue montar? — perguntou a Adam.

— Consigo. Fique entre as árvores, Willa. Vamos correr. — Com um último olhar para Ben, ele subiu na sela. — Vá!

Willa não teve tempo de olhar para trás. Mas se lembraria, sabia que se lembraria para sempre, de Ben ajoelhado sozinho na neve com as sombras protegendo o rosto e a espingarda apoiada no ombro.

"Mentira", pensou, ao ouvi-lo atirar uma, duas, três vezes. Seu coração recebia os heróis de braços abertos.

— Ele não está revidando os tiros — gritou, e Adam parou o cavalo atrás de um monte de pedras. — Talvez tenha ido embora.

"Ou talvez esteja esperando", ponderou Adam. Calou-se, e Willa tirou a espingarda da bainha. Atirou umas seis vezes seguidas.

— Ele vai ficar bem, não vai, Adam? Se o atirador tentar dar a volta por trás...

— Ninguém conhece essa região tão bem quanto Ben — respondeu ele, depressa, tentando tranquilizar os dois. Deixara o irmão para trás, era tudo no que conseguia pensar. Porque era a única coisa a fazer. — Precisamos continuar, Willa. Da cabana, podemos dar uma cobertura melhor.

Ela não podia discutir, não quando o rosto de Adam estava tão pálido, não quando a cabana, o calor e os suprimentos médicos estavam a apenas alguns minutos de distância. Mas sabia o que nenhum dos dois dissera: não havia cobertura nos próximos 50 metros. Para entrar, eles teriam que cavalgar no descampado.

O sol brilhava, a neve chegava a cegar. Não tinha dúvidas de que contrastavam com o branco, assim como os cervos no meio do campo. Ela ouvia o som gélido da água a distância, abrindo caminho no gelo e sobre as rochas e, mais próximo, o arfar rápido da própria respiração.

As rochas despontavam da neve, as árvores encurvavam-se, cobertas de branco. Cavalgava com a espingarda na mão, pronta para o momento em que o atirador anônimo surgisse na sua frente, apontando a arma para ela. Lá em cima uma águia voava em círculos e soltava gritos de triunfo. Contou os segundos pelas batidas do coração e mordeu o lábio com força quando ouviu o eco da arma de Ben.

— Conseguiu chegar nas pedras.

Agora podia ver a cabana, a estrutura maciça de madeira aninhada no chão pedregoso. Lá dentro era seguro, pensou. Havia medicamentos para Adam e um rádio para pedir socorro. Um abrigo.

— Há algo errado — ouviu-se dizer, antes que conseguisse perceber o quê. Parecia uma cena desfocada, algo como um quebra-cabeça com peças faltando. — Alguém limpou o caminho — disse, devagar. — E há pegadas. — Respirou profundamente. — Ainda posso sentir o cheiro de fumaça. — Nada saía da chaminé, mas sentia o leve odor de fumaça no ar. — Está sentindo?

— O quê? — Adam balançou a cabeça, tentando manter-se consciente. — Não, eu... — O mundo à sua volta ameaçava ficar escuro. Já não sentia mais nem o braço nem a dor.

— Não é nada. — Movimentando-se por instinto, Willa enfiou a espingarda na bainha e segurou as rédeas de Adam com a mão livre. Descampado ou não, eles teriam que andar mais rápido, antes que o irmão perdesse mais sangue. — Falta pouco, Adam. Aguente firme. Segure no cepilho da sela.

— O quê?

— Segure no cepilho da sela. Olhe para mim. — A ordem saiu seca, para que os olhos dele clareassem por um instante. — Aguente firme.

Esporeou Moon em um galope e gritou para fazer com que a montaria de Adam a seguisse. Se Adam caísse antes que chegassem em segurança, ela estaria preparada para saltar do cavalo, arrastá-lo, se fosse necessário, e deixar os cavalos para trás.

Entraram na ofuscante luminosidade do sol, e a neve espirrava das patas velozes dos cavalos como jatos de água. Willa cavalgava empinada na sela, usando o corpo para defender o irmão. Cada músculo estava tenso, esperando receber o choque veloz do metal sobre a carne.

Em vez de seguir pela trilha limpa, conduziu os cavalos para o lado sul da cabana. Não relaxou nem quando a sombra da cabana os cobriu. O atirador poderia estar em qualquer lugar. Largou a arma, saltou da sela e se arrastou na neve, que chegava quase até a cintura, para alcançar Adam, desequilibrado na sela.

— Não vá desmaiar agora. — O ar ardia nos pulmões enquanto Willa se esforçava para segurá-lo. O sangue dele corria quente em suas mãos. — Nem pense que vou carregar você.

— Desculpe. Droga. Espere. — Ele precisou de muita concentração para lutar contra a tonteira. A visão começava a se turvar, mas ainda conseguia enxergar. E pensar. Pensar bastante para saber que não estariam seguros enquanto não estivessem dentro da cabana. E, mesmo assim, ainda tinha dúvidas.

— Entre. Dê um tiro para avisar Ben. Vou buscar o equipamento.

— Esqueça o equipamento — afirmou Willa, em pé, e o arrastou para a porta.

Está muito quente, percebeu, assim que entrou. Levou Adam para um catre e olhou para a lareira. Só cinzas e tocos de madeira queimada. Mas conseguiu perceber resquícios do fogo que fora aceso há pouco tempo.

— Deite-se. Espere só um segundo. — Correu para a porta e atirou três vezes para dar o aviso a Ben, depois trancou-se dentro da cabana. — Ele não vai demorar — afirmou, rezando para que fosse verdade. — Vamos ter que tirar o casaco.

E estancar o sangramento, acender o fogo, limpar o ferimento, avisar a fazenda pelo rádio, preocupar-se com Ben.

— Não fui de grande ajuda — queixou-se Adam quando ela tirou o casaco dele.

— Da próxima vez que atirarem em mim, você pode dar uma de durão. — Ela abafou um gemido ao ver o sangue que empapava a manga da camisa desde o ombro até o pulso. — Dói? Muito?

— Está dormente. — Com um olhar cansado e direto, ele observou o estrago. — Acho que a bala atravessou. Não parece tão ruim. Teria sangrado mais, se não estivesse tão frio.

Sangraria menos, pensou Willa, rasgando a manga da camisa, se não tivessem cavalgado como loucos. Rasgou também a camiseta térmica, e sentiu um embrulho no estômago ao ver a carne queimada e dilacerada.

— Primeiro vou amarrar e estancar o sangramento. — Pegou um lenço colorido. — Vou tentar acender o fogo, depois limpo o ferimento e vejo como está.

— Verifique se as janelas estão fechadas. — Adam colocou a mão na dela. — E recarregue a espingarda.

— Não se preocupe. — Amarrou e apertou bem o torniquete improvisado. — É melhor se deitar antes que desmaie. Você está começando a ficar muito pálido.

Willa jogou um cobertor em cima dele e correu até a caixa onde estava a lenha. Com o coração batendo forte, percebeu que estava quase vazia. Com as mãos trêmulas, preparou a lareira, arrumou as toras e acendeu o fogo.

O estojo de primeiros socorros estava no armário em cima da pia. Colocou-o sobre a mesa e o abriu, para ter certeza de que estava completo. Ligeiramente aliviada, agachou-se para procurar as ataduras no armário embaixo da pia e empurrou as caixas de artigos de limpeza.

Sentiu seu corpo esmaecer.

O balde que ficava debaixo da pia estava exatamente no lugar que deveria, mas cheio de panos e toalhas endurecidos. E todos com manchas de sangue.

Sangue velho, concluiu, estendendo a mão com cuidado. E sangue demais para ser o resultado de um acidente corriqueiro na cozinha.

Sangue demais para ser outra coisa, exceto morte.

— Will? — Adam tentou se levantar. — O que está acontecendo?

— Nada — respondeu, fechando a porta do armário. — É só um rato. Ele me assustou. Não consigo encontrar as ataduras. — Antes de voltar, conteve a expressão de repulsa. — Usaremos a camisa.

Colocou a bacia ruidosamente dentro da pia e encheu-a com água quente.

— Eu poderia dizer que vai doer mais em mim do que em você, mas não vai, não.

Willa colocou a bacia e o estojo de primeiros socorros ao lado de Adam, indo até o banheiro para pegar toalhas limpas. Encontrou uma, só uma, e encostou o rosto suado na parede.

Quando voltou, Adam estava em pé, oscilando na janela.

— O que está fazendo? — gritou, puxando-o de volta para o catre.

— Will, ainda não estamos seguros aqui, precisamos ligar para a fazenda. — Os ouvidos zuniam como um enxame de abelhas, e ele mexeu a cabeça para afastá-las. — Precisamos informá-los. Ele poderia estar a caminho de lá.

— Todos estão bem, na fazenda. — Willa removeu o lenço e começou a limpar a ferida. — Vou ligar assim que terminar com você. Não discuta. — A voz oscilou um pouco. — Você sabe que não lido muito bem com sangue, e esse é o meu primeiro ferimento à bala. Tenha paciência.

— Você está indo muito bem. Porra! — Ele sibilou entre os dentes. — Essa eu senti.

— O que é bom sinal, certo? Parece que a bala entrou bem aqui debaixo do ombro e saiu nas costas. — A náusea ameaçou voltar, mas conseguiu ignorá-la. Carne crua e dilacerada pingando sangue. — Você deve ter perdido quase um litro de sangue, mas já está parando. Acho que não atingiu o osso. Não tenho certeza. — Mordiscou o lábio quando abriu a garrafa de álcool. — Isso vai arder muito, aguente firme.

— Lembre-se de que os índios são corajosos quando se trata de dor. Minha nossa! — Ele gritou, teve um espasmo e os olhos se encheram de lágrimas com a ardência do antisséptico.

— Sei, sei. — Willa tentou rir e quase irrompeu em soluços. — Vai, grite o quanto quiser.

— Estou bem. — Sua cabeça girava, e o estômago estava revolto. Adam podia sentir o suor pegajoso explodir em pequenas gotas na pele. — Já estou bem. Acabe logo com isso.

— Eu deveria ter dado um remédio para a dor. — O rosto dela estava tão pálido quanto o dele, e ela falava rápido, as palavras saindo atropeladas para impedir que ambos gritassem. As lágrimas escorriam pelas faces. — Mas acho que só temos aspirina. Provavelmente, seria como tentar apagar o fogo de uma floresta com um regador. Está limpo, Adam, parece limpo. Só vou passar essa pomada e depois enfaixar.

— Obrigado, Deus.

Terminado o curativo, cada um suspirou aliviado, então se entreolharam. Os rostos estavam mortalmente pálidos e brilhantes de suor. Adam foi o primeiro a sorrir.

— Acho que não me comportei tão mal, considerando que é o primeiro ferimento a bala para nós dois.

— Você não precisa sair contando por aí que eu chorei.

— Nem você precisa sair contando por aí que eu gritei.

Enxugou, primeiro, o próprio rosto, depois, o dele.

— Combinado.

— Agora deite-se, e eu... — Ela não completou a frase e encostou o rosto na perna do irmão. — Deus, Adam, onde está Ben? Ele já deveria ter chegado.

— Não se preocupe. — Ele acariciou o cabelo de Willa, mas os olhos não se afastavam da porta. — Ele vai chegar. Vamos avisar a fazenda pelo rádio e chamar a polícia.

— Está bem. — Fungando, Willa levantou a cabeça. — Deixe que eu faço isso. Fique aí. Precisa recuperar as forças. — Ela se levantou, foi até o rádio e o ligou. Não ouviu o zumbido familiar, nem a luz se acendeu. — Não funciona — disse, a voz ecoando as palavras. Uma rápida olhada no aparelho e logo compreendeu: — Alguém arrancou os fios, Adam. O rádio não funciona.

Jogou-o para longe, atravessou o aposento e pegou a espingarda.

— Tome. — Colocou a arma nos joelhos dele. — Eu uso a sua.

— O que está fazendo?

Willa pegou o chapéu e amarrou o lenço outra vez em volta do pescoço.

— Vou atrás de Ben.

— Mas não vai mesmo.

— Eu vou atrás de Ben — repetiu. — E você não está em condições de me impedir.

Com os olhos fixos nos dela, Adam levantou-se e falou com firmeza.

— Ah, estou sim.

Era um assunto para ser discutido, mas no mesmo instante ambos ouviram o som abafado de patas de cavalo na neve. Meio perplexa, Willa se virou depressa na direção da porta e a abriu. Saiu correndo com Adam, ainda cambaleante. Os joelhos dele só dobraram quando Ben saltou do cavalo.

— Onde você estava? Você deveria estar logo atrás de nós. Já estamos aqui há quase meia hora.

— Fiquei dando voltas. Encontrei algumas pegadas, mas... Ei! — Ele se esquivou do primeiro soco, mas não conseguiu se desviar do segundo, na barriga. — Puxa, Will, ficou maluca? Você... — Parou outra vez quando ela jogou os braços em volta dele. — Mulheres — murmurou, com a boca no cabelo dela. — Você está bem? — perguntou a Adam.

— Já estive melhor.

— Eu também. Vou cuidar dos cavalos. Veja se encontra um pouco de uísque por aí, está bem? — Deu um tapinha amigável nas costas de Willa e virou-a em direção à porta. — Preciso de uma bebida.

Capítulo 20

♦ ♦ ♦ ♦

— O ACAMPAMENTO, que fica um pouco ao norte do ponto onde fomos emboscados, estava frio. Havia sinais de que alguém preparara uma caça. Parecia que eram três pessoas a cavalo e um cachorro. — Ele deu umas palmadinhas na cabeça de Charlie. — Faz dois dias, talvez três. O lugar estava arrumado de uma forma que eu diria que sabiam o que faziam.

Ele enfiou o garfo no ensopado enlatado que Willa aquecera.

— Seja como for, as pegadas eram frescas. Um cavaleiro indo para o norte. Na minha opinião, este deve ser o nosso homem.

— Você prometeu que viria logo atrás de nós — repetiu Willa.

— Eu cheguei, não cheguei? Antes, Charlie e eu quisemos xeretar por aí. — Colocou o que restava do ensopado no chão, para o cachorro agradecido, e esforçou-se para não esfregar a mão na barriga, onde o punho de Willa o acertara. — Acho que o sujeito deu uns tiros e foi embora. Não acredito que tenha esperado para ver nossa reação.

— É capaz de ter ficado aqui — comentou Adam. — Mas não explica por que sabotou o rádio.

— Nem por que tentou atirar em nós. — Ben deu de ombros.

— O homem com quem nos preocupamos nesses últimos meses utiliza uma faca, não uma espingarda.

— Nós éramos três — observou Willa. Ao ver Charlie abanando o rabo, deu um leve sorriso. — Quatro. Não tinha como errar, com uma espingarda.

— Você não deixa de ter razão. — Ben estendeu a mão para o bule de café e encheu as três xícaras outra vez.

Willa observou o vapor subindo da sua xícara. Estavam alimentados e a animação da cafeína percorria suas veias. O tempo para que os três se recuperassem havia terminado.

— Ele esteve aqui — disse ela, com voz firme. Tinha se preparado para isso. — Sei que a polícia examinou a cabana depois que aquela mulher foi assassinada e não encontraram nada que indicasse que ela fora mantida aqui. Mas acho que ela esteve, sim. E que foi mantida presa justamente aqui. E também que ele arrumou tudo antes de ir embora.

Levantou-se e tirou o balde do armário debaixo da pia.

— Acho que ele limpou o sangue com esses panos e os colocou de volta no lugar.

— Deixe-me ver. — Ben pegou o balde das mãos dela e a obrigou a se sentar na cadeira. — É melhor levarmos isso conosco. — Colocou-o ao lado do baú de madeira, fora de vista.

— Ele a matou aqui. — Willa precaveu-se para que o tom de voz não oscilasse no ritmo do coração. — É provável que a tenha amarrado a uma das camas. Ele a violentou e a matou. Depois limpou a sujeira para que, caso alguém chegasse, tudo parecesse normal. E teve que carregá-la para baixo no lombo do cavalo, provavelmente à noite. Talvez tenha escondido o corpo em algum lugar por algumas horas, talvez por um dia inteiro, depois largou o que sobrou dela na porta da frente da casa. Simplesmente largou-a de qualquer jeito, como alguém largaria um veado esquartejado. — Willa fechou os olhos. — E cada vez que começo a pensar, a ter esperanças de que essa história terminou, volta tudo. Ele volta. E não há como descobrir por quê.

— Talvez não haja um motivo. — Ben se ajoelhou na frente dela e segurou suas mãos. — Willa, temos duas opções. Em uma hora ficará escuro. Podemos ficar aqui até de manhã ou usar a escuridão a nosso favor e descer. De qualquer forma, é um risco. Naturalmente, não vai ser fácil.

Ainda segurando a mão de Ben, ela olhou para Adam.

— Você consegue montar?

— Consigo.

— Então, não quero ficar aqui. — Ela respirou fundo. — Por mim, podemos partir ao entardecer.

ERA UMA NOITE fria e límpida, e havia apenas um leve nevoeiro rastejando pelo chão. Uma lua de caçador os guiava. A mesma lua de caçador, refletiu Willa, que jogava um facho de luz sobre eles, iluminando-os para qualquer predador que os estivesse seguindo. Charlie trotava na frente, com as orelhas empinadas. Moon arrepiou-se quando seu nervosismo passou para a égua.

Cada sombra parecia um inimigo em potencial, cada farfalhar na mata, um aviso sussurrado. O pio da coruja, o rápido assovio das asas em voo rasante e o grito de algo sendo caçado e morto depressa não eram mais simples sons das montanhas na noite, mas avisos de morte.

As montanhas estavam lindas com a claridade azul pálida do luar sobre a neve, as árvores escuras delineadas como uma pelugem macia e a rocha íngreme empertigada em um desafio ao céu.

E todos eram mortais.

Ele teria passado por aqui, pensou, cavalgando a passo firme para oeste, o troféu amarrado sobre a sela. Não era isso o que aquela pobre moça fora para ele, um troféu? Algo para mostrar como era capaz, esperto, e impiedoso?

Sentiu um arrepio e curvou os ombros contra a força do vento.

— Você está bem?

Olhou para Ben. Os olhos faiscavam no escuro como os de um gato. Espertos, atentos.

— No dia do enterro do meu pai, quando Nate leu como as coisas estavam, ou seriam, achei que nada poderia ser pior nem mais doloroso. Pensei que nunca mais sentiria aquela impotência, aquela falta de controle. Achei que era o pior que poderia me acontecer.

Deu um suspiro e guiou o cavalo com cuidado enquanto descia a encosta irregular coberta de longas sombras, onde o chão começava a aparecer pouco a pouco. Os dedos afilados do nevoeiro se separaram como se fossem liquefeitos.

— Depois, quando encontrei Pickles, quando vi o que haviam feito com ele, pensei que pior do que aquilo era impossível. Nada podia ser mais horrendo. Mas estava errada. E continuo me enganando do quanto pode ficar pior.

— Acredite em mim, não vou deixar que nada ruim aconteça a você.

A distância, viam-se os primeiros brilhos das luzes da fazenda Mercy.

— Você se comportou como um completo idiota hoje, Ben, saindo por aí sozinho à procura de pegadas. Eu disse que não gosto de heróis, e muito menos de tolos. — Ela esporeou o cavalo para a frente, para as luzes.

— Parece que levei uma bronca — Ben sussurrou para Adam.

— Ela está certa. — Adam inclinou a cabeça quando Ben franziu a testa depressa. — Não fui de grande ajuda para você, e ela estava ocupada demais, preocupada com que eu não sangrasse até a morte, para fazer outra coisa. Ir sozinho não ajudou.

— Você teria feito a mesma coisa, se estivesse no meu lugar.

O que não deixava de ser verdade.

— Mas não estamos falando de mim. Ela chorou.

Ben sentiu-se perturbado, mudou de posição e olhou para Willa, que cavalgava um pouco à frente.

— Droga.

— Prometi a ela que não contaria a você, e não o teria feito se todas as lágrimas fossem por mim. Mas havia muitas delas por sua causa. Willa estava pronta para ir atrás de você.

— Ora, mas isso é...

— ... estúpido. — Os lábios de Adam se curvaram. — Eu teria tentado impedi-la, mas duvido que conseguisse. Da próxima vez, talvez seja melhor você se lembrar disso. — Ele mudou de posição para aliviar o ombro entorpecido. — Vai haver uma segunda vez, Ben. Ele não parou.

— Não, ele não parou. — Então Ben, silenciosamente, encurtou a distância até Willa.

𝒜 DROGA DA MIRA da espingarda não funcionara. A lente da mira para a competição de biatlo, muito cara, estava com defeito.

Era o que Jesse se dizia, recapitulando cada momento da armadilha. Os culpados eram a espingarda, a mira e o vento. Não fora ele, nem a pontaria, não fora culpa sua.

Só um azar filho da puta, mais nada.

Ele ainda podia ver o jeito como o cavalo do merda do mestiço ladrão de mulheres empinara. Acreditou, em um instante raro de felicidade, que acertara o alvo.

Também, tudo acontecera em um momento de impulso. Não tinha planejado. Se tivesse, em vez de deixar as coisas irem acontecendo, Wolfchild estaria frio e morto e, quem sabe, McKinnon também. E talvez tivesse tirado uma lasquinha da meia-irmã de Lily, para começar.

Jesse soltou a fumaça do cigarro, olhou para a escuridão e praguejou.

Mais cedo ou mais tarde surgiria outra oportunidade, ele teria outra oportunidade. Ele mesmo trataria disso.

E, então, Lily se lamentaria...

$\mathcal{D}$URANTE UMA SEMANA, Lily acordou todas as noites por causa de um pesadelo, encharcada de suor, os gritos presos na garganta. Era sempre o mesmo: estava nua e com os pulsos amarrados. Noite após noite, lutava para se desvencilhar e sentia a corda se enfiar ainda mais na carne, enquanto se remexia e choramingava. Sentia o cheiro do próprio sangue escorrendo pelos braços nus.

Sempre, e justo antes de se obrigar a abrir os olhos, havia aquele brilho da lâmina, aquela curva brilhante mergulhando para começar a trabalhar em seu corpo.

Cada manhã ela a afastava, sabendo que, como um rato, a lâmina voltaria, livre e feliz à noite.

Os sinais da primavera, aqueles primeiros sinais hesitantes, deveriam tê-la alegrado. O brilho corajoso do açafrão plantado pela sua mãe derramava-se em cores cheias de esperança. Havia aquele pedaço de terra que aumentava, com a neve derretendo para trechos cada vez menores, os sons do gado jovem, a dança dos potros nos pastos.

Estava chegando a época de arar a terra, plantá-la e vê-la brotar. A época dos choupos, das faias e dos lariços cobrirem-se de um belo halo verde. O lobal floresceria, chegando a estender-se até as campinas, junto a castilejas com suas cores em néon e os rostos ensolarados dos botões-de-ouro.

As montanhas ficariam mais prateadas do que brancas, e os dias, mais longos e cheios de luz.

Era inevitável que o inverno voltasse de repente pelo menos mais uma vez. Mas as neves da primavera eram diferentes, não tinham a rudeza brutal de fevereiro. Agora que o sol sorria e elevava a temperatura para cerca de 20ºC, era fácil esquecer com que rapidez mudaria outra vez. E era fácil se deliciar com cada hora de um dia ensolarado.

Das janelas do escritório, Willa podia ver Lily. Ultimamente, ela nunca ficava longe de Adam. Raramente se afastava dele, desde a noite em que voltaram das terras altas. Willa observou como ela tocava o ombro de seu meio-irmão com frequência, para ajeitar a tipoia.

Ele estava melhorando. Não, corrigiu, os dois estavam fazendo com que melhorassem ao mesmo tempo.

Como seria ter alguém tão devotado, tão apaixonado, tão alheio a tudo, menos a você? Como seria sentir exatamente o mesmo por alguém?

Assustador, mas talvez aquelas risadinhas de medo e dúvida valessem a pena para vivenciar esse tipo de emoção sem amarras. Seria uma viagem agitada, uma cavalgada selvagem de pura sensação, puro desejo. E algo que estava muito além do momento, da promessa e da constância, tão facilmente perceptíveis nos rostos de Lily e Adam, quando se olhavam.

Os pequenos sorrisos secretos, os sinais tão pessoais. Tão *deles*. Que emoção, refletiu, e que segurança saber que havia alguém que estaria ao seu lado, sempre. Ter alguém que pensaria em você em primeiro e último lugar.

"Era tolice", recriminou-se, afastando-se da janela, "ficar sonhando acordada com tanto para fazer, com tanto em jogo." E nunca seria o tipo de mulher em quem um homem pensaria antes de tudo. Nem mesmo seu pai pensara primeiro nela.

Agora conseguia admitir, ali, no escritório, um espaço que ainda tinha tanto de Jack Mercy no ar como se fosse um perfume impregnado nos fios do tapete. Ele nunca pensara nela primeiro, e decerto não pensara nela por último.

E ela, quem era? Willa sentou-se na cadeira que ainda era dele, apoiou a mão nos braços de couro liso, onde os dele descansaram tantas vezes. O que representara para ele? Uma substituta. E, com certeza, uma substituta inferior, de acordo com os padrões de Jack Mercy.

Não, nem isso, refletiu, os punhos cerrados. Fora um troféu, um dos três, que ele nem sequer tivera a preocupação de guardar como lembrança. Algo facilmente descartável e esquecido, que não merecia nem espaço de um porta-retrato em cima da mesa.

Não valia nem mesmo as cabeças dos animais caçados penduradas nas paredes.

A fúria e o insulto avolumaram-se tão rapidamente dentro dela que só se deu conta do que estava fazendo quando chegou ao fim. Depois que se levantou e arrancou a primeira cabeça com olhos de vidro da parede. A galhada esquerda de seis pontas do veado quebrou quando bateu no chão e o barulho, como um tiro de revólver, a mobilizou.

— Que vá para o inferno! Que ele vá para o inferno! Não sou nenhuma porra de troféu! — Subiu em cima do sofá e puxou para baixo o carneiro selvagem que a olhava com olhos astutos. — Este escritório agora é meu! — Resmungando, ela o ergueu, colocou-o de lado e atacou o próximo. — A fazenda agora é minha!

Mais tarde talvez admitisse ter enlouquecido um pouco. Em uma empreitada macabra puxou, empurrou e arrastou os suportes, tirando das paredes aquelas cabeças sem corpos, e arrebentou os pregos à medida que as soltava. Os lábios esticados e os dentes à mostra pareciam os do lince que saltara da prateleira.

Da soleira da porta, Tess observou-a por um instante. Estava espantada demais para fazer outra coisa quando notou o monte tenebroso aumentando no chão e ouviu a irmã dizendo palavrões ao tentar soltar o enorme urso que estava em pé em um dos cantos.

Se não entendesse o que estava acontecendo, Tess teria dito que Willa estava engajada em uma batalha de vida e morte, com o urso liderando a luta. Mas, como entendia, não tinha certeza se devia rir ou sair correndo.

Não fez nem uma coisa nem outra. Afastou o cabelo do rosto e pigarreou.

— Nossa! Quem abriu as portas do zoológico?

Willa se virou depressa, o rosto distorcido pela raiva e os olhos faiscando. O urso perdeu o ponto de equilíbrio e tombou como uma árvore.

— Chega de troféus — arfou. — Chega de troféus nesta casa!

Parecia ter chegado o momento de recorrer à sanidade. Com a esperança de poder inoculá-la, Tess encostou-se despreocupadamente na soleira da porta.

— Não posso dizer que sempre gostei da decoração daqui ou de outro canto desta casa. Campo e Riacho não fazem o meu estilo. Mas o que provocou essa vontade repentina de redecorar?

— Chega de troféus! — repetiu Willa. O desespero cimentara-se em convicção. — Não deles. Não nossos. Ajude-me a levá-los para fora. — Deu um passo à frente e estendeu a mão. — Ajude-me a levá-los para fora, depressa.

Quando Tess compreendeu o que ela estava pedindo, foi uma beleza. Com um brilho no olhar, aproximou-se e dobrou as mangas da blusa.

— O prazer é todo meu. Primeiro vamos expulsar o Esfumaçadinho.

Juntas, empurraram e arrastaram o urso empalhado até a porta, depois, para fora dela. Tinham alcançado o topo da escada quando Lily a subiu correndo.

— Ora, o que... por um instante pensei... — Apertou a mão sobre o coração acelerado. — Pensei que ele ia comer vocês vivas.

— Este aqui comeu a última refeição já faz algum tempo — conseguiu dizer Willa, procurando um ponto de apoio melhor.

— O que estão fazendo?

— Redecorando — informou Tess. — Dê-me uma ajuda com este desgraçado. Ele é pesado.

— Não, deixa pra lá. — Willa respirou com força. — Chegue para trás — avisou e, quando a escada estava desimpedida, começou a empurrar. — Venham, ajudem.

— Tudo bem. — Exagerando, Tess cuspiu nas palmas das mãos e apoiou as costas no animal. — Empurre, Lily. Vamos jogar este cara lá embaixo.

Quando o soltaram, ele rolou pela escada com o som de um trovão, a poeira subindo, as garras batendo. Com o barulho, Bess saiu correndo da cozinha, o rosto vermelho, apontando a Bereta .22 que passara a carregar no bolso do avental.

— Credo! — Arfando, Bess bateu as mãos nos quadris. — O que estão fazendo? Tem um urso no saguão!

— Ele estava de saída — gritou Tess e começou a rir sem parar.

— Só quero ver quem vai limpar essa sujeira. — Bess cutucou o troféu com o dedão, achando-o tão ameaçador morto quanto vivo.

— Nós vamos. — Willa esfregou as mãos na calça. — Pode considerar isso como limpeza da primavera. — Deu meia-volta e foi para o escritório.

Agora que a primeira explosão de raiva estava passando, dava para ver claramente o que fizera. Como vítimas depois da explosão de uma bomba, as cabeças e os corpos estavam espalhados por todo o aposento. As armações de madeira que jogara no chão estavam rachadas ou quebradas. Sobre o belo desenho do tapete, um olho de vidro fitava-a com ar sinistro.

— Meu Deus! — Expirou uma vez, por um longo tempo, depois outra. — Meu Deus! — repetiu.

— Mana, você os derrubou mesmo. — Tess deu um tapa de leve nas costas dela. — Eles não tiveram nenhuma chance.

— É... — Lily comprimiu os lábios. — É horrível, não é mesmo? Realmente horrível. — Deu um soluço, afastou o olhar e apertou mais os lábios. — Desculpe. Não tem graça nenhuma. Não era para rir. — Tentou abafar o riso cruzando os braços com força sobre a barriga. — Mas é horrível demais. Parece um brechó ou algo assim.

— É pavoroso. — Tess perdeu a simulada compostura e começou a dar risadinhas. — Pavoroso, mórbido, obsceno, e... nossa, Will, se você pudesse se ver quando eu entrei. Parecia uma louca dançando tango com um urso empalhado.

— Eu os odeio. Sempre os odiei. — O riso borbulhou até vir à tona, e ela se deixou cair sentada no chão.

Logo as três estavam espalhadas pelo assoalho, uivando como loucas entre as cabeças decapitadas.

— Vou jogar tudo fora — conseguiu dizer Willa, apertando a cintura dolorida com a mão. — Assim que conseguir me levantar, vou jogar tudo fora.

— Não vou sentir falta de nada. — Tess enxugou os olhos cheios de lágrimas. — Mas depois de jogarmos fora, o que vamos fazer com elas?

— Queimar, enterrar, dar de presente. — Willa deu de ombros. — Sei lá. — Inspirou para clarear a mente e ficou em pé. — Limpeza geral — anunciou, erguendo uma cabeça de alce empalhada.

A seguir levaram todas para fora: alces, veados, carneiros e ursos. Havia pássaros empalhados, peixes emoldurados, galhadas solitárias. À medida que a pilha na frente da varanda crescia, os homens começaram a se aproximar, formando uma plateia espantada e fascinada.

— Importam-se se perguntarmos o que as senhoras estão fazendo? — Jim, na qualidade de representante não oficial, deu um passo à frente.

— Limpeza da primavera — respondeu Willa. — Você acha que Wood pode ligar a retroescavadeira e cavar um buraco bem grande para jogar essas coisas dentro e dar um funeral decente a elas?

— Você vai jogá-las em um buraco? — Chocado, Jim se virou quando os homens começaram a murmurar. Só precisaram juntar as cabeças durante alguns instantes para chegarem a um acordo. Jim pigarreou. — Talvez pudéssemos ficar com algumas para o alojamento e outros lugares. É uma pena enterrá-las. Aquele alce ficaria ótimo em cima da lareira. E o senhor Mercy tinha grande estima pelo urso.

— Peguem o que quiserem — respondeu Willa.

— Posso ficar com o lince, Will? — Billy se agachou para admirá-lo. — Eu adoraria. É uma beleza.

— Pegue o que quiser — repetiu, e balançou a cabeça quando os homens começaram a discutir, debater e a tomar posse.

— Veja só o que você aprontou. — Ham deu um olhar de reprovação quando os quatro homens carregaram o urso e o colocaram na traseira de uma caminhonete. — Agora vou ter que ficar olhando todas as manhãs e todas as noites para aquele capeta horroroso. E pode acreditar: eles vão acabar pendurando o que não cabe no alojamento nas paredes de uma das outras casas.

— Antes lá do que na minha. — Willa inclinou a cabeça. — Eu pensei que gostava daquele urso, Ham. Você estava com ele quando o matou.

— É, estava. O que não significa que morra de amores por ele. Nossa! Billy, se não tomar cuidado vai acabar quebrando o suporte. Preste atenção, pelo amor de Deus. É para pendurar os chapéus — murmurou, andando até lá para supervisionar o trabalho. — Que vaqueiros mais idiotas!

— Agora todos estão felizes — observou Tess.

— Estão. A biblioteca é a próxima.

— Eu ainda tenho uma hora. — Tess olhou para o relógio. — Depois preciso me arrumar. Tenho um encontro especial. — Naquela tarde, recebera as novas peças íntimas da Victoria's Secret. Perguntou-se quanto tempo Nate demoraria para tirá-las.

"Pouco", especulou. "Bem pouco."

Voltou os pensamentos para Willa.

— Hoje não é a noite em que você e Ben costumam ir ao cinema? — perguntou.

— Acho que é.

— Lily está preparando um jantar especial para Adam.

Distraída, Willa olhou para trás.

— É mesmo?

— Bom, é uma espécie de aniversário da primeira vez que... que... — Lily hesitou, enrubescendo.

Ela também recebera uma encomenda da Victoria's Secret.

— E é a noite de folga de Bess. — Tess examinou as unhas da mão com indiferença. Cuidar da vida selvagem estragara o trabalho da manicure. — Soube que ela vai para Ennis passar a noite com Maude Wiggins, a colega fofoqueira. Já que estou planejando ficar na casa de Nate, você vai ter a casa todinha para você.

— Ah, você não deveria ficar sozinha — intrometeu-se Lily. — Eu posso...

— Lily. — Tess revirou os olhos. — Ela só vai ficar sozinha se for incrivelmente devagar ou estúpida, ou simplesmente teimosa. Uma mulher rápida e flexível trataria de se arrumar, perfumar e sugerir uma noite tranquila em casa.

— Ben iria pensar que enlouqueci, se eu me arrumasse toda e depois dissesse que não quero sair.

— Quer apostar?

Ao perceber o sorriso lento de Tess, Willa sentiu a própria boca se encurvando.

— No momento, tudo está muito complicado. Minha cabeça está muito cheia para ficar pensando em lutar com Ben.

— E quando não estará complicado? — Tess segurou Willa pelos braços e a fez se virar para que ficassem de frente. — Você o deseja ou não? Sim ou não?

Willa lembrou-se, então, do tremor que sentira na barriga o dia inteiro. Era porque ele não saíra da sua cabeça.

— Sim.

Tess assentiu.

— Está pronta?

— Sim. — Willa soltou a respiração que nem percebera que estava prendendo. — Estou.

— Então deixe o resto da limpeza da primavera para amanhã. Lily e eu vamos demorar pelo menos uma hora para achar uma roupa que tenha remotamente um ar sensual naquele seu armário.

— Eu não disse que queria que vocês me vestissem de novo.

— O prazer é nosso. — Com a cabeça preocupada com a missão, Tess puxou Willa de novo para dentro. — Não é mesmo, Lily? Ei, onde é que você vai?

— Velas! — gritou Lily atravessando a estrada correndo. — Willa tem poucas velas no quarto. Volto já.

— Velas. — Willa arrastou os pés. — Roupas especiais, fingir que não quero ir ao cinema, velas no quarto. Parece que estou preparando uma armadilha.

— Claro que parece, porque é exatamente isso o que está fazendo. — Tess parou na porta do quarto de Willa e colocou as mãos nos quadris. Havia muito o que fazer ali, decidiu, se a cena deveria ser preparada a contento. — Eu garanto que ele não só vai adorar cair nela, como ainda ficará agradecido.

Capítulo 21

◆ ◆ ◆ ◆

— Eu me sinto uma idiota.

— Você não parece uma idiota. — Tess inclinou a cabeça e examinou Willa dos pés à cabeça.

Sim, o cabelo penteado para cima era um belo toque de Lily. Com apenas alguns grampos o prendendo, ele se soltaria de um modo muito bonito quando fosse manuseado por um homem impaciente.

Depois, o vestido longo — simples, rodado, apenas levemente pregueado na cintura. Pena que não era branco, considerou Tess, mas no guarda-roupa limitado de Willa não havia espaço para vestidos brancos longos. E o cinza-claro era calmo, quase sério. Só que Tess deixara a longa fileira de botões da frente aberta até a coxa.

As minúsculas argolas de prata nas orelhas de Willa eram, mais uma vez, uma contribuição de Lily. A maquiagem era obra de Tess, que sabia que Willa ficara aliviada quando não pesara a mão.

Mas não achava que Willa entendia o poder da inocência, já que estava no limite.

— Você parece — concluiu Tess, finalmente — uma virgem ansiosa para ser sacrificada.

Willa revirou os olhos.

— Meu Deus!

— O que é ótimo. — De mulher para mulher, ela deu um tapinha no rosto da irmã. — Você vai arrasar com ele.

E aí veio a culpa. "Será que ela teria adiado esse momento?", perguntou-se Tess. Será que teria convencido Willa antes que estivesse pronta? Era fácil esquecer que a irmã era seis anos mais nova. E virgem.

— Escute aqui... — Tess percebeu que estava torcendo as mãos e deixou-as pender dos lados. — Você tem certeza de que está pronta para isso? É um passo natural, mas não deixa de ser um passo muito sério. Se você não estiver absolutamente certa, Nate e eu podemos ficar. Podemos ter um encontro de dois casais, manter as coisas descomplicadas. Porque...

— Você está mais nervosa do que eu. — Por ser uma surpresa e tanto, e estranhamente agradável, Willa deu um sorriso maroto.

— Claro que não. Eu só... droga. — Tess descobriu que não era só Lily, que saíra há meia hora piscando para não chorar, que era sentimental. Os olhos de Willa se arregalaram, surpresos, quando Tess inclinou-se e beijou-a gentilmente no rosto.

Incrivelmente sensibilizada, Willa sentiu o estômago tremer e o rosto corar.

— E para que foi isso?

— Estou me sentindo uma mãezona. — E como ia abrir o berreiro, se virou depressa para a porta. — Coloquei umas camisinhas na gaveta da mesinha de cabeceira. Use-as.

— Pelo amor de Deus, ele vai pensar que eu sou...

— Esperta, precavida, autoconsciente, droga. — Ouvindo o barulho da picape parando, Tess desistiu. Voltou correndo para Willa e abraçou-a com força. — Até amanhã — conseguiu dizer, e saiu apressada.

Com um grande sorriso, Willa permaneceu onde estava. Ouviu a voz de Tess soar mais alta, e Nate, que estava esperando lá embaixo, responder. Depois a porta se abriu e ela pôde ouvir a saudação familiar de Ben. Com o estômago tremendo de nervosismo outra vez, sentou-se na beirada da cama e apertou a mão contra o peito. A conversa diminuiu, a porta se abriu e fechou. Um motor deu a partida.

Estava sozinha com Ben.

Claro que poderia mudar de ideia, lembrou. Ali não havia nenhuma obrigação. Dançaria conforme a música. Levantou-se. Começaria agora.

Ele estava na sala, examinando a parede recentemente esvaziada acima da lareira.

— Tirei tudo — disse, e ele se virou para observá-la. — Tiramos tudo hoje — corrigiu. — Lily, Tess e eu. Ainda não decidimos o que vamos colocar no lugar do retrato, então, por enquanto, estamos convivendo com o vazio.

Ela tirara o retrato de Jack Mercy, refletiu Ben. Pelo tom da voz, sabia que estava consciente do passo que dera.

— Isso muda o ambiente, muda o enfoque.

— É. A ideia era essa.

Ele se aproximou e parou:

— Você está maravilhosa, Will. Diferente.

— Eu me sinto diferente. — Sorriu. — Estou me sentindo muito bem. E você, como está?

Ele estava se sentindo à vontade, até se voltar e vê-la naquele vestido cor de nevoeiro com a saia rodada e a insinuação excitante da perna. O pescoço esguio, revelado pelo cabelo preso em coque. Parecia tão suave, tão tocável, tão tudo.

— Bem, o mesmo de sempre. Parece que vou ter que levar você para um lugar mais chique do que um cinema, arrumada como está.

— Lily e Tess curtem olhar meu armário e criticar as minhas roupas. Disseram que este vestido era praticamente a única roupa decente que tenho. — Ela repuxou a saia e a pressão sanguínea subiu quando a parte desabotoada mostrou mais uma parte da coxa. — Ameaçaram me levar para fazer compras.

Pare de falar, ordenou a si mesma, e foi até o bar.

— Quer um drinque?

— Eu vou dirigir.

— Sabe, eu estava pensando que podíamos ficar em casa. — Pronto, conseguira.

— Em casa?

— É, ultimamente não tenho tido a casa só para mim. Bess vai passar a noite com uma amiga e Tess e Lily foram... Então...

— Está sozinha? — Alguma coisa prendeu em sua garganta, algo quente e duro de engolir.

— A casa está vazia. — Abriu a geladeira atrás do bar e encontrou o champanhe que Tess aconselhara que servisse. — Então, achei que podíamos... ficar a sós em casa. Para relaxar. — Apoiou a garrafa com força no tampo de madeira. — Se quisermos assistir a um filme, Tess tem uma mala cheia deles. E também temos comida.

Como ele não se mexera, Willa arrancou o invólucro de alumínio e soltou o arame.

— A menos que prefira sair.

— Não. — Ben olhou para a garrafa quando a rolha espocou. — Champanhe? Vamos festejar alguma coisa?

— Vamos. — Se ela conseguisse segurar as taças. — Vamos festejar a primavera. Hoje vi flores silvestres, e os bulbos estão brotando. Os passarinhos voltaram a construir um ninho no celeiro. — Entregou uma taça para ele. — A inseminação das vacas vai começar logo.

Os lábios de Ben tremeram quando pegou a taça.

— É, está chegando a época.

— Ora, que merda — balbuciou, e bebeu todo o líquido espumante em dois longos goles. — Não sou boa com jogos. Bem, a ideia é de Tess e Lily. — Hesitando se bebia mais ou não, colocou a taça sobre o balcão do bar e olhou diretamente para os olhos dele. — Olha só, Ben, o negócio é o seguinte: eu estou pronta.

— Tudo bem. — Intrigado, ele tomou um gole de champanhe. — Então você quer sair?

— Não, não. — Apertou os dedos da mão nos olhos e respirou. — Estou pronta para fazer sexo com você.

Ben engasgou, quase não conseguiu inspirar e expelir o ar.

— Como é?

— Por que ficar dando voltas? — Ela saiu de trás do bar. — Você quer ir para a cama comigo, eu estou pronta. Então, vamos para a cama.

Ele bebeu outro gole, o que foi um erro, pois cada uma das bolhas arranhava a garganta quando era engolida.

— Assim, sem mais nem menos?

O espanto na voz dele fez com que ela se sentisse insegura. E se ele estivesse só brincando, mexendo com ela, como fazia desde a infância?

Bem, então ele teria que morrer.

— Não era o que você queria? — perguntou, seca. — Então?

— Então. — Ele sempre se sentira atingido por aqueles olhares raivosos e impacientes. Que lhe davam vontade de mordê-la... em vários pontos interessantes. Mas agora o jogo estava mudando. E as regras. — Assim, sem mais nem menos, é só estar pronta e ponto final?

— E daí? — Ela deu de ombros. — A menos que você tenha mudado de ideia.

— Não, não mudei de ideia. Não se trata de mudar de ideia, trata-se... Puxa, Will. — Ben colocou a taça em cima do balcão antes que acabasse entornando-a e passando por tolo. — Você me pegou de surpresa.

— Oh! — A expressão confusa sumiu dos olhos, e a boca curvou-se em um sorriso. — Era só isso?

— O que esperava? — A voz saiu gritada, carregada de frustração. — Você fica aí, toda emperiquitada, me empurra uma taça de champanhe e diz que quer fazer amor. Como é que eu vou manter o ritmo?

— Está bem. — Ela diminuiu a distância entre os dois e passou os braços em volta do pescoço dele. — Vamos ver se consegue recuperar o ritmo. — Então colou a boca de modo apaixonado na dele.

A reação de Ben foi rápida e eficiente. Os braços levantaram-se, segurando-a, a boca se ajustou e sugou, a respiração ficou mais rápida. Depois, os lábios ficaram mais suaves, e murmurou o nome dela baixinho.

— Sua cadência parece bem estável. — A voz estava trêmula. Os músculos das coxas vibravam como as cordas de uma harpa. — Eu quero você, Ben. Eu quero você de verdade. — Ela o provou colando a boca outra vez na dele e recuando para depois cobrir seu rosto com uma chuva de beijos. — Não precisamos subir. No sofá.

— Espere. Devagar. Antes que eu arranque as suas roupas e estrague tudo. Devagar — repetiu, mantendo-a junto ao corpo antes que a última gota de sangue descesse da cabeça. — Preciso reencontrar o chão, e você tem que ter certeza de que me quer. Se mudar de ideia vai ser muito difícil interromper.

Dando uma risada, Willa se ergueu e enrolou as pernas ao redor da cintura dele.

— Estou com cara de quem vai mudar de ideia?

— Não, acho que não. — Mas, se o fizesse, caberia a ele se segurar. Considerou que a hipótese o mataria. — Eu quero você, Willa. — Roçou os lábios nos dela. — Eu quero muito você, de verdade.

O coração dela quase deu uma cambalhota.

— Então está ótimo.

— Lá em cima. — Conseguiu caminhar, apesar de ela apertar mais o abraço e começar a mordiscar sua orelha. — A primeira vez tem de ser em uma cama.

— A sua foi?

— Para dizer a verdade, não. — Ele alcançou a escadaria, perguntou-se por que nunca observara como era alta. — Foi dentro de uma picape em pleno inverno, e eu quase congelei o meu... esquece.

Ela deu uma risadinha, beijando o pescoço dele.

— Dessa vez vai ser melhor, não vai?

— Vai. — Para ele, sem dúvida. Para ela... daria o melhor de si. Parou na porta do quarto. Não tinha certeza de quantas surpresas conseguiria suportar em uma noite.

O aposento estava todo iluminado por velas, e um fogo baixo ardia na lareira. A cama arrumada estava convidativa, com uma dúzia de almofadas jogadas em cima.

— Tess e Lily — explicou Willa. — Elas realmente se esforçaram.

— Oh! — Nada como ficar exposto, pensou Ben, os nervos se agitando. — Elas... alguém conversou com você sobre... essas coisas?

— McKinnon. — Afastou-se para dar um sorriso. — Eu administro uma fazenda.

— Não é exatamente a mesma coisa. — Colocou-a em pé e deu um passo para trás. — Olha, Willa, para mim também é uma espécie de primeira vez. Eu nunca... as outras não eram... — Precisou fechar os olhos por um minuto, reunir as ideias dispersas. — Não quero machucar você. E, bem, já faz algum tempo que estive com alguém. Há um ano fiquei interessado em você, e desde então não estive com mais ninguém.

— É mesmo? — Achou aquilo interessante. — Por quê?

Ben suspirou e sentou na beirada da cama.

— Preciso tirar as botas.

— Eu ajudo. — Docilmente, ela deu-lhe as costas e colocou um dos pés dele entre as pernas. Ben quase gemeu. — Um ano? — Olhou por cima do ombro enquanto puxava a bota.

— Pensando bem, talvez mais. — Tentando achar divertido, ele colocou um pé no traseiro dela e empurrou.

— Você nunca foi muito amável comigo. — Willa pegou o outro pé e puxou a bota.

— Eu morria de medo de você.

Quando a bota saiu, ela tropeçou para a frente e se virou com ela na mão.

— É mesmo?

— É. — Irritado consigo mesmo, ele passou uma das mãos pelo cabelo. — E não se fala mais no assunto.

Dava o que pensar.

— Ah, esqueci. — Willa correu até a mesa perto da janela e ligou o aparelho de som de Tess. — Música — explicou. — É importante, na opinião de Tess.

Ben não conseguia ouvir nada por cima das batidas do coração. O cabelo dela estava se soltando, só um pouco, e cada vez que ela se movia a luz da lareira deslizava pela saia longa e transparente.

— Pronto. A não ser que o champanhe também seja necessário.

— Está ótimo assim. — A garganta se fechou de novo, como uma armadilha para ursos. — Depois.

— Está bem. — Quando Willa ergueu as mãos e começou a desabotoar o vestido, Ben sentiu as pernas tremerem. Os dedos dela soltaram, rápidos, seis botões, antes que ele conseguisse controlar as pernas.

— Espere. Não tão rápido. Se você vai se despir para um homem, deve fazer isso bem devagar.

— É mesmo? — Intrigada, Willa parou. Observou o olhar dele acompanhar seus dedos e recomeçou. — Não estou usando nenhum alfinete debaixo do vestido — disse, como se aquilo fosse a coisa mais normal do mundo. — Tess mencionou algo sobre contraste e impacto.

— Meu Deus! — Não sabia como se levantara, pois não conseguia nem mais sentir os pés. Mesmo assim se aproximou dela. — Não tire. — Ao som da voz mais rouca, os dedos ávidos e trêmulos pararam. — Deixe que eu termino.

— Está bem. — Era estranho que, de repente, os braços estivessem tão pesados. Willa os deixou cair ao lado do corpo enquanto ele soltava o resto dos botões. Sentia uma sensação deliciosa com o roçar dos nós dos dedos sobre a pele. — Você não deveria me agarrar ou algo parecido?

Uma risada, mesmo leve, acalmou um pouco seus nervos.

— Vou chegar lá. — O vestido agora estava aberto, e o jogo de luz e sombra brincava com aquelas maravilhosas linhas de pele nua. — Não se mexa — disse baixinho, beijando-a suavemente. — Você consegue?

— Consigo. Mas os meus joelhos vão começar a tremer.

— Não se mexa — repetiu, tirando a camisa e mantendo somente a boca na dela. — Deixe eu sentir o seu gosto um pouco. Aqui. — A boca desceu até o queixo. — Aqui. — Até a orelha. — Pode confiar em mim.

— Eu sei. — Os olhos agora estavam muito pesados, ela sentia as pálpebras se fecharem enquanto a boca de Ben brincava com a sua. — Sempre que você morde a minha boca desse jeito fico sem ar.

— Quer que eu pare?

— Não, eu gosto — disse, sonhadoramente. — Eu respiro depois.

Ben jogou a camisa de lado.

— Eu quero ver você. Deixe-me olhar para você.

Devagar, fez o vestido escorregar pelos ombros dela e o deixou deslizar para o chão. Ela era alta e magra, com curvas sutis e ângulos marcados, e a pele dourada brilhava sob a luz trêmula.

— Você é linda.

Ela fez um esforço para não levantar as mãos e se cobrir. Ninguém nunca dissera isso a ela. Nunca, em toda a sua vida.

— Você sempre disse que eu era magricela.

— Linda. — Ele passou uma das mãos em sua nuca e a puxou devagar para si. Os dedos subiram, o cabelo se soltou. Ele brincou com o peso, levantou-o, deixou-o cair, mantendo a boca sobre a dela. — Eu sempre quis brincar com o seu cabelo, mesmo quando você era só uma criança.

— Você costumava puxá-lo.

— É o que fazem os meninos, quando querem chamar a atenção das meninas. — Ben pegou um punhado e puxou de leve, o que fez a cabeça de Willa cair para trás. — Hum. — Ele provou a linha exposta do pescoço, mordiscando preguiçosamente o ponto onde a veia pulsava loucamente. — Está prestando atenção?

— Estou. — Ela se arrepiou, não conseguia parar de tremer. — Ou pelo menos estou tentando, mas sempre acabo me distraindo. Tem tanta coisa acontecendo dentro de mim.

— Eu quero estar dentro de você. — Os olhos de Willa se arregalaram ao ouvir essas palavras, e Ben viu neles o nervosismo maravilhosamente misturado ao desejo. — Mas, antes, tem mais. Eu quero tocar você.

Ele deslizou a mão para um dos seios, acariciou-o com as pontas dos dedos, fazendo-a dar um gemido, quando o polegar tocou o bico do seio. Sentiu lá no fundo uma contração respondendo. Um eco de choque e de surpresa.

Depois a mão escorregou para baixo, passou pelos quadris, os dedos seguindo suavemente para o centro, acariciando, despertando, e se retraindo.

Os olhos de Willa estavam enormes e fixos nos dele. As mãos subiram para os ombros dele, para manter o equilíbrio, e encontraram a pele suave, os músculos retesados, uma antiga cicatriz. Os dedos pressionaram a pele dele enquanto ela tentava absorver e analisar as sensações daquelas mãos calejadas que a acariciavam.

Era inesperado. Ela achava que seria rápido, uma batalha de agarramentos cheia de grunhidos e gritos. Como é que ela podia saber que haveria ternura misturada com paixão? E a paixão era imensa.

— Ben?
— Hum?
— Acho que não consigo mais ficar em pé.

Os lábios dele desceram até seus ombros.

— Só mais um pouco. Ainda não terminei.

Então era isso o despertar de uma mulher. Saber que suas mãos eram as primeiras. Saber que era o primeiro a provocar aquela vermelhidão na pele, a fraqueza nos membros, o tremor dos músculos. Ele podia ser cuidadoso, e seria cuidadoso, não importava se era a própria inocência que fazia o seu sangue ferver.

Dessa vez, quando os olhos se fecharam, ele a ergueu nos braços e a colocou em cima da cama.

— Você ainda não tirou a calça.

Ben se deitou sobre ela, para que Willa se acostumasse com o peso.

— Será melhor para nós dois se eu ficar com ela mais um pouco.

— Está bem. — As mãos continuaram a percorrer seu corpo, fazendo-a começar a flutuar. — Tess colocou... na gaveta, ali... camisinhas.

— Eu cuido disso. Se solte, Will. — Ele salpicou uma série de beijos pelo pescoço dela. — Solte tudo. — E com um tremor ele cobriu seu seio com a boca.

Willa arqueou, e a respiração rebentou através dos lábios. As sensações percorriam seu corpo, explodindo de paixão e impulsionando os quadris a se moverem no ritmo imposto por Ben. Ele deu uma leve mordida, mas a sensação era totalmente diferente da dor. As mãos de Willa agarraram-se a seu cabelo, impelindo-o a continuar.

Ele ouviu-a suspirar, dar um grito sufocado e murmurar. A reação era tão livre e solta a cada toque seu quanto qualquer homem poderia desejar. Debaixo dele, o corpo era ágil, às vezes solto, outras vezes retesado, enquanto ela flutuava com ele. O sabor de Willa o invadia, ameaçava enlouquecê-lo se ele não parasse, se ele não obtivesse mais. O cheiro de sabonete e pele o excitava mais do que qualquer perfume.

Ele voltou a beijar aquela boca, precisava dela como precisava de ar. A língua de Willa se enroscou na sua em uma dança ávida. Em algum ponto da mente, Ben podia ouvir o ritmo tranquilo da música.

Ele acariciou a perna comprida e parou junto do ponto mais quente. A respiração de Willa agora era rápida, acelerada e curta, e ela enfiava as unhas nele.

— Olhe para mim. — Ele a acariciou suavemente, encontrando-a fogosa e molhada. Mas mesmo quando ela se arqueou, ele se retraiu. — Olhe para mim. Quero ver os seus olhos na primeira vez. Quero ver o que acontece em você.

— Não consigo. — Mas os olhos estavam abertos, grandes e cegos. O corpo estava à beira de alguma coisa, um penhasco alto onde o vento tanto empurrava como puxava. — Eu preciso...

— Eu sei. — Meu Deus, aquela voz... era puro sexo. E agora estava ainda mais rouca e tremendo com pequenos gritos sufocados. — Mas olhe para mim. — Ele a tocou, viu como os olhos dela escureciam de medo e paixão. "A primeira vez", pensou. — Se solte.

Que outra escolha lhe restava? Aqueles dedos a acariciaram até ela explodir, e tudo aconteceu ao mesmo tempo. O corpo se retesou como um punho. As luzes dançaram na frente dos olhos, girando no clamor dos sons em sua cabeça, que eram as batidas do seu coração.

E aquele prazer semelhante à dor, uma erupção que a deixou incapaz de conter os gritos, enquanto o corpo se arqueava, estremecia e depois relaxava.

A pele estava coberta de suor, e os lábios, depois da entrega, suaves, quando ele os procurou outra vez. A fraqueza resistiu, depois cedeu à energia fresca, enquanto ele, paciente e impiedoso, a provocava, levando-a outra vez a um frenesi. Ela perdeu o controle, implodiu. Colou-se mais a ele, ávida, louca por mais. E ele deu mais, até ela voltar a ficar flexível, o corpo reagindo, ainda trêmulo, a respiração lenta e pesada.

Quando terminou e rolou para o lado, ela não conseguiu emitir sequer um protesto, mas permaneceu deitada e esparramada entre os lençóis quentes e emaranhados.

Ele rezou para não cometer um passo em falso, apesar de as mãos tremerem quando abriu o fecho das calças. Queria que ela ficasse saciada e satisfeita antes de tomá-la, queria que ela se lembrasse do prazer, já que era incapaz de impedir a dor.

— Estou me sentindo embriagada — murmurou Willa. — Como se estivesse me afogando.

Ele conhecia a sensação. O sangue cantava uma canção das sereias na cabeça, e os quadris gritavam para serem descarregados. Tirou as calças, jogou-as para longe antes de lembrar-se do que havia na carteira no bolso de trás.

Abençoou Tess e enfiou a mão na gaveta da mesinha de cabeceira de Willa.

— Não vá dormir — implorou, quando a ouviu suspirar. — Pelo amor de Deus, não durma.

— Não. — Mas não havia nada melhor do que aquele estado de relaxamento flutuante. Ela se espreguiçou, a luz da lareira dançou sobre ela em ondas douradas e vermelhas. Ben afastou o olhar e terminou o que fazia. — Você vai me tocar mais uma vez?

— Vou. — Ele precisava manter os nervos sob controle. A fome era uma coisa, ele conseguia segurá-la, mas os nervos dançavam no estômago, quando ele se acomodou por cima dela. — Eu preciso de você. — Não era uma confissão fácil, não igual ao desejo, e Ben a fez com a boca colada ao ouvido dela. — Deixe-me possuí-la, Willa. Segure em mim e deixe que eu a possua.

E os braços dela o enlaçaram, quando Ben deslizou para dentro dela.

"Ah, meu Deus, tão apertada, tão quente." Precisou usar de cada fragmento de controle para não mergulhar sem pensar, como um garanhão cobrindo uma égua de prontidão. Lutando para ir devagar, dobrou as mãos dos lados da cabeça dela e olhou para seu rosto. Olhou-o com tamanha intensidade, de tão perto, que viu as primeiras faíscas de choque, aceitação e, finalmente, aquele olhar de profundo prazer.

— Ah, é maravilhoso. — Ela soltou as palavras enquanto ele se movia dentro dela. — Realmente maravilhoso.

Ela entregou a inocência sem arrependimento, com um sorriso curvando os lábios, enquanto equiparava cada movimento lento dele com o seu. Nos olhos de Ben, viu o desejo que ele mencionara, o desejo enfocado única e inteiramente nela. Quando olhou mais fundo, viu-se refletida naqueles olhos, perdida neles.

Isto, pensou, quando ele finalmente enfiou o rosto em seu cabelo e se soltou dentro dela, realmente era pura beleza.

— NÃO SABIA que seria assim. — Ainda sob ele, ainda unidos, Willa brincou preguiçosamente com o cabelo de Ben. — Eu poderia ter me sentido pronta mais cedo.

— Acho que a cronometragem funcionou muito bem. — Ele já tinha fantasias em andamento: derramar champanhe sobre aquele lindo corpo dourado e lambê-lo. Gota a gota.

— Sempre achei que as pessoas valorizavam demais o sexo. Acho que mudei de ideia.

— Isso não foi sexo. — Ele voltou a cabeça, mordiscou a têmpora. — Faremos sexo em outra ocasião. Isso foi amor. E você também não pode deixar de valorizá-lo.

Willa esticou os braços para cima, depois abaixou-os até que os dedos pudessem apalpar o traseiro dele.

— Qual é a diferença?

Ele ainda estava meio animado e muito consciente de que não precisava de muito para terminar a conversa.

— Quer que eu lhe mostre? — Levantou a cabeça e sorriu para ela. — Neste instante?

Ela deu uma risadinha e, sentindo-se sentimental, acariciou sua face.

— Até um touro precisa de algum tempo para se recuperar.

— Não sou um touro. Não saia daí.

— Para onde vai? — Nossa, pensou, ela nem tivera tempo de olhar para o corpo dele. Era... uma aula.

— Volto já. — respondeu, e caminhou sem dar a mínima para as calças.

Ora, ora. Willa se espreguiçou outra vez, mudou de posição e se aninhou nas almofadas. Parece que a noite ainda não terminara. Colocou de leve uma das mãos sobre o seio. O coração batia normalmente, não com aquele rufar de tambores quando ele se aconchegara justo ali.

Era uma sensação estranha, pensou, ver um homem beijando seu seio, sugando-o com a boca. E aqueles repuxões ecoando no útero.

O corpo estava diferente, depois de tudo o que ele fizera, tanto a ela quanto a ele. Não havia como negar que ela se sentia diferente.

Depois de toda a dor, todo o luto e medo na sua vida durante os últimos meses, encontrara um oásis. Naquela noite, talvez só por aquela noite, só havia aquele quarto. Fora dali nada mais importava. Não, nem um assassinato. E ela não permitiria que a realidade entrasse.

Amanhã seria cedo demais para as preocupações, o medo do que rondava a fazenda, as montanhas, as terras. Aquela noite, ela seria apenas uma mulher. Uma mulher que, pela primeira vez, ficaria satisfeita em deixar o controle das rédeas com um homem.

Willa estava sorrindo quando ele voltou. Por um instante, apenas ficou olhando.

Ela já o vira sem camisa antes, inúmeras vezes, e conhecia aqueles ombros largos, aquelas costas fortes. Nunca esquecera do dia quando o surpreendera com Adam e Zack mergulhando nus no rio. Então, já o vira nu.

Mas, na época, tinha apenas 12 anos, e agora não pensava como uma menina. Não estava olhando para um adolescente, mas para um homem. Um homem poderoso. Um homem que a fazia vibrar de prazer.

— Você é bonito, nu — comentou, em tom de conversa.

Ele parou de encher a taça que trouxera e se virou para fitá-la.

— Você também é muito bonita nua. — A verdade era que ficava fantástica largada sobre os lençóis amassados e sem um pingo de pudor. O cabelo estava despenteado, os olhos brilhavam à luz das velas, e ela mantinha uma das mãos sobre o ventre, tamborilando preguiçosamente ao som da música. — Você, decerto, não parece uma novata.

— Eu aprendo rápido.

Agora o sorriso voltou, lento, perigoso.

— Assim espero.

— É mesmo? — Ela adorava um desafio. — E o que é isso que você tem nas mãos?

— Champanhe para você. — Colocou a garrafa sobre a penteadeira, onde as velas tremulavam. — Beba. — A taça estava cheia até a borda. — Você vai querer ficar um pouco bêbada depois disso.

— É mesmo? — O sorriso ampliou-se, deixando os dentes à mostra, mas, com um gesto de descaso dos ombros, bebeu um gole. — Você não vai beber?

— Depois.

Ela deu uma risadinha e tomou outro gole.

— Depois do quê?

— Depois que você for minha. É o que vou fazer dessa vez. — Deslizou um dedo do pescoço até o ventre trêmulo. — Você vai ser minha. E você vai deixar.

O ar ficou preso nos pulmões e ela teve que fazer um esforço para expeli-lo. Agora ele não parecia nem carinhoso, nem desconcertado. Não com aqueles olhos tão profundos, tão verdes, tão concentrados. Parecia impiedoso. Excitante.

— Eu vou?

— Vai. — Ele podia ver o latejar no pescoço. — Não será lento, mas vai demorar muito. Beba tudo, Willa. Eu vou provar o champanhe no seu corpo.

— Você está tentando me deixar nervosa?

Ben subiu na cama, montou-a, e viu como ela piscava, surpresa.

— Querida, eu vou te enlouquecer. — Pegou a taça, mergulhou um dedo no champanhe e passou-o sobre os bicos dos seios.

— Eu vou fazer você gritar. Ah, se vou. — E balançou a cabeça devagar. — Você deveria ficar com medo. Na verdade, eu gostaria que dessa vez você se sentisse apenas um pouquinho amedrontada.

Ele derramou as últimas gotas sobre o ventre dela, depois largou a taça.

— Vou fazer coisas com as quais você nem sonha. Coisas que há muito venho querendo fazer.

Ela engoliu com dificuldade e sentiu um arrepio novo e fascinante percorrer sua pele.

— Acho que estou com medo. — Ela soltou a respiração. — Mas vá em frente.

Capítulo 22

◆ ◆ ◆ ◆

Não foi fácil acompanhar Willa quando o mês de abril chegou em toda a sua plenitude, e com ele a primavera e a estação da monta. Até onde Tess podia perceber, tudo estava concentrado no acasalamento, tanto as pessoas como os animais. Se não os conhecesse melhor, poderia jurar que pegara Ham flertando com Bess. Mas calculou que ele só estava tentando conseguir uma torta.

O jovem Billy estava apaixonado até a raiz dos cabelos por uma moça linda que trabalhava como balconista em uma lanchonete em Ennis. O caso antigo com Mary Anne tinha terminado, deixando-o com o coração partido por 15 minutos.

Pelo jeito como se pavoneava, Tess percebia que, agora, ele se considerava um homem do mundo.

Jim dava uns amassos na garçonete de um bar, e até os casadíssimos Wood e Nell trocavam piscadelas e risinhos matreiros.

Sem nada para perturbar a paz e a tranquilidade do clima pastoral, todos pareciam prontos para voltar à rotina do trabalho, aos flertes e às risadinhas sensuais.

Havia Lily, é claro, e os preparativos para o casamento. E Willa, que, quando conseguia ficar parada tempo suficiente, tinha um sorriso bobo no rosto.

Tess tinha a impressão de que as vacas tentavam acompanhar o ritmo dos seres humanos — apesar de não conseguir perceber nada de romântico na relação de um homem injetando o esperma de um touro em uma vaca.

Para ser sincera, duvidava que o próprio touro estivesse contente com o arranjo. Contudo, permitiam que ele cobrisse algumas vacas, só para mantê-lo feliz. A primeira vez que Tess testemunhou uma cobertura, o choque foi suficiente para que fosse a última vez. Ela se recusava a acreditar que os mugidos da *innamorata* do touro fossem de puro prazer sexual.

Ela também tinha presenciado Nate e o tratador conduzindo o garanhão para o acasalamento. Precisava admitir que naquele processo também havia algo de poderoso e elementar. Como o garanhão relinchara, se apoiando sobre as patas traseiras, e penetrara a égua. Como os olhos da fêmea reviraram, de prazer ou de terror.

Ela não poderia afirmar que o processo era romântico, e decerto não havia nada ali que desse motivo para risos. Os cheiros de suor, de sexo e do animal tinham sido motivo suficiente para que, na primeira oportunidade, Tess arrastasse Nate e o atacasse.

Ele não pareceu se incomodar.

Agora fazia outra tarde maravilhosa, com uma temperatura bastante quente para sair sem casaco. O céu tão enorme, tão azul, tão límpido, dava a impressão de que Montana o roubara todo para si.

Quando olhava para as montanhas — o que fazia com frequência — podia ver as manchas sangrando no meio do branco. Os azuis e cinzas das rochas, o verde profundo e escuro dos pinheiros. E quando o sol se posicionava em um certo ângulo, o brilho do rio alimentado pela neve derretida correndo aos borbotões.

Podia ouvir o destorroador ligado nos fundos da casa de Adam. Sabia que Lily planejava fazer um jardim e que convencera Adam a revirar a terra para plantar os brotos que ela semeara antes. Apesar de ter avisado que era muito cedo para plantar, Adam cedera à vontade.

E, refletiu Tess, sempre cederia.

Esse amor, essa devoção e esse entendimento eram raros. Para Adam e Lily, era algo tão sólido como as montanhas. Por mais que escrevesse sobre as pessoas, observasse-as exatamente para isso, nunca conseguia captar o poder simples e tranquilo do amor.

Podia escrever a respeito, fazer os personagens se apaixonarem e desapaixonarem. Mas não o entendia. Imaginou que talvez fosse como essa terra onde estava vivendo e já vivia há tantos meses. Aprendera a valorizá-la e a gostar dela. Mas compreendê-la? Nem um pouco.

O gado e os cavalos pontilhavam as colinas onde o capim ainda estava murcho por causa do inverno, os homens trabalhavam em meio à lama provocada pelo tempo mais quente, consertando as cercas, colocando os postes e tangendo o rebanho.

Eles o fariam sempre, ano após ano, estação após estação. Isso também era amor. Quando ela própria sentia uma pontada parecida, bloqueava-a com a lembrança de palmeiras e ruas movimentadas.

Deu um suspiro. Sobrevivera ao seu primeiro — e, esperava, o último — inverno em Montana.

— Até que enfim você chegou. — Tess começou a se aproximar, mas Willa continuou cavalgando sem parar para o pasto mais próximo. — Droga. — Sem a menor vontade de desistir, Tess seguiu-a, trotando. Estava apenas um pouco ofegante quando conseguiu alcançá-la. — Escute, precisamos ir até a cidade amanhã. Lily vai escolher nossos vestidos de madrinha.

— Não posso. — Willa soltou a barrigueira de Moon e tirou a sela. — Estou ocupada.

— Você não pode fugir disso. — Fez uma careta quando Willa, distraída, pisou em cima das flores-do-campo recém-brotadas, que floresciam em volta dos postes da cerca.

— Não estou fugindo. — Depois de colocar a sela sobre a cerca, Willa tirou a manta e o bridão. — Já me resignei com a ideia de usar um vestidinho qualquer e umas poncínias no cabelo. Mas não posso tirar um dia de folga no momento.

Pegou uma raspadeira do bolso, debruçou-se sobre Moon, levantou a pata traseira mais próxima e começou a trabalhar no casco.

— Se você não for, Lily e eu seremos obrigadas a escolher um vestido para você.

Willa resmungou, deu a volta por trás de Moon e levantou o outro casco.

— Você vai escolhê-lo de qualquer forma, então, pouco importa se eu for ou não.

Não deixava de ser verdade, pensou Tess, e com uma calma que há alguns meses seria inimaginável para ela, acariciou e deu umas palmadinhas em Moon.

— Significaria muito para Lily.

Dessa vez Willa suspirou e se aproximou da pata da frente.

— Gostaria de poder ir. Mas estou atolada de serviço. Há muito o que fazer enquanto o tempo aguentar.

— Aguentar o quê?

— Enquanto não mudar.

— O que você quer dizer com não mudar? — Tess franziu a testa para o azul límpido e perfeito do céu. — Estamos em meados de abril.

— Senhorita Hollywood, aqui ainda dá para ter neve em junho. Ainda não acabou. — Willa examinou o céu ao leste, as nuvens inofensivas e cheias que estavam enroscadas nos cumes. Desconfiava delas. — A neve da primavera é boa, dá a umidade de que precisamos e derrete bem rápido. Mas uma nevasca na primavera... — Deu de ombros e guardou a raspadeira no bolso. — Nunca se sabe.

— Nevasca uma ova. As flores estão se abrindo. — Tess olhou para as flores pisadas. — Ou estavam.

— Elas são cultivadas nas melhores condições possíveis... as que plantamos aqui. Eu não guardaria aquela roupa térmica ainda. Calma, Moon. — Dada a ordem, pegou a sela outra vez e a carregou para o estábulo.

— Há mais uma coisa. — Determinada a continuar sem ser interrompida, Tess fincou pé. — Há dias que não tenho uma oportunidade de conversar a sós com você.

— Tenho estado ocupada. — No estábulo, à meia-luz, Willa guardou a sela e os arreios e pegou uma escova.

— Com isso e aquilo.

— O que quer dizer?

— Olha, você está recuperando o tempo perdido com Ben. Tudo bem, fico contente que esteja feliz. E está ocupada o dia todo engravidando vacas que não têm a mínima ideia do que está acontecendo, ou então passando a mão sobre arame farpado, mas eu preciso saber o que está havendo.

— Com o quê?

— Você sabe muito bem. — Xingando baixinho, Tess se aproximou de Willa, que começava a escovar Moon. — Você anda calma, Will. Gosto quando está assim. Mas também está me irritando. Você é quem conversa com a polícia e com os homens, e não tem me dado informações.

— Achei que estaria muito ocupada brincando com uma de suas histórias e conversando o dia inteiro com o seu agente para se preocupar com isso.

— Claro que me preocupo. Nate só sabe dizer que não há nada de novo. Mas a polícia continua de prontidão.

Willa suspirou.

— Não posso me arriscar.

— Nem quero que se arrisque. — Para se acalmar, Tess afagou a bochecha de Moon. — Apesar de ter que admitir que passei por maus momentos quando acordei de noite ouvindo vozes de pessoas caminhando do lado de fora. Ou com você andando para cima e para baixo.

Willa manteve o olhar na pelagem suave de Moon.

— Tenho pesadelos.

Mais surpresa com a confissão do que com o fato, Tess se aproximou.

— Desculpe.

Willa fora incapaz de falar sobre o assunto antes, e pensou se não fora um erro contar.

— Pioraram depois que estive na cabana. Quando soube que aquela moça foi assassinada lá. Não há mais dúvidas quanto a isso, depois que compararam o sangue dela com o das toalhas e dos panos que encontrei debaixo da pia.

— E por que os policiais não os acharam?

Willa deu de ombros e continuou tratando da égua.

— Não é a única cabana, não é o único refúgio nas montanhas. Eles procuraram, não viram nada fora do lugar, tudo estava em ordem. Acho que não viram nenhum sentido em fuçar nos cantos escuros e remexer em baldes. Agora, com certeza, examinaram o lugar de cima a baixo, cada centímetro. Não adiantou. De qualquer forma, penso nisso e naquele momento nas montanhas, com Adam ferido e sangrando, sem saber de nada.

Deu um tapa nos flancos de Moon, que disparou para o pasto.

— Talvez tenha terminado — interrompeu-a Tess. — Talvez ele tenha ido embora. Sabe, os tubarões são assim. Eles ficam nadando em uma área algum tempo, depois vão embora procurar alimento em outro lugar.

— Estou apavorada o tempo todo. — Não era difícil admitir, não quando via Lily caminhando em volta da casa rindo para Adam. Descobrira que o amor e o medo caminhavam de mãos dadas. — O trabalho ajuda, afasta o medo da mente. Ben ajuda. Não dá nem para pensar, quando há um homem dentro da gente.

"Dá sim", refletiu Tess. "A menos que seja o homem certo."

— É aquela história das 3 da manhã — prosseguiu. — Quando não há ninguém ao lado nem nada para afastá-lo. É quando o medo rasteja e ataca minha garganta. É quando eu começo a imaginar se estou agindo certo.

— Com o quê?

— A fazenda. — O medo se espalhava ao seu redor, ao redor da sua vida. — Com você e Lily ainda aqui, não podemos ter certeza de que estamos em segurança.

— Você não tem escolha. — Tess engachou uma das botas na cerca e se encostou nela de costas. Não conseguia enxergar a terra pelos olhos de Willa, e duvidava de que conseguiria algum dia. Mas ela passara a admirar a pujança, o poder. — Temos nossas próprias ideias. Nossos próprios compromissos.

— Pode ser.

— Vou contar quais são os meus. Quando o meu prazo terminar, vou voltar para Los Angeles. Vou fazer compras em Rodeo Drive e almoçar em qualquer restaurante que estiver na moda. — O qual, ela sabia, decerto não seria o mesmo em que almoçara no outono anterior. — Vou pegar minha parte dos lucros de Mercy e comprar uma casa em Malibu. Perto do oceano, para poder ouvir as ondas noite e dia.

— Nunca vi o mar — murmurou Willa.

— Nunca? — Era difícil de imaginar. — Então virá me visitar um dia, quem sabe? Mostrarei a você como as pessoas civilizadas ocupam seus dias. Talvez até acrescente mais um capítulo no meu livro: Willa em Hollywood.

Sorrindo, Willa esfregou o queixo.

— Que livro? Eu pensei que você estava escrevendo outro filme.

— E estou. — Atrapalhada, Tess colocou as mãos nos bolsos. — Quanto ao livro, era só uma brincadeira. Faço só para me divertir.

— E eu estou nele?

— Em parte.

— E se passa aqui, em Montana? Em Mercy?

— E onde mais poderia ser? — resmungou Tess. — Estou presa aqui por um ano. Não é importante. — Os dedos começaram a tamborilar no corrimão da cerca. — Nem contei ainda para Ira. É só para me divertir quando estou desocupada.

"Se fosse verdade", pensou Willa, "não ficaria tão sem jeito."

— Posso ler?

— Não. Eu vou contar para Lily que você está fugindo do passeio de compras amanhã. E não reclame se tiver que usar um vestido de organdi.

— Que o diabo te carregue. — Willa deu as costas e observou de novo as montanhas. O humor melhorara consideravelmente, mas, enquanto olhava, mais nuvens se aproximavam, se aglomeravam e lá permaneciam, e ela sabia que não havia terminado. Nem o inverno, nem nada.

A REUNIÃO DO JANTAR fora ideia de Lily, que prometera que seria simples, informal e íntimo. Só as três irmãs com Adam, Ben e Nate. A sua família, como ela os considerava agora.

Simples, íntimo, informal, mas motivo de muita animação para ela. Seria a anfitriã de uma festa na própria casa, uma posição que nunca exercera na vida.

Quando Lily era mais jovem, a mãe é que sempre planejara e cuidara dos eventos sociais. E o fazia com tanta eficiência, tanta inteligência, que a ajuda ou a assistência de Lily era desnecessária.

Durante o breve período que vivera por conta própria, não tivera nem dinheiro nem meios para oferecer jantares. E o casamento, decerto, não contribuíra para ocasiões sociais.

Mas agora as coisas tinham mudado. Ela havia mudado.

Passou o dia todo lidando com os preparativos. Limpar a casa quase não era uma tarefa. Ela amava cada centímetro, e Adam não era um homem que largava as roupas em qualquer canto ou deixava as garrafas de cerveja se acumularem em cima da mesa. Ele não se importava com os toques que acrescentara — o pequeno sapo de latão que encomendara de um catálogo, a bonita bola de vidro de azuis matizados pela qual se apaixonara à primeira vista em uma loja em Billings. Na verdade, ele parecia gostar. Muitas vezes comentava como, antes da chegada de Lily, a casa era simples demais, estava vazia demais.

Pesquisara receitas de cozinha com Bess e acabara escolhendo uma carne assada, que estava justamente colocando no forno quando Bess enfiou a cabeça pela porta da cozinha.

— Tudo sob controle?

— Com certeza. Preparei a carne exatamente como você mandou. Veja só. — Orgulhosa como a mãe de gêmeos, Lily abriu a porta da geladeira para mostrar as tortas. — A de merengue não ficou ótima?

— A maioria dos homens prefere merengue de limão. — Bess aprovou com a cabeça. — Você fez um bom trabalho.

— Ora, gostaria que mudasse de ideia e viesse também.

Bess acenou com a mão.

— Você é uma boa moça, Lily, mas quando tenho a escolha entre colocar os pés para cima e assistir a meus filmes e sentar em uma sala cheia de jovens, prefiro esticar os pés. Mas se precisar de ajuda, tudo bem.

— Não. Eu mesma faço. Eu sei que parece tolice, mas...

— Não é tolice. — Bess foi até a janela onde Lily plantara algumas ervas em vasos. Estavam indo bem, pensou, assim como Lily. — Uma mulher tem o direito de ser a dona da própria cozinha. Mas, se tiver qualquer problema, é só me chamar. — Ela piscou. — Ninguém precisa saber que alguém lhe deu uma mãozinha.

Bess se virou quando a porta foi aberta.

— Limpe os pés — falou para Willa. — Você não vai deixar rastros de lama nesse chão limpo.

— Estou limpando. — Mas, sob aquele olhar de águia, Willa deu umas esfregadas extras no capacho.

— Ah, como são lindas! — Lily avançou para as flores-do-campo nas mãos de Willa. — É tão gentil da sua parte pensar em trazer flores, colhê-las para mim.

— Foi Adam. — Willa entregou as flores e considerou sua missão terminada. — Um dos cavalos teve uma entorse e ele está ocupado tratando dele. Não quis que murchassem.

— Ah, foi Adam. — Lily suspirou, e o coração se derreteu todo enquanto o nariz se afundava nas pequenas flores. — O cavalo está bem? Ele precisa de ajuda?

— Ele está bem. Preciso voltar.

— Você não poderia ficar um instante, tomar um café? Acabei de fazer.

Antes que Willa pudesse recusar, Bess enfiou um cotovelo nas suas costelas.

— Sente-se e tome um café com sua irmã. E tire o chapéu dentro de casa. Preciso lavar umas roupas.

— Que velha mais mandona — reclamou Willa, depois que Bess saiu e fechou a porta. Mas já tinha tirado o chapéu. — Acho que tenho tempo para tomar uma xícara, se estiver quente.

— Está. Por favor, sente-se. Vou colocar as flores em um vaso.

Willa sentou-se à mesa redonda de madeira e tamborilou os dedos no tampo. As inúmeras tarefas que ainda constavam na lista não saíam da sua cabeça.

— Que cheiro bom.

— São as ervas e essa mistura que eu fiz.

— Fez? — Willa tamborilou um pouco mais rápido. — Você é uma dona de casa perfeita, não é?

Lily manteve o olhar nas flores, enfiadas com cuidado dentro da garrafa antiga de vidro.

— É tudo o que eu sei fazer.

— Não é, não. E eu não quis dizer isso. — Chateada, Willa remexeu-se na cadeira. — Adam está tão feliz que parece flutuar. Aqui é tão arrumado e bonito. — Ela coçou a nuca e sentiu-se uma caloura desajeitada. — Olha só aquela grande tigela branca com lustrosas maçãs vermelhas. Eu não pensaria nisso. Ou colocar coisas naquelas garrafas ali em cima do balcão. O que é aquilo?

— Vinagre com sabores diferentes. — Lily olhou para as garrafas de gargalo comprido onde flutuavam folhas de manjericão, alecrim e manjerona. — Você pode usá-los para cozinhar ou para saladas. O gosto é ótimo.

— Shelly também faz coisas assim. Nunca consegui entender.

— É porque você precisa ver o quadro como um todo, a base, não apenas o trabalho artístico. Tenho tanta admiração por você.

Willa parou de olhar de testa franzida para as garrafas e abriu a boca:

— Como é?

— Você é tão inteligente, tão forte e capaz. — Lily colocou uma bela xícara azul no pires sobre a mesa. — Quase morri de medo de você quando cheguei aqui.

— De mim?

— Bem... de tudo. Mas especialmente de você. — Lily pegou sua xícara de café e acrescentou uma boa dose de creme para ficar ao seu gosto. Depois sentou-se e decidiu confessar tudo. — Observei você no dia do enterro. Você tinha acabado de perder o pai e estava sofrendo, mas, por outro lado, estava aguentando. E depois, quando Nate leu o testamento e tudo o que lhe pertencia e deveria ser seu foi tirado das suas mãos, você conseguiu lidar com a situação.

Willa também se lembrava. Lembrava que não fora gentil.

— Não tive muita escolha.

— Sempre há uma escolha — respondeu Lily, tranquila. — A minha, em geral, era fugir. Naquele dia eu teria fugido, se ainda me restasse algum lugar para ir. Não acredito que teria a coragem de ficar quando começaram a acontecer as coisas horríveis, não fosse por você.

— Não tive nada com isso. Você ficou por causa do Adam.

— Adam. — Tudo em Lily se suavizou: a voz, os olhos, a boca. — Foi. Mas não teria tido a coragem de me aproximar dele, deixar que meus sentimentos por ele aflorassem. Eu olhava para você, para tudo o que fazia, tudo o que já tinha feito, e pensava: "Ela é minha irmã e nunca fugiu de nada. Deve haver uma parte em mim igual a ela." Então fui fundo. Foi a primeira vez na vida que não fugi quando as coisas começaram a engrossar.

Willa afastou a xícara de café e debruçou-se sobre a mesa.

— Olha, eu cresci como quis, fiz o que quis. Nunca estive presa em um relacionamento, com alguém me usando como saco de pancadas.

— Não? — Lily voltou a reunir a coragem quando Willa se calou. — Bess me contou como o seu pai foi duro com você.

Bess falava demais, foi a única coisa em que Willa conseguiu pensar.

— Uma bofetada ocasional de um dos pais não é a mesma coisa que um soco de um marido na cara. Fugir disso não é covardia, Lily. Foi a coisa certa e inteligente.

— Sim. Mas eu nunca revidei. Nem uma vez.

— Nem eu — murmurou Willa. — Posso não ter fugido do meu pai, mas também não o enfrentei.

— Você revidou cada vez que montou em cima de um cavalo, tirou um bezerro da barriga da mãe, examinou uma cerca. — Lily manteve o olhar firme quando o de Willa percorreu seu rosto. — Você tornou Mercy propriedade sua. Foi assim que você revidou. Você criou raízes. Eu não o conhecia, e ele nunca se preocupou em me conhecer. Mas, Willa, acho que ele também não conhecia você.

— Não. — O tom de voz saiu suave e lento com a percepção. — Acho que não. Lily inspirou fundo.

— Agora eu revidaria, e isso se deve em grande parte a você e a Tess, e às oportunidades que tive aqui. Jack Mercy não me deu essa chance, Willa. Você deu. Você poderia ter nos odiado, e tinha suas razões para isso. Mas não nos odiou.

Bem que teria gostado, lembrou-se Willa. Mas fora impossível.

— Talvez o ódio exija mais do que isso.

— E exige mesmo. Mas não são todas as pessoas que entendem isso. — Lily fez uma pausa e brincou com a xícara. — Outro dia, quando Tess e eu estávamos fazendo compras, achei... por um instante, ter visto Jesse. Foi só um relance, um vislumbre.

— Você pensa que o viu em Ennis? — Willa deu um salto na cadeira, se endireitou e cerrou os punhos.

— Não. — Deslumbrada com a irmã, Lily sorriu um pouco. — Está vendo como a sua primeira reação foi essa: revidar? A minha foi de correr. Costumava achar que o via por toda parte. Eu o imaginava em todos os lugares. Já faz algum tempo que não acontecia isso. Mas no outro dia um rosto na multidão, um trejeito da cabeça... Mas não fugi. Não entrei em pânico. E acho que, se fosse ele, se realmente fosse ele, eu revidaria. E devo isso a você.

— Não sei, Lily. Às vezes, fugir é uma ótima escolha.

O JANTAR CORREU tão bem que Lily mal conseguia acreditar que tudo aquilo fazia parte da sua vida. Sua nova vida. As pessoas que ela passara a amar estavam sentadas no aposento pequeno e aconchegante, servindo-se pela segunda vez da comida que ela preparara, rindo um do outro como amigos, discutindo um com o outro como uma família.

Tinha sido Tess quem começara, propositadamente contando a Willa que o vestido que tinham escolhido para ela era de organdi fúcsia, com uma saia rodada de seis panos, mangas bufantes e um espartilho.

— Você está louca se acha que vai conseguir me enfiar nessa coisa. Aliás, o que diabo é fúcsia? Não é rosa? Nem pense que eu vou usar tecido cor-de-rosa.

— Você vai ficar adorável — ronronou Tess. — Especialmente de chapéu.

— Que chapéu?

— Olha, é lindo. Também é rosa, com uma enorme aba macia coberta de flores primaveris. Prímulas da Inglaterra. E a forma permite que você use o cabelo preso. Ah, depois vem as luvas. Compridas até o cotovelo, elegantésimas!

Willa ficou branca como uma folha de papel e Lily apiedou-se dela.

— Ela só está mexendo com você. O vestido é maravilhoso. É de seda azul-claro com botões perolados nas costas e um pequeno toque de renda no busto. É muito simples, bem clássico. E nada de chapéu ou luvas.

— Desmancha-prazeres — sussurrou Tess, e depois sorriu para Willa. — Peguei você.

— Se continuar desse jeito, Willa vai usar mais vestidos este ano do que eu a vi usando em toda a vida. — Ben brindou a ela. — Eu achava que ela dormia de calça jeans.

— Gostaria de ver você tangendo o gado de vestido — revidou Willa.

— Eu também. — Com uma risadinha, Nate empurrou o prato para o lado. — Lily, o jantar estava excelente. Adam vai ter que começar a comprar cintos mais largos, tendo você como cozinheira.

— Deixem um espaço para a torta. — Toda prosa, Lily se levantou. — Por que não a comemos na sala de estar?

— A moça sabe cozinhar — comentou Ben, acomodando-se em uma das cadeiras da sala de estar. — Que sorte a do Adam!

— É assim que você avalia a sorte de um homem em relação a uma esposa, McKinnon? — Willa, que preferira sentar-se no chão em frente à lareira, cruzou as pernas. — Pela culinária?

— Mal não faz.

— Uma mulher inteligente contrata uma cozinheira. — Tess, que estava sentada com Nate no sofá, gemeu um pouco. — E só come como hoje uma vez por ano. Amanhã vou precisar dar cinquenta braçadas extras na piscina.

Willa se lembrou de vários comentários mordazes, mas deixou para lá. Deu um olhar rápido para a cozinha, onde Adam e Lily estavam ocupados com a sobremesa.

— Antes que voltem, Lily comentou com você que achou ter visto o ex--marido outro dia enquanto faziam compras?

— Não. — Tess se endireitou depressa. — Nem uma palavra.

— Em Ennis? — Os olhos de Nate se apertaram e ele parou de brincar com os dedos de Tess.

— Ela disse que foi um engano. Que era um antigo hábito dela imaginar que ele estava em todos os lugares, mas fiquei preocupada.

— Ela ficou calada um tempo. — Tess apertou os lábios e tentou recapitular. — Olhávamos as vitrines de uma loja de lingerie, e eu achei que estava sonhando com a noite de núpcias. Durante alguns minutos pareceu que estava nervosa, mas não disse nada.

— Você conseguiu a foto dele? — perguntou Ben a Nate.

— Só há poucos dias. Parece que ficou presa lá no Leste. — Ele também lançou um olhar cauteloso para a cozinha. — Parece um coroinha. Tem um rosto bonito e o corte de cabelo à escovinha. Não o vi por aqui. Deveria tê-la trazido comigo para entregá-la ao Adam.

— Quero vê-la — disse Willa. — Falaremos disso depois — acrescentou, ao ouvir a voz de Adam. — Não quero estragar a noite dela.

Para disfarçar, Ben se levantou e caminhou até Lily, que vinha carregando uma bandeja.

— Aí, isso sim é que é torta. — Debruçou-se, sentiu o cheiro como um homem que não estivesse pensando em outra coisa a não ser na próxima mordida. — Então, o que você tem para os outros?

Mantiveram a noite em um tom leve, até que Nate, com um sinal sutil, apertou depressa a mão de Tess e se levantou.

— Acho melhor ir embora antes que vocês tenham que me empurrar pela porta como um barril, Lily. — Inclinou-se para beijá-la. — Você preparou um belo jantar.

— Estou muito contente que tenha vindo.

— Vou acompanhar você até lá fora. — Tess simulou um bocejo.

— Com toda essa comida, vou dormir como uma pedra.

Por um acordo tácito, Ben e Willa deram cinco minutos para abraços e despedidas, antes de saírem.

Quando ficaram sozinhos, Adam tomou Lily nos braços.

— Acham que estão enganando a quem?

— Como assim?

Achando-a uma gracinha, beijou-a na testa.

— Você ouviu o motor de uma picape?

Lily piscou, entendeu e riu.

— Não, acho que não.

— Parece que eles sabem o que estão fazendo. — Ergueu Lily nos braços e dirigiu-se para a escada.

— Adam, os pratos.

— Fique tranquila, de manhã eles ainda estarão aí. — Beijou-a de novo.

— E nós também.

$\mathcal{D}$EITADA NA CAMA, Willa soltou um gemido longo e gutural na escuridão. Esse som sempre o excitava e o fazia acelerar o ritmo. Ele adorava ficar olhando quando ela o montava, com os cabelos esparramados pelos ombros, tão sensuais e escuros. Ele conseguia se ver refletido naqueles clarões, rápidos e intensos, naquelas faíscas de prazer no rosto dela, quando ela se soltava. E quando tomou os seios dela entre as mãos, quando se ergueu para substituir as mãos com a boca sôfrega, ela se enroscou nele com os braços e as pernas, como uma sedosa trepadeira, para que ele pudesse se saciar.

Quanto mais ela cedia, mais ele queria.

— Goze para mim. — O pedido saiu arfante, e ele pressionou a mão no ponto onde eles se uniam, encontrou-a, e a conduziu.

O gemido se repetiu, um som rouco de prazer percorrendo suas veias como uma dose de uísque. Ele sentiu-a ceder, transbordar e dar outro gemido antes que os dentes mordessem seu ombro.

Então ele a deixou seguir o próprio ritmo, deixou-a estremecer e retomar o controle. Agora ela se debruçava sobre ele, os cabelos cobriam o rosto e as mãos se apoiavam de cada lado da sua cabeça.

— Vou deixar você louquinho. — Ela abaixou a cabeça até os lábios estarem a um milímetro dos seus. — Quero que você implore.

O ritmo agora era lento, torturante, e a boca cobriu a dele com beijos rápidos e mordiscantes, que aos poucos foram ficando mais profundos e ardentes. Quando as mãos agarraram seus cabelos e a respiração ficou ofegante, ela soltou a boca e se afastou. Acelerou o ritmo e passou as mãos pelo corpo dele, atenta aos olhos.

E viu o que queria. Os olhos, selvagens, cegos e desesperados, espelhavam as emoções que turbilhonavam dentro dela. As mãos de Ben agarraram seus quadris com força. Ficaria com hematomas. Marcas, pensou, em triunfo.

O corpo curvou-se para trás e estremeceu quando os dedos de Ben agarraram seus quadris, que bombeavam. Agora ela sabia o que esperar: aquela explosão de prazer implodindo no prazer, o ataque ao sistema que podia surgir como um raio ou demorar-se como orvalho. Ainda assim, era sempre um choque, essa intimidade violenta e o desejo que sempre, sempre florescia.

Ela o sentiu gozar, sentiu o último golpe duro dentro de si e a gloriosa explosão de calor. O orgasmo chegou como uma flecha disparando pelo interior do corpo e prendendo-a a ele, cheia dele, dando-lhe as boas-vindas.

— Willa. — Ben a puxou para baixo para que pudessem tremer juntos, pele suada deslizando sobre pele suada. Quando conseguiu dizer mais que o nome dela, colocou a boca no pescoço da mulher. — Durante toda a noite quis segurar você assim.

Fantasias como essas sempre a agradavam e a impediam de falar.

— Você estava muito ocupado com a comida para pensar nisso.

— Nunca estou ocupado demais para pensar nisso. Ou em você. Sabe, eu penso em você. — Enfiou a mão nos cabelos dela, virando a boca para a dele. — Cada vez mais. E me preocupo com você.

— Preocupa? — Maravilhosamente relaxada, ela se apoiou nos cotovelos e olhou para ele. Adorava ver aquele rosto no escuro, descobrir traço por traço. — Com o quê?

— Não gosto de me afastar daqui, com tudo o que está acontecendo.

— Eu posso cuidar de mim mesma. — Ela afastou uma mecha de cabelo do rosto. Engraçado, refletiu, como as pontas sempre pareciam que tinham sido banhadas em pó de ouro umedecido. Mais engraçado ainda era como, ultimamente, seus dedos sempre ansiavam por tocá-lo. — E posso cuidar da fazenda.

— Sei. — "Quase bem demais", pensou. — Mas me preocupo da mesma forma. Eu poderia ficar hoje à noite.

— Já conversamos sobre isso. Bess gosta de fingir que não sabe o que acontece aqui. Não quero contrariá-la. E... — Beijou-o e se deitou de costas preguiçosamente. — Você tem a sua fazenda para cuidar. — Espreguiçou-se.

— Vista-se, McKinnon. Eu já acabei com você.

— Você acha mesmo? — Ele rolou para cima dela e provou como estava enganada.

𝓔M GERAL, quando um homem sai nas pontas dos pés de uma casa, à noite e às escuras, sente-se um tolo. Ou um homem de sorte. Nate se decidia entre um ou outro quando, ao abrir a porta da frente, deu de cara com Ben.

Olharam um para o outro, pigarrearam.

— Bela noite — disse Nate.

— Uma das melhores que já tive. — Ben desistiu e abriu um sorriso. — E aí, onde é que você deixou a picape?

— Atrás do celeiro. E você?

— Também. Não sei por que nos preocupamos tanto. Não há um único homem nas redondezas que não saiba o que estamos aprontando com aquelas mulheres. — Chegaram à varanda e seguiram para o celeiro. — Sempre fico imaginando se não vou acabar levando um tiro.

— É o turno de Adam e Ham — apontou Nate. — Tento me ajustar a eles. Não são de ficar atirando a esmo. — Olhou para a casa, para a janela de Tess.

— Mas vale a pena se esquivar de algumas balas.

— Quando um homem diz isso, a coisa é séria.

— Estou pensando em casar com ela.

Ben parou de supetão.

— Espere, meu ouvido está com um zumbido. Acho que não ouvi direito o que acabou de dizer.

— Você ouviu direitinho. Ela aposta que vai voltar para a Califórnia quando o outono chegar. — Nate deu de ombros. — Eu aposto que não.

— Você disse a ela?

— Dizer o quê? — Divertindo-se com a ideia, Nate soltou uma grande risada abafada. — Eu, não. Com uma mulher como Tess, é preciso ter cautela. Está habituada a dirigir o espetáculo. Então é preciso fazer com que pense que tudo é ideia dela. Ela não sabe que está apaixonada por mim, mas vai perceber.

Falar de amor e casamento fazia o estômago de Ben revirar.

— E se ela não perceber? E se ela não se der conta? E se fizer as malas e for embora? Você vai permitir?

— Não posso trancá-la em casa, posso? — Nate tirou as chaves do bolso, balançou-as na palma da mão. — Aposto como vai ficar. Ainda tenho algum tempo para persuadi-la.

Ben pensou em Willa e em como reagiria se ela, de repente, resolvesse ir embora. Ele a amarraria como um cabrito.

— Nunca achei que conseguisse ser tão sensato.

— Bem, ainda teremos tempo. Preciso passar no tribunal por um ou dois dias. — E acrescentou, quando subiu na picape: — Assim que puder, passo e trago a foto.

— Faça isso. — Ben parou ao lado da sua picape e olhou outra vez para a casa. Não, ele não achava que, se estivesse apaixonado, conseguiria ter bom senso. A caminho de casa, disse a si mesmo, várias vezes, que o melhor era não ter.

Capítulo 23

◆ ◆ ◆ ◆

Jesse já tinha tudo resolvido. Ah, ele não se incomodara em esperar, ser paciente. Ser sensato. Afinal, se ele aguentasse até o outono, poderia conseguir um bom dinheiro da esposa.

Mas agora a putinha achava que podia ir em frente e se casar com aquele índio desgraçado. Pensara a respeito e sabia que, se deixasse acontecer, legalmente não teria direito a nem um centavo. Então, teria que impedir.

Se a pontaria tivesse sido um pouco mais precisa, já teria cuidado de Adam Wolfchild. A oportunidade estava lá, mas o filho da mãe tivera sorte. Como Adam não estava sozinho, Jesse não quis se arriscar, preferindo esperar uma segunda chance para atirar nele.

E tinha certeza de que teria outra oportunidade. Tudo o que precisava era de um pouco de sorte. Mas o trabalho da primavera e Ben McKinnon, aquele feitor de escravos, o mantinham preso a Three Rocks, enquanto a adúltera da sua mulher saía por aí comprando enfeites para o casamento.

Mas, se não conseguia acabar com Wolfchild, podia perfeitamente dar cabo de Lily. Teria grande prazer em fazê-la se lamentar por se meter com ele e arruinar seus planos de embolsar a herança.

Esperava embolsar um monte de coisas, pensou, enquanto tirava outra rainha para acompanhar as duas damas. Mas era hora de seguir em frente. E de levar Lily junto.

— Pago teus cinco e aumento mais cinco — anunciou Jesse, sorrindo amigavelmente para Jim, que estava sentado do outro lado da mesa de pôquer.

— É muito para mim. — Ned Tucker jogou as cartas sobre a mesa, arrotou, e se levantou para pegar outra cerveja. Sentia-se bem na fazenda Mercy, considerava Willa uma patroa justa e gostava da companhia do pessoal. Para dar sorte, passou a mão pela cabeça do urso que os homens tinham colocado com dificuldade em um dos cantos. Não que naquela noite ele tivesse sido de grande valia na mesa do carteado, pensou Ned.

Balançou a cabeça quando Jesse levou outra bolada.

— O filho da mãe parece que não perde nunca — comentou com Ham.

— Já ganhou o suficiente para cagar pepitas de ouro — disse Ham, e decidiu tentar a própria sorte. — Estou nessa. Preciso substituir Billy e aquele universitário sabe-tudo em uma hora. Tanto faz se eu perder algum dinheiro antes.

Perdeu uma vez, e mais outras, e afastou-se da mesa.

— Estou fora. Vou sair e respirar um pouco de ar.

— Cuidado para Billy não atirar em você — avisou Jim. — Aquele rapaz está com as ideias voltadas para uma moça lá da cidade e se assusta fácil.

— Ora, eu seguro o Billy — disse Jesse enfiando a jaqueta e saindo.

Verificou as horas. Estudara a dinâmica da fazenda Mercy com cuidado e sabia que Adam estaria dando a última checada da noite nos cavalos. A casa principal estaria sossegada e Lily, sozinha. Pegou o Colt que estava embaixo do assento da caminhonete. Todo cuidado era pouco. Enfiou-o no cinto e caminhou pelas sombras até a bela e pequena casa.

Funcionaria como um relógio, refletiu. Lily gritaria e imploraria, mas o acompanharia sem muita resistência. Sempre fazia o que mandavam. Se não fosse bastante rápida, com certeza o seria depois da primeira bofetada.

Ah, como ansiava por aquela primeira bofetada. Já passara muito tempo.

Apalpou o cinto e caminhou silenciosamente até os fundos da casa.

— É você, J. C.? — Contente com a perspectiva de uma companhia durante o turno, Billy se aproximou com a espingarda travada e voltada para o chão. — Está depenando os rapazes lá no alojamento outra vez? O que está fazendo aqui fora?

Jesse sorriu e tirou o revólver do cinto.

— Pegando o que me pertence — disse e baixou com força a coronha do Colt na cabeça de Billy. — Não tenho motivos para atirar em você — disse, e o arrastou para a mata. — Além de ser muito barulhento. Agora, não se meta no meu caminho, ou sou capaz de mudar de ideia.

Silencioso como uma cobra, continuou na ponta dos pés até a porta dos fundos e olhou pela janela.

Lá estava ela. A doce e pequena Lily. Sentada à mesa, bebendo chá e lendo uma revista. Esperando pelo índio-amante para que ele enfiasse o caralho nela. Cadela infiel!

O barulho do trovão chamou sua atenção, e ele olhou para o céu negro. Até o tempo estava a seu favor, pensou, com um sorriso. Uma boa chuva seria uma boa cobertura durante a viagem para o sul.

Girou a maçaneta devagar e entrou.

— Adam, tem um artigo aqui que fala de bolos de casamento. Será que... — Não terminou a frase, mas, com o coração batendo, não desviou os olhos da página. Feijão rosnou debaixo da mesa. E ela soube, antes mesmo de reunir coragem para se virar, de quem se tratava.

— Lily, mande o cachorro parar de latir ou eu o mato.

Ela não duvidava nem um pouco de que ele falava sério. Parecia o mesmo — apesar do cabelo escuro mais comprido e o bigode, não mudara nada. Aqueles lindos olhos continuavam maus, a boca, fria, e o sorriso, perigoso

— Não, por favor, Jesse. É só um cachorro velho. E vão ouvir você. Vão ouvir se você atirar. E virão todos para cá.

Ele queria matar alguma coisa, sentia a necessidade fervendo e aumentando. Mas queria um silêncio ainda maior.

— Então, mande ele ficar quieto. Agora.

— Eu... vou levá-lo para o outro quarto.

— Devagar, Lily, e não tente fugir. — Estava gostando da sensação da arma na mão, de como a coronha se adaptava jeitosamente na palma. — Vou machucá-la feio, se tentar. E matá-lo quando entrar.

— Não vou fugir. — Pegou Feijão pela coleira e, apesar do corpo gorducho estar tenso e ele fazer pressão contra ela, arrastou-o até a porta e para dentro do quarto. — Por favor, abaixe essa arma, Jesse. Você sabe que não precisa dela.

— Acho que não. — Sempre sorrindo, ele a enfiou no cinto. — Venha aqui.

— Não adianta, Jesse. — Ela se esforçou para se lembrar de tudo o que aprendera na terapia: manter a calma, pensar com clareza. — Estamos divorciados. Se você me machucar de novo, vai acabar na prisão.

Ele colocou a mão de volta na coronha.

— Eu disse venha aqui.

Precisava chegar mais perto da porta, pensou. Deveria haver um meio de passar por ela. Precisava passar pela porta para avisar a Adam, avisar a todos os outros.

— Estou tentando recomeçar — disse, caminhando na direção dele. — Nós dois podemos recomeçar. Eu só desapontei você, e... — Deu um grito, não por causa do choque, mas de dor quando ele bateu no seu rosto com as costas da mão.

— Já faz mais de seis meses que estou com vontade de fazer isso. — E, já que era tão bom, deu outra bofetada, com bastante força, para que ela caísse de joelhos. — Eu estive bem aqui, Lily. — Agarrou o cabelo dela e puxou até que ela ficasse em pé. — Observando você.

— Aqui? — A dor familiar provocava náuseas e tornava difícil conseguir pensar. Mas ela pensou. No assassinato, na loucura. — Você estava aqui. Meu Deus!

O medo agora a paralisava. Ele usava os punhos, disse para si mesma. Só os punhos. Não esquartejava pessoas.

Mas quando olhou para os olhos dele, tudo o que viu foi uma raiva cega.

— Agora você vai me acompanhar sem fazer barulho e fará exatamente o que eu disser. — Na dúvida de ela não estar entendendo o que ele dizia, deu outro puxão violento de cabelo. — Se não me obedecer, Lily, vou machucar você e qualquer outra pessoa que atravessar o meu caminho. — Continuou falando, o rosto bem perto do dela. No outro quarto, o cachorro latia loucamente, mas nenhum dos dois prestou atenção. — Nós vamos fazer uma viagem bonita e longa. Para o México.

— Eu não vou com você. — Recebeu outro golpe, titubeou, e depois, para surpresa de ambos, deu um salto para a frente e atacou-o com unhas, dentes e punhos.

A força do impulso o empurrou de encontro ao balcão e a dor se espalhou no quadril que bateu contra a quina. Ele deu um urro quando Lily tirou sangue de sua bochecha, surpreso demais para revidar, até que ela arranhou seu rosto pela segunda vez.

— Sua filha da puta! — Ele a derrubou em cima da mesa com um soco e a bonita xícara de chá voou.

Os cachorros uivavam como lobos e arranhavam a porta como loucos.

— Vou matar você por isso. Vou matar você, porra.

E quase o fez. Segurava o revólver, e o dedo no gatilho vibrava. Ela agora o encarava, não com medo, não com um olhar implorante, mas com ódio.

— É isso o que você quer? — Ele a levantou com força outra vez e apontou o cano da arma para a sua testa. — Você quer que eu mate você?

Há algum tempo ela teria respondido sim, por pura exaustão.

Mas lembrou-se da sua vida ali, com Adam, com as irmãs. Pensou em sua casa e em sua família.

— Não, eu vou com você. — E aguardarei a primeira oportunidade para escapar, ou lutar, pensou.

— Pode ter certeza de que vai. — Fechou a mão em torno do pescoço de Lily e sacudiu-a enquanto o sangue queimava os olhos. — Agora não tenho tempo para fazer você pagar pelo que fez, mas espere, espere só.

Ela tremia quando ele a arrastou até a porta. Estava muito abalado com o choque por ela tê-lo machucado, realmente machucado até o sangue escorrer pelo rosto. O tempo que gastara quando ela podia tê-lo acompanhado dócil como uma vaca o deixara trêmulo de raiva.

Lily quase não percebeu que não era chuva que caía do céu, mas neve. O trovão ainda rugia. Flocos espessos e pesados dançavam na frente dos seus olhos, e ela só viu Adam quando estavam frente a frente, ele dando de cara com uma espingarda.

— Larga ela. — A voz de Adam estava tão calma como um lago, sem que a fúria ou o medo perturbasse a superfície. — Lily, afaste-se dele.

Jesse mudou a posição da mão no pescoço, mantendo o braço em volta do peito. A arma que ainda segurava na mão estava apontada para a cabeça de Lily. Não havia calma nele. Gritou:

— Ela é a porra da minha mulher! Dê o fora daqui. Eu mato ela. Eu enfio uma bala na cabeça dela.

Ouviu o gatilho de uma arma e viu Willa dar um passo à frente, sem casaco, o cabelo coberto de neve.

— Tire as mãos de cima da minha irmã, seu filho da puta!

Estava errado, tudo estava errado, e os dedos de Jesse começaram a tremer de pânico.

— Eu atiro. Se derem mais um passo, os miolos dela vão se esparramar pelos sapatos de vocês. Conte para eles, Lily. Diga para eles que eu sou capaz de matar você aqui e agora.

Ela podia sentir a pressão do aço na testa. Podia imaginar o clarão da explosão. Mal conseguia respirar com o aperto na garganta.

Para manter-se acordada, mantinha o olhar fixo em Adam.

— Sim, ele é capaz. Ele estava aqui o tempo todo, estava aqui.

Os olhos de Jesse faiscaram. Parecia um monstro, o sangue pingava do rosto e a boca se esticava em um sorriso amplo e desafiador.

— Isso mesmo. Eu estava aqui o tempo todo. Se quiser que eu faça com ela o que fiz com os outros, é só não sair da minha frente. — Os lábios se curvaram em um sorriso de satisfação. Estava no comando outra vez. No controle. — Talvez não a estripe, nem a escalpele, mas ela vai morrer.

— E você também — disse Adam, apontando a arma.

— Posso quebrar o pescoço dela como o galho de uma árvore. — A voz de Jesse oscilava. — Ou enfiar uma bala no ouvido. E talvez eu tenha sorte. — Ele aumentou tanto a pressão no pescoço que Lily ergueu as mãos para se proteger e afastar a obstrução. — Talvez consiga dar mais um tiro diretamente na barriga da sua irmã.

— Ele está blefando, Adam. — O dedo de Willa se mexeu no gatilho. Enfiaria uma bala na cabeça dele, pensou, determinada.

Se Lily afastasse a cabeça, apenas mais um centímetro, se se deslocasse apenas um centímetro, ela poderia arriscar o tiro. Mas a droga da neve caía como uma cortina.

— Ele não quer morrer.

— Sou um fuzileiro naval, porra! — gritou Jesse. — Posso acabar com dois de vocês antes de morrer. E Lily vai ser a primeira.

Sim, Lily seria a primeira.

— Você não vai conseguir se livrar dessa. — Mas Adam abaixou a espingarda. Raiva e orgulho não valiam a vida de Lily. — E vai pagar por cada minuto que ela sentir medo.

— Para trás, sua filha da mãe — ordenou para Willa, apertando ainda mais o braço de Lily, cujos olhos se reviraram deixando à mostra o branco dos olhos — Posso quebrar o pescoço dela em um piscar de olhos.

Impotente, com todos os instintos em revolta, Willa deu um passo para trás. Mas não abaixou a arma. Um tiro, sem erro, prometeu-se. Se pudesse dar um tiro sem errar, ela o faria.

— Entre na picape. — Andando de costas, os olhos saltando de um lado para outro, arrastou Lily com ele. — Entre na merda da picape e sente diante do volante. — Empurrou-a para dentro e por cima do banco, mantendo a arma apontada para cima e à vista dele. — Se nos seguirem — gritou —, eu a matarei tão devagar quanto for capaz. Ligue logo essa porcaria e dirija.

Lily deu um último olhar para o rosto de Adam quando girou a chave na ignição. E foi embora.

Com as mãos trêmulas, Willa abaixou a espingarda. Não atirara. Tivera um momento, só um instante, mas ficara com medo de arriscar.

— Deus, meu Deus! Eles estão indo para leste. — Pense, ordenou a si mesma. Pense. — A polícia pode montar uma barreira e pará-los, se ele tentar pegar a estrada principal. Se for esperto, vai se lembrar disso e então vai para as montanhas. Podemos ir atrás deles em vinte minutos, Adam.

— Eu a deixei ir. Eu deixei que ele a levasse.

Willa sacudiu-o com força.

— Ele a teria matado bem na nossa frente. Estava em pânico e enlouquecido. Ele teria feito isso.

— Sim. — Adam respirou fundo e soltou o ar. — Vou atrás deles. E vou matá-lo.

Willa assentiu.

— Isso. Vá chamar a polícia, eu vou reunir os homens. Os que vão para as montanhas precisarão de cavalos e equipamentos. Ande logo.

Ela saiu correndo, quase passou por cima de Billy, que conseguira engatinhar, gemendo, até a estrada.

— Minha nossa! — Ao ver o rosto banhado de sangue, teve certeza de que ele tinha levado um tiro. — Billy!

— Ele me acertou. Ele me acertou com alguma coisa.

— Fique aí. Não saia daí. — Ela saiu correndo para casa. — Bess! Pegue o estojo de primeiros socorros. Billy está lá na frente com Adam. Está ferido. Traga-o para cá.

— O que diabo está acontecendo? — Chateada porque a sua primeira sessão da noite fora interrompida, Tess apareceu no alto da escada. — Primeiro os cachorros latem feito loucos, agora é você aos berros. Até parece que vai derrubar o teto. O que aconteceu com Billy?

— Jesse Cooke. Ande rápido — ordenou, quando Bess passou por ela voando. — Não sei até que ponto ele está ferido.

— Jesse Cooke. — Alarmada, Tess desceu correndo as escadas. — Do que está falando?

— Ele pegou Lily. Está com ela — repetiu Willa, sem dar tempo às várias perguntas de Tess. — Acho que a está levando para as terras altas. Estamos no meio de uma nevasca e trovoadas, e ela nem levou um casaco. — A primeira explosão de histeria foi a última, e Willa reprimiu o lado emocional com força. — Ele está em pânico e meio enlouquecido, ou algo mais. Nate, chame Ben, e qualquer pessoa que você lembrar, diga que precisamos de uma equipe de busca, e rápido. Nós vamos atrás deles a cavalo.

— Vou pegar roupas mais quentes. — Os dedos brancos de Tess permaneceram pálidos. — É para Lily. Vai precisar delas quando a encontrarmos.

— Ande rápido.

Em dez minutos Willa organizara os homens. Estavam armados, preparados para sair de picape ou a cavalo e levavam suprimentos para dois dias.

— Ele não conhece a área como a maioria de nós — continuou.

— Só esteve aqui alguns meses. Lily vai atrapalhá-lo e atrasá-lo o quanto puder. Vamos nos espalhar. Há uma chance de que ele a leve para a cabana, então Adam e eu vamos para lá. O tempo vai dificultar as coisas para ele, mas tampouco vai nos ajudar.

— Vamos pegar aquele desgraçado. — Jim enfiou com força a espingarda no coldre. — E vamos pegá-lo antes do amanhecer.

— Não conseguiremos seguir as pegadas, então... — Calou-se ao notar a picape de Ben entrar depressa no pátio. Ela queria a atenção deles, precisava da atenção deles, então endireitou as costas. — Vamos nos espalhar por uma área bem ampla. Todos têm seus objetivos. A polícia está cuidando das estradas principais e vai mandar mais homens. A equipe de busca e resgate sairá assim que o dia ficar claro. Eu a quero de volta de manhã. Quanto ao Cooke... — Ela respirou. — Façam o que for necessário. Vamos.

— Você vai com quem? — Foi a única pergunta de Ben.

— Com Adam, seguindo para leste, na direção da cabana.

Ele acenou.

— Vou com você. Preciso de um cavalo.

— Nós temos um.

— Eu também vou. — Com os olhos cheios de lágrimas, Tess se aproximou de Adam. — Eu sei montar.

— Você vai nos atrasar.

— Droga! — Tess agarrou o braço de Willa e virou-a com força. — Ela é minha irmã também. Eu vou.

— Ela sabe montar — foi só o que Adam disse. Saltou em cima do cavalo com um impulso e, acompanhado pelo cão de caça mais novo, partiu a galope.

— Espere por Nate — ordenou Willa. — Ele conhece o caminho. — Montou depressa. — Ele vai precisar que alguém explique o resto.

Sabendo que teria que se contentar, Tess assentiu.

— Está bem. Alcançaremos vocês.

— Nós a traremos de volta, Tess — murmurou Ben, montando e assobiando para seu cão fiel.

— Traga os dois para casa — respondeu Tess, observando-os enquanto partiam.

*A*DAM FICOU CALADO até encontrarem a picape abandonada. Suas ideias estavam tenebrosas demais para pôr em palavras, o coração estava gelado. Pararam o suficiente para procurar por sinais com cuidado. Todo amassado, o veículo batera contra uma árvore e estava enfiado na neve até o para-choque.

A neve espessa e molhada encobria tudo, os cachorros, enfiando os focinhos nela, farejavam-na.

— Ele bateu nela. — Adam forçou a porta do lado do motorista e a abriu com medo de encontrar sangue. Ou pior. — O rosto já estava machucado onde ele bateu.

A picape estava vazia, apenas com algumas gotas de sangue do lado da outra porta. "Não são de Lily", pensou. "São de Cooke."

— O rosto dele estava ensanguentado — lembrou Willa. — Ela revidou, como prometeu que faria.

Quando Adam se virou, os olhos estavam totalmente inexpressivos.

— Eu disse a ela, prometi que ninguém jamais a machucaria outra vez.

— Você não podia fazer nada. Ele não vai machucá-la, Adam. Ela é sua única saída. Ele não fará com ela o que...

— O que fez com os outros? — Adam engoliu as palavras, reprimiu a ideia. Sem dizer mais nada, montou no cavalo e seguiu em frente.

— Deixe-o ir na frente. — Ben cobriu a mão de Willa com a sua. — Precisa de um tempo.

— Eu também estava lá, parada. Minha arma estava apontada para ele. Eu atiro melhor que Adam, melhor do que qualquer um em Mercy, mas não adiantou nada. Fiquei com medo de arriscar... — Interrompeu-se e balançou a cabeça.

— E se você tivesse arriscado, e ela tivesse se mexido? Poderia ter acertado nela, e não nele.

— Ou ela poderia estar a salvo. Se tivesse que repetir tudo de novo, eu atiraria naquele miserável bem no meio da testa. — Obrigou-se a não pensar mais nisso. — E não adianta ficar pensando no que aconteceu. Pode ser que esteja a caminho da cabana, tudo indica que sim. Ele deve estar pensando que pode se defender dali.

Willa montou no cavalo.

— Dessa vez, Lily tentou lutar com ele. Talvez tivesse sido melhor se tivesse fugido.

𝓛ILY TERIA FUGIDO, se pudesse. Estava morrendo de frio, a blusa estava ensopada, mas teria tentado a sorte na neve e pela montanha se tivesse a opção de fugir.

Ele guardara o revólver, mas, depois que ela bateu na árvore, mudara de estratégia. Lily batera na árvore esperando que o impacto do lado dele o atordoasse o suficiente para lhe dar alguma vantagem. Tudo o que conseguira, porém, fora ser jogada de cabeça na neve.

Jesse amarrou suas mãos com uma corda, que prendeu em volta da cintura, para que ela ficasse presa a ele. No começo Lily tropeçara bastante, de propósito, para atrasá-lo. Mas de nada adiantou, pois ele a punha em pé de novo.

A nevasca estava monstruosa. Quanto mais alto subiam, mais violenta ficava, acompanhada dos estouros dos trovões seguidos por raios que cruzavam o céu. E o vento era tão forte que ela mal conseguia ouvir quando ele a xingava.

O mundo era branco — um branco que rugia e rodopiava.

Ele carregava uma mochila nas costas. Ela se perguntou se tinha uma faca dentro dela e o que ele faria quando chegassem.

O frio aniquilara suas forças e permeara os ossos, que pareciam galhos quebradiços, prontos para se romperem. Lutar contra ele era apenas uma fantasia, uma esperança remota. Para onde poderia fugir quando tudo o que havia ao redor era uma parede de neve que a cegava?

Só restava tentar sobreviver.

— Pensaram que tinham me pegado, não é? — Deu um puxão na corda e Lily caiu por cima dele. A gola do casaco de pele de carneiro estava levantada, mas mesmo assim a neve molhada penetrava e escorria pelo pescoço, irritando-o. — O seu catador de bosta de cavalo e aquela puta mestiça da sua irmã pensaram que estavam por cima. Eu ganhei, eu consegui. — Ele apertou o seio dela com violência por cima da blusa. — Sempre consegui, sempre vou conseguir.

— Você não me quer, Jesse.

— Você é a porra da minha mulher, não é? Fez os votos, não fez? Amar, honrar, obedecer. Até a morte. — Empurrou-a na neve só por prazer e, sentindo-se poderoso, continuou: — Eles virão atrás de nós, mas não sabem com quem estão lidando, sabem, Lily? Eu sou um fuzileiro naval.

Ele podia atravessar a neve assim como passara pelo treinamento básico, pensou. Ele podia passar por qualquer coisa e continuar em forma.

— Há muito tempo que planejo isso. — Tirou um cigarro e um Zippo do maço e acendeu-o até a chama aumentar ao máximo. — Estive avaliando a terra. Desde que cheguei, estou trabalhando em Three Rocks, praticamente bem debaixo dessa sua bunda magricela.

— Em Three Rocks. Para Ben.

— Ben-grande-figura-McKinnon. — Soltou a fumaça entre os dentes. — O mesmo que anda fodendo com a sua irmã ultimamente. Já andei pensando nisso também. — Ele observou Lily tremendo na neve. — Ela deve ser muito mais interessante na cama do que você. Até a droga de uma árvore seria melhor, mas você é minha mulher, certo?

Lily se levantou com esforço. Seria fácil demais só ficar deitada ali e desistir.

— Não, não sou.

— Nenhuma porcaria de pedaço de papel vai conseguir provar o contrário para mim. Você acha que pode escapar de mim, encontrar a droga de um advogado, chamar a polícia? Eles me colocaram na cadeia por sua causa. Eu tenho muita indenização para receber.

Ele a observou outra vez. Pálida, surrada. Era sua. Jogou o cigarro na neve depois de uma última baforada.

— Parece que está com frio, Lily. Talvez eu gaste um ou dois minutos para esquentar você. Temos tempo — disse, e pegou a corda para puxá-la para mais perto dele. — Imagino como vão tropeçar sobre os próprios pés tentando me seguir... Não dá nem para seguir um elefante, com esse tempo.

Enfiou a mão entre as pernas dela. Ao notar o olhar de repulsa, enfiou-a com mais força, até provocar a primeira centelha de dor.

— Você gosta de fingir que não gosta de brutalidade, mas não passa de uma prostituta igual a todas as outras. Você costumava me dizer que estava tudo bem, não dizia? "Assim está bom, Jesse. Eu gosto do que você faz comigo." Não costumava, Lily?

Ela fitou seus olhos, forçou-se para ignorar a humilhação da mão dentro dela.

— Eu menti — disse, sem emoção. Não se retraiu de dor quando ele se enfiou nela. Não se permitiu.

— Sua vadia, nem consigo ficar de pau duro com você. — Ela não costumava revidar. Não depois das primeiras carícias. Confuso, ele deu um empurrão e ajeitou melhor a mochila. — Não temos tempo para isso agora. Quando chegarmos ao México será diferente.

Mudou de direção e levou-a para o sul.

ELA PERDEU A NOÇÃO do tempo, da distância, do rumo. A neve diminuíra, apesar de um estrondo ocasional de trovão ainda rolar nos cumes. Colocava mecanicamente um pé na frente do outro, e cada passo significava sobrevivência. Agora tinha certeza de que ele não estava indo para a cabana, imaginou onde estaria Adam, onde a procurava, o que sentia.

Vira a vontade de matar no olhar, naquele instante em que procurara o seu rosto. Ele a encontraria, sabia que a encontraria. Só precisava manter-se viva até lá.

— Preciso descansar.

— Descansará quando eu mandar. — Preocupado por ter perdido o caminho no meio da tempestade, Jesse pegou a bússola. Quem podia saber para onde estavam indo, depois de toda aquela confusão?

Não era culpa dele.

— Falta pouco. — Guardou a bússola no bolso e apontou para a direção oeste.

— Mulheres... implicam, gemem e reclamam. Nunca ouvi você reclamar de nada.

Ela teria rido se ainda tivesse forças. Talvez tivesse reclamado uma ou duas vezes a respeito dos seus salários que haviam sumido, das garrafas de uísque, das promessas esquecidas. Mas pareciam reclamações bem diferentes das que estava fazendo agora, por estar morrendo congelada nas Montanhas Rochosas.

— Será pior para você se eu sofrer um colapso por exaustão, Jesse. Preciso de um casaco, preciso beber alguma coisa quente.

— Cale a boca. Cale a porra da boca. — Ele olhou através da escuridão e da neve que agora caía mais leve, protegendo a lanterna com a mão. — Preciso pensar.

Ele conhecia o rumo. Isso ele conhecia. Mas a distância era outro assunto. Ele não conseguia distinguir nenhum dos pontos que tinha memorizado com cuidado. Tudo parecia diferente no escuro. Tudo parecia igual.

Não era culpa sua.

— Estamos perdidos? — Ela teve que sorrir. Não era bem do jeito dele? O falastrão Jesse Cooke, ex-fuzileiro naval, perdido nas montanhas de Montana.

— Para que lado fica o México?

Ela riu, embora fosse um riso fraco, mesmo quando ele se virou para ela, com os punhos erguidos. Ele os teria usado só para aliviar a frustração, mas viu o que procurava. — Você quer descansar? Muito bem. Vamos parar aqui por enquanto.

Ele a arrastou outra vez pela neve, que atingia o alto das coxas, até alcançar a abertura de uma pequena caverna.

— Esse é o plano B. Eu sempre tenho um plano B, Lily. Examinei este lugar há mais de um mês. — Pensara, inclusive, em colocar mais mantimentos, só por garantia, mas não tivera oportunidade. — É difícil de achar. O seu índio não achará você aqui.

Ainda fazia frio, mas pelo menos não havia vento. Aliviada, Lily deixou-se cair de joelhos.

Feliz por ter alcançado a etapa seguinte do plano, Jesse livrou-se da mochila.

— Trouxe um pouco de carne-seca. E uma garrafa de uísque. — Tirou primeiro a garrafa, e bebeu longamente. — Pronto, meu amor.

Ela a pegou, esperando que o falso calor diminuísse a tremedeira.

— Preciso de um cobertor.

— Eu tenho um. Você sabe que estou sempre preparado, não sabe?

Ele estava satisfeito com o equipamento de sobrevivência que empacotara: a comida, a lanterna, a faca e os fósforos. Jogou um cobertor para ela, divertindo-se quando o puxou com dificuldade com as mãos atadas e tentou se cobrir. Ele se agachou no chão da caverna.

— Vamos dormir um pouco. Não podemos arriscar uma fogueira, embora eu ache que aqueles rapazes estejam bem ao norte daqui. — Pegou outro cigarro. Só Deus sabia o quanto um homem merecia uma bebidinha e um cigarro, depois de um longo dia de trabalho. — Partiremos amanhã de manhã. Assim que chegarmos a uma daquelas cidades de passagem de merda, vou roubar um carro. Depois estaremos a caminho do ensolarado México. — Para celebrar, soltou círculos de fumaça. — Já está na hora. — Mordeu um pedaço da carne-seca e mastigou-a pensativamente. — Montana é uma merda de lugar.

Esticou as pernas, descansou as costas na parede da caverna enquanto Lily tentava cochilar debaixo do calor do cobertor barato.

— Vou arranjar um monte de dinheiro lá. Não teria que pensar nisso se você tivesse se comportado. A sua parte de Mercy era uma fortuna para mim, Lily, e você teve que estragar tudo achando que podia dar o fora e casar. Depois a gente fala sobre isso. Falaremos muito.

Pegou outra vez a garrafa e tomou outro grande gole.

— Mas um homem esperto como eu, um sortudo nas cartas, pode se dar muito bem com aqueles mexicanos de uma figa.

Ela precisava dormir, dormir para juntar as forças até Adam encontrá-la. Até que pudesse fugir. Encostou-se contra a parede lateral, o mais longe possível do ex-marido o quanto a corda permitia, e enrolou o cobertor apertado em volta dela.

Agora ele iria beber. Ela conhecia o padrão. Beberia até ficar embriagado, e depois seria mais fácil fugir.

Mas precisava dormir. O sono se apoderava dela como um nevoeiro, e a tremedeira era tão forte que achava que os ossos iam quebrar. Prestou atenção ao gorgorejo do uísque na garrafa quando ele a erguia, e sentiu-se ir à deriva.

— Por que matou aquelas pessoas, Jesse? Por que agiu daquela maneira?

A garrafa retiniu, gorgorejou. Ele deu umas risadinhas de alguma piada em sua mente.

— Um homem faz o que precisa fazer.

Foi a última coisa que ela o ouviu dizer.

Capítulo 24

◆ ◆ ◆ ◆

PARADO EM CIMA de um cume gelado e exposto ao vento, Adam olhava para a escuridão tentando enxergar através dela como se estivesse na frente de um espelho. O facho de luz forte da lanterna em sua mão e aqueles que estavam atrás dele eram os únicos relevos naquele negrume.

— Ele desviou da cabana. — Ben examinou o céu e calculou as horas que faltavam até o amanhecer. Droga, precisava do sol. O amanhecer mostraria os outros sinais além daqueles perseguidos pelos faros dos cães. O amanhecer traria os aviões e seu irmão, que examinaria cada árvore e cada pedra.

— Ele tem outro lugar para levá-la. — Adam mantinha o rosto contra o vento como se este pudesse dar alguma pista. Qualquer coisa. — Ele conhece outro lugar. Seria totalmente louco para subir a montanha a pé de noite, se não tivesse um abrigo.

Na verdade, o homem que cortara duas pessoas em tiras estava mais do que louco, pensou Ben. Mas não era isso o que Adam precisava ouvir.

— Está escondido em algum lugar. Nós o encontraremos.

— A nevasca diminuiu. A tempestade seguiu para oeste. Ela não está vestida para passar uma noite no frio. — Adam olhava reto, em frente, precisava fitar a escuridão e se forçava a respirar por mais que estivesse tremendo por dentro. — Ela sente frio de noite. Ossos de passarinho. Lily tem ossos de passarinho.

— Ele não pode estar muito longe. — Como não havia outra coisa que pudesse fazer, Ben colocou uma das mãos sobre o ombro de Adam e deixou-a ali. — Estão a pé. Vão precisar parar para descansar.

— Quero ficar a sós com ele. Quando os encontrarmos, quero que você pegue Lily e Willa, e o deixe para mim. — Adam se virou e os olhos, sempre tão doces, tão quietos, estavam duros e frios como a rocha sobre a qual estava parado. — Deixe-o para mim.

Havia a humanidade, pensou Ben, e havia a justiça.

— Eu vou deixá-lo para você.

No seu posto junto aos cavalos, Willa os observava. Passara toda a vida, trabalhara e sobrevivera em um mundo de homens. Seja do que estivessem falando, o assunto não era para ela, e ela aceitava. O que se passava entre os dois naquele cume não era apenas entre homens, era entre irmãos.

O destino da sua irmã estava nas mãos deles. E nas suas.

Quando caminharam na sua direção, ela pegou a blusa de Lily e a entregou aos dois cachorros para que sentissem o cheiro. Animados e trêmulos, os cães ganiram e partiram em direção ao sul.

— Está clareando — avisou enquanto montavam, com Adam na frente. Podia ver as estrelas, apenas um chuvisco brilhando no céu. — Se as nuvens se afastarem, teremos uma meia-lua, e um pouco de luz.

— Já ajuda. — Ben examinou-a depressa. Cavalgava ereta como uma flecha e sem nenhum sinal de cansaço. Mas ele não podia ver os olhos, não com muita clareza. — Você está bem?

— Claro. Ben...

Ele diminuiu um pouco o passo, dizendo a si mesmo que ela devia estar à beira de um colapso e precisava dele para confortar-se.

— Podemos ir mais devagar se quiser descansar.

— Não, não. Droga, estou com isso na cabeça há horas. Havia algo familiar naquele desgraçado. Algo... como se já o tivesse visto antes. Mas estava escuro, e o rosto estava coberto de sangue, onde Lily deve tê-lo arranhado. — Empurrou o chapéu para trás porque, de repente, o peso a estava irritando. — Larguei Billy com Bess tão depressa. Nem tive tempo de fazer perguntas. Deveria ter feito. Talvez tivéssemos uma ideia melhor dos seus movimentos.

— Você tinha outras coisas para pensar.

— Tinha. — Mas a sensação persistia, aquela lembrança que se aproximava em círculos e que, imediatamente, sumia justo quando ia alcançá-la.

— Não importa. — Recolocou o chapéu e deu o sinal com os calcanhares para Moon, que partiu em um trote rápido. — O que importa é encontrar Lily. — "Encontrá-la com vida", pensou, mas não disse.

A CAVERNA ESTAVA ÀS ESCURAS. Ela ardia em febre, depois gelava, a seguir ardia de novo, revirava-se com a febre, os sonhos e os terrores. As mãos estavam geladas, feridas e insensíveis onde a corda roçava a pele. Enroscou-se bem-apertada, sonhou que se enroscava bem-apertada em Adam, o braço dobrado sobre ela como costumava fazer durante a noite para puxá-la para mais perto. Sonhou que estava quente. E a salvo.

Choramingou um pouco por causa das pedras espalhadas pelo chão que espetavam o ombro, as costas, o quadril. Cada vez que mudava de posição, tudo doía, mas era uma dor remota, uma dor onírica. Por mais que lutasse, não conseguia voltar à superfície.

Quando a luz brilhou através das pálpebras, ela desviou o rosto. Queria tanto dormir, afastar-se de tudo! Delirou um pouco quando a febre começou a queimar dentro dela.

Passos, percebeu vagamente. Adam chegou. Agora ele se enfiaria ao seu lado na cama. O corpo estaria um pouco frio, mas não demoraria a esquentar. Se apenas pudesse se virar de lado, acordar o suficiente para apertar-se contra ele, a sua boca suave sobre a dela, então faria amor com ela, devagar e suavemente, como acontecia tantas vezes quando chegava tarde do turno da guarda.

Nem falariam, talvez só suspirassem. Não precisariam de palavras, bastaria o toque, o sabor e o ritmo constante de corpos se encontrando. Depois adormeceria outra vez...

Quando recomeçava a flutuar, teve a impressão de ouvir um grito, que logo foi interrompido. Como um rato preso em uma armadilha. Adam o soltaria antes que ela o visse. Ele entendia esse tipo de reação.

Perdeu a consciência, e não sentiu quando a faca passou entre os pulsos e cortou a corda, ou o calor do casaco pesado de Jesse sendo jogado em cima dela. Mas ela disse o nome de Adam quando o homem parado ao seu lado, com as mãos ensanguentadas, embainhou a faca.

Ele lamentava que o trabalho precisasse ser tão rápido. Não havia tempo para delicadezas. Tivera sorte de encontrá-los antes dos outros. Tivera mais sorte ainda de encontrar o desgraçado bêbado e falando bobagens. Tinha tido uma morte mais fácil do que merecia; como quando se mata um porco e ele solta apenas um guincho de surpresa na hora.

Mas ainda assim cortou o cabelo. Já era uma tradição, assim como se lembrar de trazer um saco plástico para guardá-lo. Caso tivesse sorte.

Teria que deixar a mulher como estava, para que os outros a encontrassem. Ou dar umas voltas, encontrá-la pela segunda vez, notar "por acaso" a caverna, quando estivesse acompanhado, e fazer tudo como mandava o figurino.

Percorreu outra vez a caverna com a lanterna, e sorriu quando o facho de luz iluminou uma pilha pequena de galhos. Bem, ele podia se atrasar um pouco com aquilo, não podia? Uma pequena fogueira perto da abertura, um pouco de fumaça para chamar a atenção de um dos membros da equipe de busca mais rápido.

Que cena encontrariam, pensou, rindo baixinho. Mas não pôde se conter e riu de verdade enquanto acendia o fogo depressa e atiçava as chamas. Não pôde se conter quando as chamas dançaram contra a parede da caverna, por trás do corpo largado e o sangue que se empoçava como um enorme rio vermelho.

Quando foi embora, cavalgou para oeste, ziguezagueando por entre as árvores e escolhendo seu rumo, subindo e descendo pelas pedras, até ver o clarão de uma lanterna de um dos rastreadores. Então, tudo o que precisou fazer foi dar a volta com o cavalo e juntar-se aos homens que vasculhavam as montanhas, todos querendo dar uma de herói.

— FUMAÇA. — Willa foi a primeira a sentir o cheiro. A sela estalou quando ela se ergueu para se concentrar. — Cheiro de fumaça. — O primeiro sinal de esperança encheu seu coração. — Adam!

— Lá em cima, lá na frente. Não consigo ver nada, mas está lá.

— Ele fez uma fogueira — murmurou Ben. — Que canalha mais imbecil.

Embora não tivessem combinado, emparelharam e partiram a passo de trote.

— Conheço esse lugar. Adam, fizemos algumas escaladas em um barranco perto daqui. — Ben apertou a mandíbula. — Cavernas, há um monte de pequenas cavernas. Um bom abrigo.

— Eu lembro. — Mas a lembrança da arma na testa de Lily impediu que Adam saísse a galope. Os olhos estavam acostumados com a escuridão, e agora franziam-se com a luz suave do amanhecer que crescia. E estavam atentos. — Ali! — Apontou à sua frente para a fina coluna de fumaça cinzenta no exato momento em que os latidos agudos e frenéticos de Charlie ecoaram.

— Encontramos. — Antes que Willa pudesse abrir a boca para falar, Ben bloqueou sua montaria com o cavalo. — Fique aqui.

— Não fico mesmo.

— Pelo menos uma vez faça o que eu digo, porra!

Conhecia aqueles latidos. Não era a empolgação por ter encontrado algo, era o sinal de ataque. Ele sabia, pela atitude do queixo, que ela não obedeceria a nenhuma ordem. Mas talvez desse ouvidos a um plano.

— Ele está armado. Talvez possamos obrigá-lo a sair. Se conseguirmos, precisamos de você e da sua espingarda aqui. Você atira melhor que Adam. Quase tão bem quanto eu. É possível que não esteja esperando uma mulher, e estará com a atenção voltada para nós.

Por fazer sentido, ela acenou afirmativamente.

— Está bem. Vamos tentar assim primeiro. — Olhou para Adam e tirou a espingarda do coldre. — Eu dou cobertura.

Adam desmontou. Ben e ele se entreolharam.

— Lembre-se — foi tudo o que Adam disse.

Seguiram por caminhos diferentes, um para a esquerda e o outro para a direita, para cobrir os lados da abertura da caverna onde só restava uma fumaça evanescente da fogueira. Willa tocou Moon com os joelhos para que ficasse quieta e aguardou, observando-os. Movimentavam-se em silêncio, pois eram homens que caçavam juntos desde a infância e conheciam os pensamentos um do outro. Um sinal com a mão, um aceno de cabeça, e o ritmo mudava, rápido mas com cautela.

O coração de Willa recomeçou a bater forte à medida que se aproximavam da caverna. Prendeu a respiração e preparou-se para o barulho de tiros, gritos, ou para a visão horrenda de sangue espirrando na neve.

Rezou, repetindo várias vezes mentalmente as palavras em inglês, na língua da mãe, depois em uma mistura desesperada das duas orações, implorando a qualquer deus que a estivesse ouvindo que ajudasse.

Depois respirou, e forçou o ar para fora. Acalmou-se, ergueu a espingarda e apontou para a entrada da caverna.

Então Lily apareceu, tropeçando no anel reticulado da mira telescópica da espingarda de Willa.

— Meu Deus! — Esqueceu as ordens de Ben e tocou Moon para o galope. Porém, Lily já estava sendo embalada nos braços de Adam quando ela escorregou do cavalo para a neve pisada. — Está ferida? Ela está bem?

— Está ardendo em febre. — Desesperado, Adam apertou o rosto contra o dela, para esfriá-lo. Os pensamentos de vingança desapareceram quando sentiu como ela tremia. — Precisamos levá-la de volta já.

— Lá dentro — conseguiu balbuciar Lily e apertou-se de encontro a Adam. — Lá dentro. Jesse. Meu Deus!

— Lá dentro? — A cabeça de Willa ergueu-se rápida e todo o terror voltou rugindo. — Ben. — A primeira vez ela só disse o nome, depois gritou-o enquanto saía correndo para a caverna. Ben moveu-se rápido, mas não o suficiente para impedi-la de entrar e ver o que estava espalhado no chão da caverna.

— Saia. — Bloqueou a visão dela com o corpo e segurou-a com força pelos ombros. — Saia agora.

— Mas como? — Sangue, um mar de sangue. O buraco no pescoço, a barriga cortada ao meio, o escalpo brutal do troféu de cabelos. — Quem?

— Saia. — Ele a virou com brutalidade e a empurrou. — E fique longe daqui.

Ela alcançou a entrada da caverna, mas teve que se encostar na pedra. O suor frio cobria a pele, e o estômago sofria espasmos violentos. Forçou a inspiração, cada respiração um soluço rouco, até ter certeza de que não desmaiaria nem vomitaria.

A visão clareou e viu Adam envolvendo Lily com seu casaco.

— Tenho uma garrafa térmica com café na mochila da sela. Ainda deve estar quente. — Willa se endireitou, esforçando-se para as pernas suportarem seu peso. — Vamos ver se ela consegue beber um pouco, depois a levamos para casa.

Adam ficou de pé, segurando Lily nos braços. Quando os olhos encontraram os de Willa, o sol faiscou neles como na ponta de uma espada.

— Ele está morto, não está?

— Está.

— Eu queria fazer isso com minhas próprias mãos.

— Mas não assim. — Willa se virou e dirigiu-se para o cavalo.

𝒲ILLA CAMINHAVA de um lado para outro na sala de estar da casa de Adam. Era uma inútil em um quarto de doente e sabia disso. Mas sentia-se mais do que inútil do lado de fora. Estavam de volta há pouco menos de uma hora, e já a tinham dispensado. Bess e Adam estavam lá em cima fazendo o que fosse necessário para ajudar Lily. Ben e Nate estavam com a polícia, e os homens haviam tirado o resto da manhã de folga para se recuperarem da longa noite.

Até Tess recebera uma tarefa e estava na cozinha esquentando panelas com café, chá e sopa. Alguma coisa quente e líquida, tanto faz, pensou Willa, aproximando-se outra vez da janela.

Pelo menos antes ela tinha algo para fazer. Descer das terras altas como uma flecha para alertar a polícia, cancelar a equipe de Busca e Salvamento, avisar Bess para preparar a cama para a doente. Agora só restava uma espera inútil.

Quando Bess desceu as escadas, Willa partiu correndo em sua direção.

— Como ela está? Está muito mal? O que está fazendo para ajudá-la?

— Estou fazendo o necessário. — Com a preocupação e a falta de sono, a voz estava aguda e ríspida. — Agora você vai para casa e para a cama. Poderá vê-la mais tarde.

— Ela deveria estar no hospital — intrometeu-se Tess, entrando com uma tigela de sopa, que haviam mandado esquentar até ferver, em uma bandeja.

— Posso tratar dela aqui perfeitamente. Se a febre não baixar, Zack a levará de avião para Billings. Por enquanto, ela estará melhor na cama, com o homem ao lado. — Rápida, Bess tirou a bandeja das mãos de Tess. Ela queria as duas moças fora do seu caminho para, além daquela lá em cima na cama, não ter que se preocupar com elas. — Vão cuidar das suas vidas. Eu sei o que faço.

— Ela sempre sabe o que faz — disse Tess, de cara amarrada, enquanto Bess subia a escada correndo. — Não sabemos se Lily está com queimaduras de gelo ou hipotermia.

— Não fazia frio suficiente para nenhuma das duas — respondeu Willa, cansada. — E verificamos se estava com queimaduras. Ela ficou exposta ao frio. Pegou uma gripe fortíssima e está exausta. Se Bess perceber que piorou, será a primeira a mandá-la para o hospital.

Tess apertou os lábios e disse o que guardava no coração há horas.

— Ele pode tê-la estuprado.

Willa virou-se de costas. Aquele fora outro temor, um temor feminino, com o qual vivera durante toda a longa noite.

— Se tivesse, Lily teria contado para Adam.

— Para uma mulher não é sempre fácil falar sobre estupro.

— É, e quando se trata de Adam. — Willa esfregou os olhos irritados e abaixou as mãos. — As roupas não estavam rasgadas, Tess, e acho que ele estava mais preocupado com outras coisas do que com estupro. Teríamos visto marcas. Bess as teria visto, quando tirou a roupa dela, e teria comentado.

— Está bem. — Era um pequeno pânico hediondo que ela podia deixar de lado. — Você vai me contar o que aconteceu?

— Não sei o que aconteceu. — Ela via tudo com nitidez. Estava cunhado em sua mente, como todos os outros. E compreendia. — Quando os encontramos, Lily estava delirante e Jesse, morto. Assassinado — repetiu, e fitou os olhos de Tess —, como todos os outros. Como Pickles e aquela moça.

— Mas... — Tess tinha certeza de que Adam o matara. Que inventariam uma história para a polícia, mas que Adam é que tinha matado o homem. — Mas isso não faz sentido. Se foi Jesse Cooke quem matou os outros...

— Não tenho respostas. — Pegou o chapéu e o casaco. — Preciso de ar.

— Willa. — Tess colocou a mão em seu braço. — E se Jesse Cooke não matou os outros?

— Continuo sem respostas. — Ela soltou o braço. — Vá dormir, Hollywood. Você está com uma aparência horrível.

A última observação fora bastante sem graça, mas ela não deu muita importância. As pernas pareciam inchadas. Teria que falar com a polícia. Teria que passar por isso mais uma vez. E precisava pensar, organizar as ideias, refletir no que faria a seguir.

O pátio estava cheio de carros, constatou, e deu uma parada para examinar os emblemas oficiais nas laterais dos jipes parados ao lado da picape de Ben. Não se lembrava de um único carro da polícia na fazenda enquanto o pai estava vivo. Agora, já perdera a conta de quantas vezes um deles passava ali desde a sua morte.

Reuniu as forças, subiu os degraus da varanda e entrou. Já tinha tirado e pendurado o chapéu no gancho da prateleira do saguão quando Ben veio descendo a escada.

Ele a vira da janela do escritório e observara seu caminhar cambaleante em direção à casa, o aprumar deliberado dos ombros ao perceber os carros da polícia.

Para ele, era o suficiente.

— Como está Lily? — perguntou.

— Bess não permite que ninguém se aproxime dela, exceto Adam. — Willa tirou o casaco devagar, pois tinha certeza de que os ossos desmoronariam se fizesse um movimento repentino. — Mas está descansando.

— Ótimo. Você é a próxima.

— A polícia vai querer falar comigo.

— Podem fazer isso mais tarde. Depois que você dormir um pouco. — Pegou-a pelo braço e conduziu-a com firmeza escada acima.

— Eu tenho responsabilidades aqui, Ben.

— É, tem mesmo. — Quando alcançaram o topo e Willa se virava para o escritório, ele simplesmente a ergueu nos braços de repente e a carregou para o quarto. — A primeira coisa a fazer é não acabar doente em cima de uma cama.

— Me larga. Não gosto da rotina do homem das cavernas.

— Nem eu. — Ele fechou a porta com um pontapé, caminhou até a cama e a soltou. — Especialmente quando é você que está desempenhando o papel de homem das cavernas. — Quando ela sentou-se de repente, ele a empurrou de volta. — Você sabe que sou mais forte que você, Will. Não vou deixá-la sair daqui até que tenha dormido um pouco.

Talvez ela não pudesse vencê-lo fisicamente, mas podia ganhá-lo no grito.

— A polícia está esperando por mim no meu escritório, minha irmã está doente demais para trocar duas palavras comigo, o alojamento está cheio de homens especulando o que diabo aconteceu lá nas terras altas e a fazenda está abandonada. O que você espera que eu faça? Deixar que tudo vá para o inferno enquanto tiro uma soneca?

— Eu espero que você ceda. — Estava enganada, pois ele também podia falar mais alto que ela. Se já não estivesse deitada, o desabafo a teria derrubado. — Uma vez na vida você tem que dar o braço a torcer, senão, vai ficar acabada. A polícia pode esperar, sua irmã está sob cuidados e os homens, cansados demais para especular sobre outra coisa além de quem ronca mais alto. E a fazenda não vai cair aos pedaços se você se desligar dela por algumas horas.

Ele agarrou uma das botas de Willa, tirou-a com força e jogou-a longe. Ela tentou alcançar a segunda, agarrou a parte de cima, e teria sido até uma luta engraçada se os olhos de Ben não estivessem tão zangados.

— O que diabo mordeu você? — perguntou Willa. — Pare com isso, Ben.

A segunda bota escorregou entre os dedos e voou.

— Você acha que não vi o seu rosto quando entrou naquela caverna? Que não sei em que estado ficou, ou como se agarrou às últimas forças durante todo o caminho de volta? — Puxou-a de frente pela blusa, e por um instante Willa teve certeza de que ele ia arrancá-la e jogá-la longe, como fez com as botas. — Você vai fazer o que eu digo.

Ela ficou tão espantada que só reagiu depois que ele desabotoou a blusa e a passou pelos ombros.

— Tire as mãos de cima de mim! Posso me despir sozinha, quando quiser. Você pode ser um fiscal nessa fazenda, McKinnon, mas não manda na minha vida. E se você...

— Talvez precise de alguém para mandar nela.

Ele a ergueu da cama — de uma vez só, constatou espantada —, enquanto os pés balançavam a alguns centímetros do piso de madeira encerada. Ele nunca ficara tão furioso assim com ela, embora já o tivesse visto com os olhos irados e vermelhos muitas vezes. Mas nunca assim.

Rápido como uma cobra chocalhando, ele sibilou:

— Talvez já seja hora de você ouvir outra pessoa de vez em quando, além de si mesma.

O bote foi a gota d'água. A humilhação.

— Se eu tiver que ouvir alguém, não será você. E se você quiser mandar em alguma coisa, suma daqui para se proteger, porque, se não me soltar... — O punho fechado já estava pronto para o ataque quando ele a colocou em pé.

— Bate. — Ele aceitou o desafio. — Anda, bate, mas você vai se deitar nem que eu tenha que amarrá-la ao pé da cama.

Ela agarrou as mãos que seguravam a blusa.

— Estou avisando...

— Ele trabalhava para mim.

Ela ficou imóvel, os dois ficaram imóveis, e a luta com sua blusa parou.

— O quê? — As mãos cobriram as dele, enfiando as unhas. — Jesse Cooke?

Quando lembrou, afrouxou-as. Lembrou daquele dia na estrada quando estava a caminho de Three Rocks, lembrou do rosto bonito e sorridente na janela da caminhonete. Tinham estado tão próximos, como ela e Ben estavam agora, apenas com aquela proteção de vidro fino entre os dois.

"O que será que ele teria feito, se a porta não estivesse trancada e a janela, fechada?", pensou.

— Foi lá onde o vi. — Sentiu um arrepio ao se lembrar de como ele sorrira para ela e a chamara pelo nome. — Não consegui juntar uma coisa com a outra. Ele estava aqui o tempo todo. Ele esteve aqui jogando pôquer com os homens. Esteve no alojamento jogando cartas.

Estremeceu, olhou para Ben, e percebeu o peso que ele carregava. Nem tanto o peso da raiva ou da culpa, refletiu. Ela conhecia muito bem aquela sensação.

— Você não tem culpa. — Tocou o rosto dele, e as palavras eram tão gentis como as pontas dos dedos. — Você não podia saber.

— Não, eu não podia saber. — Ele se remoera até se sentir tão mal como se tivesse comido alguma comida estragada. — Mas não muda nada. Eu o mandei consertar a picape de Shelly. Ela o convidou para tomar um café... ela e o bebê, sozinhos com ele. Ele consertou a pia do banheiro da minha mãe. Esteve dentro de casa com a minha mãe.

— Pare. — Debruçou-se para abraçá-lo e puxou-o para baixo, até que estivesse sentado na beirada da cama. — Ele está morto.

— Está morto, mas não acabou. — Segurou-a pelos ombros e girou-a para que ficassem de frente um para o outro. — Quem quer que seja que o matou, Willa, essa pessoa trabalha para você ou para mim.

— Eu sei disso. — Já lhe ocorrera, pensara nisso o tempo todo na corrida da caverna, durante suas desalentadas caminhadas, de um lado para outro, na sala de estar de Adam. — Ben, talvez tenha sido uma forma de represália por causa dos outros. Talvez Jesse tenha matado os outros, e quem o encontrou o fez por eles. Lily não estava ferida. Estava sozinha e doente, mas ele não a tocou.

— Há a possibilidade de que uma pessoa de cada vez seja suficiente para ele. Will, a probabilidade de termos dois homens agindo dessa forma com uma faca é mínima. Cooke tinha uma pequena faca enfiada na bota com uma lâmina de 10 centímetros de comprimento, quase uma faca de brinquedo. Ninguém faz aquele tipo de estrago com uma lâmina daquele tamanho.

— Não. — Tudo voltava à sua mente. — Não, não faz.

— Depois, há aquele primeiro touro que encontramos, lá do lado da cabana. Ele não poderia ter feito aquilo, de maneira alguma. Eu mal o tinha contratado. Na época, ele não conhecia o caminho daqui pelas terras altas.

Ela umedeceu os lábios ressequidos.

— Você contou tudo para a polícia?

— Contei.

— Muito bem. — Esfregou o meio da testa com os dedos. A dor de cabeça ainda não começara, era pura concentração. — Continuamos como antes. Mantemos as vigílias e os homens trabalham em equipes e por turnos. Conheço os meus homens. — Deu um soco no joelho. — Eu os conheço. Os dois novos que acabei de contratar... Meu Deus, eu não deveria ter empregado gente nova antes de isso terminar.

— Você não pode mais sair a cavalo sozinha.

— Não posso levar um guarda-costas cada vez que for examinar o gado.

— Você vai parar de sair a cavalo sozinha — repetiu Ben calmamente — ou eu uso o testamento do velho para impedi-la. Escreverei que considero você uma administradora incompetente. E convenço Nate a ficar do meu lado.

O pouco de cor que ela ainda tinha no rosto sumiu e ela se levantou.

— Seu filho da mãe. Você sabe perfeitamente que sou tão competente como qualquer fazendeiro do estado de Montana. Até mais.

Ele também se levantou e a enfrentou.

— Vou falar o que for preciso e fazer o necessário. Se ficar contra mim, você corre o risco de perder Mercy.

— Saia daqui. — Virou-se depressa, os punhos colados ao corpo. — Dê o fora de minha casa.

— Se quiser que esta casa continue sua, você não vai sair a cavalo sem Adam ou Ham. Se quiser que eu saia, deite-se na cama e veja se dorme um pouco.

Ele a teria obrigado a se deitar outra vez. Teria sido mais fácil do que dizer o que precisava ser dito.

— Gosto de você, Willa. Tenho sentimentos por você, e eles são profundos. — Ficou ainda mais difícil quando ela se virou e o fitou. — Talvez eu não saiba o que fazer com eles, mas estão aqui comigo.

O coração dela recomeçou a doer, mas não como esperava.

— Ficar me ameaçando é realmente uma maneira idiota de demonstrá-los.

— Talvez. Mas se eu pedir a você com jeito, sei que não me ouvirá.

— Como é que você sabe? Você nunca pede com jeito.

Ele passou uma das mãos pelo cabelo, recompondo-se.

— Eu também tenho problemas. Preocupar-me com você está dificultando as coisas. Se você me fizesse esse favor, tudo ficaria mais fácil.

Que interessante. Quando a mente se desanuviasse ela teria que pensar nisso.

— Você sai sozinho a cavalo, Ben?

— Não estamos falando de mim.

— Talvez eu também tenha sentimentos.

Isso era inesperado, e algo que valia a pena ser levado em consideração. Então ele considerou, enfiou as mãos nos bolsos e balançou-se nos calcanhares.

— Você tem?

— Talvez. Como não sinto vontade de dar um soco em você cada vez que o vejo, então talvez tenha.

A boca esboçou um sorriso.

— Willa, você tem um jeito... primeiro infla o ego de um homem e depois o derruba no chão. Vamos dar outro passo à frente. — Ele foi na sua direção, colocou o dedo debaixo do queixo dela, levantou o rosto e roçou seus lábios nos dela. — Você é importante para mim. Um pouco.

— Você também é importante para mim. Um pouco.

Ela estava amolecendo. Sabia que ela não percebia, mas ele, sim. Se as circunstâncias fossem diferentes, teria sido o momento de fazer amor de modo carinhoso com ela, talvez dizer mais coisas, ou talvez ficar calado. Ciente de que era exatamente o que ela esperava, beijou-a outra vez, deixou o beijo se aprofundar, deixou-se mergulhar nela, naquela sensação de isolamento a dois.

Os braços dela se ergueram e envolveram seu pescoço. O corpo estremeceu quando ele a apertou mais de encontro a si. Os músculos que ele acariciava e apertava começaram a relaxar sob suas mãos. Dessa vez, quando a ergueu para colocá-la na cama, ela suspirou.

— É melhor trancar a porta — murmurou. — A polícia poderia entrar. Prender a gente.

Ele a beijou, os olhos fechados, e desabotoou a calça. Beijou-a nos lábios enquanto tirava a calça jeans dela. Depois jogou um cobertor em cima dela e baixou as persianas. Os olhos de Willa estavam pesados, sorrindo preguiçosamente enquanto o observaram voltar para ela, debruçar-se, tocar aquela boca quente outra vez na sua.

— Tente dormir um pouco — pediu Ben, depois ergueu-se e caminhou para a porta.

Ela levantou-se de um salto.

— Filho da mãe.

— Adoro quando você me chama assim. — Com um sorriso, fechou a porta.

Fervendo de raiva, ela se deixou cair nos travesseiros. Como é que ele sempre conseguia levar a melhor? Ele queria que ela ficasse deitada na cama, e, meu Deus, era exatamente onde se encontrava. Era vergonhoso.

Não que fosse permanecer ali. Dentro de um minuto se levantaria e tomaria uma chuveirada restauradora, e voltaria ao trabalho.

Dentro de um minuto.

Não ia fechar os olhos, não adormeceria. Estava certa de que, se o fizesse, acabaria voltando àquela caverna, ao horror. Mas esse não era o motivo, garantiu-se, lutando para reabrir os olhos. Não era o medo que a impulsionava. Era o dever. E, assim que recuperasse as forças, se levantaria para cumpri-lo, Ela não ia dormir só porque era uma ordem de Ben McKinnon. Não porque considerava uma ordem especial dele.

Ela se sentia como uma rocha, e dormiu como uma pedra.

Parte Quatro

Verão

*Flores de maio, ao vento rude vão
Como o estio se vai, com brevidade.*

WILLIAM SHAKESPEARE

Capítulo 25

◆ ◆ ◆ ◆

Não havia um prato na pia, uma migalha sobre o balcão ou uma marca de pés no chão. Lily olhou para a cozinha impecável. Adam tinha chegado primeiro. De novo. Dirigiu-se para a porta dos fundos e saiu. Os jardins que planejara estavam lavrados e os legumes e as flores mais duradouras, já plantados.

Adam e Tess. Lily não chegara nem a sujar de terra as luvas de jardinagem. E, meu Deus, quanto ela desejara fazê-lo. Tentou não ficar ressentida, lembrar-se de que pensavam nela. Estivera doente durante duas semanas e, na terceira, continuava muito fraca para cuidar das tarefas costumeiras sem sentir necessidade de parar para descansar. Mas agora estava totalmente recuperada, e começava a ficar aborrecida com tantos cuidados e paparicos.

Sabia que o congelador estava abarrotado com comidas preparadas por Bess ou Nell. Desde a noite em que Jesse entrara pela porta onde estava parada agora, olhando para os brotos verdes e novos das árvores, sentindo no rosto a temperatura amena de maio, Lily nunca mais cozinhara.

Parecia que desde aquela noite fria e sofrida haviam se passado anos. Ela ainda tinha lacunas, umas áreas sombrias que não fazia questão de explorar. O casamento estava marcado para dali a três semanas, e sua vida estava mais fora de controle do que nunca.

Não haviam nem permitido que escrevesse os convites do casamento. Para surpresa geral, descobriram que a caligrafia de Willa era a mais bonita de todas. Portanto, Tess a incumbiu da tarefa, cabendo a Lily uma função menos importante.

Lamber os selos.

As flores haviam sido encomendadas, o fotógrafo e a música, escolhidos. E via todos passarem por cima dela para, carinhosamente, tratar dos detalhes.

Aquilo não podia continuar assim. Precisava parar. Saiu, fechou a porta com firmeza e caminhou na direção dos estábulos. Começou com uma marcha, mas terminou arrastando os pés. Cada vez que se aventurava até os estábulos ou para o pasto, Adam encontrava uma maneira de mandá-la de volta para casa. Nunca a tocava. Ou a tocava com tão pouco entusiasmo que mais pareciam paciente e médico do que amantes.

Assim que chegou perto, Adam saiu dos estábulos, o que a fez pensar, e não era a primeira vez, que ele possuía uma espécie de radar no que se referia a ela. Adam sorriu, mas ela percebeu que seus olhos permaneciam sérios e observadores.

— Oi. Achei que você fosse dormir um pouco mais.

— Já passa das dez. Pensei em trabalhar com alguns dos potrinhos hoje, na rédea longa.

— Há tempo de sobra para isso. — Como de costume, ele a guiou para longe dos estábulos, as mãos quase não tocando o seu cotovelo. — Tomou café?

— Sim, Adam, tomei café.

— Ótimo. — Resistiu a levantá-la nos braços e a carregá-la de volta para a casa, onde estaria em segurança e perto dele. — Você terminou de ler o novo livro que comprei? É uma bonita manhã, talvez fosse bom sentar na varanda e ler. Pegar um pouco de sol.

— Estou quase no fim. — Mal começara. Sentia-se culpada, sabendo que ele fizera uma viagem especial até a cidade para comprar os livros, as revistas e as amêndoas confeitadas que ela tanto gostava.

Todavia, detestava os livros, as revistas e as amêndoas, e até as flores que ele sempre trazia para casa para alegrá-la.

— Eu levo o rádio para você. E um cobertor. Você pode sentir frio se não se movimentar. — Estava apavorado com a ideia de ela pegar um resfriado e ter que voltar para a cama, ficar deitada e tremendo, a mão inerte na sua. — Vou fazer um chá para você, depois...

— Pare! — Ambos se assustaram com a explosão do grito. Ele a olhou estarrecido, e ela se deu conta de que nunca gritara com alguém antes. Era uma experiência poderosa e excitante. — Pare com isso, Adam. Estou cansada dessa história. Não quero me sentar e não quero ler. Não quero que você me traga chá, flores ou bombons e me trate como um objeto de cristal rachado.

— Lily, não precisa ficar chateada. Você vai acabar adoecendo de novo e mal se levantou da cama.

Pela primeira vez na vida ela entendeu a sabedoria de contar até dez antes de falar. Tentaria em outra ocasião.

— Não estou mais de cama. Já estaria fora da cama há muitos dias se você não ficasse atrás de mim. Eu estou doente, sim. Doente porque não posso lavar meus pratos, plantar o meu jardim ou dirigir minha vida. Estou mortalmente doente por causa de tudo isso.

— Vamos entrar. — Tratou-a como uma égua indócil, com muita paciência e compaixão. — Você precisa descansar. O casamento é daqui a duas semanas, e você tem muitas preocupações.

Foi a gota d'água. Ela avançou para cima de Adam.

— Não preciso descansar e nem preciso ser acalmada como uma criança mal-humorada. E não vai haver casamento nenhum, não até eu mudar de ideia.

Afastou-se depressa, deixando-o atônito, mudo e arrasado.

Ela deixou-se levar pela raiva, pela força estranha e excitante durante todo o caminho para a casa principal, subindo pelas escadas e chegando ao escritório onde Willa discutia com Tess.

— Se você não gosta do jeito como preparo as coisas, por que me deu essa tarefa? Eu já tenho bastante trabalho para ter que me preocupar também com a recepção.

— Estou cuidando das flores — gritou Tess de volta. — Estou tratando do banquete, se é que se pode chamar um idiota dentuço que não sabe nem ao menos assar um leitão de cozinheiro. — Jogou as mãos para cima, depois cerrou os punhos e colocou as mãos nos quadris. — Tudo o que você tem que fazer é conseguir as mesas e as cadeiras para o bufê ao ar livre. E se quero guarda-sóis listrados, o mínimo que você pode fazer é encontrar guarda-sóis listrados.

Os punhos de Willa também se apoiaram nos quadris e ela revidou Tess à altura.

— E onde, em nome de Deus, você acha que vou encontrar cinquenta guarda-sóis listrados em azul e branco, sem falar naquela coisa, aquele toldo que você tanto quer? Se você apenas... Lily, você não deveria estar descansando?

— Não. Eu não deveria estar descansando. — Surpreendeu-se que as pontas dos dedos não soltassem faíscas enquanto caminhava com decisão até a mesa e jogava todas as listas, pastas e recibos no chão, em uma avalanche de papel. — Vocês podem jogar no lixo cada pedaço de papel que tiver algo a ver com esse casamento.

— Querida. — Tess saiu do estado de choque e passou um braço pelos ombros de Lily, tentando fazer com que se sentasse em uma das cadeiras. — Se está mudando de ideia...

— Nada de "querida". — Furiosa, Lily desvencilhou-se. — E não pense que estou mudando de ideia quando ninguém sequer acredita que eu tenha capacidade de pensar! Droga, o casamento é meu! Meu! E vocês se apoderaram dele. Se estão com tanta vontade de planejar um matrimônio, então casem *vocês*.

— Vou chamar Bess — murmurou Tess, o que provocou uma nova explosão de Lily.

— Nem pense em chamar Bess para vir me paparicar. Eu bato na primeira pessoa que me paparicar. Estou falando sério. — Apontou um dedo para Tess. — Você plantou o meu jardim. E você — se virou para Willa —, você escreveu os envelopes do meu casamento. E as duas, as duas tomaram conta de tudo. E o que escapa dos seus dedos, Adam pega tão rápido que nem tenho tempo de esticar a mão.

— Pois muito bem. — Willa jogou as mãos para o alto. — Desculpe por tentarmos ajudar você em um momento difícil. Nem consigo contar como adorei ficar com cãibra de tanto escrever, com essa aqui bufando atrás da minha nuca.

— Eu não estava bufando atrás da sua nuca — disse Tess entre os dentes. — Eu estava supervisionando.

— Supervisionando uma ova. De tanto meter o nariz em tudo, mais cedo ou mais tarde você acabaria levando um soco nele.

— Sei, e ao que tudo indica esse alguém seria você.

— Calem a boca, as duas. Calem a boca, droga!

Elas se calaram, mas ficaram de queixo caído quando Lily pegou um vaso e o mandou pelo espaço.

— Vocês duas podem discutir até as línguas ficarem penduradas nas bocas, mas não sobre o que me pertence. Não a meu respeito. Entenderam?

Não vou mais ser usada. Não vou mais ser controlada nem vou mais ser afastada. Quero que todos parem de olhar para mim como se eu fosse me desmanchar em pedacinhos a qualquer momento. Porque não vou! *Não* vou!

— Lily. — Adam entrou no escritório. Sem saber como abordá-la, ficou mais atrás e esperou que seu tom de voz apaziguador funcionasse. — Não quis irritar você. E você precisa de um tempo para...

— Ora, não me encha a paciência. — Furiosa e vibrante, deu um pontapé nos papéis espalhados pelo chão. — É exatamente sobre isso que estou falando. Ninguém deve aborrecer Lily. Ninguém deve tratar Lily como uma mulher normal. Coitadinha, pobre da Lily. Ela pode quebrar.

Deu uma reviravolta e lançou um jato de raiva e frustração para todos.

— Bem, eu sou aquela de quem Jesse abusou. Foi para a *minha* cabeça que ele apontou a arma. Foi a mim que ele levou para as montanhas, empurrou na neve e me arrastou, amarrada por uma corda, como um cachorro. E eu aguentei. Eu sobrevivi. Já é hora de vocês fazerem o mesmo.

Adam ficou abalado com a imagem que passou pela sua mente.

— O que você quer que eu faça? Esquecer? Fazer de conta que nunca aconteceu?

— Você vai ter que viver com o que aconteceu. Você não me perguntou nada. — A voz falhou, mas ela a segurou. Não, prometeu-se, ela não ia quebrar. Nem chorar. — Talvez você não queira saber as respostas. Talvez você não me queira como estão as coisas agora.

— Como pode dizer uma coisa dessas?

Ela se endireitou, manteve a voz fria e objetiva o quanto era capaz, o coração batendo com tanta força que chegava a machucar o peito.

— Você não me tocou mais, Adam. Nem uma única vez desde que tudo aconteceu. — Balançou a cabeça quando Willa e Tess começaram a sair do escritório. — Não, fiquem. Isso não é só entre mim e Adam. É apenas uma parte. Vocês também ficaram caladas, então vamos falar agora sobre o que aconteceu. Agora mesmo.

Enxugou uma lágrima no rosto. Droga, seria a última.

— Por que não tem me tocado, Adam? Você está achando que ele me tocou e, agora, você não me quer mais?

— Não sei como pode pensar isso. — Adam deu um passo à frente e parou. As mãos pareciam desajeitadas, enormes, como tinham sido durante semanas. — Eu não o impedi. Não protegi você. Não cumpri minha promessa. Por isso não sei como tocar você, ou por que deseja que eu o faça.

Ela fechou os olhos por um instante. Como não percebera antes? Ele é quem estava frágil agora. Ele é quem estava perdido.

— Você veio atrás de mim. — Falou baixinho, com a esperança de que ele conseguisse entender o quanto era importante. — O primeiro rosto que eu vi foi o seu, quando saí tropeçando daquela caverna, para longe... longe daquilo tudo. Você foi a primeira coisa boa que eu vi, e esta é uma das razões por que consigo viver com o que aconteceu.

Ela respirou, arfando, tentou outra vez, e percebeu que a próxima inspiração seria mais fácil.

— E durante todo o tempo em que ele me manteve presa eu sabia que você viria. Esta é uma das razões por que aguentei... e lutei.

Olhou para as irmãs. Elas também precisavam saber o quanto eram importantes.

— Lutei e aguentei da mesma forma que vocês teriam feito. Ele tinha o revólver, e era mais forte, mas não estava no controle. Não de verdade. Porque eu não desisti. Eu bati naquela árvore. Para atrasá-lo, para tornar as coisas mais difíceis para ele.

— Lily. — Arrasada, Tess sentou-se e começou a chorar. — Meu Deus!

— Quando ele amarrou minhas mãos, eu caía muito. — Uma calma a envolvia, uma calma originada por ter sobrevivido ao pior. — Ele me machucaria, mas não me mataria. Mas o frio era intenso e eu não podia mais lutar contra ele. Mas aguentei.

Calada, Willa foi encher um copo com água e levou-o para Tess. Lily respirou profundamente. Ela iria até o fim, diria tudo, tudo o que não fora dito.

— Cheguei a pensar que ele me estupraria, e que depois eu teria de viver com esse ultraje. Ele já tinha me estuprado antes. Mas dessa vez estava amedrontado e fora de controle. Com tanto medo quanto eu, talvez mais. Quando chegamos à caverna, eu estava muito cansada, e sabia que estava doente. Nada do que ele fizesse comigo naquele momento importava, porque tudo o que eu precisava era aguentar. E voltar para cá.

Foi até a janela, olhou para fora. Reunindo as forças por haver retornado e aguentado, se virou mais uma vez.

— Ele tinha uísque, e bebi um pouco porque achei que ajudaria. Ele bebeu muito. Adormeci ou desmaiei ouvindo-o beber e contar vantagens, exatamente como costumava fazer. Ouvi o uísque gorgolejar na garrafa, e em algum ponto da minha mente pensei que, se ele ficasse bastante bêbado, eu seria capaz de reunir força suficiente, só o suficiente, para escapar. Foi quando alguém chegou.

Dobrou os braços no peito e abraçou o próprio corpo.

— Nada está claro. — Se havia uma parte do que vivenciara e que ainda a amedrontava, a parte era essa. As lembranças nebulosas prenhes de febre. — Eu já devia estar com muita febre, e provavelmente delirava. Pensei que fosse você — disse para Adam. — Achei que estava em casa, na cama, e que você se deitou ao meu lado. Quase podia sentir você. E, sentindo, voltei a dormir, e quem quer que estava ali matou Jesse e cortou a corda das minhas mãos. Eu estava só a alguns passos, mas...

Aquele grito agudo, esganiçado, dilacerado. Ainda podia ouvi-lo, se deixasse.

— Quando acordei — continuou, com firmeza —, o casaco de Jesse me cobria. Havia sangue nele, sangue em todo lugar. Muito sangue. Eu o vi. A luz entrava pela boca da caverna, e eu podia vê-lo. Ver Jesse assim era, de alguma forma, pior do que quando estava apontando o revólver para a minha cabeça. Mas pior era a necessidade de escapar dele. Cada vez que eu respirava, aspirava o seu cheiro, e o que fora feito a ele enquanto eu estava tão perto, dormindo. E eu estava muito mais amedrontada naqueles poucos momentos do que quando estivera com ele antes, o tempo todo.

Ela se adiantou, só um passo, na direção de Adam.

— Mas aí eu me arrastei para fora, para a luz do sol, e você estava lá. Estava lá no momento em que eu mais precisava de você. Como eu sabia que estaria.

Aliviada, serviu-se de um copo d'água.

— Desculpem se gritei com vocês. Sei que tudo o que fizeram foi porque estavam preocupados. Mas agora preciso retomar as rédeas da minha vida. Preciso continuar.

— Devia ter gritado há mais tempo. — Recomposta, Tess se levantou. — Tem razão, Lily. Tem toda razão. Não pensei quando planejei as coisas para você. Desculpe. Eu teria odiado se tivesse sido empurrada para o segundo plano dessa maneira.

— Tudo bem. Tem sido um mau hábito meu permitir ser empurrada. Sou até capaz de pedir ajuda para plantar o restante do jardim.

— Talvez devesse plantar o meu. Não sabia que gostava tanto de jardinagem. Vou descer. — Começou a sair e deu um olhar significativo para Willa.

— Se quiser começar a pegar o que é seu de volta — disse Willa, tocando com o pé os papéis no chão —, pode começar com esses aí. — Deu um sorriso. — Não gosto de ficar atrás de guardanapos coloridos para coquetel.

Aproveitando a oportunidade, segurou os ombros de Lily e aproximou-se dela o suficiente para que o sussurro pudesse ser ouvido.

— Se fosse preciso, ele teria atravessado o inferno para trazer você de volta. Não o castigue por amá-la demais.

Afastou-se um pouco e olhou para Adam.

— Você tem duas horas de folga para endireitar sua vida. — Saiu e fechou a porta.

— Devo estar parecendo uma ingrata — começou Lily, mas como Adam só balançou a cabeça ela se agachou e começou a juntar a papelada. — Joguei um vaso. Nunca fiz algo assim na vida. Não sabia que gostaria. Foi difícil voltar à ideia de que o gesto era desnecessário.

— Lamento que tenha feito você se sentir assim. — Caminhou até ela, agachou-se e começou a juntar os papéis também. Apanhou a lista das confirmações dos convidados para o casamento e ergueu os olhos. — Não há nada na minha vida que seja mais necessário ou mais precioso do que você. Se quiser desmarcar o casamento... — Não, ele não conseguia ser paciente ou ter bom senso a esse respeito. Tudo o que pôde dizer foi: — Então faça.

E nada do que pudesse dizer, percebeu Lily, seria mais perfeito.

— Depois que Tess e Will tiveram todo esse trabalho? Seria uma grosseria. — Começou a sorrir, quase sorriu, mas ele cobriu o rosto com as mãos. Cobriu, mas não sem antes de ela ver o olhar triste e a dor que causara.

— Eu deixei que ele a levasse.

— Não.

— Pensei que a mataria.

— Adam.

— Achei que... se eu a tocasse, você se lembraria daquilo, dele.

— Não, não, Adam. Nunca. — Então ela o abraçou. — Nunca. Nunca. Desculpe. Desculpe. Não quis fazer você sofrer. Só que eu estava com tanta raiva, tão frustrada! Eu te amo, eu te amo, eu te amo. Oh, Adam, me abrace. Não vou quebrar.

Mas ele, sim, poderia quebrar. Quando os braços a envolveram, ele agarrou-se a ela convulsivamente e com força, achando que poderia rachar, como um vidro frágil.

— Eu queria matá-lo. — A voz estava abafada no pescoço de Lily. — Eu o teria feito. E viver com o desejo é bem menos difícil do que com o fato de que não o matei. E pior ainda é viver com a ideia de que eu quase perdi você.

— Mas estou aqui. Acabou. — Quando a boca de Adam encontrou a sua, ela se entregou inteira, as mãos acalmando-o como ele sempre a tinha acalmado. — Eu preciso tanto de você! E sei que você também precisa de mim.

Ele prendeu seu rosto com as mãos.

— Eu preciso. Sempre precisarei.

— Eu quero plantar jardins com você, Adam, criar cavalos, pintar varandas. — Dessa vez ela segurou o rosto dele, levantou a cabeça e disse com o coração tremendo: — Eu quero ter filhos. Eu quero fazer um filho com você, Adam. Hoje.

Sensibilizado, ele encostou a testa na dela.

— Lily!

— É o momento certo. — Ergueu a mão dele e apertou-a contra a boca. — Leve-me para casa, Adam, para a nossa cama. Faça um filho comigo hoje.

$\mathcal{D}$A JANELA LATERAL, Tess observava Adam e Lily caminharem para a casa branca. Lembrou-se da primeira vez que os vira caminhando juntos, no dia do enterro.

— Vem ver — pediu a Willa.

— O quê? — Um pouco impaciente, Willa juntou-se a ela na janela e sorriu.

— Que alívio. — Pouco depois as persianas da casa branca foram baixadas e ela deu um sorriso maroto. — Parece que o casamento ainda está de pé.

— Eu continuo querendo aqueles guarda-sóis listrados.

— Sua filha da mãe.

— Ora, Will, isso é o que todos dizem. — De surpresa, colocou uma das mãos no ombro dela. — Você ainda vai levar o gado para as terras altas amanhã?

— Vou.

— Quero ir junto.

— Engraçadinha.

— Não, falo sério. Eu sei montar, e seria uma experiência interessante que poderia usar no meu trabalho. E já que Adam vai, Lily também deveria vir. É importante que fiquemos juntos. É mais seguro.

— Eu ia mandar Adam ficar aqui.

Tess balançou a cabeça.

— Você precisa de pessoas em quem possa confiar. Adam não ficaria, mesmo que pedisse. Então, Lily e eu também vamos.

— Era só o que me faltava. Uma dupla de calouras. — Mas ela própria já pensara nisso, e considerara os prós e os contras. — Os McKinnons também vão levar o gado. Levaremos um homem conosco, e Ham se encarrega do resto. É melhor tratar do seu sono da beleza essa noite, Hollywood. Partiremos ao amanhecer.

A ÚNICA COISA que faltava, pensou Tess, bocejando na sela ao amanhecer, era o tema de *Rawhide*. Então ela o cantarolou, tentando lembrar-se das palavras vagamente familiares por causa da cena do bar de *Os irmãos cara de pau*.

Era "conta com eles" ou "toca adiante"?

Obviamente, "toca adiante" foi o vencedor, pois correspondia exatamente ao grito de Willa no ar enevoado da manhã.

Era magnífico, refletiu Tess. Aquele mar de gado espremido seguindo adiante, os cavaleiros chispando pelas beiradas do rebanho, montados em cavalos espertos e agitados. Todos avançavam pela cortina de nevoeiro e pelo caudal da neblina rasante, rasgando-a em delicadas fatias, enquanto o sol brilhava no capim orvalhado.

A leste, as montanhas erguiam-se como deusas, envolvidas nas vestimentas brancas prateadas.

Willa virou-se na sela e gritou para Tess:

— Anda, mexe esse traseiro!

"Ora", pensou Tess, sorrindo, "aquilo completava o quadro perfeitamente."

Atrasada, incentivou o cavalo a alcançar os outros quando a boiada começou a se deslocar.

Não percebeu quando o ar se encheu com o barulho de cascos batendo no chão duro, com os mugidos estridentes e os vaqueiros estalando a boca e gritando. Ainda faltava algo. Alguém. Nate. Ao menos *uma vez* desejou que ele também tivesse gado além de cavalos, pois, então, talvez estivesse cavalgando ao seu lado.

— Não fique aí só passeando — gritou Willa, aproximando-se. — Mantenha-o na linha. Se perder uma das vacas, você vai atrás dela.

— Como se eu fosse capaz de perder uma vaca grande e gorda — murmurou Tess, que tentou imitar o assobio de Willa para reunir o gado e também o jeito como a irmã batia o rolo do laço na sela.

Não que tivessem dado um laço para Tess, ou que ela soubesse usá-lo, mas quando acenou com a mão, as centenas de cascos em movimento levantaram poeira, fazendo-a tirar o lenço que levava amarrado no pescoço.

— Ora, pelo amor de Deus! — Revirando os olhos, Willa deu a volta. — Não é assim, sua idiota. Você pode precisar usar a mão. — Tirou o lenço da mão com que Tess cobria o nariz e, dobrando-o depressa, debruçou-se para amarrá-lo. — Assim é melhor — decidiu, quando, depois de amarrado, cobria a parte de baixo do rosto da irmã. — Você nunca esteve mais bonita.

— Vá brincar de chefe da trilha.

— Eu sou o chefe da trilha. — Com essas palavras, Willa esporeou Moon para o galope e foi para o final do rebanho verificar se não havia animais desgarrados.

Era uma experiência, decidiu Tess. Talvez não igual a tanger bois *Longhorn* desde o Norte do Texas ou seja lá o que os vaqueiros faziam antigamente. Mas o conjunto tinha certa imponência. Um punhado de cavaleiros controlando tantos animais, levando-os ao longo de outras pastagens onde outras reses acompanhavam a procissão com olhos chateados, e tocando os desgarrados teimosos de volta para o rebanho com um movimento rápido do cavalo.

Com poucas variações, sempre fora assim, estação após estação, ano após ano, década após década. Como sempre fora, ali o cavalo era uma ferramenta. Uma picape não podia atravessar as florestas, cruzar os rios, subir e descer pelos barrancos pedregosos.

As pastagens nas terras altas eram férteis, o gado era levado para lá para pastar no capim gordo dos prados e vagar durante o verão até o início do outono sob a imensidão do céu, tendo como companhia as águias e os carneiros montanheses.

E o verão chegava como um presente. As árvores ficavam mais verdes, os pinheiros, mais exuberantes, e ela podia ouvir o borbulhar alegre da água movendo-se rápida e fresca. As flores-do-campo salpicavam um prado vizinho com uma chuva espantosa de cores avivadas pelo sol forte. Os pássaros voavam pelas árvores como flechas e como pipas nas montanhas. E as montanhas se elevavam com o seu branco cremoso nos cumes, o cinturão verde das árvores escurecendo e os cumes e dobras, que eram os vales e desfiladeiros, brilhando em contraste.

— Como está indo? — Jim emparelhou o cavalo com o dela e ela sorriu. Parecia que acabara de sair do Oeste Selvagem, tão arrogante e natural.

— Aguentando. Até que é divertido.

Ele piscou para ela.

— Lembre-se de dizer isso para o seu traseiro, no final do dia.

— Olha, já faz bem uma hora que não o sinto. — Mas ela se esticou só para ter certeza. Nada, o traseiro estava tão insensível como um dente anestesiado. — Eu nunca subi tão alto. É maravilhoso.

— Tem um ponto bem ali na frente. Você olha naquela direção — ele gesticulou —, parece um quadro.

— Há quanto tempo está nisso, Jim? Levando o gado para as terras altas na primavera?

— Para os Mercys? Ora, há mais ou menos uns 15 anos. — Piscou de novo, viu Willa que se aproximava e adivinhou que ela lançaria um olhar significativo de que ele estava perdendo tempo de trabalho. — Me mantém afastado dos salões de sinuca e das mulheres selvagens. — Trotou de volta para a frente da boiada e deixou Tess rindo sozinha.

— Não flerte com um vaqueiro durante o caminho — alertou Willa.

— Nós estávamos tendo uma conversinha civilizada. Quando eu flerto... Oh, meu Deus! — Tess parou o cavalo e olhou na direção que Jim apontara. Entendendo, Willa parou atrás dela.

— Bela vista.

— É uma pintura — sussurrou Tess. — Não é real. — Não podia ser de verdade e o modo como as cores e as formas, a grandeza e a amplitude se entrelaçavam.

Os cumes projetavam-se para o céu para logo despencarem em um desfiladeiro largo e prateado, onde corria um rio azul e as árvores cresciam, grossas e verdes. Em algum ponto do caminho, que para Tess parecia estar a quilômetros de distância, o rio fazia uma curva e desaparecia em uma rocha. Mas antes de desaparecer mergulhava em uma cascata de espuma branca, desabava por cima das pedras para, depois, seguir sereno.

A distância, um falcão voava em círculos sobre o rio que serpenteava, entre as rochas encrespadas, sob os cumes prateados e pontudos, acima das árvores verdes.

— A pesca aqui é muito boa. — Willa debruçou-se sobre o cepilho da sela. — As pessoas vêm de todas as partes para pescar nesse rio com anzol e iscas artificiais. Não é o meu forte, mas é um espetáculo maravilhoso. As linhas dançam e chicoteiam o ar, mergulhando na água sem quase nenhum barulho ou tremor. Mais embaixo, depois da curva, há um trecho de corredeiras. O pessoal se enfia em botes de borracha e se diverte descendo rio abaixo. Eu prefiro os cavalos.

— Sei. — Mas Tess imaginou como seria. Surpreendeu-se imaginando como seria percorrer aquele rio, descer voando por cima dele, não com o distanciamento de uma escritora, mas sentindo uma antecipação animada e febril.

— Ainda estará aqui quando voltarmos. — Willa virou o cavalo. — Montana é engraçada. Em geral, não costuma sair do lugar. Vamos, estamos atrasadas.

— Vamos. — Tess carregou aquele panorama com ela, junto a tantos outros, enquanto tocavam o gado.

O ar começou a ficar gelado, e montes de neve apareceram sob as árvores e em volta das rochas. Mas ainda havia flores: a clematite da montanha que se espalhava por toda parte, o lilás travesso do delfínio selvagem. Um rouxinol-do-campo trinou uma canção de primavera.

Quando pararam para descansar os cavalos e comer apressadamente o almoço, tiraram os casacos das mochilas das selas.

— Não amarre o cavalo, pelo amor de Deus! — Com outra revirada dos olhos para a caloura, Willa tirou as rédeas das mãos de Tess e, com uma palmadinha, mandou a montaria embora, a passo de trote.

— Olhe o que fez, mas que droga! — Tess deu dois passos apressados antes de perceber que o cavalo a ganharia na corrida. — E agora? Vou a pé?

— Coma. — Willa empurrou um sanduíche na cara de Tess.

— Ora, ótimo, que maravilha. Eu como um pouco de rosbife enquanto o meu cavalo vai embora trotando para casa.

— Não irá longe. Você não pode amarrar o cavalo nessa região e depois sair andando, sentar debaixo de uma árvore e comer. — Sorriu ao ver Ben chegando a cavalo. — Ei, McKinnon, você não tem mais o que fazer do que ficar atrás de comida de graça?

— Achei que teria um sanduíche sobrando. — Ben desceu do cavalo, dando a mesma palmadinha que Willa dera no cavalo de Tess. Espantada, Tess viu a montaria ir embora.

— Mas vocês enlouqueceram? Assim não vai sobrar nem um cavalo para montar.

Ben pegou o sanduíche das mãos de Tess, deu uma mordida e piscou para Willa.

— Ela quis amarrar o dela?

— Quis. É uma amadora.

— Nas terras altas não se amarra os cavalos — explicou, entre duas mordidas. — Linces. Ursos.

— O que é que você... lince? — Tess deu meia-volta com rapidez, os olhos esbugalhados e tentando olhar para todas as direções ao mesmo tempo. — Você quer dizer leões-da-montanha? Ursos?

— Predadores. — Willa pegou a sobra do sanduíche de Ben e o comeu. — Um cavalo não tem chance se estiver preso. O seu gado está muito longe, Ben?

— A uns 400 metros.

— Mas... — Tess lembrou-se da espingarda no coldre da sela. — E que chance *nós* temos?

— Ora, alguma — disse Ben com voz anasalada, e Willa deu uma gargalhada.

— O café de Lily já deve estar pronto e quente.

Puxou o chapéu de Willa por cima dos olhos dela.

— Você acha que encontrei você como, moça? Vim atrás do aroma.

Paralisada, Tess não saiu do lugar enquanto eles se dirigiam para o pequeno acampamento onde Lily esquentava o bule. Ouviu um farfalhar na mata atrás dela, deu um pulo para a frente e disparou atrás deles.

— Esperem! Esperem por mim!

— Ela adora café — comentou Ben quando Tess passou voando por eles.

— Você devia ter visto o rosto dela quando soltei o cavalo. Valeu a pena trazê-la, só para isso.

— No mais, está tudo bem?

— Quieto. — Diminuiu o passo. — Normal. Ou tão quieto e tão normal quanto pode ser esperado, para os preparativos do casamento.

— Gostaria que nada estragasse a festa.

— Nada vai estragar. — Ela parou, deu as costas para o grupo perto da fogueira para que pudesse ficar de frente para Ben. — Conversei outra vez com a polícia — disse baixinho. — Estão investigando os meus homens. Um por um.

— Os meus também. É necessário, Willa.

— Eu sei. Deixei Ham lá na fazenda, e me preocupa não saber o que está acontecendo. Ele, Bess, os dois filhos de Wood. Na verdade, é o mesmo que estarem sozinhos, Ben.

— Ham sabe cuidar de si próprio, e Bess também, se for obrigada. E ninguém vai machucar aquelas crianças, Will.

— Antes não pensaria assim. Agora já não sei. Pedi a Nell que fosse com eles para a casa da irmã durante um tempo. Ela não quer deixar Wood sozinho. É claro que, se for ele, é provável que ela e os meninos estejam em segurança.

As palavras ecoaram em sua mente, e Willa soltou a respiração.

— Às vezes nem consigo acreditar nas coisas que penso. Se é Wood, se é Jim, se é Billy. Ou um dos seus homens. Eu os conheço quase toda a minha vida. Mas, depois, penso que talvez Jesse Cooke tenha sido o último. Talvez os assassinatos terminem com ele e nós nunca mais teremos que passar por isso outra vez. Pensar assim é o mesmo que esquecer Pickles e a moça.

— Pensar assim é humano. — Ele tocou seu rosto. — Tenho me perguntado se realmente vai parar com Jesse.

— Mas você não acredita.

— Não, não acredito.

— É por isso que está aqui? É por isso que está levando o gado no mesmo dia que eu?

Ele havia temido que não fosse um gesto sutil e esfregou a mão sobre a cicatriz do queixo.

— Pense como se você fosse um investimento meu. Eu cuido do que me pertence.

Ela arqueou as sobrancelhas.

— Não pertenço a você, Ben.

Ele se debruçou e deu um beijo rápido e fortuito em sua boca.

— Pense melhor — sugeriu, e foi atrás do seu café.

Capítulo 26

• • • •

*D*O DIÁRIO DE Tess:

Tanger o gado não tem nada a ver com dirigir uma Mercedes 450 SL — o que é algo que, acho, vou me dar o luxo de comprar quando retornar para as luzes brilhantes da cidade grande.

Tanger o gado é uma aventura que talvez se assemelhe a passar chispando na autoestrada dentro de um carro esporte último modelo. Você vai a lugares, vê coisas e o vento sopra no cabelo. Mas não deixa de ser um assunto doloroso.

Meu traseiro está tão dolorido que precisei sentar em cima de um travesseiro para poder escrever. As Rochosas são deslumbrantes, de verdade. Apesar de termos encontrado neve no caminho, tão tarde este ano, isso não estragou o passeio. Nas terras altas o ar muda. A melhor descrição que posso fazer é que é mais puro. É igual às águas mais puras das fontes dentro de um copo fino de cristal.

Paramos em um cume rochoso, e juro que consegui enxergar até a fazenda de Nate.

O que me fez sentir um pouco de saudade dele... bem, mais do que um pouco. Uma sensação estranha. Não consigo me lembrar de ter sentido saudades de um homem antes. De sexo, sim, mas é diferente.

De qualquer forma, o gado parece tanger-se sozinho durante grande parte da viagem, se arrastando e se queixando só ocasionalmente. Adam diz que, como muitos animais já fizeram essa viagem antes, eles sabem o que precisam fazer e os outros os acompanham. Ainda assim, fazem uma zona danada com todo aquele barulho de cascos e mugidos, e um fujão esporádico que precisa ser capturado.

Fiquei impressionada quando vi Willa laçar uma vaca. A mulher parece mais natural em cima de um cavalo do que das duas pernas. Eu diria que chega a ser imponente, apesar de eu nunca mencionar isso a ela. A sua cabeça já está bem ocupada. Ela é uma líder nata e admito que, na sua posição, é um atributo necessário. Trabalha como um carregador de cais de porto, o que é, outra vez, admirável, mas não gosto quando ela estala o chicote na minha direção.

Acho que nos desviamos um pouco na subida. Devo confessar que foi ela quem preparou isso. Não tenho a menor dúvida de que foi ela quem escolheu o caminho mais longo por minha causa e Lily. Foi uma viagem e tanto. Vimos alces, veados de orelhas compridas, carneiros selvagens e aves enormes e maravilhosas.

Não vi nenhum urso. E não estou nem um pouco desapontada.

Lily tirou um monte de fotos. Ela se recuperou a tal ponto que quase dá para esquecer todo o horror pelo qual passou. Quase. Ela me lembra dos pratos de uma balança, nos quais ela pesa a tragédia e a felicidade em cada um. Encontrou um modo para que o lado da felicidade pese mais. Admiro-a por isso.

Mas esquecer tudo é simplesmente impossível. Debaixo daquela capa dura e centrada, Will é uma pilha de nervos. Nós todos estamos concentrados no casamento e decididos que nada vai estragá-lo. Mas estamos preocupados. Está no ar.

Por outro lado, estou correndo com as revisões do meu roteiro. Ira está muito satisfeito com o negócio e o progresso. Acho que quando voltar para Los Angeles, no outono, vou estar cheia de compromissos até o último fio de cabelo. Decidi finalmente contar a ele sobre o livro. Ficou muito entusiasmado, o que me surpreendeu, então mandei os dois primeiros capítulos só para dar um gostinho. Veremos.

Nesse momento tenho um tempinho entre os preparativos do casamento. A data marcada para o chá de panela está se aproximando e todos fazem de conta que Lily não sabe nada a respeito. Vai ser uma festa.

— E aí? O que vocês, homens, estão planejando para a festa de despedida de solteiro? — Tess estava sentada em cima da cerca na fazenda de Nate enquanto ele adestrava um potro.

— Algo com classe, é claro.

— Quantas dançarinas de *strip-tease*?

— Três. Qualquer número a mais fica vulgar. — Freou o cavalo, fez com que recuasse, e depois pressionou-o de leve com os joelhos. O potro partiu em um trote suave. — Isso mesmo! Garoto esperto.

Olhe só para ele, pensou Tess, todo enxuto e magro com o chapéu puxado sobre a testa e aquelas mãos compridas e finas tão sensuais como as de um pianista.

Ele, literalmente, dava água na boca.

— Eu já disse a você como fica bem em cima de um cavalo, advogado Torrence?

— Uma ou duas vezes. — Como sempre, as palavras provocaram um calor que subiu até o pescoço. — Mas pode repetir.

— Fica bem. Quando o verei no tribunal?

Surpreso, ele deu a volta com o cavalo.

— Não sabia que queria me ver lá.

Nem ela.

— Bem, quero. Gosto de ver você vestido de terno, todo sério e compenetrado. Gosto de olhar para você.

Ele escorregou do cavalo, enrolou as rédeas na cerca e começou a desatrelar a sela.

— Ultimamente não tivemos muito tempo para nos olhar ou qualquer outra coisa, não é mesmo?

— Estivemos ocupados. Só faltam dez dias para o casamento, e os pais de Lily chegam amanhã. Depois que as coisas se acalmarem, talvez você possa me levar até a cidade para que eu o veja atuando no tribunal. Depois... poderíamos passar a noite em um hotel e brincar. — Ela passou a língua nos lábios. — Quer brincar comigo, Nate?

— Seguindo as suas ou as minhas regras?

— Nada de regras. — Deu uma risada, pulou da cerca, agarrou-o e beijou-o longa e apaixonadamente. — Tenho sentido sua falta.

— De verdade? — Era um progresso que ele não esperara tão cedo. — Que bom.

Ela olhou para a casa, lembrou-se da cama.

— Você acha que nós...

— Acho que Maria ficaria muito chocada... no meio do dia. Talvez você possa passar a noite aqui.

— Hum. Gostaria, mas saí sem avisar e já devem estar preocupados. Depois do que aconteceu, não gosto de ficar muito tempo longe de casa.

Os olhos dele ficaram frios quando se virou para tirar a sela de cima do potro.

— Gostaria de ter chegado mais cedo naquela noite para ajudar Adam.

— Não faria diferença. Não havia nada que Adam ou Will pudessem ter feito para impedi-lo. Nada que você poderia ter feito se estivesse lá.

— Talvez não. — Mas ele passara por alguns maus momentos pensando nisso, imaginando. Perguntando-se o que teria feito se tivesse sido Tess quem estivesse com uma arma apontada na cabeça. E como a luz também desaparecera dos olhos dela também, ele pulou em cima do cavalo em pelo com um impulso. — Anda, vamos dar uma volta.

— Sem a sela? — Ela piscou, depois riu e recuou. — Acho que não. Gosto de um cepilho para me agarrar.

— Amadora. — Estendeu a mão. — Vamos. Você pode se agarrar em mim.

Curiosa, mas desconfiada, Tess olhou para o cavalo.

— Ele é muito grande para um potro.

— Não passa de um bebê, e está ansioso para agradar. — Nate inclinou a cabeça e esperou que ela pegasse sua mão.

— Está bem. Mas eu realmente odeio cair do cavalo. — Deixou que ele agarrasse sua mão e montou atrás dele, muito desajeitada. — É diferente — concluiu, mas considerou muito vantajoso poder apertar-se bem nas costas de Nate, com os braços em volta da sua cintura. — É sensual. Adam cavalga muito em pelo. Parece um deus.

Com uma risadinha, Nate estalou a boca para o cavalo.

— Você fica mais em sintonia com a montaria.

E também, percebeu Tess, quando começaram a trotar, a colocava mais em sintonia com o seu desejo. Quando partiram em um galope suave, ela ria como uma tola.

— É ótimo. Quero mais.

— É o que você sempre diz. — Deu outra volta pelo curral, gostando da sensação dos seios firmes e generosos pressionados nas costas dele. Os olhos ficaram vesgos quando ela escorregou as mãos abaixo da cintura.

— Como eu imaginava — disse, quando tocou o membro ereto. — Você já transou em cima do lombo de um cavalo?

— Não. — A ideia oferecia um visual fascinante: Tess deitada na sua frente sobre o pescoço do cavalo com as pernas enlaçadas e apertadas em volta da sua cintura enquanto transavam no ritmo da montaria. — A gente ia acabar quebrando o pescoço quando o cavalo sentisse o cheiro de sexo e começasse a corcovear.

— Estou disposta a correr o risco. Eu quero você, Nate, de verdade.

Ele parou, acalmou o cavalo, se virou e puxou-a para a frente com um bocado de gemidos e agarramentos.

— Não. — Mal conseguiu soltar a palavra da boca ocupada com a dela enquanto os dedos de Tess voavam para a fivela do cinto. — Isso vai ter que nos bastar por enquanto. Segure em mim, Tess. Segure-se com firmeza e deixe-me beijá-la durante um tempo.

Ela teria ousado, mas ele a abraçou forte, prendeu seus braços ao lado do corpo e se jogou sobre sua boca. O chapéu de Tess caiu no chão e o coração explodiu, ecoando por todo o corpo ao mesmo tempo. Depois mudou, tudo mudou, tudo ficou tranquilo, doce e tão puro como o ar das terras altas.

Passando da agonia à ternura, ele a aliviou até que o latejar diminuísse e se estabilizasse, até a garganta doer de prazer e os olhos lacrimejarem.

— Eu te amo. — Ele não pretendia dizer, mas era demais, grande demais para ficar contido nele. Os lábios formaram as palavras, devagar.

— O quê? — Deslumbrada, sonhadora, ela fitou seus olhos. — O que foi que disse?

— Estou apaixonado por você.

Ela saiu do estado flutuante e caiu na realidade. Já ouvira essas palavras antes. Eram fáceis de serem ditas, era apenas uma frase a mais. Mas não para ele, percebeu. Não para um homem como Nate.

— Está indo um pouco longe demais. — Quis sorrir, deixar o assunto leve. Não conseguiu. — Nate, nós só somos...

— Amantes? — completou, sem se preocupar em se amaldiçoar por completar a frase para ela. — Companheiros de cama por conveniência? Não, Tess, não somos.

Ela respirou fundo para se acalmar e falou com firmeza:

— É melhor descermos do cavalo.

Mas ele segurou seu queixo com uma das mãos, para que os olhos ficassem nivelados com os seus.

— Estou apaixonado por você há algum tempo. Farei todas as adaptações necessárias para que dê certo com você. Em resumo, trata-se do seguinte: quero que você fique comigo, case comigo, crie uma família aqui comigo.

Comparado ao que disse naquele momento, o primeiro choque foi uma brincadeira.

— Você sabe que não posso nem pensar...

— Vou lhe dar um tempo para que se acostume com a ideia. — Com essas palavras, desmontou. — Nunca desejei grande coisa na vida — continuou, observando a expressão de espanto em seu rosto. — Meu diploma de advogado, este lugar, um bom plantel. Consegui. Agora, quero você.

O insulto direto e a arrogância, ela refletiu, ajudavam a transformar o choque em raiva.

— É bom que tome nota, advogado Torrence. Não sou nenhum diploma de advogado, nem uma fazenda ou uma égua matriz.

— Não, não é. — A boca deu um rápido sorriso enquanto ele a ajudava a desmontar. — Você é uma mulher, uma mulher decidida, ambiciosa e irritante. E será minha.

— Gostaria de ouvir o que eu acho dessa sua mentalidade repentina de caubói?

— Posso imaginar. — Tirou o bridão do potro, deu uma palmada no flanco e mandou-o embora, trotando. — É melhor que vá para casa, pense um pouco sobre isso.

— Não preciso de tempo para pensar nisso.

— Vou lhe dar um tempo, quer queira, quer não. — Olhou para o céu. Do lado Oeste, o sol começava a descer nos cumes tingindo de cores vermelhas o azul do céu. — Vai chover hoje à noite — comentou com naturalidade, então saltou a cerca e deixou Tess para trás, boquiaberta.

— Não sei que bicho te mordeu — murmurou Willa —, mas desembuche de uma vez. Lily vai estar de volta com os pais a qualquer momento.

— Você não é a única que pode guardar os pensamentos para você mesma.
— Tess enfiou um biscoito na boca.

A casa estava repleta de mulheres tagarelas, com alegres embrulhos de presentes e confete branco. Fora ideia de Tess servir um ponche de champanhe para o chá de panela e, apesar de Bess tê-la repreendido por pura formalidade, estava saboreando uma xícara enquanto fofocava com os vizinhos.

Todos estavam felizes como passarinhos, ponderou Tess, e pegou um biscoito. Celebravam a ideia ridícula de duas pessoas se algemando uma à outra para o resto da vida. Fazendo um beicinho, ficou na dúvida se pegava outro biscoito, preferindo um cigarro. Nem pensar que Nate conseguiria que ela rasgasse outra calça jeans. Serviu-se de uma xícara com ponche e decidiu que, em vez disso, iria se embebedar.

Até que a futura esposa chegasse, Tess bebera três xícaras, e sentia-se bem mais festiva. Adorou quando Lily fingiu estar surpresa. O chá de panela deixara de ser um segredo desde que o primeiro convite havia sido enviado. Agora havia os presentes para serem admirados com "ohhhs" e "ahhhs", e havia de tudo, desde vassourinhas até roupões.

Tess observou a mãe de Lily engolir as lágrimas e sair para a varanda.

Uma mulher interessante, concluiu Tess, servindo-se de outra xícara. Atraente, com boa apresentação e que sabia falar bem. O que diabo vira em um filho da puta como Jack Mercy?

Quando Bess encheu duas xícaras e também escapuliu para a varanda, Tess deu de ombros e tentou produzir um entusiasmo adequado por causa de um conjunto de guardanapos bordados.

— Segure, Adele. — Bess se acomodou no balanço e entregou uma xícara enquanto ela enxugava os olhos. — Já se passou bastante tempo desde a última vez que nos sentamos aqui.

— Não sabia como me sentiria ao voltar para cá. Quase nada mudou.

— Ora, mudou aqui e ali. Você também continua quase a mesma.

A vaidade era uma pequena fraqueza, e Adele automaticamente tocou o cabelo cuidadosamente penteado com a mão. O corte era moderno e curto, pintado de um tom sutil de louro-escuro.

— Rugas — disse com um pequeno sorriso. — Eu nunca sei de onde vêm, mas de manhã sempre encontro novas no espelho.

— É a vida. — Bess fez uma avaliação. O rosto de Adele ainda era bonito, quase delicado, com traços finos e bem-proporcionados. Havia se mantido em forma, avaliou Bess. Esbelta, mais para magra, e o seu tino para cores e linhas continuava o mesmo. Estava elegante de calça comprida cor-de-rosa e uma blusa marfim.

— Você tem uma boa filha, Adele. Fez um belo trabalho com ela.

— Poderia ter feito melhor. Deveria ter feito melhor. Vendo-a agora, eu me lembro de quando era garotinha. Lembro-me das horas que deveria ter passado com ela e não passei.

— Você precisava trabalhar e cuidar da sua vida.

— É verdade. — Para se acalmar, Adele tomou um gole da bebida. — Tanto sofrimento, pelo menos nos primeiros anos. Bess, odiei Jack Mercy mais do que jamais o amei.

— É normal. Ele não foi correto com você ou com a garota. Mas parece que você encontrou um homem melhor.

— Rob? É um bom homem. Tem suas manias, sempre as teve. Mas são manias boas. — Os lábios se suavizaram. Tinham tido uma vida boa, pensou. — Rob não é, como posso dizer, um homem muito carinhoso, mas ele ama Lily. Hoje me pergunto se não esperamos demais dela. Se nós dois não esperamos demais. Mas nós a amamos.

— Dá para perceber.

Ela balançou-se em silêncio.

— Nossa, que vista. Nunca a esqueci. Senti saudades daqui. Sou feliz lá no Oeste, o verde, a suavidade da terra. Mas sinto saudades daqui.

— Com Lily morando aqui, você vai voltar.

— É. Vamos voltar. Rob está encantado. Adora viajar. Temos evitado essa parte do país, mas agora... Ele está com Adam olhando os cavalos. — Suspirou e sorriu. — Adam também é um homem bom, não é, Bess? O Adam de Lily.

— Um dos melhores que conheço, ele atravessaria o inferno por causa dela.

— Ela já passou por tanta coisa! Quando penso...

— Não pense. — Bess cobriu a mão de Adele com a sua. — Já passou. Assim como Jack Mercy já passou para você. Ela vai ser uma linda noiva e uma esposa feliz.

— Oh! — As palavras provocaram novas lágrimas. Elas rolavam pelas faces quando Willa apareceu.

— Desculpem. — Automaticamente, ela começou a voltar para dentro da casa.

— Não vá. — Fungando, Adele se levantou e estendeu a mão. — Eu só estou sendo sentimental. Nem tive oportunidade de conversar com você. Todas as cartas que Lily me mandou falavam muito de você e de Tess.

As lágrimas de uma mulher sempre a desconcertavam. Willa remexeu-se e tentou esboçar um sorriso.

— Estou surpresa que houvesse espaço para nós com Adam por perto.

— Vocês têm os mesmos olhos, você e o seu irmão. — Escuros e sábios, pensou Adele. E firmes. — Cheguei a conhecer um pouco sua mãe. Era uma mulher muito bonita.

— Obrigada.

— Tenho andado assustada. — Adele pigarreou. — Eu sei que esse não é um bom momento para falar sobre o assunto, mas tenho estado muito preocupada. Sei que nas suas cartas e telefonemas Lily deu bem menos importância ao que aconteceu. Mas quando Jesse... quando aquelas coisas com Jesse aconteceram, foi noticiado lá no Oeste. Eu queria dizer que continuo preocupada, mas agora que conheci você e Adam, eu me sinto melhor.

— Ela é mais forte do que você pensa. Mais do que qualquer um de nós imaginávamos.

— Talvez tenha razão — concordou Adele, recompondo-se.

— Quero agradecer a você pela hospitalidade, por nos convidar, a mim e ao Rob, para ficarmos em sua casa. Sei que deve ser embaraçoso para você.

— Pensei que seria. Mas não é. Os pais da minha irmã serão sempre bem-vindos em Mercy.

— Você não tem muito de Jack. — Adele empalideceu, horrorizada consigo mesma. — Desculpe.

— Não precisa se desculpar. — Os olhos de Willa se desviaram quando percebeu uma faísca do sol brilhando sobre metal. Os lábios exibiram um sorriso. — E eis que chega a próxima surpresa. — Lançou um olhar para Adele. — Espero que não seja constrangedor para você.

— O que foi que aprontou, mocinha? — perguntou Bess.

Willa apenas continuou sorrindo e enfiou a cabeça pela porta.

— Ei, Hollywood, venha cá um instante.

— O que é? — Segurando uma xícara na mão, Tess caminhou até a porta. — Estamos brincando de jogos de salão. Quantas palavras você é capaz de formar com "lua de mel"? Acho que estou ganhando. Há uma cesta com produtos para banho para a vencedora.

— Tenho um prêmio bem melhor para você.

Tess olhou ao longe, clareou os olhos embaçados o suficiente para reconhecer a picape de Nate.

— Não quero falar com ele agora. Aquele advogado vaqueiro arrogante. Diga para ele que eu... Meu Deus!

— Não blasfeme no dia de um chá de panela! — ordenou Bess, e levantou-se de repente, com um sorriso enorme, quando a porta lateral da picape abriu e uma figura surgiu. — Louella Mercy, eu nem acredito, você é um colírio para meus olhos cansados.

— Eu sou um colírio, ponto. — Dando uma gargalhada, Louella correu com os sapatos de salto alto e abraçou a filha em estado de choque. — Surpresa, minha querida. — Salpicou um beijo em Tess, limpou a mancha de batom do rosto e girou para dar um abraço de urso em Bess. — Ainda dando duro por aqui?

— Faço o melhor que posso.

— E essa deve ser a caçula de Jack. — Rodopiou na direção de Willa, e abraçou-a com tanta força que quase lhe quebrou as costelas. — Meu Deus, você é igualzinha à sua mãe. Nunca encontrei ninguém que conseguisse ganhar de Mary Wolfchild em beleza.

— Eu... obrigada. — Espantada, Willa não conseguia desviar os olhos. Ora, a mulher parecia uma rainha de beleza e cheirava como um balcão de perfumaria. — Estou muito contente que tenha conseguido vir. — E acrescentou com sinceridade: — Estou muito feliz em conhecê-la.

— E eu mais ainda, minha querida. Fiquei tão surpresa quando recebi sua carta com o convite que quase caí de quatro. — Manteve o braço firme em volta dos ombros de Willa e se virou com um sorriso largo para Adele. — Sou Louella, a esposa número 1.

Um pouco espantada, Adele a fitou. Será que a mulher estava realmente usando uma blusa de brocado dourado no meio do dia?

— Sou a mãe de Lily.

— Esposa número 2. — Com outra risada de romper os tímpanos, Louella abraçou Adele como se fosse uma irmã. — Bem, o desgraçado tinha bom gosto para mulheres, não é? Onde está sua filha? Deve se parecer mais com você do que com Jack. Tess me contou que ela parece uma pintura de tão bonita, e muito gentil. Ah, eu trouxe presentes.

— Quer que os leve para você, Louella? — Sorrindo, Nate estava parado ao pé dos degraus segurando nos braços os cachorros miniaturas muito inquietos.

Olhando para ele de frente pela primeira vez, Tess quase estremeceu de horror.

— Oh, não acredito! Mãe, você trouxe Mimi e Maurice!

— Claro que trouxe. Não podia deixar os meus preciosos bebês sozinhos. — Ela os pegou de Nate e lançou beijos ruidosos.

— Senhoras, ele não é um material de primeira? — E deu um beijo possessivo no rosto de Nate, deixando uma marca nítida dos lábios. — Juro que o meu coração não para de bater desde que o vi. Queridinho, é só levar tudo lá para dentro.

— Sim, senhora. — Lançou um olhar rápido e divertido para Tess e foi descarregar as malas.

— E aí, por que estamos todos aqui fora? — perguntou Louella. — Me disseram que há uma festa aqui. Bem que aceitaria um drinque. Você não se importa se eu der uma olhada por aí, não é, Willa?

— Claro que não. Eu gostaria de lhe mostrar o lugar. Nate, as coisas de Louella vão ficar no quarto vizinho ao de Tess. O quarto rosa.

— Espera só até Mary Sue ver você — começou Bess, levando Louella para dentro. — Você se lembra de Mary Sue Rafferety?

— É aquela dentuça ou é a caolha?

Tess apoiou a xícara vazia com cuidado no corrimão da cerca.

— A ideia foi sua?

— Minha e de Lily. — Willa sorriu com alegria. — Queríamos fazer uma surpresa para você.

— E fez. Não há dúvida que fez. E vamos ter uma boa conversinha a respeito mais tarde. — Tess agarrou Willa pela bainha da blusa. — Uma boa e longa conversinha.

— Como quiser. Vou ver se ela achou algo para beber.

— A sua mãe encheu bem as malas para o pouco tempo que vai ficar. — Nate tirou a última das cinco malas da traseira da picape. Cada uma pesava uma tonelada de concreto molhado.

— Ela leva quase a mesma bagagem quando passa um fim de semana em Las Vegas.

— Ela é uma presença e tanto, sem a menor dúvida.

Colocando a humilhação de lado, Tess endireitou os ombros e preparou-se para defender a mãe.

— O que você quer dizer com isso?

— Quero dizer que ela está aqui sem pretextos. É Louella por inteiro. Bastaram cinco minutos para que eu ficasse louco por ela. — Curioso, inclinou a cabeça. — Você pensou que eu quis dizer o quê?

Ela movimentou os ombros tensos, mas não conseguiu relaxá-los completamente.

— Minha mãe provoca as reações mais variadas nas pessoas.

Ele assentiu devagar.

— A sua é uma delas, ao que parece. Deveria se envergonhar. — Deixando-a boquiaberta, ele passou por ela carregando duas malas.

Com um rosnar, Tess pegou uma das malas e foi atrás dele.

— E isso significa exatamente o quê? — Subiu os degraus arquejando. Louella não acreditava em viajar com malas leves.

— Significa que sua mãe é uma em um milhão. — Colocou as malas em cima da cama, deu a volta e saiu.

Tess largou a mala na cama, cruzou os braços e esperou.

— Eu conheço a mãe que tenho — disse, no instante em que ele voltou com o resto da bagagem. — Ela é a minha mãe. Quem mais viria a um chá de panela em Montana vestida de calça colante e de brocado dourado? Ora, e tire esse batom da cara. Parece um idiota.

Ela lutou com a fechadura, jogou a tampa para trás, e revirou os olhos quando viu o conteúdo.

— Quem mais colocaria na mala vinte pares de sapatos de salto alto para passar duas semanas em uma fazenda de gado? E isso. — Tirou um finíssimo robe azul-lavanda debruado de penas roxas. — Quem usaria coisas assim?

Ele olhou para o robe e enfiou o lenço no bolso.

— Fica bem nela. Tess, você se preocupa demais com as aparências. Esse é o seu maior problema.

— Com as aparências? Pelo amor de Deus, ela pinta as unhas dos cachorros. Tem cisnes de concreto no pátio da frente. Vai para a cama com homens mais jovens do que eu.

— E posso imaginar que eles se consideram sortudos. — Encostou-se em uma das quatro colunas da cama. — Zack a trouxe de avião até a minha fazenda e por pouco não sofreu um acidente, de tanto rir. Contou que não parou de rir desde o instante em que levantaram voo de Billings. Ela me perguntou se podia voltar para ver os cavalos. Queria vê-los, mas preferiu vir imediatamente para cá para encontrar você primeiro. Não parou de falar de você durante a viagem inteira, me fez repetir uma dúzia de vezes que você estava bem, em segurança. Feliz. Acho que não demorou mais de 15 quilômetros para chegar à conclusão de que estou apaixonado por você. O que a fez chorar, e aí tive que parar para que desse um jeito na maquiagem.

— Eu sei que ela me ama. — Estava envergonhada. — Eu a amo. É só que...

— Não terminei — interrompeu Nate, com frieza. — Ela me contou que não guardava rancor de Jack Mercy porque ele lhe dera algo especial. Quando você nasceu, a vida dela mudou. Transformou-a em mãe e em uma mulher de negócios. Ela estava contente em voltar para cá, ver tudo de novo, conhecer suas irmãs. Contente de encontrar-se com você e saber que você estava recebendo o que era seu por direito.

Se endireitou e manteve os olhos fixos nos dela.

— Então, vou contar a você qual é a minha reação quanto a Louella Mercy, Tess. É de pura admiração... por uma mulher que levou um pé na bunda e se ergueu outra vez. Que criou uma filha sozinha, deu-lhe um lar, dirigiu um negócio para que nada lhe faltasse. Que ensinou a filha a ter determinação, orgulho e um coração. Não me importo se ela vai de celofane para a igreja, e você também não deveria se importar.

E saiu. Sentindo-se ligeiramente embriagada, Tess sentou na beira da cama e começou a desfazer as malas.

Quando, 15 minutos depois, Louella entrou saltitando, a tarefa estava quase terminada.

— Caramba, o que está fazendo? Estamos festejando.

— Você nunca termina de desfazer as malas. Pensei em adiantar as coisas para você.

— Não se preocupe com isso. — Louella agarrou suas mãos. — Estou tentando embebedar Bess. Ela canta quando está bêbada.

— É mesmo? — Tess separou um vestido tomara que caia de cor cereja bem berrante. — Não perderia isso por nada deste mundo. — Virou-se e apoiou a cabeça no ombro de Louella. Um ombro, pensou, que sempre estivera ali, sem perguntas, sem restrições. — Estou contente de ver você, mãe. Estou contente que tenha vindo. — A voz ficou mais aguda. — Contente de verdade.

— O que houve?

— Sei lá. — Tess resmungou e afastou-se. — Bobagem. Tolice. Não sei.

— Você passou por momentos assustadores. — Louella tirou um lencinho de renda e enxugou o rosto da filha.

— Foi, de várias maneiras. Acho que estou mais abalada do que pensava. Vai passar.

— Claro que vai. Agora vamos descer e ir para a festa. — Com o braço em volta da cintura de Tess, Louella começou a sair. — Mais tarde abriremos uma garrafa do espumante francês e colocamos a conversa em dia.

— Seria ótimo. — Tess também abraçou a cintura de Louella. — Eu gostaria muito.

— E você vai me contar tudo sobre aquele grande copo de água fresca no qual você está de olho.

— No momento Nate não está gostando muito de mim. — Ela ia começar a chorar de novo só de pensar nele. — E eu também não tenho certeza se gosto muito de mim.

— Bem, isso tem conserto. — Ouvindo o ruído das mulheres, Louella fez uma pausa nos degraus da escada. — Eu gosto dos dois.

— Deveria ter chamado você — sussurrou Tess. — Deveria ter pedido para que viesse me fazer uma visita há meses. O convite não deveria ter partido de Willa. Não o fiz porque, por um lado, achava que se sentiria desconfortável. Por outro, por achar que eu também me sentiria desconfortável. Desculpe.

— Meu amorzinho, você e eu somos tão diferentes como Budweiser e Moët. O que não quer dizer que não tenham seus pontos positivos. Deus sabe o quanto tenho me preocupado com você, tantas e tantas vezes quanto você comigo.

Louella deu um leve aperto em Tess.

— Escute só aquelas conversas. Isso me lembra dos meus dias de corista. Sempre tive um fraco por mulheres tagarelas. Nem posso me sentir desconfortável, ainda mais com um casamento à vista. E realmente gosto das suas irmãs, querida.

— Eu também. — Tess firmou o queixo. — Nada irá estragar o casamento.

$\mathcal{E}$LE PENSAVA a mesma coisa. Ouvia o som das risadas das mulheres, lindo como uma música. Isso o fazia sorrir. Gostava de saber que Lily estava lá, o centro de tudo, suave e meiga. Não fosse por ele, estaria morta, e estivera guardando o seu heroísmo em segredo no coração há semanas.

Salvara sua vida, e queria vê-la casada.

Quando essas belas imagens fenecessem, sempre poderia rever em sua mente o que fizera a Jesse Cooke. Às vezes, gostava de adormecer com a imagem se repetindo na cabeça. Um lindo sonho, colorido, com cheiro de sangue.

Desde então fora cauteloso, e quando o desejo de matar se tornava incontrolável, ele o esfriava nas montanhas e enterrava a presa. Era estranho como o desejo agora era mais forte, mais forte que a necessidade de comida, de sexo. E ele sabia que logo, logo não seria mais saciado com um coelho, um veado ou um bezerro no pasto.

Precisaria de um ser humano.

Mas ele iria segurá-lo e controlá-lo até que Lily estivesse casada e em segurança. Ele agora estava preso a ela, e quando estava preso, era leal.

Temia que ela estivesse preocupada com que algo acontecesse no casamento. Mas isso ele também resolvera. Escrevera o bilhete com muito cuidado e em letras de imprensa, avaliando as palavras como se fosse um exercício. Agora que estava escrito, agora que o havia enfiado debaixo da porta da cozinha, sentia o coração aliviado.

Agora ela pararia de se preocupar. Saberia que havia alguém tomando conta dela. Ele poderia relaxar e apreciar os sons do ritual feminino. E sonhar com os sinos do casamento anunciando o final do seu jejum de sangue.

Enquanto, a oeste, o céu se avermelhava nos cumes e a festa terminava, algumas das mulheres que passaram por ele de carro acenaram. Ele ergueu a mão e retribuiu. E perguntou-se qual delas escolheria como caça quando chegasse o momento.

Capítulo 27

❖❖❖❖

— Acho que você deveria dar uma olhada nisso.

Willa arqueou a sobrancelha e pegou a folha de papel da mão de Lily. Estava a ponto de recolher-se depois de um longo dia de conversas com as visitas quando Lily entrou no quarto. Bastou um único olhar para ela para que o cansaço desaparecesse.

Não quero que fique preocupada. Não permitirei que nada aconteça a você, ao Adam, ou às suas irmãs. Se tivesse sabido o que J. C. pretendia fazer, eu o teria matado antes, antes que ele assustasse você. Agora você pode ficar tranquila e ter um belo casamento. Estarei aqui, tomando conta de você e da sua família. Tudo de bom, um amigo.

— Meu Deus! — Gelou e sentiu um arrepio percorrer todo o corpo. — Onde foi que encontrou isso?

— Debaixo da porta da cozinha.

— Mostrou ao Adam?

— Imediatamente. Will, não sei o que pensar a respeito. A pessoa que mandou o bilhete matou Jesse. E os outros. — Pegou a folha de papel de volta e a dobrou. — No entanto, parece querer me tranquilizar. Não há ameaças, mas eu me sinto ameaçada.

— Claro que se sente. Ele praticamente entrou na sua casa. — Começou a caminhar de meias e sem fazer barulho com os pés. — Droga! Mas que droga! Voltamos ao início. Isso foi colocado lá hoje, quando havia um monte de pessoas indo e vindo. Poderia ter sido qualquer um. Não importa como eu faça, não consigo acusar nenhum.

— Ele não pretende me machucar, nem você ou Tess. — Lily respirou para acalmar-se. — Ou Adam. Estou me agarrando a isso. Mas, Will, ele vai estar no casamento. Ele vai estar lá.

— Deixe que eu me preocupo com isso. Falo sério — prosseguiu, colocando as mãos com firmeza nos ombros de Lily. — Me dê o bilhete. Eu cuido disso, vou entregá-lo à polícia. Você vai casar dentro de poucos dias. É só no que deve pensar.

— Não vou contar para os meus pais. Refleti, falei com Adam e decidi que só contaria a você. Qualquer outra pessoa que você sentir que precisa ser informada, tudo bem. Mas não quero preocupar os meus pais.

— Eles não ficarão sabendo. — Willa pegou o bilhete e colocou-o na penteadeira. — Lily, o casamento significa quase tanto para mim quanto para você. O meu interesse, acho que posso falar assim, é duplo. — Tentou sorrir, mas não conseguiu manter o sorriso nos lábios. — Nem todos podem sair contando por aí que tem um irmão e uma irmã que vão se casar. Pelo menos, não em Montana. A única coisa que tem a fazer é lembrar-se de que é uma noiva. Significaria muito para mim.

— Não estou com medo. Parece que não sinto mais medo de muita coisa. — Pressionou sua face na de Willa. — Eu te amo.

— É. A recíproca é verdadeira.

Quando Lily saiu, ela fechou a porta e olhou para o bilhete dobrado. E agora, o que ia fazer? A resposta não era deitar-se e ter uma boa noite de sono. Pegou as botas e foi até o telefone.

— Ben? Sim, sim, guardamos um pedaço de bolo para você. Escute, preciso de um favor seu. Você pode telefonar para o policial que está cuidando do caso e pedir que me encontre na sua casa? Tenho algo para mostrar a ele e não quero falar aqui. — Segurou o telefone entre a cabeça e o ombro e tentou calçar uma das botas. — Quando chegar aí eu explico. Estou saindo. Agora não tenho tempo para isso — retrucou quando ele começou a discutir.

— Vou trancar as portas da picape e levar uma espingarda carregada no banco do carona. Estou saindo agora.

Desligou antes que ele pudesse brigar com ela.

— $\mathcal{D}$ROGA DE MULHER teimosa, cabeça-dura.

Willa tinha parado de contar o número de vezes que Ben a chamara assim, ou por nomes parecidos, nas últimas duas horas.

— Tinha que ser feito e está terminado. — Saboreou o vinho que ele servira, o que fora uma surpresa. Ela nunca imaginara que Ben gostasse de vinho, ou que pudesse assumir o papel de anfitrião depois de um encontro com a polícia.

— Eu teria ido buscar você.

— E quase foi — lembrou. — Você já estava na metade do caminho para Mercy quando nos encontramos. Eu disse que estaria bem. Você leu o bilhete. Não era uma ameaça.

— Só o fato de ter sido escrito já é ameaça suficiente. Lily deve estar apavorada.

— Não. Na verdade, estava muito calma. Estava mais preocupada com os pais, para não ficarem sabendo de nada. Não vamos dizer nada a eles. Acho que vou ter que contar para Tess. Ela contará para Nate, mas isso é tudo.

Tomou outro gole enquanto ele caminhava de um lado para outro. Supunha que os aposentos eram adequados para o tipo de homem que gostava de exibir sua masculinidade. As paredes estavam cobertas de madeira cor de mel, com o assoalho da mesma cor e sem nenhum tapete ou passadeira. A mobília era grande e pesada, com poltronas azul-marinho. Não havia uma única almofada decorada ou bibelôs femininos à vista.

Mas sobre o aparador da lareira havia muitos porta-retratos com fotos da família e um par de esporas antigas, e sobre uma prateleira, onde os livros apoiavam uns aos outros, ela viu uma bela pedra turquesa.

Ele havia jogado um limpador de cascos, um canivete de cabo de osso e algumas moedas em cima de uma mesa.

Simples, básico. Era Ben, concluiu, e decidiu que já o deixara reclamar e andar para lá e para cá o suficiente.

— Obrigada por ter me ajudado a resolver isso tão depressa. Podemos ter a sorte de os policiais descobrirem quem escreveu o bilhete.

— Claro, se isso fosse uma produção cinematográfica.

— Bem, é o melhor que posso fazer no momento. — Colocou o copo semicheio de lado e se levantou. — Tenho um casamento em menos de uma semana e uma casa cheia de pessoas, então...

— Aonde é que você pensa que vai?

— Para casa. Como disse, a casa está cheia e o amanhecer não vai demorar. — Ela pegou as chaves e ele as arrancou das suas mãos. — Ouça aqui, McKinnon...

— Não, ouça você. — Jogou as chaves por cima do ombro e elas tilintaram em um dos cantos da sala quando caíram. — Você não vai a lugar nenhum esta noite. Vai ficar bem aqui, onde posso vigiá-la.

— O turno da meia-noite é meu.

Imediatamente, ele tirou o telefone do gancho e discou os números.

— Tess? É, é Ben. Will está aqui. Vai ficar. Telefone para o Adam e peça a ele para acertar o turno da guarda. Ela estará de volta pela manhã. — E desligou sem esperar por resposta. — Pronto.

— Você não manda em Mercy ou em mim. Quem manda sou eu. — Deu um passo na direção das chaves, e o quarto começou a girar quando foi jogada em cima do ombro dele. — O que há com você?

— Vou levar você para a cama. Eu lido com você melhor lá.

Ela o xingou, chutou e, quando não deu resultado, mexeu-se até conseguir ficar em uma posição em que conseguisse morder as costas dele. Ben assobiou, mas continuou andando.

— Meninas mordem — disse, largando-a em cima da cama. — Não esperava isso de você.

— Está redondamente enganado se está achando que vou transar com você quando me trata como uma bezerra desmamada.

O local nas costas onde ela enfiara os dentes latejava, o que o deixara zangado.

— Veremos. — Empurrou-a para trás, subjugou-a e prendeu os pulsos por cima da cabeça. — Lute comigo. — O tom de aço era puro desafio. — Nós nunca experimentamos isso antes. Sou até capaz de gostar.

— Seu filho da mãe. — Ela se curvou, girou, e quando ele inclinou a boca sobre a dela, mordeu-o outra vez. Rolou junto a ela, atento para manter as mãos (e as unhas) dela longe da pele.

Ela errou a pontaria do joelho, e ele se considerou um homem de sorte, mas passou tão perto que o fez suar.

Com a mão livre rasgou a blusa e depois a camiseta fina de algodão, sem tocá-la. Ele acreditava que era o que ambos estavam precisando, para afastar os medos.

Quando ficou deitada imóvel e arquejando debaixo dele, de olhos fechados, soube do que ambos precisavam agora.

— Me solta, seu covarde.

— Willa, se for preciso, eu amarro você na cabeceira da cama, mas você vai ficar. E quando terminarmos, você vai dormir. Dormir de verdade. — Com ternura e, em uma mudança repentina, roçou a boca na sua têmpora, depois na face e no queixo.

— Me solta.

Ergueu a cabeça. Os cabelos de Willa espalhavam-se na coberta de veludo verde-musgo. As maçãs do rosto estavam vermelhas de raiva. Os olhos brilhavam com tanto ardor que ele ficou surpreso de não sentir as bolhas de queimadura na pele.

— Não posso. — Tocou a fronte dela com a sua e se perguntou se um dos dois teria a capacidade de aceitar. — Eu simplesmente não posso.

A boca cobriu a sua outra vez, com calma, devagar e profundamente até sentir algo dentro dela estremecer tanto que a fez ceder.

— Não. — Cansada de se defender, ela desviou o rosto. — Não me beije assim.

— É difícil para nós. — Trouxe o rosto dela de volta. Viu os olhos úmidos e escuros, o fogo apagado. — Pode ficar ainda pior. — Beijou-a outra vez, deixou-se ficar onde estava para que o choque elétrico tomasse conta dele. — Meu Deus, como preciso de você. Como foi que isso aconteceu?

Ele a levou aonde queria, a cabeça de Willa rodopiou, e o coração se abriu para despejar os segredos que escondera até de si mesma. Soluçou o seu nome, depois soltou-se da beirada escorregadia onde havia se agarrado durante mais tempo sem perceber.

Quando ele levantou a cabeça, ela olhou para seu rosto, um rosto que conhecera toda a vida e agora via como se fosse a primeira vez.

— Solte as minhas mãos, Ben. — Sem lutar, sem gritar, repetiu: — Solte as minhas mãos.

E ele o fez. Abriu gentilmente os dedos e soltou-a. Quando começava a se afastar, as mãos dela seguraram o seu rosto e o puxaram para baixo.

— Me beije outra vez — murmurou. — Do jeito como eu tinha mandado você não fazer.

E ele obedeceu, aprofundando o momento para depois afogar-se nele.

Afastou a blusa toda rasgada para achá-la, exigi-la, as mãos firmes e lentas. Ela se entregou à sensação daquelas mãos deslizando, arranhando, acariciando. Cedeu a elas, ao gosto da boca sugando e bebendo da sua. Sucumbiu a elas, ao calor daquele corpo, aos ângulos duros pressionando suas curvas.

Tudo o que desejasse naquela noite, ela daria. Qualquer coisa que precisasse, ela encontraria. O seu desespero tranquilo e silencioso transferiu-se para o prazer de saber que ela possuía o que ele procurava.

A luta terminara. Agora só se ouviam os suspiros e murmúrios, o sussurro de corpo deslizando sobre corpo, os rápidos gemidos de surpresa pelo prazer.

Despercebida, a lua subiu no céu, e os pássaros da noite cantaram para o luar. O vento ameno da primavera brincou com as cortinas e, como a água, escorreu sobre os corpos acalorados.

Houve o longo, o longo gemido daquele primeiro clímax indolente, que faiscou por ela tão prateado como o luar e a deixou cintilando. Ele a ergueu e ficaram parados, peito contra peito, para que ele pudesse soltar as mãos do cabelo dela, afastar seu peso do rosto. Quando os lábios de Willa sorriram, os dele os imitaram.

Ele a segurou assim, só a segurou, os corações batendo em uníssono, a cabeça dela em seu ombro, as mãos afagando os cabelos. E, ainda segurando-a, ele a deitou e a penetrou.

Devagar e fundo, cada golpe era um quente e aveludado. Ele a observou chegar ao orgasmo, observou-a enquanto acontecia, os olhos escurecendo, o tremor nos lábios, o tremor repentino e excruciante. Os movimentos sedosos se aceleraram e conduziram ambos para o abismo.

Dessa vez, quando ela se deixou cair, ele permitiu que o arrastasse junto.

O DIA ERA PERFEITO para um casamento, com uma mistura de brisas quentes que atiçavam o aroma dos pinheiros para o lado do vale e espalhavam o perfume das flores nos vasos que Tess encomendara, todos arrumados sobre as bancadas distribuídas em volta das varandas e dos terraços da casa principal, da casa de Adam e Lily, e das outras construções.

Não havia o menor prenúncio de chuva, ou de uma geada como a que caíra de forma tão violenta 48 horas antes, deixando Tess e Lily muito preocupadas. Próximo ao lago que Jack Mercy mandara construir e encher de carpas japonesas, e que agora estava abandonado, o salgueiro se coloria de um verde delicado.

Havia mesas com guarda-sóis listrados, um baldaquim branco como a neve para dar sombra à festa e uma plataforma de madeira que os homens da fazenda tinham construído com alegria e que serviria de pista de dança.

Se conseguisse ignorar os policiais misturados aos convidados, seria um dia perfeito, refletiu Willa.

— Nossa, olhe só para você! — Com os olhos úmidos, ela ergueu as mãos para ajeitar a gravata do smoking de Adam. — Está parecendo um galã de revista. — Incapaz de manter as mãos longe dele, alisou a frente da camisa. — Grande dia, hein?

— O maior. — Ele pegou com o dedo uma lágrima em seus cílios e fingiu que a colocava no bolso. — Vou guardá-la. É tão raro você deixá-las correr.

— Do jeito como estão se acumulando, muitas vão rolar hoje. — Pegou o pequeno lírio-do-vale, um pedido pessoal de Adam, e prendeu-o com cuidado na lapela. — Eu sei que deveria deixar isso para o seu padrinho, mas as mãos de Ben são muito grandes.

— As suas estão tremendo.

— Eu sei. — Deu um risinho. — Até parece que quem vai casar sou eu. Eu estava calma até hoje de manhã, até o momento em que tive de vestir esta coisa aqui.

— Você está linda. — Segurando sua mão, Adam a colocou no rosto. — Willa, você está no meu coração desde o instante em que nasceu. Sempre estará.

— Ah, meu Deus! — Os olhos umedeceram outra vez. Deu-lhe um beijo fugaz e se virou depressa. — Preciso ir. — Na corrida repentina até a porta, esbarrou em Ben. — Saia da frente.

— Espere aí, deixe-me olhar para você. — Ignorando os olhos lacrimejantes, ele a girou, admirando o corte e o ondular do vestido azul longo e justo. — Ora, ora, ora. Está tão bonita como uma campânula-dos-prados. — Enxugou uma lágrima que corria pela face dela. — E que ainda tem orvalho nas pétalas.

— Ora, pare com esse elogio de intelectual e trate de fazer o necessário lá com Adam. Faça alguns barulhos, conte piadas de mau gosto ou sei lá o quê.

— É para isso que estou aqui. — Beijou-a antes que pudesse se soltar. — A primeira dança é minha. E a última também — acrescentou, quando ela saiu apressada.

Era injusto, pensou Willa, caminhando rápido para casa. Era injusto que ele mexesse com ela assim. Tinha muito com que se preocupar, muito para fazer. Decerto, não queria se apaixonar por Ben McKinnon.

Provavelmente, nem iria, decidiu, passando a mão debaixo do nariz.

Essa reação era tão embaraçosa! Achar que estava apaixonada por ele só porque iam para a cama, porque ele dizia aquelas palavras rebuscadas aqui e ali, ou nos momentos em que a olhava.

Teria que dar um ponto final, e pronto. Voltar a ser o que era, antes que virasse a grande piada de Montana. Ou que o sentimento se apoderasse das suas ideias e ela acabasse fazendo algo estúpido, como se sujeitar a ele, ou ajoelhar-se aos seus pés, ou se imaginar vestida de noiva.

Parou do lado de fora da porta e apertou uma das mãos contra o estômago inquieto. Recompôs-se da melhor forma possível, entrou e viu Adele descendo as escadas aos prantos, apoiada no braço de Louella.

— Alguma coisa errada? Aconteceu alguma coisa? — Willa estava pronta para correr até a prateleira das armas quando Louella sorriu.

— Não há nada de errado. Adele só está passando por um momento de "mãe da noiva".

— Ela está tão bonita, não está, Louella? Parece um anjo. Minha menina.

— A noiva mais bonita que já vi em toda a minha vida. Querida, você e eu vamos abrir uma garrafa daquele champanhe mais cedo e brindar à sua saúde. — Deu uns tapinhas em Adele enquanto caminhavam. — Will, vá lá em cima. Lily pediu que desse uma passada lá quando chegasse.

— Preciso procurar Rob.

— Addy, os homens não entendem nada de momentos como esse. — Louella conduziu-a para a cozinha. — Nós o procuraremos depois que brindarmos à noiva. Daqui a pouco. Suba, Will. Lily está esperando por você.

— Está bem. — Balançou a cabeça, espantada e divertida com os laços que as duas mulheres de Jack Mercy tinham criado.

Ainda balançava a cabeça quando abriu a porta do quarto improvisado de Lily e emudeceu.

— Não é maravilhoso? — Tess comentou alegremente, ajeitando a grinalda. — Ela não está fantástica?

— Oh, nossa... Oh, Lily. Você parece que saiu de um conto de fadas. Parece uma princesa.

— Eu queria um vestido branco. — Deslumbrada, Lily dava voltas na frente do espelho móvel. A mulher que sorria para ela envolta em panos drapeados de cetim branco, presos a um corpete romântico de renda e pérolas cintilantes, estava linda. — Eu sei que é o meu segundo casamento, mas...

— Não, não é. — Tess alisou as mangas compridas e justas do vestido de noiva. — É o único que importa, então, é o primeiro.

— Meu primeiro. — Lily sorriu, tocou a grinalda que caía sobre os ombros com os dedos. — E nem me sinto nervosa. Tinha certeza que estaria, mas não estou.

— Eu trouxe algo. — Willa, a mais nervosa de todas, mostrou a caixinha de veludo que segurava às costas. — Você não precisa colocá-las. Provavelmente, já ganhou todas as prendas usadas e novas de costume para dar sorte no dia do seu casamento. Mas quando Tess me contou que o vestido era bordado com pérolas, lembrei-me delas. Eram da minha avó. Nossa avó — corrigiu, e estendeu a caixa.

Lily era só suspiros quando abriu a tampa. As pérolas eram pingentes frágeis com belas armações filigranadas. Sem hesitar, ela tirou os brincos que comprara para combinar com o vestido e os substituiu pelos que ganhara de presente.

— São tão lindos. Tão perfeitos.

— Ficaram muito bem. — Tinham sido feitos para mulheres delicadas como Lily, pensou, com um misto de orgulho e inveja. Não para pessoas robustas como ela. — Tenho certeza de que ela gostaria que você ficasse com eles. Não a conheci ou algo assim, mas, que droga, vou começar a chorar de novo.

— Nós todas vamos, mas eu posso dar um jeito nisso. — Tess enfiou um lenço de papel na mão de Willa. — Roubei uma garrafa de champanhe e a escondi no banheiro para Bess não descobrir. Bem que merecemos uma taça.

Willa deu uma risadinha e Tess saiu correndo para o banheiro.

— Ela é igualzinha à mãe.

— Obrigada, Willa. — Tocou os pingentes nas orelhas. — Não só por esses, mas por tudo.

— Não comece, Lily. Estou ficando sem dedos para enxugar o dilúvio. Tenho uma reputação por aqui, e não é a de chorona. — Sentiu grande alívio quando ouviu o barulho da rolha ecoar no banheiro ladrilhado. — Se os homens descobrirem que eu me derreto toda, não saberei como conviver com eles.

— Lá vamos nós. — Tess trouxe três taças e uma garrafa de champanhe espumando pelo gargalo. — A que vamos brindar? — Serviu com generosidade e passou as taças. — Ao amor verdadeiro ou ao êxtase conjugal?

— Não, antes... — Lily ergueu a taça. — Às mulheres de Mercy. — Tocou sua taça nas de Willa e Tess. — Percorremos uma longa estrada em pouco tempo.

— Eu brindo a isso. — Tess ergueu uma sobrancelha. — Will?

— Eu também. — Willa bateu a borda da taça na de Tess e sorriu ao som de celebração do cristal. Só mesmo Hollywood para escolher as melhores taças.

Sorrindo, Lily levou a taça até os lábios.

— Mas eu só posso beber um gole. O álcool não faz bem ao bebê.

— Bebê? — Tess e Will se engasgaram ao mesmo tempo.

Saboreando o instante, Lily só umedeceu a ponta da língua no champanhe.

— Estou grávida.

Mais tarde, Willa se lembraria de que jamais vira algo tão mágico como Lily usando o vestido de contos de fadas e deslizando pela estrada poeirenta da fazenda de braço dado com o homem que passara a ser seu pai, indo ao encontro do homem que seria seu marido.

Enquanto os votos eram repetidos e as promessas enunciadas permitiu-se esquecer que havia algo no ar além de beleza. E, quando trocaram o primeiro beijo como marido e mulher e os gritos de alegria explodiram, ela gritou junto.

Pensou na criança, no futuro.

— Até onde você viajou dessa vez? — murmurou Ben, em seu ouvido.

Assustada, olhou para cima e quase tropeçou nos pés dele.

— O quê?

— Você está viajando.

— Ah! Você sabe que preciso me concentrar quando estou dançando. Perco a conta dos passos.

— Não perderia se deixasse o homem conduzi-la e só o seguisse. Mas não se trata disso. — Ele a puxou para mais perto. — Está preocupada por ele estar aqui?

— Claro que estou. Fico olhando para os rostos conhecidos, para as pessoas que acho que conheço, me perguntando se é uma delas. Se não fosse por causa dessa porcaria de testamento, Adam e Lily poderiam partir por uma ou duas semanas e ter uma lua de mel de verdade. E eu teria dois a menos com quem me preocupar.

— Se não fosse a porcaria do testamento, eles nem teriam lua de mel para adiar — lembrou Ben. — Esqueça, Willa. Nada acontecerá aqui hoje.

— Eu quase já nem lembrava mais. Parecem tão felizes. — Virou a cabeça para olhar outra vez para os noivos que rodopiavam abraçados. — Engraçado, há um ano eles nem se conheciam. E agora estão casados.

— E começando uma família.

Dessa vez ela tropeçou.

— Como sabe?

— Adam me contou. — Sorriu e, cansado de ser pisado, levou-a até a mesa do bufê. — Acho que se ele se sentisse mais feliz acabaria tendo que se desdobrar em dois para poder suportar tanta felicidade.

— Desejo que fiquem felizes assim para sempre. — Resistiu tocar na pistola que prendera na coxa. Era uma arma bem fraca, mas ela se sentia melhor sabendo que ela estava guardada ali. — É melhor você começar a andar por aí, Ben. Vá dançar com algumas das senhoras. Senão as pessoas vão comentar.

Ele sorriu e ergueu o queixo. Para alguém com uma visão tão lúcida, Willa era cega como uma toupeira quando se tratava dela.

— Querida, as pessoas já estão comentando. — Gostou quando, aborrecida, ela olhou para a multidão como se fosse pegar alguém cochichando a seu respeito com uma das mãos cobrindo a boca. — E não me incomoda nem um pouco.

— Não gosto quando as pessoas fofocam a meu respeito por cima das cercas. — Apontou o queixo para Tess e Nate. — E o que comentam sobre eles?

— Que Nate fisgou um peixe escorregadio e vai precisar de muita firmeza para que não escape. Mas aí está uma mulher que sabe dançar. — Pegou dois copos da bandeja de um garçom que passava e ergueu um para Louella.

Louella estava enfiada em um vestido rosa-choque e usando sapatos de salto alto da altura de um arranha-céu, e divertia-se na pista de dança com o pai de Ben. Pelo menos uma dúzia de caubóis acompanhavam o ritmo batendo com os pés no chão e aguardando sua vez.

— É o seu pai.

— Pois é.

— Olhe só para ele.

— Vai ficar todo dolorido por uma semana, mas está feliz.

Rindo, Willa agarrou a mão de Ben e o puxou para poder enxergar melhor. Enquanto olhavam, um caubói de uma das fazendas vizinhas intrometeu-se na dança e arrastou Louella em um foxtrote animado. Stu McKinnon tirou o lenço do bolso e enxugou o rosto corado.

— Ela vai sobreviver a todos — previu Tess.

Nate piscou para Ben, e observou Stu, que caminhava com dificuldade para buscar uma cerveja.

— Foi com ele que você aprendeu a dançar assim?

— Ainda não bebi bastante para dançar assim. — Pegando o copo de Willa, Tess tomou um longo gole e o devolveu vazio. — Daqui a pouco.

— Ora, sou um homem paciente. Will, este é o melhor casamento a que já fui em toda a minha vida. Você e as mulheres fizeram um belo trabalho. — Soltou um grunhido quando Louella esbarrou nele.

— Bonitão, é a sua vez.

— Louella, não conseguiria acompanhá-la nem se tivesse quatro pés. Você deve manter tudo saltitando naquele seu restaurante.

— Restaurante o cacete. — Deu uma gargalhada e segurou as mãos dele. — Eu tenho é uma casa de *strip-tease*. Agora vou lhe mostrar alguns passos.

— Uma casa de *strip-tease*? — Willa ergueu uma sobrancelha vendo Nate ser arrastado para o meio da pista de dança.

— Xiii, droga. — Tess soltou um suspiro longo e profundo.

— Ben, vá buscar outro drinque para mim. Estou precisando.

— A caminho!

— Uma casa de *strip-tease*? — repetiu Willa.

— E daí? É uma forma de vida.

— E como é? Quer dizer, elas tiram tudo e dançam nuas? — Os olhos se arregalaram, não chocados, mas fascinados. — Louella também...

— Não. — Tess tirou o copo da mão de Ben e bebeu. — Pelo menos não desde que comprou o seu próprio negócio.

— Eu nunca fui a um lugar desses. — Bem que seria interessante, refletiu Willa. — E tem homens também? Homens que dançam nus?

— Oh, meu Deus! — Tess devolveu o copo para Willa. — Somente nos shows exclusivos para mulheres. Vou salvar Nate antes que ele acabe no aparelho de tração.

— Shows exclusivos para mulheres. — Willa considerou a ideia simplesmente maravilhosa. — Eu acho que pagaria para ver um homem dançar nu. — Especulando, inclinou a cabeça e olhou para Ben.

— Não, por nenhum dinheiro no mundo.

Ela considerou que poderia encontrar uma outra forma de pagamento e, rindo, passou o braço pela cintura dele e olhou para o espetáculo.

ELE TAMBÉM OLHAVA. E estava feliz. A noiva vestida de branco, de véu e grinalda, estava linda, radiante, exatamente como uma noiva deveria estar. A música estava alta, e havia muita comida e bebida.

Sentia-se um sentimental, afetuoso e orgulhoso ao mesmo tempo.

Esse dia acontecia por sua causa, e ele guardava esse segredo e o prazer estonteante que aquilo causava. Tantas coisas estiveram fora de controle durante toda a vida, e principalmente fora de alcance. Mas isso ele conseguira.

Talvez ninguém descobrisse. Talvez guardasse o segredo pelo resto da vida. Como o herói de um livro — uma espécie de Robin Hood invisível.

Eles cuidariam para que permanecessem assim.

O fato de ter salvado Lily provavelmente modificara sua trajetória. Mas não os meios.

Era divertido saber que a polícia estava misturada às pessoas e aos convidados trabalhando no casamento. À sua procura. Pensando que poderiam encontrá-lo.

Nunca o encontrariam.

Ele se imaginou permanecendo assim por anos, para sempre. Matando por prazer. Agora, só por prazer. A vingança e até os ressentimentos guardados pareciam muito distantes e fracos, face ao prazer.

Alguém deu um esbarrão nele. Uma mulher bonita flertou com ele. Ele retribuiu, ela riu e ficou com o rosto vermelho, e ele a tirou para dançar.

E pensou, imaginou o tempo todo se ela seria a próxima.

O bonito cabelo vermelho daria um belo troféu.

Capítulo 28

♦ ♦ ♦ ♦

ELE APANHOU UMA prostituta de cabelo vermelho porque lembrava a moça bonita de cabelo vermelho com quem havia dançado no casamento de Lily. Sentia-se desapontado porque uma prostituta não representava um grande desafio.

Mas esperara tempo demais.

Por consideração, esperara até os pais de Lily e a mãe de Tess irem embora. Não parecera justo causar tanto tumulto com aquela gente por perto.

Depois do casamento os pais de Lily permaneceram lá por mais uma semana e Louella mais dez dias. Todos concordaram que iriam sentir muita falta de Louella, com a gargalhada ampla e franca e as piadas que os faziam morrer de tanto rir.

E também daquelas saias justas que ela gostava de usar.

A mulher era extraordinária, e ele esperava que voltasse logo para outra visita. Sentia-se ligado a ela, a todos. Aos que eram da família e aos que eram de fora, como a sua mãe costumava dizer. Isso sempre o fizera rir.

Os de dentro e os de fora...

Mas agora as pessoas tinham ido embora, e a fazenda voltara à rotina de sempre. Estava satisfeito porque o tempo se mantinha bom. As colheitas estavam indo bem, mesmo que um pouco de chuva ainda fosse bem-vinda. Mas só Deus e ele sabiam que, geralmente, a chuva em Montana significava alegria ou fome.

Uma ou duas vezes ouviram um pouco de trovoada seguindo para o lado Leste, no entanto não havia caído até agora nem uma gota durante o mês de junho. Como as águas dos riachos corriam volumosas e o degelo era farto, ele não estava preocupado.

O gado engordava nos pastos, e os bezerros da primavera cresciam normais. Viram alguns alces curiosos, o que sempre era uma preocupação. Os animais impertinentes arrancavam as cercas e podiam transmitir doenças para o gado, mas Willa cuidava bem desses assuntos.

Ele estudara suas novas ideias, como o replantio de capim natural e a diminuição gradativa dos produtos químicos e dos hormônios de crescimento, e chegara à conclusão de que as aprovava. No final, aprovou quase todos os planos, inclusive os que o velho deixara de fazer.

Demorara um pouco, e precisou refletir bastante, mas agora acreditava que fora correto e justo que as rédeas de Mercy tivessem sido entregues a ela. Ainda o incomodava o fato de McKinnon e Torrence poderem se intrometer, pelo menos durante mais alguns meses, mas Willa cuidava muito bem deles, também.

Passara a gostar de Lily e Tess. Os laços de família eram mais fortes, como ele sempre dissera. Agora ele as visualizava acomodadas em Mercy, a família inteira enraizada na fazenda.

Família ficava com família. Aprendera a lição ainda no berço, e tentara ser fiel a ela da melhor forma possível. Só a tristeza e a dor haviam provocado a necessidade de causar a mesma dor que ele sentia. Mas agora a depositara em forma concreta diante da porta do velho, à qual pertencia.

Também deixara um sinal, um que dera vontade de chorar e rir ao mesmo tempo.

Agora chegara o momento da caça mais grossa, então ele caçara a prostituta de cabelo vermelho.

Ele a encontrara em uma rua de Bozeman, uma prostituta de 20 dólares, que, ele achava, ninguém perceberia a ausência. Era magérrima e estúpida como uma jumenta, mas tinha a boca de um desentupidor de pia, e sabia usá-la. Na picape, com o rosto enfiado no seu colo, ela ganhou os primeiros 20 dólares, e ele passou os dedos pelo longo cabelo.

Provavelmente era pintado, mas isso não tinha importância. Tinha uma bela cor, era brilhante e limpo. Sonhando com o que viria a seguir, inclinou a cabeça para trás, fechou os olhos e deixou que ela merecesse o pagamento.

— Você tem o pau do tamanho de um touro, caubói — disse, quando terminou. — Eu deveria cobrar por centímetro. — Era a sua frase padrão depois de uma chupada e, geralmente, valia um sorriso rápido, quando não uma gorjeta modesta. Não ficou desapontada quando ele riu mostrando os dentes, e ergueu os quadris para pegar a carteira.

— Eu tenho mais 50 aqui, gostosa. Vamos dar uma volta.

Era cautelosa. Na sua profissão, uma mulher precisava ficar atenta. Mas o olhar fixou-se ávido no membro flácido que ele segurava entre o indicador e o polegar.

— Para onde?

— Sou da roça, moça, a cidade é demais para mim. Vamos procurar um lugar simpático e tranquilo e botar as molas dessa velha picape para balançar. — Quando ela hesitou, ele estendeu a mão e enroscou um dedo no cabelo. — Você é muito bonita. Como se chama?

A maioria dos caras não dava a mínima aos nomes, e ela gostou dele ainda mais por perguntar.

— Suzy.

— E então, Suzy? Quer dar uma volta?

Ele não parecia perigoso e, na bolsa, ela tinha a pistola calibre .25 carregada. Deu um sorriso, o rosto magro e esperto.

— Tem que usar camisinha, caubói.

— Claro. — Ele teria enfiado o pau em uma puta de rua sem proteção tanto quanto teria cortado os pulsos. — Hoje em dia, quanto mais cuidado, melhor.

Com uma piscadela, viu a nota de 50 desaparecer na bolsa de vinil brilhante. Ligou o motor e saiu de Bozeman.

Era uma bela noite, e a estrada vazia lhe deu vontade de pisar fundo no acelerador. Mas dirigiu com moderação, cantarolando uma música de Billy Ray Cyrus que tocava no rádio. E quando a escuridão da cidade transformou-se na escuridão do campo, sentiu-se um homem feliz.

— Aqui já está longe o bastante por 50. — A ausência de luz e pessoas a deixou nervosa.

Ainda não está longe o bastante, pensou, e sorriu para ela.

— Calma, conheço um lugarzinho, é logo ali, só mais uns 3 quilômetros. — Dirigindo com uma das mãos no volante, enfiou a outra debaixo do assento, divertindo-se quando ela se retraiu e pegou a bolsa. Puxou a garrafa de vinho barato que preparara. — Quer um gole, Suzy?

— Bem... talvez. — Normalmente, os caras com quem saía não ofereciam vinho, não diziam que era bonita, nem a chamavam pelo nome. — Só mais alguns quilômetros, caubói — avisou, e virou a garrafa. — Depois vamos trepar.

— Eu e o meu amigo aqui estamos prontíssimos. — Deu umas palmadas entre as coxas e aumentou o volume do rádio. — Conhece essa?

A ruiva tomou outro trago, deu uma risadinha e cantou com ele e Clint Black.

Ela era uma coisinha de nada, nem chegava a pesar 45 quilos. Foram necessários menos de dez minutos para que a droga fizesse efeito. Antes que a garrafa entornasse, tirou-a depressa dos dedos moles. Assobiando, encostou na lateral da estrada.

Ela estava afundada no canto, mas, para ter certeza, levantou uma das pálpebras, depois balançou a cabeça afirmativamente. Desceu da picape e, depois de jogar fora o resto do vinho batizado, ergueu a garrafa e lançou-a na escuridão.

Ouviu-a quebrar enquanto caminhava até a traseira do caminhão para pegar a corda.

— $\mathcal{V}$OCÊ NÃO PRECISA fazer isso, Will. — Adam observava a irmã enquanto puxavam os cavalos por um riacho estreito.

— Eu quero fazer. Por você. — Parou e deixou Moon beber. — E por ela. Sei que não tenho visitado o túmulo com muita frequência, pois deixei que outras coisas atravessassem meu caminho.

— Você não precisa ir ao túmulo da nossa mãe para se lembrar dela.

— Esse é o problema, não percebe? Não consigo me lembrar dela, a não ser por você.

Inclinou a cabeça para trás. A tarde estava maravilhosa, o que a fazia sentir-se confortável, apesar de cansada, apenas com os ombros um pouco doloridos por desenrolar um rolo de arame e martelar a cerca.

— Não tenho vindo com frequência porque sempre me pareceu muito triste. Ficar ali, parada, olhando para um pedaço de chão e uma lápide, sem ter nenhuma lembrança à qual me agarrar. — Observou um pássaro voar, deslizando a favor da brisa. — Comecei a pensar sobre isso de maneira diferente quando vi Lily e Tess com as suas mães. Quando lembro do bebê que

Lily está carregando. A continuidade da vida. — Virou-se para ele, o rosto tranquilo. — Para mim, a continuidade sempre foi a terra, as estações do ano, o trabalho que precisava ser feito em cada uma delas. Quando pensava no ontem ou no amanhã, a fazenda estava sempre em primeiro lugar.

— É o seu coração, Willa, é o seu lar. É *você*.

— É. Isso sempre será verdade. Mas agora penso mais nas pessoas. Repito, nunca fiz isso antes, a não ser por você. — Estendeu a mão e fechou-a sobre a dele. — Você sempre esteve aqui. Minhas lembranças são de você. Me pegando, me colocando na cintura, a sua voz falando comigo e contando histórias.

— Você sempre foi e sempre será uma alegria para mim.

— Você vai ser um pai tão incrível. — Apertou outra vez a mão de Adam e começou a caminhar puxando Moon. — Estive pensando e cheguei a uma conclusão. Não é só a terra que continua, e não devemos tudo somente à terra. Eu devo minha vida a ela, devo ela a você e, principalmente, devo a ela a criança de quem serei tia.

Adam ficou calado por um instante.

— Você não deve tudo somente a ela.

— Não, não devo. — Adam entenderia, pensou. Ele sempre entendia. — Eu também devo muito a Jack Mercy. A raiva passou e o luto também. Eu devo a ele a minha vida, e as vidas das minhas irmãs e também a da criança de quem serei tia. Eu me sinto grata por isso. E talvez, de alguma forma, devo a ele o que sou. Se ele tivesse sido diferente, eu também seria.

— E o amanhã, Willa? E o amanhã?

Ela só podia enxergar as estações do ano e o trabalho a ser feito em cada uma delas. E a terra, esperando sempre.

— Não sei.

— Por que não diz a Ben o que sente por ele?

Ela suspirou e desejou apenas por uma vez ter um cantinho secreto no seu coração que fosse inacessível a Adam.

— Ainda não decidi o que sinto por ele.

— Pensar não resolve nada. — Os lábios esboçaram um sorriso, e ele incentivou o cavalo ao trote. — Nem isso.

"E o que será que ele queria dizer com isso?", perguntou-se. A testa franzida, ela deu um estalo com a boca para Moon e galopou atrás dele.

— Nem comece essa história frenética comigo. Lembre-se que eu sou apenas meio Blackfoot. Se tem algo para dizer...

Parou de falar quando ele ergueu a mão. Sem fazer perguntas, parou o cavalo e acompanhou o olhar de Adam na direção das lápides tortas do cemitério. Ela também estava sentindo o cheiro. O cheiro da morte. Mas ali ele era esperado, ali o odor era mais um dos motivos por que vinha tão raramente.

Mas então teve certeza, antes mesmo que visse, ela teve certeza. O murmúrio da morte antiga era tranquilo apesar de bolorento. O dessa nova morte urrava.

Os cavalos seguiam devagar, eles desmontaram em silêncio, acompanhados do uivo do vento no capim alto e do piar obsessivo dos pássaros.

O túmulo do pai fora violado. Sentiu-se como que invadida por um misto de aversão e superstição. Zombar dos mortos e insultá-los era perigoso. Arrepiou-se toda e percebeu que cantarolava um canto para acalmar os espíritos inquietos na língua da mãe.

Depois, para tranquilizar o próprio espírito, deu as costas e olhou para as terras que se estendiam no horizonte.

Não era uma mensagem muito sutil, refletiu, deixando uma raiva natural tomar conta dela. O gambá mutilado fora espalhado sobre a laje e o sangue manchava a moita de capim novo. A cabeça fora cortada e colocada com cuidado bem abaixo da lápide.

A pedra estava besuntada com sangue, agora de uma cor marrom por causa do sol. As palavras impressas sobre a pedra esculpida diziam:

Morto, mas não esquecido.

Sobressaltou-se quando Adam colocou uma das mãos no seu ombro.

— Volte para o riacho, Willa. Eu cuido disso.

As pernas bambas insistiram para que fizesse o que ele pedia, que se arrastasse de volta, montasse no cavalo e partisse. Mas a raiva persistiu e, sob ela, a dívida que ela acabara de reconhecer.

— Não, ele era o meu pai, o meu sangue, eu quero cuidar disso. — Virando-se, remexeu nas fivelas das mochilas da sela. — Eu posso, Adam. Eu tenho que fazer.

Tirou um cobertor velho e gastou um pouco da raiva para rasgá-lo em tiras. Depois enfiou as mãos na mochila, procurou as luvas e as colocou. Os olhos estavam brilhantes e graves.

— Não importa quem ele tenha sido, nem o que tenha feito, ele não merecia isso.

Pegou um pedaço do cobertor e, ajoelhando-se ao lado do túmulo do pai, começou a asquerosa tarefa de remoção do cadáver. Sentiu o estômago embrulhar, mas as mãos continuaram firmes. Quando terminou, as luvas estavam manchadas de sangue coagulado e ela as tirou e jogou-as no monte. Amarrou o cobertor com firmeza e colocou-o de lado.

— Eu o enterro — murmurou Adam.

Assentindo, levantou-se. Usando o cantil, molhou outra tira do cobertor e ajoelhou-se para lavar a laje.

Por mais que esfregasse, não conseguia livrá-la da mancha. Teria que voltar com algo mais eficaz do que água e um pano de chão improvisado. Mas fez o que pôde. Depois acocorou-se, as mãos ásperas e frias.

— Achei que te amava — disse baixinho. — Depois, achei que te odiava. Mas nenhum dos meus sentimentos por você foi tão profundo ou mortal quanto isso que aconteceu. — Fechou os olhos e tentou limpar os pulmões do fedor. — É como se tudo o que aconteceu durante todo esse tempo fosse por sua causa. Não é a mim que querem atingir, mas a você. Meu Deus, o que você fez e a quem?

— Tome. — Adam estendeu as mãos para colocá-la de pé. — Beba um pouco — disse, oferecendo o cantil.

Ela bebeu a água com goles longos para tirar o gosto horrível da garganta. Viu que flores brotavam no túmulo da mãe, enquanto sangue manchava o do pai.

— Quem o odiava tanto, Adam? E por quê? A quem ele feriu mais: a mim ou a você? A Lily ou Tess? A quem feriu mais: aos filhos que ignorou?

— Não sei. — Adam, apenas preocupado com Willa, levou-a gentilmente até o cavalo. — Você fez tudo o que precisava ser feito aqui. Vamos para casa.

— Vamos. — As pernas estavam frágeis, como o gelo prestes a se romper. — Vamos para casa.

Eles cavalgaram para o leste, na direção de Mercy e de um céu com manchas tão vermelhas quanto as do túmulo do pai.

O DIA 4 DE JULHO significava mais do que fogos de artifícios. Significava laçar e montar, rodeios de cavalos e touros. Há mais de uma década as fazendas Mercy e Three Rocks apresentavam um concurso para caubóis a qualquer uma das propriedades vizinhas que preferisse não viajar para a festa do feriado.

Dessa vez o papel de anfitrião cabia à fazenda Mercy. Willa ouvira o pedido de Ben para que, naquele ano, o concurso fosse em Three Rocks e o conselho de Nate para que fosse cancelado. Ela tinha refletido e depois ignorado.

Era uma Mercy e os Mercys não paravam.

Portanto, as pessoas lotavam as cercas dos currais, aplaudiam e gritavam para os seus favoritos. Vibravam com os caubóis que limpavam os fundilhos quando eram derrubados das selas, jogados para o ar e caíam no chão. Em um pasto vizinho, o concurso da corrida de barris iniciava a segunda etapa. Perto do celeiro, os cascos trovejavam e os laços voavam pelos ares.

Haviam construído um estrado, engalanado de bandeirolas vermelhas, brancas e azuis para a banda de música. A música era interrompida periodicamente pelo anúncio de nomes e lugares. Tonéis de salada de batatas, caminhões de galetos assados e barris de cerveja e chá gelado eram consumidos em abundância.

Os corações eram partidos, junto com alguns ossos.

— Vi que somos concorrentes no tiro ao alvo — comentou Ben, passando um braço ao redor da cintura de Willa.

— Pode se preparar para perder.

— Quer apostar?

Ela inclinou a cabeça.

— Apostar o quê?

— Bem... — Ele inclinou-se até os chapéus se tocarem e sussurrou algo que fez os olhos dela se arregalarem.

— É invenção sua — decidiu. — Ninguém seria capaz de sobreviver.

— Não está dando uma de covarde, está?

Ela endireitou o chapéu.

— Se você quiser arriscar, McKinnon, eu topo. Você está nessa rodada de domar cavalos, não é mesmo?

— Estou indo para lá.

— Vou com você. — Sorriu com doçura. — Apostei 20 dólares no Jim.

— Você apostou contra mim? — Ele hesitou entre o insulto e o susto. — Porra, Willa.

— Tenho observado Jim praticando. Ham está lhe ensinando. — E foi embora saltitando. Não adiantava contar que havia apostado 50 paus em Ben McKinnon. Só lhe subiria à cabeça.

— Oi, Will. — Com um pouco de sangue seco no queixo, um braço em volta de uma loura vestida com calça jeans de montaria, Billy deu um sorriso largo. — Jim está no brete.

— É por isso que estou aqui. — Apoiou uma das botas ao lado da sua na cerca. — Como está se sentindo?

— Ora, uma droga. — Ele girou um ombro dolorido.

— Está ótimo, hein? — Deu uma risada e aproximou-se dele para dar lugar a Ben. — Bom, garoto, você ainda é jovem. Ainda vai estar domando cavalos quando velhotes excêntricos como o Ben aqui estarão montando em cadeiras de balanço. Continue treinando com Ham.

Ela olhou para cima e viu o administrador, do lado de fora do brete, gritando as últimas instruções para Jim.

— Estive pensando que talvez você pudesse me treinar. Ninguém, a não ser Adam, monta melhor do que você em Mercy. E ele não doma cavalos selvagens.

— Adam tem um jeito diferente para domá-los. Eu vou pensar — acrescentou, depois deu um grito quando a porta do brete foi aberta e cavalo e cavaleiro saíram em disparada. — Vai, Jim!

Ele passou chispando em uma nuvem de poeira, uma das mãos erguidas.

Quando a sineta de oito segundos tocou, ele saltou de uma vez, rolou pelo chão e levantou-se sob os gritos entusiasmados dos espectadores.

— Nada mau — disse Ben. — É a minha vez. — Com a masculinidade e o orgulho em jogo, colocou as mãos nos cotovelos de Willa, ergueu-a e deu-lhe um beijo. — Para dar sorte — disse, e foi andando com ar arrogante.

— Acha que ele vence o nosso Jim, Will? — quis saber Billy.

Ela achou que Ben McKinnon podia vencer quase tudo.

— Só que vai ter que montar duas vezes melhor do que ele.

Apesar de a loura mudar de posição no abraço para chamar a atenção, Billy deu um puxão na manga de Willa.

— Você vai concorrer com ele no tiro ao alvo, não vai?

— Vou.

— Vai ganhar dele, não vai, Willa? Nós todos apostamos dinheiro em você. Todos os rapazes.

— Ora, então vocês não gostariam de perdê-lo. — Ela viu Ben subir por cima do boxe do brete. Ele a cumprimentou com o chapéu, um gesto presunçoso que ela retribuiu com um sorriso.

Quando o cavalo saiu corcoveando pela porta, sentiu o coração dar um pinote bobo no peito. Ele estava... magnífico. Montado ereto naquele cavalo furioso, uma das mãos querendo agarrar o céu, a outra enganchada no arreio da sela. Ela percebeu de relance os olhos profundamente concentrados.

"É assim que fico quando ele está dentro de mim", e o coração deu outro pinote, mais rápido. Ela nem ouviu o toque do sino, mas o viu saltar do cavalo, que continuou dando coices. Ele permaneceu em pé, as botas firmemente plantadas no chão. E apesar de a multidão aplaudir e gritar, ele não tirou os olhos dela. E piscou.

— Seu bobão convencido — murmurou. Estava loucamente apaixonada por ele.

— Por que fazem assim? — perguntou Tess atrás dela.

— Por prazer. — Agradecida por ter um pretexto para pensar em outra coisa, Willa se virou. Tess estava produzida para a ocasião: calça jeans justa, botas elegantes, uma blusa de um azul vivo com debruns prateados combinando com a faixa no chapéu branco como a neve. — Ora, olhe só para você. Ei, Nate! Pronto para a corrida?

— Este ano vai ser uma corrida apertada, mas estou esperançoso.

— Nate está ajudando no concurso de quem come mais tortas. — Tess deu uma risadinha e enfiou o braço no dele. — Estamos atrás de Lily. Ela queria assistir, já que ajudou a fazer as tortas.

— Eu a vi... — Willa franziu os olhos e procurou na multidão. — Acho que ela e Adam estavam lá nos jogos infantis. Talvez estejam ajudando na guerra de ovos ou na brincadeira do saco.

— Nós a acharemos. Quer vir conosco?

— Não, obrigada. — Willa dispensou o convite de Tess. — Encontro vocês depois. Preciso de uma cerveja.

— Você está preocupada com ela — murmurou Nate enquanto ziguezagueavam pela multidão.

— Estou. Você não a viu quando voltou do cemitério. Não quis falar sobre o que aconteceu. Geralmente posso fazê-la falar sobre qualquer coisa. Dessa vez foi impossível.

— Já se passaram mais de dois meses desde que Jesse Cooke foi assassinado. É algo para nos dar esperança.

— Estou tentando. — Tess estremeceu. Havia música, pessoas, risos. — É uma festa e tanto. Vocês fazem festas maravilhosas por aqui.

— Faremos a nossa quando você quiser.

— Nate, já conversamos a esse respeito. Volto para Los Angeles em outubro. Lá está Lily. — Louca por uma distração, Tess acenou várias vezes. — Sou capaz de jurar que ela agora parece sempre luminosa. A gravidez, decerto, está lhe caindo bem.

Nate imaginou que Tess também ficaria bem grávida. Eis outra coisa que poderiam começar — quando ela parasse com a ideia absurda de querer ir embora.

Os PRIMEIROS FOGOS de artifício explodiram vinte minutos depois do entardecer. As cores subiram para o céu, cobriram as estrelas para, depois, se derramarem como lágrimas. Willa aconchegou-se a Ben para olhar o espetáculo.

— Parece que o seu pai gosta mais de lançar esses foguetes do que as crianças gostam de olhar.

— Todo bendito ano ele e Ham ficam discutindo sobre a ordem e a apresentação. — Ben deu um sorriso satisfeito quando uma chuva de estrelas explodiu no céu com um estouro. — Depois cacarejam como galinhas e se revezam para ligar os fusíveis. Nunca permitiram que Zack ou eu tocássemos neles.

— Ainda não chegou sua hora — murmurou. Essa também viria. Isso, também, era continuidade. — Foi um dia bom.

— Foi. — Ele colocou a mão sobre a dela. — Muito bom.

— Não está aborrecido porque o derrotei no tiro ao alvo?

Embora estivesse com o orgulho um pouco ferido, deu de ombros. Os dois tinham derrotado um por um os outros concorrentes até ficarem lado a lado na rodada final. Depois, lado a lado, empataram duas vezes seguidas. E aí ela o venceu, por uma diferença mínima.

— Você me derrotou por causa de meia polegada cravada.

— Não importa por quanto. — Ela virou a cabeça e olhou para o seu rosto com um sorriso maroto. — Importa quem ganhou. Você atira bem. — Ela ergueu as sobrancelhas. — Eu atiro melhor.

— Hoje você foi melhor. De qualquer forma, desembolsou 20 dólares quando venci o Jim. Foi bem merecido.

Rindo, girou nos seus braços.

— Ah, é? Pois compensei a perda com os 50 que apostei em você. — Ben franziu a testa e ela voltou a rir. — Eu lá tenho cara de boba?

— Não. — Ergueu o rosto dela. — Você parece uma mulher esperta que sabe em quem apostar o seu dinheiro.

— Falando de apostas... — Apesar da multidão que soltava gritos de surpresa e aplaudia a cada explosão de luz, ela se enroscou mais e apertou a boca quente e firme na dele. — Vamos entrar e ver se conseguimos ficar vivos até o amanhecer.

— Você vai deixar que eu fique até de manhã?

— Por que não? É feriado.

𝓂AIS TARDE, quando os fogos de artifício haviam terminado, a multidão tinha ido embora e a noite se aquietara, eles se procuraram outra vez. Dessa vez os sonhos de Willa não foram cheios de sangue, morte e medo. Porque ele, Ben, estava ali, quente, sólido, pronto para abraçá-la, e ela sabia que naquela noite não teria sonhos aterradores.

𝒪UTRA PESSOA sonhava com uma prostituta de cabelo vermelho e tremia animado com a lembrança. Fora tão fácil, tão suave, e cada detalhe voltava com tanta clareza...

Observara-a retomar a consciência, os olhos envidraçados, o choro abafado. Ele a levara para longe de Bozeman, levara-a para o meio da escuridão protetora das árvores.

Não na terra dos Mercys. Não dessa vez, nem nunca mais. Terminara o castigo daquela família. Mas não conseguia parar de matar.

Ele a amordaçara e amarrara suas mãos nas costas. Não teria se importado em ouvi-la gritar, mas não queria que fosse capaz de mordê-lo. Cortara as roupas, mas fora cuidadoso, muito cuidadoso para não cortar a pele.

E ele era muito, muito bom com uma faca.

Enquanto ela dormia, pegara o seu dinheiro e o dela, que fora lamentavelmente pouco. Ele aguardaria, brincando com a pequena pistola e o batom vermelho.

Agora que estava acordada, agora que os olhos estavam bem abertos e ela se contorcia no chão, emitindo ruídos como um animal preso em uma armadilha, ele voltou a pegar o batom da bolsa barata.

— Uma prostituta deveria estar pintada de acordo — disse, e excitou-se esfregando o batom nos bicos dos seios dela até ficarem de um vermelho vivo, da cor do sangue. — Eu gosto disso. É, gosto de verdade. — Como as faces estavam muito brancas, ele as pintou, também desenhando círculos, como se ela fosse uma boneca alegremente corada.

— Você ia atirar em mim com esse brinquedo, queridinha? — Brincando, apontou a pistola para o coração e viu como os olhos, em pânico, se reviravam até ficarem brancos. — Eu sei, na sua profissão, uma mulher precisa se proteger de várias maneiras. Eu disse que ia usar camisinha.

Largou a pistola e abriu a embalagem.

— Adoraria que você me chupasse de novo, Suzy. Essa foi a melhor chupada pela qual já paguei. Mas, dessa vez, é capaz de você morder. — Beliscou os bicos vermelhos dos seios doloridamente. — E isso a gente não pode permitir, não é?

Ele já estava com o pênis duro, latejando forte, mas forçou-se a colocar a camisinha devagar.

— Agora vou foder você. Não se pode estuprar uma puta, mas já que não vou pagar pelo trabalho, eu acho que, tecnicamente, eu posso. Então, vamos fazer de conta que vou estuprar você. — Deitou-se em cima dela e sorriu quando ela tentou fechar as pernas para se proteger. — Ora, querida, não seja tímida. Você vai adorar.

Com dois puxões violentos, esticou-lhe outra vez as pernas, separou-as e as prendeu.

— Sei que vai adorar de verdade. E vai me contar o quanto você adorou. É claro que não pode falar muito com esse pano enfiado nessa boca de puta chupadora, mas você vai gemer e soluçar para mim. Quero que comece a gemer agora. Como se não pudesse mais esperar. Agora.

Quando ela não reagiu, ele soltou uma das pernas e deu-lhe uma bofetada. Não com força, apenas para que percebesse quem estava no comando.

— Agora — repetiu.

Ela conseguiu dar um soluço, e ele ficou satisfeito.

— Você vai fazer ruídos para mim, muitos ruídos. Gosto de muitos ruídos quando trepo.

E então penetrou-a. Estava seca como poeira e muito pouco receptiva, tal como um túmulo, mas ele a bombeou furiosamente, o suor formando uma camada brilhante nas costas sob as estrelas que se espalhavam pelo céu. Os olhos dela se reviraram de dor e medo, como os de um cavalo quando é esporeado até sangrar.

Quando terminou, saiu de cima dela, arfando.

— Foi bom. Isso foi muito bom. É, daqui a pouco vou comê-la outra vez.

Ela estava toda enrolada e, chorando, tentou se arrastar. Devagar, ele apanhou a arma e deu um tiro para o alto.

— Fique aí descansando, Suzy. Vou tentar levantar o pau aqui para outra rodada.

Dessa vez ele a sodomizou, mas não foi bom. Demorou a ter uma ereção e o orgasmo foi pequeno e insatisfatório.

— Acho que para mim chega. — Deu um tapa amigável na bunda dela. — E para você também.

Achou uma pena não poder ficar com ela por uns dias, assim como ficara com Traci com i. Mas agora esse tipo de brincadeira era muito perigoso.

E sempre haveria outra prostituta.

Abriu a mochila e lá estava ela, esperando. Tirou a faca da bainha de couro lustrado, admirando como a luz das estrelas incidia no metal e brilhava.

— Foi o meu pai quem me deu esta faca. Foi a única coisa que ele me deu. Bonita, não é? — Empurrou-a de costas, segurando o rosto de frente para que ela pudesse ver. Queria que ela visse a faca.

E, sorrindo, a montou.

E, sorrindo, começou a trabalhar nela.

Agora tinha um troféu de cabelos vermelhos dentro da caixa de segredos. Duvidava que alguém pudesse encontrá-la onde ele a deixara. Mas, se a encontrassem, não seriam capazes de identificar o que sobraria dela depois que os predadores terminassem com o resto que deixara para eles.

Já não precisava da fama e do medo. Saber era o suficiente.

Capítulo 29

• • • •

Os verões em Montana eram curtos e violentos, e o mês de agosto podia ser cruel. O sol esturricava o chão e ressecava as árvores, que acabavam servindo somente como lenha, e os homens rezavam para que chovesse.

Um fósforo aceso na direção errada ou um raio certeiro transformariam o pasto em um mar de chamas e as colheitas em lágrimas.

Willa transpirava pela blusa e supervisionava o campo de cevada.

— É o verão mais quente de que eu me lembro.

Wood só grunhiu. Passava a maior parte do tempo fazendo cara feia para o céu ou lidando com os grãos. Os filhos deveriam estar ali, preocupando-se com ele, mas, cansado das rixas, ele, o pai, os tinha mandado de volta para casa, para aborrecer a mãe deles.

— A irrigação está ajudando um pouco. — Ele cuspiu, como se aquela gota de umidade fizesse alguma diferença. A fazenda Mercy era tanto alegria quanto preocupação para ele, pois fora assim durante tantos anos que já havia perdido a conta. — O nível da água está no limite. Mais umas duas semanas assim e estamos ferrados.

— Não enfeite a situação para mim — respondeu, cansada, e montou no cavalo. — Nós vamos conseguir.

Ele deu outro grunhido e balançou a cabeça enquanto ela ia embora.

O chão à sua volta não parava de exalar calor. O gado estava parado, com as pernas bambas, quase sem nenhuma energia para se movimentar. Nenhuma brisa mexia o capim.

Ela viu uma picape ao longe, ao lado da cerca, e dois homens desenrolando o arame. Mudou de direção e galopou para lá.

— Ham, Billy. — Desmontou, caminhou até a garrafa de dois litros na traseira da caminhonete e encheu uma xícara com água gelada.

— Ham acha que não está quente, Will. — Alegre, mas suando em bicas, Billy prendeu o arame. — Diz que se lembra de uma vez quando fez tanto calor que os ovos fritavam dentro das cascas.

Ela riu.

— Acho que lembro mesmo. Se você ficar tão velho como Ham, você terá visto tudo duas vezes. — Tirou o chapéu e limpou a testa com o braço. Não estava gostando da cor de Ham. As manchas vermelhas no rosto pareciam que iam explodir de calor. Mas ela sabia que precisava ir com calma.

Encheu duas xícaras, caminhou até eles e entregou-as.

— Está muito quente para trabalhar. Descansem um pouco.

— Estamos quase terminando — respondeu Ham, ofegante.

— Você não pode parar de tomar líquido. Você me disse isso tantas vezes que tenho que considerar como uma verdade. — Só faltou empurrar a xícara na mão dele. — Tomaram as pílulas de sal?

— Claro que tomamos — respondeu Billy, e engoliu a água.

— Ham, Billy e eu terminamos aqui. Leve Moon de volta.

— Por quê? — Os olhos estavam escorrendo de tanto ficar olhando para o sol. Debaixo da camisa molhada, o coração batia como um martelo na bigorna. Mas ele costumava terminar qualquer trabalho que começava. — Eu disse que estávamos quase terminando.

— Ótimo. Preciso que você leve Moon de volta e ache aqueles relatórios do estoque. Estou atrasada e quero colocá-los em dia hoje à noite.

— Você sabe onde estão os relatórios.

— Eu preciso deles. — Despreocupadamente, tirou as luvas das mochilas da sela. — E veja se consegue convencer Bess a fazer um pouco de sorvete de pêssego. Estou com desejo, e se você pedir, ela faz.

Ele não era bobo e sabia exatamente o que ela estava fazendo.

— Moça, eu estou prendendo o arame.

— Não. — Ela levantou o rolo enquanto Billy observava, os olhos arregalados e espantados. — Eu vou prender o arame. Você vai levar Moon, pegar aqueles relatórios no meu escritório e tratar do sorvete de pêssego.

Ele jogou a xícara no chão e firmou-se nos pés.

— Ao inferno com tudo isso. Leve você a Moon de volta.

Ela colocou o rolo no chão.

— Ham, quem administra Mercy sou eu, e estou dizendo a você o que quero que faça. Se tem um problema a esse respeito, falaremos depois. Mas, agora, você volta para lá no cavalo e faz o que estou mandando.

O rosto dele ficou ainda mais vermelho, e o pulso de Willa bateu mais rápido, mas ela manteve os olhos frios e nivelados com os dele. Depois de dez segundos barulhentos, o calor escaldando os dois, ele virou-se empedernido e montou no cavalo.

— Se acha que sou incapaz de fazer o trabalho, como esse garoto palerma, então pode preparar as minhas contas. — Esporeou Moon que, assustada, impulsionou-se nas patas traseiras e saiu a galope.

— Nossa — foi tudo o que Billy conseguiu dizer.

— Droga, eu devia ter falado com mais jeito. — Ela esfregou as mãos no rosto.

— Vai ficar tudo bem, Will. Ele não quis dizer aquilo. Ham nunca abandonaria você ou Mercy.

— Não é com isso que estou preocupada. — Ela soltou o ar. — Vamos amarrar logo essa droga de arame.

Esperou até o entardecer, cancelou o encontro com Ben e sentou-se na varanda da frente da casa. Ouviu o trovão, viu o lampejar do raio, mas o céu estava limpo demais para que chovesse.

Apesar do calor, ela não estava com vontade de tomar o sorvete que Bess preparara. Mesmo quando Tess saiu com uma tigela cheia até a borda, Willa balançou a cabeça, recusando.

— Está de cara amarrada desde que voltou. — Tess encostou-se no corrimão e tentou imaginar as brisas frescas do mar. — Quer falar a respeito?

— Não. É um problema pessoal.

— São os mais interessantes. — Pensativa, Tess encheu uma colher de sorvete e o experimentou. — É Ben?

— Não. — Willa deu de ombros, irritada. — Por que será que as pessoas acham que cada pensamento íntimo que passa na minha cabeça é sobre Ben McKinnon?

— Porque as mulheres geralmente têm seus melhores aborrecimentos por causa de um homem. Você não brigou com ele?

— Eu sempre brigo com ele.

— Não, uma briga de verdade.

— Não.

— Então por que cancelou o encontro?

— Meu Deus, será que não posso ficar em casa e sentar na minha varanda sem ter que responder a um monte de perguntas?

— Parece que não. — Tess encheu outra colherada. — Esse sorvete é incrível. — Lambeu a colher até o fim. — Vamos, experimente.

— Se é para me livrar de você... — Mal-humorada, ela agarrou a tigela e serviu-se. Era puro deleite. — Bess faz o melhor sorvete de pêssego do mundo.

— Concordo com você. Quer tomar sorvete, embebedar-se e dar uma nadada? Parece que é uma bela maneira de esfriar a cabeça.

Os olhos de Willa estreitaram-se, desconfiados.

— Por que está sendo tão gentil?

— Você realmente parece que está na pior. Acho que estou com pena de você.

A resposta deveria tê-la desagradado. Em vez disso, sensibilizou-a.

— Tive uma briga com Ham hoje. Ele estava colocando arame e eu fiquei assustada. De repente, me pareceu tão velho e fazia um calor de matar. Achei que ele ia ter um infarto ou algo assim. Um ataque do coração. Mandei que voltasse para casa e isso feriu o orgulho dele em cheio. Simplesmente não posso mais perder ninguém — continuou, tranquilamente. — Não nesse momento. Ainda não.

— O orgulho dele volta. Talvez você o tenha ferido um pouco, mas ele é devotado demais a você para ficar zangado por muito tempo.

— Assim espero. — Mais calma, ela devolveu a tigela para Tess. — Daqui a pouco eu vou entrar e talvez dê aquela nadada.

— Está bem. — Tess abriu a porta de tela e deu um sorriso travesso. — Mas não vou vestir o maiô.

Rindo baixinho, Tess acomodou-se no balanço, fazendo-o estalar. O trovão roncava um pouco mais perto. Willa ouviu, então, o barulho de botas no cascalho. Sentou-se, uma das mãos movendo-se para debaixo da cadeira onde estava a espingarda. Pegou-a e colocou-a no colo no momento em que Ham apareceu sob a luz.

— Boa noite — disse ela.

— Boa noite. Você está com o meu cheque?

Velho bode teimoso, pensou, e fez um gesto para a cadeira à sua frente.

— Quer sentar um instante?

— Tenho que fazer as malas.

— Por favor.

Com as pernas curvas e duras, ele subiu com esforço os degraus e se acomodou devagar na outra cadeira de balanço.

— Você me censurou na frente daquele menino.

— Desculpe. — Ela dobrou as mãos no colo e olhou para ele. Era o som da voz, áspera de dor e orgulho ferido, que quase a tocava. — Tentei simplificar.

— Simplificar o quê? Você acha que preciso de uma garota pretensiosa, de quem cuidei pessoalmente, para me dizer que sou velho demais para cuidar do meu trabalho?

— Eu nunca disse...

— Não disse uma ova! Para mim foi claro como o dia.

— Por que tem que ser tão teimoso? — Deu um pontapé no corrimão por pura frustração. — Por que tem que ser tão cabeça-dura?

— Eu? Eu é que nunca vi, em toda a minha vida, uma mulher mais teimosa do que essa que está sentada na minha frente. Você acha que sabe tudo, garota? Você acha que tem resposta para tudo? Que tudo o que faz está certo?

— Não! — respondeu, em uma explosão, levantando-se com um salto. — Não, tenho certeza de que não. Durante a metade do tempo não sei se está certo, mas preciso fazê-lo mesmo assim. E hoje fiz o que precisava, e fiz o que era *certo*. Droga, Ham, você ia ter um ataque do coração dentro de dez minutos, e como é que eu ia ficar? Como é que eu poderia administrar este lugar sem você?

— É exatamente o que você já está fazendo. Você me afastou do meu trabalho.

— Eu o afastei das cercas. Não quero que você trabalhe nas cercas com esse calor. Estou dizendo que não vou permitir.

— Não vai permitir? — Ele também se levantou, e ficou cara a cara com ela. — Quem você pensa que é, dizendo que não vai permitir? Eu venho cuidando das cercas debaixo de qualquer tempo desde que você nasceu. E nem você nem ninguém vai me dizer o que posso ou não posso antes que eu tenha terminado.

— Eu estou dizendo.

— Então prepare o meu último pagamento.

— Muito bem. — Dirigiu-se para a porta, impulsionada pela raiva. A mão que a segurava fechou-se em punho e bateu-a com tanta força que chegou a estremecer a madeira sob seus pés. — Eu estava com medo! Por que não tenho o direito de sentir medo?

— E estava com medo de quê?

— De perder você, seu burro teimoso, filho da mãe. Você estava com o rosto todo vermelho e suado e bufando como um motor defeituoso. Não aguentei. Eu simplesmente não consegui suportar. Se tivesse apenas voltado para casa como pedi, tudo estaria bem.

— Estava quente — respondeu, um pouco envergonhado, com a voz meio fraca.

— Eu sei que estava quente. Droga, Ham, essa é a questão. Por que me levou às últimas consequências? Não quis envergonhar você na frente de Billy. Eu só queria que você saísse do sol. Eu sei quem era o meu pai — prosseguiu, furiosa, o que fez com que ele erguesse a cabeça e a olhasse nos olhos. — E eu ainda não o enterrei. Não aquele com quem eu realmente podia contar quando precisava dele. Não vou enterrá-lo tão cedo.

— Eu poderia ter terminado. — Apoiou o pé no parapeito e fitou-a. — Poxa, Will, eu estava mandando o menino fazer a maior parte do trabalho. Conheço os meus limites.

— Eu preciso de você aqui. — Esperou o sistema nervoso se acalmar. — Eu preciso de você, Ham. Estou pedindo que fique.

Ele moveu os ombros e manteve o olhar voltado para os pés.

— Acho que não tenho um lugar melhor para onde ir. Não deveria ter sido grosseiro com você. Eu sabia que estava pensando em mim. — Remexeu os pés, pigarreou. — Eu sei que você, no geral, está fazendo um belo trabalho por aqui. Eu, ah... eu estou orgulhoso de você.

Essa era a razão que importava, pensou. O próprio pai nunca dissera essas palavras.

— Não vou conseguir sozinha. Quer entrar? — Abriu a porta outra vez. — Venha comer um pouco daquele sorvete de pêssego. Assim você poderá me contar tudo o que ando fazendo de errado.

Ele coçou a barba.

— Talvez. Acho que tem umas coisas que preciso discutir com você.

Quando saiu, estava satisfeito, e o coração bem mais leve. Caminhou devagar até o alojamento, o passo leve. Ouviu os sons, os mugidos inquietos do gado, o ruído de saltos de botas.

Quem é mesmo que estava no turno da guarda? Não conseguia identificar o barulho. Jim ou Billy, concluiu, e resolveu ir até lá para conferir.

— É você, Jim? Billy? O que estão fazendo brincando com o gado do estábulo a essa hora da noite?

Primeiro, viu o bezerro sangrando, os olhos se revirando de agonia e dor. Tinha dado apenas dois passos rápidos para a frente quando viu o homem sair das sombras.

— O que é isso? O que foi que você fez?

Então ele soube, antes que percebesse a faca erguendo-se no ar, mas não teve tempo de gritar.

O pânico veio primeiro. Com a faca gotejando na mão, ele olhou para Ham, para o sangue. Esfregou uma das mãos na boca. Só queria uma morte simples, mais nada. Um bezerro, por exemplo. Pensara em arrastá-lo para longe do pátio da fazenda, mas a faca, mais rápida, simplesmente pulara para a sua mão.

E agora Ham. Ele nunca pretendera ferir Ham. O velho Ham o treinara, trabalhara com ele, chamando sua atenção quando era necessário. Ele sempre sentira que Ham conhecia a verdade a respeito de onde ele era e quem era.

E Ham era um homem leal.

Mas agora ele não tinha escolha. Precisava acabar o que começara. Agachou-se e estava começando a se preparar para o seu macabro ritual quando Willa entrou apressada pela porta.

— Ham? É você? Esqueci de falar dos... — As botas escorregaram.

O raio brilhou, iluminando os dois homens quase aos seus pés.

— Ó meu Deus, o que aconteceu com ele? O que aconteceu? — Ela já estava de joelhos, virando-o e abraçando-o. — Ele... — Suas mãos ficaram sujas de sangue.

— Desculpe, Will. Desculpe. — Apontou a faca na sua direção e apertou-a de encontro ao pescoço dela. — Não grite. Não quero machucar você. Juro que não quero machucar você. — Estremeceu e inspirou profundamente. — Sou seu irmão.

Levantando o punho, deu um soco nela, que desmaiou.

A DOR ACORDOU HAM. Uma dor dilacerante, ardente. Não conseguia localizá--la, não conseguia perceber de onde se originava, mas sentiu o gosto de sangue na boca. Gemendo, tentou sentar-se, mas não conseguiu mexer as pernas. Virou a cabeça e viu que o bezerro tinha se esvaído em sangue. Os olhos estavam opacos.

Mais um pouco, pensou, e ele também se esvairia em sangue.

Outra coisa no chão chamou sua atenção. Olhou para aquilo durante muito tempo, viu como ia e voltava à medida que a vista se embaçava e clareava. Depois, com um sibilo, arrastou-se até lá, e esfregou a ponta com os dedos.

Era o chapéu de Willa.

PRECISOU CARREGÁ-LA. Deveria ter pegado uma das picapes, sabia que deveria, mas tinha ficado tão surpreso com o susto que nem pudera pensar com clareza. Muito devagar, deitou-a no chão perto do pasto e com a mão trêmula sacudiu um balde com aveia.

Iriam a cavalo. Provavelmente, seria o melhor. Queria levá-la para longe, para as montanhas, para poder explicar tudo a ela. Quando terminasse, ela entenderia.

Os laços de sangue são mais fortes.

Encilhou o pônei pintado que comia do balde, depois a égua ruana que tentava enfiar a cara dentro dele para comer também.

Ah, ele detestava ter que fazer aquilo, mesmo provisoriamente, mas amarrou as mãos e os pés de Willa, depois jogou-a atravessada em cima da sela. Calculou que ela recuperaria os sentidos em pouco tempo e que tentaria escapar antes que ele pudesse explicar.

Ela precisava entender. Ele rezava para que ela entendesse quando montou na sela e pegou as rédeas. Se não, teria que matá-la.

O trovão estrondou mais perto enquanto cavalgava para as montanhas.

HAM APERTOU O CHAPÉU entre as mãos e ficou em pé, cambaleando. Conseguiu dar dois passos trôpegos antes de cair de joelhos. Chamou e, apesar de a voz martelar nos seus ouvidos, o som não foi além de um sussurro.

Lembrou-se de Willa, ainda um bebê desmamado, sorrindo para ele quando a colocava na sela do cavalo. Uma garotinha, só tranças e olhos, implorando para que a deixasse cavalgar no pasto com ele. Uma adolescente, tão desajeitada como um potro, colocando arame a seu lado e falando sem parar.

E na mulher que olhara para ele essa noite, com o coração nos olhos, quando disse que se importava com ele.

Engoliu a dor que o corroía como um câncer e lutou para ficar em pé de novo.

Conseguia enxergar a casa-grande, as luzes nas janelas fazendo círculos diante de seus olhos. O sangue pingava dos dedos da mão para o chapéu. Não sentiu o chão quando ele veio ao seu encontro.

*E*LA VOLTOU A SI DEVAGAR, o queixo latejando. Focalizou o chão que subia e descia debaixo dos seus olhos. Tentou mudar de posição e percebeu que estava bem-amarrada e deitada, atravessada na sela de cabeça para baixo. Ela deve ter gemido ou feito algum som, porque os cavalos pararam imediatamente.

— Está tudo bem, Will. Não se preocupe. — Ele soltou as correias e as cordas das pernas, mas a manteve com as mãos amarradas. — Precisamos cavalgar até um pouco mais longe. Você aguenta?

— O quê? — Ainda tonta, sentiu enquanto era levantada, e logo estava sentada, agitando a cabeça para clarear as ideias enquanto as mãos eram firmemente amarradas no cepilho da sela.

— Descanse. Eu conduzo o cavalo.

— O que está fazendo? — A lembrança voltou, mas recusou-se a permanecer na sua mente. — E Ham?

— Não pude evitar. Eu não pude evitar. Depois falaremos sobre isso. Você só... — Interrompeu-se e puxou-a para baixo pelos cabelos quando ela inspirou. — Não grite. Ninguém vai ouvir você, mas não quero que grite. — Resmungando, tirou o lenço e amordaçou-a depressa. — Lamento ter que fazer isso, mas você ainda não está entendendo.

Tentando não se zangar com ela, voltou para o cavalo, montou e cavalgou na direção das árvores.

*B*EM, WILLA PERDERA a nadada, pensou Tess, amarrando o cinto do curto roupão de toalha. Passou os dedos no cabelo para alisá-lo para trás, saiu da piscina e foi para a cozinha.

Provavelmente, continuava de mau humor, concluiu. Willa engolia tudo e ficava ruminando o assunto. Poderia ser uma ideia ensiná-la algumas técnicas de relaxamento, apesar de Tess não conseguir visualizar com nitidez Willa meditando ou fazendo experiências com imagens.

Ficaria feliz com a chuva, imaginou Tess. Deus, todos ali viviam em função do tempo. Se estava molhado demais ou seco demais. Se frio demais ou quente demais. Bem, mais dois meses e ela diria adeus ao cenário de Montana e iria para Los Angeles.

Almoços nas varandas. Cartier. Deus era testemunha de como ela merecia se dar de presente um penduricalho extravagante e caríssimo depois desse exílio de um ano do mundo real.

Que Deus abençoe Hollywood.

Logo fechou um pouco a cara porque não soava tão maravilhoso como um mês antes.

Não, ela ficaria contente por estar de volta. Animada. Ela só se sentia pensativa, é só. No entanto, talvez comprasse uma casa nas montanhas em vez de na beira da praia. Poderia ter um cavalo, árvores, capim. Assim teria o melhor dos dois mundos. Uma viagem rápida e excitante da empolgação e das multidões da cidade para o prazer do campo que ela passara a gostar.

Bem, não exatamente o campo de acordo com os padrões de Montana, mas as montanhas de Hollywood seriam ótimas.

Provavelmente, conseguiria convencer Nate a vir visitá-la quantas vezes quisesse. A relação dos dois terminaria aos poucos. Era o que ela esperava e, cacete, aceitava. E ele faria o mesmo. A ideia maluca de ela ficar ali, casar e ter filhos era ridícula.

Ela tinha uma vida em Los Angeles. Uma carreira. Grandes e ambiciosos planos. Em poucas semanas completaria 31 anos, e não ia abandonar seus planos nessa altura da vida para ser a esposa de um fazendeiro.

Não nasci para ser esposa de ninguém.

Desejou ter trazido um cigarro, mas entrou na cozinha em busca de outro estímulo.

— Você já tomou a sua porção de sorvete.

Tess franziu o nariz nas costas de Bess

— Não vim atrás de sorvete. — Mas teria gostado de mais umas duas colheres. Foi até a geladeira e pegou a jarra de limonada.

— Andou tomando banho pelada de novo?

— Andei, sim. Você deveria experimentar.

A boca de Tess arrebitou-se com a ideia.

— Coloque o copo na máquina de lavar louça quando terminar. A cozinha está limpa.

— Tudo bem. — Tess sentou-se à mesa e olhou para o catálogo que Bess estava folheando. — Compras?

— Olhando. Lily gostaria dessa banheira para o bebê. Depois de Will não guardamos aquela que usamos para as meninas. Ele a jogou fora.

— Puxa! — Era uma ideia interessante, ela, Lily e Willa compartilhando algo. — Ah, é linda. — Encantada, Tess puxou a cadeira para mais perto. — Olhe só para as fitas em volta.

Bess lançou-lhe um olhar.

— Eu vou comprar a banheira.

— Está bem, está bem. Ah, olhe, o berço. Ela adoraria um berço, não é mesmo? Um que ficasse ao lado da cadeira de balanço.

— Acho que sim.

— Vamos fazer uma lista.

Os olhos de Bess suavizaram e ela apanhou o bloco que havia enfiado debaixo do catálogo.

— Já comecei uma.

Fizeram ruídos de admiração quando viram os ursos de pelúcia e os móbiles, discutiram um pouco sobre o tipo de cercado do bebê. Tess levantou-se para pegar mais limonada para as duas e olhou para a porta da cozinha ao ouvir passos.

— Não estou esperando ninguém — sussurrou, a mão nervosa subindo para o pescoço.

— Nem eu. — Fria como gelo, Bess puxou a pistola do bolso do avental e, de pé, ficou de frente para a porta. — Quem está aí? — Quando o rosto apareceu na telinha do postigo, ela riu de si mesma. — Meu Deus, Ham, eu quase dei um tiro. Não deveria rastejar por aí a essa hora da noite.

Ao subir até a porta, ele atravessou-a e caiu bem aos seus pés.

A pistola tombou com um barulho quando bateu na mesa.

Tess ajoelhou-se no chão junto a Bess, antes que esta pudesse colocar a cabeça de Ham no colo.

— Ele está sangrando muito aqui. Apanhe umas toalhas e aperte-as com força.

— Bess...

— Fique quieto. Vamos ver o que houve.

Tess rasgou a camisa ao meio e pressionou o ferimento com força.

— Chame uma ambulância, um helicóptero. Ele precisa urgentemente de ajuda.

— Espere. — Ham agarrou a mão de Bess. — Ele pegou... — Contraiu-se até conseguir respirar e poder falar outra vez. — Ele a pegou, Bessie. Ele pegou a nossa Will.

— O quê? — Fazendo um esforço para ouvir, Tess aproximou o rosto. — Quem pegou Will?

Mas ele havia desmaiado. Quando Tess ergueu os olhos e encontrou os de Bess, eles estavam cobertos de medo.

— Chame a polícia. Rápido.

*A*GORA ELE IA PARAR. Tinha andado em círculos, refeito o caminho, seguido um riacho até a metade, para depois passar por cima das pedras. Não tendo escolha, acabou amarrando os cavalos perto dele.

Willa observava cada movimento. Conhecia as montanhas e não seria presa fácil para ele, mesmo que tivesse que ir a pé quando conseguisse se soltar.

Ele a fez descer do cavalo e amarrou-lhe os tornozelos. Depois sentou-se na sua frente com a espingarda sobre o colo.

— Vou tirar sua mordaça. Desculpe ter que usá-la. Você sabe que não vai adiantar nada gritar. Eles podem vir atrás de nós, mas ainda vão demorar; além do mais, eu despistei o caminho.

Estendeu a mão e tocou na mordaça.

— Só vamos conversar. Quando você tiver escutado o que tenho para dizer, tudo voltará a ser como antes. — Então puxou a mordaça.

— Seu canalha assassino.

— Você não sabe o que está dizendo. Está aborrecida.

— Aborrecida? — Furiosa, ela tentou se soltar. — Você matou Ham. Você matou todos os outros. Você esquartejou meu gado. Se eu tiver uma oportunidade, eu mato você com as minhas próprias mãos.

— Ham foi um acidente. Eu gostava muito dele, mas ele me viu. — Como um garoto pego quebrando um pote de biscoitos, ele baixou a cabeça. — O gado foi um erro. Não deveria ter feito aquilo a você. Desculpe.

— Você é... — Fechou os olhos e cerrou os punhos. — Por quê? Por que fez essas coisas? Eu pensei que podia confiar em você.

— E pode. Juro que pode. Nós temos o mesmo sangue, Will. Você pode confiar no seu próprio sangue.

— Nós não temos o mesmo sangue.

— Temos sim. — Enxugou uma lágrima com a mão, tão grande era a alegria que sentia por poder contar para ela. — Eu sou seu irmão.

— Você é um mentiroso, assassino e covarde.

Levantou a cabeça e, de repente, viu a mão voando. A pancada de carne contra carne subiu pelo braço e ele imediatamente se arrependeu.

— Não diga isso. Eu tenho o meu orgulho.

Levantou-se, caminhou de um lado para outro a fim de se controlar. Sabia que as coisas não funcionavam bem quando perdia o controle. Mas, se mantivesse a calma, ficaria por cima, então poderia enfrentar qualquer coisa que aparecesse pela frente.

— Eu sou tanto seu irmão quanto Lily e Tess são suas irmãs — disse com calma enquanto o céu se abria em dois e era cruzado por fortíssimos relâmpagos. — Vou explicar tudo a você. Quero que você entenda por que fiz tudo aquilo.

— Ótimo. — O lado do rosto queimava como fogo. Ele pagaria por isso também, prometeu-se. Ele pagaria por tudo. — Muito bem, Jim, explique-se.

*B*EN ENFIOU A ESPINGARDA no coldre, pegou o cinto com o revólver e o colocou na cintura. A carabina calibre .30 que enfiou no coldre era uma arma brutal, mas ele queria uma que fosse realmente má. Não se permitia fraquejar, pois acabaria de joelhos nas pernas trêmulas. Ele só conseguia se mexer.

Apressados, os homens selavam os cavalos e Adam gritava e dava ordens. Dessa vez Ben não estava dando nenhuma ordem. Nem acatando. Pegou o chapéu de Willa e o deu para Charlie sentir o cheiro.

— Encontre-a — murmurou. — Encontre Willa. — A seguir enfiou o chapéu na mochila da sela e montou no cavalo.

— Ben. — Tess agarrou o bridão. — Espere pelos outros.

— Não vou esperar. Afaste-se, Tess.

— Não temos certeza de quem... ou onde. — E isso apesar de só estar faltando um homem.

— Eu acho onde. Não preciso saber quem. — Soltou a cabeça do cavalo da mão dela. — Só preciso matá-lo.

Tess correu até Adam, colocou os dois braços ao redor de Lily e abraçou-a com força.

— Ben foi embora. Não consegui impedi-lo.

Adam apenas assentiu e deu o sinal de partida.

— Ele sabe o que está fazendo. Não se preocupe. — Virou-se e abraçou as duas mulheres. — Vá para casa — disse para Lily, colocando a mão na barriga levemente arredondada. — Espere por mim. E não se preocupe.

— Não vou me preocupar. — Ela o beijou. — Você me encontrou. Você a encontrará. Traga-a de volta sã e salva. — Era um pedido e uma constatação, e ela se afastou para deixá-lo montar.

— Leve Lily para dentro, Tess. — Nate parou e acalmou seu inquieto cavalo. — E fique lá.

Os cavalos seguiram para leste, enquanto Tess e Lily voltavam para casa para começar a dolorosa angústia da espera.

Capítulo 30

••••

— Minha mãe servia bebidas em um bar lá em Bozeman. — Jim estava sentado de pernas cruzadas, posição típica de um contador de histórias. — Bem, talvez ela fizesse mais do que servir alguns drinques. Eu acho que sim, embora ela nunca falasse sobre o assunto. Era uma mulher muito bonita e estava sozinha, e é aí que as coisas acontecem.

— Eu pensei que sua mãe fosse de Missoula.

— Ela nasceu lá. E chegou a voltar para lá depois que eu nasci. Muitas mulheres voltam para casa depois que têm filhos, mas para ela nunca funcionou. Ou para mim. Enfim, ela servia bebidas e talvez algo mais para os caubóis de passagem. Naquela época, Jack Mercy passava por lá um bocado de vezes, querendo briga, enchendo a cara e procurando mulheres. Pode perguntar a qualquer um, eles vão contar para você.

Pegou um pedaço de madeira e o arrastou pela rocha. Willa torcia os pulsos por trás das costas para tentar se soltar.

— Eu já ouvi algumas histórias — revidou tranquilamente. — Sei que tipo de homem ele era.

— Eu sei que você sabe. Você costumava fazer vista grossa. Eu também percebi isso, mas você sabia. Foi quando ele se apaixonou por minha mãe. Como eu disse, ela era uma mulher muito bonita. É só ver as mulheres com quem se casou. Todas tinham algo especial. Beleza, sem dúvida. Louella, essa faiscava. E Adele, quando a vi, me pareceu ser uma mulher de classe e inteligente. E a sua mãe, bem, essa era uma coisa. Do tipo quieto e especial, também. Parece que ela ouvia coisas que outras pessoas não conseguiam ouvir. Simpatizei com ela.

O sangue de Willa gelou quando ouviu isso e o imaginou próximo à sua mãe.

— Como foi que você a conheceu?

— A gente vinha de visita. Nunca ficávamos muito tempo na região, nem em Mercy. Eu era apenas um garoto, mas me lembro muito bem da sua mãe, alta e grávida de você, caminhando com Adam pelo pasto. De mãos dadas com ele. Um belo quadro. — Calou-se e refletiu durante um momento. — Eu era um pouco mais novo do que Adam; então caí e ralei o joelho ou algo assim, e sua mãe se aproximou e me levantou. Minha mãe e Jack Mercy estavam discutindo, e a sua me levou para a cozinha e passou uma coisa fria no meu joelho, dizendo-me umas palavras muito gentis.

— O que estavam fazendo na fazenda?

— Minha mãe queria que eu ficasse lá. Ela não podia cuidar de mim direito. Estava sem um tostão e adoecia com muita frequência. A família a expulsou de casa. Por causa de drogas. Tinha um fraco por drogas. Porque ficava muito sozinha. E Jack não me quis, apesar de eu ser sangue do seu sangue.

Ela umedeceu os lábios, ignorou a dor da corda se enfiando na carne.

— Foi sua mãe quem lhe contou isso?

— Ela me contou o que aconteceu. — Ele empurrou o chapéu para trás e os olhos estavam límpidos. — Jack Mercy transou com ela uma vez em que esteve em Bozeman procurando diversão. Assim que soube que estava grávida, contou para ele, mas ele a chamou de prostituta e a abandonou ali mesmo. — O olhar mudou e embaçou-se de raiva. — Minha mãe não era uma prostituta. Ela fazia o que precisava ser feito, só isso. As prostitutas não servem para nada, são inúteis. Abrem as pernas para qualquer um. Minha mãe se deitava por dinheiro, quando precisava. E não o fez com regularidade até que ele me abandonou e a deixou sem escolha.

Não era o que ela havia contado para ele, chorando, dia após dia, a vida toda?

— E o que ela podia fazer, droga? Me diga, Willa, o que ela podia fazer? Sozinha e grávida, com aquele filho da puta chamando-a de prostituta, mentirosa e imunda.

— Não sei. — As mãos tremiam pelo esforço, e de medo. Porque os olhos dele já não estavam mais límpidos, nem embaçados. Estavam enlouquecidos. — Deve ter sido muito difícil para ela.

— Quase insuportável. Ela cansou de repetir para mim como pediu e implorou a ele, e como ele deu as costas para ela. E para mim. Seu próprio filho. Ela poderia ter se livrado de mim. E sabe como? Ela poderia ter feito um aborto e acabado com a história, mas não fez. E me contou que não o fez porque eu era o filho de Jack Mercy e ela o faria pagar por nós dois. Ele tinha dinheiro, muito dinheiro, mas tudo o que fez foi lhe dar uns míseros dólares e sumir.

Ela começava a perceber, bem demais, a amargura da mulher plantando sementes amargas na criança.

— Eu lamento, Jim. Talvez ele não acreditasse nela.

— Ele deveria ter acreditado! — Ele deu um soco na rocha. — Ele abusou dela. Ele voltou outras vezes e prometeu que tomaria conta dela. Mamãe me contou que ele prometeu, fazendo-a acreditar nele. E mesmo depois que nasci, e ela me levou para ele ver que eu tinha os seus olhos e o seu cabelo, ele deu as costas, e ela teve que voltar para Missoula e implorar à família para ajudá-la. É que, naquela época, ele estava casado com Louella, a esfuziante Louella, e ele acabara de engravidá-la de Tess. Então, não me queria. Ele achava que estava esperando um filho homem. Mas estava errado. Eu era o único filho que jamais teria.

— Você teve a oportunidade de machucar Lily. Na caverna, quando ela estava com Cooke. — Ele é bom demais com as cordas, pensou. Não estava conseguindo afrouxar os nós. — E você não fez nada.

— Não a machucaria. Claro que pensei nisso. Logo que soube o que ele fizera no testamento. Pensei nisso, mas elas são da família. — Respirou profundamente, esfregou o lado da mão que havia machucado na pedra. — Prometi à minha mãe que voltaria para Mercy, que conseguiria o que era meu por direito. Ela escava adoentada, e eu era a causa da sua doença. Daí ela precisar de drogas para conseguir viver. Mas ela fez o melhor que pôde por mim. Ela me contou tudo sobre o meu pai, tudo sobre Mercy. Ela ficava sentada horas a fio e me contava a respeito, e o que eu faria quando tivesse idade suficiente para enfrentá-lo e dizer a ele o que eu queria por direito.

— Onde está sua mãe agora, Jim?

— Morreu. Disseram que as drogas a mataram, ou que ela as usou para se matar. Mas quem a matou foi Jack Mercy, Will, quando ele a mandou embora. A partir daquele momento, ela começou a morrer. Quando a encontrei deitada ali, gelada, eu prometi de novo que viria para Mercy e faria o que ela queria.

— Você a encontrou. — O suor escorria pelo seu rosto. O calor diminuíra, mas o suor corria, pingava e ardia nos pulsos esfolados. — Eu lamento. Lamento de verdade. — E lamentava mesmo, desesperadamente.

— Eu tinha 16 anos. Na época estávamos em Billings e eu trabalhava com o gado de engorda quando podia. Ela estava morta quando cheguei em casa e a encontrei deitada no seu próprio mijo e vômito. Ela não deveria ter morrido assim. Ele a matou, Will.

— E aí, o que você fez?

— Pensei em matá-lo. Foi a primeira coisa que passou pela minha cabeça. Eu tinha muita prática em matar. Na maioria das vezes, eram gatos e cachorros vira-latas. Costumava fingir que estava cortando o rosto dele. Naquele tempo eu só tinha um canivete para trabalhar.

Ela fez uma careta de asco, e perguntou:

— E a sua família, a família da sua mãe?

— Não quis implorar depois que eles a tinham mandado embora. Que vão para o inferno. — Ele pegou o pedaço de madeira e bateu com ele na rocha. — Que vão para o inferno!

Ela não conseguia conter os tremores enquanto ele apunhalava a rocha, outra e outra vez, repetindo a mesma frase, o rosto contorcido. Depois parou, o rosto tranquilo, e bateu com a madeira como se marcasse o ritmo de uma música.

— Eu tinha prometido — prosseguiu. — Fui até Mercy e o enfrentei. Ele riu de mim e me chamou de filho bastardo de uma prostituta. Tentei lhe dar um soco e ele me derrubou no chão. Disse que eu não era seu filho, mas me deu um emprego. Se eu aguentasse um mês, ele me pagaria. Ele me passou para Ham.

O coração ficou apertado. Ham. Será que alguém o encontrara? Será que alguém o estava ajudando?

— Ham sabia?

— Sempre achei que sim. Ele nunca mencionou o assunto, mas acho que sim. Eu pareço com o velho, não acha?

A pergunta, de um orgulho patético, estava cheia de esperança.

Willa acenou afirmativamente.

— Acho que sim.

— Trabalhei para ele. Dei duro, aprendi e trabalhei ainda mais. Ele me deu uma faca quando completei 21 anos. — Ele a tirou da bainha e girou-a à luz do luar. Era uma Bowie Crocodile com uma lâmina de 20 centímetros. A ponta serrilhada como presas tinha um brilho todo especial. — Isso tem um significado, Willa, o fato de um homem dar uma bela faca como esta para o filho.

O suor na pele virou gelo.

— Realmente ele lhe deu uma faca.

— Eu o amava. Eu teria esfolado as mãos por ele, e o desgraçado sabia. Nunca mais pedi nada a ele porque, no meu coração, eu sabia que quando chegasse o momento ele me daria o que me pertencia por direito. Mas quando o momento chegou, ele deu tudo para você, Lily e Tess. E eu fiquei sem nada, nada.

Ele se aproximou devagar dela, a faca brilhando na mão, os olhos brilhando na escuridão.

— Foi errado. Foi injusto.

Ela fechou os olhos e esperou a dor.

C*HARLIE CORRIA PELAS MONTANHAS*, o nariz no chão, os ouvidos alertas. Ben cavalgava sozinho, grato pela luz da lua, rezando para que as espessas nuvens que se juntavam no Leste não se aproximassem. Ele precisava da luz.

Quase podia jurar que sentia o seu cheiro. O perfume, o sabão e o couro, e algo único, de Willa. Ele não a imaginaria ferida. Anuviaria as ideias, pois precisava de todos os sentidos aguçados. Dessa vez sua caça conhecia a região tão bem quanto ele. A caça estava a cavalo e conhecia todos os truques. Ele não podia depender de Willa para atrasá-lo ou deixar sinais, porque não tinha certeza se ela estava...

Não, não pensaria nisso. Pensaria somente em encontrá-la e no que faria com o homem.

Charlie pulou dentro de um riacho e ganiu quando perdeu o faro. Ben conduziu o cavalo até a água, parou um momento à escuta, planejando, rezando. Seguiriam pela água um pouco, decidiu.

Era o que ele faria.

Seguiram pelo riacho, com o nível de água raso pela falta de chuva. O trovão ribombou, um pássaro gritou. Ben controlou a vontade de se apressar, de esporear o cavalo para o galope. Não podia se permitir correr antes de encontrar a trilha outra vez.

Viu algo brilhar no leito do riacho e desmontou. A água fria escorria por cima das botas enquanto ele caminhava, se debruçava e apanhava o objeto.

Um brinco. Uma argola simples de ouro. O ar saiu dos pulmões em uma explosão e a mão se fechou sobre ela. Lembrou-se que, nos últimos tempos, Willa começara a usar brincos e outros penduricalhos. Esse pequeno toque acrescido à calça jeans e ao couro era encantador e simpático. Ele gostava de afirmar para si próprio que era por sua causa.

Guardou-o no bolso da frente da camisa e montou de novo. Se ela tinha lucidez suficiente para deixar sinais, ele tinha lucidez suficiente para segui-los. Conduziu o cavalo pela ribanceira e deixou Charlie farejando a trilha.

— Ele não devia ter feito o que fez. — Jim, com a voz trêmula, cortava a corda dos tornozelos. — Ele só fez isso para me mostrar que não dava a mínima para mim. Ou para você.

— Não. — As lágrimas que afloraram a seus olhos não eram de piedade, mas de puro alívio. Estendeu as mãos atadas para massagear as pernas. Estavam com cãibras terríveis. — Ele não se importava com nenhum de nós.

— No início quase fiquei louco. Eu e Pickles estávamos lá na cabana quando soubemos, e eu enlouqueci. Daí por que matei o touro daquela maneira. Precisava matar algo. Depois, comecei a refletir. Eu precisava atingi-lo, Will, fazê-lo pagar. No início, desejei que você também pagasse. Você, Tess e Lily. Não achava que tivessem qualquer direito ao que me pertencia. Ao que ele deveria ter deixado para mim. Achei que podia amedrontá-las e que elas iriam embora. Ninguém receberia coisa alguma se eu conseguisse assustá-las. Larguei o gato na varanda. Gostei quando vi Lily gritar e chorar por causa dele. Hoje lamento, mas na época não pensava nela como alguém da família. Eu só queria que fossem embora, de volta para o lugar de onde tinham vindo. E que Mercy fosse para o inferno.

— Será que poderia soltar as minhas mãos, Jim? Por favor, meus braços estão dormentes.

— Não dá. Ainda não. Você não está entendendo.

— Acho que estou. — O tato voltava para as pernas. Comichavam porque o sangue voltara a circular, mas agora ela conseguiria correr se percebesse uma abertura. — Ele feriu você. Você queria feri-lo de volta.

— Eu precisava. Que tipo de homem eu seria se aceitasse isso dele? Mas, Will, acontece que eu gosto de matar. Acho que herdei isso dele também. — Sorriu, e o lampejo de um raio o iluminou em meio à escuridão. — Não há muito o que se possa fazer quando está no sangue. Ele também gostava de matar. Você se lembra daquela vez que ele deixou que você criasse aquele bezerro, que só faltou tirá-lo da mãe? Você o criou como um animal de estimação, até deu um nome.

— Botão em Flor — murmurou ela. — Que nome mais estúpido para uma vaca.

— Você amava aquela vaca estúpida, ganhou prêmios com ela. Eu me lembro do dia em que ele levou você. Você devia ter uns 12, 13 anos. Ele a obrigou a olhar enquanto matava pela carne. Estava lhe ensinando o que é a vida em uma fazenda, disse, e você chorava, foi embora e vomitou. Ham quase partiu para a briga com o velho. Você nunca mais teve um animal de estimação.

Pegou um cigarro e acendeu um fósforo.

— Você tinha um belo cachorro que morreu cerca de um ano depois. Nunca mais teve outro.

— Não, nunca. — Ela ergueu os joelhos até o peito, encostou o rosto neles à medida que as lembranças tomavam conta de sua mente.

— Eu só estou falando nisso para que você perceba, para que entenda o que está no sangue. Ele gostava de mandar, gostava que as pessoas dançassem conforme a música. Você também gosta de mandar. Está no sangue.

Ela só balançou a cabeça, forçando-se a manter a calma.

— Pare.

— Tome. — Levantou-se, pegou o cantil que havia enchido com água do riacho e o entregou a ela. — Beba um pouco. Não quis que você ficasse tão sentida. Só estou querendo fazer você entender. — Acariciou seu cabelo, o cabelo bonito da irmã caçula. — Ambos estamos envolvidos nisso.

CHARLIE SEGUIA EM FRENTE, escalando as pedras. Não latia nem uivava, apesar de o corpo vibrar com frequência. Se estava na trilha, então Adam também estaria. Disso ele podia ter certeza. Mas não ouvia nada, exceto a noite.

Encontrou o segundo brinco sobre uma pedra onde as flores-do-campo lutavam para aparecer entre as fendas. Ele o apanhou e tocou-o com os lábios antes de guardá-lo.

— Boa menina — disse baixinho. — Aguente só mais um pouco.

Olhou para o céu. As nuvens deslizavam na direção da lua e metade das estrelas desaparecera. A chuva, tão desejada, viria cedo demais.

ELA BEBEU E OBSERVOU os olhos dele. Havia afeição neles. Era aterrador.

— Você poderia ter me matado há meses. Antes de qualquer outra pessoa.

— Jamais quis machucá-la, você tinha o bastão de comando, como eu. Sempre pensei que um dia nós dois administraríamos Mercy juntos. Você e eu. Eu não me importava que você estivesse no comando. Você leva jeito. Eu funciono melhor quando alguém me diz o que devo fazer.

Sentou-se, tomou um gole e fechou o cantil. Havia perdido a noção do tempo. Estar sentado ao lado dela, relembrando sob o vasto céu, o acalmava.

— Eu não planejava matar Pickles. Não tinha nada contra ele, acredite. Olhe, ele podia ser um pé no saco com suas queixas e manias de discutir, mas não me incomodava nem um pouco. Só aconteceu de estar ali. Eu nunca poderia imaginar que ele fosse passar ali exatamente naquele momento. Pensei que tinha mais tempo. Eu planejara matar outro touro e deixá-lo em um lugar onde um dos rapazes o encontrasse, para esquentar as coisas. Mas tive que agir assim. E, Will, para falar a verdade, eu gosto.

— Você o esquartejou.

— No final, tudo é carne. Droga, bem que eu tomaria uma cerveja. Uma cervejinha não cairia bem? — Suspirou e tirou o chapéu para abanar o rosto.

Ela testou as pernas outra vez e achou que funcionariam.

Ele deu uma pancadinha com a faca na ponta da bota dela.

— Não sei por que o escalpelei. Deu vontade. Uma espécie de troféu, acho. É como pendurar uma prateleira na parede na sala. Tenho uma caixa cheia de troféus enterrada a leste daqui. Sabe onde tem aqueles choupos do outro lado do pasto?

— Sim, sei. — Ela forçou-se a manter os olhos fixos nos dele e afastados da faca.

— Naquela noite, matei todos os bezerros. Eu achava que assim aquelas moças da cidade iriam embora e pronto. Mas elas resolveram ficar. Tive que admirá-las. Me fez pensar um pouco, mas só consegui achar que eram loucas. — Balançou a cabeça com a própria teimosia. — Então, quando dei carona para aquela garota, eu a usei. Eu queria cortar uma mulher.

Umedeceu os lábios. Em parte, ele sabia que não era correto conversar assim com a irmã caçula, mas não conseguia parar.

— Nunca cortei uma mulher antes. Eu sentia uma vontade enorme de cortar Shelly, você sabe, a mulher de Zack.

— Meu Deus!

— É bonitinha, tem o cabelo bonito. Fui até Three Rocks algumas vezes jogar pôquer com os rapazes e fiquei pensando no assunto. Mas aí cortei aquela moça e a deixei ali, bem na entrada, só para mostrar a Jack Mercy quem era o patrão. Isso foi antes dos bezerros — continuou, sonhador. — Estou lembrando agora. Foi antes. Tudo se confunde na minha cabeça, até chegar em Lily tudo fica confuso. Foi Lily quem mudou tudo. Ela é minha irmã. Coloquei isso na minha cabeça quando Jesse Cooke a tratou daquele jeito, a machucou daquele jeito. Se eu não tivesse cuidado dela, ela poderia ter morrido. Não é mesmo?

— É. — Ela não vomitaria, ela se recusava a vomitar. — Você não a machucou.

— Não teria tocado em um único fio de cabelo dela. — Ele percebeu a piada, deu um tapa na rocha e caiu na gargalhada. — Um fio de cabelo. Percebeu? Essa é boa. — Parou de rir, e a mudança foi repentina e assustadora. — Eu amo Lily, Will. Eu a amo e amo você e Tess como um irmão deveria amar as irmãs. Vou cuidar de vocês. E você precisa cuidar de mim. Os laços de família são mais fortes.

— E como é que você quer que eu cuide de você, Jim?

— Precisamos preparar um plano, arrumar uma história. Acho que vou levá-la de volta e diremos a todos que alguém carregou você para longe. Você não viu quem era, mas eu segui vocês. Não deu tempo de soar o alarme. Diremos que eu o assustei e que ele fugiu. Dei uns tiros para o alto. — Apalpou a espingarda. — Ele fugiu para as terras altas e eu consegui salvar você. Vai funcionar, não é?

— Poderia. Eu direi a eles que nunca vi o rosto do homem. Que ele me bateu. Não vão duvidar, já que tenho um hematoma no rosto.

— Lamento por isso, mas vai funcionar muito bem. As coisas voltarão a ser como antes. Mais alguns meses e a fazenda estará desimpedida e livre. Serei o capataz. — Viu os olhos dela brilharem, o recuo instintivo. — Você não está dizendo a verdade. Está mentindo.

— Não, só estou pensando em tudo o que falou. — O coração dela começou a bater forte com a mudança repentina do humor dele. — Precisamos ter certeza de que vai parecer real, senão...

— Está mentindo! — gritou, tão alto que as rochas ecoaram. — Você acha que não percebo? Você acha que sou tão estúpido que não percebo o que está pensando? Eu levo você de volta e você conta tudo para eles. Você vai me entregar, o seu próprio irmão. Por causa de Ham.

Louco de raiva, ele deu um salto e ficou de pé, a faca em uma das mãos, a espingarda na outra.

— Foi um acidente. Não havia nada que eu pudesse fazer. Mas você vai me entregar. Você se preocupa mais com aquele velho do que com a própria família.

Ele nunca a soltaria. E a mataria antes que ela pudesse esboçar qualquer gesto de fuga. Então, colocou-se em pé, cambaleou uma vez até conseguir firmar as pernas e o enfrentou:

— Ham era a minha família.

Ele jogou a espingarda no chão, agarrou a frente da blusa dela com a mão livre e a sacudiu.

— Eu sou seu sangue. Eu sou quem importa. Eu sou um Mercy tanto quanto você.

Pelo canto do olho ela viu o movimento da faca. As nuvens, porém, cobriram a lua e apagaram o brilho da lâmina.

— Vai ter que me matar, Jim. E, quando o fizer, não importa se correr feito um louco ou em que buraco se esconda, por mais fundo que seja, eles caçarão você. Se Ben ou Adam encontrarem você primeiro, que Deus o ajude.

— Por que não quer ouvir? — O grito se espalhou sobre as rochas e as montanhas e permaneceu no ar pesado. — O importante é Mercy. Eu só quero a minha parte de Mercy.

Ela fechou as mãos doloridas, fitou seus olhos desesperados.

— Não sinto nenhuma pena de você. — Empurrou-se para trás, em um movimento brusco, e enfiou as mãos endurecidas na barriga dele, virando-se para correr.

Ele também correu, agarrou-lhe os cabelos e os puxou até ela gritar. Soluçando de dor, ela deu uma cotovelada e o atingiu com força. Mas ele não a soltou. Os pés escorregaram e ela teria caído se ele ainda não estivesse agarrando seus cabelos.

— Vou ser rápido — prometeu. — E sei como.

Ben saiu das sombras.

— Largue a faca. — A pistola estava destravada, apontada e preparada. — Se ao menos arranhar a pele dela eu mando você para o inferno.

— Eu vou fazer mais do que só arranhar a pele. — Jim colocou a faca debaixo do queixo de Willa. A voz voltara à calma mortal. Ele sentia o controle voltando, assumindo o comando. Estava no comando. A mulher apertada contra o seu corpo não era mais sua irmã, mas apenas um escudo. — É só eu fazer um movimento brusco e ela estará morta antes de chegar ao chão.

— E você também.

Os olhos de Jim olharam depressa para o lado. A espingarda estava fora do seu alcance. Com cuidado, deu um passo para trás, sempre mantendo a ponta da faca no pescoço de Willa.

— Você me dá cinco minutos de dianteira e quando eu estiver em segurança eu a solto.

— Não, não acredite nele. — Ela sibilou quando a faca entrou e o primeiro fio de sangue deslizou pescoço abaixo. — Ele vai me matar — disse Willa com calma, mantendo os olhos fixos nos de Ben. — É apenas uma questão de tempo.

— Cale a boca, Will. — Jim movimentou a faca debaixo do seu queixo. — Isso é assunto de homens. Se você a quiser, McKinnon, pode ficar com ela. Mas abaixe a arma e afaste-se até que a gente esteja em cima do cavalo. De outra forma, eu a mato aqui, e você vai vê-la morrer. Estas são as suas opções.

O olhar de Ben ia do rosto de Jim para o de Willa. Os raios espocavam no céu como torpedos e iluminavam os três, parados ali na rocha prateada.

Ele manteve o olhar até que a viu concordar com a cabeça devagar. E ele, esperando, entendeu.

— São mesmo? — Ben apertou o gatilho. A bala atingiu exatamente para onde apontara, no meio dos olhos. Que Deus a abençoe, pensou, quando a mão finalmente tremeu. Ela não se mexera.

Mesmo quando a faca caiu no chão, ela não se mexeu.

Willa sentiu que cambaleava agora que ninguém mais a estava segurando. Viu o céu rodopiar no mesmo instante em que a chuva começou a cair. Viu Ben correndo para ela.

— Belo tiro — conseguiu dizer, e, para sua vergonha e alívio, desmaiou.

Voltou a si nos braços de Ben, o rosto molhado e os lábios cobrindo-a de beijos.

— Só perdi o equilíbrio.

— Eu sei. — Ben estava ajoelhado no chão, embalando-a como um bebê enquanto a chuva desabava sobre eles. — Eu sei.

Os ouvidos tiniam como sinos de igreja. Apesar de ela saber que era uma covardia, virou o rosto para encontrar o ombro de Ben e não olhou para o corpo que devia estar estendido ao seu lado.

— Ele disse que era meu irmão. Ele fez tudo isso por causa de Mercy, do meu pai, do...

— Eu ouvi perfeitamente o que ele disse. — Ben apertou a boca no seu cabelo, depois tirou o chapéu e colocou-o nela, em uma tentativa inútil de mantê-la seca. — Sua idiota, você estava implorando para que ele a matasse. Eu morri três vezes ao ouvir você pedindo que ele o fizesse enquanto subia para cá.

— Não sabia mais o que podia fazer. — O medo contra o qual lutara abriu-se em cheio e a devorou. — Ham?

— Não sei. — Agora estava tremendo, e ele a abraçou mais forte. — Não sei, querida. Quando parti ele estava vivo.

— Está bem. — Então havia esperança. — Minhas mãos. Oh, meu Deus, Ben, as minhas mãos!

Ele começou a praguejar, com violência e sem parar, ao mesmo tempo em que puxava a faca e cortava a corda da pele em carne viva.

— Oh, meu amor. — Seu coração se despedaçou, — e ele ficou arrasado.

— Will, me desculpe.

Ele ainda a embalava ajoelhado na chuva torrencial quando Adam os encontrou.

Capítulo 31

◆ ◆ ◆ ◆

— Você vai comer quando eu mandar você comer. E vai comer o que precisar comer. — Bess estava parada ao lado da cama, de cara amarrada.

— Será que não pode me deixar em paz por cinco minutos? — Enfiado na cama, tão infeliz como um gato escaldado, Ham empurrou a bandeja que ela colocara no seu colo.

— Se eu fizer isso, você sai da cama. Da próxima vez que sair, eu vou deixar você tão pelado que não vai conseguir passar da porta.

— Passei seis semanas deitado em uma cama de hospital. Saí daquele maldito hospital há uma semana. Eu estou vivo, pelo amor de Deus!

— Não pronuncie o nome de Deus em vão na minha presença, Hamilton. O médico disse "duas semanas de cama com repouso total, com uma hora de caminhada, duas vezes ao dia". — Arqueou o queixo, inclinou a cabeça e olhou para ele de nariz empinado. — Será que preciso lembrar a você que estava com uma faca enfiada no seu couro e que você encheu de sangue o chão limpo da minha cozinha?

— Você me lembra isso cada vez que entra aqui.

— Pois muito bem. — Ela olhou com aprovação quando Willa entrou. — Ótimo. Você pode tentar tratar dele. Eu preciso trabalhar.

— Está causando problemas para ela de novo, Ham?

Ele ficou bem alegre quando Bess saiu do quarto.

— Se aquela mulher não parar de me paparicar eu faço uma corda com esses lençóis e fujo pela janela.

— Ela precisa paparicar você só mais um pouquinho. Nós todos precisamos. — Sentou-se na beirada da cama e o examinou seriamente. Sua cor tinha voltado e ganhara um pouco do peso que havia perdido no hospital. — Mas você está com boa aparência.

— Eu me sinto muito bem. Não vejo motivo para não estar em cima de uma sela. — As mãos se remexeram quando ela deitou a cabeça no seu peito e aninhou-se. Desajeitado, ele deu uns tapinhas no cabelo dela. — Vamos, Will, não sou nenhum ursinho de pelúcia.

— Está parecendo um urso de verdade. — Ela deu um sorriso travesso e beijou a face barbada, apesar dos seus movimentos envergonhados.

— Essas mulheres... Estão sempre perseguindo um homem quando ele está por baixo. Essa é a única vez que vai me deixar cuidar de você. — Sentou-se e segurou sua mão. — Tess esteve aqui?

— Há alguns minutos. Veio se despedir. — Ela também se desmanchara sobre ele, lembrou-se Ham. Com abraço e beijos. Ele também quase havia se desmanchado. — Vamos sentir falta dela, com aquele andar nas botas elegantes.

— Eu também vou sentir falta dela. Nate já chegou para levá-la ao aeroporto. Bem, eu agora preciso me despedir dela.

— Você está bem... com tudo o que aconteceu?

— Estou vivendo com tudo o que aconteceu. Graças a você e a Ben, estou viva. — Ela apertou a mão dele uma última vez antes de dirigir-se para a porta. — Ham. — Ela não se virou, mas falou olhando para o corredor. — Ele era filho de Jack Mercy? Ele era meu irmão?

Ele poderia ter respondido não e acabar com o assunto. Teria sido mais fácil para ela. Ou poderia ter sido. Mas ela sempre fora forte.

— Não sei, Will. Para dizer a verdade, eu não sei.

Ela balançou a cabeça e disse a si mesma que viveria com isso para sempre. Sem nunca saber.

Quando chegou lá fora, viu Lily em prantos, agarrada a Tess como se a sua vida dependesse dela.

— Ei, até parece que estou indo para a África em missão religiosa. — Tess engoliu as lágrimas. — É só a Califórnia. Dentro de alguns meses estarei de volta, para uma visita. — Afagou a grande barriga de Lily. — Quero estar presente quando Júnior chegar.

— Vou sentir tanto sua falta.

— Vou escrever, telefonar, que diabo! Você nem vai perceber que fui embora. — Fechou os olhos e abraçou Lily com força. — Cuide-se, Adam.

— Segurou as mãos dele e depois o abraçou. — Vejo você logo. Vou ligar para pedir seu conselho, caso decida comprar aquele cavalo. — Adam disse algo. — O que foi?

Ele a beijou no rosto.

— Minha irmã do coração.

— Eu telefono — conseguiu se soltar, depois se virou e quase esbarrou em Bess.

— Tome. — Bess empurrou uma cesta de vime nas suas mãos. — É uma longa viagem até o aeroporto, e com esse seu apetite você vai morrer de fome.

— Obrigada. Talvez eu perca esses 20 quilos que ganhei por sua causa.

— Mal não fez. Dê minhas lembranças à sua mãe.

— Darei.

Suspirando, Bess tocou-lhe o rosto.

— Volte logo, garota.

— Voltarei. — Ela se virou com os olhos cheios de lágrimas e fitou Willa. — Bem — conseguiu dizer —, foi uma aventura e tanto.

— Se foi. — Com os polegares enfiados nos bolsos da frente da calça jeans, Willa acabou de descer a escada. — Você pode escrever um bom texto sobre ela.

— Sobre uma parte. — Engoliu com força para equilibrar a voz. — Vê se não se mete em encrencas.

Willa ergueu uma sobrancelha.

— Eu poderia dizer o mesmo para você naquela grande e caótica cidade.

— É a minha cidade. Ah, eu mando um cartão-postal para que você tenha uma ideia de como é o mundo de verdade.

— Faça isso.

— Bem... — Virou-se. — Droga. — Empurrou a cesta para Nate e correu de braços abertos para Willa. — Droga, eu realmente vou sentir sua falta.

— Eu também. — Willa abraçou-a com força e não a largou. — Me ligue.

— Ligo, ligo. Meu Deus, coloque um pouco de batom de vez em quando, promete? E use aquele creme para as mãos que deixei, antes que elas virem um solado.

— Eu te amo.

— Oh, Deus, preciso ir. — Chorando, Tess foi tropeçando até a picape. — Aposto que vai castrar uma vaca ou sei lá o quê.

— Já estava a caminho. — Com um pequeno soluço, Willa tirou o lenço e assoou o nariz enquanto o carro ia embora. — Adeus, Hollywood.

Tess estava certa de que conseguira se controlar quando entregou as malas no terminal do aeroporto. Um choro de uma hora bastava para qualquer um, pensou, e Nate demonstrara grande sensibilidade deixando-a chorar à vontade.

— Não precisa me acompanhar até o portão. — No entanto, ele não largou sua mão.

— Não me importo.

— Você vai manter contato?

— Você sabe que sim.

— Talvez possa pegar um avião e passar um fim de semana comigo, para que eu lhe mostre o lugar.

— Eu poderia.

Bem, ele não estava facilitando as coisas. Tudo era tão fácil. O ano acabara, ela conseguira o que queria. Agora retomaria sua vida. Do jeito que queria.

— Mantenha-me informada de tudo que acontece. Quero saber de Lily e de Willa. Vou sentir demais a falta delas.

Olhou em volta, para as pessoas ocupadas indo e vindo, e ansiou desesperadamente pela sua animação habitual com a perspectiva de voar.

— Não quero que espere. — Olhou para o rosto dele, para aqueles olhos pacientes. — Já nos despedimos. Isso só torna tudo mais difícil.

— Não pode ficar mais difícil. — Ele colocou as mãos nos seus ombros, deslizou-as para baixo pelos braços e depois subiu outra vez. — Eu te amo, Tess. Para mim, você é a primeira e a única. Fique. Case comigo.

— Nate, eu... — "Também amo você", pensou. "Oh, meu Deus." — Preciso ir. Você sabe que preciso voltar. Meu trabalho, minha carreira. Tudo aqui foi apenas temporário. Nós dois sabemos disso.

— As coisas mudam. — Porque os sentimentos dela se espelhavam no rosto, ele a balançou suavemente. — Você não consegue olhar nos meus olhos e dizer que não está apaixonada por mim, Tess. Cada vez que afirma que não está, você desvia o olhar e fica calada.

— Preciso ir. Vou perder o avião. — Ela se soltou, virou-se e saiu correndo.

Ela sabia o que estava fazendo. Sabia exatamente o que estava fazendo. Passou de um portão a outro depois do que disse a si mesma. Como ela ia viver em uma fazenda de cavalos em Montana? Precisava pensar na carreira. O laptop batia no quadril. Tinha um novo roteiro para começar, um romance para escrever. Ela pertencia a Los Angeles.

De repente, xingando, deu meia-volta e voltou correndo, empurrando as pessoas que vinham em sua direção.

— Nate! — Viu o chapéu descendo pela escada rolante e correu ainda mais. — Nate, espere!

Ele já chegara no final quando ela desceu as escadas. Sem fôlego, parou na sua frente, uma das mãos apertadas no coração disparado. Olhou para os seus olhos.

— Não estou apaixonada por você — disse, sem piscar, vendo os olhos dele franzirem. — Está vendo, carinha esperto? Posso olhar direto para os seus olhos sem mentir.

Com uma risada ela saltou para os seus braços.

— Ora, que droga. Eu posso trabalhar em qualquer lugar.

Ele a beijou e a colocou em pé de novo.

— Está bem. Vamos para casa.

— Minhas malas.

— Elas voltam.

Ela olhou por cima do ombro e disse um adeus espiritual para Los Angeles.

— Você não parece muito surpreso.

— E não estou. — Ele a empurrou pela porta, depois a ergueu nos braços e deu uma volta bem grande com ela. — Eu sou paciente.

*B*EN ENCONTROU WILLA colocando o arame na cerca que separava Three Rocks da fazenda Mercy. O que o fez lembrar que ele deveria estar fazendo o mesmo. Calado, desmontou e se aproximou.

— Quer ajuda?

— Não, está tudo sob controle.

— Vim saber como Ham está.

— Está tão chato como um urso com prisão de ventre. Eu diria que está indo muito bem.

— Ótimo. Deixe que eu faço isso para você.

— Eu sei cuidar de uma cerca.

— Deixe que eu faço. — E tirou o arame das mãos dela.

Ela recuou e colocou as mãos nos quadris.

— Você está vindo bastante aqui, querendo fazer as coisas para mim. Isso não pode continuar.

— Por quê?

— Você tem a sua própria terra para se preocupar. Eu posso administrar a fazenda Mercy.

— Administra tudo — ele resmungou.

— O prazo do testamento acabou, Ben. Você não precisa mais ficar examinando as coisas por aqui.

Os olhos não estavam tão amigáveis quando brilharam sob a aba do chapéu.

— Você acha que é só isso?

— Não sei. Ultimamente você não tem demonstrado interesse por muitas outras coisas.

— O que quer dizer com isso?

— Exatamente o que eu disse. Você não tem visitado a minha cama com regularidade essas últimas semanas.

— Estive ocupado.

— Bem, agora quem está ocupada sou eu. Então, vá cuidar do seu próprio arame.

Imitando-a, ele também afastou as pernas e a enfrentou entre as estacas da cerca.

— O limite aqui é tanto meu quanto seu.

— Então você o devia estar examinando, como eu estou fazendo.

Jogou o arame no chão entre os dois, como se fosse uma fronteira entre eles, entre as suas terras.

— Está bem, você quer saber o que está acontecendo comigo, e eu vou contar para você. — Tirou duas argolas de ouro do bolso e as enfiou na mão dela.

— Oh! — Ela franziu a testa e olhou-as. — Nem me lembrava delas.

— Não. — Ele as guardara, só Deus sabia por quê, pois cada vez que olhava para elas revivia a noite, a escuridão, o medo. E cada vez que olhava para elas se perguntava se a teria encontrado a tempo, caso ela não tivesse sido bem esperta, forte o bastante, para deixar uma trilha.

— Então você encontrou os meus brincos. — Ela os enfiou no próprio bolso.

— É, encontrei. E escalei aquele penhasco ouvindo como ele gritava com você. Eu o vi segurar a faca no seu pescoço. Vi o fio de sangue correr pela sua pele quando ele a cortou.

Por instinto, ela pressionou o pescoço com a mão. Havia momentos em que ainda podia sentir ali a ponta afiada da faca, a mesma faca que seu pai colocara na mão de um assassino.

— Acabou — disse a ele. — Não gosto muito de me lembrar daquilo.

— Eu me lembro muito. Posso ver a faísca do raio, posso ver seus olhos na faísca do raio quando você soube o que eu ia fazer. Quando você confiou em mim para fazê-lo.

Ela não havia fechado os olhos, ele lembrou. Ela os mantivera abertos, nivelados, observando enquanto ele apertava o gatilho.

— Eu enfiei uma bala em um homem a 10 centímetros do seu rosto. E isso me valeu alguns maus momentos.

— Lamento. — Estendeu a mão para a dele, mas deixou-a cair quando ele deu um passo para trás e ficou nas suas próprias terras. — Você matou alguém por mim. Eu entendo o quanto isso é capaz de modificar os seus sentimentos.

— Não é isso. Bem, talvez seja. Talvez tenha sido o que aconteceu. — Ele virou-se, deu alguns passos e olhou para o céu. — Talvez estivesse sempre ali, de qualquer forma.

— Muito bem. — Ela estava grata por ele estar de costas, pois assim não a veria apertar os olhos com tanta força e morder o lábio para não chorar. — Eu entendo, e sou grata. Não há por que tornar tudo mais difícil para qualquer um de nós.

— Difícil? Ora, nem chega perto. — Enfiou as mãos nos bolsos de trás e contemplou a longa cerca. Era tudo o que os separava, refletiu, aquelas longas fileiras de arame farpado. — Você tem estado no meu caminho e tem me frustrado durante grande parte da minha vida.

— Você está nas minhas terras — ela gritou de volta, magoada. — Quem está no caminho de quem?

— Acho que conheço você melhor do que qualquer pessoa. Conheço os seus defeitos bastante bem. Você tem um monte deles. É mal-humorada, tem um temperamento irascível, é irritante. É inteligente, mas a teimosia leva a melhor na maioria das vezes. Mas conhecer os seus defeitos já é meio caminho andado.

Willa deu um pontapé nele, bem forte para fazê-lo tropeçar de encontro ao seu cavalo. Ele apanhou o chapéu que ela havia derrubado da cabeça, esfregou-o na perna da calça e se virou.

— Eu poderia lutar com você por causa disso e, provavelmente, acabaria em outra coisa.

— Experimente só.

— Você vê, isso é que é incrível. — Ele apontou o dedo em sua direção. — Esse seu olhar, esse que está no seu rosto neste exato momento. Quando penso, sei exatamente que foi esse o motivo.

— Motivo de quê?

— O motivo de eu me apaixonar por você.

Ela largou o martelo que apanhara para bater nele.

— Fez o quê?

— Acho que você me ouviu pela primeira vez. Você tem os ouvidos de um gato de rua. — Esfregou o queixo, recolocou o chapéu. — Eu acho que você vai ter que se casar comigo, Will. Não vejo outro jeito. E, se quer saber, bem que eu andei procurando.

— É mesmo? — Ela se abaixou, apanhou o martelo outra vez e bateu-o na palma da mão. — Você andou procurando?

— Andei. — Ele olhou para o martelo e sorriu. Ele não achava que ela o usaria. Ou, se tentasse, ele acreditava que seria bastante rápido para evitar uma contusão. — Eu teria encontrado outra forma se houvesse um jeito. Sabe... — continuou, começando a caminhar em círculos na sua direção. — Eu costumava pensar que lhe queria como uma distração porque você era muito difícil. Depois, quando você se tornou minha, decidi que ainda a queria porque não sabia quanto tempo eu ia querer mais.

— Se você não parar — disse ela com frieza —, vai acabar com um buraco nessa sua cabeça grande.

Ele continuou andando.

— Depois continuei com essa sensação, porque nenhuma mulher havia me atraído tanto quanto você. Porque eu nunca sentira falta delas cinco minutos depois que eu saía pela porta como senti de você. Quando você estava em perigo, enlouqueci. Agora que está em segurança, parece-me que a única forma de resolver isso é casando com você.

— E essa é a sua ideia de propor casamento?

— Você nunca teve um cara melhor. E com essa sua atitude espevitada e agressiva não vai conseguir um melhor. — Ele calculou, agarrou o martelo da mão dela e jogou-o por cima da cerca. — Não faz sentido dizer não, Will. Eu tomei a minha decisão quanto a isso.

— É o que estou dizendo. — Ela cruzou os braços. — Até eu conseguir um melhor.

Ele suspirou com força. Estivera temeroso que chegasse a tanto.

— Tudo bem. Eu amo você. Quero que case comigo. Não quero viver sem você. Está bom assim?

— Um pouco. — O coração estava tão feliz que ela ficou surpresa de não explodir. — Onde está o anel?

— Anel? Pelo amor de Deus, Will, não carrego um anel quando estou verificando cercas. — Perplexo, empurrou o chapéu para trás. — Você nunca usa anéis mesmo.

— Usarei o que você me der.

Ele abriu a boca para reclamar, fechou-a e sorriu.

— É mesmo?

— É mesmo. Droga, Ben, por que demorou tanto?

Então ela pisou no arame e se jogou em seus braços.

Impresso no Brasil pelo
Sistema Cameron da Divisão Gráfica da
DISTRIBUIDORA RECORD DE SERVIÇOS DE IMPRENSA S.A.
Rua Argentina, 171 – Rio de Janeiro, RJ – 20921-380 – Tel.: (21)2585-2000